谨以此书献给：

西南（唐山）交通大学120华诞

寻访交大之星

主编 侯西岭 张秀山 殷建国

西南交通大学出版社
·成都·

图书在版编目（CIP）数据

寻访交大之星 / 侯西岭，张秀山，殷建国主编. —成都：西南交通大学出版社，2016.4
ISBN 978-7-5643-4676-8

Ⅰ. ①寻… Ⅱ. ①侯… ②张… ③殷… Ⅲ. ①新闻采访–作品集–中国–当代 Ⅳ. ①I253

中国版本图书馆 CIP 数据核字（2016）第 091196 号

寻访交大之星	主　编	侯西岭 张秀山 殷建国	出版人 责任编辑	阳　晓 李　梅

印张	31.25	字数	463 千	
成品尺寸	170 mm × 230 mm			
版本	2016 年 4 月第 1 版			
印次	2016 年 4 月第 1 次			
印刷	四川煤田地质制图印刷厂			
书号	ISBN 978-7-5643-4676-8			

封面设计	宣丽华
出版发行	西南交通大学出版社
地　　址	四川省成都市二环路北一段111号 西南交通大学创新大厦21楼
邮政编码	610031
发行部电话	028-87600564　028-87600533
定价	88.00元

图书如有印装质量问题　本社负责退换
版权所有　盗版必究　举报电话 028-87600562

策　　　划	于　山　　杨　洁　　高瑞华
编委会主任	侯西岭　　刘学东
主　　　编	侯西岭　　张秀山　　殷建国
副　主　编	王小胜　　角志伟　　王蓉辉
	王艳萍（特约）
编　　　委	梁竞艳　　张　薇　　王　昊
	施　疑　　丁建国　　刘　笛
	胡　杨

唐山交大赋

(代序)

一

公元前221年,秦皇并宇,大开国道,以咸阳为中心,辐大秦有九路,又佳木以为轨兮,骈骊以为机,以其畅达与速疾也,故名"驰道"[01],此诚中国乃至世界第一代国家级"高速轨路网"也[02]。而吾人为之以骄,盖历史真何其久耶?

然历2086年,岁次乙丑,英人杜兰德修"德小铁路"于京华,其为路也,区区一华里尔,然实吾泱泱大国之第一条"现代铁路"[03];此则吾人之深羞也。

噫!赤县难明,赤子难寐,仁人并起,志士图强。有识者曰:欲救中国,首兴实业,欲兴实业,首兴道路,欲兴道路,首兴路学。后遂有1896年山海关北洋铁路学堂之设,滥觞而成中国"交通大学"最早源头之一也。

积五千年之文明,为救国而建一上庠于中土[04],以我华夏之广大,终卜佳址于我邦,何也?一以地灵,一以史雄,一以人杰,一以近代工业之摇篮也——

二

润土发祥,滦水北翼黄河[05];《庄子》北冥,实今日之渤海[06];则所谓"智者乐水[07]",而吾乡也有其深与灵也[08]。又燕山岩岩以亘北[09],雾灵有佛光之普照[10];凤凰以丘尔也居内[11],而传说有凤鸟之高至[12],则所谓"仁者乐山[13]",而吾乡也有其高与名也[14]。且孤竹遥遥而独翠,兆证国家之于斯遍立[15];自兹则百代皆数冲要,辽兴而五季帝畿于焉[16]。此其地之灵也。

又化石示后,孟泉西接龙骨[17]。千万年间,感慨悲歌以继[18]。

夫夷齐互让,孔子叹其心古[19];齐桓迷谷,老骥感斯土识途[20]。燕昭败戎,七雄有我之故土[21];始皇求仙,一市得独以帝名[22]。荆丛疑虎,汉将军一箭石开[23];田畴献谋,兵挫乌桓之劲旅[24]。山岛秋风,魏武帝观海留篇[25];钓台水碧,唐太宗持竿代剑[26]。浭水西流,宋徽宗升桥望洋[27]；三屯山险，戚继光戍边筑城[28]……而拓跋东征兮，胡汉之有初融[29]；契丹南下兮，民族之有祈穆[30]。女真入关兮，违命而汉话汉服[31]；成祖靖难兮，南人之徙北熙攘[32]。康熙废圈地兮，有最后之合融[33]；则胡汉终一统兮，民族之宏熔炉必我居一[34]。此其史之雄也。

又文脉渊远，人才辈出。

文臣则徐乐政论于先，西汉与主父齐名[35]，张佩纶爱国于后[36]，于大清与端方并能[37]；武将则程普、韩当南下老成谋国于江左[38]；清官则石维岳不阿忠贤，王金镕流"白脸包公"之誉[39]；名相则韩子德让居北而砥柱大辽[40]；侯王则鲜卑仲吉纵横南北受封大元开国之侯也[41]。至百家诸子，史学有谷应泰[42]，著《明史纪事本末》，清代文苑第一人也；医学有王清任[43]，著《医林改错》，中医"灵机在脑"之首倡者也；文学有曹雪芹[44]，著《石头记》，以一说部而为百代文宗也；释氏则名僧道膺、法本也[45]……此皆其人之杰也。

又近代工业，"五项第一"诚天下之先也。

1878年开滦矿首钻机鸣，决定中国第一座现代机械化煤矿在唐山也[46]；1881年第一家机车制造厂成立，决定中国第一台机车诞生在唐山也[47]；1881年第一张股票卖出，决定中国最早工业股票发行在唐山也[48]；1889年第一家水泥厂竣工，决定中国第一桶机制水泥下线在唐山也[49]；1898年唐廷枢筑成第一条标准铁路，决定"中国铁路起点"之石碑，至今及于兹后之百代将永远独矗伟立在唐山也[50]……噫，去西人工业革命二百多载，五千年华夏之近代工业摇篮与"圣地"——在我唐山也！

既地也如斯，史也如斯，人也如斯，而大中华之工业摇篮也如斯也，则欲兴邦以建路学，卜佳址而于我大唐山者，诚天命之必于是使之然欤？又历史之大积淀、大趋势使之然欤？抑大时代之风云际变使之然欤？而以"名唐乃大"之吾乡[51]，确也使斯校大兴于东方之大中国而不枉其"大学之大"耶？

信夫！于史煌煌而有证也——

三

"五老"者，罗忠忱、伍镜湖、李斐英、顾宜孙、黄寿恒；"四少"者，许元启、朱泰信、罗河、李汶；又中国现代工程之父者，詹天佑[52]；中国现代桥梁之父者，茅以升；中国近代地理学和气象学奠基人者，竺可桢；世界预应力混凝土先生者，林同炎；一代水利工程大师者，黄万里；世界著名经济学家，刘大中；中国近代植物学奠基人，钱崇澍，以及著名民主革命家杨杏佛……又先后走出50多名国内外著名院士。孔子曰：才难，不其然乎？于斯为盛[53]。此交大"灵秀钟[54]"之有"大名师"之大也！

又以一校之设，而中国土木工程、矿冶工程高等教育发祥于斯，詹天佑、张鸿诰、徐士远之中国人设计和建造的第一条铁路——京张铁路之设计出于斯，茅以升设计修建中国第一座现代化钱塘江大桥之蓝图出于斯，竺可桢创立物候学、中国第一个气象所、中国大学第一个地理系之出于斯。又罗河创摄影测量制图解析方法出于斯，刘恢先创中国第一抗震设计规划出于斯，方俊创中国第一部用正规方法制作地图出于斯……此交大"贯西中[55]"之有"大学术"之大也！

1926年，唐山交大于辽宁锦州建分校，此后来之东北大学也；1950年，铁道部铁道技术研究所成立于斯校，此后来之铁道部科学研究院也；1952年，全国高等院校院系调整，鼎援天津大学、北京钢铁学院、北京地质学院、北京矿业学院、哈尔滨铁道学院、清华大学等院校也；1958年组建兰州铁道学院、唐山矿冶学院……自古十年惟以树木，而十数年间，唐山交大竟以一校之大而几成新中国著名大学（研究院）之渊薮也。又"交大文化尚成功"，1950年代提出并指导建成我国第一条电气化铁路——宝成铁路也，先后参与设计建造武汉、南京长江大桥，成渝、兰新、成昆铁路等重大国家级工程项目也。又七十年间，学子遍国，栋梁无数，皆愤智以汲汲建设伟大之中国，创造无数之"唐山第一""中国第一""世界第一"也……此则交大"郅大同[56]"之有"大功劳"之大也！

又建于风雨飘摇之晚清，首辍八国联军之辱华[57]；后历五载始复校于吾唐，此诚生于忧患也。"五四"风暴，如迅雷应之于京东[58]；殷贼附逆，大冀东仍见守帜固旗[59]；抗战爆发，再辍而举校徙于南国，百转千移，一至于湖南、二至于贵州、三西至于重庆，后历九载始复我乡圣山，其后又两上上海而一下江西也；如是历五十四载而伟大共和国立，始校也新生，终固金汤而大成于大美之唐山也。

故计其建校之伊始也，即辍辍停停于外辱内忧无算，迁徙奔突于南北东西无算，更名易姓而花开花落两由之无算[60]，分分合合多地共校皆兼容并包而无算[61]，诚困苦艰难无算，颠沛造次无算[62]，百毁千折无算……然皆与国家命运相始终，皆把民族兴衰系胸怀，皆以明德、兴学、至善、救国、亲民、济民之"大学之道"为己任[63]，终至铸就一种精神，延成一种文脉，成就一段传奇，传唱一首歌谣，如是而独拥一响响亮亮堂堂皇皇之大校之名，及至播声海外，齐名康奈尔者，盖其道也"一以贯之者，忠恕而已矣"[64]。此交大"翳唐山[65]"而真有我邦传统之感慨悲歌之"大校史"之大也！

噫！吾闻昔亚圣曰："充实而有光辉之谓大[66]。"则以之谓我唐山交大之有"四大"也，不亦宜乎？

五

嗟夫大化衍流，生生之谓易，易者移也[67]；故大国承运，可移山以易海而人文也必随之，故我交大跸唐六十有六载，而鼎援西南三线建设[68]，遂下唐王神圣之山[69]，而入汉昭烈天府之国[70]。名易西南交大兮，首建于峨眉之山。尔来又五十有二秋矣。今也"鼎三而一"兮，雄踞西部之心[71]；襟岷江而带长江，控西南而引南国[72]；结实硕而芳中华[73]，向世界而联欧美[74]；跻身宇内之"至久、至大、至强、至高、至全、至先、至联"之有"七至"之一流名校也。虽自古"文入蜀则盛[75]"，而我中原之父老[76]，亦非观华以觉其根，望澜以味其源者[77]，盖惟以"蜀山水碧蜀山青，唐山水碧唐山情"为念[78]，则其情之真而可跨越万水千山者——久矣。

然则吾人其生也幸，逢今日之大中国。赤县之早已昌明，华夏之业已富强，大国兮其梦正伟。且吾乡更依碧山而入蓝海[79]，建平湖兮首世园[80]，以大邑兮并京圈[81]。而自古世其盛则修史兴；况我唐山市委市府，重文重教，于史诸事，考而好编；而吾社历七十六载之奋斗[82]，诚历史之参与、见证、创造与记录者也。既史也如斯，世也如斯，情也如斯，社也如斯，则焉有吾人心系之唐山交大之不与焉？念兹在兹，乃倡一举，遂搜图而辑旧于野[83]，钩玄而索隐于史，征稿而求文于贤也，兢兢而用情于斯者，冀有补于正史之阙如也已矣。今岁历一载，成蔚为之大观者矣，而又踵事也增其华，集锦以成其大，汇总诸珍，分门别类，成一佳册。噫！昔也披诸报端者，广而宣之者也；今也编辑而成帙者，以待名山也已矣[84]，不亦善乎？

盖自古修史，为存真以得鉴，延旧以鼎新也。故述往事以思来哲[85]，览斯册而爱唐山、爱交大。所谓：昌明一校之精神，传历史正能于今日，叙往事之点滴兮，成温故之碧海[86]，则斯册之虽微，而吾社之忱心已尽，唯愿其沾溉今世与后学者，多也。

六

付梓之际，乐观厥成，草草如上，以赋交大之余，兼小述斯册之情委，况其吾文之实微，而斯册真乃一大赋，故仍总其名曰《唐山交大赋》。

【注释】

[01]驰道：皇帝巡行时车驾奔驰所行之道，始于秦朝，是中国历史上最早之"国道"。

[02]据《百度百科·驰道》介绍：近年在河南南阳山区发现2200多年前秦代"轨（铁）路"，用坚硬木材铺设，原理和现代铁路无异，用马力拉动。以最新考古发现推断"驰道"应是"轨（铁）路"。

[03]德小铁路：中国第一条小铁路，是英国商人杜兰德在北京宣武门外沿护城河而修筑的一条"展览铁路"。

[04]上庠：大学。《说文》："夏曰校，殷曰庠，周曰序。"《礼记·王制》："有虞氏养国老于上庠。"郑玄注："上庠，右学，大学也。"

[05]滦水翼黄：滦河，古称濡水，考古证明人类早在4.5万—5万年前就已经在滦河流域生存繁衍，与黄河、长江一样是中华民族的母亲河，其流域是中国古代文明的发祥地之一。

[06]北冥渤海：《庄子·逍遥游》："北冥有鱼。"学者考证"北冥"即今渤海。

[07][13]《论语·雍也篇》："智者乐水，仁者乐山。"

[08]唐·刘禹锡《陋室铭》："水不在深，有龙则灵。"此指滦水作为母亲河与《庄子》"北冥有鱼，其名为鲲"与鲲化巨鹏之雄丽传说。

[09]燕山岩岩:"燕山",燕山山脉。"岩岩",山高峻貌,《诗经·闷(bi)宫》:"泰山岩岩,鲁邦所詹。"

[10]雾灵佛光:燕山主峰雾灵山处北京、天津、唐山、承德之间,独特的地形、地势和气候条件形成该山一大自然奇观——雾灵佛光。

[11]凤凰丘尔:唐山市区有凤凰山,主峰海拔仅88米。清·方苞慕名游李白《梦游天姥吟留别》所写之天姥山,误把一座叫莲花峰的山丘当作天姥主峰,曰:"一小丘耳,无可观者。"语含轻视。

[12]凤鸟高至:据民间传说,古时曾有凤凰落于该山上,昭示"凤凰栖乌金(煤炭)",近代唐山成为中国著名"煤都"。《说文》:"至,鸟飞从高下至地也。"古人认为凤鸟至有祥瑞。

[14]唐·刘禹锡《陋室铭》:"山不在高,有仙则名。"

[15]孤竹遥翠:孤竹即古孤竹国,包括今之滦县、迁西、迁安等地,该国诞生于商朝初年,是古冀东地区历史上第一个地方政权、滦河流域最早的奴隶制诸侯国。它标志古冀东在距今约3 600多年时从原始社会进入文明社会。其他方国还有山戎(今玉田一带)、令支(今滦县、迁安一带)、无终(今遵化、丰润一带),其中山戎和令支是游牧民族所建。

[16]百代冲要,五季帝畿:唐山地区自古是兵家必争之要塞,而北京是辽、金、元、明、清五代王朝都城。

[17]孟泉龙骨:"孟泉",指1986年河北唐山玉田县孟家泉村发现距今1.7万年前的古人类化石,定名为"孟家泉人"。"龙骨",指1933年在北京市西南周口店的龙骨山上,发现了距今约2万年前的"山顶洞人"遗迹。

[18]感慨悲歌:战国时期,燕国疆域包括今唐山地区。唐·韩愈《送董邵南游河北序》:"燕赵古称多感慨悲歌之士。"

[19]夷齐互让:伯夷、叔齐,商末孤竹国君的两个儿子,孤竹君死后互让君位,先后逃到周国。武王伐纣,二人叩马阻谏。周朝建立后耻而"不食周粟",饿死在首阳山(今唐山市迁安市南现名岚山)。《论语·述而篇》:"(子贡问)曰:'伯夷、叔齐何人也?'(孔)子曰:'古之贤人也。'"

[20]齐桓老骥:《韩非子·说林上》:春秋时,齐桓公攻打孤竹

国,归途迷路,管仲挑选几匹老马走在队伍前头,乃平安返回。著名成语"老马识途"由此而来。

[21]公元前300年(燕昭王十二年)燕昭王派大将秦开打败山戎,将原属孤竹国和山戎、令支的大片土地,划入燕国,燕国由此逐渐强大,成为战国七雄之一。

[22]一市帝名:指今河北省秦皇岛市。秦皇岛以公元前215年,秦始皇帝东巡至此(碣石山)并派人入海求仙而得名,也使秦皇岛市成为中国唯一一个因皇帝尊号而得名的城市。

[23]汉将箭石:汉元朔元年(前128年),"飞将军"李广任右北平(辖今唐山地区)太守,一次夜归,忽见山脚下草丛里蹲着一只"大虎",他一箭射中,却是一块形如老虎的巨石,而箭竟射入石中无法拔出,留下"金石为开"这一成语。

[24]田畴挫乌:汉代无终(今玉田)人,东汉义士,曹操北征乌桓,用其计而大胜。张佗《唐山赋》:"田畴献谋,兵挫乌桓之旅。"

[25]孟德留篇:建安十二年(207年),曹操北征乌桓,登碣石山,创作了文学史上的著名诗篇《观沧海》。

[26]太宗竿剑:唐贞观十九年(645年),唐太宗东征回师时驻兵今唐山市区大城山,曾于北侧河岸垂钓,后称此处为钓鱼台,名称沿用至今。

[27]浭水西流,徽宗望洋:"浭水"即流经丰润的还乡河,宋以前名浭水。"望洋",抬头,此处指代叹息,《庄子·秋水》:"河伯……汪洋向若而叹。"1127年,宋徽宗被金俘虏北上,行至位于今丰润城西还乡河畔,登河上木桥,见百川皆东归入海而此水汩汩西流,叹曰:"过此渐近大漠,吾安得似此水还乡乎?"后人写诗曰:"北狩至尊仍出塞,西流浭水自还乡。"浭水遂名还乡河。

《新语》:"四渎(长江、黄河、淮河、济水)东流而百川无西行者。"

[28]戚继戍边:明隆庆二年(1568年),戚继光驻兵蓟州镇(治三屯营,今迁西县西北),是迁西境内明代蓟镇包砖长城的倡议者和组织设计者。

[29]拓跋汉融:张佗《唐山赋》:"拓跋东征兮,胡汉初融。""拓

跋"又称"托跋",北魏(鲜卑族)皇族的姓,魏收《魏书》卷一《序纪》:"黄帝以土德王,北俗谓土为托,谓后为跋,故以为氏。"

[30]契丹南穆:张佗《唐山赋》:"契丹南下,民族永穆。""契丹",中国古代民族名,源于东胡,北魏以来在今辽河一代游牧,十世纪初,耶律阿保机统一契丹及邻近各族,建立契丹国,后改称辽,疆域达河北省南部的白沟河。

[31]女真汉化:公元1115年女真族完颜阿骨打建立金国(包括冀东一带),大批女真人入关,金世宗(1161—1189年)下令不准金人穿汉服、改汉姓,但并未阻止住女真人民穿上汉服、学会汉话。《金史·舆服志下》:"初,女直人不得改为汉姓及学南人装束。""南人",金代对汉人之称呼。

[32]成祖靖难南徙北:1399年朱元璋死后,燕王朱棣起兵夺取皇权,史称"靖难之役",战争在永平府的滦州和昌黎一带打了四年,使人口大减十存二三,后明成祖下诏移民,从永乐元年(1403年)开始连续三年从山西、浙江、江苏、江西等省大量往该地移民,是历史上较大一次"南人北移"。"南国三江"人口北移进一步加大了南北"胡汉"融合范围。

[33]康熙废圈地:1644年皇太极率领清军入关,第二年发布"圈地令",在顺天府和永平府(包括今唐山大部地区)圈地最多,满族贵族强迫失地汉人为其耕种田地。1667年康熙亲政后废止圈地,改善了满汉民族关系,促进了满族地主阶级的汉化。

[34]民族熔炉:指天下一统,民族融合。自春秋战国至清末近3000年间,唐山地区一直是北方少数民族与中原华夏(汉)民族不断征战、交流、融合之地,是近现代中华民族最终形成的重要历史场域之一。

[35]徐乐政论:汉代无终(今玉田县)人,西汉政论家,与主父偃齐名,事见《汉书·徐乐传》。

[36]佩纶爱国:张佩纶(1848—1903年),晚清直隶(今河北)丰润人,清末著名爱国大臣,学问与张之洞并驾,是现代著名女作家张爱玲之祖父。

[37]端方:1861—1911年,河北丰润西凹凸村人,清末著名

大臣。

[38]程普、韩当：三国吴的都督、将军，当时右北平（今丰润）和令支（今迁安）人。战功卓著，事见《三国志·程普传、韩当传》。

[39]石维岳：明朝京师滦州（今河北滦县）人，万历庚戌进士，为大明著名清官，不论在朝还是外任，皆敢于与权倾一时的魏忠贤作斗争。

王金镕：直隶省乐亭人，清光绪九年（1883年）进士，授刑部主事，任山西司主稿，为官清正，朝誉"白脸包公"。事见《乐亭县志》《唐山市志》。

[40]德让兴辽：韩德让（941—1011年），辽代大臣、政治家，祖籍蓟州玉田（今河北玉田），拜大丞相，封齐王，为辽代最大汉臣，对巩固辽朝政权、改善契丹族与汉族关系、维护辽宋盟约起到重大作用。

[41]鲜卑仲吉：1188—1244年，鲜卑族，滦州万石山人（今唐山古冶区卑家店）。元朝著名将领，为元帝国统一天下南征北战，屡立战功，封开国侯。

[42]谷应泰：1620—1690年，清代史学家，明光宗泰昌元年生于直隶丰润（今河北省唐山市丰润区）。

[43]王清任：1768—1831年，清代医学家，直隶玉田（今河北省唐山市玉田县）人。《孟子·告子上》："心之官则思。"认为心脏是思维器官，所以把思想的器官、情感等都叫作"心"。这是中国古人数千年之看法，王清任首次提出"灵思在脑不在心"，不仅在中医学理论上，乃至在思想史、哲学史上均具有划时代意义。

[44]曹雪芹：约1715—1763年，清代著名小说家，《红楼梦》作者，祖籍河北丰润。

[45]道膺：853—902年，唐代曹洞宗僧，幽州（河北省）蓟门玉田县人。据《景德传灯录载》：道膺为中国佛教曹洞宗第二世祖师，主张顿悟。于江西云居禅院传道，影响韩日禅宗，被唐昭宗封为"弘觉大师"。

法本：清代僧人，1839—1917年，河北宁河县人，在唐山市曹妃甸修建潮音寺。

[46]指位于滦州开平（今唐山市开平区）的开平矿务局。

[47]1881年开平矿务局胥各庄修理厂制造出中国第一台蒸汽机

车——"龙号"机车。

[48]股票由开平矿务局发行。

[49]1889年开平矿务局创办中国第一家水泥厂——唐山细绵土厂（细绵土是英文水泥cement的音译）。1892年，唐山生产出我国第一袋"马牌"水泥。

[50]该石碑立于唐胥铁路起始地段即今唐山矿铁路专用线上。正、背面分别刻有"0""中国铁路起点"。

[51]名唐乃大："唐"的本义是"大"。《辞源》："唐：广大，浩荡。"

[52]詹天佑：1861—1919年，生于广东南海，我国近现代杰出爱国工程师，虽非交大毕业生、教师，但曾于1900年指导该校学生实习，后任唐山交大北京校友会第一届理事。

[53]《论语·泰伯篇》："子曰：'才难，不其然乎？唐虞之际，于斯为盛'。"

[54]灵秀钟，[55]贯西中，[56]至大同，[65]翳唐山：皆《唐山交大校歌》歌词（原名《国立交通大学唐山工程学院院歌》，今《西南交大校歌》只对原曲谱稍作修改）。

[57]1900年八国联军入侵，山海关沦陷，山海关铁路官学堂为俄军强占，致办学中辍师生离散。

[58]1919年五四运动爆发，唐山铁路学校学生积极响应，成立学生会，发表宣言，通电全国，以京东近京之地大力支持北京学生的爱国正义斗争。

[59]1934年11月25日，伪冀东防共自治政府成立，大汉奸殷汝耕任主席。冀东大片国土处于日伪铁蹄之下，惟有唐山工程学院仍飘扬着中国国旗。

[60]《红楼梦》第二十七回："花谢花飞飞满天。"鲁迅《悼杨铨》诗："花开花落两由之。"

[61]兼容并包：蔡元培1917年任北大校长后提出的办学思想、学术理念。

[62]颠沛造次："颠沛"，倾覆、仆倒；形容流离失所的困顿、奔波。"造次"，仓促，紧迫而不暇。《论语·里仁篇》："君子无终食之

间违仁，造次必于是，颠沛必于是。"

[63]《大学》："大学之道，在明明德，在亲民，在止于至善。"

[64]语出《论语·里仁篇》，原句为："子曰：'参乎！吾道一以贯之。'……曾子曰：'夫子之道，忠恕而已矣。'"1947年唐山工学院院训有"忠恕任事"语。

[66]语出《孟子·尽心下》。

[67]《周易·系辞》："生生之谓易。"生生者，万物蕃生衍化而次第不息也；易者，谓宇宙与天下循环往复之宏变；又《系辞》："易……之为道也屡迁"，故曰"移"。

[68]西南三线建设：自1964年始，国家对中西部地区13个省、自治区进行的以备战为指导思想的大规模国防、科技、工业和交通基础设施建设，在当时是事关国家存亡的重大国策。

[69]唐王圣山：唐贞观十九年（645年）唐太宗东征高丽回师时驻兵今唐山大城山，唐山由此得名，这里代指唐山市。

[70]三国时蜀国皇帝刘备：161—223年，谥号昭烈帝。成都自古有"天府之国"美誉。

[71]鼎三而一，西部之心："鼎三而一"，历史上蜀国是三国鼎立之一，此指今西南交大"一校两地三校区"之办学格局；今之成都有"西部之心"美誉。

[72]襟岷江而带长江，控西南而引南国：以岷江为衣襟，以长江为腰带。沙河流经西南交大总校区所在地成都市，属岷江水系，而岷江是长江水量最大之支流。唐·王勃《滕王阁序》："襟三江而带五湖，控蛮荆而引瓯越（控制楚地，连接瓯越）。"瓯越，中国东南沿海一带之古民族，王赋中指代该地区。

[73]结实硕而芳中华：1916年时任国家教育总长范源濂亲自书写"竢实扬华"匾额，奖励唐山工业专门学校，西南（唐山）交大精神中之"竢实扬华"由此而来。

[74]向世界而联欧美：指西南交大已先后与国际铁路联盟、美国康奈尔大学、德国慕尼黑工业大学等世界上54个国家和地区的166所高校和科研院所建立了长期合作伙伴关系。

[75]陈传席《悔晚斋臆语》："文入蜀则雄。"

[76]元·赵孟頫《岳鄂王墓》诗："南渡君臣轻社稷，中原父老望旌旗。"此援词而用也。

[77]南北朝·梁刘勰《文心雕龙》："振叶以寻根，观澜而索源。"

[78]白居易《长恨歌》："蜀江水碧蜀山情，圣主朝朝暮暮情。"

[79]碧山入蓝：指唐山自2015年起"去产能"而进一步加强已推行十数年之"建设海上新唐山"方略。

[80]建平湖、首世园：毛泽东《水调歌头》词："高峡出平湖。"此指唐山市跨世纪之"化腐窊为奇伟"之水泽园林工程"南湖公园"。近年又建成唐山市南湖生态城，唐山交大旧址位于生态城区域内，西临南湖公园。2016年4月—10月，唐山世界园艺博览会如期举办。

[81]大邑并京圈：2014年国家实施"京津冀一体化"，打造"新首都经济圈"，唐山是重要城市之一。

[82]《唐山劳动日报》最早创刊于1940年1月1日，始称《救国报》。

[83]《汉书·艺文志·诸子序列》："仲尼有言：'礼失而求诸野。'"

[84]汉·司马迁《史记·太史公自序第七十》："藏之名山，副在京师。""名山"，国家图书馆；唐·司马贞《史记索隐》："正本藏之书府，副本留京师也。《穆天子传》云：'天子北征，至于群玉之山，河平无险，四彻中绳，先王所谓策府。'"此处以"名山"指代著作之收藏与流传。

[85]《史记·太史公自序》："述往事，思来者。"追述过去之事，是为将来着想。引文作"来哲"，即《自序》所谓"俟后世圣人君子"之意，《汉书·司马迁传》颜师古注谓："令将来之人，见己之志。"

[86]《论语·为政篇》："温故而知新，可以为师也。"

唐山劳动日报社
2016年4月

前言

2013年盛夏，中共唐山市委宣传部责成市委机关报《唐山劳动日报》宣传唐山交大历史，弘扬唐山历史文化。报社重点策划，组成写作班底，分头搜寻交大史料，细化篇章、人物，彼此交流收获与心得。经过热烈而谨慎的讨论，工作思路日渐清晰起来：主线是寻访交大之星。

一颗颗曾在祖国历史中璀璨闪耀的交大之星，我们要尽最大努力去追寻……詹天佑、茅以升、竺可桢、杨杏佛、羊枣、李特、黄万里、杜镇远、刘恢先、张维、罗忠忱、伍镜湖、罗河、许元启、李汶、梁如浩、孙鸿哲、劳远昌……他们都曾与唐山结缘，进出唐山交大这座知名的学府，有的成为科技领域的开拓者，有的成为民族解放的先驱，有的成为祖国建设的精英，有的成为培育英才的导师。他们，曾在唐山留有深刻的记忆，成为我们寻访的闪烁星辰。他们，曾在中国近现代史上各自书写出绚烂豪迈的篇章，为后继者留下了宝贵精神财富。

沿唐山老火车站南行，当年，唐山交大（最早称唐山路矿学堂）就建在这里。110年前的唐山，因煤矿兴盛，因铁路通达，因这座关联煤矿与铁路的学堂让无数才俊心驰神往。这所学堂，应中国铁路建设发展而建立，应铁路人才迫切需求而兴旺，继1888年天津武备学堂铁路班、1896年山海关北洋铁路官学堂之后，历经身单力薄、列强掠占，终得唐山这座近代工业城市的抚育和庇护，1906年复校并发扬光大，成为中国工科高等学府的发轫先声。

2014年2月8日，一个值得记忆的日子。《唐山劳动日报》社正式启动"追溯百年名校历史，寻访交大校园之星"大型系列采访活动，就如同行星之于恒星的引力，报道组的全体成员全力搜寻唐山交大百余年发展轨迹，大家的心情再也无法与之割舍。

一篇篇"寻访交大之星"的特稿刊登在《唐山劳动日报》上，在广大读者和交大校友中引起热烈反响。众多老校友和交大子弟激动地传来他们的回忆文章，讲述唐山交大的故事；众多老唐山人赶来表达对唐山交大的眷恋。于是，继"寻访交大之星"专版之后，宣传幅度拓展、延长，《唐山劳动日报》的"副刊·文化"版开设了"追溯唐山交大历史"专栏，并与"唐山晚报"同时开设了"我和老交大的故事"专栏，各展风采，相映成辉。更有环渤海新闻网的权威发布，由此形成了全媒体、集中式、大规模宣传唐山交大历史文化的热潮。唐山市委、市政府对此给予充分肯定。之后，在西南交通大学支持下，促成了2014年4月的成都寻访之旅。

　　短短一周的成都之旅，我们的寻访足迹遍及西南交大峨眉、九里、犀浦校区。这里的风景陌生却又觉得熟悉，这里的乡音迥异却又倍感亲切。在茅以升先生的铜像前，在不算很长的唐臣路上，在九里的镜湖湖畔、峨眉的明湖湖边，我们始终用心灵感触这所名校百年历史变迁，用文字刻画她曾经的过往记忆，我们要用笔把历史上的唐山交大与今天的西南交大内在地联系在一起。唐山，成都，一所大学情牵了两座城市，播撒文化火种，带动经济与社会文明发展。40年离别，"精勤求学，敦笃励志，果毅力行，忠恕任事"的校训一天不曾懈怠，"翳唐山"的校歌依然在西南交大的校园里回荡，而唐山交大的校史更是新生入学的第一课。在采访行程中，西南交通大学徐飞校长和各位领导的盛情令我们感动，教师和学生的倾力相助使我们难忘。在犀浦校区仿建的唐山交大宏伟大门前，我们对这个选题有了更深刻的认识——"以交大之星为主题，把交大的故事讲给所有人听"，这是中国的故事，是我们责无旁贷的使命。

　　虽然，唐山交大昔日校园在1976年大地震中被夷为废墟；虽然，唐山交大在20世纪70年代初西迁，改名西南交通大学。但是，对唐山人来说，她始终未曾远离。昔日校园门前的街道称呼依旧，公交站牌始终为她保留。东、西讲堂和图书馆的震后遗址，深深地镌刻着交大66年的唐山记忆。在中国的科技教育领域，唐山交大也未曾离去，横亘在祖国大地的钢铁长龙可以作证：从清末的滦河铁桥，抗战时期的滇缅铁路，到新中国的宝成、成昆铁路大动脉；从"韶山号"电力机车到今天的"和谐号"动车组。这些都凝聚着一代代交大学人的智慧和心血，开枝散叶，弦歌不辍，才有120年后的今天五所以交通大学命名的著名学府联袂校庆的盛况。

　　在交大即将迎来120华诞之际，我们向广大读者交出这近3年的寻访成果："寻访交大之星"特稿28篇，各类相关专访、通讯、专稿49篇，共计40余万字。我们将这些心血结晶辑录成册，定名为"寻访交大之星"，唯愿"交大之星"星光闪烁，启迪后人；唯愿"交大之星"岁月留痕，助力我们携手共进。

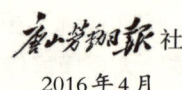社

2016年4月

星光闪烁

詹天佑：从唐山筑起中国铁路的脊梁 / 005
茅以升：青山着意化为桥 / 017
竺可桢：传感大自然的语言…… / 032

李　特：西风烈烈绕战旗 / 049
武怀让：天地永知忠烈心 / 058
羊　枣：铁笔丹心著春秋 / 071
杨杏佛：花开花落两由之 / 088

黄万里：万里中华真脊梁 / 101
杜镇远：关山夺路 / 111
刘恢先：春蚕丝尽身乃忘 / 119
邵福旿：建港专家的日记人生 / 128
王三一：长河深澜一片情 / 135
林氏兄弟：百年名校的"双子星座" / 143
葛昌纯：交大学子　业界灯塔 / 156

罗忠忱：丹心一片映凤城 / 165
伍镜湖：六十年俯躯为路桥 / 177
李斐英：三尺讲台长相守 / 186
顾宜孙：巍巍高山水泱泱 / 192

黄寿恒：学富五车意纵横 / 202
许元启：交大情结唐山缘 / 209
朱泰信：衣袂飘飘纸墨香 / 219
罗　河：师者风范传千古 / 228
李　汶：只为点铁贵成金 / 239
张　维：桃李依依犹思源 / 248

梁如浩：路政先驱缔学堂 / 259
孙鸿哲：飞鸿踏雪常留痕 / 267
唐振绪：大师风范遗唐风 / 273
劳远昌：劳而不辍桃李芳 / 286

岁月留痕

家父茅以升的故事 / 301
对唐山交大的回忆 / 308
他设计了我国第一台电力机车 / 312
李汉忆交大 / 315
我所知道的"五老" / 318
"唐院"学习生活回忆 / 324
交大，我心中无法忘却的大学 / 327
老交大，我亲切的家园…… / 329

我敬佩交大教师 / 333

在交大的运动场上 / 335

忆老交大农场 / 337

我儿时的电影乐园 / 339

唐山交大——我的家 / 341

我的交大记忆 / 343

追寻我心中的唐山交大记忆 / 345

梦回交大西新 / 348

怀念"眷诚斋" / 350

唐山交大和我的电影缘 / 353

忆交大幼儿园 / 356

新闻战线上的交大学子 / 358

忆老交大的两位张教授 / 360

三代人的交大京剧情缘 / 362

来自交大的问候 / 365

根在唐山 / 371

传承交大精神　建言唐山发展 / 376

桑榆犹起故园情 / 380

王梦恕院士：唐山交大　我的骄傲 / 384

百年交大的光荣与梦想 / 388

目录 Contents

依依唐院翰墨情 /392
艾　莉：生动口述拼出百年交大土木史 /396
杨　元：老交大，我永远的精神家园 /401
弦歌不辍薪火传 /405
走马看花新交大 /416
唐山符号遍校园 /424

把母校的精气神发扬光大 /429
眷诚思　唐院情 /434
百年名校出榆关 /440
唐山学院：根在交大 /443
"数字唐山交大"呼之欲出 /447
唐山交大——无法忘却的美丽 /450
初秋寻根老交大 /453
唐山交大全景老照片首现唐山 /455
"交大全景老照片"出处有实证 /457
北洋画报见证交大辉煌 /460
老交大学子木匾现身唐山 /462
西南交大学子来唐寻根　新老校区完成影像合璧 /464
跨越五十年的聚会 /466
六十年风雨不忘初心　双甲子校庆聚首凤城 /469
唐山劳动日报社致唐山交大校友的公开信 /473
后　记 /476

星光闪烁

他们是德高望重的科学泰斗——祖国铁路、桥梁、地理、气象等领域的奠基人和开拓者；他们是风范长存的爱国楷模——学贯中西、蜚声海外，却能在危亡之机以铮铮风骨报效祖国，竖起民族的脊梁；他们是才华横溢的一代宗师——滦河铁路大桥、钱塘江大桥、人民大会堂，这些人人皆知的地标，是他们将自然科学与人文科学相融合之后的创造；他们是桃李遍地的教育先驱——或捐资重教，或亲自掌校，他们用毕生的努力，铸就了中国近代教育史上的大学之魂。

他们与唐山有着深深的不解之缘。或求学成长于此，或事业成就于此，他们的汗水、泪水洒在这片深情的土地上，苦难中的荣耀开出绚丽的花朵。

科学的天空中闪耀着他们的名字——詹天佑、茅以升、竺可桢。

詹天佑：从唐山筑起中国铁路的脊梁

◎滦河大铁桥近景
李阳/摄

碧波荡漾的滦河水，一路逶迤走来，穿过滦县老站村西北的滦河大铁桥，慢条斯理地奔向渤海湾。

极目远眺，冬日阳光下，昔日的滦河铁桥雄姿犹在。这座经历120年风雨沧桑的中国第一座铁路桥，犹如一位沉静、安详的老人，在完成了它的历史使命之后，依旧守望着近在咫尺的京哈铁路线伸向远方。汽笛声声，不时有一列列电气化列车穿梭而过。远方修葺一新的岩山塔巍峨耸立，如同一枚硕大的惊叹号刺向天空。

熟悉这里历史的人都知道，这座历经百年风霜的铁桥，不仅见证了中国近代铁路事业的辉煌历史，更让一代又一代人记住了一个声名远播的响亮名字，一位让中国人扬眉吐气的工程师——詹天佑。

正是从唐山这片热土上，这位当年32岁的南方人正式踏上了为中华民族科技领域奋斗之路，同样也成就了他本人日后在京张铁路上铺就的熠熠生辉的大大"人"字。此后，这位让人民敬仰的工程师，为鼓励铁路教育事业，曾捐献巨资在唐山交大内（今西南交通大学）建

◎1919年，出席远东会议时的詹天佑

成眷诚斋，坚持不懈地为祖国培育出一批又一批优秀铁路人才。

詹天佑因铁路而扬名四海。如果说滦河铁桥是他的成名作，那么京张铁路毫无疑义则是他的代表作。詹天佑因铁路与唐山一度结下深深的缘分，当年从唐山大地延伸出的每根钢轨，依旧默默在讲述着这位先贤留下的一串串光辉足迹。

攻坚克难架起滦河大铁桥

一百多年前的滦河波涛汹涌，如同桀骜不驯的猛兽，阻隔着滦河两岸的乡民往来，只有河中往来穿梭的各种船只，成为当时两岸民众与外界沟通的唯一渠道。

1891年年初，在洋务运动的晚风中，清廷重臣李鸿章受命设立了"北洋官铁路局"，他的得力助手周兰亭、李树棠总揽筑路事务，全力以赴修建关东铁路（古冶—奉天）。虽然朝野中的洋务派和顽固派对政府修建铁路一直争论不休，但李鸿章在1892年已经和开平矿务局的英国工程师金达签下了协议，着手修建关东铁路第一段由古冶到山海关的铁路。其实，早在1881年，中国第一条自建铁路——唐胥铁路就已运营，虽然马拉火车一度成为闹剧，但那时中国的铁路业已经蹒跚起步了。

令人意想不到的是，当这条铁路延伸到滦河岸边时，奔腾咆哮的滦河水使修路的步伐戛然而止。面对宽阔的河面，踌躇满志的金达邀请世界一流的英国铁路专家喀克斯，信心十足地指挥着施工架桥。可是滦河下游河宽水急，河床泥沙很深，地质结构复杂，桥墩屡建屡塌，众人一筹莫展。高傲的英国专家在架桥环节屡次受挫之后，最终将这块烫手的山芋转嫁给了德、日专家，但还是以失败告终。

眼看工期将至，金达这位曾参与修建唐胥铁路的外国工程师有些

◎清末民初时期的滦河铁桥。据专家考证为迄今最早发现的滦河铁桥照片
陈颖/提供

手忙脚乱了，久久沉思之后，他脑海中突然闪出了一个名字——詹天佑。作为金达的助手，这位32岁的中国青年，自耶鲁大学铁路工程专业毕业后，在国内坐了7年的冷板凳，进入天津"中国铁路公司"，也只能忍辱负重给外国工程师做助手，因为他在苦等着实现梦想的机会。

在滦河东岸，卢龙县石门镇的分段铁路施工现场，詹天佑正和工人们紧张地忙碌着，突然接到金达的任命，让他担任滦河段工程师。面对转嫁的这个难题，临危受命的詹天佑，似乎意识到这是扭转乾坤的良机。仔细察看了英、日、德三国工程师的施工现场，望着他们留在桥边横七竖八的材料，他遥望东南方向犹如虎头的岩山，下定决心要让中国人在外国列强面前扬眉吐气。

◎ (1) 1915年绘制的滦河铁桥明信片

从此，詹天佑与工人们同吃同住，亲自勘测滦河多处的水深、流速、河床地质等信息，切实掌握了第一手资料。经过缜密的勘查、比较，他重新选择桥址，而且大胆采用了新方法——"气压沉箱法"来建造桥基，沉箱刃脚嵌入岩盘，两岸桥台均为沉井基础。基础全部用混凝土浇筑，墩身则因当时水泥需从国外进口，价格昂贵，故为石砌。

◎ (2) 1915年绘制的滦河铁桥明信片

1894年4月即农历甲午年，中国第一座铁路大桥滦河大桥正式竣工，一桥横跨东西，两岸变通途。史料记载：滦河大铁桥"工程浩大，历三十二月始告成"。据史料记载，"桥长二百一十七丈四尺六寸（实测为670.56米），宽二丈"，共十七孔，耗银"七十八万二千四百九十五两九钱一分"。

铁桥建成后，詹天佑被推荐加入"英国皇家工程学会"，成为该会第一位中国籍会员。于是，国外的工程师们对他开始刮目相

◎ (3) 1915年绘制的滦河铁桥明信片

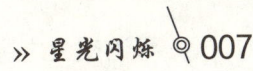

看。参加施工的约300人转入了当时筹建中的山海关桥梁工厂，成为我国制造钢梁的第一批骨干。

光绪二十四年即公元1898年，清廷印制了一批纸币，在津、唐、古、滦、榆等铁路沿线的城乡发行。正面四角饰腾龙，边框绘卷云纹；中央的"滦河铁桥图"，远方山峦起伏，近处船帆水影，一桥横跨两岸，气势恢宏壮观，堪称展示中华河山和关内外铁路实景的一幅写生画，充盈着浓浓的民族情感与时代气息。

2011年，中国嘉德国际拍卖有限公司拍卖了一枚清末滦河铁桥图案的纸币，成交价高达39 200元，一时引起了人们的热议。

时光荏苒，铁桥依旧挺立。1976年唐山大地震后，这座百年铁桥正式退役。后人在紧邻这座铁桥的一侧另外修建了一座崭新的铁路桥，自此，双桥雄跨滦河两岸。1983年和1998年，詹天佑修造的滦河铁桥分别被滦县人民政府、唐山市人民政府批准为县级和市级文物保护单位，成为我市现存极少的清代建筑之一。2013年5月，这座著名的铁桥又跻身国家级第七批重点文物保护单位之列。

时至今日，当人们流连于此，仍然能够看到，滚滚波涛之上，铁桥雄姿依旧、横跨东西。桥的全部铁梁都是铆接在一起的，每一个接缝都紧密结合，使铁桥经历百多年风雨而岿然不动。青石垒砌的桥墩严丝合缝、棱角分明，让后人不得不叹服前辈的精湛技艺和严谨的工作作风。

◎1911年詹天佑（前排中央站立者）与邝孙谋（前排左侧站立较高、有胡子者）等在商办广东粤汉铁路公司合影

唐山走出的"中国铁路之父"

滦河大铁桥巍然屹立于滦河之上，铁桥上的颗颗铆钉如同老人斑一样，镌刻着岁月雕琢的锈迹。穿越时光，人们很难想象出120年前詹天佑站在桥边，呼吸着冀东大地春天的气息，仰望着自己的第一个杰作正式落成时的心境。当时只是单纯地想用积累学识报效祖国的他，无论如何也没有想到，竟被后人尊称为"中国铁路之父"。

自从28岁跟随国外工程师修建关内铁

路，5年里，詹天佑从未离开唐山这方热土。走出唐山后，他先后参与、主持修建的关外、新易、京张、粤汉、汉粤川等铁路，成为我国早期铁路的典范，为我国铁路路网的规划，线路的勘探、设计、施工，做出了历史性的贡献。

其实，詹天佑从事铁路建设历经无数波折。1872年，年仅12岁的詹天佑以自己的聪慧考取了清政府筹办的"幼童出洋预习班"。他怀着学习西方"技艺"的理想到美国就读，作为120名留学人员之一，与吴仰、唐绍仪等出洋预习班的同学们，亲眼目睹了北美西欧科学技术的巨大成就，对机器、火车、轮船及电信制造业的迅速发展赞叹不已。有的同学由此而对中国的前途产生悲观情绪，但詹天佑却怀着坚定的信念说："今后，中国也要有火车、轮船。"

◎广州詹天佑故居

詹天佑于1877年考入耶鲁大学土木工程系，并专攻铁路工程。在这批留学生中，最终只有两人取得了毕业证书，其中就包括詹天佑。

回国后，詹天佑满腔热忱地积极投身修筑铁路事业。然而，当时的中国，封建顽固派极力反对修造铁路，英雄苦无用武之地。詹天佑被迫改学驾驶海船，入福州船政局马尾船政学堂学习，学成后派往福建水师旗舰"扬武"号当了一名炮手，后又担任"扬威"号驾驶官。

1883年，中法战争爆发，第二年，讨伐中国计划蓄谋已久的法国舰队陆续进入闽江，蠢蠢欲动。可是主管福建水师的投降派船政大臣何如璋却不闻不问，甚至下令"不准先行开炮，违者虽胜亦斩！"这时，已担任"扬威"号驾驶官的詹天佑便私下对"扬武"号管带（舰长）张成说："法国兵船来了很多，居心叵测。虽然我们接到命令，不准先行开炮，但我们决不能不预先防备。"由于詹天佑的告诫，"扬武"号十分警惕，做好了战斗准备。当法国舰队发起突然袭击时，詹天佑冒着猛烈的炮火，沉着机智地指挥"扬威"号左来右往；避开敌方炮火，抓住战机用尾炮击中法国指挥舰"伏尔他"号，使法国海军远征司令孤拔险些丧命。

对于这场海战,上海英商创办的《字林西报》在报道中也不得不惊异地赞叹:"西方人士料不到中国人会这样勇敢力战。'扬威'号兵舰上的五个学生,以詹天佑的表现最为勇敢。他临大敌而毫无惧色,并且在生死存亡的紧要关头还能镇定如常,鼓足勇气,在水中救起多人……"

马尾海战的烟云渐渐散去,詹天佑被调入广东博学馆黄埔水师学堂任教习。整整7年,他完全脱离了梦寐以求的铁路工程,每天与海洋和舰船打交道,但他并未就此气馁,始终坚持追逐自己的梦想。

虽然人生之路总有磕磕绊绊,但詹天佑无论是在福州船政局学轮船驾驶,还是在广东博学馆任教,他都是认认真真地学、踏踏实实地做。即使后来身居高位,也坚持"视公事如家事,以己心谅人心"的原则,"不因权利而操同室之戈,不以小忿而萌倾轧之念"。在铁路建设实践中,他归纳出的欲求国家富强必须发展工业,欲求交通事业之畅达必先统一章程,加强国内外技术交流,成立工程学会、培育工学人才等创业思想,至今仍有着重要的借鉴意义。

◎青龙桥车站

修筑京张铁路为国争光

伴随着阵阵"咣当"声,从北京北站出发的列车停在了青龙桥车站。打开车窗,一座铜像豁然映入眼帘——冬日的阳光撒落其身,深邃的眼神眺望着远方,这就是"中国铁路之父"詹天佑的铜像。

当年,清政府着手筹建360华里长的京张铁路(北京—张家口)时,工程之艰难曾一度让外国工程师都视为畏途,但詹天佑咬紧牙关,用双脚来来回回不知丈量了多少次,他与同事在崇山峻岭间,开辟了这条在世界铁路史上堪称奇迹的铁路。

张家口为北京通往内蒙古的要冲,京张铁路有显而易见的军事、经济和政治价值。修路消息传出,在华势力最大的英国志在必得，视长城以北为其势力范围的沙俄也不相让，双方争持不下，最后达成协议：如果清廷不借外债、不用洋匠、全由中国人独立修筑，双方可都不伸手。在英、俄看来，落后的中国完全无此能力，他们等待着中国人陷入僵局时向他们求救。

1906年5月3日，詹天佑写信给在美国读书时的"家长"诺索布夫人：我现为七个孩子的父亲——三女四男！我现任"京张铁路会办兼总工程师"，本路长约125英里，将凿隧道三处，其中最长的为四分之三英里。本路为第一条全部由中国工程师负责兴建之铁路，企望吾人能顺利完成！

◎詹天佑与夫人以及八个孩子的合影，约摄于1909年（上海图书馆藏）

工作开始时，詹天佑勘测了三条路线。第二条绕道过远不可取。第三条就是今天的丰沙线，因从北京城南向西修筑，经过大量坟地，阻碍太多。由于拨款有限，时间紧迫，詹天佑决定采用第一条路线，即从西直门经沙河、南口、居庸关、八达岭、怀来、鸡鸣驿、宣化到张家口，全长360华里。全线的难关在关沟，这一带叠峦重嶂，悬崖峭壁，工程之难在当时为全国所没有，世界所罕见；坡度极大，南口和八达岭的高度相差近60米。

1906年10月24日，詹天佑在给诺索布夫人的信中说：诚然，我很幸运被任命现在的工作。中国已渐觉醒，而且急需铁路，现在全国各地，都征求中国工程师。中国要用自己的资金，来建筑中国自己的铁路。好像我成为中国最佳的工程师，因此全体中国人和外国人都密切注视着我的工作。如果我失败，不仅是我个人的不幸，也为全体中国工程师和所有中国人的不幸，因为中国工程师们将来不会再被人们信赖！在我受命此工作前，即使出任之后，许多外国人公开宣称中国工程师绝不可能担当如此艰巨的重任，因为要开山凿石，并且修建极长的隧道！但我全力以赴，至今已修成一段。

1906年9月30日，第一段工程全部通车，第二段工程同时开始，难关就在这里。首先必须打通居庸关、五桂头、石佛寺、八达岭四条隧道，最长的八达岭隧道1092米。这不仅要有精确的计算和正确的指挥,还要有新式的开山机、通风机和抽水机。前者对詹天佑都不成问题,而后者当时全中国都没有,只有靠工人的双手。

这一段故事是人们所熟知的:詹天佑采用南北两头同时向隧道中间点凿进。但隧道实在太长,后加上在中部开凿两个直井,分别可以向相反方向进行开凿,如此就有六个工作面同时进行。他运用"折反线"原理,修筑"之"字形路线降低爬坡度,并利用两头拉车交叉行进。在铁路兴建之初,有车厢出轨事件。詹天佑想到一个办法:将美国人詹尼发明的自动挂钩加在每节车厢,使之结合成一个牢固整体,确保爬坡时的安全。

1906年12月11日,在工程最紧张的日子里,詹天佑给诺索布的儿子、他少年时的朋友威利的信中写道:目前,中国正处于极不安定的情形下,她正在进行代价很高的试验,也力求革新。但是将来怎样,无人可以预卜。现在这条铁路,要求我只许用中国人来修筑。如果我有权,就乐于介绍给你一个工作,可惜,我现在奉命不得雇用外国员工。

在京城近旁修筑铁路,詹天佑常要付出意想不到的"代价"。铁路要经过一个前任道员家的坟地,他是皇室的亲戚,在朝野均有势力。此人率众闹事,阻止工程,私下又许以重贿,要求改道。可是北面、南面、西面都是权贵的墓地,要大改道不知要造成多大的浪费。詹天佑忍辱负重,花费许多时间跟权贵周旋,终于让铁路从墓墙外通

◎京张铁路修成时,詹天佑(车前右第三人)和同事的合影

过。但为保持"风水",他答应另修一条河,派官员拈香设祭,路成后,再立碑纪念。工程人员愤愤不平,但詹天佑表示,只要铁路能修过去,其他小事都可容忍。

京张铁路第三段工程的难度仅次于关沟。首先遇到的是怀来大桥,这是京张铁路上最长的一座桥,它由7根30.48米长的钢梁架设而成。由于詹天佑的正确指挥,大桥顺利建成。京张铁路原计划6年完成,在詹天佑的努力下,提前两年于1909年8月11日全线通车。工程款不及西方承包商开列的五分之一,不但没有超支,还节余白银28万两。

詹天佑留给后人的照片,似乎自小到大都不苟言笑。他是个严谨的工程师,务实、精细。但是偶然间,也会流露出留学生涯带给他的情趣。在通车典礼上,有人问詹天佑,在整个京张铁路工程中,感到最困难的是哪一段?詹天佑答:"是今天我的致辞。"

民国成立后,詹天佑于1913年获政府委任为交通部技监,1914年获颁授二等宝光嘉禾章,1916年获香港大学颁授荣誉法学博士学位。

1919年,第一次欧战结束,詹天佑不顾身患腹疾,代表中国政府冒着严寒出席远东铁路国际会议,与企图霸占我国东北中东铁路的日方代表论战,取得了我国保护中东铁路的权利。

当年4月,詹天佑因病回湖北省汉口,途中他抱病登上长城,浩叹:"生命有长短,命运有沉升,初建路网的梦想破灭令我抱恨终天,所幸我的生命能化成匍匐在华夏大地上的一根铁轨……"

1919年4月24日下午3时30分,詹天佑终因劳瘁成疾,逝世于汉

◎坐落在西南交大九里校区詹天佑体育馆前的詹天佑铜像

口，享年仅仅58岁。

如今，每当行进在京张铁路线上、经过北京青龙桥东沟大大的"人"字形轨道时，途经此地的中国人都会心生慨叹：詹天佑用自己的聪明才智，证明了中国人的不屈不挠、勇敢前行精神；而他锲而不舍在铁路战线上与列强斗争不息的事迹，和他身上所体现出的民族精神与科学精神高度融合的品质，将和后人为他树立的铜像一起，永远给我们无限启示。

唐山交大的特殊"校友"

"各出所学，各尽所知，使国家不受外侮，足以自立于地球之上。"詹天佑十分注重人才培养，记者在查阅历史资料中发现，他作为唐山交大的特殊"校友"，还曾为唐山交大做出过重要贡献。

1896年，北洋大臣王文韶抵达山海关，历时数月成立北洋铁路官学堂（唐山交大），这是中国第一所铁路学堂。在铁路建设中深感中国工程技术人员匮乏的詹天佑，闻听学堂成立后，亲自参与培养学堂的中国第一批工程师，并主动带领学生实习，后又亲自任唐山交大校友会理事，领导校友会工作。严格的教学要求和詹天佑先生的亲自培育，使中国培养出了最早的优秀工程师，也使北洋铁路官学堂声誉卓著。

在唐山交大校友名册中并未出现詹天佑的名字，但一百多年来，学校一直尊称其为校友，这，源于一段难忘的历史。在西南交通大学的史志专著中有这样的记载："1919年2月9日唐山交大在北京成立校友会，一致选举詹天佑为理事。"由于其曾长期带领毕业生实习，所以也将其归为校友之列。

在担任校友会理事的两个月后，同年4月24日，58岁的詹天佑走完了辉煌的人生。噩耗传来，祖国山河为之动容，他在去世前还不忘口授《遗呈》，就中华工程师学会、管理俄事一役代表之职与汉粤川路事等，提出自己的最后建议。这份《遗呈》为他可歌可泣的人生篇章画上了圆满的句号。

1972年，唐山交通大学整体搬迁到四川，更名为西南交通大学。现今，位于巴山蜀水之间的西南交通大学为纪念詹天佑，在九里校

◎以詹天佑号眷诚命名的学生宿舍眷诚斋

区、犀浦校区、峨眉校区三个校区都建有众多宏伟的眷诚斋和天佑斋。最早的眷诚斋是1931年在唐山建成的三层楼学生宿舍。《西南交通大学大事记》称：8月1日"由詹天佑家属捐款新盖之学生宿舍大楼落成，为了纪念中国第一位铁路工程师詹天佑，以他的号命名为眷诚斋"。

◎西南交大学生宿舍楼

为追溯詹天佑捐建校舍的历史，记者在1934年毕业的校友李温平著述的《忆念杜镇远》一书中看到："詹公并非唐山交大出身，却在民国初年捐资10万，在交大建眷诚斋楼一座，供后继青年使用。"1900年第一届毕业校友邱鼎汾的书面材料中提到"詹天佑捐资修建眷诚斋"。1933年毕业校友李汶生前谈到"眷诚斋系詹公家属捐款修建，建成后我们班级是第一班住进去的"。

唐山交大在迁建峨眉前，土木系历届学生都把京张铁路的关沟段作为实习基地，到八达岭、青龙桥去参观詹公的工程成就，瞻仰詹公铜像，缅怀詹公的丰功伟业，学习一代先贤爱国爱路的高贵品质。

为了缅怀詹天佑对中国铁路建设的丰功伟绩，继承他发奋图强为国争光的雄心壮志，奖励为中国铁路事业做出突出贡献的人，中国科

◎詹天佑（前排右一）与孙中山（前排中）合影

学技术发展基金会在1993年设立了詹天佑铁道科技发展基金和詹天佑铁道科学技术奖。

时至今日，在广州、武汉、北京的詹天佑纪念馆内，那一张张发黄的老照片，一件件弥足珍贵的文物，都一一见证着詹天佑那短暂而精彩的人生轨迹，展示了他为祖国的铁路事业不懈奋斗的奉献精神。

今天，中国铁路已达10万公里，密如蛛网般在华夏大地纵横交织。坐在宽敞明亮车厢内的乘客，也许无法想象，一百多年前，以詹天佑为代表的铁路建设者，曾经为了这两条铁轨的伸展，付出了多少难以想象的艰辛与努力。正是这些前赴后继的先驱者，铸就起了祖国坚实的钢铁脊梁，奠定了中国科学技术迅猛发展的基石。

(角志伟　王昊)

原载2014年2月8日《唐山劳动日报》

◎"和谐号"动车驶过滦河新桥

茅以升：青山着意化为桥

——石拱桥的桥洞成弧形，就像虹。古代神话里说，雨后彩虹是"人间天上的桥"，通过彩虹就能上天。我国的诗人爱把拱桥比作虹，说拱桥是"卧虹""飞虹"，把水上拱桥形容为"长虹卧波"。

——石拱桥在世界桥梁史上出现得比较早。这种桥不但形式优美，而且结构坚固，能几十年几百年甚至上千年雄跨在江河之上，在交通方面发挥作用。

——我国的石拱桥有悠久的历史。《水经注》里提到的"旅人桥"，大约建成于公元282年，可能是有记载的最早的石拱桥了。我国的石拱桥几乎到处都有。这些桥大小不一，形式多样，有许多是惊人的杰作。其中最著名的当推河北省赵县的赵州桥，还有北京丰台区的卢沟桥。

◎青年茅以升

——赵州桥横跨在洨河上，是世界著名的古代石拱桥，也是造成后一直使用到现在的最古老的石桥。这座桥修建于公元605年左右，到现在已经1 300多年了，还保持着原来的雄姿。到新中国成立的时候，这座古桥又恢复了青春……

读着这些耳熟能详的文字，许多人都会记起这篇文章的作者茅以升的名字。这篇发表于1962年3月4日《人民日报》上的《中国石拱桥》，出自著名桥梁专家茅以升之手，一经发表即很快被选入人教版中学语文教科书。自20世纪60年代起，教科书几经更迭，《中国石拱桥》却以其精准优美、平白如话的特点，成为说明文的典范，至今仍为一代又一代的莘莘学子所传诵。

一代大家洗练、平实的文章，如泉水般汩汩涌动，让许许多多的学生在琅琅书声中记住了中国的石桥，记住了华北平原洨河之上历千年风雨而岿然屹立的赵州桥，也让他们记住了一个难以忘怀的一代宗师的大名：茅以升。

1911年，15岁的茅以升以优异成绩考入唐山路矿学堂。这在今天人们的眼里，完全还是一个在父母温暖怀抱里撒娇淘气的孩子。1916年从唐山工业专门学校毕业后，茅以升被清华学堂官费保送赴美留学，从此，他与桥梁结下了毕生之缘……

桥梁专家茅以升一生爱桥、造桥，在人们眼中惯常的桥梁，俨然成了他生命中的一部分。他的小女儿茅玉麟说："诗人常把天上的彩虹喻为人间的桥梁，父亲是用自己的生命，化作了彩虹，永留在人间。"他不但造桥、修桥，而且授桥、写桥，桥，就是他的命。

三次踏勘赵州桥 一代宗师留佳话

这是一张朴素的黑白合影。背景中赵州桥的石拱清晰可见。在赵州桥头，茅以升面带微笑，目光淡定从容，是那种一如既往的儒雅学者之风。合影中的另一位，则略带拘谨，站得笔挺。

在我市离休干部李汉家中，我们见到了这张珍贵的照片。这是1984年10月，李汉陪同茅老参观完赵州桥留下的。当时已是米寿之年（88岁）的茅老与李汉这位唐山交大校友，一起站在千古名桥赵州桥上，留下了永恒的瞬间。

◎李汉与茅以升赵州桥合影

"离现在整30年了。那时候我58岁，现在88岁了。正是他当年的年龄。"

李汉向我们讲述了30年前的情景。

"1984年，我在省政府担任秘书长，一天突然接到一个电话，是茅以升打来的，他没有打给省政府，而是直接打到我办公室，他知道我是交大的校友。他说想到石家庄看看赵州桥,问我能不能接待。他那时是全国政协副主席,属于国家领导人,但他很谦逊,以普通朋友和交大校友的身份来跟我联系。"

李汉马上报告了省长,省长派了一个副省长和李汉一起陪同茅老参观赵州桥。

一见面非常亲切,茅老谦和、儒雅,一点架子都没有。

"他对赵州桥非常感兴趣,对它的结构了解很详细。对赵州桥的历史问得很多。"赵州桥展馆的工作人员给他讲得很详细。

"赵州桥的结构很特殊,石拱桥做得那么好,1000多年前的东西能够保存得这么好,这是个奇迹。"茅老不住地赞叹:这座桥,不仅是中国人民的骄傲,也是世界桥梁建筑中的瑰宝。

"他当时最大的遗憾就是桥的附近环境污染得太厉害,污水臭气难闻,这让他非常痛心。他觉得所有的桥梁都不能脱离环境独立存在,环境也是桥梁的一部分。我们当时就把这个情况向省委汇报了。"

此后,在茅老的督促之下,赵州桥周边污染得以根治。

赵州桥,又称大石桥、安济桥,是位于河北省赵县城南五里洨河上的一座石拱桥,设计者是隋代杰出的工匠李春,建造于大业六年(610年),是单孔敞肩坦弧石拱桥,桥长50.82米,宽9米,南北向横跨洨河之上,桥面分三道,中道行车,左右二道行人。赵州桥是目前世界上最古老、完好的大跨度单孔敞肩坦弧石拱桥。

茅以升一生中曾三次参观赵州桥,这已是他第三次亲自踏勘这座世界最古老的石拱桥了。

第一次是1963年,也就是他的名篇《中国石拱桥》问世的第二年,他与建筑学家梁思成一起视察和验收赵州桥的保护维修工程。这次考察中,茅以升对赵州桥组织了一次承载能力测试,确定赵州桥可荷载8吨,在古代有这么大的辎重,堪称桥梁建筑史上的奇迹。

第二次是1980年,纪录片《科学家茅以升》拍摄期间,栏目组请著名画家蒋兆和先生和茅老一起游览,蒋先生现场作画,留下了人物肖像画史上的经典之作《茅以升》。茅老回京后挥毫为赵州桥写了题词:"历经沧桑一千三百余载,李春的安济桥依然为中华民族文化大放光芒。"

茅于美有一段回忆："1980年夏天，我陪同父亲一起前往赵州桥。父亲对桥的研究，除了查阅《永乐大典》《古今图书集成》这些工具书以外，对实地考察也很注意。父亲当时已是84岁高龄，但仍不辞辛苦地来到赵县，他细心地观察，对桥上每块栏板上的雕刻都能详细给我们讲解一番。"

茅老三顾赵州桥，每次心境不同，收获各异。但最大的受益者还是这座千古名桥。早在1961年，她就被国务院列为第一批全国重点文物保护单位。第二年，《中国石拱桥》名篇问世，很快入选中学语文教科书，赵州桥一桥"成名"天下知。

在《桥话》中，茅以升写道："人的一生，不知要走过多少桥，在桥上跨过多少山与水，欣赏过多少桥的山光水色，领略过多少桥的画意诗情。"

在这样的桥梁人生中，不谈风雨，只见山光水色、月白风清。这是一个科学家，也是一个文学家，一个人文主义者开阔旷达的襟怀。时代的风风雨雨，人生的起起落落，都在他举重若轻、履险如夷的生命节奏中变成了恬淡和笃定。

走在时间前面的人

"父亲有五个早，分别是大学毕业早（18岁）、留学早（21岁）、得博士学位早（24岁）、当大学教授早（25岁）、当大学校长早（29岁）。父亲从唐山路矿学堂（唐山交大前身）毕业时不仅年岁早，而且成绩好，年年考第一。"音乐家茅于润在《我的父亲茅以升》一书中这样介绍自己的父亲。

茅以升1896年出生于江苏丹徒县（今镇江）一户书香之家。3岁时接受母亲的启蒙教育，5岁读私塾，7岁入思益学堂（1903年在南京创办的国内第一所新型小学），1905年入江南商业学堂。

茅以升从小好学上进，善于独立思考。他10岁那年，过端午节，

◎茅以升和家人在一起

家乡举行龙舟比赛，看比赛的人都站在文德桥上，而他因为肚子疼所以没有去。由于人太多把桥压塌了，砸死、淹死不少人。这一不幸事件沉重地压在茅以升心里。他暗下决心：长大了一定要造出最结实的桥。从此，茅以升只要看到桥，不管它是石桥还是木桥，他总是从桥面到桥柱看个够。茅以升上学读书后，从书本上看到有关桥的文章、段落，就把它抄在本子上，遇到有关桥的图画就剪贴起来，时间长了，足足积攒了厚厚的几大本子。

15岁那年，茅以升在日记里写道："千里之行，始于足下。时逢北京清华学堂招收留美预备生，我应当机立断，远离家乡北上投考。"千里求学，负笈北上，不料到了北京，才知已错过清华考试时间。打听到天津有唐山路矿学堂正在招生，他便和一个同学连夜赶到天津参加考试，发榜录取为预科生。也许是上苍的刻意安排，唐山便成为一代宗师的成长之地。

◎坐落在西南交大峨眉校区的青年时代茅以升铜像

1912年9月，孙中山先生莅临唐山路矿学堂讲演，他指出开矿山、修铁路的重要性。当时在唐山路矿学堂读二年级的茅以升聆听了这位"中华民国"之父慷慨激昂的演说后，更坚定了走"科学救国""工程建国"道路的决心，他从此在土木工程系选定桥梁专业为方向，视建桥为己任。

在校学习期间，茅以升极为勤奋，仅整理的笔记就达200本，近千万字，这些笔记摞起来超过一人高。学校考试频繁，又从不预告，有时一个上午4门功课都要考。在校学习的5年中，经过无数次的考试，茅以升每次大考都是全班第一名，5年各科总平均92.5分，这在向来以考试严格著称的唐山工业专门学校（原唐山路矿学堂于1913年改名）历史上极为罕见。

1916年，当时的北洋政府教育部在北京举办全国专门以上学校成绩展览评比，唐山工业专门学校以茅以升的作业参展，结果在70多所高等学校中名列第一。时任教育总长的范源濂特颁给该校"竢实扬

◎西南交通大学九里校区内茅以升塑像

华"匾额一方以示褒奖。

同年,茅以升毕业后报考清华官费留学研究生,并毫无悬念地登上"中华号"远洋客轮,赴大洋彼岸的美国康奈尔大学攻读硕士。

康奈尔大学是一座以理工见长的知名学府。入学后,因为以前没有来自唐山工业专门学校的学子,洋教授们怀疑这位中国学生的学业水平,校方告诉他,必须经过注册考试方能决定是否录取。校方首先考了茅以升的大学课程,成绩为"特优",再考研究生入学考试,成绩又是"特优",比美国最优秀的学生还要好。教授们大为惊讶和赞叹,茅以升顺利成为桥梁专业的研究生。一年后,茅以升捷足先登,一举拿下硕士学位。毕业典礼上,茅以升获康奈尔大学优秀研究生"斐蒂士"金质研究奖章。康奈尔大学校长当场宣布:今后凡是唐山工业专门学校来的研究生,一律免试入学。茅以升为母校在国外争得极大荣誉,他的母校日后被誉为"东方康奈尔",当自此始。

1917年,导师贾柯贝把自己的东方爱徒介绍到匹兹堡桥梁公司实习,茅以升向梦想之桥又迈近了一步。工作同时他利用业余时间到卡内基理工学院夜校攻读工学博士学位。1919年,23岁的茅以升成为该校首名工学博士。他在博士论文《桥梁桁架次应力》中提出的创见被称为"茅氏定律"。

茅以升曾说:"回顾我的读书生活,这14年的努力,好比造桥,为我一生事业建造了坚实的桥墩。"

在那个中西文化交流、融合、碰撞使得留洋青年才俊辈出的年代，学成归来报效祖国是一种义无反顾的选择。

1919年，茅以升临别美国，忽然接到母校罗忠忱老师来函，邀请他回母校任教。就这样，归国后的1920年8月，25岁的茅以升站在了母校的讲台上。

◎镇江茅以升纪念馆内茅以升铜像

四次出任唐山交通大学校长

20世纪，在唐山交大的一次学术报告会上，听者甚众，讲台上一位先生正讲"西洋圆周率略史"，提到一百位的圆周率时，这位先生随即一字不差地凭记忆将这一百位数字写出，令全场轰动。这位先生直到92岁高龄时，仍能背得不差毫厘。他就是茅以升教授。

在交大，他的教育方法是"授人以鱼"和"授人以渔"的结合。他认为教师的责任不仅是授业，更重要的是培养学生自力学习、自力研究的习惯和能力。他独创的教学方法是通过"考先生来考学生"。每次上课的前10分钟，指定一名学生就前次学习课程提出一个疑难问题。问题提得好，或教师都不能当堂解答的，给提问学生打满分。如提不出问题，则由另一学生提问，前一学生作答。这一方法推行后，学生由被动学习变为主动学习，学业大进。同时，学生所提问题，能使教师受到启发，起到教学相长的作用。

然而，这样一位思想力卓著、创造力勃发的先生，在国难当头的年代，竟不得不颠沛流离，带领学子们苦苦寻找一张安静的书桌。

唐山交大的校史上记载着茅以升四次掌舵交大的故事。他用他的一生，为我们描摹了一颗坚韧有力的学术种子，在辗转中经历了种种挫折后，是如何以一种力挽狂澜的精神，繁衍成一片壮美的森林。

1920年，茅以升应邀回母校任教，时年24岁，是国内最年轻的工科教授。次年，任唐山交大副主任（副院长）。

1925年冬，唐山交大发生学生会驱逐有蔑视中国学生言行的美籍化学教师伊顿事件。1926年1月，唐山交大校长孙鸿哲因难以调解此事，受到学生会的反对，辞去校长职务，交通部遂委派茅以升继任校长。茅以升校长劝说学生会放弃过激做法，学生会不听从，茅以升旋即辞职离校。茅以升先生此次出任交大校长，为时甚短，他本为调解母校纠纷而来，事既不成，引身而退，则大有中国老一辈知识分子的风范。

1937年，卢沟桥事变之后，抗日战争全面爆发，唐山交大所在地属华北最前线，事变不过10日，唐山校园即沦入日寇魔掌。校长孙鸿哲此时正卧病于北平，不少师生纷纷自行南下。9月，经过一番努力，唐山交大几十名师生首先集中于湖南湘潭，决定在1938年2月复课。这时最急需解决的问题是要有一个校长（院长），茅以升愿担此重任，出任代院长。他到湘潭就职之日，院内遍贴"欢迎茅博士来复兴唐大"的标语。到职后，他一面对外接洽联系，争取教育部承认拨款等，一面则力争扩大教师队伍，保证教学质量。5月，茅以升先生被改聘为交通大学唐山工程学院的正式院长，这是茅以升第三次担任唐山交大校长。

由于交通大学北平铁道管理学院暂时并入唐山交大，而湘潭缺乏房屋可用，学校于5月又迁往湖南湘乡杨家滩。1938年10月，武汉沦陷，11月初日寇进攻湘北，11月12日国民党军队在放弃长沙时纵火焚城，民众惨死者10余万人。杨家滩离长沙只有一百多公里，人心浮动，以为日寇朝夕可至，茅以升只好带学校再次南迁桂林。

迁移的过程十分艰难，不但要徒步行走，还随时面临着敌机轰炸的危险。12月2日，日军飞机轰炸桂林，学校从杨家滩带出的图书、仪器、档案和80多位同学的行李损失殆尽，不少同学行李物品一无所有。在这困难关头，最重要的是要有信心。茅以升先生12月7日召集大家谈话，他说："我们学校历史悠久，有艰苦奋斗的传统，有强大的凝聚力，有百折不挠的生命力。只要大家坚定信心，团结一致，奋勇向前，唐院一定会振兴的。抗战必胜，日寇必败，国家前途是光明的。"他斩钉截铁地向大家宣告了自己的信念："中国不会亡，唐山不会亡，我们一定能找到我们读书的地方。"

茅以升校长的智慧与笃定，连同他与时代肝胆相照的铿锵之声，昭示出的是黑暗中的光亮，寒夜里的暖意。

自1938年11月17日离开杨家滩，至1939年1月28日到达新校址平越（今贵州福泉县），历时七十多天，行程两千余里，长途跋涉，一路劳顿，生活不定，交大师生备受辛苦。但茅以升院长领导有方，临危不乱，诸多校友竭力支持，热情帮助，师生们团结互助，同舟共济，终于在贵州平越秀丽的藜峨山下，清澈的犀牛滩畔，重新播下了读书的种子。之后，学校迅速进入正轨。

◎浮雕墙背面镌刻着唐山交大自山海关创办以来的迁徙路线图

1942年4月，茅以升调离交大。

1944年11月，日寇向桂北发动进攻，平越已划为前线，唐山交大校舍即将进驻督战队。此后月余，平越处于混乱状态，学校不得不于11月16日贴出布告：暂时停止上课，到重庆去集中。茅以升等交大校友出面，特地组成"交大唐、平两院重庆校友会"，全力协助母校迁移，不久就在重庆璧山县丁家坳觅得房屋。于是学校又赖以复课。

抗日战争时期，是唐山交大存亡续绝的时期，也是灾难深重的年月，然而这一时期却是学校有史以来办学规模最大、教学成果最丰硕的时期之一。许多著名的校友，就是在抗日战争的烽火中培养出来的。

虽经风雨飘摇，茅以升校长仍竭尽全力保留着唐山交大的文化根脉，一路颠沛流离，一路弦歌不辍，使大批交大学子继续学业。

1949年7月，中共中央军委铁道部决定将唐山交大（时称唐山工学院）与北平铁道管理学院、华北交通学院合并组成中国交通大学。茅以升先生出任总校校长。1950年8月以后，中国交通大学改称北方交通大学，茅先生继续担任校长至1952年5月。在茅先生主持下，唐山交大原有各系得到扩充，并增设了机械、电机、材料等系，许多高水平教师也是经他批准延聘到校的。茅以升先生鼎力聘请学有专长的中青年专家回国任正、副教授，使学校拥有一支以80多名正副教授为主力的师资队伍，这在当时国内高校实属凤毛麟角。

"到1984年我们见面的时候，茅老已经离校很久了，但是对学校的感情、对唐山的感情还是那么浓厚。他永远说我是唐山交大的……"

李汉永远记得他陪同茅老参观赵州桥归来的一夜长谈。唐山交大成了他们唯一的话题，南迁四川峨眉的学生成了茅老最后的惦记。茅老一再表示希望交大回迁唐山，让李汉帮忙想办法。殷殷重托，感人肺腑。

茅于美在《我的父亲茅以升与唐山交大》一文中写道：父亲晚年还为恢复"唐山交通大学"这个校名，奔走呼吁，不遗余力。他说非只关"校名"，而是因为这所学校是我国初创工程学校，培养工程人才的"象征"，对海内外校友有着强大的凝聚力。此事始终未能如愿，是他的一大遗憾。

"云山苍苍，江水泱泱，先生之风，山高水长。"茅以升校长始终宛如灯塔，照亮一方。

钱塘江大桥——中国桥梁史上的一座丰碑

归国伊始，茅以升就立志要为国架桥。可是，祖国大地战火连绵，满目疮痍，甚至铁路和桥梁的修建权都掌握在外国人的手中。

翻开建桥工程记录，一项一项都写着外国人的名字，唯独没有中国人自己造的桥：济南黄河大桥，德国人造；郑州黄河大桥，比利时人造；蚌埠淮河大桥，英国人造；哈尔滨松花江大桥，俄国人造；沈阳浑河大桥，日本人造；云南河口人字桥，法国人造；珠江大桥，美国人造……

◎江苏省镇江市的茅以升纪念馆

1933年，在茅以升从美国归来的第13年，他终于得到了一次建大桥的机会。是年3月，浙江省决定在钱塘江上兴建大桥，以贯通浙江省铁路、公路交通。浙江省建设厅长曾养甫、浙赣铁路局长杜镇远和浙江公路局长陈体诚一致推举茅以升担此重任。

然而在钱塘江上造桥绝非一件易事。钱塘潮是天下奇观，也是诗人吟咏的好题材："怒挟长风过海门，须臾新潮没沙痕。鲸波吼夜千兵合，雪浪翻空万马奔。"尽管大潮壮观，天下一绝，但对于建桥来说，却是巨大的自然障碍。钱塘江上水、风、土都不比寻常。上游山洪暴发时，水流湍急，下游怒潮倒灌时，波涛险恶，如果上下同时并发，或遇到台风，江水翻腾激荡，势不可挡，而且潮头壁立，可高达9米，破坏力惊人。江底石层全被流沙覆盖，深达40米，流沙极细极轻，一遇水冲，便被卷走，变化莫测，突然刷深可达10米以上。所以杭州人说："钱塘江无底""钱塘江造桥——不可能"。茅以升曾两下杭州调查钱塘江建桥的可能性，在经过仔细调查分析之后，得出的结论是，虽然难度极大，但"在有适当的人力、物力条件下，从科学方面看，钱塘江造桥是可以成功的"。

"钱塘江大桥工程处"于1934年4月成立，处长茅以升请来当年美国留学时的大学同窗罗英担任总工程师。1934年8月8日动工兴建大桥，但因筹备、承包商运送工具和材料耗费了很多时间，正式开工是在1935年4月6日。

桥墩需建在坚实稳固的基础上，然而钱塘江底积淀的流沙竟厚达41米。茅以升设计的方案是：在设定桥墩位置的四周，打入穿越泥沙的木桩，并发明了"沉箱法"，即用钢筋混凝土浇制一个长18米、宽11米、高6米、重达600吨的"沉箱"。将无底无盖的"沉箱"运到江里，罩住木桩圈，再用6个3吨重的船用铁锚定置，然后用高压气挤走箱里的水。此时"沉箱"似一间无屋顶的房子，工人们在箱里进行挖沙作业，最后在沉箱上筑桥墩。

建桥墩共需打1 440根木桩，但打桩却遇到困难，重夯木桩容易断裂，轻夯则打不下去，一昼夜只能打1根桩。茅以升从浇花壶水能将土冲出小洞中受到启发，首创采用高压水龙带抽江水，在厚硬泥沙上冲出深洞再打桩的"射水法"工艺，一昼夜可打30根桩。一个难题解决了，又一个难题出现了：汹涌的浪潮把"沉箱"推移偏离，一次竟将庞然大物冲到几里外的闸口电厂附近的江中。后来工人提出把铁锚改为10吨重的"混凝土水泥锚"，终于使沉箱固定住了。

造桥虽已使用了机械化装备，但仍离不开人拉肩扛，当时江中正桥桥墩还有一处尚未完工,茅以升、罗英率领工人夜以继日加速施工,还巧妙利用自然力的"浮运法",潮涨时用船将钢梁运至两墩之间,潮落时钢梁便落在两墩之上。

在大桥施工过程中,茅以升集聚造桥人的智慧解决了80多个技术难题,打破先做水下基础,再做桥墩,最后架钢梁的传统造桥程序,采取上下并进、一气呵成的方法,即基础、桥墩、钢梁三种工程一起施工,提高了工程效率。

1937年9月26日,随着一声火车长鸣,钱塘江大桥通车了。人们涌向大桥两岸,为在苦难和战火中诞生的民族钢铁桥梁而欢呼!这座全长1 453米的大桥,与近旁的六和塔一起构成了西湖风景名胜区南线雄伟壮丽的风光。

然而,这座通向生命彼岸的桥梁,它的建造者茅以升在设计之初,竟然就有一种连他自己也不愿意正视的预感。他在大桥南2号桥墩上,留下一个长方形的大洞,却没有向任何人解释原因。

1937年11月16日下午,国防部派工兵学校一位丁姓教官来到"大桥工程处",向茅以升出示一封"密件"之后说:"如果杭州不保,就炸掉钱塘江大桥,留着等于替日本人造桥。"

茅以升在南2号桥墩留下的长方形大洞,其实就是预防这一时刻的来临。茅以升以一个桥梁工程学家严谨、精准的态度,将钱塘江大桥所有的致命点一一标示出来,工兵连夜埋设了炸药。

第二天清晨,茅以升突然接到浙江省政府命令:立即开通大桥。原来从上海逃难过来的同胞都拥挤在南星桥码头,过江渡轮运力严重不足。当得知大桥已通,扶老携幼背着包袱的人流和装载物资的汽车,如潮般地涌上大桥。这一天,通过的撤退机车300多辆,客货车2 000多辆,难民不计其数。而这一切全是从炸药上通过的,但是撤走的物资其价值远远超过了建桥成本的几倍,何况更重要的是保护了数十万人的生命。

这就是史料记载的"1937年11月17日钱塘江大桥全线贯通"的日子。可是,人们怎么会想到,"所有这天过桥的十多万人,人人都要在炸药上面走过,火车也同样在炸药上风驰电掣而过。开桥第一天,桥里就先有了炸药,这在古今中外的桥梁史上,算是空前的了。"

1937年12月23日下午1点，茅以升终于接到命令：炸桥。下午5点，日军的先头部队已隐约可见，人群被强行拦阻，茅以升亲手点燃了导火线。随着一声巨响，钱塘江大桥的两座桥墩被毁坏，五孔钢梁折断落入江中。历经925个日日夜夜、耗资160万美元的钱塘江大桥，最终在通车的第89天瘫痪在日寇侵略的烽火中。中国人的第一座现代化的大桥，竟是以承受如此沉重的民族苦难作为通车典礼的。

这是茅以升一生中感到最长的一天。他后来回忆起那天的情形说，就像是把自己刚生下的孩子掐死在摇篮里。当晚，茅以升在书桌前挥泪写下了八个字："抗战必胜，此桥必复！"并赋诗一首："斗地风云突变色，炸桥挥泪断通途，五行缺火真来火，不复原桥不丈夫。"

大桥炸毁后，桥工处全部撤退，茅以升带着在钱塘江大桥建设过程中的所有图表、文卷、相片等14箱重要资料一起撤退。整个抗日战争时期，茅以升在躲避战乱的路途中舍弃了许多家什，却将这些资料珍若拱璧，直到1948年5月，在茅以升的亲自主持下，钱塘江大桥才得以修复，茅公实现了他的誓言。

《中国铁路桥梁史》这样评价钱塘江桥："20世纪30年代，在自然条件比较复杂的钱塘江上，以当时尚不发达的施工技术，用不到3年的时间，由我国工程师自行设计并监造，建成了一座基础深达47.8米的双层公铁两用桥，这是旧中国铁路桥梁建设史上的一项重大成就，也是中国铁路桥梁史上的一个里程碑。"

在大桥北堍的绿茵中矗立着茅以升先生的全身铜像，恰似钱塘江大桥的守护神，深邃的目光凝视着这个命运多舛的不朽作品，似有不尽之言。

钱塘江水带着他一生的辛劳、成功的喜悦、殷切的希望，永不停息地从钱塘江大桥的桥孔流过，从四桥、三桥、二桥流过，从依然屹立的海塘脚下流过，也从茅老预见的"世界上最长、最大、最现代化的大桥"——杭州湾跨海大桥流过，一直流到广阔的大海……

1955年至1957年，茅以升又任武汉长江大桥技术顾问委员会主任委员，他又接受修建我国第一座跨越长江的大桥——武汉长江大桥的任务。1955年9月，大桥正式开工，到1957年9月25日建成，比原计划提前两年。1957年10月15日，武汉长江大桥举行落成典礼。

1958年在北京修建人民大会堂时，周恩来总理在审查工程设计时指出："要有茅以升的签名来保证。"党和国家领导人对茅以升非常信任，茅以升也对工作极其负责，他对人民大会堂的结构设计作了全面审查核算，最后签了名。

茅以升一生学桥、造桥、写桥。他在中外报刊发表文章200余篇。主持编写了《中国古桥技术史》及《中国桥梁——古代至今代》（有日、英、法、德、西班牙五种文本）。著有《钱塘江桥》《武汉长江大桥》《茅以升科普创作选集》（一、二）《茅以升文集》《中国古桥与新桥》等。

新中国成立后，茅老一直任铁道研究所所长，铁道科学院院长，全国科学技术协会副主席。自1954年起当选为一至五届全国政协委员、全国人民代表大会代表、人大常委会委员。茅以升为我国和世界桥梁建筑事业做出了卓越的贡献。1989年11月12日病逝于北京。

回首一生，他最倚重的桥，是心中那座：

人生一征途耳，其长百年，我已走过十之七八。回首前尘，历历在目，崎岖多于平坦，忽深谷，忽洪涛，幸赖桥梁以渡。桥何名欤，曰奋斗。

如今，昔日的唐山交通大学已在时间与历史的演变中，华丽转身为西南交通大学，这所历经120年风雨沧桑的华夏名校，虽历18次搬

◎镇江茅以升纪念馆外茅以升塑像

迁校址，但依旧薪火相传，依旧弦歌不断，依旧人才辈出，今天已经发展成为一所以工科为主，工、理、管、经、文、法等多学科协调发展，拥有九里、犀浦、峨眉三大校区的全国重点大学。

1991年，为永久纪念这位和学校同龄的一代宗师和交大校友，学校在九里校区图书馆前建造了一尊茅以升半身铜像，并把学校主干道路以他的字——"唐臣"命名。

2006年5月16日，恰逢茅老诞辰110周年，一尊青年茅以升铜像在西南交通大学110年校庆的鞭炮声里矗立在该校峨眉校区。

从此，一脸谦和、满目慈祥的老校长，就这样在成都平原的青山绿水之间，在峨眉山区如诗如画的风景里，宛若生前一样，深情注视着这里的一草一木，默默迎送着进进出出的学子们。茅以升，这个响亮的名字早已和这所名校深深地融为一体，如同一棵参天大树，广植于芸芸师生的心间。而据校方统计，每到九月，大学开学、新生报到的日子，正值蓉城百合花次第开放的季节，在满城沁人心脾的花香里，每年几乎都有近百名来自唐山这片茅以升院长当年求学发祥之地的青年才俊，他们远涉千山万水，或只身前来，或结伴而行，或父母相伴，慕名投身到这所名校厚重温暖的怀抱里，来到曾经的老院长身旁，就像当年少年茅以升负笈北上一样，激情澎湃地放飞多彩的青春，追逐人生的梦幻，实现自己的理想……

（角志伟　梁竞艳　刘　笛）

原载2014年3月3日《唐山劳动日报》

◎西南交大犀浦校区内铁路远景图

竺可桢：传感大自然的语言……

◎竺可桢

1909年，一位来自浙江绍兴的瘦削少年走进了唐山路矿学堂，在土木工程系学习。这一年，是唐山路矿学堂的前身山海关铁路学堂建校的第13个年头，也是这所命运多舛的新式学堂复建的第4个年头。一年后的1910年，他以优异的成绩考取了第二批"庚款"赴美留学生。

这位少年，就是现代著名的地理学家、气象学家和教育家竺可桢，中国现代地理学和气象学的奠基人，毕生为国"求是"的气象事业和物候学的开拓者。

"竢实扬华、自强不息"，是由唐山路矿学堂发展起来的唐山交通大学的校训，被誉为"交大精神"。竺可桢的人生之路，恰是这精神的最好诠释。

看云卷云舒，心怀万里江天阔，脚踏大地有回声。尽管，竺可桢在唐山路矿学堂的求学经历仅有1年，但唐山记住了这位百年前学习成绩总居全班第一的土木工程系学子。从这里，竺可桢走出国门，抱着"科学救国"的信念，在异国他乡刻苦攻读先进的科学知识，并在学成之后毫不犹豫地回到积贫积弱的祖国，埋头苦干，古老的中华大地上，自此树立起了现代意义上的气象学、地理学、物候学的学术理论体系，以及中国自己的气象观测台网。即使是在抗日战争时期的艰苦岁月，身为浙江大学校长的竺可桢依然致力于学校的教学、科研事宜，这所流亡大学不但没有被日寇消灭，反而创建起了更加完备的学科设置,成为当时中国仅有的两所综合性大学之一,被英国著名科学家、中国科技史专家李约瑟评价为可与剑桥大学、哈佛大学媲美的"东方剑桥"。

今年,是竺可桢诞辰124周年、逝世40周年。沿着他的人生轨迹,让我们去探求一位历经清朝、民国、中华人民共和国的老科学家的精神世界。

"中国以农立国,我要学农科"

1890年3月7日,浙江省绍兴东关镇,一户竺姓的普通小商人家里,传出婴儿的哭声,男主人竺嘉祥迎来了他和妻子顾氏的第六个孩子。虽然开有一家小米店,但由于子女多,本金微少,竺家的生活一直较为困难。竺嘉祥靠粮食转手生意和为来集市卖米的农民量斗,赚取有限的利润,顾氏更会在每天的集市散后,用笤帚把撒落在地的米麦杂粮仔细地扫起来,供家里做顿稀粥。在这个清贫之家里,竺可桢渐渐长大着。

◎竺可桢故居陈列室一角(由绍兴市上虞区图书馆提供)

也许是自幼身体瘦弱的缘故,竺可桢性格温和,喜欢安静。聪颖的他在两岁时已开始认字,3岁时就把街上的所有招牌认全了。父亲竺嘉祥自己认字并不多,希望下一代多读点书,对子女教育极严。比竺可桢大14岁的大哥竺可材考上了秀才,后回到东关在私塾里教书,竺可桢未满6岁就入这个私塾,在大哥的严厉教导下学习。1899年东关毓菁学堂开学,教书的都是有名的教师,第一次招收学生100余名,竺可桢以优异成绩考入这个新式学堂。经过6年苦读,他以第一名的优异成绩毕业,而同期入学的百余名学生取得高小毕业文凭的不到10人。正是在这里,竺可桢受到了最初的科学启蒙和忧国忧民思想的灌输。他听老师讲八国联军打进北京,朝廷却要赔

◎位于浙江省绍兴市上虞区东关镇的竺可桢故居(由绍兴市上虞区图书馆提供)

款4亿5 000万两银子；而随着帝国主义廉价商品涌入中国，本就脆弱不堪的传统小生意受到巨大的冲击，民生凋敝的景象更是他的切肤之感。少年可桢开始思考怎样救我中华的大命题。

1905年，15岁的竺可桢到上海澄衷学堂和复旦公学读书，后又考入唐山路矿学堂。在这些新兴的学校里，他接触到一些宣传新思想的图书杂志，在他的头脑里逐渐坚定了这样的信念：贫穷落后的祖国需要科学。

1910年，考取了赴美留学的竺可桢在入伊利诺伊大学时，被问之想学什么专业，他答："中国以农立国，我要学农科。"1913年夏，从伊利诺伊大学农学院毕业后，竺可桢又转入哈佛大学研究院地理系专攻气象学，还是和农业密切联系的专业。有这种选择，来自他幼时的一次对话。某天，一位来竺家米店的农民面带忧虑之色，他便关切地问："今年收成不好吗？"那人叹息着回答："人种天收啊！"这句话似重锤敲打着少年的心灵，从此，这少年知道了天气变化与农民的命运息息相关，而他要做的是改变几千年来"人种天收"的农业生产状况。

正是这"农业立国"的想法，让竺可桢走进一个在旧中国完全空白的领域——气象学，他自己，也成为一个追逐风云变幻的人。

在哈佛大学读研究生时，这所著名学府求实崇新、自由探讨的学风，给竺可桢以深刻的影响。1918年，他以一篇《远东台风的新分类》的博士论文，引起了国际气象学界的关注。他提出了台风强度划分新标准，以风速作为量度台风及其强度的单位，并一直沿用至今。

1918年秋，竺可桢在美国获得博士学位后带着"科学救国"的决心回到了祖国。1920年秋应聘南京高等师范学校。1927年，南京高等师范学校改称国立东南大学，在他的努力下建立了地学系。同时，积极筹建校南农场气象测候所，定期观测温度、湿度、气压、雨量、日照等项目，逐月发布南京气候报告。这是我国自建和创办气象事业的起点和标志。1928年，他出任中央研究院气象研究所所长，提出《全国设立气象测候所计划书》，计划在10年内，全国建立气象台10处，测候处150处，雨量测候所1 000处。很快，南京北极阁气象台建成，从此中国有了自己的气象台，这里便成为中国近代气象科学的发祥地，也是当时中国气象科学研究中心和业务指导中心。

为了建好这些气象台、所，竺可桢殚精竭虑，培养了我国第一批气象学和地理学研究及教育人才。张宝堃、吕炯、黄厦千、沈孝凰、胡焕庸等，都是这个时期培养出来的优秀学者。他还积极参加中国科学社，做了大量宣传工作，在中国科学社第十二次年会上被选为理事长。他还是中国气象学会副会长。1934年他发起成立中国地理学会。

"好似杏花疏影里响起的笛声，那样嘹亮与悠扬"

1936年4月，竺可桢出任浙江大学校长，时间长达13年之久。一位致力于科学研究的知识分子，却因国是多艰而被推上了历史的舞台。

1935年冬，"一二·九"运动爆发，很快波及全国。浙江大学学生于12月10日召开全校大会表示响应，并发动杭州各校学生近万人于11日举行抗日示威游行。当时，浙大校长郭任远竟秉承国民党省党部旨意，招来军警镇压学生，逮捕学生代表12人。此举使广大学生积压已久的愤怒如火山一样迸发出来，他们当即决定罢课，发表驱郭宣言。学生的行动得到大多数教职员的同情和支持，要求撤换校长，成了浙大全体师生的共同呼声。正是在这样的形势下，竺可桢被举荐出任浙大校长。最初，他还一度犹豫不决，放不下挚爱的气象研究工作，也不愿陷入繁杂琐碎的官场应酬中。是妻子和友人的劝说，警醒了竺可桢，他们认为，大学教育问题很多，风气不正，恰需一位校长来整顿教育、转变学风。由此，浙江大学的校园里，出现了一位身材瘦削、举止儒雅、戴一副圆框眼镜的校长。

从科学研究者到教育家，竺可桢的这次转变，被视为他人生路上的一次意外拐弯。然而浙江大学有幸，遇到了这样一位极富人格和学格魅力的校长，迅速成长为中国著名的综合性大学之一；中国的大学教育有幸，在她那刚起步不久的发展历史中，由此又增添了令国人自豪的重彩一笔。

多少年后，一位曾聆听过竺可桢讲学、如今已是耄耋之年的浙大学子，忆起老校长的音容笑貌，如是说道："好似杏花疏影里响起的笛声，那样嘹亮与悠扬，将日月星辰都打开了。"这是怎样的一种感受,如沐春风,如承甘霖,古人留下的美好词句,似乎也不能准确地描述出竺可桢给浙大学子带来的心灵震撼。

上任浙江大学,竺可桢重点做了两件事情:一是改革学校管理,二是吸纳贤才。

1936年4月25日,竺可桢在全校学生大会上第一次发表讲话,表明了他办学思想的主旨。他指出:"办中国的大学,当然须知道中国的历史,洞察中国的现状。我们应凭借中国的文化基础,吸收世界文化的精华,才能培养成有用的专门人才;同时也必须根据本国的现势,审察世界的潮流,培养成的人才才能合乎今日需要。"

"求是"是浙江大学的前身"求是书院"的院名,也是竺可桢为浙大制定的校训。1938年11月,在一次校务会议上,竺可桢正式提议将"求是"定为浙大校训。在他的心目中,"求是"的精神应包括:(1)不盲从,不附和,一切以理智为依归。如遇横逆之境遇,则不屈不挠,不畏强御,只问是非,不计利害。(2)虚怀若谷,不武断,不蛮横。(3)专心一致,实事求是,不作无

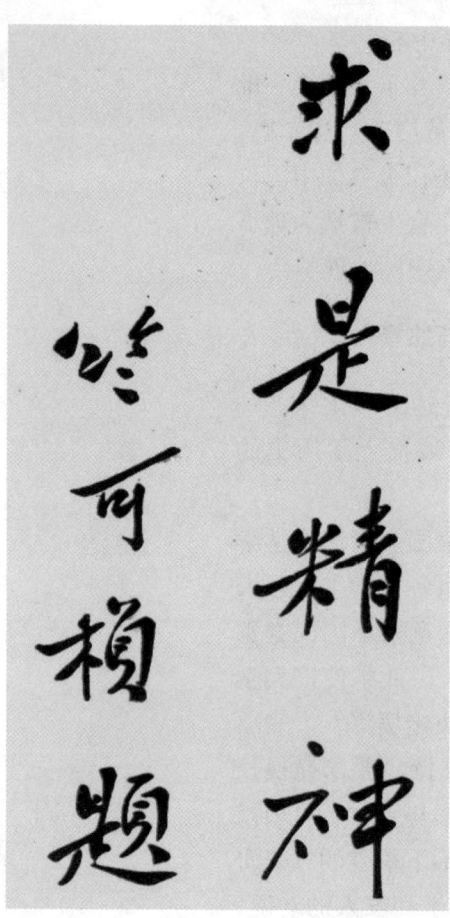

◎1938年,竺可桢为浙江大学定下"求是"校训,而他本人更是"求是精神"的极力践行者

病呻吟,严谨整饬,毫不苟且。他对科学精神的提倡、对学术自治的坚持、对大学生人格理想的阐释以及与之相关的学校系科的调整,均源于此。

在这三条中,竺可桢又特别强调第一条,他说:"科学精神是什么?科学精神就是'只问是非,不计利害'。这就是说只求真理,不管个人的利害。有了这种科学的精神,然后才能够有科学的存在。"

对待人才,竺可桢也有自己的真知灼见,就任伊始,他便声明,教授是大学的灵魂。"一个大学学风的优劣,全视教授人选为转移。假使大学里有许多教授,以研究学问为毕生事业,以培育后进为无上职责,自然会养成良好的学风,不断地培植出来博学敦行的学者。"在竺可桢任浙大校长的13年中,这里聚集了一批"听听名字就令人

神往"的教授：王季梁、胡刚复、梅光迪、张其昀、束星北、张荫麟、苏步青、贝时璋……而这些人大多性格独特，气度不同，却都对竺可桢敬重有加。

教授费巩，极有才子气，一度对竺可桢不满，开教务会时，当面冷嘲热讽："我们的竺校长是学气象的，只会看天，不会看人。"竺可桢却微笑不语。后来，竺可桢不顾国民政府"只有党员才能担任训导长"的规定，认定费巩"资格极好，于学问、道德、才能为学生钦仰而能教课"，照样请他做训导处长。

物理学家束星北，很有侠气，却又脾气暴躁。浙江大学因战争西迁，他对竺可桢不满，于是一路跟在这位校长后面，数说其种种不是，竺可桢也总是一笑而过。后人回忆，竺可桢虽然并不欣赏束星北这种作风，与他私交不深，却力排众议，将他聘为教授，并经常为保护这位有才华的教授而费尽周折。

这名校长，曾在新年之夜，全家吃霉米，却把自己的工资分给教员们。难怪当时的数学教授苏步青，提到竺可桢时反复念叨："他真是把教授当宝贝儿，当宝贝儿啊。"

竺可桢坚持学术独立、教育独立，总是力排国民党政治干扰，维护学术和教育的尊严，"以自己的人格、理想和才干为浙大营造了相对安定的学术、教育氛围"。他告诫学生必须有"明辨是非、静观得

◎抗战时期浙江大学西迁路线示意图

失、缜密思虑、不肯盲从"的习惯。对学生的爱护更是用行动来见证。尽管当时的竺可桢并不认同学生们的主张，但却坚决不允许反动军警染指浙大校园，一旦有学生被捕，他总是极力营救，一定要到狱中看望他们；如果学生受审，他也一定要到庭旁听。以致国民党政府教育部在公函中申斥他"包容奸伪匪谋学生之一切非法活动于不闻不问"，这些高压，他均报以爱国知识分子的正义与良知来进行抗争。

1950年竺可桢60岁时，浙江大学的学生送来锦旗，上写："浙大保姆"。世人评价："他的人品一如他老家绍兴的白墙黑瓦，一派日月山川般的磊落明静。"

西迁路上，流亡的浙大在"长征"

在浙江大学的校史上，有一段令所有学子，乃至中国人都无法忘怀的流亡岁月。一所大学，数千名师生，抱着抗战到底的信心和不给敌人留下一张纸片的执念，从东至西，穿越在中国的腹地，进行着一场悲壮的西迁。这一令世人瞩目的壮举，被彭真同志称赞为"一支文军"的长征。

带领这支"文军"长征的，就是竺可桢。

1937年7月，抗日战争爆发。8月日寇进攻上海，杭州危急，为了坚持学业，为国家保留一批知识精英，校长竺可桢毅然率领浙江大学全体师生，踏上西迁流亡办学的艰苦历程。1937年9月，浙大一年级迁往浙江的西天目山上课，12月全部迁往浙江的建德。这就是浙江大学的第一次搬迁，第二次迁到江西吉安、泰和，第三次迁到广西宜山，第四次迁到贵州。整个西迁横穿浙江、江西、广东、湖南、广西、贵州6省，行程2 600多公里，历时两年半，最终将校址迁到贵州省遵义、湄潭，并在当地办学7年。

那是一个山河破碎、家国飘摇的时代，当侵略者的铁蹄肆虐在中国大地时，从北方，从东南，从一个个沦陷区，走出了大批不当亡国奴的知识分子。他们手无寸铁，却怀抱着书籍和科学仪器；他们弱不禁风，却用脚板丈量着大半山河；他们时时面临敌人的狂轰滥炸，却把经过的田野、山坡当作大学的课堂，憧憬着抗战胜利后将建设一个怎样的国家。历史记录下了这些大学，东北大学、北京大学、清华大学、南开大学、上海交通大学……历史也将永不忘记，当竺可桢带领师生们跋涉在荒山险滩时，这位校长少年求学时的母校——交通大学唐山工程学院，也踏上了流亡南迁的迢迢征途。而在此前，冀东大地早已处于日伪统治之下，1934年11月25日，伪冀东防共自治政府成立，汉奸殷汝耕粉墨登场，一片焦土上，唯有唐山工程学院校园仍飘扬着中国国旗，被称为冀东大地上傲然挺立的一株苍松。

曾在一篇讲述中国抗战流亡大学的回忆录中看到，流亡大学中有两个"片纸不留"：一个是南开大学，因日寇的疯狂轰炸，校长张伯苓的数十年心血积攒起的教学器材与校舍，尽数毁于炮火之中；另一个是浙江大学，西迁时，凡是可以搬运的图书仪器，几乎全部搬离杭州，车载船运，乃至师生们肩挑背扛，尽数带到了贵州遵义。文章中写道，为了不让培育出的优质农作物种子和家禽家畜良种落入日寇手中，浙大农学院的师生们挑着良种，赶着鸡鹅猪羊，历尽艰辛，与总部汇合时，他们衣衫破烂，几为乞丐模样。每念至此，都不禁潸然泪下。而在学子们的回忆中，流亡中母校还有另一番影像：每到一地，即结茅架竹，搭屋建棚，图书仪器一箱箱开出来，按时开课。学生黎明即起，朝阳之下，漫山遍野，朗诵默读。尽管当时物质条件极其贫苦，但这段时间，成为许多学生一生最难忘的时光。

然而，也就是在这次流亡途中，竺可桢永远地失去了他的爱妻张侠魂女士和幼子竺衡。忙于学校西迁的竺可桢无暇顾及妻儿，加之战争时期缺医少药，张侠魂与幼子终因患痢疾不治身亡。这位中国第一位乘飞机上天的杰出女性，既是竺可桢生活中的亲密伴侣，更是他事业上的贤达知己。半月之内，接连丧妻失子，竺可桢的内心之痛可想而知，但面对危难中的国家与学校，他唯有把最深的爱与悲埋进日记中，写进诗词里。

生别可哀死更哀，何堪凤去只留台。
西风萧瑟湘江渡，昔日双飞今独来。
结发相从二十年，澄江话别意缠绵。
岂知一病竟难起，客舍梦回又泫然。

这首依南宋诗人陆游《沈园》诗原韵吟成的悼亡诗，表达了竺可桢对爱妻的一片深情。

幸运的是，身处最艰难时日的竺可桢，经好友、物理学教授丁绪贤的夫人陈淑介绍，结识了她的堂妹、武汉大学文学院院长陈源的胞妹陈汲。这位同样优秀的新女性，从此陪伴在竺可桢的身边，直至生命的终结。

1938年6月26日，浙江大学为抗战以来的第一批毕业生举行了毕业典礼，竺可桢校长面对一张张为祖国未来充满忧虑的年轻面孔，发表了"大学毕业生应有的认识与努力"的演讲。他勉励学生要日日新，又日新，以天下为己任，使中华成为不可灭亡的民族。他希望同学们"不求地位之高，不谋报酬之厚，不惮地方的遥远和困苦，凡是吾人分内所应该做的事就得去做"。对那些投笔从戎、上前线杀敌的学生，他以赵氏孤儿故事中义士程婴的胆量与勇气喻之，对学生们的爱国热情大加赞赏和鼓励。竺校长在结束讲话时说："现在救国的责任，已在诸君身上，希望大家能担当起来。"

在整个抗战期间，中国有90%的大学受到日军的轰炸和摧毁，约106所高校被迫迁移，但万千师生一路办学不止、教学不止、求学不止，文化的种子撒播到穷乡僻壤，产生出更多的力量。大半个世纪过去了，当年浙江大学最终落脚的贵州小城湄潭，乡亲们至今仍传颂着因一所大学的到来而发生的改变。

湄潭没有电，从没见过日光灯等电器。浙大物理系搬来后，在湄江边的双修寺内建起了简易的物理楼，布置了电学、光学、近代物理、实验技术4个实验室和一个修理工场。竺可桢校长决定每年的6月6日"工程师节"这天，所有的实验室和工场向当地人免费开放。他更明确告诉各个系：不要吝啬，要让更多的百姓了解科学，这样才能更好地支持浙大办学。

那个叫"湄红"的新茶，就是浙大迁到湄潭后，协助当地研发的新茶品种；湄潭的精耕细作水平远近闻名，那是当年浙大农学院在湄潭设的农业推广部，培育出了7个水稻、小麦、杂交油菜良种和9个优良果树品种，推广了先进的耕作方式；而那个名叫"罗登义果"的贵州名果，就是以浙大农学院教授罗登义的名字命名的——1942年起，罗教授对贵州170多种水果蔬菜进行研究，发现刺梨的维生素C

含量尤其丰富；还有那个"浙大防洪堤""浙大码头"，那是浙大土木系师生勘测设计完成的，从此后让当地少遭了多少水灾……

1945年浙大购地几十亩，修建了贵州省第一个拥有400米跑道的运动场，并举行了西迁后的第一次全校运动会，在湄潭乃至贵州都引起了轰动。

当年，遵义几条主要街道都有烟馆经营，3个铜板就可以吸一次大烟，当地烟民甚众。竺可桢甚为痛心，由浙大提供一笔经费援助，让当地人免费戒烟，每月还提供两元钱伙食费。

著名的生物学家谈家桢教授，也随校一路西迁至湄潭。在这里，他充分利用当地的生物资源进行研究。树林里、湄江边，经常能看到生物系师生捉昆虫的身影。当年和学生们一起捉昆虫的孩子们，现在已是耄耋老人了……

资料显示，1936年浙江大学有教授、副教授70人，文理、工、农3个学院共16个系，1946年回迁杭州时，已有教授、副教授201人，学生2171人，7个学院共28个系。在湄潭生活过的师生中，后来出了50多位院士。

1945年10月，应竺可桢之邀，英国著名科学家李约瑟来湄潭参加中国科学社成立30周年纪念大会。会上，浙大的教授们宣读了多篇论文，李约瑟被这些与世界同步的科研成果震惊了。返回英国后，李约瑟演讲称颂浙大是中国最好的四所大学之一，可与剑桥大学、哈佛大学相媲美，"我可以毫不吝啬地说，这里是东方的剑桥"。

后人评价，浙大这支"文军"的长征是播种机，在大西南半壁江山播下了科学文化的种子；浙大这支"文军"的长征是宣传队，传播了现代科学知识，弘扬了中华民族不可战胜的精神。

万水千山踏遍，只为深爱的祖国

"立春过后，大地渐渐从沉睡中苏醒过来。冰雪融化，草木萌发，各种花次第开放。再过两个月，燕子翩然归来。不久，布谷鸟也来了。于是转入炎热的夏季，这是植物孕育果实的时期。到了秋天，果实成熟，植物的叶子渐渐变黄，在秋风中簌簌地落下来。北雁南飞，活跃在田间草际的昆虫也都销声匿迹。到处呈现一片衰草连天的景象，准备迎接风雪载途的寒冬。在地球上温带和亚热带区域里，年年如是，周而复始。"

还记得这段课文吗？透过朴实温馨的文字，竺可桢把物候学这门科学讲得娓娓动听。多少年来，这篇题为《大自然的语言》的课文，在一届届初中学生心中留下了关于"物候学"，关于科学的多么美好的印象。

中国是农耕国度，可上溯到六七千年前的农耕文明史，培育了中国人对土地无以复加的深厚情感。竺可桢因乡下老农一句"人种天收"的哀叹，而立志选择了农学和与农业有着密切关联的气象、地理学等学科，为改变祖国落后的农业生产状态，毕生从事着这些方面的科学研究工作，即使是在浙江大学任校长期间，他也没有放下自己的专业与研究。

新中国成立前，竺可桢就为我国现代气象学、地理学的奠基，艰难地展开了卓有成效的工作，培养了大批气象学人才，并积极与世界各国的气象学界进行广泛的学术交流。在他不懈的努力下，从1929年至1941年，全国共自建起了各级测候所9个，合办的有19个，其中如泰山、峨眉山和拉萨测候所都是在克服了种种难以想象的困难之后建成的，不但为我国现代气象事业发展提供了珍贵的科学资料，更为中国在国际气象领域争得了一席之地。

在竺可桢的科学生涯中，祖国的利益永远高于一切。1930年，法国人主办的上海徐家汇电台为谋取商业利益，肆意诋毁和干扰我国气象研究所的天气预报工作。为收回气象主权，时任气象研究所所长的竺可桢通过中央研究院和交通部，取缔和夺回了法国人主办的徐家汇台广播权，坚决收回气象主权。1937年1月18日，竺可桢率团出席在香港举行的远东国际气象会议，中国代表受到严重歧视，竟被排在末席，他立即愤而退席，抵制不公平待遇。

1949年，新中国成立前夕，竺可桢拒绝了

◎ 1963年竺可桢登上第5期《人民画报》封面

蒋介石政府迁往台湾的邀请，他在上海的家中迎来了解放。作为政协代表，竺可桢参加了第一届全国政治协商会议，在讨论共同纲领时，他提议专列一条"努力发展自然科学，以服务于工业、农业和国防建设，奖励科学的发现与发明，普及科学知识"，得到通过。他十分高兴自己的宿愿写进了国家根本大法，有了实现的可能。此后，他出任中国科学院副院长兼生物学地学部主任和综合考察委员会主任，成为我国第一批中科院院士，他主导了大量填补我国学术空白的科学研究，为新中国的科学事业发展作出了卓越的贡献。

在竺可桢的主持下，气象所扩建为地球物理所，大力开展地震观测研究，编制《中国地震目录》，以后又开展空间物理、卫星探测研究。

重建地理所，领导开展自然区划研究，促进地理学各分支学科与综合研究发展，以后分建测量及地球物理所。

经过海洋生物室阶段建立青岛海洋所，大力发展海洋科学。

建立北京天文馆，开展天文知识普及工作。

领导和参与黄河中游水土保持调查，建立水土保持研究所。

领导和参加华南热带生物资源（含橡胶宜林地）调查，建立华南植物所。

原地质调查所土壤室扩建为科学院土壤所，后承担华北平原与长江中游土壤调查任务，建立土壤队。

开展并参与新疆综合考察，成立新疆地理所和新疆生物土壤所。

建立治沙队，开展并参与沙漠考察，建立沙坡头实验站和沙漠研究机构。

开展冰川考察，成立冰川冻土研究机构，以后与沙漠机构合并成立冰川冻土沙漠研究所。

为开展湖泊研究，成立南京地理与湖泊研究所。

支持建立广州地理所、长春地理所和地理所西南分所，后者为成都山地灾害与环境所前身。

一贯倡导和支持青藏综合考察，青藏研究一直被列为国家重大研究项目，延续至今。

通过综合考察委员会，先后成立多个综合考察队，为摸清我国自

◎商务印书馆1929年出版的竺可桢专著《气象学》
黄志强/提供

然资源状况、发展经济发挥了巨大作用。

主持编辑高水平的国家大地图集，促进地图科学的发展与提高。

直接领导建立自然科学史研究室（所）。

在1963年全国人民代表大会上，领衔提出在全国各地设立自然保护区的建议。

……

每一项工作，从规划、选人、重大设备采购、野外工作到成果总结，竺可桢都亲力亲为，无一不倾注了很大心血，做出了重要的实际贡献，为我国科学技术发展奠定了坚实的基础。当年他发表的许多学术论文，如《历史时代世界气候的波动》《中国近五千年来气候变迁的初步研究》等，都博大精深，严谨缜密，为我国学术界树立了光辉的榜样，至今仍受到海内外学者的高度赞扬。1964年，竺可桢发表了《中国气候特点及其粮食作物生产的关系》论文，毛泽东主席读后非常高兴，邀他到中南海面谈，幽默地说："我们两个人分工合作，就把天地都管起来了！"竺可桢等老一辈早期科技工作领导者的无私奉献，彰显的是一片忠心为国家的高尚情怀。1962年6月，已经72岁高龄的竺可桢光荣加入中国共产党，多年夙愿终于得偿。1974年年初，病危中的竺可桢决定：把以女儿竺薪名义存的一笔万元存款，作为党费交给组织，表达对党和人民的无限热爱。

作为我国物候学研究的创造者，竺可桢在这一领域可谓是呕心沥血，每一项成就的取得都和他的工作分不开。组织统一的、严格的物候观测网，是现代物候学发展的重要标志。竺可桢是我国现代物候观测网的倡导者和组织者。早在1934年，他就推动当时的中央研究院气象研究所委托各地的农事试验场进行观测，新中国成立后更是大规模地开展这项工作。而他本人，从1921年起就观察记录物候，1963年，他与宛敏渭合著的《物候学》出版，这部凝结了他大半生物候观察与研究心血的专著，以深入浅出的文字、丰富精准的内容，普及了物候学知识，对农业生产具有很高的实用价值和重要的指导意义。几十年来，这部专著一版再版，深受国内外学者与读者的欢迎。

竺可桢留给世人的，是无比丰厚的科学研究成果，这其中就包括有堪称科学研究精神典范的《竺可桢日记》。1917年起，竺可桢开始养成记日记的习惯，由于战乱，只保存下1936年至1974年的日记，共计38年37天，页页蝇头小楷，一丝不苟，从未间断，直到1974年2月6日，逝世前一天，竺可桢仍然用颤抖的手记录下了当天观察到的物候情况，体现了一位真正的科学研究者生命不止，探索不息的伟大精神。

虽然这位可敬的科学大家，在他悠长的求学和科研人生中，只有短短的一年时间在唐山路矿学堂度过，但他留给唐山和一代代唐山人的影响是不能用时间的长度来衡量的。

在寻访这位老交大之星的过程中，记者从我市老一代气象工作者颜木荣口中，听到了这样一个普通而又感人肺腑的小故事：

1967年初夏的一天，在唐山市气象台工作的颜木荣像往常一样，准点上班，查看和记录气象数据。然而很快，一封来自北京的信，让他这个平常的工作日不再平常。写信人是竺可桢。

一位蜚声海内外的著名气象学家，堪称我国气象学、物候学奠基人的大科学家，给一个基层普通气象工作者写亲笔信，47年后，当已经八旬高龄的颜木荣老人回忆起手执来信的那一幕，依然激动不已。尽管，那封信因各种原因而找不到了，但老人清晰地记得信中的内容，在他看来，字里行间，都饱含了一位科学前辈对年轻人的关怀和嘱托。当年，颜木荣受竺可桢物候学影响，迫切想多了解这方面的相关理论知识，想到自己的大学导师谢光道教授与竺可桢同是赴美留学生，十分相熟，他便托导师向竺老求教。本来也是抱着试试看的心理，没想到却收到了竺老的亲笔回信。在信中，竺可桢不但详细解答了他的一些疑问，还推荐给他一些关于物候学的论文资料，同时又谆谆教导他，希望他在基层气象岗位上，刻苦钻研，利用自己的所学，多为工农业生产提供准确的气象保证。

这封信从此成为颜木荣的工作准则，激励他在基层气象事业上奉献着自己的人生。时至今日，颜木荣还笔耕不辍，为唐山的报刊撰写科普稿件，发挥自己的一份余热。

听着这个小故事，眼前展现出来的，是那个在天地间追风测云，只为还农民一个不再"人种天收"的心愿的瘦削少年，那个冒着日寇炮火，带领师生千里流亡、顽强办学的"浙大保姆"，那个在祖国无数空白科学领域殚精竭虑、不懈开拓的科学大家。而所有这些形象，最终都融汇为一种精神，那是一帧具有高尚的爱国情操与严谨的科学态度的中国老一辈科学工作者的共同写照。

（王蓉辉）

原载2014年3月27日《唐山劳动日报》

冀东大地，这片红色的土地上，从不缺乏斗争精神。唐山交大，这所开明自由的大学，曾走出无数革命者。

　　在中国革命的历史洪流中，他们曾经横枪立马，铁骨铮铮，勇担重任，挽救岌岌可危的革命火种。在那个时局动荡的年代，他们曾经梦想科学家与革命家共谋改造中国之路，他们曾经用手中的纸笔为民众释疑解惑、擦亮群众的眼睛，站到救国的最前线。烽火岁月，他们，为了心中的理想义无反顾，披荆斩棘，甚至献出宝贵的生命。

　　他们，是革命的先驱者；他们，用牺牲成就了不屈的灵魂。他们的精神，值得我们永远敬仰与守望。

李特：西风烈烈绕战旗

无论在唐山交大的校史上，还是在中共党史的著述中，李特和他的名字一样，无可置疑地堪称一个极为特殊的人物。

而关于他的文字记述，可谓寥若晨星。在1996年12月出版的颇具权威性的《中国军事百科全书·中国人民解放军人物分册》和1997年出版的《中国军事百科全书》刊登的李特词条中，客观而简单地介绍了李特的一生，最后一段文字是：1936年11月任西路军军政委，西路军参谋长。参与部队转战河西走廊。1937年3月西路军失败后转入祁连山打游击。后到新疆。1938年初在新疆迪化（今乌鲁木齐）被错杀。

◎李特画像

在本文的采写过程中，我们始终怀着一种抱愧先贤的复杂之情，多方找寻，多方联系，试图找到一张关于他本人的照片。然而，寻遍各种资料，遍访多位人士，他留给人们最清晰的影像也只是一张手绘的半身肖像。

据知情人讲，那是在李特昭雪之后，人们找到当年为他牵马的红军战士，按照战士的描述还原而成的。

只言片语的背后，隐藏着一段鲜为人知的历史；日渐模糊的形象背后，凸显着一位横刀立马、义无反顾的热血男儿的铮铮铁骨。

在几十天的采写过程中，一位尘封几十年的红军将领的形象，一位在唐山交大校园曾经求学苦读3年的校友，在我们的笔下、在我们的心中渐渐清晰高大起来：

我们渐渐知道，求学期间，他曾是社会主义青年团团员，积极投入到声援唐山路矿大罢工的运动之中；

我们渐渐知道，红军时期，他曾是中国工农红军高级指挥员，为根据地的创建和发展做出了很大的贡献；

我们渐渐知道，西征途中，他曾是西路军的参谋长，率部以血肉之躯与数倍于己之敌进行殊死较量，血溅茫茫沙场。

这就是李特，对大多数唐山人来说似乎还是一个陌生的名字。然而，无论对于历史，对于唐山，还是对于唐山交通大学来说，他都是一位最不能被遗忘，也不应该被遗忘的校友。

声援罢工的英勇斗士

整夜大风吹散了连日的雾霾，天空露出湛蓝的颜色，阳光温柔地散落在开滦国家矿山公园门口的巨大石碑上，沉稳肃穆中，黑色碑身上金色的文字熠熠生辉，依旧在静静诉说着开滦一个多世纪以来的风雨沧桑。"一九二二，开滦党组织诞生。大义终得归大道，微火渐成烈焰雄。五矿同盟大罢工，撼天裂石……"这段文字讲述的正是爆发在92年前的开滦五矿同盟大罢工。

20世纪20年代，开滦的矿工们过着牛马不如的生活，一天工作16个小时，工伤事故频繁发生，而资本家却只关心危险发生时损失了多少骡马。哪里有压迫，哪里就有反抗。1922年10月23日，开滦煤矿工人四万六千人，因生活困苦要求增加工资未成，爆发了震惊中外的开滦五矿同盟大罢工。这次罢工是开滦工人阶级在中国共产党领导下，第一次以崭新的战斗姿态登上政治舞台，树立起自觉革命的第一个里程碑。

"五四"运动以后，唐山交通大学的风气由沉静而变为活跃，涌现出了一批思想进步的学生，撼天裂石的运动风暴，同时也点燃了爱国学生们心中的熊熊火焰，李特就是其中一员。与开滦矿场近在咫尺的唐山交通大学，当年11月12日晚上，由各班班长召开全体同学大会，大会决定，"次日全体同学结队上街游行，进行演讲募捐，并成立赈工会"。

当时时为唐山交大学生赈工会总干事的李鸿斌清楚地记得，那是

1922年的11月13日，"全体同学请假停课一天，整队上街游行，按预先安排分组讲演，分组募捐。同学们讲演时大声疾呼，陈词激昂，听众甚多，许多人深受感动。募捐向商号店铺劝助，认捐虽然数目不大，但无一人表示拒绝。事毕整队而归，秩序井然，捐款悉数交与矿工。为了进一步支援开滦罢工，我们成立唐山大学学生赈工会之后，发表了支援开滦工人罢工的公告，印发了传单。"

"我不为矿工申冤，谁为矿工申冤？我不为矿工后援，谁为矿工后援？"传单上的一字一句都喊出了进步学生的心声，这一切，也在无声地证明着中国的知识分子已走上了真正觉悟之路。

李特原名徐克勋，号希侠，1902年出生于安徽省霍邱县。1921年，李特考入唐山交通大学预科班。在同学的眼中，他个子不高，圆脸，平时沉默寡言，将全部的精力都放在了学习上。原外交部副部长曾涌泉回忆，一次学校组织去泰山春游，他看见一个矮个子同学只是在车厢里看书睡觉，对春游不感兴趣，后来一打听才知道是预科班一年级的学生李特。然而，当开滦五矿罢工爆发之时，李特一反常态，积极投入到声援活动之中，并加入了中国社会主义青年团。

1924年，因为在斗争中出色的表现，李特依依惜别培育了他三年的母校——唐山交大，被中共中央派往苏联学习，从此踏上新的征程。"李特"这个名字是因为身材瘦小的他在苏联留学期间，被大家用英语戏称为"LITTLE"，此后，他就以英语译音改名。

1924年秋，李特到达莫斯科进入东方劳动者共产主义大学学习，这是一所苏联为其东部地区和东方国家培养民族干部和革命干部而设立的大学。除了李特之外，刘少奇、罗亦农、任弼时、肖劲光等人也先后到此学习。第二年的秋天，李特进入莫斯科中山大学学习，并以当翻译的名义到乌克兰去做冯玉祥的学兵工作，11月11日，不负重托，李特在学兵中成立了党支部并当选为支部书记，为党的队伍不断注入新鲜血液。"现时中国革命运动一日千里的向前发展，吾党在军队中的工作日趋紧要……惟望莫地诸同志能站在党的利益上，革命的观点，匡我们以不逮，指导我们以方针，俾工作顺利进行，以收良好的效果，是吾党之本，亦中国革命之福也，是所切盼！"这是李特等人以旅冀支部的名义，向莫斯科支部汇报工作开展情况的书信中的最后一段文字，这些充满深情的话语，道出他们殷切的期盼。

1927年，李特被调到列宁格勒托尔马乔夫军政学院学习军事。在这所培养高级军政指挥人员的学校里，他度过了三年难忘的时光。1930年，李特辗转回到祖国，在旅行箱的箱底，有一本他冒着生命危险带回来的苏联红军政治工作条例。在上海，按照组织的安排，他去白克路一家德国人开的医院接上党的关系。在浙江路，见到了和他们接洽的周恩来。周恩来在这里传达了中央的计划——希望李特、刘伯承和傅钟合作编写《红军步兵操典》。然而，风云变幻，局势恶化，编写操典的计划未能实现，来不及与家人见面，李特便义无反顾地投身到革命的洪流之中。

天山脚下埋忠骨

如今的大别山，因其旖旎动人的自然风光而成为旅游胜地，无数游人在这里流连忘返；过去的大别山，因其特殊的地理位置而成为革命老区，无数热血男儿从这里走上与敌人抗争到底的革命之路。

1931年，顾顺章的叛变使得上海的革命局势发生了剧变，上海的中共人员根据需要转移到苏区，李特就是在这种情况下来到了大别山区的鄂豫皖革命根据地。鄂豫皖革命根据地是土地革命战争时期我党所创建的主要革命根据地之一，也是中国工农红军第四方面军的发源地。

在鄂豫皖苏区时，李特历任英（山）六（安）霍（山）罗（田）商（城）中共特委委员、书记，鄂豫皖中央分局彭（湃）杨（殷）学校教育主任、教育长，红二十五军副军长，随营学校、红军学校教育长等职。

为打破敌人的"围剿"，李特在徐向前的指挥下参与了一系列的战役，并在艰苦卓绝的斗争中取得了重大的胜利。尤其是写入中国军事教科书中的"苏家埠战役"，历时48天，活捉敌人的总指挥，歼敌三万多人，组建红七十四师、七十五师，成功粉碎了敌人的第三次"围剿"。1932年5月，蒋介石亲自出马，发动对鄂豫皖苏区第四次重兵"围剿"，10月，红军被迫撤离鄂豫皖苏区，走新野，过邓县，越秦岭，下汉中，西行转战三千多里。12月，红军进入开创川陕根据地的新时期。1933年初，红四方面军进入川北，建立川陕革命根据地。

  星星之火，可以燎原。根据地的建设，是中国革命胜利的希望。毛主席对川陕革命根据地建立的重大意义这样评价道："川陕苏区是扬子江南北两岸和中国南北两部间苏维埃革命发展的桥梁。"

  然而，在第五次反"围剿"失败后，为了保存实力，红军被迫退出中央根据地进行两万五千里长征，爬雪山，过草地，穿越无人区。1934年至1936年，长征路上，中国工农红军以血肉之躯谱写了一首人类历史上慷慨悲壮的英雄史诗。

  1935年5月，红四方面军开始长征。长征途中，李特历任红三十一军副军长兼参谋长，红四方面军副参谋长、参谋长。在1935年7月红四方面军和中央红军会师后，红军部队编为左路军和右路军，李特随右路军行动。

  1936年10月，李特随红三十军、九军、五军及红四方面军总部共两万多人渡过黄河，北进一条山地带，开始了孤军奋战的艰难征程。同年11月，中央和军委正式命令河西部队组成西路军，并批准成立西路军军政委员会，政委陈昌浩、总指挥徐向前，李特被任命为军政委员会常务委员、西路军参谋长。

  河西走廊，位于黄河以西，东起乌鞘岭，西至古玉门关，南北介于南山（祁连山和阿尔金山）和北山（马鬃山、合黎山和龙首山）间，长约900公里。红军的血肉曾和这里的每一寸土地融合在一起。如今，眼前的黄沙、绿洲、白云、蓝天，雄浑壮阔，是谁赋予它这不同一般的非凡气概？它是否还记得，那曾经发生在这里的红军的悲壮西征？在那个北风呼啸、呵气成冰的冬日里，西路军与数倍于己、凶狠残暴的军阀马步芳的马家军相遇，惨烈的战斗就此拉开序幕。

  "一片土地一片血，一个战士一团火。"敌人每日每夜潮水般地向西路军的阵地不停地冲击，红军战士们的子弹打光了，就用大刀、木棍、石头同敌人搏斗。武器没有了，就用牙齿咬，用手撕。一次次地肉搏血战，一次次地突出重围……

  1937年3月14日，西路军转移到康龙寺以南的石窝山一带时，已不满3 000人。担任掩护任务的红三十军，与追敌血战竟日，第二六五团损失殆尽，第二六七团也遭受很大伤亡。李先念的指挥所，一度被敌骑兵从三面包围，险些被敌人冲掉。当晚，西路军军政委员会在石窝山上召开师以上干部会议，认为部队"已战到最后"，"只有设法保存基干"。军政委员会决定：徐向前、陈昌浩离队回陕北，向党中央汇报情况；由李卓然、李特、李先念、曾传六、王树声、程世才、黄超、熊国炳八人组成西路军工作委员会，李卓然任书记，李先念统一指挥军事，李卓然负责政治领导；将现有兵力和人员分为三个支队，李先念、王树声、张荣（占云）各率领一个支队进行游击活动。

在冯亚光所著《西路军》一书中，原红三十军代军长程世才回忆那段往事时，感慨万分，"当时的情景真是凄惨极了，山坡上一片片地躺着我们的烈士，山头上伤员在呻吟，经过九死一生而剩下的1 000多名指战员，穿着破破烂烂凝结着血污的衣衫，在呼啸的寒风中，抱着枪，背靠着背，争取几分钟的时间睡上一觉，而山下就是云集的几万敌人。"得不到支援的部队，毁掉带不走的物品，忍住泪水，星夜兼程。

石窝会议，也成为李特和许多战友们见的最后一面，他们就此天各一方，生死不明。半个多世纪后，86岁高龄的魏传统将军挥毫写下怀念李特的诗句："西征费苦研，转战甘北间。石窝一分手，长忆祁连山。"

随后，安西之战的失败，使九死一生的西路军余部，再次受到重创。

"西路军弹药将尽，卫生材料早早用完，彩病号无处安插及粮水之困难，马敌已派重兵封锁要道，转移困难……我们相信胜利前途，准备战到最后一滴血。"精疲力竭，仍英勇奋战，食不果腹，仍毫不畏惧。黄沙漫天，荒凉的戈壁滩粮水皆无，红军指战员不得不饮人尿、喝马血，艰难行军47天，仅剩几百名将士的西路军于1937年4月底到达甘、新交界的星星峡，由党代表陈云、滕代远把他们接到迪化（今乌鲁木齐）。到达迪化后，随即整编为西路军总支队，对外称"新兵营"。

1937年11月，李先念奉命调回延安。

1938年初，留在新疆迪化的李特被错杀。

迟到半个世纪的烈士通知书

时光流转，斯人已逝。当年刘邓大军千里跃进大别山、途经安徽省霍邱县之时，一位白发苍苍的母亲，不顾身体的疲惫，跋山涉水，只为见儿子李特一面。她双手举着寻子归来的布条，在部队经过的地方苦苦等候。三天三夜，部队走完了，她也没能见到日思夜想的儿子。她做梦也不会想到，理应正值壮年有一番作为的儿子早已魂断天山了。思儿成疾的她，最终带着遗憾离开了人世。

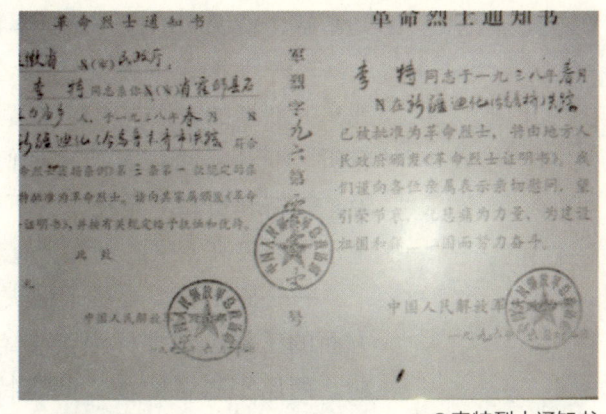

◎李特烈士通知书

平易近人，理论水平高，性情温和，吃苦耐劳，是李特昔日的战友们给予他的评价。原西路军总指挥徐向前说："李特资格很老，在苏联留学。李特人很好，和人相处不错。他心很细，考虑问题比较周到，作战命令、训练指示，大都由他起草。这个人很能吃苦耐劳。"原北京军区副司令员徐深吉中将感慨不已："当年在彭杨学校，我文化不高，经常向李特问生字，他从不嫌麻烦，很耐心地教我，还教会我查字典，他是我半个老师。"

李特离开人世已半个多世纪。一直以来，与他一起浴血奋战、出生入死的战友，对李特怀着发自内心的呼唤和深深的怀念：

——李先念说："李特、黄超是反革命吗？不是！当时和彭老总吵架只是在气头上。"

——师哲说："根据我过去对李特的了解，他是政治上有一定的修养，遵守党的组织原则的好同志。据说把他处死了，一些人说了李特许多坏话，但是，周恩来和邓颖超没有说李特不好。"

——程世才中将说："李特政治上没有问题，人很好，理论水平很高，革命很坚决，能吃苦耐劳。至于1935年9月，李特奉命去追赶党中央、带领一部分四方面军回头南下，说中央北上是机会主义，一些人说李特是反中央，这不能和张国焘一概而论。所以，徐帅、先念主席对李特的问题很关心，指示要把李特的情况查清楚。"

——杜义德中将说:"李特对党的路线、方针、政策是拥护的,是非常忠诚于党的人。在西路军那样困难的情况下,能够带领几百人到新疆,就说明了这一点。李特早就应该平反了。"

——徐深吉中将说:"李先念(从新疆)回到延安时对我们说,我离开新疆的时候,李特和黄超还到机场送行呐,以后就不见了,一打听,听说被杀害了。把他们说成是托派,那只是借口。不管怎么说,李特和黄超不是托派,不是反革命。李特这个同志品质很好,理论水平比较高,平易近人,有学问。"

——原中顾委委员宋侃夫说:"在西路军,李特在总部主管军事方面的工作,在那样艰苦卓绝的环境下,工作很努力,也是有贡献的。西路军打了败仗,同李特没有关系。我们离开新疆以后,把李特、黄超留下来了,后来听说把他们当反革命处理了。我和四方面军的同志都谈过,当时把李特当成反革命是冤枉的,应该平反,因为他是一位好党员、好干部、好同志。"

◎《霍邱文史资料 李特资料专辑》

关于李特的情况,记者能找到的资料大部分来自于一位年过八旬的老人——李特的同乡,安徽省霍邱县的刘士洪。

二十多年前,刘士洪受县政协的委托开始调阅李特的历史资料。至今老人仍旧清晰地记得那是1988年4月12日,从那时起,他就和这位故去同乡的命运紧紧地联系在一起。

刘士洪老人在调访期间,经费不够,他拿出自己不多的离休金,面包加白水对他来说是家常便饭。不顾身体的病痛与劳累,他先后北上北京、西安,南下武汉,远赴新疆,走访了27个军政机关,21位解放军高级将领,查阅档案无数,获得资料36份,口述实录43份。老人的辛苦与汗水没有白费,正是这些难得的一手资料为我们还原了一个真实的李特,也为李特日后的平反昭雪起到了关键作用。

岁月匆匆流过,记忆渐渐沉淀,亲历者的讲述让这些记忆重新鲜活起来。正因为有着像刘士洪老人一样执著的寻访者,才使得那些珍贵的瞬间、感人的细节不至于淹没在历史的尘埃之中，拨开云雾后的真相是对英烈最好的告慰。

1996年，中国人民解放军总政治部发出通知为李特平反，这是一张迟到了半个多世纪的烈士通知书。

通知在"烈士事迹"栏中写道："李特同志在长期艰苦卓绝的革命斗争中，为鄂豫皖、川陕革命根据地的创建与发展，为红军的建设与壮大，作过贡献；参加长征、西路军，英勇作战，历经磨难，经受了严峻考验。"

◎刘士洪访问原北京军区后勤部部长陈宜贵少将（右）
刘士洪/提供

简单不加修饰的文字，成为这位红军将领短暂而光辉的一生的最好写照，沉睡半个多世纪的李特的英勇事迹，也逐渐为更多的人所了解。

荒烟蔓草，遮住了岁月留下的斑驳印迹，却遮不住那段尘封多年的历史。曾经

◎李特故居

断壁残垣、破败不堪的徐家老楼东院，李特出生的地方，如今已修葺一新。2000年，洪学智上将亲自为其题名"李特故居"。

（刘　笛　梁竞艳）

原载2014年5月14日《唐山劳动日报》

武怀让：天地永知忠烈心

在中国革命的历史洪流中，有这样一个人不该被忘记，关于他的记载著述没有专篇专章，他的名字也不如毛泽东、朱德那样为世人熟知，但他在中共党史上却有着无可替代的重要位置。

他是中国共产党的早期党员，曾担任中共唐山市委书记……

武怀让，字迈五，化名武胡景、武和劲、武和景、罗玉堂、吴克敬、吴福敬、李士安、林大生、林达生等，苏联名字安德列耶夫，河南省孟县（今孟州市）人。

他，在求学期间领导学生运动，积极声援工人罢工。

他，在莫斯科创办报纸，成为宣传革命的有力武器。

他，在山东被捕入狱，面对酷刑坚贞不屈成功越狱。

他，在哈尔滨建立抗日联盟，与抗日联军一起打响抗日第一枪。

他，在白色恐怖愈演愈烈之时，勇担重任成为临时中央军委书记。

……

当我们感叹这跌宕起伏的人生传奇时，如果不是亲人执着一生的找寻，这些鲜为人知的历史也许就被一个化名永远埋没。

1899年出生的武怀让，6岁入私塾，聪颖过人，被称为神童。12岁时便以优异的成绩考入县立高等完小，这一年正值辛亥革命，他率先剃了光头，小小年纪，却有着"报国救民族"的志向。17岁时，他考入河南焦作矿物专门学校，虽家贫但不失气节，英语优秀的他拒绝为英国人当翻译，后因反对学校以实习名义强迫学生下矿井做工和要求改善矿工待遇而被开除学籍。

"五四"运动之后，接受了革命洗礼的他，思想更加成熟，革命的意志也更加坚定。1921年，22岁的武怀让，告别家乡，毅然北上，考入唐山交通大学预科班。

唐山交通大学，这座唐山地区最早传播马克思主义思想的学校，同样以她博大的胸怀接纳了这位以马克思主义为最高信仰的青年学子。

组织学生运动

冀东大地，这片红色的土地上，从不缺乏斗争精神，在唐山，这座被称为近代工业摇篮的城市，受尽压迫的矿工们，爆发了声势浩大的开滦五矿同盟大罢工。唐山交通大学，这座与开滦矿近在咫尺的学校，同样开始了声援罢工的进步学潮。

"所以近在咫尺的唐山学生对于罢工同胞之态度怎样，乃为中国人民是否还有民族感情和义愤的试金石。""这样的消息不但在劳动史上为重要，在民族运动史上尤为重要，而且是中国知识阶级到了真正觉悟的路上之明证。"这是1922年党中央机关报《向导》上刊载的《唐山学生援助罢工之模范》的文章，作者为我党早期杰出的理论家蔡和森，他所赞扬的唐山交大学生声援罢工的正义之举，正是由武怀让等人领导组织的。

"五四"运动以后，唐山交通大学的风气由沉静而变为活跃，涌现出一批思想进步的学生，武怀让就是其中的优秀一员，他在历次学生运动中发挥了先锋作用。

当时，学生代表团向校方提出"停课上街募捐，支援罢工工人"的要求。募捐活动最终遭到军阀的镇压，学生被武装解散，荷枪实弹的士兵将手无寸铁的学生押到火车站，沙丁鱼般塞满车厢，到达北京

◎树立在开滦博物馆前的《开滦赋》碑，记述了开滦五矿罢工的壮举

赶出车厢后就不管了。北风呼啸，四面透风的房子，让学生们受尽煎熬，吃尽苦头。直到1923年的春天，学生才得以回校复课，结束学潮。期间，武怀让也被指"煽动罢工"而遭到通缉，躲到外籍老师家中才幸免被捕。

"你不问政治，政治要问你"，陈独秀发表在《新青年》上的这句名言，在交大学生经历了这场罢工浩劫后得到了最好的印证，革命救国才是当时国家的唯一出路。

学生回校后，武怀让遵照党的指示，同曾涌泉、冯亮功等公开发起组织了"社会科学研究会"，打着研究社会科学的幌子研讨马列主义思想，本科一年级的墙报也成了宣传和讨论马克思主义的园地，吸引了大批进步学生的关注，从而走上革命的道路。积极开展学生运动的武怀让，经过斗争的锻炼，思想更加成熟，在唐山交大党组织恢复以后，他加入了中国社会主义青年团，不久便转为共产党员。1924年，在唐山社会主义青年团大会上，武怀让被选举为唐山团地委书记，化名武和劲。据《中国共产党组织史》记载，1923年6月至1924年12月，全国共有党员432人，中共团地委书记13人。

1924年4月，党中央决定由唐山党团组织推荐优秀党团员去苏联学习，最终决定5人前往，他们是武怀让、曾涌泉、李桂林、李特、刘继增。

6年后，武怀让又回到了他曾经学习成长的地方——唐山，那时，这位北上追求真理的青年已经成长为一名优秀的革命战士。

1930年元月，武怀让受顺直省委委派，到唐山担任市委书记。他先后组织领导了唐山机车厂工人要求"改善待遇，年终发放花红"的斗争和陶瓷、猪鬃业工人反对"黄色工会"的斗争，使唐山的工人运动又一次走向高潮。他深入厂矿，注重培养和发展党员，到4月底，先后建立健全了7个支部、1个区委，党团员人数由80增加到200多人。当时的顺直省委对武怀让的工作给予了高度的肯定，"唐山是一个大工业区，工作均胜于各地。因为党在工人中的影响大，全体同志尚能耐苦耐劳努力工作，故能领导工人起来斗争。以全部来看，唐山工作比任何一处都好。"

然而，随后的唐山兵变和总暴动的失败，并未停止"左倾"冒险主义的错误。1930年7月,武怀让被任命为唐山"行委会"主任,受命组织"七一六"示威活动。北方局原计划将示威转为暴动,但包括武怀让在内的大多数共产党员共同抵制了这个颇为冒险的行动,党的基本力量没有受到大的损失。7月18日,武怀让参加了北方局主持召开的平、津、唐三市联席会议,总结了"七一六"行动的教训。会后,武怀让赴天津担任市委书记。

学生运动之时,他慷慨激昂、绝不怯懦退缩;革命运动之时,他沉稳干练、绝不唐突冒进。武怀让在唐山的任职虽然只有短短的半年时间,但他最大限度地保存和发展了党的革命力量,在唐山的革命史上写下了浓重的一笔。

主编《前进报》

1924年7月,坐落在高尔基大街57号的东方大学(全称斯大林东方共产主义劳动大学)迎来了五位来自唐山交通大学的青年学生。七月的莫斯科,晴朗的天空,骄阳似火,同样火热的还有中国学生们高涨的学习热情。

东方大学是一所为苏俄东部地区及东方各国培养革命干部的学校,专门设有"中国班",学生百余人。中国班里,建有党、团支部,在东方大学学习的四年里,武怀让先后担任旅莫(莫斯科)党、团支部书记,在校园里积极开展思想政治工作。

东方大学对学生采取半军事化管理,学生们除了白天上课,晚上站岗,星期天还要去工厂义务劳动。当时的苏联经济十分困难,生活食品短缺,学生们每天只靠掺了糠的黑面包充饥,异常寒冷的冬天,大家只有靠挤在一起睡觉来取暖。面对艰苦的生活,武怀让丝毫没有动摇,刻苦攻读革命史书,做大量的笔记,很快熟练掌握了俄语。为了进一步提高中国学生的政治思想觉悟,旅莫支部还邀请到蔡和森、李立三来中国班讲课,还将蔡和森的中国共产党发展史报告整理印发成小册子,这本简陋的"党史"在学生中引起强烈反响。

那时的旅莫支部,简直就是一个小小的驻俄"大使馆",因为它除了要管理党团员的生活、思想等各种事务,还承担着旅俄华侨和中国留学生的各种工作。

1925年夏天，武怀让找到了和他相守一生的革命伴侣——侯玉兰（后改名侯志）。更让他高兴的是，他见到了久闻大名的朱德。留学莫斯科期间，武怀让安排朱德到红军大学军训班学习，直到一年后朱德奉命回国参加北伐战争。

1926年，武怀让与曾涌泉等人自筹经费，以旅俄华侨协会的名义，创办了《前进报》，武怀让任主编。他白天工作学习，晚上奋笔疾书，编发稿件。他写的文章，笔锋犀利，文采激扬，成为宣传革命的有力武器。

《前进报》，是苏联境内第一次发行的中国报纸，是在苏联唯一代表中国发表意见的场所，也是目前幸存的唯一报道当时在苏华侨的报纸。这张小小的报纸，为中国学子和在苏华侨搭建了一座直接而又真切了解祖国近况的桥梁。

《前进报》登载帝国主义无视中国主权、欺凌中国人民、干涉中国革命、制造种种事端的罪行，记述了中国共产党坚持反帝反封、主张国共合作、推动中国革命取得的胜利。旅苏华侨和中国班的学生们争相传看。

为配合北伐战争，上海工人阶级举行了三次武装起义，第三次起义成功后成立上海市特别临时政府，《前进报》发号外传送捷报。

蒋介石在国内发动"四一二"反革命政变时，武怀让连夜起草讨蒋檄文，揭露国民党右派屠杀共产党人的罪行。随即，共产国际发表《告全世界人民书》。

工作遇险

1928年6月，中共六大召开后，党中央决定调武怀让夫妇回国工作。为了更好地投入到工作中去，夫妻二人决定将当时刚满周岁的儿子"南昌"留在苏联，送去莫斯科孤儿院。也许，他们也未曾想到，这一别就是永远。我们在叹服革命者义无反顾的气概的同时，革命工作残酷的一面也真实地呈现在眼前。至今，这个本应在父母的呵护下成长的孩子，生死不明。

回国后的武怀让，由上海赴山东淄博，任中共淄川特支书记，到大荒地矿区开展工人运动。10月，调任青岛特支书记，在青岛市阳谷路38号召开秘密会议,传达中共六大精神和省委关于掀起反日高潮的指示。

青岛工作时期,正是青岛工人运动低潮时期。武怀让化名罗玉堂,领导特支成员深入工厂、码头,到工人中宣传鼓动,秘密发展党员,建立赤色工会。当时大康、内外棉、钟渊等几家日商纱厂都建立了赤色工会。他和工友们建立了深厚的友谊,大家都亲切地称呼他"老罗"。他还特别重视妇女工作,亲自起草了关于开展妇女运动的纲领,还派他的妻子专门负责妇运工作。在他的努力下,青岛党组织发展迅速,建有四方机车厂、铁路机务段、邮政总局等9个支部,党员从38人发展到133人。党的刊物《红旗》和《青岛工人》发行量大增,同时还增办了《青岛日报》和《小工友》两份小报。山东省委对青岛的工作十分满意,称赞青岛工作"最有起色"。

1928年12月,武怀让化名武胡景,主持召开青岛党的活动分子大会,选举产生了新市委。根据中共六大精神,工人党员王进仁被选为市委书记,武怀让任组织部长。不久,曾担任中共山东省委重要领导职务的王复元、王用章相继叛变投敌,山东党组织遭到严重破坏。中央指示,将"二王"认识的同志调离山东,同时调整省、市委领导班子,武胡景、王进仁调济南,主持省委工作。

危难时刻显身手,武怀让到济南后,化名吴克敬,立即着手恢复省委,整顿党团组织。他早已将个人的安危置之度外,终日劳累奔波,挽救了岌岌可危的革命火种。

1929年4月2日,武怀让在去一位同志家时,在麟祥门外被王用章查出被捕。化名李士安的他,被押送到济南市南关三元宫。面对敌人的严刑逼供,他毫不畏惧,共产党人的铮铮铁骨,让审讯他的黄僖棠甘拜下风,只得将他押往济南监狱。武怀让在监狱里利用放风的机会,与狱中其他党员取得了联系,建立狱中党组织,共同领导狱中绝食斗争。绝食斗争后,狱中共产党员取得了不戴脚镣、可以读报等一系列权利,越狱行动也在酝酿之中。

由于举事突然,时机不成熟,4月19日的第一次越狱以失败告终,只有杨一辰一人脱险。武怀让在海州的胞兄武怀谦在得知二弟被捕的消息后,变卖老家田产、在乡亲中筹款,用筹集到的2000块银元贿赂看守所长，搭救二弟性命。第二次越狱，时间定为7月21日下午4点，击钟为号。越狱领导小组也提前做了周密的准备，将党员按身体状况做了强弱搭配，将越狱后的疏散方向做了明确规定，并绘制了从各个囚室到监狱大门的路线图，每个人还分配好了石灰以备不时之需。21日正好是星期天，值班看守松懈，打倒看守后钟声响起，狱友们迅速分头疏散，但由于长期关押造成身体极为羸弱，大部分越狱人员被追回，只有武怀让、何自声等6人成功逃出魔掌。

越狱，这个在很多电影中着力渲染的情节，在那样的战争年代远没有影像中潇洒、震撼，备受折磨的共产党人，拖着瘦弱的身躯，与强壮且数倍于己的敌人周旋，革命必胜的信念成为支撑他们前进的巨大力量。

脱险后的武怀让重病在身，以至警察盘查之时看到面容憔悴、奄奄一息的他，都没能认出这是他们要抓捕的人。最后，渐渐好转的他在哥哥武怀谦的帮助下，经泰安乘火车去安徽蚌埠，随后到达上海，与何自声一起向中共中央汇报狱中斗争情况和越狱经过。党中央对他们的行动给予了很高评价。不久，受党中央派遣，武怀让奔赴顺直省委工作。

抗日联盟

1931年元月，武怀让到东北传达中共六届四中全会精神，并担任中共满洲省委委员，后以中共北满特委书记、哈尔滨市委书记的身份来到哈尔滨工作，化名吴福敬。

当时的哈尔滨斗争形势严峻，罗章龙分裂集团强行占领北满特委机关，反对党中央，蒙蔽党团员，拒绝向新的北满特委交出党组织。武怀让在原北满特委代理书记陈德森的帮助下，深入工厂、学校，积极争取陷于分裂集团的党员。他的到来，仿佛一团烈火，融化分裂活动的坚冰。同年3月，满洲省委开除了分裂集团主要成员的党籍，至此，东北党组织得到统一。

舆论宣传，是人们了解国内外真实情况的有效途径，革命时期的宣传工作尤为重要。1931年5月，武怀让领导哈尔滨总工会创办周刊《工人事情》，6月，创刊《组织者》。8月15日，在道外南十六道街创办了公开发行的《哈尔滨新报》,"九一八"事变的第二天,抢先发表《奉天亦非我所有》的号外。北满特委通过报社,一方面在文化、教育和新闻界广泛活动,团结了一批社会知名人士,扩大了革命统一战线;一方面利用报纸宣传党的抗日救国主张和全民抗战的决心,揭露国民党政府采取的不抵抗政策和资本家剥削工人的罪行。

"九一八"事变后,北满特委立即组织党团员发动各阶级、各阶层人民团结抗日,成立了"哈尔滨反日总会",会员遍布所有的工厂、商店和街道。哈尔滨的工厂、大学里,经常能看到武怀让领导抗日救亡活动的身影,听到他慷慨陈词、发表演说的声音。一时间,成立赤卫队、学生军,散发传单,张贴标语,抵制日货等反日活动迅速达到高潮。同时,党的政治主张、抗日口号,也被武怀让巧妙地印制在文帖、贺年片的背面,于纪念日、节假日时秘密散发。

"甲午耻,犹未雪,今日恨,何时灭……武装工农千百万,战斗白山黑水间……"抗日的歌声、抗日的口号,在冰城的上空激荡回响,震撼人心。在城市,武怀让除了在工厂、学校开展军训外,还积极策动警备总队官兵起义,最终由于叛徒的出卖没有成功。然而,抗日的火种却早已在大部分官兵的心中播下。

哈尔滨失守后,武怀让率领部分党团员和工人、学生组成抗日武装东山旅,转移到吉林农村打游击。1931年11月4日,齐齐哈尔,马占山领导的江桥抗战,打响了中国军队抗击日本帝国主义侵略者的第一枪。武怀让参与组织的"援马抗日"的活动,也极大鼓舞了东北人民的抗日爱国热忱,推动了东北各地抗日义勇军的斗争。

1932年1月,中共北满特委撤销,武怀让被调往上海中央军委担任领导职务。1月中旬,他和妻子冒着凛冽刺骨的寒风,踏着没膝冰冷的大雪,带着不满一岁的女儿,在杨靖宇等人的护送下,离开哈尔滨,赶赴上海。

勇担重任

"苏区损失百分之九十,白区损失百分之百。"这句话正是我党白区工作严峻形势的真实写照。

1931年底,蒋介石为了消灭红军,对苏区发起疯狂的第四次大围剿。这一时期,在白区特别是上海中共地下党被捕人数最多,达4 000余人。上海的党组织遭到严重破坏,中共中央在上海的机关也受到严重的威胁。中共中央军委书记周恩来、李富春等同志要离开上海到苏区工作,为了保证工作不断线,便召开会议研究担任中央军委要职的人选,首选张国焘,然后是武怀让。由于张国焘的推诿,最后决定由武怀让担任中共临时中央军委书记。

面对极其险恶的环境,武怀让再次显示了一个革命者应有的气度,危急关头,没有半点迟疑的他,勇担重任。

1932年初,武怀让到达上海,迅速着手兵运工作,动员十九路军英勇抗日,同江苏省军委组织市民义勇军与十九路军并肩作战。工作期间,他忍辱负重,抵制王明、博古的教条主义;支持苏区领导毛泽东、朱德、周恩来等同志"避强攻弱"的运动战术,取得了龙岩和漳州两大战役的胜利,使红军又走上了运动战的正确道路。之后,又做出了"水口之战"的正确决策,歼灭入赣粤敌20个团,迫使陈济棠退出赣南根据地。特别是蒋介石进行第四次围剿时,他命令红一方面军由南雄、信丰北上,策应鄂、豫、皖威胁南昌,减轻敌人对鄂、豫、皖、湘西根据地的压力,有力配合了红四方面军的反围剿斗争。同时制定了敌人未合围前"突破一面、先发制人、主动出击"的战略方针,在苏区领导朱德、周恩来等同志的指挥配合下,取得了第四次"反围剿"的胜利。这一时期成为红军根据地发展的全盛时期。

同年8月,武怀让改任中央保卫部(亦称中央特委和特科)部长。1933至1934年,武怀让先后担任中共上海中央执行局军委书记、上海中央执行局保卫部部长、中共上海临时中央局书记,领导全国的白区军运工作和中共地下党组织工作。

为躲避敌人的抓捕,他曾一日三迁住处,两岁的女儿也不得不交给大哥代为抚养。他重视教育界的革命工作,鼓励推动上海教育团体成立教联,团结教育工作者开展抗日反蒋的活动,粉碎国民党的文化围剿。他精通外语,利用外国朋友多方收集敌人情报,及时将消息反馈给中央苏区。他千方百计打破敌人封锁,购买大量紧缺物资,通过水路、陆路运输线将物资送往苏区。极端困难的条件下,他坚定地领导恢复地下组织工作,机智地开展地下斗争,协助中央特科及隐蔽战线上同志们的工作，为后来的军事统战和解放事业打下了良好的基础。

魂断异乡

1935年春，武怀让来到莫斯科传达遵义会议精神并出席共产国际第七次代表大会。当时中共驻共产国际代表团的团长是王明、副团长康生，他们在留苏人员中形成了一个教条主义的小宗派，大肆打击迫害不同意见的人。住豪华宾馆，安排医院为其治病。开始，他们试图拉拢刚刚到达莫斯科的武怀让，但却碰了一鼻子灰。武怀让曾在中国代表团的全体会议上，公开指责王明的发言脱离实际，使得他们企图夺权的计划落了空。王明、康生的态度立刻变得冷淡起来，武怀让也被他们安排到远离市区的地方做基层工作。

1936年，武怀让被共产国际派到波兰视察情况，后返回莫斯科不久便神秘失踪。等在家中的妻子侯玉兰，悲痛中，始终抱着一丝希望，异国他乡里，不知跑了多少趟，留给她的却只有失望，没有关于丈夫的一点音信。回国后，她也没有放弃对丈夫的寻找，还多次找到中央领导揭露王明、康生在苏联的罪行，盼望能打听到丈夫的下落。

重重迷雾之后，真相总有揭开的那一天，1953年，苏共中央为武怀让平反。1957年，经毛主席签发，中央人民政府追认他为革命烈士。

值得一提的是，武怀让在莫斯科期间，曾经担任过中国共产党在莫斯科创办的报纸《救国报》的编辑，化名林达生。而且，他很有可能批阅乐亭李大钊纪念馆从莫斯科档案馆带回的《李大钊同志略传》。2009年7月，乐亭李大钊纪念馆派出了几位同志赴俄罗斯莫斯科开展有关历史资料的查询、征集工作。在俄罗斯国家社会政治历史档案馆的大力支持下，带回了一批宝贵档案和历史资料，《李大钊同志略传》就在其中。

从原件看该稿是誊清稿，改动很少，只有个别地方有文字添加，是为了更明白、准确地表达要讲述的内容。其中有一处改动尤为重要，是将原文中的"任应岐师长"改为"任应岐烈士"。李大钊纪念馆研究人员认为，这是文献作者自己所改，但原件文字就不长、是誊清稿，再从文献审阅者的相关情况来看，审阅者所改亦很可能。那么，这里就产生一个疑问，在文件上修改、审批的人又是谁呢？

研究人员分析了几种可能，其中一种就是文章的审阅者可能为当时担任《救国报》编辑的林达生，而这个林达生就是武怀让。

根据"请今天加好——以便付印"的审阅意见，研究人员判断这很可能是用于有时效性的印刷出版物的稿件。《救国时报》（初名《救国报》）是我党领导的第一份在国内外公开发行的中文抗日报纸。《救国报》是创刊于1935年底的《救国时报》的前身，报馆在巴黎，编辑部在莫斯科。《救国报》和《救国时报》的编辑（包括总编辑），有吴玉章、廖焕星、李立三、陈潭秋、林达生、赵毅敏、吴克坚等。

按编辑部和作者关系以及编辑工作技术和流程，审稿编辑对相关稿件，最好应是对相关情况较熟悉的人。从《李大钊同志略传》中将"任应岐师长"改为"任应岐烈士"的情况看，作者和审稿人当时即对任应岐烈士的详情很清楚。而任应岐是我党先烈，知情人极少且长期深为隐秘，在上述《救国报》诸编辑中，我们认为深知其详者只有一个人，这个人就是林达生。他曾经在中共党史上担任过重要职务，也有与李大钊同志一同工作的经历，此时也是陈刚的相关上级，也从头到尾知道任应岐的英勇牺牲，此时也正在苏联。

如果这种推测被证实，那么，武怀让就与唐山这座城市产生三次交集：交大学习、市委工作、审阅《李大钊同志略传》。

正气永存

武怀让参加革命时改名武胡景，由于长期在白区工作，他有过十几个化名，尤其是"文革"时期，和他有关的资料几乎被毁之殆尽。后来找到的党史资料中，他的化名都可以查到，唯独原名武怀让找不到任何记载。虽然1957年已经追认他为烈士，但名字都是武胡景，当时仍然无法证实武胡景就是武怀让。

除了亲人，武怀让这个名字像是一颗消失在夜空中的星星，随着时间的流逝，光辉不

◎由毛泽东主席签发的"革命牺牲工作人员家属光荣纪念证"

在，一段历史就这样被一个化名埋没。

武怀让的弟弟武怀谔，得知二哥失踪之后，20岁的他，便踏上了艰难的寻亲之路，开始了长达半个多世纪的找寻，花光所有积蓄，走访行程一万多公里，撰写的文稿摞起来有两米高……直到2006年，90岁的他，终于找到二哥的下落，也等到心中的英雄被承认的那一天，中央有关部门证实武怀让就是武胡景。

◎武怀让纪念馆一角

同年3月，中央电视台《永远的丰碑》栏目以题为《天地能知忠烈心——武胡景》，对武怀让的革命事迹予以肯定并报道。

2008年5月，武怀让纪念馆和烈士纪念碑在他的故乡河南省孟州市落成，10月，中国人民革命军事博物馆研究室发出公函，将土地革命战争纪念馆"中央军事领导机构沿革表"中的中共中央军委领导人由6人增加至7人，依照当时的排名顺序依次为：周恩来、杨殷、关向应、项英、朱德、武胡景、毛泽东。

在那个时局动荡的年代，唐山交大，这所开明自由的大学，曾走出无数和武怀让一样的革命者。文章落笔之时，总是会被革命者们置生死于度外的大无畏精神所震撼，总在思考，是什么让他们能拥有这

◎武怀让纪念馆

样的气概,是什么力量在激励着他们勇敢前行。烽火岁月,优秀的儿女们,在党的领导下,积极投身革命。他们,为了心中的理想义无反顾,斩棘披荆,甚至献出宝贵的生命。

如今,革命烈士纪念碑遍布祖国大地,苍穹之下,山海之间,任凭风雨剥蚀而岿然不动。它们,是这大地上凝固的史诗,它们,是我们应该永远守望的精神家园。

(刘　笛)

原载2014年11月28日《唐山劳动日报》

◎武怀让烈士纪念碑

羊枣：铁笔丹心著春秋

在几本关于他的著作里，封面都有一张同样的黑白照片。照片中的他，剑眉星目，风神俊逸。衬衣雪白，西装笔挺，戴金丝眼镜，头发梳得一丝不乱，仪容整洁到不染纤尘。表情却是如此沉毅忧患，嘴角上扬，引而不发，给人言犹未尽之感。一点点地查阅他的资料，发现这张照片的出处竟然在他位于上海龙华革命公墓的墓碑上。这张20世纪三四十年代抗战时期兼怀天下的知识分子典型照，也是他的遗照。

◎羊枣烈士

他曾名杨潮。"1900年5月8日生于湖北省沔阳县（今仙桃）一封建大家庭。父杨会康系清末民初官僚地主。排行第四，六妹为杨刚。少年读家塾。"

他曾名杨廉政。"1914年，以杨廉政名考入留美预备学校——北京清华学校。1919年，因参加'五四'学生运动被清华学校开除，受父申斥。"

他曾名杨九寰。"认为只有发展实业，才能救国，1919年以杨九寰名考入唐山工业专门学校机械科。1921年，北洋政府交通部对其管辖的学校进行学科调整，唐山工业专门学校机械科并入上海交通大学。由此转读上海交通大学机械系。1923年，交通大学毕业，名列全系第二。任职于上海京沪、沪杭甬铁路管理局考工科。"唐山，曾是他的第二故乡，在这里，他完成了人格、精神的塑造。

然而最为大众所熟知的，是他的笔名，这个抗战时期频繁见诸报端、以军事评论蜚声海内外的名字，这个新闻史上和范长江、邹韬奋、金仲华相提并论的闪闪发光的名字——羊枣，至今仍让新闻同行无限景仰缅怀。他的军事评论超越时空，何时读来，都有血有肉有生命。

交大求学

在羊枣唯一的儿子杨朝汉为父亲整理的《杨潮生平事略》中，记载着他成为唐山交大学子的过程。参加五四运动之后，他被清华开除，失去了赴美留学的机会，更遭到曾为湖北省财政厅长、时任湖北省代主席的父亲杨会康的斥责。父亲给他规划的是海外镀金后再走传统士子之路。下半年，他重整旗鼓，以优异成绩考入唐山工业专门学校。在这里，"严谨治学、严格要求"的学风使热血青年羊枣逐渐冷静下来，埋头科学世界，树立了实业救国的理想。

唐校那时享有"东方康奈尔"的美誉，实行的是国际化的教育，受西方文化熏陶，羊枣纯熟地掌握了英语这项文字工具。在吴德才著的《新闻巨子：羊枣传记》中，记载着羊枣在蜜月中还在攻读科学家爱因斯坦的英文版原著《相对论》，深夜伏案用英文写读书笔记的故事。

他潜心学习自然科学知识，周末也泡在学校图书馆里博览群书。知识面不断开阔，不仅中西兼备，而且在人文科学、社会科学、自然科学诸方面都打下坚实的基础，为他后来从事新闻工作做好了知识储备。

交大求学期间，羊枣的英语、数学、物理以及文学、社会科学理论等科成绩都很优秀，是全校屈指可数的高材生。

1921年，唐校机械科并入上海交大，羊枣转入上海交大机械系。在这里，他遇上了一生的知己、后来的中宣部部长陆定一。陆定一对他的聪明才智和刻苦学习的精神非常佩服，赞赏地对他说："你是学理工科的，文学基础、社会科学理论知识又那样扎实，走向社会工作，将来一定会大显身手的！"

1923年，羊枣毕业于上海交大机械系，名列全系第二名。毕业后，任职于上海京沪、沪杭甬铁路管理局考工科，不久晋升为工程师，主持铁路管理局技术工作。在铁路局，他度过了一个交大毕业生文轨车书的十年。

这十年，他是一个"独来独往的自由主义者"。铁路工程师之外的生活连着一个电影梦。他参加"俭德会"，创办"同仁影业"，在上海闸北开办"百星电影院"，与洋商办的"大光明电影院"唱对台戏，试图在最爱的文艺领域探索一条民族工商业之路。但理想主义在现实中遭受重创，苦心经营的影院最终被洋商挤垮，"同仁影业"难以为继。

1932年，日本进攻上海。波诡云谲的大时代到来。国难空前，国家的前途何在？作为一个知识分子，羊枣陷入"苦闷、彷徨，但同时也产生了探索新的道路的要求"。

左联作家

1933年，已是中共党员的羊枣的六妹杨刚来到上海。她为哥哥送来了马克思主义读物，又为他介绍了革命的引路人、上海左联负责人周扬和夏衍。下半年，经周扬介绍，羊枣参加中国共产党。

"左联"是中国左翼作家联盟的简称，是中共领导下的文艺界统一战线组织，1930年2月成立于上海。左联前后存在六年，羊枣是在后三年参与左联工作的。而1934年到1935年这一期间，上海的党组织遭到三次大的破坏，羊枣恰恰是在一片白色恐怖之下，以铁路高级工程师为掩护，在石缝里培土，为左联的存续冒险支撑。

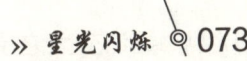
◎历年出版的羊枣研究专著

新中国成立后，周扬在《羊枣政治军事评论选集》序中深情回忆："羊枣在左联工作阶段，不遗余力地为革命奔走，他当时是一个高级铁路职员，生活优裕，为了掩护的方便，把自己的住处，提供我们开会，在经济上资助我们。他曾为左联办的报刊撰稿，并给陈望道同志主办的《太白》等杂志和其他进步报刊，以潮水、羊潮等笔名写了不少宣传科普的文章。"

在著名作家夏衍眼中，"热情有余的许多青年文艺工作者里面，他的存在是特殊的，他有广博的学识，丰富的人生经验，有主张，有脾气，肯做事也能做事，他有强烈的正义感和不计成败的斗争精神"，"他的工作精神和工作效率是可怕的，说做就做，做不通的时候一个人想，从书里去解决，最后是找了人吵架和争论……"夏衍形象地描述了羊枣的个性后，得出的结论是："在我们短短十几年的交往中，这样丰富，这样热情，这样有强烈个性，而仍旧能够孜孜兀兀地在实践中求真理的朋友，实在并不多。"当时，夏衍与外国进步新闻工作者接触时，或由羊枣引见，或在羊枣霞飞路的家中交谈。

左联旗手鲁迅在1934年的日记中，两次提到和羊枣的书信往来。左联的另一成员，时任剧联党组书记的于伶，在1950年写的《悼念杨潮》一文中追忆说："是1934年，我们的左翼文化运动，遭到一次大的破坏之后，我们第一次相见，那是在一家华丽的大旅馆中，商讨着左联的问题。那全是他布置和掩护的。这时候，他在铁路局服务，漂亮的西装，豪迈的举止，使得好些普罗作家，难于相信他会是左联的成员。实际上，他不仅是，而且从那次会上起，他担任左联一个时期的重要工作。"其时，羊枣正担任左联宣传部长。

羊枣参加左联不久，就拿起了手中的笔，进入了井喷式的创作状态。他在左联期间写的作品，大体可分为四类：科普小品文、杂文、报告文学、译作。发表的报刊，一是陈望道主编的《太白》半月刊；二是《中华日报》副刊《动向》；三是《文艺新地》。此外，以杨丹荪笔名翻译的《今日苏联国》，则由引擎出版社印行。

1934年9月出版的《文艺新地》创刊号，刊出了羊枣的译作《马克思论文艺》。他的英文功底深厚，这篇译作，从大量马克思、恩格斯英文版原著中，把有关文艺的论述摘译出来，经过梳理成为体系，便于青年文艺工作者学习理解。"这是左联时期一篇相当重要而又有一定分量的文章。"（钱俊瑞语）

羊枣毕竟是学自然科学的，左联时期，他写得最多的还是科普小品。在一定意义上说，他填补了左翼作家写作领域中的一个空白，在颇为激进的时代风气中，在革命文学的红色浪潮中，他不满足于口号式的表达，更多的时候让"赛先生"说话。

他在《数学与科工》一文中这样阐述数学："数学是什么？数学是宇宙间一切事物关系内容观存在的抽象真理，一切物质的生产关系离不开数学。"他还以生动的语言，热情地赞颂了"相对论"和"微量说"（现在称为量子力学），说它们是现代科学世界最伟大的发展，并将引起科学上的革命。有些时候，他开阔的眼界会关注到新兴的科学。他在《物理学上的大革命》一文中，介绍1930年代始露端倪的"死光"（现在叫激光），预见到这种光能为人类造福，能治疗疾病。他还大胆预言，有一天人类能利用原子能的时候，"也许竟不必再做有史以来这种可怜的微弱的体力劳动了。"如今，这些先进科学技术，如激光和原子能已经广泛应用，不再神秘和高不可攀，但它们出现在80年前羊枣的笔下，不能不让人感叹他学识的渊博和见识的超前。

但羊枣当年致力于科普小品写作，决非有意显示学术，而是抱着"让整个的大众都能了解科学，都能运用科学技术。要把科学技术交给人民大众，才能使科学技术为人民大众谋福利"。这是他交大学子的知识背景下，对社会承担的那份科学家的责任心使然。

科普出版社总编辑郑公盾极其推崇羊枣的科普作品，曾专门著文《科普遗篇传风骚》向前辈羊枣致敬。文中他说："大家都知道羊枣是国际问题专家，但有几个人知道这位从交通大学机械系毕业、曾经很长时期从事铁路工程工作的羊枣，是1930年代科普战线上一个十分出色的科普作家呢？"

也很少有人知道，羊枣还是一位报告文学先驱。他在上世纪30年代，曾写过反映饭店女童工苦难生活的报告文学《包饭作》，这篇名作发表于1934年《太白》半月刊第8期，与夏衍的《包身工》（1936年4月发表），可称为姊妹篇。

一般意义的"包饭作"，是按月或按周包饭给人家吃的饭店。羊枣笔下的"包饭作"，却是一个残酷剥削女童工的黑店。父母与"包饭作"老板订约，把女孩子交给"包饭作"，由老板供给膳宿，送到工厂做工，所得工资，全部被老板扣下来抵充膳宿费。结果，她们辛苦劳累一个月，分文拿不到。羊枣用事实说话，描绘了一幅人间惨剧："她们的面孔干瘪，额角和颧骨三角式突耸着，两眼和一嘴凹成三个坑，简直像是活骷髅啊！别的似乎很胖，但仔细一瞧，便知道是浮肿，青一块黄一块像烂透的黄桃儿。不管瘦的胖的，鼻孔下都有两条沟，顺沟不断地流下些黄色的黏液，眼睛黑和白分不清。看来只是一对红球，在柏油似的黑圈里闪动着。十二三岁的女孩子，头发已经斑白，原来是黑发丝夹杂了许多棉纱头和灰尘。"

最后，羊枣让人看到的是："一个个童工饿着肚子，噙着眼泪，在那伙男监工的皮鞭下，拖着半死半活的身躯摇摇晃晃地上工去了。一个女童工因饥饿昏倒了，男监工就挥动皮鞭抽打着……"

这样不着议论又字字是泪的白描，传递出的那种刻骨的力量，直到今天仍力透纸背，发人深省。对于我们今天媒体人来说，仍是报告文学写作的样本。

《事略》中提到，1935年下半年到1936年上半年，有一段时间，羊枣"为了到广西开展工作，辞去铁路局职务，与夏征农等到桂林，在陈望道主持的广西省立师范专科学校任教"。这时期是他左联工作的延续。在广西，他写出了政论文名篇《现阶段学生运动的检讨》和《民族抗日统一战线》。

《现阶段学生运动的检讨》是对"一二·九"运动的冷静观察和负责任的评析论说，20世纪30年代的学生运动，背景复杂，社会分裂，面对乱象纷纷，需要明晰透彻地评点总结、提供方向。要客观全面地给予观察，不仅需要勇气，更需要观察思考的智慧和能力，今天看来，羊枣的观察无愧于那个时代。《民族抗日统一战线》的评论，至今读来依然生机勃勃，毫无教条和说教。他指出："我们也许不可避免地要遭受初期的失败，要忍受莫大的人力和物质的牺牲，但只要我们有坚强的意志，有正确的方策，有统一的组织，最后的胜利，必然属于我们。"这样乐观豁达又高瞻远瞩的论调，在当时，宛如光明的火种，点亮人心。

因广西师专停课，1936年，羊枣又回到上海，进入苏联国家通讯社——塔斯社，成为一名新闻工作者，开始了他十年不辍的笔耕。

记者生涯

金仲华说："在中国，时代的需要常常会促成一个作家的产生，杨潮先生是一个例子。"1937年卢沟桥事变，揭开了中国人民全民抗战的序幕。在这样的时代背景下，羊枣从为外国通讯社翻译电讯开始,一步步地成为杰出军事评论家、国际问题专家。

羊枣身兼数任,不遗余力地投入抗日救亡文化活动。他与夏征农、艾思奇等合编《新认识》半月刊,并在上面连续发表一组《国防科学讲话》,包括《科学的国防与国防科学》《献给全国的科学家》《科学家到前线去》,从理论上阐明科学家在民族革命战争中的使命,为争取抗战最后胜利贡献力量。他自己还主编《国际知识汇编》,与夏衍等人共同编辑《抗战文库》。

羊枣利用在苏联塔斯社工作的有利条件,先后撰写了三本书:《中国抗战与苏联》《苏联的国防》《日苏必战论》,帮助人们消除"恐苏病",正确认识苏联以及苏联的对外政策,增强抗战必胜的信心。作为一名新闻工作者,他与胡愈之等广泛联系外国记者,向国外宣传中国抗战,也让世界了解中国。

他与范长江、恽逸群、陆诒等共同筹建中国进步记者组织——中国青年记者学会,做了许多奠基性的工作。这个组织就是现在中华全国新闻工作者协会的前身。

1937年底,上海沦陷,成为孤岛,他的独生儿子杨朝汉问他:"爸爸,许多人到延安去,你怎么不去?"他平静地回答说:"党需要人留在上海坚持工作。"这竟成了他对儿子说的最后一句话。当时杨朝汉提出到延安去学习,羊枣托老朋友钱俊瑞把儿子带到了新四军。自此一别十年,父子再没相见,直至1946年天人永隔。

孤岛两年,羊枣利用塔斯社消息灵通、资料丰富的条件,替《导报》《译报》《神州日报》几家报刊撰写国际论文、军事评论。他的国际评论,以鞭辟入里的分析,帮助人们透过纷繁复杂的现象,弄清事物的本质,从而正确认识形势。

1939年底,羊枣来到香港。当时担任《星岛日报》总编辑的金仲华,闻讯向他发出邀请,请他出任该报"军事记者"。他的任务,不是直接去前线采访军事新闻,而是坐在编辑部,根据各种电讯资料,研究国际风云、战争形势变化,撰写军事评论。研究国际政治军事问题,深入分析当时世界形势的热点、难点和疑点,并提供有关资料,做出有说服力的回答。以"本报军事记者"这一专有头衔发出的羊枣的文章,一经与读者见面,很快获得了各方面的重视,成为《星岛日报》一大特色。他视野宏阔，论断自信，根本没有所谓弱国、小国那样的自卑和胆怯。对欧洲战场，对一系列关乎战争走向的重要会议的透彻观察，如魁北克会议、新莫斯科会议、法国局势、苏德战争，甚至战后欧洲、德意志的结局等，都做出了相当令人信服的分析和预测。这样的军事评论、时事观察，不是信口开河，不是无的放矢，是田无半亩心忧天下、以天下苍生为念的大家风范。

但是由于国民党内政治逆流的影响，金仲华、邵宗汉、羊枣、郁风等人不得不于1941年6月辞去了《星岛日报》的职务。此时，正是世界局势诡谲莫测的时候，人们更加迫切地需要了解战争形势的变化。军事评论家羊枣，此时更不会搁下手中的笔。离开《星岛日报》不久，由当时的民盟中央常委梁漱溟任社长、萨空了任总经理的中国民主政团同盟的机关报——《光明报》，于1941年9月18日在香港问世。羊枣出任该报国际新闻版编辑，继续从事军事评论写作。

夏衍在香港时曾去过羊枣的住处，这时曾经文艺气很重，爱养花养鸟的羊枣已经发生了根本的改变。"一间小楼上，再也没有鱼和鸟，有的只是成堆成堆的有关军事、政治、经济的书和杂志，以及挂满四壁的画有红蓝铅笔的地图。"羊枣像一位高级军事指挥人员那样，天天考虑的是战争形势的变化与发展。

40多年后，萨空了在《回忆难忘的1941年——悼念羊枣同志》一文中回忆道："我和羊枣同志就是在这样的环境里共事的。我们白天应付纷至沓来的矛盾，晚间去报社和编辑部同仁议论当前斗争形势，研究报纸如何编排……现在回忆四十年前的香港摆花街《光明报》编辑部的景象，斗室条桌，座次栉比，人人灯下埋头苦干，肃穆静寂，在这个无声的战场里，羊枣同志是坚持战斗的一员。"至12月8日，太平洋战争爆发，日机在太平山上盘旋轰炸，印刷厂排字架被炸弹震倒，《光明报》只得停刊。"中国民主党派的喉舌，在香港只出版了83天，羊枣是与其共始终的。"在党组织的安排下，羊枣再次虎口脱险，历经艰难，转移到桂林。

1942年春，在桂林七星岩下的小木屋中，羊枣挥汗如雨。100多天的刻苦写作，成就了两本论述太平洋战争的专著：《论太平洋大战》和《太平洋暴风雨》。这两本用土报纸印刷的论著，至今仍闪耀着思想的光芒。《论太平洋大战》一文完稿，距离太平洋战争爆发只有四个月；《太平洋暴风雨》篇幅较长，其完成时间，距离战争启幕也只有八个月。记得有位哲人说过，历史著作与历史事件不可能平行发展。日本偷袭珍珠港，太平洋立即烽火四起，成为战争的大海洋，当别人惊魂未定时，羊枣迅速写出了两本有关这次战争的著作。作为军事评论家，羊枣的敬业精神，令人钦佩。文中他冷静地对这场突然降临的战争进行客观地科学分析，揭示其发生、发展的来龙去脉，探讨战争的性质、应接受的教训。在对交战双方军事力量和政治、经济、资源诸多方面进行优劣对比的基础上，预测日本侵略者的动向，提出同盟国应采取的政策和"中国的任务"。如此及时而又全面论述太平洋战争的著作，在当时的大后方，可以说是绝无仅有的。著作中羊枣预见到战争将在太平洋结束，他不是卜者，但他是一个马克思主义者，靠着掌握运用辩证唯物主义和历史唯物主义的思想武器，他言中了日本必败的结局。

新闻全才

羊枣的挚友、国际问题专家刘思慕在《痛悼羊枣兄》一文中说："在新闻工作中，羊枣可说是个全才：编新闻、写评论、撰军事论文、译电讯，都是能手。"

羊枣的新闻全才，在衡阳担任《大刚报》总编辑的一年间，得到了充分施展。《大刚报》1937年11月在郑州创刊。以学赶《大公报》为努力目标，取名大刚，有"有容乃大，无欲则刚"之意。武汉沦陷后，迁衡阳，报纸的性质也由官办改民办，为了报纸的生存，去掉那些令读者讨厌的"官腔"，备受读者欢迎，成为湘粤赣桂发行量较大的报纸之一。但1941年，形势陡转，《大公报》在桂林出分版，与《大刚报》形成竞争，《大刚报》重金礼聘英才，羊枣经举荐加盟。羊枣到《大刚报》，编辑部内群龙有首，报纸从版面到内容，很快发生显著变化：报纸的信息源多了，评论的质量档次提高了，报社也经常发起并参与社会上的公益活动，与读者的心贴得更近了。1980年代，欧阳柏在《大刚报史话》中，把羊枣时代称为"《大刚报》大发展时期，也可以说是《大刚报》人才鼎盛时期"。

《大刚报》在衡阳，曾先后三次遭到日机轰炸，编辑部和印刷厂的房屋都被破坏，只好找到南门外迴雁峰上一座残存的古刹——雁峰寺内编报和印报。

羊枣到《大刚报》后，首先抓"空中电讯"。他曾在塔斯社上海分社先后工作了三年，主要担任翻译英文电讯工作。他熟知美联、路透等外国通讯社的信号，能够将抄收到的英文电报，准确及时地译成中文，在消息的快捷上，可与《大公报》相抗衡。抄收外文电讯，在当时的条件下，可不是件容易的事。外国通讯社播发电讯，当时都已采用机器，速度很快。而我们只能用手抄。漏句、漏字母是常有的事。但是羊枣的英文水平很高，翻译得又快又好，凭借他对苏德战场地形的熟悉，总能从一些模糊的电讯中，梳理出脉络。

羊枣到《大刚报》办的第二件事，就是增加国际问题的评论。太平洋战争爆发后，由于中国的抗日战争已经成为第二次世界大战的重要组成部分，每一个关心抗日战争前途的人，不能不注意国际形势的演变，特别是全世界反法西斯战争各个战场的进展情况。羊枣除总揽编辑工作全局外，每星期写两篇国际问题和有关第二次世界大战军事形势分析的社论，同时还积极鼓励并帮助一些青年朋友学习写作这方面的文章。这一时期，《大刚报》办得颇为活跃。除日刊外，还增出了晚刊和"敌后航空版"。"敌后航空版"通过美国空军向湖北沦陷区空投。这在当时的国统区是一个创举。1943年2月，苏军全歼德军精锐30万人，羊枣立即写社论祝捷，认为斯大林格勒战役的伟大胜利，是第二次世界大战的转折点。作为一张地方报纸，对世界形势的最新发展迅速做出反应，指出其意义，在抗战大后方是绝无仅有的。

羊枣到《大刚报》办的第三件事，就是帮助《大刚报》与进步文化界建立联系，扩大了报纸的稿源。

羊枣为《大刚报》赢得了巨大的声誉，也招致了国民党反动派的仇视，他们迫使报社老板辞退了羊枣。

离开《大刚报》，羊枣并没有离开衡阳。他开了一间小小的英文排字房，接些零星活计以维持生计。他的家，仍是报社青年常去的地方，或请他修改文稿，或大家一起研讨时局问题，或谈天说地。他仍是衡阳进步青年的领袖和轴心。羊枣没有放下手中的笔。作为一个自由撰稿人，他经常为大后方的报纸撰写军事论文，如《魁北克会议以后》（载《广西日报》）、《太平洋战略攻势的开端》（载《大刚报》）、《第二战场之谜》（载《云南日报》）、《敌寇的动向》（载《广西日报》）。特别是《敌寇的动向》一文，他断言敌人对"粤汉路的再进攻是逻辑的继续进行"，果然不幸而言中。

1944年春，日军进犯湘桂，在衡阳的多数进步文化工作者准备撤退到川、黔、滇一带。羊枣对形势作了精辟分析，认为日军打通湘桂和粤汉两条铁路线之后，将顾此失彼，兵力分散，东南一隅可能出现偏安局面。他建议不必都往西南撤退，可以分散些，对开展工作有利。于是由金仲华出面，通过进步青年、省主席秘书谌震向福建省政府主席刘建绪推荐，羊枣受聘到闽工作。

当时在《大刚报》工作的欧阳柏回忆自己当年带着"风萧萧兮易水寒，壮士一去兮不复还"的悲壮心情送别羊枣，羊枣用爽朗的大笑扫去了他心头的阴霾："羊枣决定撤到福建永安去。我们最后一次见面的时候，他身着蓝布长袍，一如往昔那样从容不迫，长长的脸上微露笑意。他问：'敌人进攻了，你害怕不害怕？'接着他像自己答复自己似的说：'这是敌人的最后挣扎，敌人终究要完蛋的。坚持下去，胜利总要到来。'说完，他竟出声大笑起来。我当时是多少带点悲戚和惜别的心情的，他这一笑，竟把我的种种忧虑都笑跑了，也不由得笑了起来。"

永安奋笔

1944年6月，羊枣来到福建战时省会永安。福建省政府主席刘建绪聘羊枣为省政府参事、省社科研究所研究员兼政治研究组组长。继而羊枣又受聘担任民办的《民主报》主笔和美国驻华大使馆新闻处东南分处中文部顾问，身兼五职，亦官亦民，中外兼备。

8月初，羊枣即在《民主报》上发表到永安后第一篇军事论文《只有牺牲才有胜利》，文章热情赞扬衡阳军民坚守孤城40余天的英勇牺牲的爱国精神，鞭挞了国民党顽固派消极抗战的误国政策。8月底，又发表《统一团结——粉碎敌人的攻势》和《人民的力量是伟大的》两篇文章，宣传全面抗战路线。他在《人民的力量是伟大的》一文中呼吁："我们的抗战是全民战争，如果我们要克服一切物质的不利点，我们就必须把我们的本质的最大有利点彻底发挥与利用。换言之，即我们必须把全民抗战真正实现在全民的基础上，必须使每一个民众动员起来，为自己的国家民族和自己本身而战斗。"

羊枣进入社会科学研究所，一改过去从书本到书本的那种学院式学风，面对现实，提出问题，扎扎实实进行科学研究。他策划出版《国际时事研究》周刊，并通过谌震请刘建绪题写了刊名，羊枣任主编，李达仁、谢怀丹为编辑。

由于羊枣的周密筹划和辛勤写作，1944年9月1日，《国际时事研究》便与读者见面了。协助羊枣编辑的任远回忆说："当时，社会科学研究所政治组连羊枣共有五位同志，但是要写出与羊枣水平相近的文章来，大家都是有自知之明的，所以不敢贸然把自己不成熟的作品拿给刊物发表，只帮着羊枣翻译一些短文，做点事务工作，主要的写作任务完全落在羊枣一个人身上，连那些精心绘制的战地形势图，也无不出自羊枣一人手笔。他写作态度十分认真，原稿总是用毛笔写得清清楚楚，笔意刚劲，书写流利，真可以说是一丝不苟。他还亲自去省政府印刷所校对清样。"一份按周出版而容量多达3万字的刊物，其中相当大的篇幅靠羊枣供稿，其工作之繁重可想而知。

《国际时事研究》从1944年9月1日创刊，到1945年6月26日停刊，共出39期，羊枣的作品计54篇40多万字。虽然当时永安物质条件很差，生活十分清苦，可他几乎每天都工作到深夜，有时甚至秉烛达旦，日出万言。他的文章不是书斋和研究室的产物，而是在忧患的人生和民族的困苦中一点一滴悟出来的，每个字都重有千钧。文章主旨是论抗日必胜，德、意、日法西斯必败，分析精辟，文笔犀利，立论正确，令人叹服。《国际时事研究》独树一帜，高瞻远瞩，纵论世界风云，敏锐观察战局演变，针砭时弊，促进了抗战团结。

这时羊枣最为真切也最为用心的还是对中国与日本这场力量悬殊的大较量的关注和思考。羊枣的《太平洋大战》《日苏关系的回顾和前瞻》《尼米兹的战略》，理性客观，深入透彻，仿佛是在俯瞰整个战局的走向，这样的理解和观察，对最高决策层来讲，应该是非常珍贵的视角。

《国际时事研究》的影响巨大，有些文章还被美国新闻机构发往国外。刘建绪读了羊枣的这些军事论文，也"大为赞赏"。

除以上一报一刊外，永安还有多家报纸请羊枣撰文，如《东南日报》《联合周报》《改造》《民意》《新福建》，在不到一年的时间里，羊枣为永安多种报刊撰文140多篇。

羊枣的论文具有高度的预见性。他发表于1945年5月的《从柏林到东京》这篇著名的军事论文中，在详细地、科学地计算了美国和苏联军队东调所需的船只、车辆的数量和时间的基础上，做出了科学预言："如果苏联参战，如果美国空军对敌国本部战略轰炸特别有效，如果我军反攻有力，日本在总发动后甚至以前，都可能投降。"当时人们多不相信。三个月后，他的预言被完全证实了。日本投降的原因，正是他提出的三个条件，即第一，苏军百万向日军精锐关东军发动了进攻；第二，中共领导的八路军和新四军，配合苏军发动了有力的反攻；第三，美国在日本广岛和长崎投了两枚原子弹。

羊枣的杰出论著，为反对国际法西斯，为争取抗日战争的胜利，作出了重要贡献。这一切，为广大民众所欢迎，也必然为顽固派所仇恨。国民党顽固派以咄咄逼人之势对羊枣及永安进步文化进行攻击。

羊枣对于国际形势的分析和预测，虽然洞若观火，但却万万没预料到，一场大的文字狱灾难，正悄悄向他和他的战友们袭来。

羊枣事件

1945年7月，正值八年抗战取得最后胜利的前夕，"皖南事变"的制造者，第三战区司令官顾祝同，给福建特务机关下逮捕令。包括在永安的29位进步文化工作者，纷纷遭到囚禁，史称"永安大狱"。被捕者中，羊枣是中外名记者、永安文化界的核心人物。他被捕以后，几经折磨，是同狱29人中，唯一被虐死的狱中者，故此事件又称"羊枣事件"。

1945年7月15日，福建省政府派两人来到美国新闻处东南分处见处长兰德，谎

◎永安市吉山村清代渡头宅。1945年7月羊枣遭国民党顽固派迫害，在此被捕入狱

称"要洋先生（即羊枣）去两三天，问问清楚，就可以回来"。兰德提出三个条件，特务一一答应，羊枣便跟特务离开了美新处。特务机关把羊枣骗到手后，立即否定了答应的三个条件，马上将羊枣逮捕，并押送到永安吉山的省保安司令部囚禁。

在永安吉山的省保安司令部监狱里，羊枣被单独囚禁，牢房内一副床板，一张小桌，其他什么都没有。8月5日半夜，羊枣、谌震、姚勇来、李达仁被押上两辆汽车解到江西省铅山，囚禁于国民党第三战区直属联络站。在铅山，羊枣与谌震、姚勇来、李达仁同囚一室。酷暑天气，牢房门窗紧闭变成了蒸笼。顾祝同对羊枣许以"少将军衔"待遇，并请他为国民党办报，要他"写悔过书""参加国民党"，均遭羊枣严词拒绝。抗战胜利了，囚室里庆祝胜利，唱起抗日歌曲。日夜为胜利奋笔疾书的羊枣却被移囚杭州。

精神的折磨和肉体的摧残，使羊枣健康严重受损。在生命的最后时刻，他以顽强的毅力在狱中译完美国作家拉伦斯·戴的长篇小说《我的爸爸》，这本启发人民争取个性解放、自由平等的文学名著，寄托了他最后的心声。夏衍在为《我的爸爸》出版所写的前言中评价羊枣"他的性格，是在豪爽任性之中带着强烈的不知道虚伪为何物的诚实，丝毫没有老庄气味，丝毫不懂世故权诈，从来就不自欺欺人"。

羊枣在1945年年底患了恶性疟疾，要求保外就医，没有获准。他写信给夫人沈强，当局也不肯替他投寄。等到他病危了，沈强才得到一个"速来潮"三个字的急电，从福建赶到杭州。沈强到了杭州却不能立见病危的羊枣，经过三天强烈要求，才被获准探监。沈强多次要求当局替羊枣治病，可是，一次次都未能得到允许。

1946年1月7日，羊枣的病更严重了，他

◎位于福建省永安市吉山水乡古村的羊枣囚禁地（原福建省保安处）旧址

说话困难，视力模糊。直到这时，当局才答应移送杭州省立医院就诊，但迟了。

在医院里，沈强陪了他4天。他昏过去时，沈强要医生给他打强心针。她替他洗掉口、眼、鼻、脸上一层黑糊糊的东西，再给他水喝，他才慢慢地苏醒过来。可是他在4天里讲得清楚的话不到20句。他舌头变大，讲话太吃力了。他反反复复、断断续续地说："昨晚上我睡在地上，你这狗……你推我在地上……我要爬起来……"弥留之际，羊枣显露出有心事没有了结的神态。沈强用种种方法问他。当她问到"是不是翻译的书要我设法出版？"他点点头。"是不是你想念你的朝汉？"他又点点头。沈强对他说："你放心吧！我一定用各种力量把你的稿子拿出来出版，我一定设法把朝汉的通讯处找到！"这样，他才放下心，瞑目而逝。这时是1946年1月11日晨，羊枣死于国民党监狱，终年46岁。这一天，正是政治协商会议在重庆开幕，蒋介石在会上宣布释放全国政治犯的第二天！

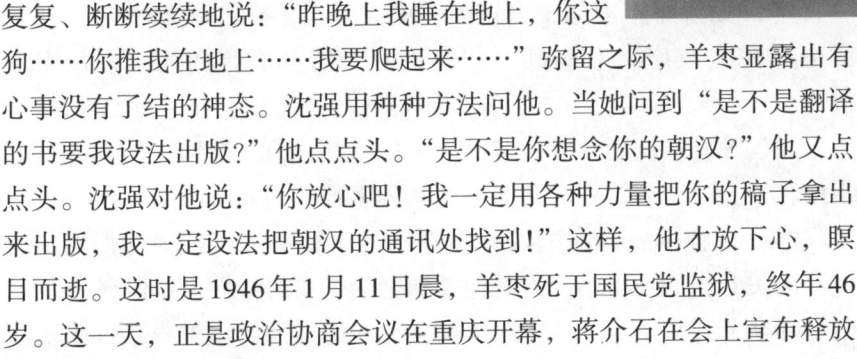

◎羊枣弥留之际与夫人沈强的合影

羊枣死后第二天，检验遗体，发现其背上有大块大块红色，两肋有深青色块，手背上有一块青紫。在人命如草、随时可能凋零的时代，羊枣用牺牲成就了不屈的灵魂。

羊枣监禁致死的消息传出后，国内外舆论一片哗然。

1946年1月23日，上海《文汇报》《大公报》《时代日报》《世界知识》《文萃》等新闻记者61人联名发表向国民党当局抗议的声明，指出"羊枣先生无故被捕，时逾半年，既不公开审讯，复不宣布罪名，囚死狱中，实为当局一贯摧残人身自由与言论自由之直接结果"，要求当局"彻查羊枣先生在狱遭受虐待情况和致死原因，并严惩非法下令逮捕的祸首"；要求"全国同业一致呼吁言论自由，向政府索取新闻记者的人权保障"。

1946年3月13日，羊枣胞妹杨刚在《大公报》上发表公开信，质问顾祝同："羊枣犯了什么罪？为什么在《人权保障法令》颁布一年后，羊枣还被无故拘留和虐待，为什么不给治疗，听任死亡？如此黑雾弥天，人命草芥，团结何在？纲纪何在？"

梁漱溟、郭沫若、马思聪以及美国人费正清在向国民党提出强烈抗议的同时，还提倡募集"纪念杨潮新闻自由基金"，"部分用于杨先生的殡葬和抚养其家属，其余作为杨潮新闻自由基金，以奖励中国有特殊表现的青年新闻工作者。"

政协委员罗隆基等人，当面责问蒋介石，要求按照政协会议决议，释放"羊枣事件"被捕的全部政治犯。

羊枣之死，也激起国际舆论界的强烈反应，据《大公晚报》上海一日电：美新闻界华慈、史坦因、史沫特来、怀特等24人，从纽约致电国民党政府，对杨潮（即羊枣）受特务虐待而死，表示严重抗议。

美国5个群众团体、加拿大1个群众团体和1个华人团体也打电报给蒋介石，抗议第三战区非法监禁羊枣致死的罪行。

羊枣牺牲了，但在国内外舆论和国内和平民主运动的强大压力下，国民党当局不得不允许其他被捕者的亲友对他们进行保释。

1946年4月8日，蒋介石被迫电令福建当局，将羊枣事件中被捕的政治犯全部无条件释放。至1948年秋，经多方努力，在事件中被捕的政治犯才陆续全部获释。

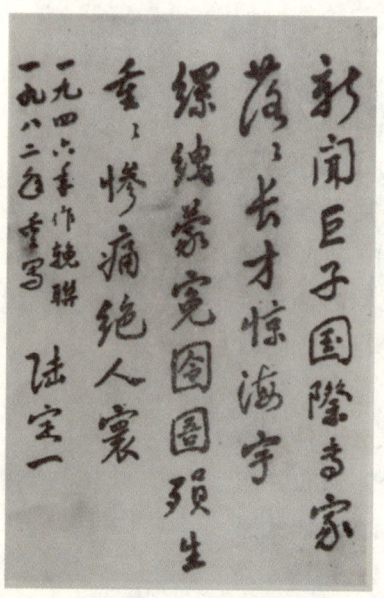

◎ 陆定一为羊枣烈士题写的挽联

精神不死

1946年5月19日，上海文化界和新闻界一千多人，在国泰殡仪馆举行羊枣追悼会，追悼会由郭沫若主持。会上，马叙伦、梁漱溟、许广平、金仲华、田汉、熊佛西等纷纷致词，对羊枣在军事评论上的远见卓识给予高度评价，并对国民党的罪行进行控诉。

《新华日报》的挽联这样评价他的一生：

一志在新闻，业秉春秋豪气盛；

忌时遭厄运，身殁囹圄志节香。

他的同学、挚友陆定一给他的挽联赫然上书：

新闻巨子，国际专家，落落长才惊海宇；

缧绁蒙冤，囹圄殒命，重重惨痛绝人寰。

在永安市委党史工作委员会编的《羊枣事件》一书

中，找到羊枣留给夫人沈强的遗言，现在读来，依然让人惋惜和心痛。

"强：

我真不想死，因为有许多工作需要我做。现在我只能希望你坚强地活下去，希望六妹再接再厉为中国学术文化多尽点力。我从事译著十余年，此刻回想起来，真觉得太少。我一向集中力量做当前的工作，并不曾打算先替自己留点永久的业绩，更没有想到就这样的死了。不过总计这些年，写的东西如搜集齐全也有四五百万字，虽说算不了什么，总是我一生留下的足迹，希望六妹为我集辑出版，那我就不虚此生了。"

时事风云莫测，轰轰烈烈的羊枣事件埋没于历史烟尘。至羊枣之子杨朝汉（耿青）辑录成《羊枣政治军事评论选集》一册，已是1983年，羊枣遗愿始得完成。

纵观羊枣的一生，从未在当时大后方中心的重庆工作，也从未到过延安，而是颠簸奔走于上海、香港、桂林、衡阳和福建永安等地，文章也大多发表于这些地方出版的报章杂志上。然而他的名篇佳作却不受地域限制，冲破人为封锁，在中国大地上不胫而走，受到各阶层读者的广泛关注。战争年代，读者打开报纸，自然首先关心国内外的战局问题，因为这些问题不仅关系世界前途、祖国安危，而且和每个人、每个家庭的命运息息相关。报纸仅仅靠官方发布的战报，远远不能满足读者的要求，读者还迫切需求读到能洞见战局发展走向、有分析有预见的军事评论文章，帮助他们释疑解惑，擦亮眼睛，提高信心。羊枣的文章在当时之所以受到如此欢迎与重视，其根本原因就在于此。这些文章，成为今天研究世界二战史和中国抗战史的参照。

然而，羊枣留下的最宝贵的遗产，不仅限于这四五百万字的文章，他用自己的思想方式，用自己的知识结构，用自己对历史变迁的理解，用集合了人文和科学的天赋后所产生的创造，在有限制的环境和有限制的思维中振翅高飞，为今天的记者提供了一个精神标本。

（梁竞艳）

原载2014年8月20、27日《唐山劳动日报》

杨杏佛：花开花落两由之

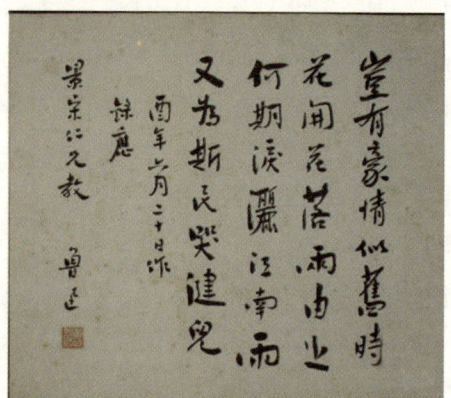

◎1933年6月18日，杨杏佛与儿子杨小佛乘车外出时遭特务暗杀，鲁迅先生听闻噩耗，挥笔写下这首著名的悼诗

"岂有豪情似旧时，花开花落两由之，何期泪洒江南雨，又为斯民哭健儿。"这首情文并茂的七绝，是鲁迅先生1933年6月20日下午冒着滂沱大雨，为中国民权保障同盟总干事杨铨送葬归来后，无法遏制自己的悲愤心情而吟成的，可谓是字字血、声声泪，深切表达了对失去杨铨这样亲密战友的痛心和惋惜。

杨铨，字宏甫，号杏佛，祖籍江西玉山，1893年生于江西清江。他自幼聪颖、豪爽，幽默善辩，精悍溢于眉宇。少时居其父任职的扬州、杭州等地，6岁在扬州入私塾，1907年入上海中国公学，1908年转入中国新公学，1910年加入同盟会，1911年8月考入河北唐山路矿学堂（今西南交通大学）。

寻求救国之路 构筑科学梦想

辛亥革命以前，杨杏佛已经接受进步思想。辛亥革命爆发后，他毅然离开唐山路矿学堂，以同盟会会员身份赶往武昌，亲历辛亥革命，后来在孙中山组建的中华民国临时政府中任总统府秘书处的收发组长。

袁世凯窃取临时大总统前后，杨杏佛对时局感到惘然，生性耿直的他放弃优厚的待遇，下定决心走科学救国、实业救国的道路，与任鸿隽等人呈请孙中山批准，被派往美国留学。

1912年12月初，杨杏佛与任鸿隽等抵达美国，先在康奈尔大学选读机械专业,接着在哈佛大学商学院商业管理学院攻读硕士学位。美国先进的科学与中国落后的面貌形成巨大的反差,刺激着杨杏佛和他的同伴。他希望汲取到世界最先进的思想,为祖国效力。1914年6月,他与任鸿隽等人发起创办了中国第一份综合性科学杂志——《科学》月刊。在这一时期,杨杏佛常与胡适、梅光迪、任鸿隽等聚会,"痛论时事",讨论文学。

杨杏佛在宣传科学精神的同时,还注重将科学与实业、科学与救国联系起来,激发国人的爱国热情。他意识到了榜样的力量,非常重视科学家传记的写作,写过《牛顿传》《詹天佑传》等。在《詹天佑传》末尾,杨杏佛感叹道:"综氏(指詹天佑)一生,未尝离工程事业。其为官,不过邮传部候补丞参,民国不过交通部技监,无赫赫之位,炙手之势,及其逝也,举国识与不识咸兴人亡国瘁之悲。呜呼!其感人抑何深耶!夫以氏之学识经验,使充其能,所成就者又岂仅京张数百里之路已哉。乃频年干戈,政争不已,卒至赍志以殁,不能如史第芬森、瓦特辈目睹所业跻国富强,此岂个人之不幸哉,吾为中国惜也。"杨杏佛一直认为:"在现今世界,假如没有科学,几乎无以立国。"杨杏佛还与胡明复、赵元任、任鸿隽等留美同学发起成立中国第一个学术团体——中国科学社,满怀热情地传播着科学的火种。

◎在美国康奈尔大学的杨杏佛

杨杏佛说:"我梦想中的未来中国,应当是一个物质与精神并重的大同社会。"怀着这样的抱负和理想,杨杏佛于1918年获得哈佛大学工商管理硕士学位后,迅速回国,先后担任汉阳铁厂会计处成本科科长、南京高等师范学校教授、东南大学工学院院长。杨杏佛与陈去病等人在东南大学从事革命活动的举动受到东大校长郭秉文的敌视,工科被取消,但杨杏佛科学救国的梦想却未因此而终止。

接受民主思想 投身革命斗争

杨杏佛归国6年以来,目击反动学阀谄事军阀、官僚之卑污,决意抛弃苟全乱世之教书生涯,恢复10年前之革命生活,因而于1924年10月离开东南大学,赴广州任孙中山的秘书。在陪伴孙先生走过其生命最后时光中,他受孙中山精神所鼓舞,深得民主思想之精髓,奋不顾身地投身革命斗争中,站到了救国的最前线。

1925年,"五卅"惨案发生后,杨杏佛与共产党人恽代英、张闻天等人发起组织中国济难会,以救济那些因参加爱国运动而被捕的革命者、遇难的同胞及其家属。随着反帝怒潮迅速席卷全国,杨杏佛认为人民奋起,"未始非中国民族之一线生机也"。在宋庆龄的大力支持下,他以孙中山的民族主义作为国人的暮鼓、晨钟、明灯、木铎,用最快的速度创办发行《民族日报》。号召人民对英、日实行永远的经济绝交,以达到在最短的时期内废除一切不平等条约,最后实现真正民族独立之目的,因此引起了统治阶级的仇视。至6月24日,《民族日报》被迫停刊。在停刊《告别辞》中,他引用了孙中山的话与国人共勉:"振起民族精神,求民权、民生之解决,以与外国奋斗。"在此期间,他还应邀到机关、团体和学校演讲。他主张全民团结反帝,赞成国共合作,尤其忠实于孙中山的新三民主义,并力求其贯彻执行,深得国民党左派的信任。

五卅惨案发生后,英政府以中国人民受"赤化"为理由,扬言要派10万大军、以每日150万军费来征服中国。与此同时,又派韦林敦爵士于1926年3月中旬来中国,言欲退还部分庚子赔款,用来举办中国的文化事业,以增进中英友谊,并成立退还庚款委员会。该会委员共有12人,而中国只有3人,且属顾问性质。杨杏佛对英帝国主义肆意侵略中国,却又借中英亲善来愚弄中国人的狼子野心看得一清二楚。于是,他奋笔疾书,发表文章和书信,确切表达了当时中国人民力争英庚款主权的呼声。

1926年8月27日,中国科学社第十一次年会在广州召开。会长任鸿隽因事未能出席,杨杏佛挑起组织会议的重担。他特别向大会提出:革命家要科学化,科学家要革命化。会后,杨杏佛接受国民革命军司令部交给他的以上海孙中山葬事筹备处为据点设立秘密电台的特殊任务,逐日将情报电告北伐军前方指挥部。广州方面根据他所提供的情报,进行了正确的决策。

1926年底和1927年3月,中国共产党先后领导上海工

◎1919年10月5日,杨杏佛与妻子赵志道、儿子所摄全家照

人举行了三次武装起义。对前两次起义，杨杏佛都表示赞同。他被共产党人视为国民党中比较坚定的左派人物，被寄予无限信任。3月12日，上海市临时市民代表会议正式产生，选举出执行委员31人，杨杏佛为执行委员之一。3月22日，起义取得成功。上海市临时市政府成立时期，是杨杏佛精神上最兴奋、最愉快的时期。

1927年3月26日，蒋介石抵达上海，随即召开一系列秘密会议，准备发动反革命政变。在蒋的压力下，市政府委员中有6人声明辞职，杨杏佛是其中之一。政变发生时，杨杏佛险些被杀害。他对国民党的分裂表示强烈不满，认为"现在的江山只打下了一半，内部就这样分裂，前途甚不乐观"，"这样下去，会把革命搞垮"。他继续与中共上海党组织派来的余泽鸿保持联系。

提倡改造中国 与共产党为友

杨杏佛担任孙中山葬事筹备处主任干事后，工作特别忙。但他心中始终不忘改造中国，心中始终装着中国的青年人，只要他们邀请他去演讲，他都欣然答应。他在演讲中，提出了一个重要的问题：即谁是革命的敌人？谁是革命的朋友？……我们只承认赤裸裸的平民是朋友，是我们的同伴，我们的平民革命，是要平民来革命的。最后，他指出：平民革命，打倒绅阀，是改造中国政治的第一步。同时，他知道，改造中国社会，还必须发挥知识分子的力量。他在演讲中提出，知识分子要做开天辟地的工程师，做与闻政治的工程师，做"人"的工程师，担负改造中国的重担。

当蒋介石采取阴谋手段，架空杨杏佛的权力，使他无活动地盘时，杨杏佛为了忠于孙中山所创建的国民党，仍"一切出以大公"，努力工作着。他通过写诗著文，向人们揭示：现在革命的前途仍然很黑暗，中国民众生活仍在水深火热之中。他表示自己决不后退，决不与畏缩的行尸做伴，情愿与被创的战士在血泊中僵睡。9月3日，中国科学社第十二次年会在上海总商会召开。杨杏佛阐述了科学社与国民党的密切关系，希望科学家与革命家联合起来，共谋中国的改造，以创造一个自由、平等的新中国。

蔡元培为实现他的教育独立理想，曾计划将法国的教育制度搬来，在中国推行"大学院"制。1927年10月1日，中华民国大学院成立，蔡元培正式就任大学院院长。杨杏佛就任该院教育行政处主任职务。不久，改为副院长。在蔡元培和杨杏佛的主持下，大学院作了一些改革和有益社会的工作。1928年10月，蔡元培因受到和李石曾争权的非难，愤然辞职，并表示大学院事托杨杏佛代行。

蔡元培辞去大学院的本兼各职后，即专任中央研究院院长，致力于中央研究院的创建工作。1928年11月9日，国民党政府公布《国立中央研究院组织法》，规定院长以下，设立行政、研究、评议三大部分。行政部分为总办事处，由总干事负责全部行政工作。蔡元培聘任的第一任总干事就是杨杏佛。在蔡元培、杨杏佛主持中央研究院工作期间，中央研究院是"四一二"反革命政变后国内仅有的没有国民党组织的几个单位之一。由于蔡元培的兼容并包政策，由于杨杏佛对进步人士和进步事业的支持，中央研究院方便了共产党人在困难条件下开展地下工作。钱俊瑞、薛暮桥、孙冶方等都参加了这一工作，后来他们都成为共产党的经济学家。

蒋介石发动第三次"围剿"前，命令中央研究院总干事杨杏佛于1931年6月随他赴江西实地调查"赤祸"，要求公开发表文章，以加强反共宣传。杨杏佛表面服从，但决不做御用学者，出发前就与邓演达等商定，准备背后做点文章。这就决定了他不能不采取"阳奉阴违"的态度，所以考察报告有的题目和行文语气虽以国民党政府知名学者的口吻出现，但中国共产党的现状与红军的真实情况也得到了如实的反映。这样巧妙打破国民党新闻封锁，客观地向外透露"苏区"情况的奇文，不能不引起蒋介石与其爪牙们的震怒。"报告"中文合订本刚刚印好，尚未全部分发，就被反动当局收缴销毁。反动派欲加害杨杏佛的伏线从此埋下。

参与秘密活动　争取民主自由

1930年5月，邓演达秘密回到上海后，着手建立第三党——中国国民党临时行动委员会（即中国农工民主党前身）。为了酝酿组织新党，邓演达进行了紧张的秘密活动。

由于邓演达领导的中国国民党临时行动委员会所进行的事业，乃是继续孙中山的革命。其任务是实现以"工农为中心的平民革命",与杨杏佛开展"农工运动"进行"平民革命"的思想完全一致。因此,一开始,杨杏佛就秘密参与"第三党"的主要活动。

8月9日,中国国民党临时行动委员会在上海法租界召开成立大会,讨论并通过了《中国国民党临时行动委员会政治主张》,又决定将全国分成中央直属、南方、北方三大区,中央直属区由郑太朴、杨杏佛、谢树英负责。由于全体成员的努力,中国国民党临时行动委员会有如异军突起。

1931年5至6月,由于杨杏佛的参与,邓演达与陈铭枢经过密函往来,议定由陈铭枢赴江西重领第十九路军,并接受"剿赤"右翼集团总司令职务。然后停止"剿共"。再将部队集中吉安,经泰和、赣州,开回广东,再与广东部队联合起来树立起"停止内战和反蒋"旗帜。

6月至7月,杨杏佛奉命随蒋介石赴江西调查苏区情况。事前,杨与邓演达等商定,拟利用这次赴赣机会,肩负起策应十九路军共同建立第三势力政权的任务。后经徐铭鸿、杨杏佛等人的先后联系,十九路军将领蔡廷锴、蒋光鼐等与邓演达建立了关系,并约定了"通讯"暗语,为在中国建立第三势力政权做好了必要的准备。

8月17日,邓演达因叛徒出卖被捕。经第三党同志多方营救无效,被蒋介石秘密杀害。宋庆龄得知邓演达遇害的噩耗,义愤填膺,

◎ 20世纪30年代民权保障同盟成员聚会。右起:宋庆龄、杨杏佛、黎佩华、林语堂、胡愈之

起草了一份英文宣言，由杨杏佛译成中文，于12月19日发出通电，并在《申报》上发表，揭露蒋介石的罪恶行径。杨杏佛反蒋的意志也更加坚定。

一心救国救民　积极支持抗战

"九一八"事变后，因奔母丧从德国回到上海的宋庆龄，决心留在祖国，为抗日救国，为争取人民的民主、自由权利，为拯救千千万万被投入监牢而备受酷刑煎熬的"政治犯"斗争。杨杏佛当即表示可多担任实际工作。他认为：无论开展抗日宣传还是争取人民民主或救援政治犯，都要得到国内外舆论的广泛支持，既要争取像史沫特莱、伊罗生等外国进步记者的帮助，也要得到史量才等国内新闻界主要人物的大力支持。这些，都得到了宋庆龄的首肯。

为了争取史量才参加救国救民工作，宋庆龄与杨杏佛多次约史量才晤谈，开始在政治上合作，并积极开展工作。

1932年"一·二八"淞沪抗战一开始，杨杏佛奋起声援，与宋庆龄、何香凝在上海创办"国民伤兵医院"。为了寻找院址，杨杏佛到处奔波。他先请史量才捐5万元作为开办费，约集留美在沪医师和中央研究院的人员来参加服务，并请宋庆龄亲任理事，主管医院事务。他自己则常与何香凝到医院慰问受伤战士和医护人员，有力地支持了十九路军的对日作战。

杨杏佛考虑到中央研究院有各种科学技术人员，为发挥他们在抗战中的作用，他为首组织了"技术合作委员会"，倡议本院技术与行政人员均参加服务，先后为十九路军设计并制作了防毒面具、通讯器材和交通等用具，对十九路军的抗战起了鼓舞作用。

为了使淞沪抗战顺利进行，杨杏佛还多次与宋庆龄、史量才、陶行知等商量，动员上海各界人民开展捐献和支前运动。同时，他们也研究如何稳定市场，救济难民，特别是怎样救济因抗战而失业的工人。

参与组织同盟　解救爱国人士

1932年12月17日，宋庆龄、杨杏佛、蔡元培等发起组织中国民权保障同盟。同盟总会设在上海，并设分会于各重要城市。最高权力机关为全国执行委员会。12月30日，杨杏佛与蔡元培代表同盟在上海华安大厦主持召开记者招待会，庄严宣告中国民权保障同盟成立。在召开"同盟"全国代表大会，选举全国委员会之前，"同盟"临时全国执行委员会代行同盟最高执行机关职权。同时宣布杨杏佛为临时执委会总干事。

同盟成立前后，开展了一系列的抗议和营救活动。

1931年6月，共产国际驻守中国的工作人员牛兰夫妇，因帮助中国工人组织工会在上海被英国巡捕逮捕。7月11日，宋庆龄、杨杏佛、斯诺以及其他中外知名人士发起组织营救牛兰夫妇委员会。经与国民党司法当局交涉，由宋庆龄、蔡元培、杨杏佛具保让牛兰夫妇到南京鼓楼医院就医，并帮助照顾他们的孩子。民权保障同盟成立后，杨杏佛等人继续为营救牛兰夫妇不懈努力。

1932年12月，北平特务机关奉南京指令，以共产党嫌疑犯名义先后逮捕北平师范大学教授马哲民、侯外庐和北京大学教授许德珩。同时被捕的还有北大、师大和北平农学院的师生数十人。消息传开，轰动全国。12月17日，在中国民权保障同盟发表宣言的当天，宋庆龄与杨杏佛、蔡元培就以同盟的名义予以谴责，希望释放。杨杏佛亲赴北平，会同许德珩夫人劳君展去监狱看望，将许解救出狱。随后，宋庆龄、蔡元培又以民权保障同盟正、副主席名义致电国民党中央，要求释放侯外庐、马哲民，还就小学生和中学生被投入黑牢一事质问国民党中央。

1933年1月21日，江苏省主席顾祝同非法将镇江《江声日报》主笔刘煜生枪决，并查封该报。消息传出，全国舆论哗然。中国民权保障同盟曾发表宋庆龄与杨杏佛、史量才商定的宣言，指斥顾祝同的暴行，并向国民党中央提出速将顾祝同及其他有关负责人免职等。随后，"同盟"还派员到镇江，对刘案进行调查。

1933年3月8日，中国民权保障同盟联合工人、学生、作家、知识分子和商人的团体30多个，成立了"国民御侮自救会"。杨杏佛在会上论述了反帝抗日与争取民权及释放政治犯运动之不可分离。事后，杨杏佛又亲自为国民御侮自救会购买枪支。

1933年3月，红军领导人陈赓和罗登贤、廖承志等被国民党反动

◎杨杏佛（左）与鲁迅

派逮捕。消息传开，民权保障同盟积极开展营救活动。经民权保障同盟和何香凝的积极营救，廖承志被保释出狱。蒋介石对陈赓的态度有所转变，不久，陈赓经地下党营救逃离南京。罗登贤未能出狱，被反动派杀害。

1933年1月，希特勒上台，在德国垄断资本集团的支持下，建立起法西斯专政，疯狂地迫害德国进步力量和犹太籍人民。为了抗议德国的法西斯专政，宋庆龄与杨杏佛、蔡元培、鲁迅、史沫特莱等亲到上海德国领事馆递交了民权保障同盟的抗议书，抗议德国法西斯的种种暴行。他们的行动不仅在国内外产生了巨大影响，也对蒋介石推行法西斯化形成直接打击。

1933年5月，共产党员、女作家丁玲和共产党员、哲学家潘梓年在上海被国民党特务绑架。杨杏佛得知消息后立即通过媒体将真相公之于众，并和蔡元培领衔联合文艺界人士联名致电国民政府，要求释放。迫于国内外舆论压力，国民党反动派未敢杀害丁、潘。后来，经上海地下党组织的帮助，丁玲逃出南京。1937年，经中共与国民党交涉，潘梓年也获得释放。

1933年1月2日，日本进攻榆关。中国守军何柱国部奋起抵抗。1月20日，杨杏佛为代表同盟专程赴北平慰问对日作战之伤兵，并组建中国民权保障同盟北平分会。1月31日，杨杏佛到"陆军监狱"和军分会军法处的看守所探视政治犯，将爱国青年刘尊棋解救出狱。

不惧威胁恐吓　惨遭特务暗杀

杨杏佛自秘密加入第三党，进行反蒋活动后，就开始与共产党战斗在一起。当他成为民权保障同盟的中坚，公开营救共产党员和进步人士，特别是同盟在社会舆论方面的影响越来越大时，蒋介石感到此人"麻烦透了"，发出"宰了他算了"的指令。此后，由复兴社特务处长戴笠亲自指挥，复兴社华东区行动组组长赵理君具体执行。

对于国民党特务的暗杀，杨杏佛是有思想准备的。牺牲前两天，他特意去探望宋庆龄，给宋庆龄看了接到的恐吓信，并转述了关于杀害他的一些口头警告，然后又关切地对宋庆龄说，在他收到的恐吓信中，有几封将宋庆龄的名字也列入狙击的名单中，希望她务必小心。而他却将安危置之度外，照样继续为盟务四处奔忙。

1933年6月18日，当杨杏佛乘坐的汽车刚驶出中央研究院大门，拟向北转入亚尔培路时，由赵理君布置的特务过得诚等4人立即冲出，向杨杏佛乘坐的汽车射击。杨杏佛连中三弹，被开车送抵医院时气绝身亡，年仅40岁。

1983年，在杨杏佛先生殉难50周年之际，上海各界特在市政协召开纪念会，上海市委第一书记陈国栋在会上发表讲话，并对杏佛先生的家属致以亲切的问候。他说：杨杏佛一生热爱祖国，坚信科学与民主，继承和发扬五四运动的革命精神，追求真理，艰苦奋斗，不畏强暴，坚决斗争，确是我国杰出的民主革命家和进步知识分子的典范。他号召人们努力学习杨杏佛伟大的爱国主义精神和为人民革命事业而献身的崇高品质。

1987年，上海人民为杨杏佛重建了陵墓，并举行了新墓落成仪式。

（施　疑）

原载2014年4月17日《唐山劳动日报》

◎杨杏佛墓

他们是先行者，在中国这片贫瘠的土地上率先耕耘的人。他们是巨擘，用如椽巨笔描绘国家未来蓝图的人，他们又是践行者，从每一寸土地开始亲力建设着祖国的壮丽。

20世纪，他们从遥远的家乡走出，聚集在典雅的交大校门下，在眷诚斋、明诚堂研习功课，磨砺身体，在心中根植远大的理想和独立的品格。如幼芽的慢慢培育，数年之后，每一位毕业生都长成为支撑起国家大厦的栋梁。他们凭借坚毅的精神、果敢的魄力和丰厚的内心，在水利工程、水工结构设计、筑港工程、地震工程学研究、工程教育各个领域，作出他人难以企及的贡献。

他们的名字如星光熠熠闪亮，后人为之仰望。

黄万里：万里中华真脊梁

冬日的蓉城，阳光明媚，绿意盎然。西南交通大学犀浦校园内曲水飞桥，青竹吐翠。距离南校门不远处，茵茵碧草之中，一座学者在讲台之上的立像栩栩如生。雕像中的人物衣着朴素，头发略显蓬乱，身后的黑板上写满方程式，表情和动作无不显示出学者的睿智风采和教师的师德风范。

◎坐落在西南交大犀浦校区的黄万里塑像

这是西南交大杰出校友、著名水利工程专家黄万里先生的一尊纪念雕像。半个多世纪以来，黄万里以学识渊博、观点独到而蜚声中外，更以敢讲真话、不畏权威而在学界独树一帜。

中国近代科学家辈出，作为跨学科研究中国河流水文的先驱者、20世纪中国知识分子的楷模，黄万里毕生以治水为志，效大禹之业，崇尚科学，坚持真理，其沧桑磨难而又极富个性魅力的一生，都与祖国的万里江河紧紧相连。

出身名门　两代科学救国梦

1937年2月，美国伊利诺伊大学香槟分校，一个中国留学生的博士论文轰动了校园。这篇题为《瞬时流率时程线学说》的论文，首创从暴雨推算洪流的半经验半理论方法，达到了当时的国际领先水平，作者黄万里也因此成为该校第一个获得工程博士学位的中国人。

1911年8月20日，辛亥革命前夜，黄万里出生于上海的一个名门世家。其父黄炎培是前清举人，早年加入同盟会，后成为中国著名教育家、民主革命家。黄万里自幼喜爱文史，且极有天赋，少年时代即展现出不凡的文学才华，中学毕业时门门功课皆列榜首。

◎1932年，黄万里以优异的成绩从唐山交大毕业

黄万里兄弟姐妹众多，大部分都学了理工科，因为黄炎培相信，危难中的中国最需要的是专业技术人才。在父亲科学救国、实业救国理念的影响下，黄万里于1927年考入唐山交通大学，最终选择桥梁工程作为自己的专业。当时，唐山交大是中国屈指可数的几所老资格的工科大学之一，学生毕业后马上就能就业，而且职业收入和社会地位都比较高，因此招生录取成绩常在清华之上。

在交大就读时，黄万里是班里年纪最小的学生，1932年12月以优异的成绩从交大毕业时，只有21周岁。他用英文撰写的《钢筋混凝土拱桥二次应力设计法》等三篇毕业论文因为极富创见，引起业界关注，由当时已在中国科学界崭露头角的茅以升先生作序，并由学校复印出版。这无疑是极大的荣誉。

正当做一名优秀桥梁工程师的美好前景在黄万里面前展开时，肆虐的水患改变了他的人生路径。1931年，长江、汉水泛滥，武汉三镇成为一片泽国，仅云梦一县就有7万生命被洪水吞噬；1933年，黄河决口54处，人命、财产损失无数。目睹水患带给百姓的深重灾难，黄万里的心灵受到强烈震撼，他决心放弃铁路桥梁工程师的职位，改学水利，以治理江河、拯救农民为己志。他的抱负，得到了一向忧国忧民的黄炎培先生的赞许。

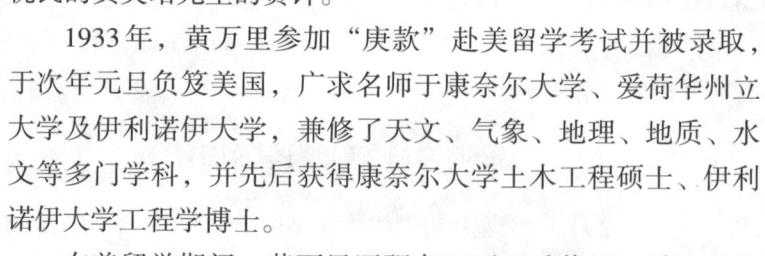

◎1935年，黄万里在伊利诺伊大学

1933年，黄万里参加"庚款"赴美留学考试并被录取，于次年元旦负笈美国，广求名师于康奈尔大学、爱荷华州立大学及伊利诺伊大学，兼修了天文、气象、地理、地质、水文等多门学科，并先后获得康奈尔大学土木工程硕士、伊利诺伊大学工程学博士。

在美留学期间，黄万里还驱车四万五千英里，看遍了美国各大水利工程，并在田纳西河域治理专区实习4个月。这些经历使他眼界大开，深有所悟——"水利工程造在河里将改变水沙流动态,从而使河床发生演变,人们治水也就不能孤立地以沙论沙、以水论水、以工程论工程,而是要从江河及其流域地貌生成的历史和特性出发,全面、整体地把握江河的运动态势。"这一观点,奠定了黄万里毕生治水方略的基础。

四川治水　拼将心力为群谋

来到四川省三台县高桥村,站在山坡上远眺,一桥若飞虹,横跨两山之间。桥中间是供流水的渡槽,两边约一米宽的石梁可来往行人,时日久了,石梁泛出灰白颜色,看去如同两条白缎,出没青山绿树之间。桥下,一条水道直达涪江。这座石拱渡槽是20世纪40年代黄万里在四川治水时留下的作品,一直被当地人亲切地称为"万里桥"。

黄万里学成归国后,在不到一个月的时间里,先后有浙江大学、北洋大学、东北大学三所高校请他去教书。时任浙大校长的竺可桢还亲自登门,邀请他出任水利系主任。但黄万里均婉言谢绝,志在治水的他急于投身江河治理的第一线,造福百姓。

1937年底,冒着抗日战争的烽火,黄万里来到四川省水利局,担任滩道委员会测量队长。为了掌握第一手水文资料,长江上游部分河道和四川境内的代表支流,他都亲自沿河实地考察。那时,国内几个学水利的博士不是做了官就是进了大学,正值新婚的黄万里却整日扛着测杆、仪器,带着行囊、干粮,行走在陡峭的山岭和蜿蜒的河谷间,吃冷饭,睡野地,甚至冒着被沿路土匪抢劫的危险,步行3 000多公里,六次勘测岷江、沱江、涪江、嘉陵江,终于建立起自己的水文地貌数据库。60多年后,他的妻子丁玉隽回忆起这段日子,印象最深的就是"出差",丈夫没完没了的野外作业,成了他们新婚生活的"主旋律"。

一线的勘测经验为黄万里水文地貌学的形成奠定了坚实基础,也使他迅速成长为具有实战能力的水利工程师。

1939年,黄万里受命在岷江青神河段修复一个叫"鸿化堰"的水利工程。这座老坝毁坏已久,当地农民饱受旱涝之苦,渴望着引水灌溉,以求温饱。整个工程预算为30万元,但国难时期筹款艰难,黄

◎黄万里（左一）与父亲黄炎培和长子黄观鸿（右一）祖孙三代的合影

万里经过仔细考察，决定因陋就简，采取更加经济实用的方法进行修建。他根据水的流率、河道的坡度和水头的高度，利用地形和水的自力筑堰修渠，巧思提水，达到了自流灌溉的目的，只花了4万多元、用了4个月时间，就让古老的"鸿化堰"恢复了生机。放水之日，当地农民欢声雷动，流着泪对黄万里说："黄先生，您真是为我们农民着想啊！"

"鸿化堰"工程告捷之时，恰逢黄万里的长子出生，黄炎培为这个孙子取名"观鸿"。黄观鸿回忆说："父亲念念不忘自己考取的是公费留学，拿了老百姓的血汗钱。他告诉我们，归国后在抗战时期承建的水利和国防工程为国家省了钱，总算还清了人民的这笔债。"

1940年春，四川省水利局成立涪江航道工程处，黄万里被任命为处长，开始对绵阳到合川的涪江下段进行测量整治。这段三百多公里的水路中最危险的一段是三台县的柳林滩，由于落差大，中间还有礁石，每年都有很多船只在这里出事。由于柳林滩恰处于涪江的一个弯道处，黄万里与同事探讨后，决定在弯道上开一条渠，将河道改直，并设计一道船闸，以解决上下水的落差。为了方便当地农民用水和出行，黄万里还计划在渠道上架设一座石拱渡槽，把两山连接起来，将水送到农民的家门口。

石拱渡槽建在争胜坝南七里到新德乡之间，这里地势险要，山峰突起，沟壑幽深，要在两峰之间架一座渡槽，力学结构比较复杂，在那个连水泥都没有的年代，其难度可想而知。黄万里经过反复勘察、试验，决定用青冈木打底桩（这种当地盛产的野生椴木，树干笔直、坚硬，生性爱水，在水里越泡越结实，永不腐烂，可谓不是水泥胜似水泥），在两岸滑坡台地逐台梯次打桩，编栅护坡。桥身选用坚硬的花岗岩条石，以石灰、砂子、糯米、碎麻混合而成的四合土砌筑。

"我尝治水涪关道，三载移家居梓州。凿石开河资灌溉，一桥飞若彩虹浮。"黄万里在工地附近修建了一座草房，全家都搬了进去，和20多个员工同吃同住。仅仅用了一年多时间，一座姿态雄伟的石拱渡槽便出现在两峰之间。桥高50米，长150米。上端桥面宽4米，中间水槽宽2米，深2米，左右各1米宽可供人行；下端桥厚6米，分两层，上层6孔，下层3孔，上下两层互相呼应，桥下宽阔的河水由南向北穿流而过。它充分体现了黄万里的设计理念——"结实、实用、省钱、美观"。

1942年，三台水利工程告捷，作为大后方的十大工程之一，被《中央日报》等重要媒体争相报道。工程启用时，当地百姓为这座伟岸的石质渡槽取名"万里桥"。但黄万里的父亲黄炎培先生不同意："一个才27岁的年轻人，承受不了这么大的荣誉，就以当地的村名命名，叫'高家桥'吧。"他还为黄万里在三台出生的次女取名"无满"，以告诫黄万里不要自满。

时光荏苒，七十余载风雨转瞬而过，高家桥历经战乱、山洪、地震、自然风化，依旧巍然屹立。在渡槽两边的石梁上，各有一道深深的凹槽，那是鸡公车、自行车托运货物时留下的印痕。当地村民刘常友老人说，渡槽不仅给大家生产生活用水提供了便利，也方便了人们来往通行，"吃水不忘挖井人，我们老百姓至今还是叫它'万里桥'。"

◎ 高50米、长150米的高家桥，是水利专家黄万里在中国大地上唯一存在至今的立体作品

交大执教　恺悌君子桃李佼

1950年6月，唐山交大的校园里出现了一位"既洋派又传统"的教授——黄万里，在怀有极深感情的母校，他开始了后半生的教书生涯。因为既有理论基础又有实践经验，再加上丰厚的人文底蕴，他的课堂生动有趣，深受学生们喜爱。

"黄先生尊重科学，崇尚民主，而又不忘中国传统文化的熏陶，对贫弱的祖国和苦难的人民怀有深厚感情，为人光明磊落，刚正不阿，学生们对此都十分好奇。"中国工程院院士、水工结构设计专家王三一这样回忆恩师黄万里，"最吸引人的是他讲课非常有魅力，态度从容，谈吐幽默，思路开阔，立论新颖，而又能深入浅出，让听课者概念清晰，引起浓厚的兴趣。"

在黄万里的课堂上，大自然就是教科书，自然现象就是问题。"他带领学生实习，结合实际，随时出题，引导学生探讨。有一次在实习路上，看到一条帆船挂帆行驶，黄先生就出了一道题，让大家广泛分析其中的力学问题，大家很感兴趣。"黄万里教学的情景，时隔几十年仍被他当年的学生赵文源牢记，并在自己的工作中多有效仿。

在唐山交大，黄万里共教过三届学生，他们毕业后大都成为中国水利工程的技术骨干或高等院校的教师，更有两人成为蜚声国内外的水利工程设计大师。在众多交大师生心中，黄万里既是交大校训"精勤求学、敦笃励志、果毅力行、忠恕任事"的忠实践行者，又是交大师道的优秀传承者。

"黄教授不仅在业务知识上对我们循循善诱，在治学态度、敬业精神和怎样为人处世方面更是谆谆教导。"黄万里在交大的学生朱光熙回忆，"黄教授总是提醒我们，在科技领域里要从最基础、最平凡的工作做起，不怕艰苦，甘于寂寞。他在各种场合反复强调刻苦钻研，力求弄懂科学问题的实质。他用了很多事例和有突出成就的前人事迹来激发我们学习的积极性，说明在科学的道路上是没有坦途可走的，而他本人就是身体力行的最好榜样。"

1953年1月，由于全国高等院校院系调整，唐山交大水利组调到清华大学，黄万里转至清华大学水利系任教。在清华，黄万里除了教学，还编写了两部重要的学术专著《洪流估算》和《工程水文学》，这两部专著被认为是20世纪50年代水文科学的巅峰之作。

三门峡之辩　忍对黄河哭禹功

"黄河西来决昆仑，咆哮万里触龙门。波滔天，尧咨嗟。大禹理百川，儿啼不窥家。杀湍埋洪水，九州始蚕麻。"

黄河是中国的母亲河，孕育了中华五千年灿烂的文明。但正如李白诗言，黄河自古以来就是一条复杂难治的河流，历史上三年两决堤，百年一改道。在中国古代传说中，禹的父亲鲧用"堵""拦"的方式治河，最终失败，随后有了大禹治水的"疏""导"原则。也许是冥冥中的天意，黄万里一生命运的跌宕起伏，都与这条与他同"姓"的大河息息相关。

新中国成立后，为了彻底消除水患，变害为利，中国聘请苏联专家帮助规划黄河治理。在苏联专家的指导下，水利部计划在陕县三门峡河段修建一座可以防洪、发电、灌溉的大型水利工程。

1955年，时任国家总理的周恩来主持召开了关于黄河规划的第一次讨论会。与会的专家学者大多对苏联专家提出的规划交口称赞，黄万里却力排众议，不同意在三门峡兴建高坝大库，他认为：在三门峡建坝将破坏河沙的自然运行，大坝一旦建成，黄河潼关以上流域会被淤积，并不断向上游发展，到时候不但不能发电，还要淹掉大片土地。

黄万里的观点，源自其科学的治水理念和对黄河水文的正确认知。多年的实地考察经验和对历史文献的研究使他深知：黄河是一条含沙量极大的河流，这一特点是由黄河流域所处的气候带和地质地理环境所决定的，黄河从黄土高原夹带泥沙下行，不仅是自然现象，而且遵从着客观规律，违反这一规律就不是合理的技术措施。

对于当时流传的"圣人出，黄河清"的说法，黄万里直言不讳地指出，黄河清只是一个虚幻的政治思想，在科学上是根本不可能实现

◎黄河的泥沙来自广袤的黄土高原，如果没有大的气候变化，靠水土保持控制黄河泥沙只能是一厢情愿

的。不用说河水必然夹带一定泥沙的科学原理不能违背，就是从水库流出的清水，由于冲刷力要比夹带泥沙的浊水强大，被猛烈冲刷的河床必然要大片崩塌，清水也必将重新变成浊水。

黄万里的治黄理念，在他的古体诗《念黄河》中有很好的表达："源头水土应保恤，沙入河槽须纵逸。洼道轮流滹可泄，立农建土赖洪积。而今坝蓄复堤塞，清水顶冲长告急。"

严格说来，黄万里或许是中国第一个系统学习过水文学的水利专家，此前的水利工程师大都长于施工，对于作为水利基础的水文学却不甚了了。苏联派来的水工专家亦是如此。然而，在当时的政治气候下，反对这一决策，必然会承受常人难以忍受的压力。黄万里的坚持，出于他知识分子的良知——"如果我不懂水利，我可以对一些错误的做法不作任何评论，别人对我无可指责。但我确实是学这一行的，而且搞了一辈子水利，我不说真话，就是犯罪。治理江河涉及的可都是人命关天、子孙万代的大事！"

1957年上半年，三门峡工程即将开工。水利部在京召开"三门峡水利枢纽讨论会"，黄万里再次力陈建坝拦河之害。辩论七天无效后，他退而求其次地提出：若一定要修此坝，建议勿堵塞六个排水洞，以便将来可以设闸排沙，此观点被与会专家全体通过。但在施工时，苏联专家坚持按照原设计，将六个底孔全部堵死。

时间最终验证了一切。1960年9月，三门峡水利工程完工并开始蓄水发电，然而工程运行不久，人们便发现大量泥沙淤积在库区上游，渭河平原受到严重影响，古城西安岌岌可危。上个世纪六七十年代，三门峡大坝不得不两次改建，被封住的底孔又以高昂的代价被打开，通过两次改造，三门峡工程从原来的高坝大库，变成了蓄清排浊的低水头径流式发电的水坝，效益与原设计相差悬殊。

赤子之心　临危献璞平生志

黄万里不仅是杰出的水利专家，而且是一位颇有古典文学造诣的诗人。在他身上，科学精神与人文情怀水乳交融、相得益彰。他曾对学生说："你们是以一个科技工作者的态度搞水利。而我既是科技工作者，又是诗人。我是用诗人的感情搞水利的。"

然而，在那个特殊年代，一颗诗人的赤子之心却让黄万里命途多舛。1958年，黄万里因为在清华大学校刊上发表文学作品《花丛小语》被划为"右派"，一"右"就是21年。

在这21年中，黄万里曾被下放到江西鄱阳湖劳动，也曾被安排到三门峡水利工地干活、打扫厕所，还被揪回清华大学批斗。艰难的岁月里，黄万里念念不忘的还是治黄，他一边接受批判和劳动改造，一边却在研究和草拟他的《治理黄河方略》，并数次上书中央，阐述三门峡淤积的严重性和工程改建方法。这种勇气和无畏，源于他对科学和真理的坚信不疑，也源于他对国家民族的一颗赤诚之心。

有人说，以黄万里的家庭背景和学术地位，如果肯见风转舵，哪怕只是随波逐流，他一生的际遇可能完全不同。然而，熟悉黄万里的人都了解他的耿直与刚正。"我爸爸一生只说真话，不说假话；他只会说真话，不会说假话。尽管讲真话是要付出巨大代价的，但这是爸爸一生恪守的做人原则。"黄万里的小女儿黄肖路在接受《世界周刊》专访时说，这是她从父亲身上感受最深的一点，也因此以父亲为荣。

1981年，摘掉"右派"帽子的黄万里重返清华讲台，此时的他已年逾古稀，却怀着极大的喜悦和高昂的热情培养研究生，为青年教师讲课，指导他们进行科学研究。1998年长江发生特大洪水后，已过耄耋之年的黄万里再次要求登台讲述治河原理。最后一次走上讲台时，为了表示对教师职业的敬重，黄万里特意穿上了一套整洁的白西装。人们很难相信，这个在讲台上挥洒自如、侃侃而谈的老人已身患多种癌症，历经数次手术。

"欲趋彤庭奉拾遗，濒临耄耋仍虚迟。犹龙老去倦勤未，马角乌头肯创思。"黄万里在晚年仍孜孜不倦地研究江河治理策略以及中国水资源利用方案，写出的论文涉及三门峡再改建方案、分流淤灌治理黄河

◎ 1998年长江大洪水后，黄万里请缨重上讲台，为教师和研究生讲课。88岁的他特意穿上洁白的西服，以表示对职业的敬重。这是他教学生涯的最后一次讲学

方略以及治淮、治海、黄河断流、南水北调和长江三峡等多个问题。他主张认识和尊重自然规律，在了解河流特性和流域地质地理状况的基础上，因势利导地开发水利。这一指导思想在学术界有着广泛的影响。

2001年8月27日15时05分，在清华大学校医院一间简朴的病房里，一代水利大师黄万里悄然离开了这个世界。当预感到将不久于人世时，他没有给家人留下只言片语，却用颤抖的手，给看望他的学生写下了这样的遗嘱："治江原是国家大事，'蓄''拦''疏'及'挖'四策中，各段仍应以堤防'拦'为主，为主。汉口段力求堤固。堤临水面宜打钢板桩，背水面宜以石砌，以策万全。盼注意，注意。"

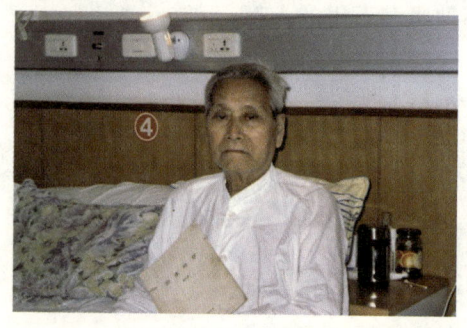

◎2001年8月，在清华校医院病房里的黄万里

"情系江河早献身，不求依附但求真。"与华夏大地上6 300公里的长江、5 500公里的黄河相比，黄万里90年的人生显得太过短促。而在这将近一个世纪的时间里，他将满腔的热情，火一样的大爱，全部倾注于他为之耗尽了毕生精力的祖国江河。

2013年11月23日，由交大唐山校友会捐献的黄万里纪念雕像在西南交通大学犀浦校区落成揭幕。雕像的一侧，镌刻着先生在《治水吟草》自序中写下的诗句"临危献璞平生志"，这朴素而又饱含深情的诗行，是对其家国情怀和人格风范的最好诠释。不为个人名利，仅为救国济民而学习科学、献身科学；在众人随波逐流的年代，保持气节与担当，矢志不渝地捍卫真理，黄万里的一生，几乎是20世纪中国知识分子的缩影，他的奋斗与成就，他的挫折与坚守，他的脊梁与傲骨，不仅在中国水利史上写下了浓重的一笔，也为中国的知识分子树立了一座不朽的精神丰碑！

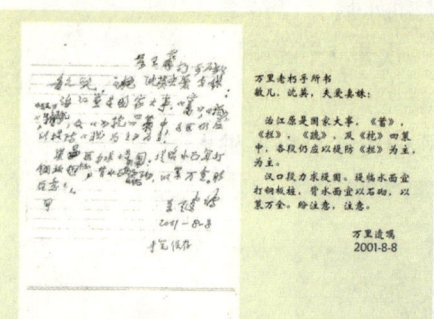

◎2001年8月8日黄万里的手书遗嘱。遗嘱中，他仍然惦念着祖国江河的安危

（胡 杨）

原载2014年12月26日《唐山劳动日报》

杜镇远：关山夺路

百年的参天大树，在仲春的柔风中重新酿出了新绿，亭亭华盖般的树冠掩映着低矮的房屋。沿着交大路一条蜿蜒曲折的窄巷走去，一处处唐山交大的遗迹，便毫无遮拦地呈现在人们眼前。这，就是这所百年名校在凤凰城留下的旧日辉煌。

2014年4月19日，当西南（唐山）交大各地校友们齐聚这片热土时，每个人都在用手中的相机，记录着他们曾经熟识的老校园。他们用激情、用目光重新抚摸着这里的一砖一瓦、一草一木，似乎依然能感受到百年前温存的热度。

走到一片残砖断瓦的院落，四周高大的杨树环抱着一段水泥砌成的阶梯。"这里就是曾经诞生无数大师的阶梯教室"，人群中传来的呼喊声，使得每位校友不禁登梯落座，找寻那段青涩学生时代的难忘记忆。

◎杜镇远

远处传来的火车轰鸣声时断时续，这犹如点名般的声响，呼喊着近代中国工业历史上从唐山走出的那些交大的巨匠、骄子：茅以升、竺可桢、杨杏佛、李特、黄万里……而在这些振聋发聩的人名中，杜镇远的名字，似乎不太广为人知。熟知他的人都知道，这位继詹天佑之后的中国铁路巨擘，凭借着一腔爱国情怀，带领众多建设者，在抗日战场上，筑公路造桥梁建铁路，使得一批批抗日战士、战略物资、前线给养源源不断地抵达、输送到各个战场上，为那个时代、为国家和民族立下了汗马功劳。新中国成立后，他又毅然从香港携家眷回

◎位于湖北省秭归县第一中学校园内的杜镇远铜像

国,继续为祖国的铁路事业贡献着一份光和热。

坐在交大遗址的水泥阶梯上,凝视着前方的讲台位置,随风摇摆的枝叶发出沙沙声,好像穿越了时间的年轮,回到了百年前,血气方刚的杜镇远,走进唐山路矿学堂(今西南交大前身)的那一刻,他满怀激情地立志为梦想的铁路事业奋斗。于是,不停地记录着课堂笔记,演算着各种数字,阅读着生涩难懂的英文教材。这些艰难的付出,都成为他日后实现梦想的奠基石。

站在中国第一条铁路——唐胥铁路上,眺望着延伸的两条钢轨,好像看到了杜镇远用生命的华光珠翠督建3 600公里铁路的时刻,每一公里就如同一颗闪亮的珍珠,不仅串起了中国铁路的辉煌,还连接起了这位铁路巨擘一段段可歌可泣的动人故事……

一腔报国赤子情

杜镇远,字建勋,1889年10月2日生于湖北省秭归县新滩镇下滩沱一书香人家。其父杜定祥曾受川陕人士礼聘,出任四川省巴县官澜书院院长。杜镇远7岁时进入私塾接受启蒙教育,13岁时跟随父亲进四川读书。1910年,杜镇远从四川成都铁路学堂毕业后,考入邮传部唐山路矿学堂。当他拿着通知书辗转来到唐山报到,从火车上一下来,看到那一车车装满煤炭的车皮在铁路上往来穿梭时,就连他也没有想到,自己的一生,从此与这两条平行延伸的铁轨结下了不解之缘。

1912年9月24日,当孙中山先生被师生们前簇后拥着走进唐山工业专门学校时,杜镇远身在其中,受到极大鼓舞。从此,杜镇远更加勤奋,刻苦研读,立志报国。

当第一次世界大战爆发时,25岁的杜镇远刚从唐山工学院土木系专业毕业,立刻就被派往陆军部宜渝滩险工程处任主任工程师、测量队队长、"大川"轮副船长。此时,优厚的物质待遇让杜镇远感到了迷茫,这份看似风光的职位,有悖于他学习土木工程的初衷。于是,1916年他毅然辞职,来到京奉铁路丰台工务段,当上了一名实习工程师,虽然工资不高,但实现了他的夙愿。直至1919年,北洋政府交通部总长叶恭绰,在欧洲考察实业回国后,着手遴选留学生赴国外学习先进经验,杜镇远凭借优异的表现成为了其中一员,远赴美国信号公司学习信号专科。赴美第二年,他考入了康奈尔大学攻读硕士。四年后,杜镇远以优异成绩毕业,被招聘至美国德黑铁路公司任助理工程师。两年的工作经历,让他学到了很多知识,同时凭着刻苦努力的劲头,也得到了公司的认可。面对着公司丰厚的待遇以及热情的挽留,杜镇远没有忘记报效祖国的心愿,他带着学到的一技之长,踏上了回乡的旅程。

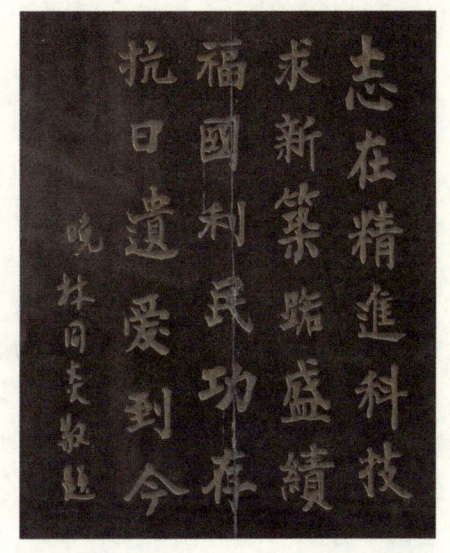

◎ 国际工程学家、唐山交大校友林同炎为杜镇远铜像题词

回国的四五年,他先后带着考察组到欧美各国学习,吸纳各国的先进经验以为己用。直至1929年2月8日,浙江省政府决定自行筹款建设自浙江杭州至江西玉山的杭江铁路,省主席张静江委任杜镇远主持修建,由此,杜镇远的筑路梦想起航了。

为了完成这条中国人自建的铁路,杜镇远没用国外的任何资金和技术,而是亲力亲为,探索新的施工方法,经过不断地到现场测算和考察,总结出"先求其通,后求其备"的修路思想,他主持修建的这条300余公里的铁路,仅用4年就完工了,而且当时国有铁路造价每公里为10多万元,可杭江铁路每公里却仅用了3.7万元,为当时积贫积弱的国家节约了大量资金。

在杭江铁路修建过程中,杜镇远千方百计缩短工期,以便早日通车运营,待通车有了收入,再逐渐完善设备。他采用35磅/码轻型钢轨,按照标准的轨距、坡度曲线、桥梁承重的施工方法施工,堪称铁路建设的创举。

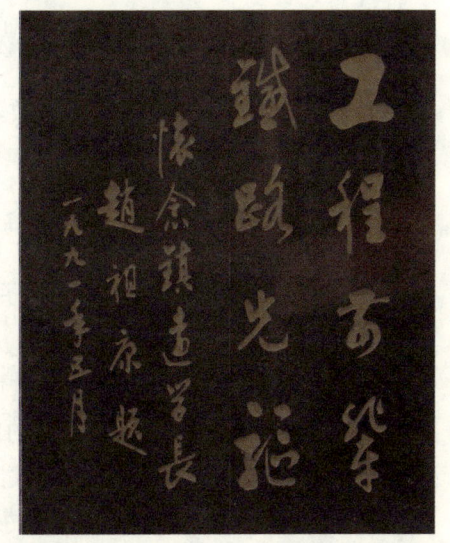

◎ 中国现代公路奠基人、唐山交大校友赵祖康为杜镇远铜像题词

1933年冬，杭江铁路通车，声震海内外，大长了中国人的志气。杭江铁路是我国铁路建设史上继当年詹天佑主持修建的京张铁路之后，由中国人自主修建的第二条铁路，杜镇远也成为了继詹天佑之后誉享华夏的铁路先驱。

1934年5月，杜镇远任浙赣铁路局局长兼总工程师。历时3年，全线长1 008公里的江南大动脉——浙赣铁路于1937年9月竣工。中国人自行设计施工的第一座现代化桥梁——钱塘江大桥，是浙赣铁路的重要组成部分，也正是在杜镇远的鼎力支持下，由他在唐山交大和康奈尔的校友茅以升主持修建的。

浙赣铁路是由杭江铁路、玉南铁路、南萍铁路及早年修筑的株萍铁路组成的，它接通了沪杭甬、南浔及粤汉铁路，地理位置十分重要。特别值得一提的是，淞沪抗战爆发后，属于后方主要干线铁路的浙赣铁路，对于初期抗战贡献颇大，它的全线贯通，大大缓和了当时全国紧急垂危的形势，向前方输送了大批兵员物资，使淞沪前线战士得以浴血应战坚守阵地。抗战军士坚持了几个月，有力地回击了侵略者的嚣张气焰，浙赣铁路功不可没，杜镇远功不可没。杜镇远也因此被人们誉为"抗战功勋"。

1937年7月，抗日战争全面爆发，急需修建衡阳至桂林的铁路，即湘桂铁路，政府限期两年完成。杜镇远再次临危受命，毅然挑起这副重担。1937年9月开工，为了争取时间，他将全路分10个工段，日夜赶修。当时天气炎热，他穿着短衣短裤，亲临工地指挥。在他的带动下，25万员工团结一心，不畏日机空袭，克服重重困难，使湘桂铁路于1940年10月全线通车，创造了当时日平均修铁路1公里的最高纪录。武汉、广州相继失守后，从浙赣铁路转运过来的军工器材、难民、物资运往大后方，湘桂铁路发挥了巨大的作用。

连绵起伏的山脉，茂密的竹海，环抱着玉山县冰溪镇的火车站，这里就是杭江铁路的终点。两根铁轨呼啸而过的火车，使这座曾经与世隔绝的小城，接通了与外界的联系。如今，摊开中国地图，在浙赣、湘桂、滇缅铁路以及西（昌）祥（云）公路上，人们依然可以探寻到一代铁路巨擘杜镇远，以及许许多多建设者们当年艰辛而辉煌的足迹。

抗日救国筑滇缅

24道险峻的弯道，盘在贵州晴隆的大山里，这条攀附在滇缅公路上的险路被称为"24道拐"。至今，24道拐依然是世界道路建设史上的传奇之作，曾参与该路主要设计和施工的李温平、陆振轩、龚继成等人，都来自于唐山交大。在滇缅公路的纪念石碑上，这些名字依然清晰可见。

如今的滇缅公路上，从仰光到昆明的跨国车辆依旧川流不息，然而，就在与滇缅公路隔山相望的地方，一座座废弃的隧道洞口，却见证了另一条交通大动脉曾经的存在，那就是滇缅铁路。

1939年的夏天，50岁的杜镇远辗转来到了昆明，这次他奉命调任滇缅铁路工程局局长兼总工程师，因为日寇已经将中国的各沿海港口陆续占领，如果这些口岸不保，中国将失去外援，陷入危险境地。面对着眼前一排排高耸入云的山脉，波涛奔涌的澜沧江水，开山、架桥、盘山，950公里的铁路规划图，犹如一个大大的问号，标示在西南的崇山峻岭之间。

临危受命的杜镇远别无选择，他要在最短的时间，保质保量地完成这条大动脉的通行任务，因为日本人的飞机就在他们的上空盘旋，如果昆明与缅甸的腊戍间能早日实现铁路相连，那么，就能为抗日物资运往前线节省大批的人力和财力。然而，往往事与愿违，随着日本军队对各港口的控制不断加强，从国外进口的钢轨、钢材等必备原材料无法运进施工前线，滇缅铁路的进程步履维艰。

"杜公实事求是地制定出就地取材和因地制宜地确定线路坡度标准的原则，有力地促进了建设速度，发挥了基层职工的积极性。"冉媛作为唐山交大的毕业生，她与杜镇远共事多年，也曾参见过滇缅铁路的建设工作，她在《中国铁路建设的先驱》一文中，记述了杜镇远为了能提高施工进度，倡导建设者就地取材，开放思路。她所负责的云南姚安至太平铺的线路施工，就利用烧制的瓦管做涵洞，并研制黄土石灰浆砌石砖和青砖，利用木排架便桥，这些举措都得到了杜镇远的称赞。

由于云南西部气候恶劣，恶性疟疾病区较多，病亡率很高。为了滇缅铁路早日通车，杜镇远坚持奋战在一线。"我是在耿马一带工作，大家进施工点都携带大量的奎宁、扑疟母星等治疟特效药，即使这样还是有一人染病死亡。杜公明知环境恶劣，仍长途跋涉，深入现场检查沿线勘测设计情况和已开工的工程进展情况。"陈松茂于1939年夏在北洋大学土木系毕业，随即被派往滇缅铁路西段工程处报到，在工作中他亲历了杜镇远不畏艰险，视察滇缅铁路前沿的过程。时隔50年后，他以一篇《铁路工程巨擘》的回忆文章，表达了对杜镇远的崇敬。

"当滇缅全线土石方工程基本完工正要铺轨之际，日军从缅甸攻了过来。木邦那里有一座大桥，军方要炸掉，杜镇远先生派了一位老工程师去炸桥，但还未炸日军就已攻了过来。"陶述曾自北京大学毕业后，就跟随杜镇远修建铁路，日后成为了著名水利专家。他在回忆录中记载，历时4年的滇缅铁路由于日军占领了缅甸，被迫停工了，杜镇远和众多建设者也从滇缅线退了下来。至此，滇缅铁路成为了杜镇远他们一生永远难以愈合的痛。

如今，站在滇缅铁路的隧道前，漆黑的洞口，已不知通向了何方。曾经几十万人从四面八方汇聚到一起的火热场景，跨越时空历历在目。当年为了赶筑这一条抗战之路，数不清的人撇家舍业，离妻别子，苦战西南，不少人甚至献出了生命。为了捍卫民族的兴亡，西南人民众志成城抗击日军，奋力维护民族尊严。而作为铁路督建者的杜镇远在滇缅线上，自然也留下了许多艰辛的足迹。滇缅铁路最终虽未修通，但他"天下兴亡，匹夫有责"的殷殷报国之情，青天可鉴。

挂念母校寄深情

大学路、交大站、南操场社区等这些因唐山交大而遗留下来的名字，今日在唐山交大遗址周围依然清晰可见。对于从唐山交大走出的莘莘学子，每次重回母校的旧址，不禁潸然泪下，因为在这里他们度过了一生中最值得骄傲的时光。

从交大校门走出的学子们，有些人在日后成为了学界泰斗、卓有建树的科学家、享誉四海的工程师，但是他们对母校的眷顾之情时时不忘。特别是在抗日时期，唐山交大颠沛流离了9年，是各地校友纷纷慷慨解囊才使学校得以迁往内地复课。在西南交大老教授黄寿恒的遗文《复校经过》中列出的20位校友中，捐资位列第二的就是杜镇远。

当时"七七事变"的战火从卢沟桥很快波及到唐山，日军打开了唐山大门，从此唐山交大被迫踏上了南迁的征程。由于正值暑假，师生散落在各地，组织复课一度失败，走到任何一地都已不能安放一张平静的书桌了。正在湘桂铁路线上与日军奋力抗争的杜镇远，此时得到母校南迁居无定所的消息后，作为北京校友会交际股主任干事的他，立刻致函各地校友，对母校的南迁给予了帮助。

"（特急）上海办事处高主任转唐大顾宜孙校长鉴：本路砰石站附近有房屋多所，修理后勉可作迁校之用。"1938年1月25日，在浙赣铁路局工作的杜镇远，发现附近有可用于复校的房屋，随即给时任交大校长的顾宜孙发了特急电报。

当时由于连年战争的侵扰，交大的毕业生陷入了"毕业就等于失业"的困境。为了解决交大毕业生学无所用的困难，在粤汉铁路局任局长的杜镇远，给辗转迁至四川璧山丁家坳的交大去电："母校的土木、铁路管理及矿冶系毕业生，凡是找不到工作的，均可到衡阳来报到。"

一时间，众多交大学子纷纷赶到衡阳，来到杜镇远这位师兄的身旁，成为粤汉铁路建设的一支新的力量。"1946年5月，我毕业于唐院（当时四川璧山丁家坳），在粤汉铁路工作了两年半，与杜公接触过几次。当时国民党统治的大气候下，粤汉路包商行贿严重，杜公坚持不收礼，清廉之风感人至深。"黄棠是西南交通大学建工系教授，他曾给杜镇远的长女做过家庭教师，偶尔在杜镇远家里吃饭，发现杜镇远一家生活极其俭朴，从未有过铺张浪费的现象。至今，他对杜镇远的高尚品格还念念不忘。

正是出于一身清廉之气，杜镇远才能知人善任，慧眼识才，培养并荐举了一批难能可贵、术有专攻的人才。茅以升作为唐山交大的名人，一生中以钱塘江大桥的建造而闻名于世。1933年3月，正是由于杜镇远的大力举荐，茅以升才得以在钱塘江上主持修建起驰名海外的铁路公路两用桥——钱塘江大桥。"我考取原交通部公费留美，国家只给一年费用。杜先生了解情况后，与路局商议，拨给了我第二年学费，才使得我能继续进修。"

吴钰从唐山交大毕业后，在粤汉铁路工作期间，获得了留学机会，杜镇远深知留学生活的不易，积极为他跑办学费，使他安心读书。回国后，吴钰以杜镇远为楷模，在我国铁路线路、桥梁、隧道的技术管理上取得了斐然成绩。

在杜镇远的亲属中，他的儿女大多毕业于冶金及铁路建设专业，在他们上学和择业过程中，从来没有得到过父亲任何的帮助。"他一年只见我们两次，对我们要求很严，反复教导'一个人必须自力更生，必须有真正的学问、真本领，才能救国'。我上高中时，曾向父亲表示希望借助他的地位和海外关系，完成去美国留学的计划，但被他一口否决了。"杜崇慧是杜镇远的长女，她高中曾想去美留学，当时凭借父亲的关系一个电话就能解决，但杜镇远没那样做，反而继续鼓励女儿凭真本事留学，日后归国贡献力量。

当新中国成立的号角在祖国的四面八方吹响时，因积劳成疾，杜镇远的听觉一度损伤，远在香港九龙疗养的他，听到祖国的召唤，旋即携三个女儿毅然从九龙出发回到北京，继续为祖国的铁路事业贡献力量。

"回首大地千条径，应念斯人万古年。司马撰书铁道史，莫忘我楚一先贤。"为了纪念杜镇远在中国铁路事业上的功绩，家乡人特地为这位秭归骄子铸造了一尊半身铜像。2002年4月2日，杜镇远先生的女儿杜崇玲女士在国家移民总局张宝兴等领导的陪同下视察秭归一中，参加杜镇远图书馆开馆典礼暨杜公铜像揭幕仪式。从此，在秭归秀丽宜人的山水之间，在令人神往的屈原旧地、昭君故里，寻古探幽的八方游客又多了一处拜谒、观光的人文景点。更多的人也从此知晓、记住了杜镇远的名字，更多的人感念杜镇远，述说起他的故事，以及在抗日烽火中他和万千中国人胼手胝足修建的一条条铁路……

（王　昊）

原载2015年1月30日《唐山劳动日报》

◎杜镇远女儿杜崇玲到秭归一中以父亲命名的图书馆前留影

刘恢先：春蚕丝尽身乃忘

在唐山交大的校友中，有这么一位科技名家，他一生都在为地震工程研究作贡献。他最早在我国系统、全面地开展地震工程研究，创建并领导了我国第一个地震工程研究中心。他心系祖国，抗战时期，毅然回国奉献；新中国成立后，他积极参与祖国建设。他便是刘恢先——我国地震工程学奠基人。刘恢先治学严谨，一生为地震工程做贡献，享誉国际，被誉为"世界地震工程之父"。

◎刘恢先在唐山凤凰山公园留影
张小金/提供

毕业于唐山交通大学

刘恢先幼年时在家受父教，到11岁时入南昌二中，这是江西一所名校。刘恢先17岁中学毕业，考入交通大学（唐山）的土木工程系，他的学号是A633。刘恢先就读唐山交大时，交大的土木专业在全国排名最前。世界工程界一代天骄、结构工程师林同炎就是刘恢先的学兄。当时唐山交大参照美国康奈尔大学模式办学，直接从康奈尔大学订购教材，遂有"东方康奈尔"之誉称。

据刘恢先晚年回忆，1933年他毕业那一年，日本人打进来了，学校匆忙撤到天津，然后转移到上海，所以他是在上海毕业的。后来，在上海交大校史博物馆里的校友院士栏目中，也查到了刘恢先的名字。毕业后他留校任助教兼助理研究员，并准备留美考试。

创建我国第一个地震工程研究中心

◎ "世界地震工程之父"刘恢先院士

1934年，刘恢先考取江西公费留学生，就读于美国康奈尔大学。1935年获硕士学位，1937年获博士学位。抗战爆发后，祖国正处于危难时刻，刘恢先于1938年回国，并立即投入大后方铁路建设，相继担任湘桂、叙昆、黔桂、平汉等铁路的工程师，以及浙江大学、西南联合大学土木工程系教授。抗战胜利后，因不满国民党黑暗统治，他于1947年再次赴美。新中国成立后，刘恢先放弃了在美国的优厚待遇，于1951年回到祖国，任清华大学教授。

1952年，刘恢先被调到中国科学院，赴哈尔滨创建工程力学研究所（当时称土木建筑研究所），担任所长30年（1954—1984年）、名誉所长8年（1984—1992年）。为创建和发展工程力学研究所，刘恢先花费了将近40年的精力和心血。这个所是新中国成立后建立的第一个土木建筑方面的研究机构。建所以后，陆续开展了建筑材料、地基土壤、工程结构、建筑设计、核反应堆结构力学、地震工程等方面的研究工作，适应了国家经济建设和国防建设的需要。

根据我国地震区域广阔、地震活动频繁的特点，早在1954年，刘恢先就提出开展抗震结构研究的工作，并于1955年初在工程力学研究所内开设抗震结构研究专题。1956年，他参加了12年（1956—1967年）全国科学规划工作，编写规划中的《地震对建筑物的影响及其有效抗震措施的研究》部分。随后他以科学规划为依据，在所内长期坚持开展工程地震学、建筑物原型和模型试验、地震荷载计算、建筑物抗震设计规范、仪器研制等方面的研究，同时，通过工作实践培养了一支专业齐全的研究队伍，使工程力学研究所在地震工程学的研究方面，在20世纪60年代初期就已接近世界先进水平。现在，这个研究

◎ 1954年，刘恢先在中科院土木建筑研究所学术委员会成立大会上发言

所已发展成为在国内外享有盛誉的我国第一个地震工程研究中心。

刘恢先早期曾从事结构力学的研究，在长方板、力矩分配和吊桥应力分析方面作出过创造性的贡献。1955年，他开始从事地震工程的研究工作。1958年，他发表了《论地震力》一文，这篇论文在我国地震工程研究中具有经典的意义，它在系统总结各国地震力研究成果的基础上，提出了我国应当积极开展的几项工作：强地震记录的积累；建筑材料和建筑物整体动力性能的研究；地基土壤对结构抗震性能的影响；竖向地震力和扭转地震力；地震力与地震烈度的关系。直到现在，在工程力学研究所和其他研究地震工程的单位中，这几项工作仍然在进行着。

刘恢先对于地震宏观现象极为重视，他认为"地震对于建筑物是实际的考验，是不可多得的足尺试验"。从20世纪60年代邢台地震以来我国连续发生了多次破坏性地震，刘恢先多次率领工程力学研究所人员深入地震现场，进行广泛深入的震害调查，总结经验，为抗震设计提供依据。通过几个破坏性地震的灾害调查，他首先提出了"小震不坏，大震不倒"的建筑物抗震设计思想。他指出，由于地震危险性的估计不能很准确，在设计思想上应做两手准备：一是在预计的破坏性地震时保证建筑物不受损坏或只受轻微的损坏；二是在意外的大震时承受严重破坏而不致倒塌。一般的办法是第一种情形以强度控制，第二种情形以变形（延性）控制。

◎1971年，刘恢先（中）在都江堰地震现场考察

主编《唐山大地震震害》

1976年，唐山发生了大地震，这给国家的人员、财产造成了极大伤害。作为相关领域的科学家，刘恢先觉得自己有责任主编一部书，将宝贵的经验作一个记录和总结，这本书就是后来著名的《唐山大地震震害》。它集我国地震工程界人士在唐山地震现场的观察所见，篇幅达2 000多

◎刘恢先在工作中

页（共4册），也是关于唐山地震的历史性文献。

刘恢先在书中这样写道：

——1976年7月28日，在中国河北境内，人口达百余万的工业城市——唐山发生了里氏7.8级的地震，震中位置是在市区东南部，震源深约11公里，有明显的地震断裂贯通全市。市区大部分陷入极震区，房屋建筑普遍倒塌，幸存无恙者甚少。震害遍布唐山外围十余县，波及百余公里外的北京、天津、秦皇岛等重要城市。环绕唐山的道路桥梁以及公用设施破坏严重，以致顷刻之间交通梗阻，讯息不通，供应断绝。据统计，在唐山地震中死亡24.2万人，重伤达16.4万人，灾情之重，为世界地震史上罕见。

——在全国人民的支持下，英雄的唐山人民经历了严峻的考验，备尝艰苦，在救灾抢险，清理废墟之后又很快恢复了生产，接着有计划有步骤地从事重建唐山的艰巨任务。数年之中，一座崭新的城市拔地而起，人口激增，百业兴旺，繁荣胜于往昔。所以，唐山地震经验既有创巨痛深，以血的代价换取工程震害经验的一面，又有奋发自强、战胜天灾，把唐山建设得更美好的一面。这些经验将为中国人民所铭记，亦将成为发展地震科学、寻求防御地震对策的巨大动力。

——认识来源于实践。人们认识如何防御地震灾害的认识，很大程度上来自大地震的经验。自1966年邢台地震后，接着发生了1970年的通海地震、1975年的海城地震，灾情日见严重，至唐山地震达到了顶峰。中国地震工程科技人员对每次破坏性地震都深入现场，进行广泛调查研究和经验总结。唐山地震发生后，奔赴现场、配合抗震救灾工作进行调查研究的科技工作人员不计其数，有的在地震当天就赶到现场，众多的人员接踵而至。地震平息后，仍有不少研究者反复进入现场，继续调查，反复核实情况。积累的调查资料十分丰富，深刻地反映了在不同烈度区、不同场地条件下各类工程结构的不同震害程度和破坏特征，为减轻地震灾害的科学研究和工程实践提供了极为珍贵的第一手材料。

——但是，这些资料大部分散在调查者的手中，或作为内部资料少量印发，缺乏全面系统的书刊。所以特组织百余单位，同心协力，共同完成此书。本书得以问世，诚为中国地震工程界的快事。

　　——与历史上其他大地震一样，唐山地震有其特点，给人们增添了新的认识和启迪。唐山是对地震没有设防的城市，尽管大量建筑物是近代修建的，但都没有经过抗震设计，以致酿成大灾。这个失误主要是来自对唐山地区的地震危险估计的不足。这就提醒我们，目前的科学水平还不能准确的预测未来的地震危险，工程设计必须考虑如何留有适度的安全余地，而唐山地震则是可供深入研究的实例。唐山地震最触目惊心的是极震区各类建筑物普遍倒塌，人员伤亡，设备损毁皆有来于此。这又表明，在工程设计上预防在意外的高烈度下建筑物倒塌是十分必要的。很有可能，对某些建筑物，只需在设计时采取简单的措施就可以达到目的，但目前的研究十分不足，唐山地震的震害现象无疑可以提供有用的线索。唐山地区负山面海，地处滨海沉积层上，土壤液化的现象十分突出，而且分布面广，造成的灾害有桥梁坠毁、土坝开裂、房屋沉陷倾倒、农田被沙土掩盖以及灌溉系统淤塞等。这些现象再一次为这个久经讨论的问题提供了研究场地。唐山地下有规模宏大的煤矿，为地下结构抗震能力提供了一次检验。震害表明，矿井巷道受到的破坏不大，但长时间受到地下水淹没，致生产中断；地面采矿设施则遭到了严重破坏。这种经验是不容易取得、十分宝贵的。公用设施的瘫痪很大程度上是由于房屋倾倒，伤及内部设备和工作人员。我们不能吝惜对房屋抗震的投资，忽视对人员设施的保护。唐山地震在烈度方面出现了一些异常区，如大城山、凤凰山附近出现了一些低烈度的异常区域、玉田县内的一些低烈度的异常区域，天津市的高烈度异常区域等。这些异常区域明显与当地的土质条件有关，是值得深入研究的场地。唐山地震救灾的工作是十分艰难的，超过百万人口的工业大城市毁于一旦，解决救死扶伤、饮食居住、卫生防疫等问题的困难是可想而知的，以后恢复生产、重建家园的难度也是可想而知的。但后来，这些困难都一一被克服了，这方面的经验也不是以前的地震所比拟的，值得从多方面加以总结。

　　这本书出版发行后，在学术界中引起了强烈的反响。世界地震

◎刘恢先总是和蔼谦逊、平易近人

工程学权威C.W.豪斯纳（Housner）教授在对这部书的评论中指出："这一套书中所包含的信息对于其他地震活跃的共约35个国家将有巨大的价值。"从人道主义出发，他建议出版这部书的英译本。这部巨著曾获得国家地震局科技进步奖一等奖、第四届全国优秀科技图书奖一等奖和国家科技进步奖二等奖。

编成抗震规范草案并制定"中国地震烈度表"

地震区建筑规范是建筑物抗震设计的依据，对防震抗震至关重要。在刘恢先的组织领导和直接参与下，1959年我国编成第一个抗震规范草案。这个规范草案引进了苏联的经验，应用了反应谱理论，是我国第一次采用动力法进行抗震设计的规范草案。刘恢先和他的合作者根据国内外新的研究成果，1964年又编成了我国第二个抗震规范草案，针对1959年规范草案中的一些关键性问题做了改进。例如，采用实测的地震加速度值作为设计的基础并引进了结构系数；区分地基失效和振动引起的破坏，采用不同的对策；针对不同的场地条件采用不同的反应谱，而不是简单的调整烈度。在相当一段时间内这个规范草案是国际上比较先进的抗震规范，它虽不是法规，但实际上已在全国范围内广泛应用并成为我国后来制定的法规性抗震规范的基础。

挡水坝为空间块体结构，对于它在地震作用下的反应，不易获得精确的解答。刘恢先在20世纪60年代初期提供了一个方法来确定挡水坝在地震作用下的反应：用模型试验测定坝的自振特性，包括频率、振型、应力分布等；用电场模拟寻找对应于各自振型的动水压力或流速势函数；通过拉格朗日方程确定在地震作用下的广义坐标；根据振型组合原理计算地震荷载与应力。这个方法的优点是能够适应复杂的坝型与边界条件，同时在测定振型时只需确定各点位移（或应力）的相对比例，无需确定其绝对数值。这个方法曾应用于三峡重力坝、新丰江水库大坝和恒山拱坝等工程，都取得了满意的结果。

人们对地震烈度的理解并不是完全一致的。烈度有时被定义为地震的影响或者地震造成后果的尺度，有时又被定义为地震破坏力或者地震作用力大小的尺度。刘恢先明确地指出，无论从地震学或地震工程学的观点出发，我们所需要的烈度都是反映地震破坏力大小的烈度，而不是反映地震造成的后果轻重的烈度，因为后者牵涉到被破坏对象（如建筑物）的抗震性能，已经不单纯是地震强弱的程度了。地震的破坏力来源于地震波能量在地面的释放，主要表现为地面的震动。地面震动，哪怕是在很小的范围内，都不是均匀的。烈度只能理解为地面上一定范围内的地震破坏力的平均水平，只能用这个范围内某种物理量的平均值来表达。为了使烈度概念非常明确，刘恢先提出了下列关于烈度的定义，他认为"地震烈度是地震时一定地点的地面震动强弱程度的尺度，是指该地点范围内的平均水平而言"。刘恢先认为，在现阶段，工程设计数据应当选取这个平均数加上一定的具有合理概率基础的偏差。他指出，宏观的和物理的烈度尺度都是需要的，但必须以物理的尺度为准，以宏观的尺度为物理的尺度的定性描述。他用多元统计识别和回归的方法来抽取衡量地震烈度的地面运动主要特征。通过对强震地面运动数据的分析，认为地面运动的峰值，特别是地面运动水平速度的峰值乃是对建筑物的破坏起主要作用的因素。基于上述对地震烈度的理解，刘恢先及其助手们制定了一个新的烈度表——"中国地震烈度表（1980）"。这个烈度表吸取了我国当时一些年大地震的经验，应用震害指数作为宏观烈度的定量指标，同时补充了物理尺度，以便于地震调查和工程抗震设计时应用。

远见卓识的科学家

在科学研究的领导工作中，刘恢先还表现出远见卓识的一面。1954年，地震工程学研究在中国还是一个空白。当时国内结构力学界研究的重点集中在杆件体系的静力分析方面。刘恢先作为一个结构力学专家，没有局限在刚构静力分析的圈子里，他高瞻远瞩，认识到抗震工作对于国家建设和人类安全的重要性，及时提出了研究抗震结构的任务。现在地震工程在国内成了一个热门，证明刘恢先当时的认识很有预见性。他在20世纪60年代就设立专门的课题组并兼任组长，研究地震波传播理论在地震工程中的应用。这个课题曾经遭遇种种阻挠和非难，课题组在"文化大革命"期间被迫解散，但后来刘恢先仍然坚持开展研究，最终做出的研究成果，例如波在离散模型中传播的透射边界法、处理波散射问题的复变函数方法等，受到了国际学术界的重视。目前国内很多单位都开展了这项研究工作。

刘恢先治学严谨，实事求是，一丝不苟，同时也十分重视对后人的挖掘、提拔，为祖国培养人才，集聚后续力量。刘恢先培养了十几名博士研究生和硕士研究生。在他的培养教育下，有几百名科技工作者成长为高级科技人员，他的学生和助手很多都成为中国工程力学界、地震工程界的骨干力量。

诞辰百年，世人铭记不忘怀

如今，这位科学巨匠已经离开了我们，但他对中国地震工程学术界的影响力并没有在人们心中消退。2013年是刘恢先先生100周年诞辰，为深切缅怀这位杰出校友和科学大师，追颂他献身科学、报效祖国的卓越功绩，3月7日，西南交大隆重举行刘恢先先生百年诞辰纪念大会，并为刘恢先雕塑揭幕。

◎刘恢先（左二）会见国际知名科学家（左三为茅以升）

当日，到场嘉宾们共同为刘恢先院士雕塑揭幕，在礼花的伴随下，随着红绸缓缓滑下，刘恢先院士40岁时的面容栩栩如生地呈现在大家面前。雕塑基座上部运用的由"弹簧"等部件构成的隔震装置，诠释了刘恢先院士与地震工程学科一生的不解之缘；而基座似金字塔造型向外斜伸，两侧的拱形洞体现了"桥梁"元素，彰显了其结构和力学大师的身份。

◎20世纪60年代，刘恢先与同事一起讨论研究生培养计划

校方回顾了刘恢先先生光辉灿烂的一生，并认为他不仅在学术上勇攀高峰，其高尚的道德情操和爱国情怀更让百年交大的后辈学者仰慕和钦佩。在以其为代表的老一辈交大人的感召下，新一代的交大人

要砥砺奋进、再续华章，努力开创西南交通大学新的百年辉煌，为国家科技教育事业做出新的、更大的贡献。

"刘恢先先生一生兢兢业业，辛勤地耕耘中国地震工程学这片热土。他对事业的热爱和奉献，让同事和后辈都为之鼓舞。"中国地震局工程力学研究所所长孙柏涛这样评价刘恢先，在他眼中，刘老志存高远，胸怀祖国，无时无刻不在实践着自己的梦想和事业。作为后辈，他更感到任重而道远，将用其毕生去求索。

◎ 2013年3月7日，西南交大隆重举行刘恢先先生百年诞辰纪念大会并为刘恢先雕塑揭幕

中国地震局工程力学研究所谢礼立院士对刘恢先院士的回忆，生动地展现了他的老师创新开拓地震工程学科的先进事迹；"三严三宽"的人格魅力——严肃的态度，宽松的气氛，严格要求学术，宽厚待人处事，严于律己，宽以待人，"甘坐冷板凳"的钻研学术的精神，等等。美中地震工程学基金会理事长、美国总统科学奖获得者李兆治也讲述了自己是如何与刘恢先院士建立起学术交流和深深友谊的故事。两位科学家的真挚语言让大家更加深刻地了解了刘恢先院士在学术上的丰功伟绩和精神特质。

回顾刘恢先一生所取得的成绩，无疑是光彩夺目的。1992年6月，刘恢先逝世，终年80岁。鉴于刘恢先在学术上的杰出成就，1989年美国传记协会将他正式选入《国际名人录》，行内人士将其与美国的豪纳斯、日本的武藤清并列，称之为"世界地震工程之父"，来彰显他所做出的杰出贡献。而刘恢先的名字，将永久铭记在人们的心中。

（赵立峰）

原载2015年12月25日《唐山劳动日报》

邵福旿：建港专家的日记人生

◎邵福旿

◎邵福旿1924年日记

2014年的夏天，室外的温度节节攀升，记者在办公室内查询交大资料，一位名叫徐福的收藏者推开了办公室的门，他拿来一个鞋盒，打开盒盖后，15本精致的日记本静静地躺在那里。据徐福介绍，这些日记是一位交大老教授的物品，记载着横跨半世纪的历史；他还有近千张照片，具体记录下了这位老教授为中国大地的港口事业奔波的足迹，一张张清晰的照片背后，不仅勾勒出了不同时期各地的风土人情，还将当年中国知名港口的建设情况，如实地展现在了世人面前。记者在查找资料的过程中，得知这些物品是唐山交大知名教授邵福旿的生前遗物。邵福旿，1915年毕业于唐山交大，对于这位老教授的介绍资料相对较少。于是，记者随手翻阅这些日记，日记里言简意赅的语言记录下了老教授一生的辉煌业绩。为了深入寻找每本日记背后蕴藏的点滴故事，搜索出一段段尘封的历史所留下的蛛丝马迹，记者用了四个月时间，详细查询了与日记有关的资料，并远赴四川成都，找到了邵教授的女儿邵曾辉，见到了他的学生，寻觅到与其生活的邻居，从每个人的口述中，渐渐勾勒出了这位中国建港专家鲜为人知的一生。

"晨七、八点客车两列先后到，十一点张司令员专车已到，吃冷餐，两点开会，室小拥挤，不入三点开幕升旗，高局长按下按钮，突然一声，半栏山山尖炸去，随即照相，时有飞机翱翔。"——1930年7月8日 晴（摘自《邵福旿日记》）

1930年的夏天，任职于北宁（京奉）铁路工程司的邵福昕来到了葫芦岛。在这18 000平方米的滩涂上，他和同事们不停地在测量着各种数据，这是他工作以来第一次主持如此大规模的筑港规划设计工作。为了使采集到的数据更加精确，他亲自参与测量，一丝不苟地绘制着建港蓝图。面前一串串枯燥乏味的数字，似乎成了激励他的言语，激起了他满腔的爱国热忱，因为这个港口是中国人自主建设的第一个海港。

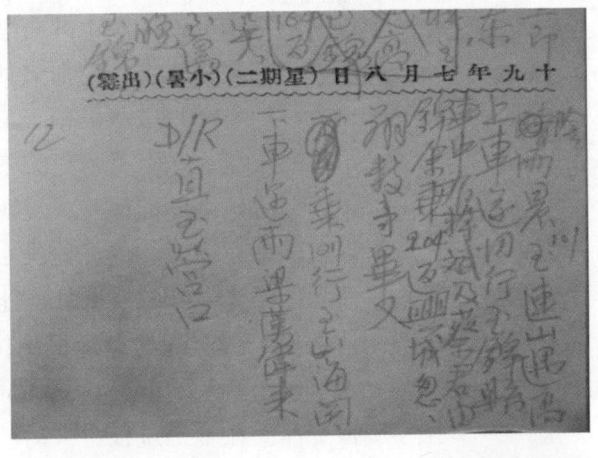

◎邵福昕日记中的葫芦岛港建港记录

此时此刻，时任东北边防军司令的张学良，也在不停地询问着葫芦岛的建港情况。7月2日，他亲临葫芦岛主持筑港开工典礼，并亲自为港口建设纪念碑撰写碑文，这位爱国将领望着苍茫的大海，在简易的主席台上发表了慷慨激昂的爱国演说。台下热血沸腾的建设者士气大增，港口建设的进度由此一步步加快。

◎张学良视察葫芦岛港照片 邵福昕/摄

面对着葫芦岛港湾的层层波浪，邵福昕已没有欣赏海景的心情，他站在港口的建设工地上，所思所想就是如何建好港口，真正让中国人扬眉吐气。

1931年9月18日，轰隆隆的炮火在沈阳柳条湖炸开，日本侵略者的铁蹄在东北的版图上肆意践踏。邵福昕和他的同事此时正在加快葫芦岛港的建设进度。然而突如其至的一纸命令让邵福昕痛心疾首，遥望着葫芦岛港口散落的施工材料，抚摸着身旁的建港碑文，他只能含泪拎起皮箱，踏上了归乡的旅程。

一心筑港的邵福昕，经历"九一八事变"之后，越发感觉自己与国家的命运紧紧相连，他决心要用自己的真才实学与侵略者拼搏，进而为国争光。1932年8月，他又到连云港从事港口的规划、勘测与设计工作。虽然规划设计很到位，但施工工作受设备条件等诸多限制，则承包给荷兰治港公司，邵福昕作为甲方代表，代表中国政府从事监督工作。在施工过程中，荷兰技术人员对一些关键性的技术问题严格保密。为了通过港口的建设培养出自己的技术人才，邵福昕带领几名中国青年技术人员，日夜不离工地，通过各种途径，学习和掌握荷兰人的建港新技术。

邵福昕为了能更好地工作，举家从北京迁到连云港。"我记得小时候曾在连云港生活过，那时父亲起早贪黑地去工地，很少在家，就是回家了也是先去书房，翻看材料。"已是88岁的邵曾辉，回忆起与父亲在连云港的那段岁月仍记忆犹新。每当翻开相册看着父亲的容貌，她会轻轻抚摸一下照片。

在连云港生活四年后，邵福昕离任时，已带领自己的团队完成了长350米的两个码头，长600米的防波堤、泊船地及航路、发电厂、蓄水池、车站各一座，灯塔两座。由此，书写了中国历史上首次由中国人自己对一座现代化海港进行规划、勘测、设计与监督施工的新传奇，自此，奠定了中国人自己筑港的基础。

连云港工程竣工后，1936年9月，邵福昕又携家眷到广东黄埔港，从事黄埔港建设工作。翌年因抗日战争爆发，10月被迫停工撤离。

从此，邵福昕与同学杜镇远、茅以升等人合作，奔走于祖国的大江南北，修路、筑桥。也是从那时起，他和竺可桢保持着密切的联系，因为每一次天气的变化都会影响着施工的进度，以及桥梁架设的质量。

颠沛流离的生活，让邵福昕感到了力不从心，他的事业也在一次次遭受着挫折。直到1949年5月，上海解放，他目睹了共产党干部的艰苦朴素、清正廉洁，解放军的纪律严明、秋毫无犯，深感中国的希望就在共产党身上，决心在共产党的领导下，为建设新中国而献身。当时由于军事和政治的需要，被战争破坏的裕溪口码头急需限期修复，邵福昕毅然受上海军管会运输司令部之命，担负起了裕溪口码头抢修工程处的技术工作。在物资和技术极度困难而时间又十分紧迫的条件下，他与工人、解放军战士密切配合，日夜奋战，终于按期完成了抢修任务，满足了军事运输的需要。

新中国成立后，天津市市长黄敬与铁道部联系，拟聘邵福昕为塘沽新港副总工程师，因为当时他已在唐山交大讲解铁路工程、筑港、契约、规划、测量等课程，并准备开设埠站工程课，教学任务繁重，难以调离。经铁道部与中计委联系，邵福昕同意担任兼职顾问，每周抽出一定时间参与塘沽新港工程局的建设工作。

邵福昕为中国的建港事业用尽毕生的精力，做出了不可磨灭的贡献。

如今，站在葫芦岛港湾的山坡上，登上邵福昕曾经驻足的西山坡，那座高1.8米，正面阳刻"葫芦岛筑港开工"的汉白玉石碑，历经85年的风雨飘摇，依旧遥望着茫茫大海，清晰记录着这座港口经历的苍茫岁月。码头上，往来穿梭的货船、川流不息的货车，构筑起这个港湾的繁荣气息。

"今往学校讲课，翻阅了些许资料，望能为学生答疑解惑"——1965年11月8日 阴（摘自《邵福昕日记》）

轰隆隆的一列列火车穿行在铁路线上，从新改造的唐山西站出来，向东走不远处，有一片20世纪七八十年代建成的老式楼房，这里就是交大楼。进入柳树成阴的小区街道，马路上汽车的鸣笛声一下就被挡住了。不远处兴建的高楼大厦，将这片低矮的建筑淹没，只有那墙上斑驳的涂料，证明着这个老小区的历史。晚年的邵福昕，曾经在这个小区里有一间房子，那里放满了他毕生耕耘所积攒的珍贵资料。

邵福昕把一生中的大部分心血都投入到了教育事业。新中国成立前，中国的筑港技术尚处萌芽阶段，海港建设主要依赖于外国人。邵福昕认为中国要想独立富强，必须要有自己的筑港专家。在他主持的几个工程中，他对一起工作的青年技术人员，精心指导，热心传授技术，鼓励他们为发展祖国的海港事业献身。在他的教育和影响下，有的青年负笈海外，学习筑港工程。

1938年春，日军的炮火波及到广东黄埔港，邵福昕正全身心地投入到港口的施工建设。面对抗战形势的日渐严峻，他又一次放下图纸，忍痛离开了黄埔港区，而此时的茅以升正在湖南湘乡杨家滩为唐山交大的学子们寻找老师，邵福昕接到邀请后，义无反顾地带上妻儿奔赴杨家滩，从此走上了七尺讲台，为中国的筑港事业孜孜不倦地培育人才。由于他深感中国筑港人才的匮乏，便在土木系开设"海港工程"课。此前，虽有人开设过这门课程，但所讲授的内容皆取自外国教材，不但内容陈旧，且与中国实际相距较远。为了更新教学内容，他在吸取国外有用内容的同时，花了很大精力去收集、整理中国的筑港经验，以期将适于中国的最新筑港技术传授给学生。由于正值抗战的艰苦时期，学校又地处乡下，既不具备充分完备的物质条件，时间又极为紧迫，无法编印教材，于是他整理出详细的笔记，让学生记录讲授的内容。由于他有着深厚的理论基础和丰富的实践经验，所以课堂讲授内容丰富，深入浅出，特别注重结合中国的实际，有独到的见解，深受学生欢迎。当年邵福昕亲身教授的学生，战后分别服务于沿海各港口。而且他结合中国实际开创的"海港工程"课，在中国海港工程教育界实属首开先河。

中华人民共和国成立前夕，邵福昕再次回到唐山交大从事教育工作，秉持其以身作则、全面育人的教育思想，在教育战线辛勤耕耘了30多年。他认为，学校培养学生除了要教授业务知识，更要培养学生严谨的治学态度和踏实的工作作风；态度和作风的培养，不能仅仅依靠说教，重要的是要靠教师的表率作用。

"邵教授上课时，特别精神，而且对学生要求特别严格，测量数据必须准确无误。他讲课结合实际经验，大家都爱听。"傅晓村曾是邵福昕教授的助手，在他的记忆中，邵教授严谨的教学态度，深深影响着他日后在交大的教学工作。据傅晓村介绍，邵福昕在几十年的教育工作中，律己非常严格，上下课及与学生见面都十分准时。上课时，他衣着整洁，彬彬有礼，因而上他的课，学生极少有迟到早退及衣着不整的现象。他的板书及批改作业都字迹工整，修辞严谨。他在黑板上徒手画图从不潦草，几乎用直尺圆规作图无异。测量实习时，他亲身示范，教给学生正确的操作姿势与方法。暑期的野外实习，无论刮风下雨，烈日曝晒，他从不离开学生一步。因而受教的学生都感到从他身上不但学到业务知识，而且学到作为一个工程技术人员应有的素质，对他十分敬佩。

"晨八点，到港口观施工，携相机拍照留念。"——1937年4月15日 阴（摘自《邵福旿日记》）

◎ 1925年4月2日孙中山移灵香山碧云寺，邵福旿用相机记录了这一事件，并写入当天日记

在邵福旿留存的日记本中，不时能见到其旅行拍照的情节。"我记得父亲有一个照相机，他喜欢拍照，我们每到一个地方，父亲都会给我们留影。"邵曾辉老人拿出一张父亲为自己拍摄的儿时照片，并向记者讲述着自己眼中的父亲。她的记忆中，父亲是一心一意工作的人，家里家外都由母亲操持。由于工作情况的特殊，父亲经常出差在外，即使每次回家后，也是钻进书房看书。

"爸爸在对我们的教育问题上，一直要求我们勤勤恳恳工作，老老实实做人，对公家的东西不贪不占。"邵曾辉对父亲所提出的要求一直铭记于心，这些标准已深深影响着她的一生。

"我印象中，父亲的朋友很多，比如杜镇远、茅以升、竺可桢等，当时我对他们的了解不深，长大后我才知道他们为祖国建设做出了重大贡献。"邵曾辉在家里几乎没听过父亲谈起过身边的朋友，她看到的父亲就是夜以继日地在计算，查阅资料，很少有时间陪她聊天。直到邵曾辉从北师大毕业后，邵福旿从没管过女儿的择业情况，完全是靠

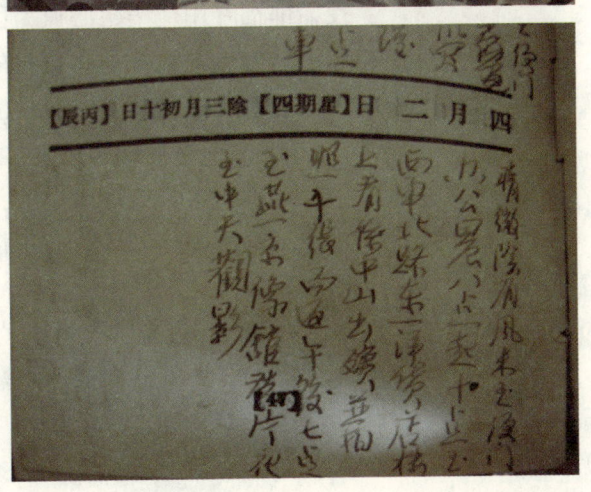

她自己奋斗。即使毕业分配到唐山工作，她与父亲的见面次数也不多。

多年来，邵曾辉与唐山有着不可割舍的情愫，因为她的工作、婚姻等都源于这片热土，而她与唐山交大更是难舍难分，自从父亲在此任教后，她的丈夫卓建成也任职于交大，她始终跟随着交大的足迹一步步前行。当老人抚摸着相册，讲述着一张张与父亲及丈夫有关的照片时，仿佛一切都发生在昨天，一切都触手可及。

"由于邵教授晚年腿脚不好，领工资、买东西都是由我们家里人带回来。"董文柱曾是西南交大总务处副处长，他家紧邻邵福昕家，在他印象中，邵福昕给人印象很好，而且非常朴实，总是热心助人。

晚年的邵福昕，对于教育事业的热情从未停息过，他依然坚持着每天写教案，翻阅资料。"我记得邵教授家里的书特别多，每天早晨他必听天气预报，而且还一字一句地记录。"董秀芹还记得，儿时经常路过隔壁邵教授家的窗前，那时老人家收音机的响声让她记忆犹新。据董秀芹介绍，邵福昕特别注重教育，当他得知董秀芹初中毕业后，由于家里困难不得不辍学时，老人主动拿出工资，供董秀芹念完高中。时至今日，提起邵福昕教授，董秀芹总是眼含热泪。

在交大旧址，沿着蜿蜒曲折的水泥路前行，两侧的平房因岁月冲刷早已略显陈旧，以前的校内楼舍也在地震中倾覆，只有那些昂扬挺拔的杨树，昭示着交大在这片土地上辉煌的历史。作为交大的老教授，邵福昕用他毕生心血为国家培养了一大批港口建设人才。正是在唐山这方热土上，他将自身的所学全部投入了教育事业，筑起了中国大地港口建设的灵魂，同时也铸就了中国对外开放的一扇窗。

拂去15本日记上的灰尘，邵福昕的一生被永远定格在这些文字中。透过一页页的蝇头小楷，我们似乎能看到邵教授迈着铿锵有力的步伐，穿越历史的讲台，正描绘着散布于祖国疆土的大小港口的壮丽图景。

（角志伟　王蓉辉　梁竞艳　王昊）
原载2015年12月11日《唐山劳动日报》

王三一：长河深澜一片情

从不轻信未经实地调查验证的资料，为此，他跋山涉水、风餐露宿，先后主持和参加设计了40多座水电站，创造多项国内或世界纪录；生命不息，奋斗不止，即使重病缠身时他仍全身心关注水利事业。他就是我国著名的水利水电专家，被授予"中国工程设计大师"称号的新中国第一代水利建设者王三一。

2003年8月5日8时36分，长沙湘雅二医院14病室，中国工程院院士、中南勘测设计研究院（简称"中南院"）原总工程师王三一的心脏停止了跳动。噩耗传出，人们怎么也不愿相信，这个可亲可敬的老人就这么走了。就在此前的一段时间里，他还与几位老专家一道完成了上报给中国工程院和上级有关部门的院士建议《城陵矶汛期水位流量关系研究》一文，中南院三板溪水电站的设计人员还刚刚将远在沅江上游的现场施工情况刻录成光盘，让病榻上的王三一院士一解牵挂之苦。面对安卧在鲜花丛中的院士和良师益友，中南院人更愿相信那是王三一院士难得的休憩，是卸去牵挂的云游……

◎王三一院士

"立志学习工科，建设国家，报效祖国"

王三一1929年出生在浙江桐庐一个书香门第之家，母亲很早就教导他好好学习，长大后利用所学的知识建设国家，让中国变得强大起来，让老百姓能逐步过上好日子。王三一上大学初期，堂哥（解放前为中共地下党员）也给他介绍了许多进步书刊及毛主席著作，书中正确的思想引导坚定了他立志学习工科、建设国家、报效祖国的志向。

王三一中学毕业后考上了唐山工学院土木系,并担任学生会学习部长。1952年4月,当美国把战火燃到鸭绿江边时,在大学读二年级的王三一毅然参加了中国人民志愿军空军。在战争前线,他冒着敌机不断轰炸的危险抢修机场。由于表现勇敢,战绩突出,王三一被部队授予二等功。

回到祖国,王三一强烈感受到新中国百废待兴,全国人民意气风发、斗志昂扬建设新中国的热情,积极申请转到能尽快为国家建设作出贡献、也是当时国家最急需人才的水利系学习。在学校里他学习十分认真刻苦,成绩优秀,担任了班学习委员。在校期间,他不但认真学习本专业的知识,而且还读了不少哲学书籍和文学书籍,口才和诗作在班级里更是最棒的。特别值得一提的是他超强的哲学思辨能力,为他后来几十年的工程设计和事业有成起到了很大的引导作用。

"你们是不是把小数点点错了两位?"

1953年,风华正茂的王三一离开大学校园,踏上了一条水电勘测设计之路。建国初期,工作、生活条件相当艰苦,设计电站的资料残缺不全。从江西的上犹江,到湖北的白莲河,再到贵州的乌江渡,王三一挑着一根扁担,攀山过水,收集到一份份珍贵的第一手资料。在长达50余年的水电建设生涯里,他主持和参加了乌江渡、龙滩、东江、五强溪、白莲河等40多座水电站的勘测设计工作,总装机容量达2 000多万kW,为我国的水电建设事业、为湖南省的水电建设和社会经济发展作出了突出贡献。

◎工作中的王三一院士(中)

1958年,王三一担任湖北白莲河工程设计组组长,建成了当时国内用花岗岩风化料做坝壳,坝坡最陡、最高的土坝。在引水隧洞设计中,王三一一改过去沿用按普氏山压理论设计的老模式,提出防渗和受力都应将围岩与衬砌视为一个整体结构的新思路,并按此做衬砌设计,这一设计思想仍然是当今地下工程设计的依据。

　　1972年，王三一和同事们承担了地质条件极为复杂、当时为国内第一高坝的贵州乌江渡水电站的勘测设计工作。乌江渡电站坝址及水库区域内可称"山空水深，洞中有洞"，大坝坝基下布满了近8万余立方米的溶洞。形象地说，无数的溶洞就像一个巨大的漏勺，若不采取工程措施，上面的大坝看上去能蓄住水，可水转瞬又从下面漏掉了。因此，怎样处理好渗漏问题是决定工程能否建成的关键所在。当时，王三一为了掌握和吃透两岸千奇百怪、纵横交错的几万平方米空洞岩溶发育的规律，以及成千上万条断裂切割岩块的稳定特性，和地质人员一道，攀缘70度以上的悬崖陡壁，钻进勉强能进人的洞子，一块一块地敲打、检查坝基岩块。

　　在深入实际掌握了第一手资料的基础上，王三一勇敢地向"险区"发起了挑战，凭自身的实力去解决岩溶地区修建高坝渗水这一大难题，为我国石灰岩地区建立高坝铺平了道路。最终的防渗灌浆取得了显著的效果，包括在施工灌浆技术上也有了很大突破。1985年6月，第十五届国际大坝会议在瑞士洛桑召开。中国水电施工专家谭靖夷向各国专家介绍岩溶地区乌江渡水电站的防漏效果：坝基每昼夜渗水少于40立方米。听到这一数据，外国专家十分震惊："你们是不是把小数点弄错了。"谭靖夷回答："No！"因为建设这项工程的主要负责人就是谭靖夷和王三一。

◎王三一院士（左一）和外国专家在龙滩水电站野外查勘

"不管这些洞穴多深、多窄、多险，我都必须去看清楚"

　　搞水电勘测和设计最为重要的是获得第一手资料。王三一对此十分重视，特别是为了寻找地质和水文资料，他经常跋山涉水，风餐露宿。

　　新中国成立初期，水电勘测设计工作、生活条件相当艰苦，从江西上犹江，到湖北白莲河，再到贵州乌江渡，王三一跋山涉水，收集到大量的第一手资料。这些资料，在建设乌江渡、龙滩、东江、五强溪、白莲河等40多座水电站的勘测设计中，起到了至关重要的作用。

他从不轻信未经过自己实地调查验证的资料和情况汇报。在乌江渡水电站工地进行设计工作时，作为水工结构专家，为了亲自摸清地质和溶洞情况，掌握第一手资料，他花了大量的时间和精力跨专业学习了地质专业理论，花了不少时间和心血在各个水电工地爬高山探险洞。在贵州乌江渡水电站，他连小到几立方米的暗河洞都爬进去看过。他说："不管这些洞穴多深、多窄、多险，我都必须去看清楚。"

基础开挖每放一炮，王三一必定去工地亲自查看。有一次，他起得很早，跟妻子说是有事去找谭总（指时任水电八局总工、现中国工程院院士谭靖夷），而实际上是工地早上放炮他想去查看。他跑步去了工地（步行约40分钟），了解了情况之后，又跑步回家吃早餐。晚上工地放炮，他又跑了过去，而且是经常如此。

湖南省东江水电站设计的薄拱坝，其坝型对"坝肩"的基础要求更加严格。王三一要求设计人员去工地工作，一定要用地质锤一块一块地把开挖后的石头给敲遍，他也亲自这样去做。他经常一个人跑到东江两岸山头查看地形地质情况，常说："只有了解了情况，在构思建筑物时才有基础。"

因此，在乌江渡、东江等电站工地，甚至可以这么说，直到王三一院士病重以前，中南院所承担的大工程没有一个他没去过，有的工程他甚至是反复多次去看。对有如东江水电站坝前断裂、向家坝水电站的马步坎可能滑坡体、龙滩左岸蠕变体、龙滩碾压混凝土坝的层间抗剪等，凡牵涉到工程安全的重大问题，他都是亲自主持、研究。向家坝水电站马步坎500米高边坡，上去下来要一天，他去过很多次，经过实地查勘，最终经专家论证，得出该滑坡体总体是稳定的、对库区没有影响的结论。这一结论使向家坝工程的选坝工作得以顺利进行。这样的结论，与王三一专业知识广博、基础扎实，脚踏实地、认真负责、大胆而又严谨细致的工作作风是分不开的。

◎2000年11月12日，王三一夫妇在向家坝水电站考察时留影

潜心学术　硕果累累

作为一位成就显著的著名水电专家，王三一在水电站设计的理论和实践中均有较高建树和创新，尤其在高坝设计、复杂地基处理、总体布置等方面更有所长。在设计观念上，他提出了水电站设计的一体化理念，如围岩与衬砌的一体化理念、坝和地基的一体化理念。在优化设计方面，突出体现了将多专业、多学科及新技术的综合集成，从而使水电站大坝的建造既经济又安全。

正是由于王三一这种潜心学术、严谨治学的态度，才能创造出像乌江渡水电站这样165米的高坝每一昼夜的漏水量只有30~40立方米这一世界纪录。在1985年国际大坝会议上，国际同行对此给予了高度赞扬，这个成绩在国际上是绝无仅有的，到现在为止，如此微小的漏水量，国内外还没有其他任何一个高坝达到这个水平。鉴于王三一在水电科技和建设领域里的突破和成就，他于1991年起就享受国务院政府特殊津贴，1994年被授予"中国工程设计大师"称号，2001年当选中国工程院院士。

"我喜欢重担压身，喜欢有做不完的工作"

20世纪50年代末，王三一就在给他妻子的信中写过，"我喜欢重担压身"，"我喜欢有做不完的工作"；在以后给妻子的信中也写过，"只有家庭的乐趣，没有工作的乐趣是不完美的"。

"王三一院士把自己的一生献给了我国的水电事业。"与王院士合作了40多年的原中南勘测设计研究院副院长刘信真说，"三一是一天不工作就一天不舒服的人。他病重期间，我正在撰写《乌江渡水电站回顾与思考》。40多年来，我们一直是生活中的知己，事业上的'伴侣'，我希望在他有生之年能够指导我完成这一著作。照顾到他的病情，我每次去看他，刻意不和他谈这些。""一天，三一的夫人找到我说：'信真呀，对于三一来说，谈点学术、谈工作、研究问题，是一副最好的药。你们每次和他讨论一个什么问题之后，他总是变得像没病一般。'第二次去，我把《乌江渡水电站回顾与思考》的手稿交给了三一，反复叮嘱他，能看就看，然而两个月后，他把手稿还给我，

◎病床上的王三一院士仍然惦记着中国的水电事业

硬是一字一句地看了,连标点符号的错误都帮我改过来了,在手稿上不少地方还密密麻麻地写了不少他的观点。"

身患重病后,王三一所关心的除了工程技术外,还关心着设计院的人才培养以及库区老百姓的生活。特别让人感动和钦佩的是,在医院给他发出病危通知书前后短短的日子里,他还一直关心着洞庭湖的防洪和治理、关心着城陵矶附近约1 000万人的防洪安危。王三一1998年就开始请院内同事对此事进行专门研究,2001年和省内有关专家共同提出建议,2002年亲自担任"城陵矶汛期水位流量关系研究"项目负责人。2003年,也就是他去世前的几个月,有关专家将《急需对长江城陵矶汛期水位流量关系和防洪水位进一步研究》的建议初稿给他审阅。他让人扶着靠在病榻上,一边打吊针,一边忍着疼痛及严重的肝腹水,对建议进行了3次修改。6月24日,该建议寄出后,他又多次在病床上打电话给中国工程院对建议进行修改。

在医院期间,由于肝腹水,王三一每天都是在痛苦中迎来日月星辰,除了腹部奇大,他周身奇瘦,平时戴在腕上的手表不得不转移到肘部。病魔无情地摧残着王三一的身体,却摧不垮他的精神。领导、同事来看他,他拉着他们的手谈着总也谈不完的工作,后来讲话困难了,还抓着妻子的手说:"要是我身体好一点,还可以多做一点事。"凡是给他寄来的资料文件,他都要妻子保管好,说等他好一点的时候再看。虽身体被病魔折磨,疼痛难忍,可王三一的心中还念念不忘他的关于城陵矶汛期水位的研究,他依靠在病床上,用颤抖的笔给中国工程院写了一份院士建议书,以他生命之全力,为加强长江城陵矶汛期水位流量关系和防洪控制水位研究而作最后的呐喊……

淡泊名利　清正廉洁

王三一院士对名利看得很淡。论资历,他早就该当院士了,可是每次他都说不愿占名额,要让更有成就、年纪更大的科学家上,最后还是中南院的领导帮他写材料,申请了三次才当选的。王三一在担任中南院总工程师,以及先后成为中国工程设计大师和中国工程院院士后,依然表现出谦虚谨慎的学者风采和大师风范。

王三一在中南院庆贺他当选院士的大会发言中讲的第一句就是"我很害怕在大会上讲话,特别是今天这个大会,坐在主席台上很不自然。我当选院士,要说一句一生藏在心里的话:一个工程,哪是一个、两个人完成的?是许多人有时是几代人的智慧结晶。如果说我有成绩,是中南院的一大批好领导、一大批优秀科技人员鞠躬尽瘁,发扬团队精神取得的。"说到这里,他指着身边的中南院原副总工安申义说:"他是我的良师益友,他今天身体不适还来了这里,我劝他赶快离开会场,回到医院去,快点走,你不走的话我的话就讲不下去了。"在接下来的发言中,他讲的几乎都是别人的贡献和事迹,很少讲自己做了什么。

王三一院士不但自己清正廉洁,对自己的家人也是严格要求。当他的儿子王路在海口市被选为主管城建和国土资源的副市长时,王三一正病重住院治疗。他坐在病床上,忍着剧痛一笔一画地写信告诫儿子:城建这个部门是最容易滋生贪官污吏的地方,务必严加自律,要做一个执政为民的好官、清官。

病床上的王三一临终前,还用颤抖的笔给中南院领导写下了自己最后的嘱托,包括院里的发展问题,工程技术问题,年轻骨干的培养问题,等等。他拉着院领导的手,断断续续地说:"龙滩、向家坝、三板溪、虎跳峡等工程要建成世界一流的大坝,设计质量和技术问题很要紧,要高度重视这些巨大型水电站的安全可靠问题。"至于自己的后事,他嘱咐家人和领导,一切从简办理。他的举动感动了院领导和所有知情人。全院职工知道这些事后无不感

◎王三一当选中国工程院院士时留影

慨:"王三一就像是用自己的生命之火照亮着别人,在燃尽自己中熄灭。"

王三一的儿子显然接受了父亲的教诲。在父亲去世后,他要求所有料理后事的工作人员,不要接待任何一个来自海南的客人,同时将接受凭吊的地方搬离自家。虽然如此,仍有人闻讯从海南赶来吊唁,并把装着慰问金的信封交给治丧工作人员。这位副市长闻讯后非常不悦,连看也不看就交给了父亲生前单位的领导:"该怎么处理就怎么处理吧,我绝对不要!"

不摆总工的谱,绝无大师的脾气,没有院士的架子,王三一永远是那么平易近人,永远都在追求水电工程的完美。在人们的心中,他是一座丰碑。

(田菲菲)

林氏兄弟：百年名校的"双子星座"

在百年交大辉煌的校史上，有一对既是堂兄弟又是校友的佼佼者，如同傲人的"双子星座"一样熠熠生辉，他们先后就读于唐山交大，又双双获得"美国国家工程院院士"称号——这就是著名的林同炎、林同骅弟兄。

1979年，上海外滩。从1846年这里建造起第一幢带有外廊的房子，到成为殖民时代遗留在东方最著名的天际线，再到所有洋行大楼的旗杆上终于飘扬起五星红旗，沧海桑田，奔腾的黄浦江从未停止过其奔流入海的脚步。

◎林同炎

然驻足岸边，浦西万国建筑，十里洋场，隔岸的浦东却一片沉寂。漂泊30年后首次回国的林同炎敏锐地捕捉到了浦东所蕴含的开发契机：建起跨越黄浦江的大桥，把浦东、浦西紧紧连在一起。

回到美国，林同炎同妻子讲的第一句话就是："祖国来了任务。"他迫不及待地花费3万美元拟订了建桥计划，并7次修书向上海市政府描绘浦东的开发宏图。

1992年夏，上海市领导邀请林同炎夫妇来沪参观浦东开发情况。当林同炎看到地面上初具规模的基础设施，杨浦大桥也在按照他的设计构思修建时，八十高龄的他像孩子般地激动起来。"我的设计构思或建议得到采纳，对国家有好处，有效果，这就是我此生最大的快乐，也是对我最大的报偿。"

少年英才 每试必冠
中国哲学"柔能克刚"震惊世界建筑领域

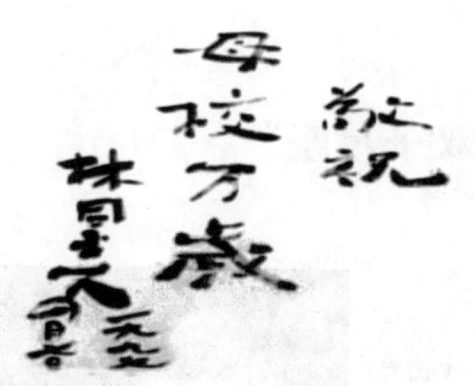

◎林同炎先生为西南交通大学题词

林同炎原名林同棪，祖籍福州福清东瀚乡云庄北窗，1912年11月出生在福州城内乌石山下一个书香门第之家。他的林家堂兄林同骅亦为美国工程院院士、中科院外籍院士，另一堂兄弟林同骥为中国科学院院士。

林同炎14岁时以第一名的成绩考进当时的最高工程学府——交通大学唐山学院土木工程系。他曾说，其科学工程的真正基础是在唐山交大4年学习期间奠定的。在校期间他每试必冠，是校长茅以升、教授孙宝琦的得意门生。林同炎后来接受恩师茅以升的建议，把"棪"改为"炎"，认为"既好懂，又代表自己是炎黄子孙"。

林同炎的堂兄林同骅1911年出生于四川重庆。早年毕业于交通大学唐山工程学院，并以优异成绩考取清华公费赴美留学，在美国麻省理工学院攻读飞机制造专业。1937年学成回国后即投身于我国飞机仿制与自行研制工作，与同仁以木质材料做机身机翼，设计研制出我

◎西南交通大学校园内的林同炎先生纪念像

◎林同炎(右一)与唐山交大同学合影

国第一架长距离飞行的"C1010号运输机"。1949年应聘去美国任教。

与清华、北洋及上海交大相比,同时代的唐山交通大学被誉为中国土木工程、交通工程高等教育的发祥地,虽每年毕业人数不足百人,却涌现出诸多世界级大师,他们的辉煌业绩不但载入了共和国的史册,更为世界建筑工程史增添了无尽的色彩。林同炎、林同骅两兄弟便是其中的佼佼者,被世人誉为"兄弟院士"。

据林同炎回忆,当时唐山交大的学生接受的主要是西方教育,学生的衣着、生活习惯和思维方式均受到西方文明的影响。林同炎和同学们住学生公寓,打网球,参加反英爱国游行,举行讲演和辩论会等。至今西南交通大学(原唐山交大)的档案馆里还保存着他当时的毕业成绩记录。

1931年,林同炎受到在美国加州大学伯克利分校执教的大哥林同济资助,到该校工程研究院深造,获学士学位。在伯克利分校,他参与了举世闻名的旧金山金门大桥与海湾大桥的研究工作。1933年获硕士学位。林同炎的毕业论文《直接力矩分配法》轰动了美国建筑界,他所阐述的方法被命名为"林氏法"而广泛应用。1933年,林同炎为了报效祖国,回国任成渝铁路桥梁课长、滇缅铁路设计课长、工信公司总工程师及台湾糖业铁路处长等职,主持过沱江大桥、成昆铁路及宝天铁路的设计与施工,为成渝铁路设计了1 000多座桥涵。

◎1972年尼加拉瓜大地震废墟上的美洲银行大厦，由林同炎公司设计建造

林同炎性格耿直。在当时的政治环境下，他不愿同流合污，曾一度（1943—1945年）被迫做包工商。1946年，他携夫人赴美定居，先后任美国加州伯克利大学教授、结构工程系主任、全校改进委员会工委，荣获该校多种最高奖。1953年，他荣获美国政府的奖金。此后前往比利时，进一步从事预应力混凝土的研究，以卓越的成就获得了"富尔白兰奖金"。

1953至1954年，林同炎深入研究法国弗雷西内工程师在上世纪20年代发明的"预应力学说"，创造了"预应力学说"理论体系，被誉为"预应力混凝土先生"。1956年完成厚达466页的成名力作《预应力混凝土》一书，被公认为预应力学术界的权威著作，同时被美国土木工程学会评选为大学最好的教科书之一，翻译成日、俄、西班牙等多种文字出版。他的理论很快在许多预应力工程界推广应用，仅美国到1960年为止，就建造了2 052座预应力桥梁，总长达68英里。林同炎首创的"荷载平衡法"设计理论，成为预应力混凝土设计三大基础理论之一，被尊为现代建筑的"一代宗师"。

林同炎创新地将"预应力混凝土"的新技术应用于建筑工程，大大节省了建筑材料，既降低了造价，又缩短了工期。但许多建筑界的同行却横加怀疑，认为林同炎减少材料，房屋不牢固，短期内有可能坍塌，简直就是偷工减料，最终引发官司，并要吊销林同炎公司的营业执照。官司打了两年，到1972年，已到白热化程度。恰恰此时，中美洲发生强烈大地震。尼加拉瓜首都马拉瓜灾情严重，市中心511个街区化成废墟，唯林同炎设计建造的一座60米高、18层的美洲银行大厦巍然屹立，所受损失"仅为电梯井壁联系梁开裂"。有人就好奇地问林同炎有何绝招。林同炎笑说，他在设计这座高楼时应用了中国哲学中"柔能克刚"的思想，采用了分阶段抗震设计，使建筑物具有柔性，以柔化强，故能在强震中屹立不倒。林同炎的学生就此问他："你设计这些创新的工程，不怕出问题吗？晚上睡得着觉吗？"林同炎答道:"我睡得着,而且睡得很好。胆子要大,同时也要心细。思想要放开,而设计中各项细节都要想到,要想到底。施工工人、材料条件、风、雨、地震、监工等等,都要想到。有些问题比如风、地震、钢索材料维护等,还要请教专家,甚至向多位专家顾问咨询,听他们的意见,才有把握。我所设计的所有工程,没有一个出问题的。"

美国同行高度赞扬林同炎在建筑中应用中国哲学"柔能克刚"的思想,并尊称他为"美国预应力学的功勋人"。

林同炎因在美国和世界各地设计、建造了百余座美轮美奂的悬臂拼装桥、悬臂浇铸桥、悬吊桥、斜拉桥、公路及房屋建筑而举世闻名。横跨欧非大陆地中海出口的直布罗陀海峡大桥,峡宽海深,桥址有14公里、30公里和44公里三个跨海宽度的选择,世界各国研究专家多采用30公里跨海设计多桥墩的方案。而林同炎设计了与众不同的桥式方案,不但更好地保持航道畅通和避免船只冲撞,造价也降低到84%,即节省了大约10亿美元的资金。林同炎大胆的方案得到了普遍赞赏,他的论文获得国际桥梁及结构工程会颁发的第一名奖状。该会称林同炎"远瞻人类和平与四海于一家"。

半个世纪以来,在林同炎一贯的创新思想指导下,"林同炎国际咨询公司"还设计修建了一系列壮观、独特的伟大建筑——

世界上最大的双曲线抛物面壳顶结构的波多黎各体育馆。

首创使用后张法现浇预应力混凝土楼板、高40层的新加坡工商联合大厦。

地震时成为市民们紧急"避难所"的旧金山地下展览厅。

◎世界上第一座上倒挂式悬索桥是由林同炎大师在1972年设计的位于哥斯达黎加的里奥-科罗拉多大桥

世界首创、开建桥业风气之先的哥斯达黎加跨越深谷的倒挂式悬索桥。

与周围山景红绿相映，构成精美景观的台北关渡桥。（该桥出现在美国《工程新闻记录》的封面上。林同炎公司设计修建的工程项目在该杂志封面出现已有10次之多，是其他任何工程单位所没有的。）

闻名遐迩的曲面斜拉罗卡巧克桥（此桥虽因故未建，但被公认为适合当地情况

◎头戴安全帽的林同炎在旧金山莫斯科纳会议中心的地下施工现场

的最佳造型。《先进建筑》杂志在923件参赛建筑设计中，唯独选中此桥刊登封面并颁发首奖）。

林同炎设计的旧金山莫斯科纳会议中心是一幢无楹柱的地下建筑，居然在地面下10多米的深处，令人称奇。该中心会议厅能容18 000人开会，餐厅可供6 000人同时用餐，舞厅可容4 000人翩翩起舞。如此庞大的会议中心，却无一根支柱，只用了8对拱架来承受上面的压力，引起世界轰动，被誉为"结构的计算和视觉观感"的奇迹。

1977年，林同炎精心设计了世界上第一座半面弧形的克拉巧起大厦，轰动全美，并荣获美国建筑设计大赛第一名……林同炎生前得奖无数，荣誉辉煌。1974年，国际联合预应力协会颁

◎林同炎接受里根总统授予的奖章与证书

发给他该学会最高荣誉——"福森厄特奖章"和"福纳西内奖"。美国科学院和工程院联合房屋研究委员会曾颁发给他"四分之一世纪贡献成就奖"。1986年3月12日，他荣获美国总统里根亲自颁发的美国科技界最高荣誉——"国家科学奖"。美国政府赞誉林同炎"是工程师、教师和作家。他的科学分析、技术创新和富于想象力的设计，不仅跨过了科学与艺术的鸿沟，还打破了技术与社会的隔阂"。

1987年，美国咨询工程师学会颁给林同炎该学会的最高奖状——"功绩奖"（他为获得此奖唯一的华裔人士），以表彰他在建筑工程方

面的突出成就，称他是"工程界的先驱者"，"具有高瞻远瞩的眼光，同时是教育家、研究者，其工程设计的创意和优雅造型，使全人类均共受其利"。林同炎是该奖自1952年颁发以来第一位华人得奖者。

1994年，他获得美国加州伯克利大学全校教育改进委员会颁发的"杰出校友奖"。此奖每年从30多万名校友中仅遴选出一名；另外，他还获得国际预应力协会的"Freyssinet Medal"、法国建设协会的"Albert Caquot Meaal"、全美顾问工程师最高奖、美国首届OPAL奖（美国工程及工程师奖）。

除此之外，林同炎还是中国科学院外籍院士，同时也是获选美国工程研究院院士的第一个华人。在美国土木工程学会设立的首届4个杰出奖项中，他又是"设计类"奖的第一名得主。美国土木工程学会为了表彰他在建筑设计方面的特殊功绩，特将该学会的"预应力奖"改为"林同炎奖"。此奖为最早以华人命名的科学奖。加州大学特别授予他"终身荣誉教授"和最高奖——"柏克利奖"，并设立了"林同炎纪念馆"。美国建筑工程界最权威的杂志《工程新闻记录》曾选出125位在过去125年对建筑工程最有贡献的人物，林同炎和建筑大师贝聿铭、桥梁专家邓文中、"污染防治先生"林作砥4位华裔同时入选。林同炎还曾获得美国、中国以及中国香港地区的4个名誉博士学位，并先后被西南交通大学、同济大学和清华大学聘为名誉教授。

◎林同炎先生的部分著作

林同炎一生著作等身，仅世界性影响的论文就高达百余篇，而且这些论文"都极具创新和独特的风格"。他在国内出版了《林氏文选》。他所著工程书籍共有3本问世，即《预应力混凝土结构》《钢结构》及《房屋与桥梁系统》。这些著作如今都已译成欧、亚各文，风行世界各地。

赤子之心 强国之梦
"我的设计构思或建议得到采纳，对国家有好处，有效果。这就是我此生最大的愉快，也是对我最大的报偿"

1979年，林同炎回到阔别30多年的祖国，萌生出在黄浦江上架

◎林同炎简报《开发浦东——建设现代化的大上海》的第一页

◎1988年5月,林同炎先生在同济大学讲课　冯良/摄

桥的想法。1985年,林同炎在美国会见了上海市市长汪道涵。林同炎一见到汪道涵便说:"我愿意帮助祖国,造福祖国人民。"具体建议是:"上海先在浦东开辟一块土地造桥修路,地价上涨之后,将其出租或出卖,如此滚动开发出租,国家可以不花一分钱,收回一个现代化的浦东,上海规模也可以成倍扩大。"汪道涵很感兴趣,感激地对林同炎说:"国家不会忘记你的。"

此后,林同炎提出了《开发浦东——建设现代化的大上海》计划的简明报告,引起上海市委市政府的高度重视。在他的倡议下,浦东开发成为了中国"十五计划"的一个重点项目,他也因此被上海市政府聘为外国顾问团总顾问。

林同炎对开发浦东建设大上海的无限关注和奔走操劳,是鲜为人知的。他所写的有关专题报告有12份,积起来有5厘米厚。他说:"1987年8月13日,我在家中忽然想起浦东的范围,可以'三水为界':黄浦江、长江及川杨河包围的三角地,面积300多平方公里。我立刻写信向上海市领导提出。不到一个月,得到回信,表示完全同意。我的设计构思或建议得到采纳,对国家有好处,有效果,这就是我此生最大的愉快,也是对我最大的报偿。"

1988年,林同炎又一次回国。此程他在上海办了三件事:一是根据世界银行的安排,在同济大学讲学三周;二是参加交通大学"林同炎展览馆"落成剪彩;三是受上海市政府委托,主持国际开发浦东研讨会。1989年4月,林同炎印制了《浦东新区开发简介——把上海建成世界一流城市》的宣传文稿,寄送海外各方,为开发浦东招商集资。

伯克利分校设立"林同炎纪念馆"需要他的肖像油画,他向画家蔡上国建议,肖像的背景要画上万里长城和加州的钟楼,这既表达了他对中华民族的热爱,也表达了他对中美文化交流的良好祝愿。

国内许多大桥的建造，都有林同炎不可磨灭的功劳。比如：南京二桥、南浦大桥、杨浦大桥、江阴长江大桥、润扬大桥等修建时，他任设计或技术顾问。芜湖铁路公路两用桥修建时，他协助解决了技术难题，并建议以BOT方式协助筹资。另外，重庆大桥、泸州大桥、钱塘江大桥、珠江三角洲大桥、黄河渡槽等等，也都凝聚着林同炎的辛勤汗水和心血。

1992年，林同炎在北京创办"林同炎咨询公司"。他说，创办公司的目的主要不是赚钱，而有三个目标：为祖国做贡献、引进新技术、培训人才。林同炎说："我急切希望把知道和掌握的国外新技术带回到国内来，传给优秀的工程技术人员。"

2001年11月10日，时任福建省省长的习近平听说林同炎90大寿，特地发去贺函，说"林同炎先生是国际知名的建筑学家，设计的桥梁遍布世界各地，在建筑学科研和实践方面取得了杰出成就，家乡人民为之深感骄傲，林同炎先生十分关心和支持家乡的建设，为福建的改革开放和现代化建设做出积极贡献，家乡人民是会牢记在心的……"

2003年11月15日，林同炎因心脏病引发跌跤后不幸逝世。林同炎逝世前，以91岁高龄每周一次自行驾车去旧金山办公。他最后的一个计划是为南京设计南京大桥。

作为世界著名结构桥梁专家，林同炎一直试图通过他在技术和结构工程领域的努力，将人类社会带往一片更加宽广的领域。他的设计有着常人无法比拟的大胆和创意，美国世界新闻网曾这样评价他："……有'预应力混凝土先生'美誉的林同炎创立的'预应力混凝土'理论，开创了世界工程建筑新的里程碑。他是国际建筑界公认的同时代最伟大的结构工程师之一。他的作品遍布全世界，从美国旧金山的玛斯孔尼会议中心到中国台湾的关渡大桥，以及世界最大的莫斯科纳地下展览厅。林同炎的杰作为世界增添了无尽的丰富色彩……"

兄弟院士 科技之家
设计制造出第一架运输机的中国"林白"

1929年，林同骅亦考入唐山交大学习，攻读土木工程系，与林同炎成为校友。不久,其父因病失业,他靠兄弟、叔伯接济,方完成学业。由于交通大学各院校第一名毕业生可选派到美国深造,林同骅便发奋学习,在唐山学院,每学期成绩在全年级均居第一。不想由于种种原因,到美留学事宜被叫停。

据林同骅回忆,1933年初,日本侵华加急。唐山靠近前线,唐山交大全校师生遂迁移上海,借上海交大的课堂、宿舍使用。"初到几夜,我们不能安眠,一两周后则渐渐习惯,亦不为苦。我常坐在帐内,将书放在帐外看,每翻一页,则伸手帐外翻,翻后再将手收回,以免蚊子叮咬,在这困苦环境中完成了毕业考试。"

1933年,电机系教授朱物华告诉林同骅本年度招收留美公费生,叫林同骅报考。因林同骅成绩名列全班前四名,故被保送到南京参考。不久,林同骅到山东水利训练班教书。一次偶然的机会得知自己已被清华大学录取,并派往美国学习飞机机架设计制造,得此喜讯后,林同骅十分兴奋。出国前,他在杭州笕桥航空学校附属工厂见习。见习5个月后,他到南京飞机修理厂及上海海军飞机厂各见习数周。当时,恩师钱昌祚认为他应到美国麻省理工学院深造,于是,林同骅于1934年5月赴该校攻读博士学位,并以两年时间攻读关于设计制造的课程,余下一年时间到美国各飞机厂实习,以便理论能与实践学识相结合。

1937年,林同骅抱着航空救国的理想毅然回到祖国,先在清华大学航空工程系和航空研究所从事研究及教学工作。因当时日本侵略华

◎ C1010 运输机(后被称为"中运1号")试飞成功后林同骅与飞行员、参研人员合影

北，他随研究所迁南昌，又迁成都。不久，林同骅到第二飞机制造厂工作。抗战时期，因国家需要飞机甚切，林同骅和同事用南昌运来的材料零件，仿造出苏式E—16型驱逐机20架、训练机30架。

1939年，因日本侵华日急，林同骅又回飞机厂继续仿造飞机，以助抗战，不久升任工务处处长。为抗战需要，国家成立了新飞机试造室，直属工务处，由工务处主持设计试造，试造室主任便是林同骅。1944年，试造成功的飞机运往重庆试飞，试飞的有林同骅本人。在其自传中，林同骅这样写道："当时我疟疾未愈而厂中又缺疟疾药，只有防疫针，我因急需前往主持试飞，当即注射两针防疫针便出发至白市驿飞机厂。到后经检验发现是升降舵副翼过低，遂加以调整，机头便不再过重，飞机顺利升空。"

◎林同骅

当时驾驶员李兴唐对中国自己制造的载人运输机仍有疑虑，林同骅带上担任检查员的林家兄弟林同骥一起上机，并说："没什么可怕的，如万一新机出事，你李家只损失一人，而我林家则损伤二人。"他听了这话后更加放心驾驶。附近飞机修理厂的员工看到升空的飞机都说二厂的飞机飞得好快。"我们知道后十分高兴，当晚办了两桌好菜，大家庆祝一番。"

"头一次上空飞行时未将起落架收起，落地后经检查认为，起落架下放时可能受空气阻力太大，或者有困难，故决定改良起落架操纵系统。适逢重庆雨季，连下了20天，在这期间，操纵系统改良完毕，遂又将飞机升空，起落架上升下降反复数次，一切圆满。厂长马德数对试飞人员十分称许，并对新机十分信任，在1944年8月18日同我及李兴唐、高作揖及二位装配工，由渝（重庆）飞蓉（成都），完成新机的处女航。在此为我国自行设计制造试飞成功的首架运输机。到蓉后承成都飞机修理厂厂长揭成栋按试飞规范逐条试飞，结果圆满。"1944年8月18日，林同骅和同事驾机由重庆飞往成都，完成新机的处女航。这架飞机的成功设计及试飞后，林同骅被视为中国的林白（美国飞机制造之父）。该机的机身机翼均用木料制造，毛重4.6吨，可搭乘10人（包括驾驶员2人），航程1 600公里，飞行高度4 500米。此机为我国自行设计制造且试飞成功的首架运输机，被定名为"C1010运输机"。现在，中国航空博物馆已为该机制成1∶1模型进行陈列，以展示我国在1944年飞机制造的历史水平。

◎ 中国航空博物馆馆藏的C1010运输机模型

抗战即将胜利时，为了发展航天工业，国家设立了工业局。林同骅率领飞机设计组一行20余人赴美国麦克唐纳公司学习飞机设计。后因该公司索价昂贵，1947年移往英国落斯脱公司设计我国第一架喷气机。可惜因为缺乏经费，于1949年停止了设计。

1951年起，林同骅致力于复晶体塑性理论的研究，创立了"复晶体的应力应变关系理论"。该理论适合各项物理力学条件，并符合试验结果，得到前苏联、日本、捷克塑性力学学者的一致肯定和赞扬。1968年，林同骅发现自己研究的理论也可应用于研究金属疲劳裂缝萌芽上，这在冶金力学上是一个创举。林同骅用微观力学解释了裂缝萌芽在显微镜下照出的许多现象，此项研究由美国联邦政府科学研究机关资助。1977年，林同骅升为加州大学特级教授直至1978年退休。此后，校方续聘他为局部时间教授，他指导了多名来自祖国的博士生。

林同骅毕生从事航空工程、工程力学、非弹性构造、金属疲劳等分析研究。在美国底特律大学获博士学位后，专门从事力学理论研究，写出洋洋巨著——《非弹性结构理论》。此外，他还发表关于结构分析、塑性力学、疲劳力学的论文数百篇。林同骅曾荣获美国国家工程院工程师最高奖，曾担任美国航天航空部高级工程师、顾问，美国科学研究署金属疲劳研究主持人。1988年获美国土木工程师学会"Theodore von KarmanT"奖（该奖每年在全世界仅选一位）。1990年因其创立微观塑性力学及微观疲劳裂缝萌芽理论，对非弹性结构分析的非凡贡献，先后被选为美国土木工程院院士（1990年）、美国国家工程院院士（1990年）、中国科学院外籍院士（1996年）。

林同骅在科技研究方面也取得非凡成就，主要有：由美国科学研究署及国家科学基金会资助研究微观塑行力学（1954—1978年），由美国空军科学研究署资助研究循环机械及热载重（Mechanical and Thermal Loadings）对材料损坏的作用，等等。1991年，为庆祝林同骅80岁寿辰，有关单位为其在北京举办了高规格的国际学术报告会。随后，北京大学出版社出版了他的著作《塑性力学和细观力学文集》。退休后林同骅和堂弟林同坡致力于推进祖国乡村图书运动，直至2007年6月逝世，其96年的生命轨迹，给中国航空制造业、世界力学研究领域都留下永恒的珍贵财富。而林同炎、林同骅两兄弟的子孙后代，亦在科技领域取得了非凡成就，林氏家族被世人称为"科技之家"。

（闫　妍）

原载2016年3月15日《唐山劳动日报》

葛昌纯：交大学子　业界灯塔

◎ 2013年葛昌纯院士来唐山参加唐山交大老校友回家活动

提起葛昌纯院士，许多人都知道他是国内著名的粉末冶金和先进陶瓷专家，但知道他毕业于唐山交通大学冶金系物理冶金专业的并不多。用葛院士自己的话说，在唐山交大三年的生活经历，以及母校严谨的治学学风和浓厚的爱国气氛，都深深地影响了他以后的发展，这也让葛昌纯和唐山结下了不解之缘。

葛昌纯于1934年出生于上海。他的祖父为晚清进士，在家乡创建了葛氏传朴堂，收藏研究大量中国古代书画善本。他的父亲葛嗣浵立志教育事业，生前创办了平湖历史上第一所现代意义的中学——稚川学校，培养出不少优秀人才。其父一生还将葛氏传朴堂发扬光大，一度达到藏书四十余万卷的鼎盛规模，成为浙江三大藏书阁之一。在父亲重视培养人才、崇尚传统道德文化的思想熏陶下，葛昌纯从小就懂得要用功读书，要忠孝仁义，要奋斗创业。

抗日战争初期，葛昌纯父亲病逝，又正值国难当头，日本侵略者占领平湖。葛宅、葛氏传朴堂藏书阁毁于一旦，数十万卷带有葛氏传朴堂印章的珍贵画卷和藏书遭内贼抢劫，散失各地。全家老小顷刻间流离失散。母亲孤身一人带着葛昌纯和哥哥离乡逃难，在家破人亡之际，仍不忘教育子女要好好读书、奋发图强。

幼年时期这段国恨家仇的苦难经历，使得岳飞"精忠报国""还我河山"的誓言和富国强民的愿望深深扎根在葛昌纯幼小的心灵里，从此赤诚报国成为他一生之所向，从小就形成了疾恶如仇、爱憎分明的性格。

由于家庭穷困、颠沛流离，葛昌纯从小学到高中经常变换学校。在哥哥的引导下，他始终成绩优异，多次破格跳级，并考入了当时最好的中学。

1949年5月，上海解放，短短几个月上海发生的翻天覆地之变使葛昌纯看到了共产党的伟大和新中国的希望。仅15岁的葛昌纯考取了唐山交通大学冶金工程系，是全校年龄最小的学生。当时的校长是国内著名科学家茅以升，冶金工程系则云集了一批国内冶金界的著名学者，包括英国皇家学会会员、系主任张文奇，留美回国的吴自良、林宗彩、章守华、朱觉和自学成才的徐祖耀教授。张文奇、林宗彩和朱觉教授讲课深入浅出，他们教授的有色金属合金、高炉炼铁、平炉炼钢和电炉炼钢让葛昌纯至今不忘。由于第一个五年计划急需人才，国家要求1952年在读大三的学生提前毕业。为了将4年的课程在3年内上完，章守华教授承担了最重的教学任务——教授两门主课"钢铁合金及热处理"和"压力加工"，他的勇挑重担和严谨治学精神深深影响了葛昌纯。章守华教授也因此成了葛昌纯一生学习的楷模。徐祖耀教授以刻苦自学著称，教授葛昌纯"冶金原理"。在这些名师的教诲和熏陶下，葛昌纯在大学时期就打下了坚实的物理冶金和化学冶金基础，不仅学到了如何从冶金学、材料学的角度分析处理技术问题，更领悟到了为人、治学、做事的人生哲理。

新中国成立初期的唐山交大，不仅有以罗忠忱教授为代表的严谨治学名师，还有着浓厚的政治氛围。葛昌纯在那里不仅受到了系统的马列主义、毛泽东思想和中国革命史的教育，从思想理论上真正认识到只有中国共产党才能救中国的道理；而且通过抗美援朝和两次参军参干运动，从思想上摆脱了独善其身的旧人生观的束缚，初步确立了革命的人生观和世界观。1950年年底，葛昌纯加入了中国新民主主义青年团，在这所共产主义大学校里他的思想水平得到了进一步提升。

葛昌纯以优异的成绩毕业以后，被分配到钢铁工业试验所（后更名为钢铁研究总院）冶金室工作。葛昌纯在1956年国际劳动节前夕光荣地成为一名共产党员。1960年，葛昌纯被调到新成立的粉末冶金研究室从事耐高温涂层和粉末冶金新材料的研究。同年，赫鲁晓夫单方撕毁中苏协议，断绝供应用于气体扩散法生产浓缩铀235的核心元件——分离膜，中国浓缩铀的工业化生产将被推迟。在此形势下，国家于1960年4月向冶金部钢铁研究总院下达"乙种分离膜研制和生产"的紧急任务，而组织则将这个艰巨的任务交给了葛昌纯。

"当时基本没有什么资料和设备，国家的物质技术基础也很薄弱。"葛昌纯说，这种种困难只能靠科研团队发扬"两弹一星"精神去克服，"搜集来的资料，各种外文的都有，怎么办？这就逼着我在已会的英文、俄文外，又学了德文、法文和日文，等于是多了几双眼睛"。

在他的带领下，一支平均年龄不到25岁的科研队伍不舍昼夜，刻苦奋战在分离膜研制第一线。葛昌纯说，那段经历永难忘怀，但已记不清有多少笔记本堆积成山，有多少实验遭遇挫折，又有多少个无眠之夜。

经过不懈的努力，乙种分离膜项目的研发成功了，1966年国庆，葛昌纯作为对社会主义建设有重要贡献的科技工作者，被邀请上天安门城楼观礼。1980年，乙种分离膜项目得到了全国科学大会奖。

改革开放后，中国科技发展迎来春天。葛昌纯深知，要想追赶上发达国家的冶金科技水平，出国取经是必由之路。1980年，葛昌纯获得了德国洪堡基金会的研究奖学金，作为客座研究员前往德国Max-Planck材料科学研究所和柏林工业大学非金属材料研究所，从事粉末冶金和先进陶瓷研究。

凭着一股子钻劲儿，葛昌纯的研究工作大踏步前进，受到国际粉末冶金专家和先进陶瓷专家的高度评价。1983年，葛昌纯获得德国Dresden技术大学工学博士学位。毕业之际，在德期间的导师向他发出热情邀请，挽留他在德国参与他的烧结理论研究。

回忆当初，葛昌纯坦陈，原本很想参加导师的研究项目，但经过一番思考，最终还是决定早日回国。

"我在德国看到了一些非常优秀的粉末冶金和先进陶瓷研究所，但当时回顾一下我们国家自己的研究所，就感慨万千。"葛昌纯说，自己虽然带领团队完成了分离膜的任务，当时所在的钢铁研究总院粉末冶金室也是国内最强最大的粉末冶金研究和中试基地，可惜，在任务下达后没有很好地把学科带起来，在国际上还谈不上有多高的学术地位。

葛昌纯下定决心，回国后要力争创建一个世界一流水平的粉末冶金和先进陶瓷研究所，这才是当务之急。回国时，他用自己在德国节省下来的奖学金购置了一台国内急需设备，捐献给了钢铁研究总院。

1990年，葛昌纯在北京钢铁学院（后改名为北京科技大学）粉末冶金教研室建起了一间条件简陋的实验室，创建了中国第一个"特种陶瓷粉末冶金研究室"。研究室很快就做出了成绩，开发出的ST新型陶瓷刀片实现了产业化，被国家科委评为1990年度国家级新产品。

在他亲手创建的实验室里，葛昌纯将自己的理想一点点付诸实践，开始了氮化硅基先进陶瓷和粉末冶金高速钢、不锈钢的研究，并努力建立我国的非氧化物陶瓷研究、生产基地。

然而，先进陶瓷仅仅是葛昌纯"材料王国"里的一部分。他在总结自己的学术历程时常说："我的前半生献给了中国的核裂变事业，而我的后半生主要献给了中国的核聚变、核裂变事业和新兴能源材料事业。"

面对当今世界的能源挑战，核聚变堆发电被认为是从根本上解决人类能源危机的一种终极能源。其中，材料是核聚变堆发电的一项关键问题。特别是面向等离子材料，需要面对高热负荷、强中子冲击、高氚溅射等严苛环境，被看作人类有史以来所面临工作环境最为恶劣的材料之一。

早在1996年，葛昌纯就向国家有关部门提交了研制"耐高温等离子体冲刷的功能梯度材料"的建议书，用"功能梯度材料"的设计概念和三种工艺，制作面向等离子体材料。建议项目得到了国家的重视和批准。

经过十几年与核工业西南物理研究院、中科院等离子体物理研究所的合作努力,葛昌纯及其同事成功制备出了多个体系的耐等离子体冲刷的功能梯度材料。其中,关于碳化硅和铜、碳化硼和铜、碳化硅和碳、碳化硼和碳体系的功能梯度材料研究,在国际上实属首创。在钨基面向等离子体材料和部件这个最重要的面向等离子体材料和部件的材料设计和制备研究的广度和深度方面处于国际先进水平。

每天,葛昌纯的学生们都能看到他在办公室伏案工作的身影,还经常加班到深夜。他谦虚地说:"我和我的团队虽然取得了一些成绩,但也知道中国的材料水平和发达国家还有一定差距。因此,一定要以只争朝夕的精神努力赶上。这是我们实现现代化,实现民族复兴的基础。"

葛昌纯一手创建的特种陶瓷粉末冶金研究所,后来有了一个新的名称——核材料研究所。实验室墙上挂着的横幅则始终未变,上面写着"材料报国,追求第一"。葛昌纯说,这是他自己一生的信条,也是对学生的教诲和期望。他表示,自己取得的成就,都得益于母校唐山交大严谨的治学学风和浓厚的爱国气氛。葛昌纯说,自己应该把唐山交大的精神传承下去。

如今,葛昌纯院士已经步入暮年,对自己的母校唐山交大怀念之情与日俱增。葛昌纯珍藏着一张老交大的照片,时不时自己也会拿出来翻看,看着照片上的学校旧址,学校的宿舍区、东西讲堂、图书馆的位置,在记忆中清晰地浮现出来。葛昌纯说:"我1952年毕业于唐山交大,作为吃唐山粮食、喝唐山水成长的老交大人,我这些年的成就,都是交大给予的,我现在最大的希望就是能够看到唐山交大的重建,看到她重振当年的英姿。"

在唐山交大生活的几年中,葛昌纯和唐山这片土地结下深厚感情,他把唐山认作自己的第三故乡。每逢唐山市举办特邀院士论坛或是唐山交大寻亲活动,葛昌纯都会不辞辛苦而来,参观母校的遗址,并将自己多年的研究成果与唐山发展中遇到的挑战和问题相结合,对唐山今后的发展道路提出宝贵意见。

针对唐山目前陶瓷产业集中于日用陶瓷、卫生陶瓷和艺术陶瓷等民用产品这一问题,葛昌纯建议:建全国首个非氧化物先进陶瓷生产基地。他认为，传统民用产品陶瓷的利润已经越来越低，而高技术、高附加值的特种陶瓷产业才是陶瓷领域的重点发展方向。唐山陶瓷企业要实现转型升级，就要调整方向，着重发展工业和技术陶瓷。同时，葛院士还希望以自己研究的项目"自蔓延高温合成氮化硅陶瓷粉体"为载体，与唐山北方瓷都集团合作，打造出一个国内还没有的非氧化物先进陶瓷研发和生产基地。

近年来，葛昌纯一直关注唐山的科技建设，他希望把一批高新技术成果引入唐山，为唐山经济建设转型出一份力，这也是他义不容辞的责任。

（赵立峰）

他们从旧时代走来，教授着走进新时代的学生。

他们严谨治学，在各自的领域建树丰富。他们沉静从容，守住一方讲台，从民国跨越到新中国。他们有知人之明，让每一个学生都得到最佳的教育。他们跟随这所大学，经历着战乱流离、千里颠簸，只为能安放一张书桌以及纸墨、圆规。知识的传承，品格的教导，以及精神的塑造，都是通过他们的言传身教，传递到每一届学生，下一代人，乃至下一个时代。

正是有了他们，想来多少已经成为院士教授的往昔学生，依旧会愿意走到他们面前，谦恭地道一声："先生，你早。"

罗忠忱：丹心一片映凤城

"伟哉吾师！弟子曾在学十九年，承恩中外师长不啻百人，然论教诲恳切，授法精湛，任职认真，视学校如家庭，学生如子女，六十年如一日，盖未有出吾师之右者，伟哉师乎！"

这一段情深意切的话语，出自我国著名水利工程学专家、唐山交通大学1932届毕业生黄万里教授笔端。1992年12月，已经81岁高龄的黄老提笔写下"先师罗公建侯讳忠忱廿年祭"，以纪念自己的恩师——我国力学开创者、现代工科教育开拓者之一的罗忠忱教授。

在唐山交大的校史上有著名的"五老四少"之说，"五老"指罗忠忱、顾宜孙、伍镜湖、黄寿恒、李斐英五位德高望重的老教授，罗忠忱又被交大人尊为"五老"之首。

◎罗忠忱

1912年8月，从美国康奈尔大学研究生院学成归来的罗忠忱，来到唐山铁路学校，任教务长兼土木工程教授，成为唐山交大自山海关铁路官学堂肇始以来的第一位中国教授。从那时起，罗忠忱就和唐山交大再也没有分开，在战火纷飞、举校南迁的抗战艰苦时期，他抛家舍业，为全校师生寻一安全的栖身之所而奔走；在唐山交大几次濒临合并、取消的紧要关头，他挺身而出，不畏权贵，据理力争，使这所命运多舛的学校得以薪火延传，维护了几代学人心血凝结的尊严；60年的教学生涯里，他爱校如家，爱生如子，以严谨的治学态度和拳拳的报国之心，为后人树立了一代大师的楷模……

唐山交大第一位中国教授

不论是在唐山交通大学时期，还是在如今的西南交通大学时代，罗忠忱，都是一位令所有交大师生高山仰止、景行行止的先生。他是唐山交大120年历史上的第一位中国教授，从1912年到校任教，直至1972年病逝，60年间，他培育了逾千名学子，均成为我国工程技术的中坚人才，不少人日后成为国内外知名的教授、学者、专家。历史上第一位入选美国国家科学院的亚裔院士林同炎、历史上第一位入选美国国家工程院的华裔外籍院士茅以升、历史上第一位被国际水利协会授予荣誉会员称号的中国水利学家严恺院士、中国设计大型水利工程最多的水利学家冯寅、中国第一座跨越长江的大桥——武汉长江大桥设计者汪菊潜院士、"两弹一星"功勋科学家陈能宽、姚桐斌等一大批载入史册的专家，都曾是他的学生。

1880年11月16日，罗忠忱出生于福建闽侯（今福州市）一个古老的大家族。他的伯父是中国近代著名外交家、福州船政学堂第一届毕业生罗丰禄。1893年在父亲罗君禄逝世后，罗忠忱随堂兄离家去天津求学，考入严复主持的天津北洋水师学堂，专攻航海。

学习刻苦的罗忠忱数学、物理、天文、驾驶诸科门门优秀，然而攀桅杆这门必修课总不能在指定的时间里完成，于是只读了四个月，他带着遗憾离开了学校，随即进入津海关道盛宣怀在天津创办的中西书院学习两年。这期间，罗忠忱因成绩优异，受到院长丁家立赏识。1895年中西书院解散，罗忠忱改入北洋大学机械系就读。1900年，八国联军攻占北京、天津，华北局势混乱，他没毕业就被迫离开天津，回福建完婚。

1902年，当年的中西书院院长丁家立创办广平府中学，想起了这位品学兼优的学生，于是邀请罗忠忱北上任教。一年后，丁家立又聘罗忠忱到他新办的保定高等学堂任教。1905年，丁家立总管北洋官费留美事宜，便把自己的这位得意门生保送留学美国。

1906年至1910年，罗忠忱在美国康奈尔大学土木系学习，本科毕业后又入该校研究生院攻读一年，以优异的成绩获得土木工程师学位，于1911年回国。1912年8月，罗忠忱到唐山铁路学校任教务长兼土木工程教授。此时的唐山铁路学校,负责重要教学课业的都是洋教授,罗忠忱的到来,打破了这一局面。很快,他便以渊博的学识素养、严谨的教学风格、晓畅的授课形式,深受学生们的欢迎。

用英语授课是唐山交大从建校之初就延续下来的传统,聆听过罗忠忱讲课的学子们都对恩师那优美流利、清晰准确的英语留下了深刻的印象,在许多人的回忆中,罗老师讲课的声音总是抑扬顿挫、引人入胜,充满了循循善诱的魅力,让学生们如沐春风,引领他们在看似晦涩艰深的数学、力学、工程学等学科领域奋力求索。

在唐山交大那弦歌不辍的辉煌篇章中,最动人的应该是一代代以"五老四少"为代表的优秀师者。我们可以想象,一百年前,在近代中国刚刚创办不久的高等学府的讲台上,一位身穿笔挺西装、神情严肃俊朗的年轻教授,用准确流畅的英语讲授着与当时西方世界同步的科学知识;讲台下,是一张张认真求学的青年人生动的面庞,他们中,将出现多少中国铁路、桥梁、建筑等领域的开创者,出现多少享誉中外的科学泰斗……

◎青年时期的罗忠忱教授

中国第一代工程力学教授

《中国力学大事年表》:

……

公元1862年,京师同文馆成立。同一时期成立的还有天津西学堂(1895)、京师大学堂(1898)。这些学校先后开设有关力学的课程,讲授者大多为外国人。

公元1903年,清政府规定在小学设理化课;高等学堂分政艺两科,艺科所设课程中有力学、物性、声学、热学、光学、电学和磁学等物理学的内容。

……

公元1912年，罗忠忱回国，一直于唐山铁道学院教授工程力学类课程，最早开创了我国工程力学的教学。

公元1913年，北京大学建立物理学与数学系，开设理论力学课程。

公元1917年，丁西林设计了一种新的测量重力加速度g的可逆摆。

公元1919年，茅以升在美国卡内基——梅隆理工学院获博士学位，学位论文为《桥梁力学二次应力》。

……

北京大学力学与工程科学系（现为北京大学工学院力学与空天技术系）的退休教授、博士生导师武际可在《北京大学力学专业的建立与发展》一文中写道：

"1949年新中国成立前，中国的力学有两个人值得一提。一个是唐山铁道学院（新中国成立后经院校调整，唐山交通大学改称唐山铁道学院。——记者注）的罗忠忱，他长期在唐山铁道学院教授工程力学，并担任过院长，著名的黄万里就出自他的门下。由于他主张厚基础，因此理论力学的不及格率很高，所以唐山铁道学院成为解放以前中国工科最有名的一所学校，这些都与他的执教有关。这是北方的罗忠忱。南方就是上海交大（前身是南洋公学）的校长凌鸿勋。他也长期教授工程力学，同样对交大的基础课程起到了奠基性的作用，也为后来中国铁路建设作出巨大贡献。"

在这些文献中，罗忠忱的名字都赫然列在中国工程力学教学先驱者之中。中国力学，在近代经历了从无到有的发展阶段，武际可认为，西方是先有力学，而后发展、运用到近现代工程学中，在中国则恰恰相反，"力学是工程的孙子"，晚清洋务派大臣们为挽危图强，从西方购买了大量枪炮、机器，却连说明书都看不懂，于是创办同文馆，培养翻译人才，但很快发现培养的翻译因为不懂数学、物理，还是看不懂说明书，只能又开设天文班和算学班，聘请外国人教授，因此中国是先有工程，然后才有力学。

据文献记载，罗忠忱教的两门工程力学课（即现在的理论力学和材料力学），每周各排5或6节（每节50分钟）课，每周最后1节，用于进行测验。对每次测验，他都亲自命题，亲自判阅，据此了解学生程度，以调整下周讲课深度。治学严谨的罗忠忱给学生们留下的另一个突出印象就是，他的课根本不可能轻松过关。就是在艰苦的抗战岁月里，唐山交大被迫不断西迁湖南湘潭、贵州平越及四川璧山丁家坳，罗忠忱依然坚持严谨的教学态度，学生们都明白，"C.C.罗"（罗忠忱名字的英文缩写）的课程，即便考了59分，他也绝不会给添一分的。然而学生们毕业后走上工作岗位，基本上都能很快胜任，并成为技术骨干。

唐山交大校友中流传最广的有一个罗教授徒手画圆的趣事。他徒手在黑板上画出的圆，几乎与用圆规画出的圆毫无二致，令人叹服。这不仅是因为罗忠忱有高超的作图技巧，更体现出他对教学的重视和认真。学生们回忆，恩师在黑板上画图、写字、演算，从来都一丝不苟、清晰、整洁。

抗战胜利后的1946年，唐山交大终于迁回了唐山。此时站在曾经熟悉的讲台上，罗忠忱已经是66岁的老人了，而且由于长年颠沛流离，身体大不如前。但他仍不放弃教学工作，一如既往地讲授工程力学。一堂50分钟的课，他一直身板挺拔地面对学生，从无一丝倦容。

罗忠忱的学生、美国加州大学林同骅教授曾回忆说，罗师"对基本力学的深刻了解为全世界所少有，故在讲授力学问题时能从多方面解析，使学生易于了解，大有力学大师铁摩辛柯之风"。

大师风范永存

在唐山交大的校友中还流传着这样一个"120分"的小故事：交大的考试历来很难，学生们很不容易得高分，但还是有两个学生拿到了120分的高分，一个是茅以升，另一个是李振南。在罗忠忱教授的一次力学小测验中，共6道题，只要答对五题就得满分100分。许多学生甚至连5道考题都没能完成，只有茅以升和李振

◎中年时期的罗忠忱教授

◎ 晚年的罗忠忱教授在住宅前留影

南,不但全部做了,而且全做对了,所以他们双双获得了120分。从对120分的追求中,我们可以看出唐山交大严格得近乎苛刻的教学之风,而这也是"五老"之首罗忠忱的教学精神写照。

120年交大史,罗忠忱为之倾尽心血60载,他的人品修为、治学风范、师者精魂,早已与唐山交大融为一体,成为"竢实扬华"交大精神的最好的诠释。

也许,由于罗忠忱一直投身于教学领域,关于他的史料并没有他的那些著名学生们翔实,他的名字更多的是出现在讲述交大笃实办学的文献之中。他的爱国爱校,敬业尽职,勤学深思,务实求索,都成为烛照近现代中国高等教育史的典范。

翻阅西南交通大学土木工程学院的院史文献时,有这样一段记述打动了记者:"办好学校,保证毕业生质量,其规律也是同办好工厂,保证产品质量一样:首先是新生入学水平合格,即原材料合格;其次是教学质量高,即认真地按规范进行加工制造;再次是考试严格,即只让符合验收标准的产品出厂。对于这一规律,必须全校认识一致,并且得到校外有关人士理解,尊重这一规律,那才能贯彻。"

土木工程专业作为唐山交大支柱学科,汇集了一批大师级的教授,培养了无数卓越的人才,而这其中的奥秘,竟是用如此简朴明了的语言阐释的。文献中论述教学质量高之缘由,每提及一项均"可以举罗忠忱教授为例"。其中写道:就敬业讲,罗忠忱教授"备课认真,每次讲课的提纲都是新写的,从不重复使用。他上课、下课都很准时,从不浪费一分钟。他讲课英语发音清晰准确,抑扬顿挫,引人入胜。他在黑板上画图、写字、演算都一丝不苟,力求整洁……

"就尽职讲,每当有教师缺勤,罗忠忱教授都将代课任务引为己任,在两门力学课之外,他还讲授过基础工程、天文学、河海工程、经济学、图形几何、水力学、构造理论等课。每当时局动荡、对学校前途有重大影响、必须有人带头表态或拿定主意时，他也决不回避。对于人生观正在形成之中的大学生来讲，老教师的这一种敬业、尽职行为自是具有感染力，会对不少学生的一辈子发生良好影响。"

唐山交大历史上为保持高质量和稳定的师资队伍，实行优胜劣汰的原则，要求教师必勤学深思，"以罗忠忱教授为例。他在讲课时能抓住要点，话不重复；而又由浅入深，必先将基本原理解说明白，而后再接着讲应用。他认为：为学要务本，也就是将基本道理反复学习，充分掌握，则毕业后就可按工作需要，通过自学来加深并拓宽自己的知识，就能处理所面临的具体问题。我校不少取得辉煌成就的老校友们，大家都承认这是真理。而罗老之所以能择精语详，使学生学得扎实，实质上正是他多年勤学深思、不断积累、不断改进的结果。可以认为：勤学深思，将道理真正搞清楚，这是学者的本质。聘请学者为教师，发挥其作用，将学生教好，并且将勤学深思的风气传播给学生，使学生们在课程学习中懂得主要凭借自己的努力将各种道理真正搞懂，这是办好学校、培养合格人才的根本，也是一个好学校对国家所应尽的责任。在新中国成立之前，我校能在非常艰苦、非常恶劣的条件下，培养出不少卓有成就的老校友，主要就是靠这一条"。

唐山交大倡导教师教学既要务实（注重实用），又要务本（即基本理论），"以罗忠忱教授为例。他总是在讲清楚基本理论之后，才强调应用。注意计算技巧，要求学生养成良好习惯，记住某些常用的常数。在课堂上演算例题时，他以身示范，用四位对数表当场得出结果，再用另一种方法校核，要两个结果一致方才罢手。重视计算结果的精确，要求三位有效数字完全答对。判分从严。这都是从工程实用出发，在教学上对务本务实兼顾的表现。由于测量（包含平面测量、地形测量、选线、定线、结构施工测量、水文测量）、制图（线路平面及剖面、路基土方、隧道、桥梁及其他结构制图）、计算（工程数量计算、结构分析及截面选择验算）是铁路工程师所经常要做的工作。在教学计划中，对于这些技能的实践就安排了较多的时间。在执行中，老师们也认真指导。我校毕业生之所以深受铁路界欢迎，显然是同这一务实的教学指导原则有关"。

之所以不吝篇幅将这些材料引述，实在是其中包含的高等教育之精神永远值得我们学习，以此为模范。

爱国正气挽学校危亡

罗忠忱曾说，他一生中以在北洋大学读书那几年受时代影响最大，对维新运动和戊戌变法有深刻印象，他的爱国思想即确立于此时。

以罗忠忱为首的交大"五老"，都出生在晚清国家积贫积弱的时代，列强的铁蹄踏开古老中国的大门，他们目睹了国人备受欺凌的现实，希望以科学技术开启民智，富国图强。在他们身上，蕴涵着极其强烈的爱国情操。

罗忠忱当年报考水师学堂，就是梦想着有一天能登上战舰驰骋海疆，抵御外侮。他负笈海外求学，也是为了日后以所学报效国家。尽管以罗氏家族在当时的官场执有的名望和人脉，他完全可以凭洋博士身份谋得俸禄丰厚又轻闲的职位，然而他为人刚直不阿，看到许多官场中的腐败现象，极为厌恶反感，遂决定终生不涉足官场而以教书育人为己任，为国家培养建设人才。这一选择，决定了他把人生中的60年岁月都奉献给了唐山交大。

◎罗忠忱与家人在一起

一生执守三尺讲台，传道、授业、解惑；倭寇入侵之际，便拍案而起，独行万里赴国难，临危受命撑起校园里不倒的国旗。罗忠忱的爱国正气，在民族危亡、学校面临再次解体的抗战艰难时期，展现得尤为壮怀激烈。

1935年华北沦陷，抗日救亡运动兴起，罗忠忱的次子罗孝纯是丰滦中学（唐山市第一中学前身）学生领导人之一，因而被校方开除，要写悔过书方能复课。罗忠忱闻讯气愤至极，直言："抗日何罪之有?!"当即拒绝，并支持其子的爱国行动，帮助他们转学到平津中学。

1942年，三子罗孝师正在唐山交大二年级学习，报名参加空军体检合格。罗忠忱对儿子说："去不去空军应由你自己考虑决定。固然入空军有一定生命危险，但国民有保卫国家的义务，如果体检合格者都不去从军，国家由谁来保卫。"罗孝师在父亲的支持下毅然投入中国空军。

1937年"七七"卢沟桥事变后，抗日战争全面爆发，华北之大再容不下一张安静的书桌。唐山交大与北大、清华、南开等高等学府一样，抱着为保存中华民族教育精华免遭毁灭、为国家抗战培养人才的信念，举校内迁。当时正值学校暑假，学生大多回家探亲，事变骤起，校长病重，无人主政，危急时刻，在众多师生和校友的努力联络和接济下，分散的交大学生逐渐向上海、武昌、南昌、湘潭等地集中，最终决定迁校到湘潭。12月15日，唐山交大的师生们在经历了5个多月的艰难跋涉后，在湖南湘潭临时校址举行开学典礼，后迁址湘乡杨家滩。湘水之畔响起交大激昂的校歌。

事变之初，罗忠忱因母亲年迈体弱，暂时没能与学校一同南迁，当得知学校已在湘潭复课的消息，立即泣别老母和妻儿，只身一人，由天津乘船到香港，再经越南至昆明，历经艰险，于1938年5月到达学校当时所在地湘乡杨家滩。此后直到1946年学校迁回唐山，他与家人一直分居两地，老母则于1940年病逝于唐山。

1944年12月，日军侵入黔南，学校在贵州平越（今福泉）已无法上课。罗忠忱时任校长，不得已决定学

◎抗战时期唐山交大南迁，辗转来到贵州省平越复课，罗忠忱临危接过校长一职，在顾宜孙等人的大力支持下，带领师生渡过交大历史上最艰难的一段岁月。图为唐山交大平越校舍旧址

校解散，师生自行到重庆集中。他主持学校搬迁工作，坚持到最后才离开平越。当时已无汽车可乘，只能坐滑竿经瓮安到遵义，沿途很不安全，他到达重庆时衣物几乎全部丢失，然而学校宝贵的教学仪器设备尽数保全。

刚到重庆，罗忠忱就加紧筹备复校事宜，诸多繁项，事必躬亲。终于学校于1945年2月在四川璧山丁家坳复课，他在校事一切就绪之后，即辞去校长职务继续专心从事教学。抗战胜利后学校迁回唐山，他整理自己的藏书，将图书100余册赠送给学校图书馆。

罗忠忱爱校如家，为人耿直，在交大教师中享有很高的威望，受到教师们的拥戴。凡有大事要请愿交涉，领衔者非罗忠忱莫属。在战乱年代，交通大学总校校长几次想让唐山交大合并上课，两校统一招生，并减少唐山交大招生人数。唐山交大教师在罗忠忱的带领下，数次向总校及国民政府铁道部据理力争，为学校保留了独立招生，自行命题、阅卷的权利。

罗忠忱对教育事业的忠诚，为他赢得了很高的声誉。20世纪30年代，国民政府教育部和铁道部多次褒奖他，1932年，向他颁发了久任教授奖状，1940年又颁发一等奖状。1943年特赠奖金2万元，以表彰他在极其困难的情况下，坚持办学，为国家培养急需人才。

长怀遗范悼思深

罗忠忱的外孙女林霞女士自幼生活在他的身边。在她的记忆里，外公的生活十分俭朴，平日总是穿一身白色的中式裤褂，外出时套一件中式长衫，脚上穿着女儿亲手为他做的布鞋，经常与李斐英、伍镜湖两位先生小聚，三位老人相对而坐，谈笑人生；吃的也极其简单，一日三餐多是稀饭和米饭，很少鱼肉。然而外公却把省下的钱用于资助品学兼优的学生留学或升学，退休时他又将所有珍藏的图书与资料，无偿捐赠给了学校图书馆。他把自己的一切都奉献给了唐山交大，只为他挚爱的教育事业。

1932年是罗忠忱连续任教20年，唐山交大的校友们发起募捐，以他的字"建侯"为名，设立"建侯奖学基金"，奖励各年度应用力学及材料力学两门课程成绩优异的学生，直到1943年后因物价飞涨、货币贬值才中止颁发。罗忠忱去世后，他的4位子女捐资3万元，和其他校友一起重设"建侯力学奖学金"，每年评奖一次。

罗忠忱为后人树立了一个严师的楷模。有不少学生在学习力学课时认为他要求太严，考试成绩不及格的太多，有畏惧心理，甚至有埋怨情绪，但毕业后工作中则无不感到自己深受教益，因而对他非常感激。他对学生的品德教育也很重视，常在校内集会上恳切地教诲同学要多作奉献，少想索取。唐山交大能在建校仅20余年，即被美国康奈尔大学宣布承认唐山交大毕业生学历，凡唐校毕业生到此攻读研究生学位者一律免试注册，这其中不仅包含着对唐山交大学生素质的认可，更是对以罗忠忱为代表的交大教师勤奋教学的肯定。

◎20世纪50年代初的罗忠忱教授

茅以升曾多次深情地说过："如果说对我有重大影响的好老师，不是别人，正是罗忠忱教授。"1911年至1916年，茅以升在唐山交大就读，在恩师罗忠忱的严格教育下学业有成，进入美国康奈尔大学研究生院学习，在参加研究生考试时成绩特优，为表彰唐山交大培养出如此优秀学生，这才有了此前提到康奈尔大学的免试决定。1920年茅以升获得博士学位，罗忠忱便去信敦促他回国来母校任教。师生的情谊由此亦长达60年，传为中国教育界的一段佳话。

1980年，西南交通大学为罗忠忱举行了隆重的追悼会。茅以升亲拟挽联："从学为严师，相知如契友，犹记隔海传书，力促归舟虚左待；无意求闻达，有功在树人，此日高山仰止，长怀遗范悼思深。"对恩师的殷殷怀念之情溢于字间。

罗忠忱对自家的子侄后辈也悉心教诲，家族中先后有14人就读唐山交大，有不少日后成为杰出的工程技术人才。他的长子罗孝祏，1937年从唐山交通大学毕业后，一直从事铁路、桥梁建设，曾参与修建大庆油田的铁路。三子罗孝师抗战后由空军转业至香港建设部门工作，为英国特许工程师、英国结构工程师学会会员、美国土木工程学会会员、美国工程技术学会会员、香港工程师学会会员、香港注册结构工程师。1976年唐山大地震后，他多次由香港回唐山探亲，曾指导过唐山震后的重建。女婿林一麟，1948年毕业于唐山交通大学，是中国煤炭研究院高级工程师，享受国务院特殊津贴，为我国第一个全水力采煤矿井建设功臣；女婿郭日修，1946年毕业于唐山交通大学，为海军工程学院博士生导师，享受国务院特殊津贴，为我国舰船结构力学学科创建人。孙辈中也出了不少优秀人才。

在今天的西南交通大学犀浦校区，在一片清幽的芳草地上，罗忠忱的铜像安然矗立。2006年5月14日，西南交通大学举行建校110周年校庆，特意在犀浦校区为他立纪念铜像。铜像基础设计为亦平亦斜的金字塔状，倾斜平面代表讲台之意，罗忠忱目光炯炯，注视前方，仿佛在督促着从此经过的年轻学子，勤奋求学，成才报国。在铜像立柱背面，镌刻着黄万里为恩师撰写的《先师罗公建侯讳忠忱廿年祭》祭文。而让人感动的是，在罗忠忱铜像后不远处，树立着他的学生黄万里的铜像。一届师生，两代情谊，传授的何止是知识，是学问，更是思想，是精神。

师者远行，师魂不灭，那是唐山交大校友心中永远明亮的灯盏。

（王蓉辉）

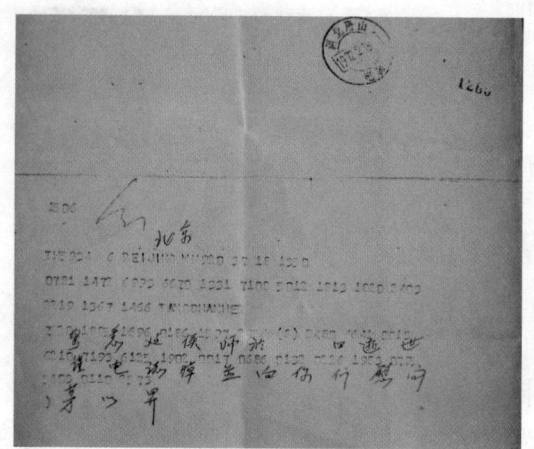

◎ 1972年2月18日，茅以升惊闻恩师罗忠忱去世的消息，从北京发来唁电

伍镜湖：六十年俯躯为路桥

在今天位于成都的西南交通大学九里校区，有一处最为知名的盛景，那是一面湖水，平静如许，微风不澜，清朗无尘，名曰镜湖。它宁静的名字来自于校史上一位铁道工程专家、教育家、铁道工程教育的先驱——伍镜湖。

镜湖如鉴，映照着成都平原上空如洗的蓝天，映照着千里之外的唐山故园，映照着伍镜湖先生播撒桃李的一生和他一颗炽热的拳拳爱国之心。

◎伍镜湖

少年心事当拿云

伍镜湖的家乡广东台山是知名甚广的侨乡，虽然不是时光悠远的名城，但是山水清长，人杰地灵，开化之风徐徐吹拂着这里。

伍镜湖出生于1884年，中法战争的那一年，国家的颓亡已经露出端倪。这样的时代对于心智已有启迪的人群是触目惊心的。十数年后，伍镜湖学有所成，其一生都在为他的理想、他的国家倾洒热情、才华和心力。彼时，那个时代已经为他的一生设下伏笔。

1897年，伍镜湖和哥哥登上了由家乡开向大洋彼岸的"猪猡"船，去与已在美国的父亲一起生活。13岁的小小少年，带着浓郁的乡音，在茫茫无际的洋面上，如一朵小小浪花，漂向遥远未知的国度，不知何时再归故土。

历尽艰辛到了美国，伍镜湖终于得以与家人团聚，但是生活的拮据使他只能半工半读延续求学之路。那时候他白天上课，晚上就到餐厅洗碗或者做各种杂活，以此来挣学费。从美国麻省西林市立小学升入西林市立中学，1908年伍镜湖中学毕业后，得到族亲的资助，才得以报考大学。当年他顺利考入美国纽约州伦塞勒工科大学，读大学时他仍利用假期打工，并在德拉瓦汉河铁路公司实习。

伍镜湖的长孙伍尚濂在追忆祖父时，曾述及这段早年在美经历对老人的影响。"祖父生活起居十分有规律，我眼见他老人家晚年生活还可以自理，晚间睡前洗脚后总是自己用洗脚水盥洗袜子，平时衣着整洁，在老照片上见到的是一身洋装笔挺的形象，这和他早年在美国半工半读，到华人开的洗衣店打工有关。"

"祖父的母校伦塞勒工科大学，英文名'Rensselaer Polytechnic Institute'，在纽约州东部

◎20世纪40年代伍镜湖教授拄杖在校园内的留影

美丽的山城Troy（特洛伊市），是一个在美国排名不靠前也不落后的工科学院，以培养实用科技人才著称。进入新世纪它的毕业生到社会上工作后的薪俸可是第一流的。据称该校的校旗RPI标志是唯一由美国登月飞船带上月球的高校旗帜。祖父有幸毕业于该校，将现代欧美工科高等教育的理念带回祖国，为唐山交大贡献毕生，是他在老唐院校友中广受赞誉的根本原因。"

1912年夏，伍镜湖大学毕业，获得土木工程师学位。毕业后他就到德拉瓦汉河铁路公司工作。那一年他已经是28岁的青年人，在异国被歧视，被轻慢，被排斥，他已经历得太多太多。此时中国已经开始兴建铁路，正缺乏工程人才，在民族自尊心与建路兴国初衷的促使下，伍镜湖决定离美回国。

这一决定朴素而坚定，伍镜湖没有片刻犹疑。1913年夏，他应友人黄振函邀回国（黄时任汉粤川铁路会办，是詹天佑先生的女婿）。阔别祖国16年，重新踏上家乡坚实的土地，中国的时代巨轮已经从皇权时代驶入民主共和，伍镜湖的内心与少年时的愁苦已经全然不同，此次他凭借热情和憧憬投身祖国的怀抱，要用自己所学所知让这个古老国度焕发新颜。

最初，伍镜湖被分配到川汉铁路汉口宜昌段任助理工程师。1914

年欧战爆发,汉宜段因借用德国贷款,继续借贷无望,决定就款计工,先修汉口皂市一段。于是,伍镜湖又经邝孙谋介绍转入京绥铁路任工务员。京绥铁路当时正由大同向西展筑,但因袁世凯阴谋复辟帝制,挪用大批铁路经费,京绥铁路工程因资金支绌而近于停顿。时势变故频仍,伍镜湖满腔的报国深情难免掺杂一丝怅然。这时伍镜湖在北京巧遇在美国时的友人、唐山工业专门学校校长赵士北。赵邀他到学校任教,伍镜湖马上辞职离开铁路。

1915年暑假后,伍镜湖来到了唐山交大。这个曾漂泊海外的南国学子如一颗渴求阳光与水源的种子,最终落向了北国,落向了他理想实现的终点,与唐山结缘,与唐山交大结缘。

此后的几十年,伍镜湖在唐山这片沃土生根,发芽,成长为一棵绿荫如盖的大树。

铁路工程教育先驱

从1915年到1955年退归田园,40年光阴流转。伍镜湖一直在铁路工程教学实践研究的阶梯上攀登。

伍镜湖到唐山交大后,先后教授过道路工程和工程图画、平面测量、测地学、天文学等课程,并带领暑期测量实习和水文测量实习、铁路测量和野外测量实习。1921年,讲授铁路类课程的英籍教授Mcleod离校回国,铁路类课程改由伍镜湖教授担任,用英语授课,包括第三学年的铁路测量及绘图、铁路工程、铁路经济,以及第四学年的铁路工程、铁路管理等课程,并指导毕业设计。在唐山交大,伍镜湖是第一代用英文授课的华人教授之一,他也是讲授铁路工程专业课的第一任中国教授,直到1949年新中国成立。

1925年孙鸿哲任校长时,主持修订了唐山交通大学的课程体系。在土木工程内分设四个专门,即铁道工程、构造工程、水利工程和市政工程,其要旨是将专业课程门类加多、内容加深。伍镜湖负责铁路工程专门的教学,而他需要开设的专业课程有:高等铁路工程、隧道及号志工程、高等铁路计算、铁路行政及管理、铁路工程计划。以一人之力承担如此繁多的课程教学任务,没有渊博的专业知识和巨大的教学热情是难以胜任的。在老校友们的眼中,伍镜湖一直是铁道工程

◎1950年唐院教授合影。前排右四为伍镜湖

专业的台柱教授。

唐山交大自1910年起采用四年学制，学生毕业前应完成毕业论文一篇，西南交大图书馆现存1922至1948年毕业论文200余份，其中由伍镜湖指导的有数十份之多，其中绝大部分是结合实际的工程设计（含勘测）。从中可以看到，伍镜湖选题的指导思想是让学生按照实际工程的要求进行一次全面的锻炼，并能综合运用所学知识。他这种结合工程实际、培养学生解决实际问题能力的选题思路，对学生的成才很有指导意义。

在长期的教学实践中，伍镜湖非常重视吸收先进技术，善于把国外杂志上刊载的新技术、新理论，融合于课程讲授中，并编写讲义对教材进行补充和订正。他不仅重视学生对理论和公式的理解，并且强调基本概念的运用和根据具体情况作具体分析的判断能力。他擅长指导学生在野外的测量实习，让学生获得解决实际问题的能力。他认为测（量）、绘（图）、算（计算）是工程技术人员的基本功，在教学中非常重视这方面的严格培养和锻炼。当年唐山交大的毕业生一出校门就能承担实际工作，并且很快做出成绩，走在许多学校毕业生的前头，和他这种重视实际、严谨治学的教风密不可分。

伍镜湖常说：学生的成就，就是对教师的最高奖赏。

自1915年至1952年，伍镜湖任教期间，唐山交大土木系毕业生后来当选为中国科学院院士的茅以升、汪菊潜、方俊、林同炎、周惠久、张维、严恺、刘恢先、林秉南，获得中国工程院院士的张维、严恺、佘畯南、谭靖夷等人，均是伍镜湖的学生，受到过他的教诲。他们对中国铁路建设的卓越贡献，为国家发展作出的辉煌成就，体现了伍镜湖教书育人的辛勤劳动，也实现了他教育救国的最初心愿。

弦歌不断治学勤谨

伍镜湖在唐山的教学工作有条不紊地进行着，交大校园的东西讲堂、明诚堂前，无数次走过这位身材不高、胖胖的戴着眼镜的教授忙碌的身影。

然而,日本侵华战争的爆发打破了校园的宁静。1933年春,日本侵略军侵入冀东,4月22日学校被迫南迁上海,之后学校又被迫迁至湖南湘潭、湘乡杨家滩;1938年11月武汉失守,日本侵略军南犯湖南,学校再次被迫迁徙。1939年2月,学校在贵州平越(今福泉市)复课,伍镜湖兼任教务主任,他肩上的担子又重了几分。在平越的时光,学校在秀丽的藜峨山下,清澈的犀牛滩畔,艰苦办学,弦歌再续。

1944年冬,日本侵略军攻占贵州独山,黔东告急,学校又被迫迁至四川璧山丁家坳,1945年2月15日正式复课。8月15日,日本宣布无条件投降。1946年3月,教务主任伍镜湖义不容辞地赶赴唐山办理校园的接收工作,4月初教育部训令,唐、平两院恢复建制,迁回原址;8月下旬四川复员师生回到唐山,于11月初复课,校名称为国立唐山工学院。

抗战胜利的喜讯,曾让伍镜湖狂醉一场。他的长孙谈起这一段往事仍是字字敲击心灵,迫人落泪。"听我父亲(唐院43级土木系校友)说起,祖父能喝酒,有海量且不易醉。但有一次,他醉了。那是八年抗战胜利的夏秋之交,我出生的1945年的四川璧山县丁家坳满月酒席宴上,可想祖父的心情是高兴的,当时的气氛是热烈的,不免会多喝几杯。醉成啥样不得而知……"

重归被战火洗礼过的校园,重归唐山这个第二故乡,伍镜湖在此后两年仍担任全部铁路类课程教师,指导毕业论文,并兼任教务主任;因院长顾宜孙教授几次请病假去上海就医,他还曾短期代理院长职务。拂去旧尘,重整书案,一切都要接续,而一切也都要重始,伍镜湖更加忙碌了,但那份与校园凝结一体的热情、那份诲人不倦的激情依旧未改。尤其在1949年新中国成立后,伍镜湖已经65岁高龄,但他仍未离开讲台,直至1952年改任研究教授,1955年退休。

伍镜湖毕生从事铁路工程高等教育,开拓并充实了铁道工程学科的教学内容,奠定了这门学科的发展基础。对中国铁路工程高等教育的兴盛以及唐山交大的续存做作出了重要贡献。

伍镜湖教育报国的初衷从未放弃,即使跟随学校颠沛流离也未曾

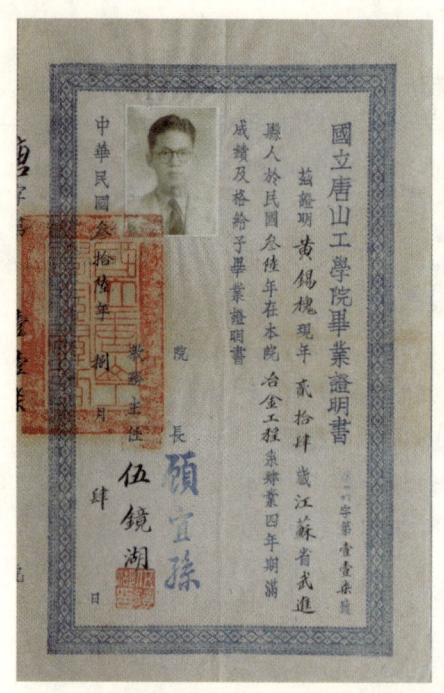

◎1947年8月时任国立唐山工程学院教务长的伍镜湖为冶金工程系学生黄锡槐签署的毕业证书

申恩/提供

动摇。他被誉为唐山交大"五老"之一,这五位教授治学严谨、为人师表,他们既有使人敬佩的学术造诣,又有崇高的人格魅力,是唐山交大教师团队中的五位杰出代表人物,记有罗忠忱、顾宜孙、伍镜湖、黄寿恒及李斐英。

在学生眼中,伍镜湖教授是出名的严师,教学上他严肃认真,恪尽职守的敬业精神,有口皆碑。

在伍镜湖的考试中作弊是绝对不能宽容的,上午发现下午就会出布告开除。为了防止学生考试时在厕所内传递信息,学生上厕所他总是陪同前往。

伍镜湖带领测量实习,无论在北京西山还是八达岭,他都跋山涉水奔走于各测量小组检查。在实习现场,伍镜湖能迅速看出学生操作中不足之处及应注意的要点,并选择适当的时机进行教导。这种严格要求、负责认真的教风,老而弥坚,直到退休前年届古稀时,仍和壮年一样。

伍镜湖对学校的规章制度坚决执行,决不通融,考试判分相当严格。1933年春,学校被迫南迁上海时,1933届毕业班学生都在上海通过考试后毕业离校。唯独江大源同学前一年在水文测量实习中,因患病就医未能参加全过程,缺少此项成绩。江虽在上海通过了所有课程的考试,但伍镜湖仍要求江随下一班同学于暑假去塘沽补作此项实习。直到看到江操作情况,他亲自检查给予通过后,才补给成绩并签字通知注册组,发给江毕业证书,至此江大源才算正式毕业。

1937年学校南迁湘潭时,部分进步同学奔赴敌后参加了抗日。1938年7月土木系二位学生返校,学校因他们系参加抗日活动,准予自修补课参加毕业考试。考试结果,除伍镜湖教授的号志学只有36分外,其他各科均及格。根据学校规定考试成绩不足40分者,需要补修不得补考,伍镜湖坚持此项校规,于是这两位同学直到1939年在贵州平越补学号志学后,才毕业离校。

1951年端午节,伍镜湖带领土木系1952届学生在野外进行测量实习,他的学生马誉美、熊大道和其他一些老师特设宴恭贺恩师67

岁寿辰，伍镜湖坚决不去赴宴，一定要亲自带完实习。

唐山交大多年来逐步形成的严格校风，伍镜湖身体力行，以自己的坚韧和执著树立了良好榜样。"严谨治学，严格要求"的优良传统已在交大学子心中生根，虽然无痕无迹，无从触摸，但其结出的果实已散落在祖国大地的一架架大桥、一条条长路上。

桃李春风温情长者

翻看回忆伍镜湖的文章，许多内容都描述了同一主题——师生情谊。那一段段温情的文字仿佛穿越时间，依旧携带着当时的温度。

在学校漂泊南迁的经历中，有几许片段让87岁高龄的郝瀛教授（西南交大土木学院）仍感怀不已。他回忆道："学校自湖南杨家滩西迁桂林时，途中遭到日机轰炸，仪器、图书档案损失殆尽，80多名学生的行李衣物也全被炸毁。12月到达柳州后，寒凝大地，看着没有衣物的同学们无以过冬，伍教授心里非常难过，当即向学校表明预支个人薪水给同学们添置衣被，那种师生情谊让人动容。"

"还有一次，镜湖教授教我们在（贵州）平越上课的时候，由于是西南，天色很早就黑了，下午有考试，考到最后，学生都看不见了。伍教授就亲自用自己的薪水买蜡烛给同学考试照明。"郝教授讲述起数十年前的恩师往事，仿佛如昨。

1939年6月21日是旧历端午节，正是伍镜湖的55岁寿辰。在平越偏僻的山区，土木系同学为了表示对恩师的崇敬之情，特开会祝贺。毕业班的戴根法、朱定一等想向恩师送副对联，拟出上联是："五月五日端午节伍教授五十五岁大庆"，下联虽未对上，却表现出患难与共、亲密无间的师生情谊。

"五四"运动前后，学生许元启、朱泰信等组创"人社"，编辑并发行刊物《科学的唐山》，每册定价很低，不敷成本，经费大部分需要自己解决。许、朱曾请伍镜湖担保向银行借款，他慨然应允。1944年春，学生欢迎曾在唐山交大任教的美籍教授伊顿，要书写欢迎标语，当时英语相当好的学生颇不乏人，但对英文标语的写法却无把握，最后还是向伍教授请教才解决了问题。

这些点点滴滴，无一不折射着师生间那份真挚的爱和信赖。

罗忠忱和伍镜湖都是唐山交大的"五老"之一，老校友习惯上将这两位教授并称为"罗伍"。这是因为二老都是唐山交大第一代用英文授课的华人教授。

罗忠忱在1912年先于伍镜湖到校。"罗伍"二老从到校之日起就以校为家，历经了20世纪几十年唐山交大的辗转办学和筚路蓝缕。新中国建立后，二老及其家眷分别搬入国家为高校教授新盖的别墅式住房——唐院西新五舍乙、丙，互为邻居，直到他们20世纪70年代初在儿女伺奉下于90多岁高龄先后去世。

伍镜湖那时常常到罗忠忱家做客。罗家有两把藤椅，一把高靠背，一把低靠背，因为伍镜湖个矮又胖，总是坐在那个低靠背藤椅上，而那把高靠背的则是另一位高个儿老师李斐英的专座。多少年来两人从未坐错过。这一温暖画面一定会留在许多交大老校友的脑海中。

伍镜湖退休后，在西新五舍前的空地上亲自种植了玉米和一些花卉，晚饭后常常在西操场散步。他生活得一向非常简朴，常常是一身中山装。最贵重的东西是一直陪伴他大半生的一支钢笔和一块怀表，那支派克笔是他在美国留学时买的，一直用到他去世。

六十年初衷犹记

1913年，伍镜湖怀着民族自尊心，准备报效祖国而离美回国。

1915年，他抱着教育救国的初衷，投身铁路教育事业。

1939年，他给毕业班同学们讲过一段话："中国需要很多Specialists（专家），你们要有志气，离校后争取早日成为专家，为国效力。遇到重大技术问题时，专家应坚持自己的意见，不轻易让步。须知不坚持正确意见往往导致工程蒙受重大损失，在岗位的专家都有责任。你们要记着：自己既然在位，就有责任不使工程蒙受损失，要坚持正确的意见。无法坚持正确意见时，宁可辞职，这才是真正负责的态度。"字字言犹在耳，他告诫学生的话，同样是自我的心声，爱国爱路，敬业育人，一生不离不弃。

1980年，西南交通大学在四川峨眉为伍镜湖教授举行追悼会，时已84岁高龄的前校长茅以升献给伍教授的挽联是：

六十年以校为家、安危不移,一生律己严、课业勤、治学谨;

三千里经湘历桂、风雨共渡,长忆梅林秀、漓江碧、黔山青。

这是对伍镜湖爱国爱校、毕生献身教育事业的道德风范和随校长途迁徙,在湘潭、桂林、平越与学校风雨同舟坎坷经历的极好写照。

先生虽已走远,但深嵌在西南交大九里校区的那一泓碧水,依然深邃悠长,无止无息。

(张　薇)

原载2015年10月22日《唐山劳动日报》

◎西南交大将九里校区内的一个小湖命名为"镜湖"

李斐英：三尺讲台长相守

查找他的资料，在唐山交通大学校史上，他的名字出现在1916年以后的日子里。

李斐英，是交大"五老"之一。他与唐山交大共同经历着自民国以来的所有遭际，北洋时期、华北事变、抗日战争、国内战争，直至新中国成立。一个人，一所学校，他用坚定、毫不犹疑的跟随，与这所学校紧紧联系在一起，经纬相交，不可分割。

这也许就是李斐英的一生所系。描摹一个人的一生，应是一篇精准的传记，用贴切中肯的文字才能真实描述他的经历、性情和气息，然而李斐英的资料并不繁多丰厚。他以模糊淡黄的身影徐徐地从不多的史料中走出，从南方走至唐山——中国北方这个近代工业文明的起源地。

◎李斐英

1888年8月，李斐英出生于福建福州。这里人文繁盛，经济丰饶，三坊七巷中的文采风度，三山一水的锦绣风景，浸染着近现代中国的历史进程，林则徐、林觉民、林徽因、冰心、侯德榜，长长的名单上都是他的家乡人。父亲李长水是在福建传教的卫理公会牧师，卫理公会在福建传播极盛，教会主张圣洁生活和改善社会。

在这一环境中成长起来的李斐英，一定是文雅好学的青年。多年之后，在师生们回忆中，他总是斯文有礼的谦谦君子。

李斐英幼时读过5年私塾，1902年改入福建莆田哲理中学。在得到机会去美国留学后，于1907年去美国入纽约州洛齐斯特中学。1910年他转学入纽约州叙拉鸠斯大学的教育学院，1912年毕业，得文学士学位。1912年秋李斐英回到福州，在基督教青年会任教育干事，负责福州青年中学的教务工作，并教授英语课。

已经24岁的李斐英此时还与遥远的唐山没有半点关系，他可能此前也从未到过这个北方城市。

但是命运是无法解释的。

1916年唐山交通大学要聘请英语教师，学校教授罗忠忱是福州人，与李斐英早年就相识，年长李斐英8岁的罗将此信息告诉了他。李斐英慎重考虑后辞去福州之职，来到唐山任教。此后唐山交大，多次更名，他一直留校教授英语，长达30余年，在当时这是极不多见的。民国的纷乱世事，让许多人身如飘萍，但是李斐英却坚定安心地在一所大学里托付了一生的光阴。

◎清朝末年的福州城。李斐英就出生在这里

交大讲台上的飞扬时光

在英语课上的李斐英别有一番风格，介绍他的资料中详尽地讲述了他的严刻和细致。

当时交大大学一年级每周有英语课5节或4节，在课堂上一切讲解问答均用英语。这对于学生的要求已经颇高了，而李斐英的判分又相当严格，经常有不少学生考不及格，要通过补考才能过关，所以大一学生很重视英语课。

李斐英选用 *English and Engineering* 一书为教材，该书虽曾影印，但很难在书店中买到，一般是由上一年级老生转让给下一年级的新同学。如学校许多趣味盎然的传统，有些老生在转让此书时还附赠"老宝"，包括课堂上可能问的生词如何用英语解释，某些可能提问的问题之解答、若干篇课文摘要等，它们常能帮助新生取得较好的成绩。

上课时李斐英经常按学号顺序点名，要求学生朗读一段课文，而后他纠正学生发音中的错误，再问某些单词或词组的含义，学生必须用英语解释。有时李斐英还提问与该段课文有关的问题，或补充讲解些比较深入的问题。他还要求学生每学期交上几篇课文摘要，作为英语课的作业。而他并不详细批改这些作业，而是通过课堂问答中的表现，比较深入地考察各生的英语水平并记下他们的平时成绩。期末考试李斐英出的试题分量相当重，并与几篇课文摘要中涉及的主要问题关系密切，学生一般都结合自己写课文摘要时的收获和体会来答卷，这样才能在有限的时间内交出合格的答卷来。

当时大多数学生都花费相当多的时间和精力写课文摘要。通过这番努力，他们程度不同地提高了自己的英语水平，事实上，也为期末考试的答卷预作准备。

1936年前后，李斐英发现学生们英文程度普遍不错，但常有拼写方面的错误，便要求同学们在课外阅读英文报纸，每星期有一次在英语课中要求同学用10分钟左右写一段英语新闻或杂感交上来，并声明必须注意拼写，每拼错一个字，作业便扣20分，这措施很奏效，学生在拼写方面的进步十分显著。

当年交大学生的英语水平与国内其他高等学校相比较并不算差，但大多数都要刻苦地学英语，付出很多精力，才能在李斐英手下拿到六七十分，成绩超过八十分者屈指可数，而相当努力仍不及格者则每学期都有不少。经过假期中加倍努力之后，他们大多数能补考及格。

1944届的校友倪志锵英语水平较高，曾代表学校参加1941年夏教育部组织的各大学优秀学生竞试，并获英语第一名。在他记忆中，李斐英上课时提问多而讲解少，态度文雅，能利用各种机会针对学生的需要进行教导，李对倪的教导主要在英语修辞技巧方面，倪自觉跟李学英语一年后，在英语写作方面水平显著提高。

态度文雅、教学严格的李斐英教授就是这样，用自己的方式教授着学生们，也许他的严苛让还热爱玩耍的青年们苦不堪言，也许他繁重的课业让偶一偷懒的学生气恼不已，但是最终他们离开校园时都拥有了学识和毅力，以及对李教授终生的感念。

战乱中的不屈坚守

1937年暑假，李斐英和往年一样去上海度假。

但是，中国的历史在这个溽热的季节发生急转。抗日战争爆发了，唐山的美丽校园沦陷了。

李斐英在黄浦江畔为学校的前路未卜而焦虑着。当时在上海的交大老师还有顾宜孙、许元启，他们三人一同去上海交大找黎照寰校长商谈，并与校友们通信，探讨在内地复课的各种可能。经过一番曲折，学校终于在不懈努力和校友的热情支持下于12月在湖南湘潭临时复课，至1938年1月获得教育部允准，从此学校经费有了着落。

　　李斐英得知此讯后，立即启程赴湖南湘潭。这个平时稳行谨慎的人，此刻全力奔赴那方三尺讲台，坚定无疑，就如一名战士奔赴沙场。

　　但是，战事危急的速度超越人们的想象，1938年11月战火蔓延至武汉，长沙又燃起大火，书桌还没有来得及安宁地摆放下，学校不得不再次迁移。国家虽大，但是半壁江山已经残破。交大的师生难定迁往何处，只能决定学生大队立即步行离开杨家滩，先到广西桂林集中，再确定新校址。一路上，李斐英和罗忠忱结伴同行，战乱中的艰辛可以想象，但是今天的我们却无从体会。学校于1939年2月下旬在贵州平越复课。此后，抗战进入相持阶段，学校也在平越坚持了近六年。

　　1940年8月，唐院为协助地方的教育发展，在平越开办中山中学班，该班班主任请李斐英兼任。1942年学校改名为贵州省立平越高级中学，校长仍请李斐英兼任。李斐英对这所高中的教学行政工作认真负责，经常去办公或开会。那几年晚间，师生们常见李斐英手提着灯笼，在石路上往来于各自修教室之间，检查督促学生的晚自习。学校1944年冬离开平越前，该高中有两个年级毕业，不少毕业生考入交大或其他高等学校，并且表现优良。

　　在平越山坳中的时光，物资匮乏，山河破碎，但是这五年，李斐

◎抗战时期国立交通大学唐山工程学院南迁贵州平越，帮助当地办学，兼办平越中山中学班，李斐英兼任班主任。1942年学校改名为贵州省立平越高级中学，校长则仍请李斐英兼任。现改名为贵州福泉中学

英没有气馁和丧失意志，心中更为坚定和坚强，自己的教学工作也更为明晰和努力。未来虽然遥不可及，但是抗战胜利的期盼却在师生梦境中每晚实现，他们要在这屋檐残破的教室中，为建设国家美好的未来积聚力量，汇集光和热。事实上，在平越，唐院培养塑造了大批国家的栋梁之才。

1944年冬，广西独山沦陷，平越的气氛再次紧张起来，学校决定就地解散，师生各自设法去重庆集中，而校方只能在托运行李方面提供帮助。由于贵州境内交通情况混乱，学校能否在重庆复课完全未知，然而李斐英和多数教师坚决不离开学校这个集体。他们再一次穿山越岭，历尽艰辛到达重庆。在众多校友帮助下，学校克服种种困难，在四川璧山丁家坳复课。

再次经历离乱，李斐英重归讲台，他笃定地，仍旧和过去一样认真负责地教英语课。

1945年，日本投降后，学校在丁家坳上课到1946年5月为止，当时学年已经结束，师生们开始为回唐做各种准备。

抗战胜利的喜悦强烈地冲击着每一个人，增强了中国人的自信心和自豪感。李斐英也一定"漫卷诗书喜欲狂"，虽然不会"白日放歌须纵酒"，但是必然"青春作伴好还乡"。他先回上海与久违的家人团聚，再于1946年返校上课。

1948年，解放战争时期，唐山交大大部分师生南下上海，李斐英仍旧准时到校上课。窗外的战火完全不能扰乱他如常的课堂提问、作业批改，甚或一个单词发音谬误的纠正。

新中国成立后，李斐英认真负责地教了3个班级的英语课，并编写了英文文法讲义。1952年秋后李斐英改任研究教授。他还想做些有益的工作，遂着手编写大学英文读本，也曾通过黄棠找北京外文出版单位联系，希望有机会参加中译英的工作，惜均未能如愿。那时他已经66岁，临近生命的尽头，但是他仍旧迸发出奉献自我的火花，这璀璨的火花，为平生素养，为三尺讲台，为莘莘学子，为学校发展而跳动闪耀。

深镌认真的一生

李斐英一生的经历能查找到的资料并不充足，还有一些细节要补充在这里。

　　1919年1月唐院正式成立了校友会，为筹备出版校友会的杂志，组成了杂志社，当时的计划是每年6月出一期杂志，其内容主要是科学及工程技术的新知识以及校友和校内的新闻；杂志分中文、英文两部分，分量大致相等。李斐英被选为校友会杂志社的英文主任，这本杂志因各种原因只发行了一期。唐院图书馆中目前存有这一期杂志。翻阅这本弥足珍贵的期刊，中英文部分各近100页，内容充实而全面。中文部分有科学及工程论文数篇，还有关于改良文字的讨论、对中国道路不修原因的探讨等；英文部分中有铁路曲线中过渡曲线公式之推导等科技论文，学生演出话剧、运动会、足球队等新闻。撰稿人大多数是在校的本科生，也有在美国留学的茅以升、黄寿恒、侯家源等校友。当年风华正茂的学子们在泛黄的纸页上仍旧充满蓬勃的活力。

　　这些内容多样的稿件，显然都需要李斐英在用字、修辞方面进行编辑加工，工作量很大。同时英文部分内刊载有李斐英的稿件三篇，为这仅有的期刊，他的认真与负责可见一斑。

　　在教授和学生们眼中，李斐英喜爱安静，不太喜欢郊游，闲暇时常持手杖散步，不疾不徐，怡然自得。路上行人稀少时，他往往将手杖横置脑后，或将手杖扛在肩上，相当随便。但人多时他则拘谨地收起手杖，还有他刚刚放松的神情。

　　李斐英与妻子苏承姜感情深厚，家庭生活融洽。他们在上海有房产，也有亲戚，所以每年暑假他往往由唐山去上海度假。

　　李斐英身体一向很好，很少生病。唯有血压较高，他自知血压有问题，经常注意养生，生活相当规律，饮食也很小心，并注意避免情绪激动。1954年，李斐英突患脑出血，逝世于唐山校内他居住多年的老宅中，享年67岁。

　　定义李斐英，似乎两个字最为凸显：认真。是的，认真，他的旧派学者的风范，他的笃定、坚持、自律，那份对自己，对学生，对学业的一以贯之，对学校的全心全意，跨越千里无惧无悔的追随，时时在寥落的资料中绽放光亮，为后继师生们引路，也烛照、激越着我们的内心。

（张　薇）

顾宜孙：巍巍高山水泱泱

◎顾宜孙

在唐山交大，有一位老院长、老教授，是结构工程专家、教育家、工程教育先驱。他终身从事工程教育事业，建立了中国桥梁和结构学科，并为其发展付出了全部精力，培养了一大批国内外知名的学者、教授、专家和技术骨干，为教育事业做出了重大贡献。他就是被学子赞为"德高望重"的老院长、老教授顾宜孙。

在唐山交大百年史上，顾宜孙任院长的时间最长，堪称唐院"三朝元老"：抗日战争时，他任交大贵州分校校长；当时唐院和北京铁道管理学院在贵州合并；抗日胜利后，他任唐山工学院院长；解放初任命他为唐院院长，1963年又出任副院长。他在领导和教学岗位上一直坚守47年，与罗忠忱、伍镜湖、李斐英、黄寿恒一并被尊列为著名的交大"五老"。

书香子弟　求学海外

顾宜孙，字睛洲，1897年10月10日出生于上海市南汇县一个世代书香的家庭。其九世祖顾成天，是清朝雍正年间的进士，曾是乾隆少年时的老师，以后列代均有先人设塾启蒙。成天公告老还乡时，乾隆为其退隐后的别墅题"东浦草堂"四字，如今犹存于上海市南汇县惠南镇。顾宜孙的父亲顾良璧于宣统三年中举并拔贡，后回乡任南汇第一高等小学校长20余年，这所学校培育了张闻天、王艮仲等名人。因此，顾宜孙从小受到良好的教育。

1915年顾宜孙考入上海交通大学土木工程系，1918年以优异的成绩获工学学士学位。当年考取清华学堂公费留学，同年秋赴美国康奈尔大学研究院作研究生，研究对象以结构工程为主，兼铁路工程及力学。1919年他获硕士学位，1921年获哲学博士学位，博士论文《一铰拱桥的研究》曾在校刊上刊登。因他在校学习成绩优异，曾获"麦克劳"奖学金，并被推选为西格玛克塞荣誉学会会员，还担任留美学生会纽约支会的社会工作。

1921年7月至1922年10月，顾宜孙在纽约Moran-Maurice-Proctor顾问工程处任技术员，参加过哈得逊大桥、美国国家储备银行、华盛顿纪念碑等的设计，受到重视。但他感到为外国人工作"没有意思"，毅然于1922年底回国。

◎青年时期的顾宜孙教授

一片丹心 倾注交大

顾宜孙回国后，以他的学识和才能，不难在大城市谋取职位，可他深知当时的中国需要大批工程技术人才，应尽快尽好地培养，所以他接受康奈尔同学侯家源之邀，来到较为偏僻的唐山交大任教。从1922年底回国到1968年发现肾癌，47年，他都以校为家，与学校同呼吸共命运，为交大倾注了全部的心血。

1937年"七七"事变后，唐山沦陷，学校师生被迫南迁。顾宜孙抛家舍亲，只身从上海乘船绕道越南进入昆明。当时的云南省主席龙云得知他的到来，礼聘他在云南大学任中英庚款特约讲座。不久，交大唐院在贵州平越复课。一年合同期满后，顾宜孙放弃云南大学的挽留和较优越的条件赶赴平越，和罗忠忱教授等齐心协力，苦心支撑着学校渡过一道又一道难关。

当时的办学条件极差，薪金常常难以兑现，顾宜孙居住的房间仅能容纳一张床、一张书桌，书架得放在外面的过道，没有电灯、煤油灯，晚上用菜油灯照明。在这异常清苦的条件下，他也从没放弃对理想的追求，不放松对教学的严格要求，始终孜孜不倦于教学工作。

1944年秋，日本侵略军突袭贵州，进逼独山，校长罗忠忱不得不于12月初宣告学校就地解散，师生各自设法到重庆集合。此前，顾宜孙临危受命，毅然担当起打前站去重庆寻觅并筹建新校址的艰巨任务。

到重庆以后，顾宜孙奔走于茅以升等几位老校友及当时的教育部、交通部之间，经多方努力才在璧山丁家坳觅得交通部某培训班留下的几栋简易房屋作校部和教室，租下附近几栋民房院落作学生宿舍，另建几栋临时草房作教授宿舍。他日夜操劳，筚路蓝缕，计工估料，终于在1945年1月中旬接纳了所有逃难来渝的师生、员工，并按计划开课，使学校得以弦歌不辍。这充分显示了顾宜孙的组织能力和实干精神，不久，他接替年逾花甲的罗忠忱教授担任交通大学贵州分校校长。然而随后，教育部通知复课不久的学校迁往兰州。1月22日、4月12日、6月4日三次电告："应于本年暑假迁移兰州，以为造就西北交通人才之中心，并于迁移后改称国立交通大学甘肃分校。"7月25日，顾宜孙上书教育部，力陈"学校师生不堪再迁之苦，胜利复员在望，恳请免于迁陇"。在他的努力下，学校免于再次颠沛流离。

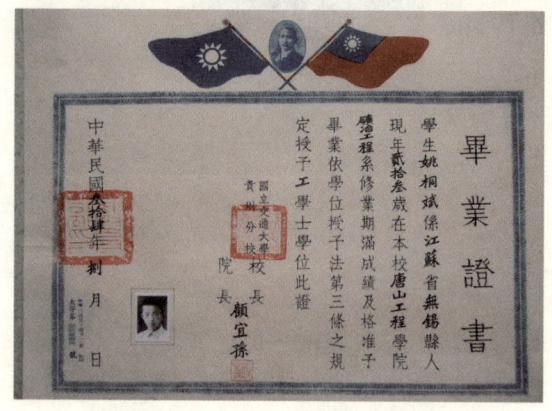

◎1945年8月，时任国立交通大学贵州分校（抗战时期唐山交大曾南迁贵州，设立贵州分校）校长顾宜孙签署证书，授予唐山工程学院矿冶工程系学生姚桐斌工学士学位

抗日战争胜利后，顾宜孙又多方奔走，克服重重困难，操持学校复员唐山。他委派伍镜湖教授先期回唐，修缮惨遭日本侵略军破坏的校园，增添了一些必需的校具，于1946年11月复课，校名改为国立唐山工学院，顾宜孙仍任院长。

1948年辽沈、淮海、平津三大战役前夕，国民党在统治区内对进步势力加紧迫害，多次密电要求顾宜孙镇压学生运动。校方将"黑名单"透露给进步学生，使他们能及时隐蔽。那时顾宜孙内心认同学生的进步思想，同情学生运动，但迫于形势不能公开表明观点、保护学生，因此感到工作难以进行，身心疲惫不堪，曾不下十次向教育部提出辞职，均遭拒绝。

1948年11月，唐山工学院大部分师生及家属南迁上海，借上海交大的教室上课。这时候，顾宜孙经常与茅以升、赵祖康、朱国洗等校友联系，以便取得更多的帮助。此间，有人主张继续南迁，甚至有人提出迁往台湾。在这关键时刻，顾宜孙由于当院长不贪污，未加入国民党，又未迫害进步学生，没有逃离大陆的念头，他和许多师生站出来顶住了这种倾向。当蒋介石下令解散上海交大时，他把伍镜湖、范治纶和他们的子女接到家中来住，共患难。此时顾宜孙感到心力交瘁，于是接受茅以升的建议，聘请校友唐振绪为水利工程教授并代行院长职务。这样便稳定了南迁师生的情绪，保护学校免遭更大的损失。

中华人民共和国的成立使顾宜孙看到了光明的前景，对祖国、学校和个人都充满了信心。他积极发挥作用，以自己的声望协助学校领导多方延揽人才，邀请各学科名师和自己在国外的学生回国执教，并以自身为例说服学生，打消他们的顾虑。高渠清、胡春农等许多学者，在此时应邀回国或来校任教，为学校以后的大发展创造了条件。

顾宜孙先后出任教务长兼土木系主任、桥隧系主任；1963年出任主管科研和研究生的副院长，为祖国建设、学校的发展更加努力地工作。

1948年，顾宜孙曾当选为中国土木工程学会理事长。1954年受铁道部滕代远部长之聘为武汉长江大桥技术顾问委员会委员。1956年被评为国家一级教授。以无党派民主人士身份被选为唐山市人民代表大会代表，唐山市人民委员会委员。同年加入九三学社，任九三学社唐山分社副主任委员。是政协河北省第一、二、三届委员，还被选为第二、三届全国政协委员，第三届全国人民代表大会代表。

◎雄伟的武汉长江大桥。1954年顾宜孙被任命为武汉长江大桥技术顾问委员会委员

在一次全国人民代表大会上，高教部副部长曾昭抡曾把他介绍给周恩来总理说："顾教授是唐山交大的知名教授，在教学改革中很有成绩。"后又和毛泽东主席握手。

在唐院47年的生涯中，尤其是新中国成立后，任凭政治风云怎样变化，顾宜孙的爱国之心始终没有改变，拥护共产党的领导、拥护社会主义的信念没有改变。

教书育人 孜孜不倦

顾宜孙学识渊博，在数十年的教学生涯中始终兢兢业业、一丝不苟，一贯重视教学质量和教学效果。

他讲课全部用英文，课程包括结构理论、高等结构理论、圬工设计、钢筋混凝土结构设计、钢结构设计、钢桥设计等，并指导毕业论文。抗战期间很难聘到教授，他几乎一人挑起结构专业的全部课程。教学工作量倚重，还担任行政工作，但他都安排得井井有条，每天讲过一节课后，即到办公室处理行政事务，从不迟到早退。

每逢学期开始，他就给学生发一份教学进度计划，列出每堂课的讲授内容或课程设计进度安排，甚至考试日期都交代得一清二楚。

顾宜孙备课认真，将学生所应掌握的内容凝练为包括各种符号在内的笔记。他培养学生思想超前，每年都根据世界科学技术的进步和我国工程实际情况，更新教学内容，开阔学生眼界。

他讲课很有特点，总是先在黑板上写出内容提要，待学生基本抄完再讲授。他讲解清楚，重点突出，学生容易掌握他的思路，教学效果极佳。而且他还善于调动学生的学习积极性，培养学生分析问题的能力。一些繁琐的公式，他时常有意识地说明推导原理后，让学生课后自己推导，以此来巩固课堂所学知识，同时也培养了独立思考的能力。

在对待学生的学习态度上，顾宜孙从不迁就、不讲情面。留给学生的习题，自己也先做好答案，以便随时检查学生的作业。顾宜孙留作业要求学生限期交卷，并在作业上注明收到日期，逐份检查批改，在下一周上课前发给学生，对于有严重错误者，则让学生重做。因此学生们都不敢迟交作业，更不敢马虎、敷衍。

顾宜孙指导毕业论文，常是开列内容涵盖结构理论、各种类型的桥梁或结构的研究、述评、分析或设计等各方面的数十道题目，由学生任选一题研究。论文类题是一人一道，设计类题有时可二人共答；也可由学生自找题目经他认可后进行研究。这既能充分调动学生的积极性，又联系实际，提高了论文质量。

由于他博学多识、工作负责，在他循循善诱的指导下，学生的业务能力大都很强，不少学生成为国内外的知名专家和学者。

唐院的出国留学生当初都由他推荐去康奈尔大学。原先指导他的导师雅各比称赞唐院毕业生质量高。此后，唐院毕业生去该校学习就更加容易。久而久之，唐院也就有了"东方康奈尔"的美称。

顾宜孙还十分重视青年教师的培养。他要求青年教师打好扎实宽广的基础，不只是会一门课程，还应再专精一门，才会有后劲。他给助教安排辅导任务时，常是一门基础课加一门专业课。升任讲师后便安排重点深入某一专业，但也不固定在一门课程上。他尽可能地帮助青年教师出国深造或到现场进修，以期培养有理论也能实干的接班人。

苦心孤诣　勇于创新

顾宜孙在组织和领导教学工作中十分重视学科的设置。他随时关注国内外各大学土木工科必修、选修课程设置，课时多少等。1933年的《交大唐院季刊》第1卷第1期发表了他写的文章《土木工科课程之研究》。文中列举了国内外著名大学课程设置情况，做出比较分析，提出交大唐院课程设置的建议，据此制订和修订教学计划，选用新教材、新规范和新理论，使交大唐院的学生在校学习时能获得世界学科前沿的知识。

中华人民共和国建立前，我国大学的专业设置范围甚广，交大唐院土木学科起初只有一个土木系。学生在校涉猎土木系有关的各个专业，毕业生就业面宽是其优点，但也有不利的一面，即在校时不能根据自己的爱好和特长在某一个专业上进行更系统、深入地学习和钻研。后来学校开设了铁路、结构、水利、市政卫生和建筑5个专门组，指导学生在四年级时针对自己拟发展的方向选修课程，选择毕业论文题目或毕业设计项目。这样培养出来的土木学科各类专门人才很受设计、施工单位的欢迎。顾宜孙在任院长、土木系主任的同时，一直是结构组（门）（含桥梁和建筑结构）的教授。

新中国建立后，大批教师来到学校，专门人才众多。当时顾宜孙任教务长兼任土木系主任，他认为学校已具备逐步将土木系向更加专门化发展的师资力量，遂建议学校将土木系分成土木和结构两个系，从而更好地发挥专家的作用，提高教学水平。为此，他改任结构系主任。

为了更新知识，充实教学内容，将处于世界前沿的苏联有关科技知识及时介绍给学生，顾宜孙开始关注苏联工科教学计划。为了直接阅读俄文文献，他年近60岁开始学习俄文，短短几个月，从一个俄文文盲达到借助字典能看懂俄文资料的水平。他多方收集当时苏联的工科教学计划，与当时欧美工科教学计划进行综合分析比较后，择其善者而纳之。1952年5月，为了快速培养当时急需的专业技术人才，他参照前苏联将学科结合新产品设置专业的特点，将结构系改为桥梁隧道系，下设桥梁和隧道两个专门（以后改为专业），教师按课程建立教研组。顾宜孙任桥梁隧道系主任。这期间，在教学内容方面，他以身作则，首先改用新教材、新规范和新理论教学，从而推动了桥隧系教学的全面改革。唐山交大桥梁隧道专业制订的教学计划，被全国有关学校所采纳。1956年，他又在桥隧系内设立了工业与民用建筑专业。

为了提高教学质量，顾宜孙十分注意试验室的建设。他制订了详细的试验室发展、建设和实施计划。在他不懈的努力下，逐步建成了材料力学、土力学、建筑材料、偏光弹性分析、工程结构试验室，招收研究生和开展科学研究工作，一个完整的桥梁和结构学科在交大建成了。

为人师表　埋头苦干

顾宜孙为交大呕心沥血，工作兢兢业业，在为人处事和生活小节上也处处严格要求自己。

他作为院长和主任，不以权谋私，宁愿吃亏。过年时曾有职工带着礼物来登门，他急忙关门，在窗前向来者拱手谢绝。在校友处落实好就职的位置后，就让毕业生抽签。抽到的签可以自相交换，他不从中渔利。有一次，女生宿舍失火，有些女生的行李被焚要求学校补偿。他认为财务上不应开支此费，最后自己掏钱补偿了事。他常说："吃亏就是便宜。"后来，他的夫人过了很长时间才领悟到此话的真谛。

顾宜孙经常身兼数职，埋头苦干。解放前，唐山临近战场，教授们按河北省公教人员的标准领薪，不易请到教授。他除了任院长外还要兼系主任和教学。在上海招生时，他曾和杨耀乾教授两人在淮海中路青年中学的小屋里油印考卷。

顾宜孙喜欢实干，对官衔不热衷。解放前，他曾五次去南京的教育部请辞唐院院长，每次都因挽留而未能辞去。上海交大程孝刚辞去校长时，校友会推荐他继任，他坚决谢绝。解放初发布了他任唐院院长的任命，他急忙去铁道部请辞，并表示愿当教务长。后来又推荐罗河教授任教务长，自任系主任。他任系主任时，认真地向自己的学生罗河汇报工作，不计较职位之高低。

顾宜孙自奉俭朴。自抗日战争时起，其夫人、孩子长期居留上海，他一人在学校工作，在食堂吃饭。他以艰苦朴素的实际行动为人师表。国庆十周年时，他穿着旧衣服去北京参加国宴，以至于门卫对他的证件反复检查。后来他才对儿子顾耀祖说，要做一套新衣服。他私生活甚是严肃，课余以打网球和桥牌或跳交谊舞自娱，并借以锻炼身体。

在交大，顾宜孙和另外四位教授罗忠忱、伍镜湖、李斐英、黄寿恒由于治学严谨、为人师表，既有使人敬佩的学术造诣，又有崇高的

◎1929年旅港交通大学唐山校友春节欢叙留念。前排左二为顾宜孙教授

李重霆/提供

人格魅力，成为教师队伍中的杰出代表，被广大师生尊称为"五老"。

斯人已去　风范永垂

顾宜孙是从旧社会过来的知识分子，又有留学背景，所以新中国成立后时时处在思想改造中。在1957年整风运动中，他始终在讲，爱国就必须拥护共产党的领导，就必须拥护社会主义，而且也始终这样做。尽管如此，他最终没有逃脱"文化大革命"的厄运。

"文化大革命"初期，1966年6月18日铁道部做出唐山铁道学院集中到峨眉"闹革命"的决定。此时顾宜孙虽已69岁高龄而且抱病，还是从唐山去了峨眉接受批判检讨。途经成都，儿子给他送东西，没发现他有任何怨言。运动开始后，与很多高校领导和教授一样，顾宜孙遭到极不公平的待遇，被扣上"走资派""祖师爷"和"反动学术权威"三顶帽子。称作"走资派"是因为他在学校一直担任领导职务；称作"祖师爷"是因为他的"徒孙"已当了教授，林同炎、林同骅、张维、黄万里、严恺等学生都比较出名；称作"权威"是因为解放前他兼任中国土木工程学会理事长，解放后兼任武汉长江大桥的顾问。这三顶帽子虽然从侧面反映出他认真治学的成绩，但在当时足以被"打倒在地"，给他带来巨大的精神伤害。

面对逆境，顾宜孙泰然处之。但他哪里晓得，在外界打击不断来袭的同时，一个足以夺去他生命的恶魔正从体内袭击着他。1967年，唐山一家医院发现他的一个肾脏发生癌变。但这并没有吓倒他，他在给家人的信中说：树终是要枯的，人终是要离去的，但应该有苏东坡降职到海南岛仍努力工作的态度。在政治和病魔的双重打击下，顾宜孙不幸于1968年8月24日在上海离开人世，终年71岁。从此，再也无缘回到他曾经呕心沥血47年的唐山交大看上一眼。

苍天有眼，1978年9月顾宜孙的问题得以平反，并在上海龙华殡仪馆为他举行了隆重的骨灰安放仪式。2010年2月7日，顾宜孙天堂纪念馆在天堂网上创建，供后辈学子们瞻仰祭奠。

为了弘扬教育世家三百年来的家风和对教育事业的贡献，当地政府在顾宜孙的祖籍建立"东浦草堂纪念馆"。馆陈主要内容包括顾氏家谱和九代教育工作者的姓名，其中有顾宜孙的图片和遗物，如他在美国求学时的照片，1954年铁道部滕代远部长聘请他为武汉长江大桥技术顾问的聘书和大桥的彩照，以及1963年4月周恩来总理签署的任命他为唐山铁道学院副院长的委任状。1994年4月上海电视台到东浦草堂纪念馆拍摄节目并播出；6月，《人民日报（海外版）》也刊登了《东浦草堂和它的主人》。从此，"东浦草堂教育世家"之名便传播遐迩。

顾宜孙的道德、学问、文章，堪为后世教育工作者的表率。西南交大唐山同学会以无限尊敬和景仰之情给他的颂词是：

巍巍高山，泱泱大水。

我师之风，山高水长。

顾宜孙，这个把其全部心血都倾注在唐山交大的前辈，虽然已经离开人世近半个世纪了，但他的英名和道德风范却永远留在唐山交大的校史上，被一代又一代学子奉为楷模。

（施　疑）

黄寿恒：学富五车意纵横

◎黄寿恒

黄寿恒（1896—1968），字镜堂，数学教授，中国近代工科数学教育的开拓者。原籍江西省清江县，出生于扬州。1910年8月考入唐山交大土木科。1916年考取清华公费留美，先入麻省理工学院，1917年6月，获麻省理工学院及哈佛大学土木工程学士学位。1918年6月，获麻省理工学院航空工程硕士学位，在美国实习与工作两年后，于1920年夏回国。1923年8月回母校任教后再没离开过母校。黄寿恒爱校如家，终生服务于学校，把自己的理想和生命都寄托在唐山交大的建设与发展上，培养了大批工程建设人才和科学技术专家，被称为唐山交大"五老"之一。

"岁岁钻研思出群，果然走笔扫千军。应知世上成功客，一半天才一半勤。毋满毋骄志老成，自尊自信学纵横。须悬鹄的精勤进，赢得前贤畏后生。"黄寿恒善于诗文，曾手录所作诗词，订为一册，名为《师子夏》，以上诗文是他赠1933届校友张维的，从中既可看到他治学严谨，又可欣赏到他的文采。

讲极限长达一个月

黄寿恒讲课方式独特，方法灵活，注意因材施教，帮助学生打好基础，培养学生独立思考的能力。黄寿恒主要讲授数学微积分、常微分方程、最小二乘法课程等，他在微积分讲课的开头大讲极限理论是出了名的。当时学生每学期一般上课16周，微积分学每周6节课，其中星期六的一节由助教上辅导课。黄寿恒在第一学期的80节授课中讲函数极限竟达20节课以上,这确是异乎寻常的。学生学完微积分课以后回顾一下,才认识到函数的极限和函数的连续性是微积分学的最基本概念,而后者实际上也离不开前者。因此学好了极限的概念就等于有了微积分学的入门钥匙,同时,也培养了学生听英语讲课的能力。

事隔几十年后,黄寿恒已经辞世,学生们从其子黄棠教授处才得知,黄寿恒之所以大讲极限,还具有另一层深意。原来在当时的唐山交大,讲课全用英语,教材也是英文原著,这对于刚从中学进入大学的学生,一时难以适应。而黄寿恒思维敏捷过人,说话之快简直像"开机关枪"一样,这就更增加了同学们听讲的困难。函数极限的概念要完全掌握对初学者来说是不容易的,但对于工科学生即使掌握得不够深透,只要有一些初步了解,为后面的函数微分与积分做好准备也就可以了。而函数极限是英文授课,长达一个月的听英语讲课,对于学生听讲能力的提高大有裨益。

◎交大唐院土木系民三五级毕业纪念。第一排左五为黄寿恒,左七至十一依次为李斐英、罗忠忱、伍镜湖、顾宜孙、李汶

唐院力学教授黄安基是黄寿恒的得意门生,他回忆说:"我是1940年参加统考考取西南交大的,发榜时正患伤寒病,没有特效药,持续高烧了三个星期,对身体影响很大,只好请求保留学籍一年。经过一年的养病生活,入学后才拿起书本就遇上铺天盖地的英语,其困难可想而知。第一个星期听课简直是'坐飞机',只能听懂10%左

右。所幸有黄寿恒教授一个月的函数极限'训练',才使我得以逐渐适应,以后的听讲就顺利多了。相信像我这样的学生为数不少。黄教授设身处地为学生着想,既为以后的讲课内容打基础,又为学生听英语讲课的能力作铺垫,其用心可谓良苦。而对于黄教授的这番苦心当时我们却都未能领会到,现在想来觉得有些不可思议。"

独特的讲课方式

当时学校用的是英国人写的教材,黄寿恒教育学生要独立思考,不要迷信书本,不要迷信洋人。他讲课从不"照本宣科",在提出一个要讲的问题后即尽情发挥,遇有原书中不恰当处都一一指出。如用词不确切、条件不足或过多。甚或提出论据的先后次序不合乎逻辑等。这些问题学生自己一般都不能发现,听他指出后才恍然大悟,黄寿恒的这种治学态度也对学生以后的工作产生了深远的影响。

据学生们回忆,黄寿恒在推导定理或演算例题时偶尔也会出现笔误,以致影响到后面的推算。这时他就说"Wait a minute"(请等一等),然后经过检查很快就找到问题之所在,及时纠正。

黄寿恒是不主张备课的,更没有讲稿,讲课时常常即兴发挥。他认为这样讲课才生动,才能更好地引导学生跟随他的思路,因为好像他自己也是重新开始研究这一问题似的。当然,这样做是要有一定条件的,就是教师必须对所讲内容有透彻的了解,头脑清醒,思维敏捷,有驾驭问题的能力,否则一旦出现问题,不能很快解决,"挂在黑板上"就不妙了。能够具备这样的条件,则发生问题后指导学生找出问题出在哪里,然后加以纠正,这既是一种教育学生的方法,又可以引起学生的注意,加深印象。

黄寿恒出的考题中总有些灵活的题,学生不容易做出来,因此不容易得到高分;但他扣分也不太严,考试不及格的也不算多。虽然如此,同学们也不敢掉以轻心,因为对所讲内容不敢自认为都听懂了,掌握了。黄寿恒不主张搞"突然袭击",期中测验总会在前一周宣布。他用英语宣布下周某日将举行一次测验后,怕同学们没有留意,随即又用汉语重述一遍。这是他在课堂上所讲的仅有的中国话,因此在同学中流传着一句笑话:"天不怕,地不怕,只怕黄教授说中国话。"这也多少反映出同学们怕考试的心情。

受命于危难之际

  1943年秋，黄寿恒出任学校总务主任，这在当时令人颇为惊讶，因为在学生心目中他是属于学者类型的，为何肯出来处理事务性的工作呢？事后才得知，黄寿恒是为了顾全大局才这样做的。原来当时的校长胡博渊辞职后学校一时处于无人负责的状态，校内教师和校外校友们意欲请罗忠忱教授出任校长。罗教授原也不肯就任，后来迫不得已才应允，但他提出要以有熟识可靠的人担任总务主任为条件，那时又难以找到可靠而又愿意担任此职的人。为了促成罗教授出任校长，黄寿恒才毅然决然出任总务主任。这说明黄寿恒由于热爱母校不惜做出自我牺牲，明知要冒一定风险而仍然义无反顾，这种精神很令人钦佩。

  在当时处于抗日战争的艰难情况下，作为总务主任，要管好全校师生员工数百人的生活已非易事。而更让人意想不到的是，1944年冬日寇进犯我国西南部，从广西进入贵州，国民党军队闻风溃逃，母校被迫搬迁。国民党政府自顾不暇，对校内师生竟不闻不问。交通工具无法解决，师生们只好步行离开平越去四川。大家带不动的书籍杂物，学校慨然承担代运。这在当时的纷乱条件下谈何容易，黄寿恒作为总务主任，虽然责无旁贷，但他所感到的压力之大是可想而知的，特别是对于他这样的学者。

  一位刚入校不久的学生也将一些书籍用品放在一藤篮内交由学校托运，而将自认为较重要的书籍用品由自己携带，结果不堪负担，不得不在贵阳至遵义途中丢弃了。而请学校代运的东西，学生早已认定丢失无疑，却于后来完整无损地运到了璧山丁家坳新校址，实在出乎意料。除此之外，还有许多公家的东西，为此总务处员工要付出艰苦的努力，而作为总务主任，黄寿恒运筹策划也是功不可没。

难忘教诲恩深

  "从黄寿恒的讲课风格和接物待人的风范中，使我学到了很多东西，他的教诲恩深我毕生难忘。"时至今日，每每想起恩师黄寿恒对

◎ "五老"合影。左一为黄寿恒

（黄寿恒　范治纶　伍镜湖　林炳贤　罗忠忱　李斐英　顾宜孙　胡树楫　李汶　杨耀乾）

自己的关心爱护，学生黄安基都感动不已。

1949年黄安基想回母校工作，黄寿恒得知后欣然向学校提出聘他为数学组助教。黄安基来校报到后，黄寿恒就对他说："我要你来数学组，并非要你以后就一定搞数学工作，但无论你将来搞什么工作，先学一点数学总是有好处的。"

为了使黄安基多方面学习数学，黄寿恒特意安排他同时担任三位教授（包括他自己）及一位副教授的助教，并嘱咐说："你可以从听课中学习各位老师讲课的长处。"怕黄安基负担太重，黄寿恒又说："不一定每节课都听，你可以按自己的需要有选择地去听。"临走还补充一句说："我的课你就不必听了。"这固然是考虑到黄安基做学生时已经聆听过黄寿恒两年教益，也是出自他一贯的谦虚作风。

1950年7月，在黄安基担任助教一年后，经黄寿恒提出，唐院校务委员会通过，提升黄安基为讲师，上报北京中国交通大学总校。

"本来毕业后工作5年已合乎常规提升年限，但由于组内尚有一位助教较我早毕业一年于数学专业、而因某种原因尚未得到提升，有论资排辈思想的人遂以此向总校提出不同意见，总校对我的提升因而压下来未批。"黄安基回忆说，当时实行的是教师聘任制，每次聘任期为一年，期满后学校可续聘可不续聘，自己也可以接受或不接受续聘。由于总校未批，发给他的仍是助教聘书，黄安基觉得这未免"有失面子"，就拒不接受，打算另找工作。而此时黄寿恒正在上海休暑假，闻讯后即来信开导他说："聘书名义未改，望勿在意。进一步看，吾辈生活于天地之间、国土之上，乃由人民供养而为人民服务耳。掌握正确观念，行为固有所指归，且人未我知，则不能责其以知己待吾矣。从事修养随时随地皆是机会，贤者能不失之。"信中仍要黄安基准备开学后讲课，同时又致函总校力争，终获批准，改发给他讲师聘书。

开学后，黄寿恒要黄安基担任机车专修科、车辆专修科及电讯专修科共3个班的微积分学讲课和辅导工作。黄安基自认为工作还算兢兢业业，不敢懈怠，前两班合在一起上，对他讲课没有多大意见；但电讯专修科则意见很大，找到黄寿恒，要求撤换教师。当然，黄安基第一次上讲台，肯定会存在一些缺点，不过他们反应如此强烈，也不排除有自认为专业的要求较高希望由教授来讲课的想法。黄寿恒答复他们说："这是我能给你们找的最好的教师，要换别的教师没有了。"经过一段时间后，黄安基应系内要求在下学期又加授了常微分方程的一些内容。这时黄寿恒又故意问他们，是否还要求换教师，他们却回答说："不换了！不换了！"直到这时，黄寿恒才告知黄安基前后发生的情况。"我想他没及时告诉我他们要求换教师的事情，是在当时情况下怕我接受不了，失去工作信心。而黄教授对学生的要求如此坚决拒绝，如非出于对我的高度信任也是不可能的。试想他如果同意学生的要求，将我撤换下来，则对我的打击将会很大，甚至以后也难以再登讲台了。"黄安基说。

同时，这件事也令黄安基深受教育。30年以后，在他自己做教研室工作时，也遇到有的青年老师初次上课，同学甚至其他教师对他讲课有意见，希望将他换下来的情况。对此黄安基同样也持慎重态度，经过考察后认为他讲课问题不大就没有同意。事后证明，这位青年教师还是能胜任的。实际上任何人都有一个成长过程，如果轻易地就加以撤换，是不利于青年教师的培养的。

1952年学习苏联经验，学校成立了各门课程的教研室，黄安基转到理论力学教研室工作。正如黄寿恒当初所期望的那样，黄安基在数学组工作的三年，为此后数十年中在一般力学领域内的教学和科研工作打下了较好的数学基础。

无尽的遗憾

黄教授从事教学工作40余年，对数学和力学问题有不少独特的见解。在人们记忆中，他所出的微积分试题中有不少颇具匠心的好题，可惜一直未能加以整理写成教材或专著。

大约在1962年前后，当时的数理力学系党总支书记王同五同志曾对黄安基说:"不知道黄寿恒教授是否有意要写书,我们又不便直接问他,怕他会感到有'压力'(因那时黄教授还未退休,也没有教学或科研任务),你可以试探地问问他。"很长时间以来黄安基也为黄寿恒教授没有著作问世而惋惜,就对王书记说:"如果黄教授有意写书,我愿意做他的助手。"

黄安基受命去到黄寿恒家中,不敢郑重其事地提出来,只好在交谈中随意地问一下,说到黄寿恒在多年的教学和科研中积累了不少的心得体会,如能整理发表,那是十分宝贵的,并表示为了减轻他的负担,愿意做一些抄写工作。黄寿恒考虑了一下,答说他当时身体不大好,有一定困难,因此黄安基也不便再劝说。

黄寿恒晚年疾病缠身,不幸于1968年病逝,终年72岁。他数十年来的宝贵经验和独特见解,除曾在《西南交大学报》上发表过几篇论文外,未能系统地整理出来,传诸后世,这实在是莫大的损失,也留下了深深的遗憾!

(田菲菲)

许元启：交大情结唐山缘

在唐山交大历史上，有四位才华横溢的教授令人难忘，被称为"唐院四少"：他们有着共同的特点，在进校执教时，大多不到而立之年，数十年如一日，以校为家，将终身献给学校的教育事业；他们严于律己，为人师表，使受教育者终生难忘。学校在20世纪20年代至50年代，历尽坎坷艰难，校誉经久不衰，就是由于以他们为代表的一批严师，治学严谨，要求严格，人才辈出，吸引莘莘学子负笈唐山……

在西南交大的历史记载中，著名的"唐院四少"形象地记录了学校在唐山时期的四位年轻教授许元启、朱泰信、李汶、罗河。其中，许元启最早来到唐山工业专门学校读书，在校期间，他积极投身爱国学生运动，编印《救国报》，创办《科学的唐山》，深入工矿企业，撰写调研报告，致力于实践知识青年与工农相结合，如椽之笔，独领风骚。1921年，他毕业回到上海，在交大沪校期间，关注唐山开滦五矿大罢工，创办《唐山潮声》支援母校的革命斗争；1936年，他又重返母校任教，更是为南迁复校、教学和图书馆建设事业奔波操劳。从1916年来唐山求学到1969年离开唐山，在半个多世纪的岁月里爱国、爱校，拳拳之心，日月可鉴。从青葱岁月到耄耋之年，许元启与唐山、交大结下了不解之缘。

◎许元启

一

中国，公元1919年5月4日下午2时，北京大学、北京高等师范以及工业、农业、医学、政法等十几所专科以上学校的3 000余名学生，高呼"还我青岛""取消二十一条""外争主权，内除国贼"等口号，冲破反动军警的阻挠，从四面八方汇聚到天安门前，举行抗议集会，并火烧对日签订丧权辱国"二十一条"的外交次长、卖国贼曹汝霖的家——赵家楼。一场震惊中外的反帝爱国运动在北京爆发。

很快，学生和民众内心的激愤如同地壳中奔涌已久的熔岩一下子在全国各地冲决开来。

就在"五四运动"爆发的第二天，即5月5日下午，学生的爱国风潮传到唐山——这个距离北京二百多公里的工业重镇。此时，位于唐山火车站南侧的唐山工业专门学校的学生们开始跃跃欲试。

这所学校肇建于1896年5月，是中国近代史上继天津大学之后成立的第二所高等学府，也是中国第一所铁路高等学府，原名"山海关北洋铁路官学堂"，1905年10月从山海关迁到唐山，定名为"唐山路矿学堂"，1913年9月，学校更名为唐山工业专门学校，也就是后来蜚声中外的唐山交通大学。

在群情激奋的学生中间，有一个叫许元启的学生思想极为活跃。这位来自上海嘉定的学生家境贫寒，但学习刻苦，1916年夏入学，1917年秋即提前一年升入了土木工程本科。1919年二年级转入机械科。此时，正是"五四运动"期间，他很快被各地学生浓浓的爱国思想所浸染、所感动，这为他日后加入李大钊发起组织的北京大学马克思学说研究会，进而成为学校工学联合的一名积极分子埋下了人生伏笔。

"五四运动"后，唐山交大学生会很快派代表去北京联系。参考北京学生会的《救国报》，由许元启和朱泰信等负责编辑、编印了唐山的《救国报》，每周一期，以白话文编写，每张一个铜元，通过走街叫卖和下乡宣传讲演的途径销售。为了扩大宣传范围，他们还给北京、天津等地的爱国团体邮寄。那时，各地办的进步刊物，互相商请交换及代为推销的也日益增多。许元启在自己的回忆文章中记载了

《救国报》与《湘江评论》之间曾建立的联系。他写道："记得长沙的毛泽东同志还寄来一张明信片，表示欢迎给我们代销《救国报》，同时，要求我们代销《湘江评论》，可惜明信片后来失落了。"这些文字表明了他们编写的《救国报》在当时的社会影响，也为我们探寻毛泽东与唐山的关系留下了历史记录。令人遗憾的是，唐山的《救国报》因文章犀利，揭露反动政府的卖国政策，于1920年2月、3月间被禁而停刊。

《救国报》停刊后，许元启、朱泰信等又创办了《科学的唐山》半月刊，这是他们组织的青年学生进步社团"人社"的刊物，也是唐山历史上最早的科普读物，面向社会，面向劳动群众，提倡"奋发图强，科学救国"，为新文化运动在唐山的开展作出了贡献。《科学的唐山》的出版消息和创刊号目录，在1920年3月20日的北京《晨报》予以报道，《新青年》第7卷的5号、6号两期也刊登了出版信息。《科学的唐山》办得风生水起，很有声势。依据后来许元启的回忆，《科学的唐山》出了不足10期后，因负债需要还贷而被迫停刊。

在此期间，许元启和同学们与京奉铁路唐山制造厂及开滦煤矿开始接触工人，他们开始访问工人，到过工人宿舍，下过唐山矿井，回校后便写出了有关矿工劳动与生活方面的报道。与此同时，他们针对工人、店员、农民等缺少文化的特点，开办平民学校，成立注音字母传习所，广泛传播新文化，开始实践与工农群众相结合。自学校开办机械系后，学生与京奉铁路唐山制造厂和开滦机修工人的联系更多了，与邓培等工人领袖逐渐关系密切，许元启是其中最为活跃的一员。

二

1920年，《新青年》杂志决定于5月1日在第7卷6期出版"劳动节纪念专号"，宣传介绍五一国际劳动节的由来、国际工人运动的发展及全国各地的工人劳动情况。

4月上旬，陡河岸边的垂柳刚刚泛出青色，一位个头不高、身材瘦削的年轻人悄然走进唐山工业专门学校。他就是北京大学马克思学说研究会成员、当时年仅24岁的湖南人罗章龙。早在1918年4月，罗章龙便与毛泽东等发起成立新民学会,后入北京大学哲学系德语预科。时值蔡元培任北京大学校长,倾向革新,治学用人均主张"陶冶中西,兼容并包",一时北大学术思想空前活跃。苏联十月革命为中国人民送来了马克思列宁主义,在这一新的思潮影响下,爆发了"五四运动"。罗章龙积极投身于"五四运动",并如饥似渴地研读马列主义的经典著作。当时,共产国际文献和马列主义原著多以德文为主,可谓博大精深,令人有"皓首穷经"之感。为了更好地向人们宣传马克思主义,1920年初,罗章龙参与、组织了李大钊发起的北京大学马克思学说研究会,其中一项重要任务就是翻译这些难懂的马列原著。此次,他来唐山是受李大钊委派,专程到唐山工业专门学校寻找许元启,并试图通过许元启联系京奉铁路唐山制造厂工人和开滦工人,进行工人情况调查。

在许元启的热情帮助下,罗章龙的唐山之行很快就有了结果。两篇关于唐山工人劳动情况的调查报告《唐山劳动情况(一)(二)》成文,并在《新青年》杂志刊出。一篇文章署名"无我",调查了京奉铁路唐山制造厂、开滦矿、启新洋灰公司三处,文字叙述较为简略;另一篇文章署名"许元启",叙述较详细,并列有工人团体一节。京奉铁路唐山制造厂的情况多来自邓培,开滦矿的情况多来自董恩和矿工刘某,这是工人和学生共同完成的一份社会调研报告,也是许元启致力于实践知识青年与工农相结合的代表作品。

关于唐山劳动情况,最早见诸报端的是我党最早创始人之一李大钊撰写的《唐山煤场的工人生活——工人不如骡马》一文,在1919年3月9日的《每周评论》第12号上发表。李大钊当时是北大图书馆馆长,文章是依据来自唐山煤厂的朋友述说的工人生活状况,形象生动地描述了当时唐山煤场工人暗无天日的生活:

"唐山煤厂的工人,约有八九千人。这样多数工人聚合的地方,竟没有一个工人组织的团体。听说有过一次同盟罢工的事情,原因却为着工厂对于一个工人罚了几角钱,一时动了公愤,才联合起来,以罢工为抵抗的手段。但是他们平日既没有什么团结,这回举动,又靡有正大的要求,罢工的时候,系由工头持刀斧在门前堵守,不许进去做工,像这种没有结合的罢工,无意识的罢工,强迫的罢工,自然是没有效果了。

他们终日在炭坑里做工,面目都成漆黑的色。人世间的空气阳光,他们都不能十分享受。这个炭坑,仿佛是一座地狱。这些工人,仿佛是一群饿鬼。有时炭坑颓塌,他们不幸就活活压死,也是常有的事情。

……

在唐山的地方,骡马的生活费,一日还要五角,万一劳动过度,死了一匹骡马,平均价值在百元上下,故资主的损失,也就是百元之谱。一个工人的工银,一日仅有二角,尚不用供给饮食,若是死了,资主所出的抚恤费,不过三四十元。这样看来,工人的生活,尚不如骡马的生活;工人的生命,尚不如骡马的生命了。

唐山煤厂,是取包工制。资本家对于工人不生直接的关系,那包工的人对于工人,就算立在资本家的地位。也有许多幼年人,在那里作很苦很重不该令他们作的工,那种情景,更是可怜。"

而许元启撰写的《唐山劳动情况(二)》,成为李大钊文章之后的又一篇真实记录唐山工人生活状况的报告。这篇洋洋洒洒五千字的文章分为以下几个部分:一绪言;二唐山制造厂(组织、管理、工制、工资、工作时间、工人待遇、关于工作时间的变易);三唐山煤场(概况、工制、工资、工作时间、工人生活状况:待遇、疾病、死亡、生死率、年龄、家室、矿中状况);四工人团体,工党的发起和消灭、同人联合会;五结论。在《新青年》上面,连同统计表格,一共占了8页篇幅。

许元启所撰写的调查报告全面翔实,分析冷峻客观,文笔犀利。特别是在关于工人待遇问题上,还专门对工资、工作时间、最低和最高工资以及与厂主(监工)相比较,制作了详细的表格,从中可以看到当时厂主对工人的剥削程度,尽显唐山工人的悲惨境遇。在阐述工人的团体问题时,通过对唐山工人的大概情形分析得出:"唐山工人的总数只以京奉路制造厂、矿局和启新洋灰公司三大厂而论已有六千人。以生活和工资而论,制造厂较高,以知识程度论也以制造厂较好。所以团结的力量和要求,以制造厂较大。至于那制造厂的里面粤籍的工人有五百三十六名,占全厂工人百分之二十四(四分之一),

他们的程度又较好,所以对于活动方面他们好像是个中坚分子。"从以上内容不难看出,唐山的工矿企业中工人生活的总体面貌。也正是基于这样的分析,在此后唐山基层党组织的创建过程中,京奉铁路唐山制造厂在唐山乃至河北最早建立起基层党支部,在《唐山五四运动大事记》中明确记录:这些调研报告为以后确定唐山为北方工人运动的重点提供了材料。

当时在唐山,除了以开滦煤矿为主的煤场外,还有一大批产业工人在启新洋灰公司聚集、谋生。这是中国创设最早的一家水泥厂,其前身是1889年开平矿务局总办唐廷枢建立的唐山细绵土厂(水泥的译音),因产品成本高曾一度停办。1906年北洋大臣袁世凯命令周学熙从英国人手中收回重办,1907年,唐山细绵土厂更名为"唐山启新洋灰股份有限公司",水泥商标定为"龙马负太极图"牌(俗称马牌)。1919年,启新成为当时我国最大的水泥厂,也成为大量工人维系生存、养家糊口的场所。

由于启新洋灰公司工人的劳动状况,在署名"无我"的《唐山劳动情况(一)》中已经有所介绍。所以许元启在文章开头特别写道:"唐山大的工厂还有启新洋灰公司等等,但因时间的关系不能有详细精确的调查,所以不如略去。里面的材料是根据吾们唐山工业专门学校学生救国团调查部的报告,摘要节录。"最为值得重视的是,许元启在文章最后提出了两个问题:"现在应该如何着手组成强有力的团体""对于矿工的救济是一件更要紧的事""最好从改良待遇上起"。由此,鲜明地提出了工人阶级应该积极行动起来"组成强有力的团体",为"改良待遇"与资本家进行持久的斗争。

在以后的岁月中,许元启开始自觉走上革命之路。有史料记录:1921年,许元启和同学李鸿斌等人先后加入了李大钊、邓中夏发起组织的北京大学马克思学说研究会,学习、宣传马克思主义学说,使得马克思主义开始在这所工科大学秘密传播。同年5月1日,唐山五一劳动节纪念会在学校的明诚堂举行,唐山铁路制造厂、开滦煤矿代表出席。会上,同学们向唐山铁路工会赠送了"劳工神圣"的匾额。北京社会主义青年团的代表在会上发表演讲,并散发了《五月一日》和《我们的胜利》两本宣传马克思主义的小册子,使工学联合更为深入。

三

1921年7月,22岁的许元启毕业回到上海,在恒丰公司任绘图员。当时上海交大美籍教师杨怡琦遇到了自己的学生许元启,便邀他任自己的助教。许元启作为杨怡琦的助教,从老师那里深得学识和严谨工作态度的教益。而作为校友他始终关心母校——交大唐校的发展。

1922年10月,开滦煤矿3万多工人进行了五矿同盟大罢工,唐山交大学生热情支援。许元启在上海一方面通过校友会募钱汇到唐山去援助开滦工人的罢工斗争;另一方面为扩大影响,与校友钟升荣通过社会关系,在上海《民国日报》副刊中,不定期出版《唐山潮声》,声援唐山的工潮。

◎ 1922年10月,开滦煤矿3万多工人进行了五矿同盟大罢工。许元启在上海一方面通过校友会募钱援助开滦工人的罢工斗争;另一方面与校友钟升荣在上海《民国日报》副刊中,不定期出刊《唐山潮声》,声援唐山的工潮

《唐山潮声》于1922年11月9日创刊,在发刊词中旗帜鲜明地表明其出版宗旨:"唐山开滦五矿四万五千幼稚无识为生存挣扎的罢工矿工,及唐山各大工厂二万同情罢工的工人,已陷于军警残杀,孤立无援的境地,在沉闷无援的社会里呼出'同情';贡献我们表同情于罢工的人们一点策略,一点勉励,给我们苦朋友在此生死关头一些勇气,以搏最后的胜利。"从中我们可以看到这一刊物是以罢工斗争为中心的。在第一期中发表王羽仪的《水深火热中之唐山矿工》、王正纬的《开滦矿工直是地狱里的牛马》两文,深刻揭露了开滦矿工在帝国主义和中国封建军阀的残酷剥削和压榨下所过的牛马不如的生活。在这一期,同时刊登了《开滦罢工矿工宣言》及各地的声援和唐山通信,真实地反映出开滦五矿大罢工进程与状况。第二期中发表了许元启的《罢工纪略》、梅生的《我们对开滦罢工应有的根本觉悟》,在刊出《矿局宣言》和《杨以德的自辩文》(杨以德时任天津警察厅厅长)的同时,特地加了编者按语义正言辞地进行责问:"自欺耶?欺人耶?""这是什么话!"比照在同一时期北京《晨报》披

露的杨以德公开表态的内容"罢工的事情，全是由工会发生出来的，若是将工会的办事人枪毙十个、二十个，则罢工的事立刻可以断绝。我的意思——今天在此发表出来，与其中国亡了，也不让工会成立。"从中可以使我们看到《唐山潮声》刊发矿局、警署反面材料的目的，就是为了揭露帝国主义和军阀政府的本来面目，指明国外的帝国主义和国内的军阀政治"两种恶势力"是我们今日的"大敌"，必须要"根本打破"，对罢工斗争予以方向指引。

不久，唐山交大校长俞文鼎得知学生支援矿工罢工，竟贴出布告，勒令学生李鸿斌、耿承等五人退学，严禁"迹近过激党的行为"。学生于是决定宣布罢课，致电大总统及国务院要求撤换校长。俞文鼎串通军阀率兵包围学校，数百军人荷枪冲入校园，将全部学生逐出学校。

唐山交大学潮越闹越大，引起全国注意。许元启等所办《唐山潮声》，声援唐山工潮同时也声援学潮。所编稿件或由唐山交大学生寄来，或由上海学生根据唐山来信编写；有两篇政论文章则是时在《民国日报》工作的邵力子激于义愤所撰写的。后来内阁改组，陆梦熊代理交通部长，将俞文鼎撤职，由刘式训任校长，唐山交大这次学潮胜利结束。

不幸的是，《唐山潮声》共出了6期，以应援工潮开始，以声援学潮告终，遭反动政府所忌，许元启也因此而失业离开上海交大。1923年5月，许元启在亚细亚火油公司任工程师，在这个公司里干了12年，直到1936年重返交大唐院任教。

《五四时期期刊介绍》第二册中录入了《唐山潮声》的发刊词及1至6期的目录，指出《唐山潮声》所提供的有关开滦五矿罢工斗争的资料十分可贵，从中可以了解当时工人运动与学生运动、知识分子和工农大众的相互结合的关系。许元启以其出色的文笔、先进的思想、革命的激情操办这一声援工人运动、学生运动的进步刊物，由此，表现出他热爱母校、关注唐山的殷殷之情，也书写了唐山交大历史的光辉一页。

四

1936年，许元启回到了阔别15年的唐山，在母校任副教授、教授。因教学成绩出色,许元启与罗河、朱泰信、李汶四位年轻教授,被同学们称为"唐院四少"。

但是,平静的教书生活很快被宛平城头遽然响起的枪声所打破。1937年7月7日,日本中国驻屯军一部在北平附近的宛平县进行军事演习,夜间日本军队以有日方士兵失踪为借口,要求进入宛平县城调查,遭到中国守军拒绝后,日本军队于7月8日凌晨向宛平县城和卢沟桥发动进攻,中国守军第29军37师219团予以还击。由此掀开了中国全面抗日战争的序幕。

偌大的华北再也容不下一张安宁的书桌。很快,美丽的唐山交大被日军的铁蹄占领,古朴典雅的眷诚斋、明诚堂、东西讲堂、东西楼不见了求知学生们的身影,交大唐院被迫举校南迁。

当时的许元启满腔爱国情怀,随南迁的学校师生们一起,为学校的生存而竭尽全力,日夜操劳。学校南行进入湖南境内后,他便为在湖南湘潭复校,积极出力,四处奔走,筹集经费。特别令人感喟的是,他将自己家中仅有的一笔7 000元养老金倾囊捐出,用于学校的复建,致使全家老小生活很长时间在艰难中维持。在全校师生、校友的努力下,学校于1937年底在湖南湘潭复校。

◎国立交通大学唐山工程学院学生证(见上图),内有伍镜湖、顾宜孙、许元启等教授的亲笔签名(见下图)
申恩/提供

一路筚路蓝缕,一路弦歌不断,一路薪火相传。迎着抗日的烽火,这所学校从燕山脚下一路向南,几乎辗转走遍了大半个中国,先后在湖南湘潭钱家巷、湘乡杨家滩及贵州的平越(今福泉)等地摆开了书桌,黄寿恒教授在《复校经过纪事》中生动地叙述了当时的情景:"其时师生环围竹桌,言笑会餐,学生更匍匐地铺,勤勉制图,课程进行一如平日,坚忍耐苦之合作精神,至今回忆犹觉可贵。"许元启这位深受学生爱戴的优秀教师为挽救学校于危亡,为一所完整的工程学院的继续存在和日后的发展,作出了不可磨灭的贡献。

湘潭复校后,许元启教授兼任图书馆馆长。1942年一度离校,1951年再度返回唐山任材料系主任,讲授建筑材料、热力引擎、机械

◎唐院时期图书馆。抗战期间，唐山交大在湖南湘潭复课后，许元启曾兼任图书馆馆长；1955年他再度任校图书馆馆长

学等课程。1952年院系调整，材料系停办，转到桥隧系任教。1955年再度任校图书馆馆长。

许元启是国内知名的图书馆专家。早在1921—1929年，他便参与应修人、丁景唐、徐耘阡等创办的"上海通信图书馆"的相关工作。1925年，又与共产党员应修人等共同创造了新型的图书分类法，为我国的图书馆分类学作出了重要贡献。

许元启在担任交大唐校图书馆馆长一职时，为了方便学生阅读、借用，对图书管理方法进行开拓创新。他倡议实行开架管理图书，开全国高校开架阅读制度之先河。从1960年开始，他又与北京各主要图书馆进行协作，编制联合藏书目录，为实现大学之间的馆际互借，资源共享搭建平台。

令人遗憾的是，"文化大革命"期间，许元启受到不公正的冲击，军宣队、工宣队进校后，竟决定派人护送遣返他到四川内江的次子许学谟家，多年爱校如家的许元启精神上受到严重打击，1972年1月3日含冤病逝。

斯人已去，风范长留。许元启为唐山高等教育的教学、图书馆建设工作写下了浓墨重彩的一笔，同那个时代的许多交大学子一道，续写了唐山交通大学的风采华章。他早年编辑出版《救国报》《科学的唐山》《唐山潮声》及发表在《新青年》杂志的《唐山劳动情况（二）》，更是唐山近现代历史上不可多得的文献资料。几十年后，人们再度打开这些尘封的历史记忆，翻看许元启一篇篇充满激情的犀利文章，品读那憎爱分明、关注底层黎庶的句句肺腑话语，透过泛黄的书卷，仍依稀感受到激情岁月里那位爱国忧民年轻人的赤子情怀，仿佛聆听到一代英才为拯救民族、富国强民而四处奔走呼号的呐喊之声……

（王艳萍）

原载2014年11月18日《唐山劳动日报》

朱泰信：衣袂飘飘纸墨香

最早看到"皆平"的文章，还是在写作《李大钊与唐山》一书查阅《唐山革命史资料汇编》时，登载于1920年的《晨报》和《劳动音》中。文字清新、朴实，笔触饱含着对底层百姓的深情。如果不是在唐山大力宣传交大文化过程中，对尘封史料的深入挖掘、反复比对，还难以把他与"五四运动"期间唐山工业专门学校那位文采飞扬的爱国学生朱泰信联系在一起，更不要说后来交大历史上声名斐然的"唐院四少"。

在目前可查找到的历史资料中，他的早期文章大多以"皆平"署名；在其子女撰写的传记、怀念文章以及他后来发表的文章中，也多采用"朱皆平"署名，可见其行文多是以其字"皆平"称于世，或后来使用"朱皆平"为名字。这里，为了与西南交大的原始档案材料保持一致，我们通篇采用其原名"朱泰信"。

◎朱泰信

爱国亲民 纸墨见证

1898年，朱泰信出生于安徽省全椒县东门大街一个书香世家，他还有一个文雅的字"皆平"。自幼耳濡目染的书香氛围，使得朱泰信非常喜欢文史，写得一手好文章。早年在家乡读书时，他就经常在学生会会刊上发表抨击旧礼教的文章，为家乡最早的刊物《改良浅语》撰文介绍科学。

1916年，朱泰信在家乡全椒县立中学毕业后，以优异的成绩考入唐山工业专门学校预科，曾因病休学两年。1924年，他完成了唐山工业专门学校卫生工程门预科、本科的学业，获得学士学位。唐山的6年读书时光，成为朱泰信人生的重要转折点，这期间，他积极投身于五四学生运动，深入穷苦矿工之中，宣传科学文化，一步步成长为一位优秀的爱国知识分子。

在唐山，为了方便学生接触工矿企业，唐山工业专门学校就建在西山（今凤凰山）南麓的开滦矿务局旁，因此，学生们对矿工的工作与生活有着更为真切的了解。朱泰信在唐山工业专门学校读书时，正值国内的新文化运动深入发展时期，国家的积弱危亡唤起这位爱国青年的一腔热血，刻苦读书之余，他密切关注唐山矿工生活，了解最底层百姓的疾苦，并为他们的悲惨遭遇而疾呼、呐喊。

1919年的中国发生了诸多震惊世界的大事，最为震撼的当属由爱国学生发轫的"五四运动"。在风雨飘摇的世事中，朱泰信也经历着青葱岁月的诸多不平凡。

作为学生的领袖人物，他领导同学们积极响应北京的学生运动，投身"除内奸、抗外患、救中华、求生存"的爱国活动。5月12日，他和学生救国团的战友们带领学校200多名学生举行集会，发表宣言，号召青年们在国家处于危亡之际，不能坐以待毙，要以北大、清华、南开等学校的学生为榜样，反帝救国，勇往直前，投身到革命洪流中去进行艰苦卓绝的斗争。他们派代表分赴天津、北京参加学生会议；他们通电全国，要求严惩国贼，释放被拘留日学生，反对帝国主义侵略；他们发行白话文的《救国报》，组织讲演团，字字血泪，声声呐喊；他们举行罢课斗争，打着旗子，分赴街头和村庄进行宣传，激发全市人民的爱国热忱。

此时的唐山，日本的商户颇多，侵略势力盘根错节。为了彻底清算他们犯下的罪行，唐山工业专门学校的学生与工人组成日货检查团，查封各商号的日货。同时，为了声讨卖国贼的罪行，进一步展开爱国运动，他们在郭友三代表进京请愿牺牲后，和唐山各界工人一起，在伸商小学举行追悼会，朱泰信亲自登台讲演，号召工人学生紧密团结起来，共同向反动的卖国贼讨还血债。从这时起，唐山工业专门学校的学生与工人就建立起血肉般的关系，不断把唐山青年运动推向新的高潮。

为了配合爱国运动，朱泰信担当起学校学生救国团《救国报》总编辑的重担，主持报纸的编辑、发行。在《救国报》因揭露反动政府的卖国政策被禁停刊后，朱泰信又与许元启等人创办了《科学的唐山》，面向社会底层的广大劳动群众，宣传"奋发图强，科学救国"，作为实践科学救国主张的阵地。《科学的唐山》以普及科学知识为主，当时，北京《晨报》曾报道其创刊号的目录，有《理论和实践》《科学之目的》《究竟怎样发现的呢?》《安全灯》等文。这本刊物每月1日和16日各出版一册，在天津印刷，由上海群益书社代销，面向全国发行，为唐山科学、文化的普及作出了贡献。

"五四运动"之后，朱泰信担任了北京《晨报》的特约通讯员，他以"皆平"署名，连续发表文章，报道了唐山矿工的生活及工人运动情况，例如《开滦一带矿工罢工风潮》（1920年6月9日）和《开滦工潮停熄之原因》（1920年6月19日）。

1920年10月14日，唐山煤矿出险，第九道巷发生沼气爆炸，致死五六百人。朱泰信以"皆平"为名，在李大钊发起、成立的共产主义小组创办的《劳动音》第一期登载文章《唐山煤矿葬送工人大惨剧》。此文详细介绍事件的经过，分析了造成惨案的原因，描述了遇害矿工家人的凄惨状况，而这些场景的描述都源于他亲自到矿局的调查。他在文章中这样写道：

"我看见那许多人，站着的、坐着的，个个都很冷静（悲惨的冷静）。我们钻到人群里看看听听，听不见什么消息，只看见那可怜的颜面，含泪的眼睛。我们再向外面看看，也不见什么动静，只见那武装的警察雄赳赳地、笑嘻嘻地站在门前，和那装死尸的'四块板盒子'陆续搬出矿局门……"

朱泰信结合在学校教员讲到的"矿局的股本年利是百分之八百……"联系自己了解的情

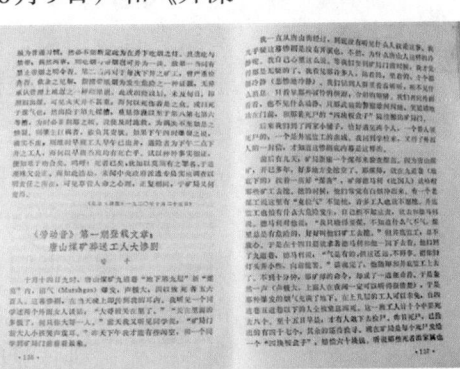
◎朱泰信发表在《劳动音》上的文章《唐山煤矿葬送工人大惨剧》

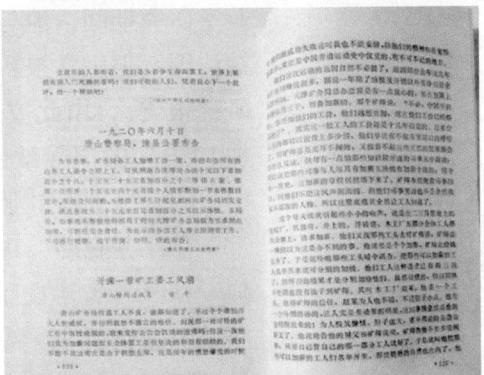
◎朱泰信发表在《晨报》上的文章《开滦一带矿工罢工风潮》

况,他由此懂得了外国矿师不顾工人死活,明知有沼气的危险,依然迫使工人下井采煤的真实情况,文章的结论是:"这大的利息就是如此得的,拿人类生物的性命换来的。"字里行间表述着对生活在最底层的煤矿工人的深深同情与理解。

一篇篇文笔犀利、切中时弊的战斗檄文饱含着他对劳苦大众的真挚感情,见证了朱泰信在唐山工业专门学校成长的经历,也为唐山史志的撰写留下了珍贵的历史资料。

◎《唐山革命史资料汇编》收录了朱泰信1920年发表在《晨报》和《劳动音》等报刊上反映开滦矿工悲惨境遇和奋勇反抗的文章

勤奋笔耕 享誉中外

从唐山工业专门学校毕业后,朱泰信回到家乡。1925年,他考取安徽省官费留英,就读于英国伦敦大学市政卫生系,专攻城市规划和卫生工程,并在该校医科学习微生物学。1927年夏赴法,入巴黎大学医科公共卫生学院专攻微生物学和公共卫生。后经杜嘉利克教授介绍进入巴斯德学院实验室研究水的微生物学。

五年的留学时光,使他又进一步开阔了视野,并取得了优异成绩:早在留学期间,朱泰信就为国内的《学生杂志》写了一系列近代自然科学理论连载稿;归国时又写了长篇散文《归程忆语》,介绍欧洲各国先进科技见闻和风土人情,均深受读者欢迎;在巴斯德学院实验室研究期间,他与导师(世界著名微生物学家杜嘉利克教授)合作在法国《卫生学报》上联名发表《对辨别真假大肠菌群的微生物手术研究报告》,由此被介绍到法国国家医学会年会上宣读,并被邀请参加1930年的国际微生物学会年会。从此,朱泰信集毕生精力专注于中国的卫生工程事业,一路走来,硕果累累:

在江苏时期,1930年8月回国后,朱泰信担任江苏省建设厅工程师。在江苏省建设厅时,曾拟定《江苏省水检设施计划》《镇江入口门填河成街计划》《镇江城市规划》《江苏省工程建设区分区计划》,另出版《水与卫生》《城市沟渠工程概要》两书。

在唐山时期,1931年至1942年,朱泰信被交通大学唐山工学院聘请，先后任卫生工程系副教授、教授、土木系主任、注册部主任。这期间，他讲授城市规划、市政管理、道路工程、给水工程、污水处理及排放、微生物学等课程，开创组建了我国第一个卫生工程试验室，是我国第一个讲授城市规划的教授。这一时期他还发表了《卫生工程之国防价值》《卫生工程教育亲历记》等论文，发表的《教育工程与国防建设》等论文，在全国工程师学会年会上宣读。

1942年8月至1943年8月，朱泰信担任国民党中央工作竞赛委员会专家委员兼主任秘书；与杨铭鼎、过祖源等发起成立中国卫生工程学会；与茅以升、竺可桢、李四光等同时被聘任为中央训练团高级班专家讲师。

在鄂、湘时期，1944年8月至1948年6月，朱泰信先后作为湖北、湖南省政府高级技术顾问，主持武汉及大长沙区域规划工作，书写了中国近代城市规划历史上极具风采的一页。此间，发表主要论文有《城市建设之新观点》《我国城市复兴之途径》等。1948年7月至次年6月，他又被聘为交通大学唐山工学院教授，借教于长沙克强学院。

在淮南期间，1950年元月，朱泰信被华东工业部调任淮南工业专门学校（合肥工大前身）校务委员会副主任委员（副校长）、卫生工程"讲座"（高级教授）兼淮南煤矿技术顾问。此间，著有《卫生工程》一书。1953年3月至1954年9月任中央燃料工业部煤矿总局特级工程师。

在朱泰信生命最后10年，1954年10月至1964年6月，朱泰信在中南土木建筑学院（1958年改名为湖南工学院，1959年为湖南大学）先后任给水排水实验室主任。此间，他发表了《矩形沉淀池合理设计的关键问题及其解决途径》等7篇论文，在发展沉淀理论和倡导氧化塘技术方面做出了卓越的贡献。同时，他开创了一个新学科——水卫生生物学，培养出我国第一个该学科的研究生，并完成专著《水卫生生物学》。

朱泰信足迹走遍祖国的大江南北，在学术研究方面，辛勤耕耘，不懈探索，填补了中国卫生工程发展史上一项项空白，成为我国第一位卫生工程事业的开创者，一位有科学根基的学者，为祖国科学创新争光，为人民生活增添福祉。

以校为家 传道授业

从1931年被交通大学唐山工学院聘请，数十年，朱泰信始终致力于学校教育事业，因教学的出色成绩，更由于对学校建设、管理诸方面的重要贡献，相对于德高望重的"五老"，他与许元启、罗河、李汶等四人，被师生尊为"唐院四少"。他热爱母校，曾将"以校为家"作为一种美德加以提倡；他热心学校长远建设，曾建议草拟《久任教授优待条例》，请教育部批准实施。更为感人的是他在抗战期间为学校南迁、湘潭复校的奔波操劳。

在1946年12月的《唐院月刊》第4期中，登载了"唐院五老"之一黄寿恒先生的《西南交大湘潭复校经过纪事》，此文详细记述了抗日战争期间交大唐院南迁在湘潭复校的历史。从黄寿恒先生数千言的文字记载里，我们可以看到朱泰信为复校奔波忙碌的细节：

"朱泰信教授自十一月初在唐山闻电向罗、伍教授征求意见后即行设法南来，沿途与教授校友接洽，于十二月十四日到达湘潭。"

"十二月十五日，本院在湘潭钱家巷临时校址，如期举行开学典礼，十六日各年级正式上课。惜矿冶系高年级课目无人教授，未能开班。此本院在湘潭复课时之最初情形也。复课之日，教授范治纶已起程由汉口来湘潭，旋即到校，师生鼓舞。时有教育部迁在长沙办公之说，黄、朱、许三教授乃往长沙接洽"，"仅获见高等教育司长黄建中，未得要领。于是经与校友侯家源等会商后，一面加紧捐募复校基金，由黄教授前往衡阳向该地校友说明复校经过；一面推举朱泰信教授为本院教授代表，前往汉口向教育部、交通部请求遴选院长，拨予经费"。

"二十七年一月初，朱教授在汉口联合校友茅以升、倪钟澄等向部方剀切陈说。"

1月中旬，交通大学黎照寰校长电请茅以升代理唐院院长。茅院长到任后，确定了由朱泰信负责校内管理。此后，在湘潭、杨家滩、平越（今福泉），朱泰信精心于学校的教学与管理，随母校在战火和硝烟中辗转奔波、颠沛流离，克服了说不尽的艰难险阻，与全校师生同甘共苦，烽火弦歌。

南迁的学校在杨家滩复课时，因时间仓促，交通阻隔，多数教师未能及时赶到，只能请校友们义务授课，拥有一支优秀的教师队伍，这是一流大学最重要的保证。茅以升和"五老"，德高望重，是学校的中流砥柱，而被称为学校"四少"的朱泰信、许元启、罗河、李汶，则成为崭露头角的少壮派，各具特色的教学尽展风采，学生们听他们的课，如沐春风。在学校跨越数省，奔波数千里的大迁徙中，已担任学校院务委员会秘书的朱泰信，立下了汗马功劳。

朱泰信爱校如家，始终关注母校。即便是不在学校工作的岁月里，在西南交大校史上出版过的刊物中还常有他的文章发表。其中1947年1月《唐院月刊》（五）上发表的《一个革命救国的教育家——为孙揆百先生逝世九周年纪念作》一文，记述孙揆百（鸿哲）三度出任唐院院长爱国爱校的光辉事迹，文字翔实，声情并茂，十分感人。文章既有历史价值，又有教育意义，成为西南交大历史资料中不可多得的好文章。

城市蓝图　首开先河

规划，意在进行比较全面的、长远的发展计划，是对未来整体性、长期性、基本性问题的思考、考量和设计方案。

1944年初，抗日战争末期，胜利在望，国民政府在各大城市开始积极筹备战后重建工作，武汉作为当时全国政治、经济、文化的枢纽，城市的建设工作更是被政府列为重点。

此时，就任湖北省政府主席不久的王东原给身在重庆的中学同窗好友朱泰信去了一封信，信中邀请他来湖北作为省政府顾问，以协助他的工作，而其中最为重要的一项工作即是战后武汉的规划与重建。对于朱泰信来讲，城市规划建设正是他的爱好与擅长，于是他欣然答应。1945年7月，省政府邀请各方专家，成立"湖北省政府设计考核委员会市政小组"，8月，朱泰信如约来到湖北恩施，作为固定召集人，主持研讨各项工作，

◎ 20世纪40年代汉口大智门车站

◎20世纪40年代的汉口市区地图

开始城市重建的研究。至此,中国现代历史上首开先河的"武汉区域规划"的序幕正式拉开。

"武汉区域规划"是在朱泰信的主持下开展起来的,也是他规划生涯中最为重要与辉煌的成就之一。也许,朱泰信能够主持"武汉区域规划"和他与王东原的私人关系不无关联,但历史的分析研究表明,这并不是唯一原因,因为熟悉老同学的王东原知道,朱泰信年轻时有赴英、法留学,系统学习城市规划的经历,那个时候已经显露了出众的才华。并且在1942年至1944年,他还曾担任过国民党中央工作竞赛推行委员会专家委员兼主任秘书,在此期间,他参与"国父实业计划研究会",是"都市建设小组"的研究人员之一,这个研究会在1943年出版《国父实业计划研究报告》,提出了之后十年中国城市规划及建设的方针,朱泰信曾与茅以升、竺可桢、李四光等同时被聘任为中央训练团高级班专家讲师,担任过中训团高级班第一、二期的城市建设讲师和高级班第二期的编辑组长。朱泰信对西方城市规划理论的深入了解与研究才是他成为"武汉区域规划"主持者最为重要的条件。

在日本投降消息传出之前,设计考核委员会市政小组共计举行小组会议4次,其中3次是以大武汉建设为研讨对象,得出"结论十一条",并于1945年7月发表于《新湖北日报》,名为《大武汉建设规划之轮廓》,其中以"主张成立武汉区域规划机构"为最重要的一条结论。9月18日,国民政府在汉口中山公园接受日军投降,设在恩施的湖北省临时政府迁回武汉,朱泰信也随之回到了武汉。

1945年11月,省政府公布《武汉区域规划委员会组织规程》,设立"武汉区域规划委员会",并于当月举行第一次常委会,通盘筹划武汉的规划事宜。

1945年12月,武汉区域规划委员会发布《武汉区域规划实施纲要》。

1946年4月，发布《武汉区域规划初步研究报告》，此两文件与上述《大武汉建设规划之轮廓》均为朱泰信所拟。

1946年6月，王东原调离武汉，改任湖南省政府主席，朱泰信亦随之赴湘，中止了参与武汉的区域规划。但在他的提议下成立的"武汉区域规划委员会"于1946年8月由新任湖北省政府主席万耀煌进行了改组，改组后的"武汉区域规划委员会"由鲍鼎任设计处处长兼秘书长，并于1947年8月发布署名为鲍鼎的《武汉三镇土地使用与交通系统计划纲要》，此成果与朱泰信在任时完成的三个文件共同组成了"武汉区域规划"最为重要的四个规划成果，在内容上也保持着很好的连贯性。

"武汉区域规划"，是中国近现代首次区域规划实践，填补了我国在此领域研究的空白。就是在这一时期，朱泰信除完成该规划相应文件的起草外，还在《工程》等专业刊物上以"朱皆平"署名发表了多篇关于城市规划的论文，《工程》杂志的编者按中这样写道："朱教授皆平，为国内城市规划理论之权威。"由此可见他在当时的城市规划界具有很高的学术地位。

新中国成立前夕，朱泰信拒绝了国民党当局以高官厚禄相许劝其去台的邀请，毅然留下献身于新中国的高教事业，在湖南大学水利系任教，并因他的教学才华和学术业绩成为多所高校的客座教授，在更为广阔的天地教书育人，成就非凡，直至病逝。

1964年6月9日，朱泰信病逝于长沙湖南医学院第二附属医院。湖南大学举行了隆重的追悼会，悼词中高度评价他"是一位有科学根基的学者，是一位爱国的知识分子，是一位诲人不倦的导师"。

西山无言，陡河潺潺。不知是否还留有当年那位意气风发、挥斥方遒的青年学子的身影？但历史不会忘记，为了传承百年交大的辉煌，为了纪念多位像朱泰信先生这样为唐山的文化教育事业做出杰出贡献的交大精英，唐山在努力：以复建交大遗址作为传承文化根脉的切入点，深入挖掘历史文化资源，大力传承交大文化，弘扬交大精神，为唐山文化培基铸魂。

（王艳萍）

原载2014年11月25日《唐山劳动日报》

罗河：师者风范传千古

◎罗河

他是学富五车的一代才子，也是风度翩翩的交大教授，新中国成立后一度出任唐山市副市长。关键时刻毅然上书周恩来总理，力主交大"在唐山建校"。他就是罗河。

原清华大学校长梅贻琦曾有一句名言："大学者，非谓有大楼之谓也，有大师之谓也。"

"大师"一词来自梵文Sastr，最初称有高德之出家人为"大师"。后来，人们把此概念外延扩展为在某一领域有突出成就，大家公认，并且有崇高品德的人。他们不仅学识渊博，更重要的是他们在浊世中能抱朴守真，在逆境中不随波逐流。他们有坚定的信念，他们有超出常人的敏锐目光，他们有非凡的智慧，他们有高尚的品德，他们在不断创新中成就事业的辉煌。唐山市原副市长、被交大师生尊为"唐院四少"之一的罗河教授堪为当之无愧的大师级人物。

初试创新

罗河出生在江苏涟水县的一个书香世家，自幼受家庭熏陶，学习刻苦认真。1918年考入江苏省立第九中学。1922年夏考取北洋大学与交通大学唐山工学院（以下简称为交大唐院）两所大学。在北洋大学就读月余后，他感觉到该校课业较重，管理死板，不利于学生自主发展，于是转入交大唐院。

当时交大唐院学习风气和环境相对较好，考试要求严而课后对学生管得不多，允许学生广泛阅读，自由安排，图书馆条件也比北洋大学好。这些优越条件，使得酷爱科学的罗河如鱼得水，很快就投入到学习和研究之中。

在唐院，他首先阅读了许多名人的传记，从中得到很大启发，对此后治学为人都很有益。

对他影响最大的要算是德国数学家高斯的轶事。

在有关高斯的传记中记载：高斯自幼表现出有很高的数学天赋，学习思考后，常能有所发现。1796年，高斯19岁时，他有了不平凡的成果：证明正17边形能用圆规和直尺画出，因为COS（2/17）可由有理数经有限次数的四则运算和开方运算而得出，同理还能证明正257边形理论上可用圆规和直尺画出，高斯的这一成果在此前从未有人得出过。

然而，高斯当时是运用数论和方程式理论中的定理才得出上述结论的，其证明过程一般只学过初等数学（即中学讲授的代数、几何、三角、解析几何等课程内容）的人是看不懂的。对此，罗河认为，用初等数学方法应该也能得出高斯的上述结果，不过费事较多而已。他下苦功夫钻研这个问题，在其他同学大多以下棋、打桥牌消遣时，他则把业余时间多半消磨在思考数学问题上。他尝试不用一次联立方程式的解算，改用规矩作图来完成。在明确了这是个前人未研究过的空白点之后，他下功夫钻研并很快得出两种图解法，分别用两种初等数学方法证明正17边形和正257边形理论上能由规矩作图得出，他的努力终于成功了，这些成果分别在1927年的《科学》和《学艺杂志》上发表，当时他只有24岁，还未大学毕业。

罗河研究的问题，有的是前人没有解决的，有的虽然已有著名数学家解决，但他又从另一途径做了新的解法，由于他的解法思路新颖、富有创意，在他发表《有法多边形之三角的解法》《三角形几何学之一问题》《一次联立方程图解法》等论文后，商务印书馆在1936年专门出版了他的《一次联立方程的几何、数学小丛书》。1985年，他将零散发表在中外刊物上有关初等数学的文稿，汇编成《初等数学趣探》一书，由中国铁道出版社出版。此书丰富了初等数学的学术园地，填补了中国此领域长期存在的空白。直至晚年，这一成果都是他的最为得意之作。

由于罗河上学时不追求高分，他在班上并不是考试成绩最优异的学生。然而，在学校中大家都知道他是能做学问的人，钻得深，自学能力强，很不简单。

奠基图算

罗河是我国研究图算原理的著名学者，我国图算的奠基人之一。

在科学实验和工程实践中，罗河深感根据复杂的公式进行计算，是一种十分繁杂且费时费事的工作，特别对于一些文化水平较低的人来说，这更是一件难事。在20世纪30年代至40年代，电子计算机还没有问世，解决这个难题的最有效途径首推图算。鉴于这一认识，罗河将学术研究由数学理论延伸到解决实际生产问题之中，将大量实验数据用图解方法简捷快速处理，由此，他开始了图算研究。

图算方法是要将复杂的函数关系，通过准确的共线图表达出来。若能如此，就可以很方便地根据已知数据在图上求得未知数的解答。但在当时，它只能解决一些十分简单的数学公式。罗河通过研究，可以比较简捷地根据已知数据在图上求得未知数的解答，从而解决了一些复杂算式的图算解答。在当时电子计算机还没有问世的年代，这一成果为工程计算提供了极大的方便。

1948年，罗河在美国富兰克林学院学报上发表了《用实验数据做共线图》（Construction of Alignment Nomogram from Empircal Data）的论文。1953年中国科学仪器公司出版了他的《图算原理》，这是我国唯一的一本全面阐述图算的原理、设计与应用的专门著作。1954年他又在《数学学报》上先后发表了《算式根值的简易逼近法》和《一个多元函数的差值公式》，阐述了共线图解计算方法的理论，对图算原理做了进一步的完善，为我国图算学科的奠基和发展做出了重要贡献。

现在，由于电子计算机的广泛应用，图算已经退出了历史舞台，但在当时，罗河的研究成果，对促进生产的发展，发挥了很大的作用。

独树一帜

在学校，罗河讲授平面测量、大地测量、天文测量等课程。他在航空测量解析法、图算、初等数学等方面，造诣很深，卓有成就。尤其对航空测量解析法的研究，首开我国此领域研究之先河。

在20世纪30年代至40年代，我国已经开始应用航空摄影测量测绘地形图，当时采用的方法是模拟法，所用的设备是价值十分昂贵的精密光学仪器。当时，我国还没有技术条件制造这种仪器，必须全部依靠进口。以当时的国力，想要推广这种先进的测绘地形图的方法十分困难。如需推广，则必须寻求摆脱精密光学仪器的方法。国家科技发展的需要，又成了罗河科研的一个新选题。

早在1945至1947年，罗河在英国进修期间，即开始了航测解析法的研究，以期用简单的坐标量测设备，辅以计算，以解决航测制图问题。1950年，受美国土木工程师协会学报112卷上由P.H.安德伍德撰写的《摄影测量中的空间后方交会问题》一文的启发，罗河在美国土木工程年刊上发表了《航空测量的数学分析》（Mathematical Analysis of an Aerial Survey），在这篇文章中，罗河阐述了一种以空间几何的方向余弦原理为基础的航空摄影测量解析方法。此后，他一直从事这方面的研究。苏联学者对他的研究颇为赞许，曾一度作为中苏合作的科研课题。

◎20世纪30年代罗河教授带学生实习

1957至1964年间，罗河先后在《土木工程学报》《测量与制图学报》和《测绘学报》上发表了《航空摄影测量的分析制图法》《空中三角测量的一般解析法》和《以射线角为根据的解析法空中三角测量》等论文，全面系统地阐述了以射线角为基本要素的解析空中三角测量的完整理论体系，并提出了各种可能的实验方案，被科技界誉为"自成体系，独树一帜"的专家。一直到20世纪60年代末，计算机开始在我国应用，中国的摄影测量学界才开始注意到解析法的前景，并进行这方面的研究，罗河又成为这一领域的领军人物。

到1976年，他已是72岁高龄，又发表了《由互不相关的独立模型构成区域地形》等论文。当时，国际摄影测量界都普遍关注像点坐标的系统误差处理问题。在1979年，他提出了补偿系统误差的方法，发表了《以射线角为根据的三连相片独立模型法区域网平差》一文。到80多岁，罗河又开始了粗差理论及粗差检测方面的研究，直到他生命的最后一刻。

罗河在学术研究上，一贯对认定正确的东西勇于坚持，而不趋炎附势。他所从事的航测解析法研究，在20世纪70年代以前，并不为国内航测学术界所理解，在学术讨论会上，经常遭到非议。因为当时国内的航测学术研究，都是在尽量减少计算，充分利用仪器解决问题的模拟法上探索，而唯有罗河在相反的道路上研究。他所考虑的是如何根据中国实际，尽量减少使用昂贵的精密仪器，以节约经费和充分利用中国的人力资源，这是深谙当时中国国情的办法。当电子计算机问世以后，他更增强了对航测解析法的信心，坚决地、义无反顾地在这条道路上走了下去。后来的历史证明了他研究方向的正确性。

罗河在学术方面的非凡成就和他的生平事迹，被收入《中国科学家传略词典》。

严格教学

罗河教授终生从事教育，培养了一批又一批优秀人才，在他一生的教育生涯中，他严谨的治学态度决定了其对学生的严格要求。他深知在整个教学过程中，教师既是科学知识的传授者，又是学生成才的引路人。高水平、高素质而又能严格要求的教师将对学生的终生产生重大影响。

◎ 罗河教授（左二）率团访问苏联

在教学理念上，罗河主张学生在知识上要有超前性。所以，他不断更新教学内容，随着科学的发展增添新知识。他主张学生的学习应先易后难、循序渐进。20世纪50年代初，中国主要是学习苏联，而在苏联的测量教科书里，先是讲经纬仪后讲水准仪，他对此持反对态度，理由是水准仪简单易学，应先讲水准仪为宜。

在教学方法上，罗河不主张学生只看一本教科书，而要求学生多方参考，扩大知识领域，提高阅读能力。他认为，学生基础扎实，才能为将来的发展储备后劲。这就为学生开阔思路拓宽知识面打下了基础，使他们在思考问题时容易产生联想和独到的见解，有利于学生在宽广的科学视野中寻找解决问题的突破口，以博取胜，从而获得开创性的成果。他特别注意培养学生的思维能力和灵活运用知识的能力，他出的考试题，一般都不能从书本上找出答案，而是在融会贯通的基础上，经过独立思考方可求得解答。

在教学实践中，罗河以严格要求学生著称。测量实习时，学生的每一步操作，他都细心指导；每一个记录数据，他都从记录格式、有效数字、计算、校核、书写工整上进行认真检查，稍有不足，都要求返工重做。凡他教过的学生，都练就了很扎实的操作功底，也养成了一种认真、敬业的工作习惯。直至今日，这种作风，在全校师生中，已形成为一种优良的校风和传统。

在西南交通大学出版社出版的《竢实扬华 自强不息》一书的上卷中，记录了这样一个有关罗河教授在贵州平越严谨治学的例子，书中这样描述：

罗河教授上课十分认真，言语不多，而且，测量实习严格是出名的。有一次在实习时，一位土木系的同学，用经纬仪测量。仪器在使用时是不能碰一下的，否则会影响精确度。但这个同学在用眼接近目镜看仪器时，却用手扶着三脚架，他的动作被罗教授发现。罗老师认为，一个学土木的人连这点常识都不具备，根本没有学土木的细胞，便走过去，轻轻地对那学生说："你不用测了，赶快去转系。"这位学生不以为然，照念不误，一年一年地念下来，自认对测量好像已经完全精通，但罗教授就是不给他及格，于是，他也只好黯然转系了。罗教授的做法，当时学生认为太不近人情，但细想测量的精确对工程的影响，又觉得这位不近人情的罗教授固执得有理了。

◎1954年8月18日，唐山铁道学院抗美援朝铁路职工补习班结业合影。罗河（前排右三）时任教务长

青松品格

在诸多有关罗河的传记和纪念文章中,都有一则共同的描述:聪颖好学,性格刚毅,富有正义感。这与他自幼所受的家庭环境的影响是分不开的。他的父亲罗鸿慈为清代拔贡生,曾任中学校长,在日本侵略军占领期间,因拒任伪县长,在狱中绝食身亡。父亲的义举给了他强烈的震撼和深刻的影响。他深感没有国家的富强、民族的昌盛,也就没有个人的一切。此时,正值学校南迁,他随同学校辗转于湘、黔、川数省,在极端困难的条件下,他把个人的命运与学校、国家的命运紧密地联系在一起。

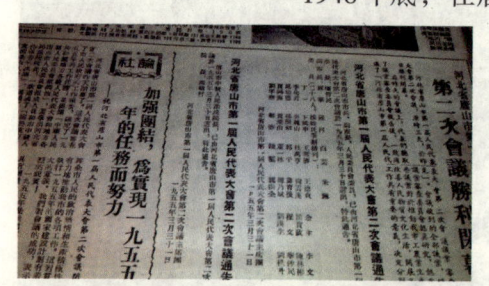

◎1955年罗河当选为唐山市副市长。图为当年《唐山劳动日报》刊登的《河北省唐山市第一次人民代表大会第二次会议通告》

1937年,抗日战争全面爆发,唐山交大迁往内地办学。为了学校,他只能把妻子安排在岳父家中,辗转数千里奔赴内地,与其他教职工一起,坚守教育岗位,维持了学校的存在,并继续为国家培养人才。抗战胜利,学校迁回唐山,他又跟随学校,回唐山继续任教。

1948年底,在唐山即将解放之际,国民党教育部命令学校南迁,他深感国民党政府的腐败,对其失去信心。在学校做出南迁决定之时,罗河登台疾呼:"唐山交大是中国人办的大学,属于全国的。国民党是中国人,共产党也是中国人……共产党来了,我们为什么要跑呢?我们学校培养出的人才,是属于全中国的,迁校毫无道理!"

◎1956年国庆节,中共唐山市委、市政府领导在主席台上检阅游行队伍,左六为罗河

罗河坚决不离开唐山,他的行动鼓舞了进步学生,他们选择了坚持留在唐山,迎接解放。1955年罗河当选为唐山市副市长。

新中国成立初期,国家勘测到唐山校舍地下有煤,为了采煤和学校的安全,在新中国成立前后开始酝酿学校的迁建问题。

1956年,当铁道部决定学校搬迁到兰州时,尽管广大群众普遍对上级的决定能够理解和执行,但让人们离开成长和生活过数年甚至数十年熟悉的家园和故土,难免在部分教职工思想中会产生各种各样的想法,对教学和工作产生一定的影响。对铁道部的这一决定,罗河一直持不同意见。他认为唐山铁道学院应在唐山另选地址重建,"在今天人力、物力有限时,把一个有历史、有成绩,而且在原地点也需要的高等学校,刨根迁移,在名义上取消其存在,并人为地降低其质量是不必要的,而且将为国家造成更大的损失"。

◎唐山市政府领导白芸、冀华、罗河（右一）在主席台上检阅游行队伍

他在不同的场合和地点,用不同的方式表达了他的这个观点。为了引起铁道部领导对这个关系学校前途和命运的校址问题的重视,为了保护好这一历史悠久、国内外享有盛誉的著名高校,从爱护学校及发展教育的立场出发,1956年7月12日,时任唐山市副市长的罗河教授为此专门给周恩来总理写信,明确地表示不同意学校迁往兰州并阐述了理由,力主"在唐山建校"。

这需要何等的胆量和气魄。要知道在1957年,学校被错划的右派分子多数都是因为反对迁校所致。

在院党委和教职工的积极呼吁下,在各级领导的关心和支持下,1958年5月,铁道部下发了"铁人教专滕[58]字第244号"文,决定学校不再迁往兰州,改为在兰州新校址成立兰州铁道学院,所需教师由唐山铁道学院和北京铁道学院支援。铁道部的这个文件是对《铁道教育事业十二年远景规划》中关于学校迁校兰州决定的修改。应该说,这次学校没有全部迁往兰州得以在唐山另选校址继续发展,罗河的这封信起了决定性的作用。

"竢实扬华"匾是中国高等教育的第一块金牌,在"文化大革命"中,有关罗河找匾的悲惨遭遇传遍了校园。

1916年,当时的北洋政府教育部在北京举办全国专门以上学校学生成绩展览评比,参展的高等学校共71所,唐山工业专门学校将1915届毕业生王节尧、1916届毕业生茅以升的作业送展,得94分,为最高分,名列第一。依据当时教育部拟定的奖励办法,90分以上者列为头等,给予优秀奖状,并且第一名由教育部发给匾额,因而时任教育总长范源濂先生亲自书写了"竢实扬华"匾额一方,奖励唐山工业专门学校,这是永久的属于西南（唐山）交大的荣耀。

这也是罗河最引以为自豪的。罗河次子罗思德在回忆父亲的文章中提到,即使在家里他也常常念叨——"这块匾在哪儿,应该找出来挂起来。"这是一位对母校情有独钟教授常怀于心的愿望!表现出他尊重唐院历史,强烈的母校荣誉感。

也正是这块标志着唐院昔日光荣的匾额,"文化大革命"中被当作糟粕践踏,"找匾"成为罗河莫须有的罪名,使他惨遭毒打。但罗河面对种种污蔑、迫害以及非人折磨,坚贞不屈,正气凛然,受到人们普遍尊敬和爱戴。

罗河的刚正、坚毅,让我们不由想起老革命家陈毅元帅在1962年发表于《诗刊》的《冬夜杂咏》之首篇《青松》:

大雪压青松,青松挺且直。
要知松高洁,待到雪化时。

青松,在大雪的重压下挺拔直立,不管受到多大的压力和打击,都刚直不阿,坚韧不拔、雄气勃发、愈挫弥坚的精神,恰如罗河教授的高尚品质。他那冷峻峭拔如松的形象,充溢其中的豪气、激荡其中的力量,特别是在压与挺的抗争中,使我们经历了一场灵魂的涤荡,让我们充分感受到他在那个时代的坚韧内敛的坚强意志和那令人起敬的人格力量。

殷殷情怀

◎晚年的罗河

罗河热爱母校,为学校教育事业倾注了全部心血。

唐山解放后,解放区的华北交通学院迁至唐山,准备与唐山交大合并,他即同时在北京大学工学院和华北交通学院授课。上海解放后,唐山交大迁回唐山,他又担任了教务主任,长期主持学校教务工作,与学校的领导一起,共谋发展宏图。为学校的建设和发展,他日夜操劳,寒暑不懈。他主持延聘教师,购置设备,增建校舍,设置新专业,扩大招生规模,使学校达到了建校后的最为兴旺发达时期。

在1949年《交院导报》(当时的校报)的创刊号上,曾有罗河的题词:"惟一切在进步中,独满足者滞留于其所满足之状态……今后时代巨轮加速前进……适者存,不适者亡之铁律万难幸免,则吾人宜如何自处应无可疑。"可以看到,他不但自己在谋求学校的发展上积极进取,同时也激励全校同仁牢记交大唐院的辉煌历史、与时俱进。

1978年,他已是74岁高龄,因唐山地震住房倒塌而寄居北京,但他还是念念不忘国家的教育事业,母校的前途,以"发扬8亿人的潜在才智,为战胜资本主义,为人类做出较大贡献"为题,致书中央,提出如何培养人才的意见。

1979年2月8日,罗河再次上书中央,呼吁把西南交通大学迁出峨眉山区,迁回唐山。他这样写道:

"在当时的少数中相比,唐院幸而居于数一数二的地位。这样的苗子是国家民族的宝贵财富,应当得到有意识的关注和培养使其继续提高成长。"

"四化是当前压倒一切的任务。要赶超?还是要落后?要万马奔腾还是要万马齐喑?人民的呼声是一致的。新的长征要求亿万人民鼓足干劲奋勇前进;岂能容忍千里名驹横遭迫害,困守山沟。四化要人才,教育是根本。办好高等学校是刻不容缓的任务。抓住较有基础的幼苗,予以条件,促其迅速成长,为国家培养合格人才。这是忧国之士的共同看法。因此把西南交通大学迁出峨眉山沟,予以妥善安排是符合人民的长远利益的。"

他的这些作为经常受到人们的误解与非议,但他并不为此而气馁与动摇,足见其对教育事业的赤胆忠心。尽管罗河在20世纪80年代还在为学校迁回唐山作种种努力,但希望唐山交大不离开唐山的愿望最终未能实现。可是,他爱唐山这片热土、爱为之奋斗一生的母校,拳拳此心,天地可鉴。

1988年9月10日,在唐山,罗河教授参加交大驻唐山留守组举办的庆祝教师节座谈会,这是他从教以来最后一个教师节,他做了最后一次讲话。

针对当时社会上出现的一些不尊重知识和知识分子的现象,诸如脑体倒挂、知识不值钱、学生厌学、教师从商等,罗河激动地说:我们当教师的,要

◎ 晚年的罗河喜欢侍弄花草

自己尊重自己的职业，尊重自己的劳动，要有作为人民教师的光荣感和责任感，随时想到自己肩头上的重任。一个人、一个民族，如果不读书，不追求知识，这个人就没有出息，这个民族就没有前途。总之，我们要想得远点，看得远点……

罗河最后的这次讲话，饱含对人民教师这一职业的无限深情，表达了对国家美好前途的自信心和坚定信念，以及对我国教育事业发展的殷切期望。感人至深，催人泪下。

罗河为母校的建设和发展，可谓呕心沥血、殚精竭虑；他为唐山的文化教育事业发展所做出的伟大功绩，将如同他所钟爱的"竢实扬华"匾额上的文字，深深地镌刻在唐山人民的心里。

2014年5月，为了缅怀罗河教授，西南交大在罗河教授诞辰110周年之际，举行一系列纪念活动。地球科学与环境工程学院拟提案将流经犀浦校区的河流命名为"罗河"。"罗河"将与峨眉校区的"名湖"、九里校区的"镜湖"成为镶嵌在百年交大历史版图上的精神坐标点，如精神火炬般继续照耀着代代学子的前行之路。

（王艳萍）

原载2014年12月2日《唐山劳动日报》

◎2014年5月，为了缅怀罗河教授，西南交大在罗河教授诞辰110周年之际，拟提案将流经犀浦校区的河流命名为"罗河"

李汶：只为点铁贵成金

他曾是共和国副总理李岚清及海外诸多科学家、学者的老师，德高望重，桃李芬芳；他是西南交大画法几何及工程制图资深教授、建筑学家，是著名的"唐院四少"之一，"五老四少"中最后一个谢世的，受到全校师生普遍的尊崇；他设计的交大唐院标志被制成为校徽作为经典流传；他在工程制图中首倡制图文字采用仿宋体，为后人沿用至今；在西南交通大学的历次迁建过程中，他都是学校总体规划设计负责人；他被称为西南交大的"宝贝与财富"。

他就是西南交通大学的著名教授李汶。

一片净土

1933年，李汶毕业于交大唐院（交通大学唐山工程学院的简称）土木工程系。在这一年，中国内忧外患，国难当头。

1月3日，日军攻陷山海关。

2月22日，日本以傀儡政权"满洲国"的名义，要求热河省内华军24小时内撤退。

3月9日，日军向长城各口进犯。国民党29军在喜峰口抗战，29军大刀队奋勇杀敌，长城沿线烽火连天。

4月10日，蒋介石在南昌向其将领宣布：抗日必先"剿匪"，"匪"未剿清之前，绝对不能言抗日，违者即予最严厉的处罚。

◎《秋韵图——李汶教授》

◎1933年由唐山工程学院院长孙鸿哲签署的李汶教授毕业证书（中文）

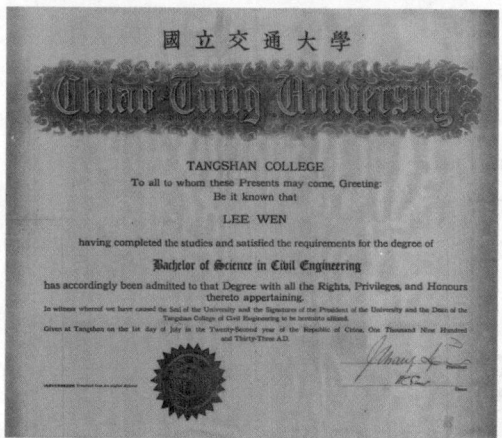

◎李汶教授大学毕业证（英文）

5月25日，中共中央发表《为反对国民党出卖华北平津告民众书》，号召全国人民"反对日本帝国主义进攻平津，反对国民党南京政府和北方军阀的新卖国"，呼吁全民抗战。

在抗战的艰苦岁月中，李汶同全校师生一起，共渡难关。

1935年，日本侵略者加紧了对华北的侵略，妄图使华北成为又一个伪"满洲国"。当时的国民党政府屈服于日本的压力，先后与日本签订了《秦（德纯）土（肥原）协定》《何（应钦）梅（津美治郎）协定》。国民党政府实际上把包括北平、天津在内的河北省和察哈尔省的政权拱手让给日本。华北危在旦夕，民族危机更为深重。10月，日军唆使汉奸组织暴动，策动汉奸进行所谓"华北五省自治运动"，企图使华北五省脱离中国，成为日本的殖民地。11月，又扶植汉奸殷汝耕在河北省通县成立了伪政权"冀东防共自治政府"，控制冀东22县和唐山市及秦皇岛港。

平津告急！华北告急！

在唐山，当时的交大唐院被日伪势力包围，处境险恶。校门不远处即有日伪岗哨，日本军人、浪人和伪军在大街上耀武扬威，为非作歹。日本飞机在上空骚扰，抛撒传单。学校随时都有被日军占领的危险，每堂课都有可能成为"最后的一课"。

但是，当时的院长孙鸿哲先生却坚决地表示："中国现在已处在置之死地而后生的地步，我们的教育也只有跟着走，要置之死地而后生。只有在这种艰苦危险的环境中，才能培养出耐得风寒的种子！"所以他不管外面的环境如何，都要留着校园这一片净土。

这一片净土，不仅是象征的，也是实在的。

国旗是祖国的象征。当时冀东大地上只有唐院每天还在升中国国旗，而且，也只有在唐院还能看到迎风招展的中国国旗。这面国旗不仅鼓舞了全校师生，也鼓舞了冀东人民，让冀东人民看到一线曙光，这是微亮，鼓舞着人们要挺过去，希望还在。

学校组织了"读书社""一二九流通图书社"等社团，组织同学们阅读《大众哲学》《生活周刊》等进步刊物。他们出版了《唐大学生》（铅印刊物），他们还办起了"未名剧社"，上演田汉、洪深等剧作家编写的进步话剧，选定《义勇军进行曲》作为社歌。面对险恶的形势，唐院的师生以自己的形式与日伪势力展开不屈的斗争。

在如此严峻的环境下，学校在校长、教授们的倡议下，由校友和教职工捐款修建了校友厅。这一建筑的设计者就是当时担任助教的李汶。

◎李汶教授设计的唐院校友厅

李汶设计校友厅的形式中西具备，极具匠心。在校友厅周围陪衬着小庭院，前院有荷池藤架，小桥喷泉，绿茵草地，后院有苗圃花房，诗情画意的校园，真正成为冀东大地战火硝烟中的一片净土。

李汶不仅设计并监造了校友厅、教授住宅，改造了西讲堂、图书馆。与此同时，他还设计了唐院的标志，镶嵌于校友厅正门上方。这个标志深得大家喜爱，成为西南交大的经典标志。

李汶设计的学校标志，外形为盾形，与美国土木工程学会（ASCE）的会徽和康奈尔大学校徽外形相同，其正中是T形图案，是唐山工程学院英语的第一个字母，代表院名。中有篆文"交大"二字，代表交通大学，右上方有唐山二字，基下有三条横条，代表当时的三色校

◎镶嵌在校友厅正门的唐山交大老校徽，由李汶教授亲自设计

◎今天西南交通大学校徽的蓝本就是李汶教授设计的唐山交大老校徽

◎镌刻在西南交大犀浦校区"竢实扬华"雕塑墙上的校徽

旗，右下方是一个经纬仪，左上方是一个铁锤，分别代表学校的土木和矿冶二系。左下方是两棵青松，寓意学校万年常青，为国家培育人才。这一标志内涵深刻，别具一格，也成为后来学校校徽的雏形。

这一年，李汶还仅仅是一名助教，年龄只有26岁。此后，他在校从助教到讲师、副教授、教授，辛勤执教60余年，曾任制图、房屋建筑学、建筑学等教研室主任和校图书馆馆长。

点铁成金

李汶从学生时代起就立志做一名从心灵上"救民于水火"的教师。早在学校读书期间，他就是一位品学兼优的学生：他的学习成绩一直名列前茅，并且踊跃参加各种公益活动；他关心国家大事，在"九一八事变"后，积极参加抗日活动，并且参加进步同学举办的民众学校工作，唤起民众，宣传抗日，为学校附近的贫困儿童义务教学。为此，他被评为"斐陶斐励学会"唐山交大分会会员，这是当时国内多所知名高校毕业生的最高荣誉组织。同时，他也因优异的成绩毕业并被学校选择留校任教。

李汶常说这样一句极朴实的话：一辈子钻研的就是如何把课教好。

画法几何当年曾被学生称为"头痛几何"。李汶在讲授这门课的过程中，着力使学生建立明确的概念，重点放在使学生能灵活运用课程中的各种分析表达方法，将干涩的理论教学融入能力锻炼的实践中。他对学生的严格要求虽然使不少学生当时感到有相当的压力，但经过教与学的共同努力，学生们大都取得了良好成绩，养成了认真、勤奋的治学态度。

1991年，在西南交大95周年校庆纪念会上，60多岁的台湾荣民工程专业管理处的总工程师张溥基径直走到李汶教授面前，在与会人员的注视下，恭恭敬敬地向李汶教授鞠了三个躬。原来，40年前就读于唐山交大的张溥基曾因画法几何课两次考试不及格而一度对学习失去信心，幸得李汶教授帮助分析原因，耐心解惑，一再鼓励他战胜困难，使得他的画法几何课成绩提高很快。40年后，授业弟子感念师恩，站在老师面前激动地说，师长当年的帮助和鼓励对自己后来取得的成就关系甚大，终生难忘！

1993年12月，西南交大校长孙翔访台，受到台湾校友的热烈欢迎，海峡两岸同根同系的交大骄子相聚，畅谈起交大的过往与未来。原台湾国民党"行政院"秘书长王章清对孙校长说，我是土木系44届学生。李汶教授教学严格，且以身作则，受益匪浅。时任美国纽约市立大学史德顿学院教授张以桢对李汶教授倍加称赞"深入浅出，化腐朽为神奇"，表达了海外学生对李汶教授的赞誉之情。

正是因为李汶几十年如一日对学生的倾力培养，他赢得了学生发自内心的敬佩之情。

为了提高工程制图课的教学效果，他在讲授这门课时，首倡制图文字采用仿宋体，这是他结合授课内容研究汉字字体得出的结论。多年的教学经验，使得他对工程制图中的字体使用有了独特的看法，他发现在所有的字体中，仿宋体既容易辨认又整齐美观，可以增强图纸的整体效果。于是，他在工程制图的教学中，又给学生加授如何写仿宋字，要求学生的制图作业一律书写仿宋字。如今，国内工程界已普遍采用仿宋体作为图纸上的标准字体。李汶教授对此作出了特殊贡献。

在多年的教学过程中，李汶教授给学生讲授过的课程还有房屋建筑、工业建筑、建筑施工、建筑学专业外语等。他对每门课程都潜心研究，不断改进教学方法，坚持严格要求，因此教学成绩非常突出。

顾宜孙教授是交大唐院的"五老"一员，是我国著名结构工程专家、教育家、社会活动家，唐山交大历史上一位功绩卓著的教授和领导人，也是我国工程技术界和教育界的老前辈之一。1937年，在李汶欲出国读材料学的时候，顾宜孙教授曾写了七言古风送给李汶，他这样写道：

赠李一之君（"一之"是李汶之号）

　　李君精勤人难敌，
　　心在栋材适异国。
　　不求点铁贵成金，
　　但教和胶坚愈石。

"点铁贵成金"恰如其分地表达出李汶教授春风化雨式的教学风格和出神入化的教学能力。

爱校如家

李汶在校任教60余年，始终与母校同甘苦、共患难。特别是在抗战时期，学校南迁、师生颠沛流离的岁月，他尽自己的最大努力和大家在一起，体现出他爱校如家、爱校胜过家的精神，让人们没齿不忘。

抗战伊始，他以学校为重，毅然辞别病重的父母和妻子儿女，历尽千辛万险，为学校的频繁迁徙东奔西走，排忧解难，尽心尽力。交大的师生们不会忘记，从平越去遵义的途中，他为行走吃力的教师联系滑竿，自己却徒步随行；交大的师生们不会忘记，李汶只身在遵义、成都两地为学校办理过往接待和招生工作时，那辛苦忙碌的身影。抗战胜利后，李汶曾短期回家乡搞工程建设，经济上比较宽裕。但这段离开学校的日子，也是他最为不安的时期。每每想起校友朱泰信离校前叮嘱他和罗河两人要他们留在学校终身从事教学的话而深感不安。新中国成立后，李汶重新回到母校，并决心不再离开，他要把毕生心血倾注到培养优秀的国家栋梁上。"文化大革命"期间，李汶被错误地打成"反动学术权威"，受到极大的冲击，致使手上落下了残疾。即使是在那最为痛苦的时刻，他做人类灵魂工程师的信念也从未动摇。

1986年底，李汶按照当时规定本应退休，但因教学工作需要，他又接受返聘，继续工作了3年，这时他已80高龄。

退休后，李汶仍然关心学校，担任学校教学质量评估专家组成员，定时听课，并写出评估报告。他还积极地协助做好海内外校友的联络工作，并被学校聘为校史编辑委员会副主任。

桃李芬芳

1994年9月，西南交通大学44届土木系的同学在苏州太湖边上举行聚会，同学和家属一批又一批地从天南地北赶到。86岁高龄的李汶教授也偕同夫人前来参加，西南交大的党委书记和校友办主任一同参加聚会，他们说是护送李教授坐飞机来的，因为他是交大的宝贝和财富，而其他的老教授都已相继去世了。

在这次聚会上，首先是李汶教授讲话，他说："我虽然两袖清风，但从事教育事业感到自己很富有……"

从学生时的教师梦，到耄耋年老时桃李满天下，李汶教授真的感觉很富有。"感到自己很富有"，这是李汶教授的肺腑之言，它使在场的校友对他肃然起敬。人们不禁想到在李汶家的客厅中，悬挂着他自己摘录清人徐谦诗作而成的那幅行书中堂，"不羡一囊钱，惟重心襟会"。这应该看作是李汶教授的座右铭，这也正是他崇高精神境界的写照。淡泊金钱名利，崇尚真心真情，为实现"如何把课教好"理想而毕其一生辛勤努力。

1997年11月4日，国务院副总理李岚清一行来到位于成都市区西北角的西南交通大学视察。在观看学校校史展览时，李岚清在一幅老人的半身照片前停了下来，他仔细地端详着老人的相貌，又仔细地阅读着这幅照片的文字简介。学校党委书记上前介绍道：这是在我校任教已有50多年的李汶教授，他是江苏镇江人。李岚清副总理眼中一亮，满脸惊喜地说："他就是李一之老师，他是我的老师。"

视察完学校的工作后，李岚清在校领导的陪同下，兴致勃勃地跨进了李汶教授的家。一进门，李岚清就激动地说："您就是李一之老师，我是您的学生。"李汶教授也激动地说："是的，我是李一之，李汶是我后来改的名字。"师生的手紧紧地握在了一起。

原来，早在1947年，已是交大唐院教授的李汶回老家料理家事时，因暂时回不了学校，又拗不过其表兄的情面，曾在其表兄任校长的镇江京江中学（现名第一中学）的高中部执教一年多。李岚清当时正好在高中部读书，得以亲耳聆听李汶教授的讲课。

事隔半个世纪，当师生俩重逢谈起京江中学的往事时，李岚清副总理不无感慨地说："我还记得，李老师教我的是解析几何。李老师讲课真是一丝不苟。"

人们赞美老师，称颂他们是辛勤的园丁。不错，正是在李汶教授的心血浇灌之下，赢得了交大校园的满园春色、桃李芬芳。

原九三学社中央副主席徐采栋，原致公党中央副主席杨纪珂，原成都市市长胡懋洲，原成都工学院院长袁仲凡，原西南交通大学党委书记、校长胡正民，两院院士沈志云，中科院院士陈能宽，"两弹一星"功臣姚桐斌，中国工程院院士、特等劳动模范佘畯南，中英美注册建筑师教授黄匡原等都是他的学生。遍布于国内外大学、科研机构、工程部门中的教授、科学家、高级工程技术人员中的学生更是难以计数。学生人才辈出，令李汶教授无限欣慰。

功德无量

新中国成立后，由于要开采唐山校址地下储量丰富的煤炭资源，中央决定交大唐院搬迁。新的地点几经变动，最后才决定内迁四川建校。李汶参加了历次的建校工作，并担任设计室主任职务，负责勘探设计。在交大的数次迁建中，李汶教授立下的功劳也是有口皆碑的。

1952年，学校拟迁天津，计划在南开大学和天津大学附近建新校校舍。李汶教授被任命为新校设计室主任，负责勘测设计。由于新址地下水位高，附加建筑费用大，李汶教授负责拟出的预算报告呈报后的结果是改建北京。于是，李汶教授带领一班人又开始了新一轮的勘测设计。一年多后，1万平方米的建筑物在京城拔地而起。虽因故学校未能迁入，但既成建筑全部移交给了铁道部干校。

1956年，学校拟迁兰州，李汶教授再次被委以新校设计重任。不料，1万多平方米的楼房耸立起来了，兰州又迁不成，那里的楼房又成了兰州铁道学院的校舍。国家又决定学校仍在唐山发展后，李汶教授仍然负责在唐山郊区建校的设计，他又设计、建造了4万平方米的校舍。最后，交大改迁四川峨眉后，唐山的楼群全部由公安学校接管。

在交大拟迁成都时，还是李汶教授担任了成都总校总体规划设计方案评选委员会的工作。李汶教授和交大的迁建、发展是紧紧联系在一起的，李汶可说是交大建校的见证人。在数次建校的勘探、设计中，他一如既往地坚持原则、廉洁奉公，坚持严谨的工作作风和实事求是的科学态度，一如他在教学中的严谨和认真。

多年的摸索与积累结出了丰硕的成果：他著有《仿宋字写法》《正轴测投影原理与作图》《确定太阳方位及其角度的投影作图法》《球面三角形图解法》等论文，译有《初等共线图解法》《建筑绘影图法》《画法几何通俗解说》《轴测投影》《制图教程》等，在国内有较高的学术地位，获得较多荣誉。他先后被聘为中国建筑学会、建筑师学会、铁道学会会员和中国铁路辞典编纂委员会副总编；他曾担任四川省高校高级职称评审委员会建筑与测量学科评审组成员，获得中国土木工程学会、中国建筑学会和四川省政府颁发的从事科技工作50年荣誉证书。在成都市建筑学会举办的"新一代住宅优秀设计方案"评委会担任副主任，在四川日报新闻大楼及成都市"8211工程"等设计方案评委会担任评委。为表彰他对我国教育、建筑事业的突出贡献，1992年，李汶教授荣获国家有贡献专家政府特殊津贴。

李汶在学校执教60余年，忠实地继承了学校严谨治学的优良传统，退休后继续发挥余热，1999年获"四川省跨世纪杰出老人"荣誉称号。他将一生全部献给了母校，始终与母校同甘苦，共患难。

西南交大的师生格外尊崇李汶教授，通过各种形式表达这份敬意。《秋韵图——李汶教授》是交大艺术与传媒学院郭绍波教授的作品，画面以杜甫的"安得广厦千万间，大庇天下寒士俱欢颜"诗句为背景，体现了李汶教授一生为之奋斗的理想和奉献精神；案头摆放着一副老花眼镜和有关建筑的资料，表明他仍在孜孜以求，不辍耕耘。画面很好地向人们展示了李汶教授晚年"老骥伏枥，志在千里"的丰富内心世界。

六十多年，历经了人生的一个花甲；六十多届的学生难以数计。他们遍布祖国各地，他们走到向不同的人生舞台。但每当交大老校友们相聚时，谈得最多的是母校的优良传统，询问最多的是李汶教授——这位让他们铭记在心的恩师，回忆最多的是他在教学中的严格要求及以身作则，这种言传身教让他们终身受益。在不同的领域，他们取得丰硕的成果，他们把现在事业的成就归功于母校对他们的严格训练，特别是老师的辛勤栽培。

"树从根底起，水从源头流。"唐山—成都，因交大而紧密地联系在一起，同根同源；为唐山交大贡献了毕生心血的老师们当名垂青史，万古流传。交大的优良传统（严谨治学、严格要求）所凝聚起的交大精神，在两地人身上得以充分的体现与传承。同时，这种精神必将汇聚成巨大的力量，推动唐山的文化教育事业迈上新的台阶、走进新的时代。

（王艳萍）
原载2014年12月9日《唐山劳动日报》

张维：桃李依依犹思源

◎坐落在西南交通大学犀浦校区内的张维院士铜像

2013年，西南交通大学犀浦校区，一座雕像揭幕落成。他眼含笑意，亲切温暖的面容深藏着内心坚韧旷达的精神，手中轻握的书卷展示着大家风范的沉着气息。

他又重归校园，重归交大了。他是中国著名力学家、结构力学和工程教育专家，中国科学院和中国工程院两院院士张维，百年诞辰之际，张维的纪念雕塑落成在母校。84年前，张维院士和他风华正茂的同学们一起就读于交通大学唐山土木工程学院，有四位同窗成为院士。如今这四位中的张维、刘恢先、严恺以雕塑的形式又聚首母校。

求学交大：撬动一生的力学支点

◎张维

1913年5月22日，张维出生于北京。父亲张图是旧京师译学馆的学员，清末民国初年供职河南安阳县税务局，并兼任家庭教师。1915年，仅仅在张维出生两年后，父亲便溘然长逝。这个家仅靠旧有积蓄及兄长的工资维持生活。北洋政府期间的北京，处在民国政治的前沿，有教化风气之先，也有动荡不安之虞。张维一家的日子必定时时清寒而艰难。

而张维少年聪颖，早早地让人刮目。他5岁入北京小学，11岁考入北京四中，15岁转考至天津北洋大学预科，无一不是名校。在北京与他同窗的还有一位人生挚友——钱学森，以及他后来的妻子陆士嘉。我们的资料中没有记述他少年时读书的情形，他努力吗？快乐吗？是否已经做过匡济天下的梦呢？这些似乎也不影响我们对他的探知和求解。

1929年16岁的张维考入了唐山交通大学（现西南交通大学）土木工程系，唐山交通大学曾数次更换过校名，此时的校名为交通大学唐山土木工程学院。在中国工业发展的起点——华北重镇唐山，此时正聚集着以罗忠忱、顾宜孙、黄寿恒为代表的唐山交大一代名师，他们恰值盛年，又有朱物华、刘仙洲、华凤翔、张正平、张伯声等著名教授执教，唐山交通大学已成为著名的工科学府之一。求知若渴的张维此时此刻遇到的正是甘霖和阳光，为茁壮成长为参天巨树积蓄着力量和势能。

张维醉心于数学与物理学，而数学尤为突出。资料中描述他大学期间的学业是"卓尔不群"的。四年后20岁他以优异成绩毕业，获得工学士学位。当时他的同班同学（唐山交大1933届）五十余人中有美国工程院院士林同骅、中国科学院、工程院院士严恺、刘恢先等人。这些意气风发的年轻人走出那扇著名的校门，奔赴关山千万里，铺路架桥，延展着这个犹自疲敝的国家的经纬度。

毕业后的张维被分配到当时仍在向西延伸的、贯通东西的铁路大动脉陇海铁路实习，辗转于潼关至西安的潼西段工地，在华阴、坝桥协理铁路施工，他领略着关中大地的沃野千里，细看地图与大地上的铁路线同时向西伸展着。这里应该是张维研学与实践的起点吧。

工作未及经年，张维竟然有了一个机会回归唐山——他应母校之召，于1934年4月回到唐山交通大学任结构力学与结构工程助教。在这期间，他开始与力学结下不解之缘。这将成为他一生为之倾尽心力的研究方向。

1933至1934年，美国公布了新版的铁路桥梁规范，有心的张维为此查阅了大量力学著作和文献，撰写了对该规范内容力学理论根据的探讨论文。该篇论文以其独特的见地在中英庚子赔款留学的报考与录取过程中，受到主审教授的高度评价。1937年，张维以优异的考试成绩作为第5届中英庚子赔款公费生，留学英国。

留学德国：雏凤的第一声啼鸣

这一段留学经历在张维的女儿张克群女士的《双子星座：张维与

陆士嘉》一书中有详细记述。那时张维与著名流体力学专家陆士嘉女士刚刚订婚，二人已经决定相携远赴欧洲求学。陆士嘉将去德国哥廷根大学研究院学习物理。

两个人在订婚仪式上除了交换戒指外，陆士嘉郑重地送给张维一支钢笔，笔杆上刻着她亲笔写下的四个娟秀的小字："勿忘祖国。"接过这虽不贵重，却饱含情意和期望的礼物，张维几乎落下泪来。他知道两个人的心是相通的：在这兵荒马乱的年月抛家离国远赴重洋，只为掌握过硬的知识，让自己苦难的祖国强大起来，不再忍受屈辱。两个人长久地互相望着，眼中全是坚定的鼓励和热切的期望。

1937年7月16日，就在"七七事变"九天后，张维和陆士嘉告别了亲人，登上南下的火车去南京办理出境手续。拜谒了中山陵后，匆匆赶到上海。日本入侵上海的淞沪战役开战前两天，他们登上了开往欧洲的最后一班英国轮船。耳听着已经越来越近的隆隆炮声，眼见着贴着太阳旗

◎ 张维与夫人陆士嘉

的日本飞机在头顶上盘旋，两个人心绪百结：他们不愿离开灾难深重的祖国，国难当头理应效力乃至赴死；但少年就立下的科学强国、工业救国的志向就要起步，又不愿放弃。满怀悲愤和矛盾，他们踏上了异国求学的路。而这一去，不知何日才能归来。望着渐渐模糊的吴淞口，两人的眼睛模糊了。张维把手放在陆士嘉肩上，想要说几句安慰的话，未曾出声却已泪流满面。他们在心里暗自发誓：学到最先进的技术学，回来报效祖国。

1937年9月中旬张维抵达伦敦，在当时颇有声望的帝国理工学院土木工程系A.J.S.皮怕德（Pippard）教授指导下学习，一年后即获帝国理工学校文凭（DIC）。这一年的寒假，为了求得更好的学习条件和更深入的工程知识，他跨过英吉利海峡到德国进行考察。他对德国柏林高等工业学校F.特尔克（Tolke）教授的壳体理论研究很感兴趣，并预见到壳体理论将会在固体力学和结构工程研究中大放异彩，决定赴

德国学习。经过一番周折，终于获准于1938年7月到柏林高等工业学院（今柏林工业大学）土木工程系工程力学教研室，在特尔克教授指导下进行壳体理论的研究。

然而，第二次世界大战爆发了，张维和陆士嘉被滞留在德国。

在相依相扶持的岁月中，张维和陆士嘉正式结为夫妇。简朴的婚礼上只有几个同学加上德语老师赵林克蒂一起自做自吃了一顿饭。也不知哪位同学神通广大地买来一只甲鱼，打算给简单的"婚宴"增加色彩。可惜同学们俱是书生，谁也不会做它。一番讨论之后，有人出主意，大概跟做鱼差不多吧，油炸一下，再加水、加佐料炖。然而甲鱼被炸得硬邦邦，完全炖不烂煮不熟，而且把两个人一个月的油都耗尽，接下来生生地吃了一个月的水煮菜。饶是这样，两人仍是乐观开朗，孜孜求学。

他们的女儿张克群出生了，但是由于营养不良生了半年的大病。两人一边上班一边轮流照顾孩子。为了不耽误学习和工作，张维对妻子说，我们离开苦难中的祖国，在这个法西斯猖獗的地方艰辛地活着，不是为了养孩子啊。两人忍痛把女儿送到乡下农家代为抚养。

张维当时已经担任柏林高等工业学校工程力学教研室助教，完成了隧道应力分析与弹性波石油勘探等项研究。1944年10月，他以优秀的成绩通过论文答辩，获得工学博士学位。他在论文中利用特尔克导出的方程，采用渐近方法与贝塞尔函数，在国际上最先解决了圆环壳受任意旋转对称载荷作用下的应力状态求解问题。这一求解是他青年时期最重要的研究成果。

由于当时中国小丰满水电站大型水轮机是由瑞士埃舍尔—维斯机械厂（Escher—Wyss Maschinen—buu Fabrik）设计和生产的，张维为了掌握祖国工程建设需要的先进技术，通过各种渠道同该厂联系，终于在1945年9月获准移居瑞士，在当时很有名的埃舍尔—维斯机械厂研究部任研究工程师，从事旋转机械中的叉管、圆盘叶片的研究工作，同时等待回国的时机。

毅然归来：胸怀家国的力行

1946年5月，在得知可以回国的消息之后，张维征得厂方同意，毅然中止了合同，不等银行解冻，带着身边仅有的一点钱，在中国驻巴黎使馆的帮助下，全家三人从马赛港坐船出发了。

"1946年7月，在阔别祖国9年后，爸爸妈妈带着新添的我，辗转瑞士、法国、越南、香港，历经一年多，终于又踏上了这片土地，这片苦难深重，然而为他们所深深眷恋着的祖国的土地。"张克群女士在书中描述了60年前的情景。

◎一家三口

张维与当年许许多多的知识分子一样，没有犹豫，没有他念，放弃先进的实验室，丰厚的待遇，灿烂的前途，一心回到祖国，质朴纯净得如一条已经遨游到大海的鱼儿，一定要洄游到生养自己的大河源头去。

张维回国后，先后受聘于同济大学、北洋大学。1947年，受聘于清华大学，与已在清华执教的钱伟长分担全校的力学课程教学。他先后讲授过材料力学、高等材料力学、结构力学、弹塑性力学以及板壳理论等课程。1951年起，由于高校院系调整和发展的需要，张维开始担任行政、教学与科研管理工作。1952年，他担任三校（清华、北大、燕京）建设委员会工程处负责人。1954年任清华大学建设委员会主任，为三校和清华的基本建设做出了贡献。1952年到1956年，他担任清华大学土木工程系主任。1955年，张维被选为中国科学院学部委员（院士）。1956年，按照国家和学校的规划，清华筹建了一批新专业。1958年，他筹建了工程力学数学系，并任第一任系主任。1957年以后，张维担任清华大学副校长，先后分工主管教学与科研，直至1966年"文化大革命"。

在清华园执教的日子，应该是张维夫妇一生中最为奋发欣喜的时光。在教学和工作上，二人都发挥着所学之长。二人上班是工作，回到家中也还是工作，经常请同事和学生到家里做客共同研究。张维还曾经在家里办起"语言班"，亲自担任教师，辅导年轻教师学德语。这十余年间，他们的生活充实而幸福，家中时时传出欢声笑语。

张维一直保持着简朴的生活习惯。家里始终没有什么华丽的装饰，只是在客厅显著位置上一个精美的银色镜框里，镶嵌着周恩来总理的照片。虽然自己过得相当简朴，但是他们经常接济亲戚和身边的师生、工人，甚至素不相识的人。张克群女士回忆，在清华园居住时，每次陆士嘉和张维出门，回来后总要抱怨说："我这一辈子的事业都让你毁了。"因为张维逢熟人便要站着聊二十分钟。"父亲从来都是很温和很和蔼的，不论是对身边的人还是学生，他的脸上总是挂着笑容。"

而在"文化大革命"期间，张维、陆士嘉夫妇二人作为"反动学术权威"都遇到了劫难。他们的住房被调整，家里一下子又住进3户人家，只给他们保留了两间屋。由于存款被冻结，而且工资少得可怜，他们不得已变卖家里的东西。从结婚用的金戒指，到装水果的铜盘子，都被卖了换钱用。而后女儿被分配到大庆油田，高中毕业的儿子去山西插队。张维被派遣到江西鲤鱼洲清华干校养猪，只有陆士嘉留在清华园。一家人分在四方。

重返校园：教研一生的敦笃

终于等到云过天晴的那一天，1977年张维重新回到了清华大学副校长的工作岗位。他依旧拿出所有精力和热忱，投身教研。1978年，他又参加了八年科学技术发展规划的制订工作，任理论和应用力学组常务副组长，为我国工程力学学科的发展作出努力和贡献。1980年到1987年，他连任两届国务院学位委员会委员和力学学科组组长。1987年到1990年又担任国家教委科学技术委员会主任。1994年，中国工程院建立，他又被选为首批中国工程院院士。

1983年，他受国家教委的任命，出任深圳大学首任校长。他不顾古稀之年，一年八次往返于深圳、北京之间。为了聘请国内外知名专家到深圳大学任职、任教，他不辞劳苦，不避寒暑，多次登门求贤，使许多专家为之感动。他率先对学生实行勤工助学制度，对教职工聘任、系科设置、教学计划等实行了一系列改革。他和其他校领导一起，为建成深圳大学做出了贡献。

一生几乎都在高校中奉献自我的张维无疑最热心于教育事业。

担任清华大学工学院的力学教学时，他与钱伟长共同努力，清华大学的力学课程水平得到很大的提高。他还组织编写了全国统一的力学教学大纲。在教学工作中，他认为基础课是培养高质量人才的重要环节，基础知识和概念不能错，一旦有错，贻害深远，改正也难，因此学校应安排具有丰富教学经验、学术造诣较高的教授到基础课教学第一线教学。尽管他自己工作十分繁忙，仍身体力行，挤出时间为本科生讲授材料力学课。

为我国高等工程教育更加适合经济发展的需要，张维以高龄之年，不辞辛劳，多次出访英、美、德等国，一方面向国际友人介绍我国高等工程教育发展的情况，加强相互了解和合作联系。另一方面多方收集资料，研究欧洲、美国高等工程教育与国民经济发展的关系，从中汲取有益的经验和教训，作为发展我国高等工程教育的借鉴。

张维十分重视对研究生和中青年教师的培养教育工作。自他回国后，即使在后来从事繁忙的行政工作时也从未间断过培养研究生和中青年教师的工作。经他培养的十多名研究生，有的已成为国内外知名的专家，大多数都已成为各自所在单位的骨干。他对中青年教师和研究生的培养从来不惜精力和时间，帮助他们拟订进修计划，联系出国深造，从思想上到生活上，从治学方法到查找文献资料，给予他们具体的指导和帮助，甚至亲自带他们到图书馆找书、查资料。他带头延长研究生年限，让他们下厂矿、设计所、工业研究所参加实际工作，取得实际知识，增长处理实际问题的能力，取得了良好的效果。在学术问题上，他坚持实事求是、严格要求，平时放手让研究生自己去干，但到关键时刻，则从不放过任何一个疑点。对经过努力而未能解决的问题和研究中出现的种种一时无法解释的矛盾，他从不回避，而是要求实事求是地不断进行探索。例如，有一名硕士生即将毕业，其论文计算结果与已发表的文献计算不同，他分析了原因，仍不能很好地解决，就令几个学生和副导师共同深入探讨，并将结果用传真发到他正在香港访问的地点，最后由他拍板，实事求是地完成论文和答辩。在张维的指导下，一个独具特色的环壳研究集体成长起来了，取得了一批令人瞩目的重要研究成果。

张维的个人成果同样耀目：他在弹塑性力学，板壳理论及结构工程特别是圆环壳、弯管的强度、屈曲、振动及其工程应用，核电站管道系统，快中子增殖堆主钠池的结构完整性与安全评价等方面造诣极深。他创造性地运用解析法、半解析数值法、数值计算、力学试验等方法对具有较强工程背景的结构进行强度、稳定性分析。从事"美国及欧洲主要高级的高等工程教育发展史"的研究以及"壳体文献数据库"的整理工作。他曾获国家教委科技进步一等奖、国家教委科技进步三等奖、联邦德国洪堡基金会洪堡奖章、大十字勋章、中国工程院科学技术奖等。发表论文50余篇,著作、译著多部。

张维60年如一日忘我地工作着。1952年以后,他从事繁重的教学、科研的领导与管理工作,职务经常变动,每一次他总是愉快地服从需要,孜孜不倦地全身心地投入新工作。他前后17年担任清华大学副校长,倾尽心血,清华大学在教学与科研上取得的成就,得以跻身于国内外知名的理工科大学,是与张维的努力分不开的。他作为力学家、教育家,为我国的教育事业和工程力学学科的发展做出了杰出的贡献。

2001年10月,张维病逝,与夫人陆士嘉的骨灰合并撒在了圆明园的荷花池内。

一生思源践行

在西南交通大学九里校区镜湖宾馆左侧,有一块镌刻着"思源"的纪念碑,这是西南交通大学北京校友会于1996年为祝贺学校百年校庆设立的。花岗岩石碑正面和右侧打磨得规整而光滑,石头的背面部分稍加雕琢,左侧部分则呈现这块花岗石的原始粗糙状态。这个纪念碑就是由张维设计的。"思源"碑质朴无华,却蕴意深厚。这体现了张维对交大育人思想的体会,既要对学生立规矩,成方圆,既要打磨成器,又不要抹煞学生的个性。底座铺满暗红色的小瓷砖,寓意万千校友情系母校,永远不忘为母校的建设添砖加瓦;平台前一口"圆井",寓意百年交大泉源汩涌,交大学子饮水思源。

多年之后,张维的儿子张克澄先生为父亲的铜像揭幕时,仍为他为人处世"不卑不亢、实事求是、量力而为、知足常乐"的品格所自豪。"交通大学是父亲挚爱的母校,在交大所受的严格教育,影响了父亲的一生,父亲也用他的一生实践了'竢实扬华'的交大精神。"

思源,践行。张维用一生笃行之。

(张 薇)

"任何一所卓越的大学,其背后必有一位成功的校长,学校的发展无不得益于校长的远见卓识、人文素养、人格魅力、渊博学问。"

回望唐山交大120年建校史,泰斗仰止,大师云集,群星熠熠,而追忆这薪火承传的大美华章时,怎能忘记交大不同时期的诸位"掌门人"——校长。他们中尤以梁如浩、孙鸿哲、罗忠忱、茅以升、唐振绪及劳远昌等最是难忘。

本章将着重介绍筚路蓝缕、为复校殚精竭走的梁如浩,三进校门、不屈日寇、以一校之力独撑国旗的孙鸿哲,不辱使命、带领唐院师生迎接解放的唐振绪,以及从交大学子至交大教授进而至交大唐山分校校长、毕生守望校园的劳远昌,带读者一起去感受这四位"掌门"办学人的人生与个人风范。

梁如浩：路政先驱缔学堂

梁如浩是位在中国近代历史上有过影响的人物。查证档案资料得知：他曾是"晚清幼童留美计划"中的一员，小小年纪就远涉重洋，刻苦读书，接受过西方文明的浸染。他曾任晚清山海关关内外铁路总办，为发展中国的铁路事业作出了贡献。而真正把梁如浩的名字与唐山交大连接起来的，是他倾心于培育铁路人才，谋划筹建铁路学堂，为交大落户唐山打下基础。

"留美幼童" 奠定根基

1872年8月，清政府选派的留美第一批幼童30人从上海港乘船出发前往美国。其后三年，1873、1874、1875每年各有一批，共120名幼童（年龄在10—16岁间）到美国留学。留学年限定为15年，另加2年游历以验所学，加上行前在上海预备学校肄习一年中西文，共计将近20年时间，史称"晚清幼童留美计划"。这一计划最强力的推动者李鸿章曾如此表述其目的："求洋人擅长之技，而为中国自强之图。"

◎梁如浩

南海之滨，美丽的唐家村是赴美幼童的重要集中点。

唐家村，位于广东省香山县（今属珠海市），毗邻港澳，正处于中西方文化的交汇点上，优越的地理条件使唐家村人较早就已认识到"外面的世界很精彩"，特别是当该村具有"中国留学之父"称号的容闳主持清政府幼童留美事宜后，唐家村人积极响应，纷纷送自家孩子走出国门接受西方文化教育。1861年出生的梁如浩即身居此列。

1874年，13岁的梁如浩作为清政府第三批留美幼童，与唐绍仪、蔡绍基等人一起离沪赴美，踏上留学美国的征程。他到美国后，先被分配在麻州春田城读小学，后升入康州哈德福中学。1881年初，他考入新泽西州斯蒂芬理工学院（Stevens School of Technology）。但是，梁如浩的大学梦很快被打破。这一年5月，清政府因美国禁用华工以及担心留美幼童洋化太深，下令撤回所有留美幼童。6月28日，总理衙门照会在美国的幼童出洋肄业局，令全体师生尽速返华。留美幼童被分三批启程，于1881年秋返回中国。至此，始于1872年，历经十年的中国第一次官派留学以失败告终。一度拟将推动留学教育以开启民智作为自己毕生事业的容闳痛心疾首道："毕生志愿，既横被摧毁……顿觉心灰，无复生趣。"当年的留美幼童回到上海后，犹如弃儿，一度无人问津，即使交付给工作也是在政府的严格监视之下。

◎清同治十二年（1873年）梁如浩与唐绍仪、周长龄等第三批幼童赴美留学。图为出国前夕的梁如浩（左）与唐绍仪

然而，他们在美国所接受的教育，令这些自幼深受中国传统文化熏陶的孩子视野大开，先进的西方科技、办学理念如同种子，随着"留美幼童"的归国，被带回到这片古老而又富有文明积淀的土地，一俟时机成熟，就得以萌芽、生长，客观上促进了西学东渐。同时，这些在美国勤谨求学的中国学子以其优异的成绩、至纯的品德感动了为他们任教的师长。1881年留美幼童返华前，他们的美国师长联名致函中国总理衙门，给予"留美幼童"这样的评价：

"贵国派遣之青年学生，自抵美以来，人人能善用其光阴，以研究学术。以故于各种科学之进步，成绩极佳。……论其道德，尤无一人不优美高尚。其礼貌之周至，持躬之谦抑，尤为外人所乐道。……凡此诸生言行之尽善尽美，实不愧为大国国民之代表，足为贵国增荣誉也。盖诸生年虽幼稚，然已能知彼等在美国之一举一动，皆为祖国国家之名誉极有关系，故能谨言慎行，过于成人。……美国少数无识之人，其平日对贵国人之偏见，至此逐渐消灭。"

美国师长的盛赞表明，这些"留学幼童"在短短的十年时间里，用他们勤奋学习的行动改变着美国人眼中中国人形象。在回到祖国的岁月中，他们又用所学知识、技术及切身感受到的西方先进文化理念努力地改变着积弱积贫的祖国。

回国不久，梁如浩就被分配到天津西局兵工厂担任绘图员。1883年，他与同乡、同学唐绍仪一起，担任德籍顾问穆麟德的随员，赴朝鲜筹设海关。1885年，袁世凯出任驻朝鲜通商事宜大臣，梁如浩担任其幕僚。1894年袁世凯奉召回京，就任直隶总督，梁如浩随袁世凯回国，任关内铁路运输处处长，后升为山海关关内外铁路总办。1902年，梁如浩受清政府委派，从八国联军手中接收关外铁路。

◎出席1921年华盛顿会议的梁如浩（左一），左二为代表团顾问施肇基夫人，左三为驻美公使蔡廷干

"祭陵专线" 初现才华

1902年，慈禧太后突发奇想，希望下一年"展谒西陵"时，乘坐火车前往，于是下令赶筑一条"祭陵专线"。西陵位于直隶易县，当时并无铁路。上谕在10月份发下，要求从高碑店到梁各庄新筑一条支线，在6个月内完工。

这件事让袁世凯颇为头痛。在聘用哪国工程师这件事上，英、法两国各不相让，不断对他施加外交压力，终至闹成了僵局。无奈之下，袁世凯放弃了任用外国工程师的初衷，改由关内外铁路总办梁如浩负责筹建、詹天佑为总工程司，由中国人自己来修筑这条路。在梁如浩、詹天佑等人的努力下，仅用了4个月的时间即将铁路修建完毕。此路虽然只有短短43公里，却是第一条由中国人自己筹建、设计、施工的铁路，在中国铁路史上是一次破天荒举动。梁如浩、詹天佑由此声名鹊起。

1903年2月下旬，这条铁路提前竣工。袁世凯亲自验收后向慈禧上奏折称："臣查此项工程，前奉谕旨本限六个月报竣，今仅四月即已完工，所需款项，不过60万两。"梁如浩为筹办这条铁路交了一份完美答卷，也成就了詹天佑在中国铁路史上的地位。

1905年至1909年，詹天佑得以出任京张铁路会办兼总工程师，梁如浩起了十分关键的作用。梁、詹两人同是留美幼童，志趣相投，在修建"祭陵专线"时，两人合作默契。詹天佑与袁世凯原本并无交道，梁如浩则不同，从朝鲜时期开始他就跟随袁世凯，到此时已有20年交情。京张铁路开办的前提是不借任何外债，全靠梁如浩管辖的关内外铁路馀利作为资金来源。可以说，京张铁路的成功修建，正是梁如浩竭力经营的成果，在1906年初袁世凯给清政府的奏折中有专笔记载："经该局总办道员梁如浩等，督率华、洋员司切实经营，洪纤毕举，遇事殚心筹划，设法招徕，使全路一千五百馀里商货灌输，贸易往来日渐兴盛，所收车脚进款，顿形畅旺。除一切开支及按月摊还借款本息外，约共结馀银一百八十馀万两。"

在此，袁世凯对梁如浩接收关外铁路之后所开展的工作大加称赞。但是，袁世凯对詹天佑是否具备主持设计、施工的能力并无把握。经过修建"祭陵专线"的共同担当，梁如浩对詹天佑可谓知根知底，他相信这位耶鲁大学铁路工程专业毕业的留美学友能够不负众望。在京张铁路筹备期间，梁如浩全力支持詹天佑的工作，特地从关内外铁路局调出陈西林、邝景阳等多名工程师支援京张铁路局。

可见，自1894年从朝鲜回国担任关内铁路运输处处长开始，梁如浩一直都从事铁路工作。情牵中国的铁路事业成为梁如浩人生的重要组成部分，而关注中国铁路人才的培养则是他在经营管理铁路之外的又一个切入点。

为培养中国的铁路人才酝酿复校

随着中国铁路建设的兴旺发展，对铁路人才的需要日趋迫切。中国培养自己的铁路技术人员，最早始于1888年8月。当时，天津武备学堂设立了一个铁路班。至1892年冬，该学堂仅仅毕业了12名学生。由于人数很少，对中国日益发展的铁路建设事业杯水车薪、无济于事。

1896年，山海关建立起北洋铁路官学堂。北洋铁路官学堂是中国最早培育铁路人才的官办学堂。这一年，吴调卿出任北洋铁路总局总办，并被委派筹建山海关北洋铁路官学堂。山海关北洋铁路官学堂开历史之先河，是中国教育史上的创举，它开始了中国铁路教育，培养了一代又一代铁路交通建设人才，结束了外国人操纵、控制中国铁路科学技术的历史。没有它就没有后来的唐山交通大学——唐山铁道学院——西南交通大学，它所培育的一批批优秀的铁路人才成就了百年中国铁路建设的辉煌。但是，1900年英、美、法、俄、德、意、日、奥八国联军联合出兵镇压义和团，很快山海关沦陷。山海关北洋铁路官学堂为俄军强占，教学被迫中辍，师生离散。这对中国铁路教育事业的发展是一个巨大打击。

1902年8月，八国联军从山海关撤军。

1903年春，时任山海关关内外铁路总局总办的梁如浩在潜心经营管理铁路的同时，开始积极筹划恢复山海关铁路学堂，为铁路建设输送人才。由于经费不足，梁如浩不得不与唐山开平煤矿公司洽商分担经费。但此时的开平煤矿已被英商非法侵占，英国人为了乘机控制学校的管辖权，以原山海关北洋铁路官学堂校舍狭小、不利于发展为由，建议在唐山另觅校址。出于国家利益的考虑，梁如浩断然拒绝英国人的要求。但谋划在有着煤矿、机车厂这样丰富资源的唐山建立学堂的创意，却为兴办铁路教育的策划者们提供了一个新思路。

◎梁如浩为山海关北洋官铁路学堂在唐山复校四处奔波。图为他安排复校事宜的英文书信

总之，在中国修铁路总是聘请洋人担任技术人员终归不是长久之计，而国内的铁路建设人才的确寥寥无几。必须尽快筹建一所专门培养铁路人才的学校，以袁世凯为首的清朝大员们深深认识到这一点。

多方筹措 定盘唐山

1905年5月，督办关内外铁路事宜大臣袁世凯饬令山海关关内外铁路局先行设立铁路学堂，筹措经费，酌拟各门课程，分别延聘教习，克日开办。

袁世凯在饬令中特别强调：

"铁路为交通要政，条理繁重，各国皆设有专门学堂，凡工程行

车及关设铁路之事，率皆讲求精邃，始能创建宏深。中国兴办铁路有年，于工学车务辄多懵然，而各路并举，大都聘用西人，借材异地，其中国人在外国铁路学堂肄业回华者，寥寥无几，现值路政大兴，不足以资国家之用。"

随后，袁世凯又面谕路局总办梁如浩："开平地方曾有前武备陆军学堂旧址，可以租作开办铁路学堂之用。"

关于开平武备学堂，据《满清兵志》记载：开平武备学堂始创于1895年，因直隶总督聂士诚以新式军队教法督练所部"武毅军"而创办。学堂建在距开平镇5里外的平原上，操场宽阔，教室、宿舍整齐，设有学堂总办、会办、提调、监学。第一期学员200人，从"武毅军"中通过考试择优录取。"武毅军"是以洋枪洋炮和西方国家操练方法训练的军队。三年后，第一期学员毕业，学业优秀的12名学员留校助教，其余大部分学员被派到芦台"武毅军"各营中任教习、后补哨长。戊戌变法运动中，奉军机大臣荣禄调遣，聂士诚率"武毅军"5 000人布防天津陈家沟一带，切断小站与北京之间的通道。1900年，义和团运动爆发，八国联军入侵中国，聂士成率部抵抗，在反击入侵外敌的战

◎创办于1895年的开平武备学堂是天津武备学堂的分校，由晚清著名将领聂士成创建，培养的学员后大多跟随聂士成参加了抗击八国联军入侵的保卫战
申恩/提供

◎1885年创办的中国第一所陆军学堂——天津武备学堂旧址
曾素梅/提供

斗中壮烈牺牲。开平武备学堂也由此宣布解散。

遵照袁世凯的饬令,梁如浩首先从开平煤矿公司请回了原山海关北洋铁路官学堂的总教习葛尔飞(D.P.Griffith 今译作格里菲思),协助路局筹备复校事宜。

遵照袁世凯的饬令,梁如浩着手组织拟定了《铁路学堂试办章程》和开办学堂所需费用清册,并于6月12日向袁世凯呈文,准备将开平武备学堂的旧校址加以修缮,拟先招收80名学生,7月份开学。

在《铁路学堂试办章程》中规定:学生以三、四年为毕业之期。铁路学堂继续实行前山海关北洋铁路官学堂的管理体制,由山海关铁路总局总办任学校总办并执掌校务。由此,梁如浩成为官办铁路学堂的第二任总办,也是学堂决定移迁唐山之后的首任总办(相当于现在的校长)。学校还专门设立监督一职为路局总办在办学方面的助手。

经过一系列的准备,1905年8月4日,梁如浩再次呈文说明:

"查该学堂功课,必须考究机器,若在开平设立,则与唐山机器厂较远,学生体察机器,往来殊多不便。现拟在唐山建设学堂,学生可以就近入厂观摩,随时考核,与造就实有裨益。"

梁如浩请求学堂改设唐山,并绘制铁路学堂侧正上下房屋图式四幅,及地基、房屋、仪器、家具电灯等所需费用详细造价。梁如浩的请求连同《铁路学堂试办章程》,经袁世凯批准、公布。

铁路学堂移址唐山复校势在必行了。

承前启后 "海归"建校

不久,梁如浩因担任驻荷兰公使陆征祥的随员,暂时离开了经营多年的铁路总局。同时,袁世凯批准了路局的呈请,由山海关铁路总局另一位总办周长龄接替梁如浩任学堂总办,委派方伯梁为学堂监督。

1905年10月15日,新的学堂总办周长龄亲自前往唐山火车站以西,京奉铁路唐山机车车辆厂以北择定校址,随即购地192.85亩,唐山建校工作从此开始。

1906年3月27日,确定学堂名称为"山海关内外路矿学堂",但因为校址已在唐山,遂称"唐山路矿学堂"。8月初,学堂在天津、上海、香港等地的主要报纸刊登招生广告,开始招生。经过考试,一共录取学生121名。

1907年2月12日,建校工程大体竣工,春节过后,学生齐集唐山校园,分为甲乙两班于3月4日正式开学上课。7月,清政府设立邮传部,主管"路轮邮电"四政。8月,山海关内外铁路总局改称京奉铁路局,归属邮传部。唐山路矿学堂归邮传部京奉铁路局管辖。

1908年1月20日,邮传部颁发学堂关防(校印),学堂改由邮传部直辖,校名改为"邮传部唐山路矿学堂"。从此学堂成为独立开办、面向全国铁路的学校,中国的铁路教育也由此迎来了大发展时期。唐山路矿学堂成为志在报国的有志青年的首选学府。

至此,梁如浩自1902年就开始谋划的铁路学堂终于在唐山建成,他为铁路建设培育、输送优秀人才的梦想终于得以实现。

梁如浩及他离职之后的学堂总办继任者周长龄、监督方伯梁均为当年赴美留学的幼童,他们同属于近代中国首先出洋学习的知识分子群体,深受"欧风美雨"影响。在接办学堂之后,采用西方的办学模式,包括学堂的欧式建筑、众多外籍教师,诸多"洋派"特色,与这些昔日"海归"所接受西方教育、西方思想文化影响不无关联。这些影响元素对在唐山兴办的铁路学堂起到了至关重要的作用。他们成为中国唐山交通大学的奠基者、创建者。他们的经历是接受过西方教育的中国知识分子当时求变、思变、投身变革的跌宕人生和思想轨迹的典型写照,也可以说是那个时代创办文化教育的典范、先驱。梁如浩适应时代的需要,尽职尽责,为中国铁路事业的发展做出了历史性的贡献。这是一个留学先驱的贡献,一个中国铁路建设者和管理者的贡献,一个爱国者的贡献。

南京大学历史学教授黄鸿钊老先生如是评价梁如浩:他是一个与时俱进的爱国者;他是一个务实的高级官员,主管铁路交通方面的事务,对于铁路的修筑和确立规章制度方面均有所建树……

历史变迁、沧海桑田,历经110多年的时空相隔,交大人没有忘记这位为祖国铁路教育事业作过贡献的南国先贤,并以此篇文章来铭记他的故事,传承他辛苦创业、锐意进取的精神。

(王艳萍)

孙鸿哲：飞鸿踏雪常留痕

厚厚的灰尘沉淀着历史的沧桑，锈迹斑斑的机器诉说着曾经的辉煌。站在启新1889文化园内，百年的窑炉已变成了工业遗产，灰尘遍地的厂房已改造为创意文化园区，艺术的灵感在这里激荡。站在火车站台旁，还能听到火车急促的鸣笛声；延伸远方的两条钢轨，似乎变成了一条纽带，将中国水泥博物馆和开滦国家矿山公园紧密相连，由此，也串联起近代中国工业的光辉历程。

沿着铁路线一路南行，在一片偌大的厂区内，一列列崭新的车厢停放在轨道上整装待发，这里就是唐山轨道客车有限公司，唐山人亲切地称之为"南厂"，这个拥有136年历史的企业，见证着中国机车的发展历程，而与厂区一墙之隔的居民区，就是唐山老交大的遗址。100年前，一位名叫孙鸿哲的机械专家，从英国学成归来，步入南厂的大门后，他怎么也不会想到，墙外那所大学会成为他毕生追求的目标。

◎孙鸿哲

学成归国　发展铁路事业

一条条钢轨，历经岁月的洗礼，积淀出了黑褐色。一辆辆满载货物的列车，在轨道上缓慢前行，似乎在讲述着一段段鲜为人知的动人故事。

"1917年，英国人詹莫森任京奉铁路局机务处处长兼工厂总管，孙鸿哲为副处长兼工厂副总管。"学成归来的孙鸿哲，一心想要振兴中国的铁路机车事业，即便他的学生冯国璋执意要他步入政坛，可孙鸿哲依旧固执地来到了唐山，从事他梦寐以求的机车制造工作。

在交大的历史上，与茅以升相比可能知道孙鸿哲的人不是很多，但这位早年从北洋大学机械科毕业后，看着侵略者在中国版图上修铁路、肆意瓜分中国的路权的状况，决心要将国外的先进技术学来，去争回中国的路权，他将发奋学习作为报效国家的必由之路，最终以优异的成绩考入英国爱丁堡大学机械系。上学期间为追求思想进步，他先后与孙中山、吴稚晖等人结识并成为挚友，加入孙中山发起的中国同盟会，成为同盟会中最早加入的老成员之一，他还以"我不入地狱，谁入地狱"的激烈言辞，劝说吴稚晖加入同盟会。当时，由于孙鸿哲酷爱摄影，所以孙中山、吴稚晖等人在英国活动期间的很多珍贵照片，才得以保留至今，成为见证这段历史的最好佐证。

孙鸿哲来到唐山机械厂做工程师后，始终埋头实干，在十多年的时间里，他并不因为担任唐山京奉铁路局机厂（今唐山轨道客车有限责任公司）副总管、北宁铁路局局长等职而感到荣耀，依旧一心扑在工作上，用手中的笔描绘着祖国的未来前途。

◎1935年4月孙鸿哲为筹备唐山交大30周年校庆写给启新洋灰公司的信
李重霆/提供

由于单凭一己之力难以改变国家前途，孙鸿哲一直想将自身所学传播给更多人。1921年，时任北洋政府交通总长的叶恭绰，计划将交通部部属各校统一为交通大学，特派孙鸿哲与周贻春赴上海工业专门学校（今上海交通大学、西安交通大学前身）考察、评估。直到1924年，孙鸿哲才正式出任交通部唐山大学（即唐山交通大学，今西南交通大学）校长，他一上任，就开设了市政及卫生工程科，这也是中国历史上第一次开设市政规划、给排水方面的学科。

两年后，当唐山大学初具规模时，孙鸿哲督办其他事宜，辞去校长职务，随后茅以升正式接任，唐山大学成为了国内屈指可数的工科院校，一批批有志青年步入校门，时刻准备着为国家建设贡献力量。

投身教育 展现爱国情怀

为实现国家统一，打垮军阀统治，蒋介石于1926年领导国民革命军开始了北伐征程。此时，孙鸿哲看着饱受战争灾难之苦四处逃生的百姓，发誓要在国家统一后，保卫和平，继续人才培养事业，真正实现国家的富强。

直到1928年6月，随着北伐战争迅猛发展，孙鸿哲以国民政府代表身份接管唐山交大，再次担任校长，保护师生，继续为教育事业作贡献。

1930年，国民政府为了加强水利建设，特别任命孙鸿哲为江苏省政府委员、建设厅厅长。他一上任立刻聘请茅以升为水利局局长，全力支持茅以升整治运河、淮河。没想到一年后，苏北发生大水灾，淮河溃堤，民众不幸受灾。此时，孙鸿哲全力布置赈灾事宜，并将全部责任揽在己身，表态说："茅局长无愧职守，所有水灾事由我厅长负责。"此后，他继续支持茅以升修坝筑堤，以防淮河水患威胁。

1932年8月，孙鸿哲又回到了唐山交大，这是他人生中第三次担任校长职务。此时，日本侵略者的铁蹄正在中国版图上肆意践踏，东北已沦陷，地处冀东的唐山处在战争前线，《何梅协定》签署后，冀东伪政府成立，唐山交大的情形更加危急。孙鸿哲竭尽全力运用各种关系，才使得唐山交大能屹立于日伪统治中而不倒。那时在冀东二十二县土地上，只有唐山交大敢于悬挂中国国旗，因而这里也成为了冀东人民心中的圣地。孙鸿哲曾告诫师生："人家要我们躺下，我们偏要站起来。"这面国旗不仅鼓舞了全校师生，也鼓舞了冀东人民，让冀东人民看到一线曙光，鼓舞着人们要坚守国土。

在伪冀东政府成立的时候，由于校内学生一方面受着爱国心的驱使，一方面又有反动分子的宣传蛊惑，很多学生就罢课开会，要求离开唐山去南京请愿，孙鸿哲为保护学生，便严厉地训斥他们："我们倘使离开唐校去南京请愿，便无异为伪冀东政府撤出一个最好的办公处所，你们去得，但回不得，你们无端地放弃了这块'国土'，我敢说，谁主张放弃这块'国土'，谁离开学校，谁就是汉奸！我现在已将校门封锁，围墙四周派警卫守起，谁要冲出去，我让他在校内流

◎抗战时期华北22县易帜后唐山交大校园内仍然飘扬着国旗

血,免得在校外流血。"他沉痛而激昂的劝导,压下了这场"毁校请愿"运动。因为他认定校墙以内地方,在国旗招展之下,是为真正的国土,能保留一时便是一时!

可是这种保留并不是件容易的事情,因为在这块"国土"上,各种反动势力蓄意破坏,但孙鸿哲坚定信念:无论多难也要咬牙坚持捍卫祖国的国土。在长城抗战前期,唐山工程界曾组织了"义勇工程队",在敌伪发动绥远攻势时,唐山交大全体师生工友都捐款援绥,并将真实姓名公布于报端,孙鸿哲要以此方式来表现唐山交大的凛然正气。

在"七七事变"发生前,孙鸿哲曾称唐山交大为"House of Tangshan"(唐山氏系)。这片处于敌伪区境内的净土,已成为反动派的眼中钉。但孙鸿哲每次出席外界活动时,都义正辞严地告诫反动派代表:"我没什么可怕的,最大危险不过勒令这学校关门,我想学校要因为这光明正大的爱国行为而关门,也关得值价了!"

唐山交大在孙鸿哲的领导下,不仅没有受到反动势力的破坏,校内环境还得到了改善。自校园到宿舍,自礼堂到讲堂,均修整得空前的雅洁而美观。无论寒来暑往,他每天都有一个习惯,就是早晨走遍校园各处,如果发现有不整洁的地方,就立刻通知打扫干净。图书馆、试验室和学生体育运动的设备,他都要定期检查,以保证教学的顺利进行。有一次,一位英国使馆的参赞,因调解开滦矿工风潮来唐山，顺便参观了学校，他对学校整洁的环境大加赞扬，并表示在英国也很难找到如此整洁的学府。此时此刻，面对墙外恶劣的环境，有些人批评孙鸿哲只管改进内部，将来若给敌人拿去，岂不可惜。可是，孙鸿哲对这种批评向来不介意，在他的领导下，唐山交大的教学没有丝毫的松懈，一批批青年才俊从这里获得了知识，走向了各自的工作岗位，为国家救亡图存作出了重要贡献。正如孙鸿哲所言："中国现在已处在置之死地而后生的境地，我们的教育也只有跟着走，要置之死地而后生。只有在这种艰苦危险的环境中，才能培养出耐得风寒的种子！"

由于战争的炮火已临近唐山，师生们已经迫不及待地请求迁校了，为稳定师生情绪，孙鸿哲曾对师生们说："我们不在前线挺着，谁应去挺，我认为只有在唐山这险恶环境，才可以培养出真正的救国人才。"也正如孙鸿哲所希望的那样，在他的第三次任期内，唐山交大确确实实培养了很多杰出的人才，如水利学家黄万里教授（唐山交大1932届）；还有著名的唐山交大1933届，其中出了张维、严恺、刘恢先、林同骅等四位院士。正是聆听了孙鸿哲慷慨陈词的爱国宣言后，这些优秀学子才下定决心学好知识将来为国家富强而不懈奋斗。

爱校报国　挺起精神脊梁

作为一名爱国教育家，孙鸿哲始终将国家荣誉置于自身最高追求的位置上。早在"五四运动"期间，他就以一个革命救国教育家的情怀，期望青年，爱护青年，指导青年奔向革命救国的大道。唐山工业专门学校（即唐山交通大学，今西南交通大学）学生救国团在发行《救国月刊》时，曾收到笔名"寒松"的来函和投稿，主张在唐山办铅印厂，印行报纸，以启发民智。"寒松"是孙鸿哲的号，他想以此在校墙以外，真正成为同学们的"无名导师"。

◎唐山交大内的寒松亭
苏伟/提供

"钱家巷24号的老房子曾是湘乡会馆的第二栋房子，湘乡会馆共有3栋房子，第一、第三栋已被拆除，建了民房。湘乡会馆是当时附近唯一可作教室的地方，抗战期间曾有很多学校迁到这里上课,具有较高史料价值。"湖南省湘潭市史志专家周磊曾带领西南交大"重走播迁路"考察服务团的15名师生,在一座座古老的建筑中间,寻找当年学院在湘潭办学的点滴踪迹。在找到了当时学生上课的钱家巷湘乡会馆、住宿的礼拜堂后,师生们在礼拜堂前采集了一袋泥土,并将之带回成都校园,融合成"交大的足迹"雕塑。

据史料记载,1937年7月17日,日军占领了交通大学唐山工程学院(今西南交通大学),师生无校可归。绝境中广大校友和师生团结一致,自强不息,争取复校。师生拥戴德高望重的校友茅以升为院长。同年11月下旬,时任浙赣铁路局局长的杜镇远在与湘黔铁路局局长侯家源校友商议后,建议学校立即在湘潭复校。他们的建议得到学校采纳,学校向全国发出复校消息。12月15日,交通大学唐山工程学院在湘潭举行了开学典礼,在此办学半年后再西迁贵州。

在唐山工程学院启程搬迁时,孙鸿哲由于积劳成疾未能与学校同行,1937年10月23日,时间似乎凝固于此刻,孙鸿哲肺痈病情加剧不幸去世,他在去世前对前去看望的朱皆平(朱泰信)教授说:"我看中日战争是不可免的了,胜利结果一定属于我们,但是我们的国家准备太差,这也不知道要牺牲多少人民生命,才能换取胜利。我是一个爱国主义者——狭义爱国主义者,我只知道先把中国弄好,才能谈到全世界,我们怎样能减少我国的牺牲呢?"在孙鸿哲的生命走向终点时,他想的还是国家。爱国从来都是唐山交大人最宝贵的情怀,这种情怀,在国难当头时,尤其显示出它夺目的光辉。在敌伪包围中的斗争仅仅是它的序幕,师生们怀念孙鸿哲院长的治学功绩,学校迁到贵州平越后,将男生宿舍命名为鸿哲斋,并把唐山校园湖中的小亭起名为寒松亭。

如今,老交大遗址上的鸿哲斋和寒松亭,历经大地震已不复存在,留存的只有校友们的记录文字,还能唤起人们对这位老校长的深深怀念。"精勤求学,敦笃励志,果毅力行,忠恕任事"作为现在西南交大的校训,已根植于一代代交大人心中,孙鸿哲的办学精神也早已融入于学校的发展历程,挺起了今日西南交大的精神脊梁。

(王　昊)

唐振绪：大师风范遗唐风

> "西南交大的前身唐山工程学院和康奈尔大学都是我的母校，每想起这两所母校时我就有一种光荣感……"
>
> ——唐振绪

1948年11月，我解放大军在解放了东北全境之后，即长驱入关，直指平津，紧接着淮海战役、平津战役相继打响。

唐山交大师生员工及家属被迫迁往上海，但生活极度困难，学校处于危难时刻。校友们认为：应推举一位年富力强，有胆量、有能力的校友回来，帮助顾宜孙院长处理事务，领导院务工作。经过磋商，校友们认为最合适的人选是刚从台湾回来，只有37岁，且学历、资历都有，曾在美国留学工作近十年的唐振绪。

接到老院长茅以升电报的唐振绪，感到返回学校是临危受命，义不容辞！

唐振绪，科技管理专家，新中国铁路教育和铁路科研的开拓者之一。毕生从事铁路教育和铁路科研的组织领导工作，在保存唐山工学院的技术力量、重建新唐院以及筹建铁道科学研究院中起了重要作用。他三上青藏高原，为修建青藏铁路提出宝贵建议。他积极开展国际间的学术和文化交流，为铁路科技发展和促进祖国统一做出了重要贡献。

◎唐振绪

出身名门 学成唐山交大

唐振绪,字缵伯,江苏省无锡市人。1911年3月29日生于南京,又名宁生。

唐氏家族乃是名门。其祖先唐顺之是明朝的名臣,人称"荆川先生"。祖父唐锡晋是县里负责考秀才的主考官,在无锡创办四所小学,还从事救灾工作。其父唐宗郭,字慕汾,14岁就中了秀才,从京师大学堂毕业,在无锡置田300亩,创办"唐氏仁庄",将收入作为救助他人和赈灾、办学的资金。后在北平市成立"唐氏仁庄总事务所",曾任国民政府救济水灾委员会委员。

唐振绪出生不久,随母亲邵樾华从南京回到无锡大楼巷居住,入唐氏小学幼儿园接受启蒙教育。

唐振绪5岁时随父母由无锡迁居北京,被送进"京师第一蒙养院",接受学前教育,父亲还给他请了三位家庭教师。受书香门第的熏陶,唐振绪自幼聪慧,"小小年纪,出口成章"。在国民小学毕业后,他又被送进西四"萃文中学"。"萃文"是英国教会学校,用英文教学,不仅为其打好英文基础,也培养了他科学、自由的生活方式。

唐振绪高中进的是"四存中学"(存学、存信、存人、存治),该校名师荟萃,有一流的理化、生物实验室,使用英文课本,自选课有钢琴、武术、拳击、京剧、西洋音乐等,这为他以后进入大学学习和留学海外奠定了坚实的基础。

1926年,唐振绪读完高二,本来还应再读两年才能毕业,但伯父和父亲都期望他能在全国闻名的名牌学府里学有成就,于是伯父介绍他到唐山交通大学补习班读书,后由预科升入大学本科习土木工程。

在学校里,唐振绪的学习成绩还算不错,业余时间的最大爱好是摄影。早在唐振绪12岁时,他的舅舅邵元济从日本留学回国,送给他一架蔡司依康照相机,他从此爱上摄影,在天津《北洋画报》、上海《良友》、北平《北京画报》上发表作品。这些杂志还争相聘他为特约记者。

1930年,唐振绪患上神经性头疼病,根据医生的嘱咐,回到北京"壮学庐"休学养病。

1928年至1930年，陕西、甘肃两省大旱，各种灾害、瘟疫相伴而生，兵匪泛滥，应时任甘肃省主席、陕西省主席邵力子邀请，"孝惠学社"的唐宗郭陪同朱庆澜到甘陕救灾。唐宗郭想让唐振绪随团前往，一来可以深入民间，体察民众苦情；二来可以开阔眼界，增加为人处世的知识，同时也许会对他的病有好处。唐振绪得知这个消息异常高兴，带上行李和相机，跟"孝惠学社"的运粮车到西北。面对严重的天灾人祸，唐宗郭发出"科技空白，缺少文化"的感慨，教育唐振绪："祖上救灾只是治表，你学会治水才能治本。"唐振绪从此立志，要选择水利作为自己的志愿，以期有所成就，解救民众脱水旱如倒悬之苦。

1932年夏，唐振绪回到学校，继续完成学业。回校后第一件事就是到校长孙鸿哲办公室，呼请道："孙校长，我们应该有水利门！"孙校长仔细聆听了他西北之行的见闻和建议，很受感动，点头赞许。是年，孙校长从美国聘回29岁的范治纶副教授，增设水利门专业。唐院首次应因"学生要求"增设专业，唐振绪成为唐院首届水利门毕业生。

1935年夏，唐振绪取得了土木工程学士学位。当时，唐院所有毕业生一律分配到铁路系统工作，唐振绪本应分配到京沪、沪杭甬铁路管理局实习，这本是许多毕业生求之不得的美差，但他认为自己学的是水利专业，专业不对口，所以谢绝分配，自我下放到山东鄄城县董庄，任黄河董庄堵口工程委员会工程师。他学习几百年传下来的"埽坝进占"：用黄土、石头、绳子、木桩、老玉米秆之类的东西治理黄河。

1935年7月8日，陕州水位达294.83米，流量每秒为13 000立方米，加上河南境内支流同时陡涨，全河流量超过每秒14 000立方米。董庄至张桥直距仅7公里，而河长竟达15公里，河道弯曲过甚状如大"S"，河床淤高，泄水不畅。由于常年战乱，拆东墙补西墙，居民和政府皆无长远打算，致使大水突至，无刷深机会，造成董庄大决口。鄄城董庄至临濮集约3公里大堤全部漫水，决堤6处，导致洪流泛滥，鲁西尽成泽国。唐振绪扛着测量仪器，奔走于黄河两岸，检测水文。入夜，独自住在草席搭起来的临时工棚里，为防寒冷，墙壁上糊

◎1935年正月，唐振绪在黄河董庄堵口工地向当地农民学习传统堵漏方法

满各种报纸挡风。整个严冬，包括除夕、初一，他都坚持在一线监测数据，粗茶淡饭，不肯回家。他向河工现场学习"埽坝进占"传统堵筑决口工艺，用相机逐一拍摄，制成几百张照片，仔细分析决口原因、口门情势、被灾区域，制订筹堵计划、施工方案及工款预算。

1936年春，董庄"埽坝进占"合龙后，唐振绪为进一步考察旧中国水利建设的实情，再次前往陕西，在水利泰斗李仪祉的指导下，参加泾惠渠、渭惠渠、洛惠渠灌溉工程建设，受益匪浅，这也激起他强烈的科学救国热情，决心远渡重洋，充实知识，增长科学救国的才干。

放洋渡美　入康大深造

1936年8月24日，星期一，上海《申报》第三版用黑体标题刊登了一条消息《唐振绪今日放洋》，内容为："国府振委唐慕汾之长公子、毕业于国立交通大学唐山工程学院的土木工程系水利工程门学士，唐振绪今日将放洋渡美，入康奈尔大学研究院深造，专攻水利工程。"

与他同船而去的还有唐院校友刘大中、李士豪、王兴、彭荣阁、李绍昌、张韶初，以及光华大学沈昌焕，燕京大学吴文藻、谢冰心等。

唐振绪进康奈尔大学研究生院，主科为水利工程，辅科是运输工程。他由于学习刻苦，1937年夏天，通过硕士考试，完成了《土坝之设计与施工》硕士论文，并通过了口试，获得了土木工程硕士学位。暑假，唐振绪到MIT麻省理工大学的暑期学校选读"模型理论"和河道试验两门课程，均获最高成绩"H"。这时，他又接到了康奈尔大学研究生院颁发给他的麦格鲁（Mcgraw）土木工程奖学金的通知。

本来，出国前唐振绪只想以一年时间获得硕士学位后就回国，得了奖学金后，他决心留下来攻读博士学位。于是暑假结束后，他返回康奈尔大学继续攻读博士学位。他选择了"实验水力学"为主科，

"水利工程""运输工程"为辅科。到了1938年暑假，他又获得了"呼克"（Hooker）水力学奖学金两年。1940年在国际著名水利学教授舒德的指导下完成博士论文《明渠中之紊流阻力》，把过去只用于管流中的紊流阻力理论第一次应用到明渠中来，而获得初步成功和好评。唐振绪由此获得以水力学为主科的博士学位，留校任水力学助教，从事辅导研究生的工作。他任助教的时间虽然不是很长，却在教学工作及实验室管理方面积累了许多知识和有益经验，为后来从事大学的领导工作打下了基础。

唐振绪不抽烟、不喝酒，亦不善体育，业余爱好唯有摄影。他平易近人，交游广泛，乐善好施。待朋友认真，从不敷衍，对同学们提出的要求，总是诚心实意地尽力满足。在他的撮合下，有好几位校友喜结连理，并与他结为至交。此外，他还注意收集和保存各种资料。

1941年5月，为了能更广泛地掌握水利建设的设计经验，唐振绪离开了康奈尔大学，应聘到纽约城易贝斯柯公司担任水力设计师，参与设计了南美洲的一处水电站及印度的一处水坝。在此期间，他还学会了设计一种拱坝和一种重力坝，以及推算水库淹没面积、设计输水管支座、闸门启闭装置等。

唐振绪为了摆脱美国公司分工过细的羁绊，能有机会学到各方面的经验和获取更多的资料，来到当时中国政府在美国的世界贸易公司，对副总经理任嗣达表达了想法："这次世界大战不久就会结束的，在胜利之后，祖国需要恢复建设，我国的大江大河都应像美国TVA那样，进行全面的规划和开发。"任嗣达觉得他很有远见和抱负，对他的想法和希望非常赞同，接收他到公司工作。这样，唐振绪又于1942年9月起，转到世界贸易公司工程部担任工程师兼联络秘书。

回国效力　为建设祖国初显身手

抗日战争胜利后，1945年11月20日，唐振绪应当时资源委员会的邀请，告别了曾经学习工作了10年的美国，满怀建设祖国的热情，从华盛顿飞回中国，参加长江流域开发和三峡大坝工程建设。但到达之后，因计划变更，他被调任行政院工程计划团主任工程师兼总干事，曾组织国内外技术专家进行调查研究，编制了战后复兴铁路、公路、港埠、防洪等方面的工程计划。此外，他还积极倡导以水力发电为中心、多目标全流域开发黄河的规划，并负责延聘了美国垦务局总工程师萨凡奇、美国陆军水利总工程师雷博德、美国制铝公司水利总工程师葛罗登等人组成黄河水利顾问团。1946年秋，他应聘担任钱塘江海塘工程局副总工程师兼设计处处长。

由于他筹划开展根治和全流域开发钱塘江的设想在当时环境下难以实现，遂于1947年4月经邵力子先生介绍去台湾工作。

在台湾，唐振绪先后担任高雄港务局副局长、台湾省林产管理局局长、台湾省政府专门委员等职。在担任林产管理局局长期间，他针对时弊，颁布"清、慎、勤"三字局训，提出"保林重于造林，而造林又重于伐木"的工作方针。他广集人才，严格法令，改善员工及山民的生活，根绝流弊，营造山林，并聘请了国内外林业权威担任顾问到台视察。此外，他还组织拍摄科学教育影片，普及林业知识；成立中华林业学会台湾分会，共图本省林学之发展。经过大力整顿，濒临毁灭的台湾林业有了新的生机。

唐振绪秉公任事，谨守职责，触犯了当地巨绅大贾的利益。在官商的勾结下，他们盗伐森林，为害日剧。面对国家财产受到如此严重的破坏，他举行省内外记者招待会，组织记者入山采访，揭露黑幕，进行坚决的斗争。然而，一个人的力量毕竟有限，无力扭转腐败的局面。1948年9月，大陆解放在望，不少人奔往台湾，唐振绪却毫无留恋，毅然返回了大陆。

临危受命　主政唐山交大

1948年11月，北方，中原，炮声隆隆，烟尘滚滚。

解放战争打响后，地处山海关和天津之间唐山交大情势危急，师生员工惑于国民党的宣传，不明真相，心中十分不安。11月17日下午，学校召开了紧急院务会议，通过了"即行南迁"的议案，全体师生员工及家属约700人，分三批携带着半数以上的图书、仪器、公物，从天津坐船赶赴上海。

到上海后，大家生活极度困难，吃住都没有着落，由于教育部不拨经费，学校唯一的财源只是校友们一时的资助，很难维持久远。在这种情况下，大家提出了三个方案：去江西萍乡县，去台湾省台北市，或去广西南宁。

学校处于危难时刻，校友们着急万分。他们聚在一起，商量办法，一致推举校友唐振绪回校帮助顾宜孙院长处理院务。于是，老院长茅以升给唐振绪拍了一封电报，邀请他到南京，有要事面商。待唐振绪赶到后，茅以升和顾宜孙院长跟他讲了拍电报的原因。唐振绪听后，感到返回学校是临危受命，义不容辞。

危难之际，唐振绪赶赴唐山工学院主持院务工作，后被国民党教育部正式聘任为国立唐山工学院院长。他上任后第一件事，就是果断决定唐院不去萍乡，不去台湾，坚持留在上海，并与上海交大协商，利用交大教室、实验仪器等，坚持在沪复课。之后，他又领导师生解决吃、住问题。经过几个月的奔波，唐院终于初步具备了在沪复课条件。他依靠全院广大师生员工成立院应变委员会，在腥风血雨中多方奔走，设法营救了"四二六"大逮捕中无辜被捕的唐院学生，并积极掩护地下党和革命青年。他团结一切进步师生，在校友的大力支持下，管好学校，帮助党校渡过难关，为保护学校的生存和安全做出了最大努力，使流亡在沪的唐院没有涣散和迁移台湾。

◎1984年7月10日，茅以升与唐振绪出席第三期交大旅美校友子弟汉语班在北方交大的开学典礼。后面站的是茅以升小女儿茅玉麟

1949年5月27日，上海解放。6月19日唐振绪率领全院师生员工，带着图书仪器从上海出发，走走停停，停停走走，直到6月27日回到唐山。

唐山工学院与解放区迁来的华北交通学院合并，成立了中国交通大学唐山工学院，唐振绪被铁道部滕代远部长任命为院务委员会主任委员。在共产党的领导下，他立志要将新唐院办成面向全国，有铁路特色，既是教育中心，又是科研中心的全国第一流的综合性理工科大学。一年多的时间里，新唐院得到了壮大，建成了土木、建筑、采矿、冶金、机械、电机、化工7个系，增设了铁道工程、号志工程、电讯工程、机车工程、客货车工程等5个专修科、一个预科。唐振绪日夜操劳，规划新唐院的发展前景，积极动员聘请海内外知名专家学者到唐院任教，为振兴我国铁路教育事业贡献力量。在各方的共同努力下，先后从美国、英国、香港、台湾和内地，聘任了教授、副教授、讲师、助教300余人，充实并壮大了唐院的教学力量，为以后全国院系调整、新办的许多所高等院校输送了大批领导干部和教学骨干。

迁居北京　为铁路科研事业鞠躬尽瘁

1949年，唐振绪积极建议成立全国铁道科学技术研究中心。在他和其他同志的策划下，1950年3月1日铁道部铁道技术研究所在唐山正式成立，他兼任研究所所长。

1950年10月，铁道部决定将铁道技术研究所改组为铁道研究所（后改为研究院），并迁移到北京。唐振绪是9月底奉调到北京的，妻子儿女一同前往。到北京后，他便立即投入到紧张的建所工作之中，一方面奔走于铁道部有关部门催请建所经费，一方面和唐山调派人员到京测绘所址地形图，为开始购地及设计布置平面图等做好准备。经过三年的不懈努力，在北京西郊青塔院建成了铁道研究所科研基地，把分散在唐山、北京、大连的人员和设备集中起来，拧成一股力量，为我国铁道科学技术的发展奠定了基础。1951年，为了加强学术领

◎1950年5月14日，时任中国交通大学唐山工学院院务委员会主任委员的唐振绪（右四）欢迎前来视察的铁道部部长滕代远（右六）

导，他倡导并组织了学术委员会，成为全国科研单位建立学术委员会的先声。1953年，他建议我国铁道部门应开展"水文及水工"的研究和观察工作，进而在铁道科学院内设立了水文水工研究室，并兼任主任。他还在峨眉建立了径流试验站，培训干部，开展业务，为设计铁路桥梁积累并提供了大量的科学数据。

1956年，在国家科委的主持下，唐振绪参与领导并完成了《1956—1967年国家十二年科学技术发展远景规划》交通运输组的工作。回部后，又和其他同志一起建议和组织在北官园招待所集中全铁路系统高级专家，编制了铁道部的十二年科技发展规划。1958年至1959年间，他在全国倡议向"高原铁路"科学研究工作进军，曾亲自三上青藏高原进行实地考察。1960年4月，在格尔木组织召开了青藏高原铁路科学研究工作的现场会，组织全国各方面的科学力量，拟定了第一个科研工作规划，开始了风火山永冻土和青海盐湖的路基科研试点工作。1959年，他积极建议铁道科学研究院尽快接近生产现场，增设西南（成都，重点隧道）和西北（兰州，重点工程地质）的分支机构，并主管这两个研究所的筹建工作。此外，他从1956年起提出方案，一再建议成立"中国铁道学会"。经过长期的不懈努力，学会终于自1978年由他参与筹建、成立和发展起来了。他屡次建议并早在1962年就在铁道科学研究院建立了研究生培养制度。他参与并组织编写了《中国大百科全书〔交通卷〕》的工作。

唐振绪为铁道科学研究院的建设和发展付出了艰巨的劳动，为铁路科研事业作出了不可磨灭的贡献。

喜结良缘 同心比翼乐绵绵

1929年5月16日，唐振绪与张梦蕙喜结良缘。其时，唐振绪19岁，张梦蕙17岁。

张梦蕙原籍江苏淮安，但自幼生长在涟水，人长得眉清目秀，亭亭玉立，深得父母喜爱。1927年春，涟水县再次遭灾，唐宗郭奉命前往赈灾，唐振绪和弟弟妹妹们随父母一同前往。为了保证妇女和孩子们的安全，唐宗郭出面组织了"中国义赈会涟水县第一妇孺收容所"，收容所设立在涟水县立女子高等小学校内，唐振绪的母亲为所监。张梦蕙其时在县立女子高等小学读书，年方15岁。张梦蕙讲话口齿伶俐，办事落落大方，又加上长得秀气漂亮，引起唐母的注意，便将想要张梦蕙为儿媳的事与唐宗郭商议，得到了认可。唐宗郭在担任维持会会长期间与张梦蕙父亲张廷栋就已相识。就这样，由双方父母做主，唐振绪与张梦蕙举行了订婚仪式。

待到秋天，唐母带着子女和张梦蕙一起回到北京，住在唐宗郭早已购建的二层洋楼里。唐宗郭将这栋楼取名"壮学庐"。张梦蕙入师大女附中就学，唐振绪在唐山交大读书，每逢放假回家，时相过从，互相关爱，互相尊重，直到正式举行结婚仪式。唐振绪去美留学前与夫人张梦蕙有过两个孩子，但都不幸夭折。

婚后，唐振绪去美国留学累计十多年，通讯、交通闭塞，但始终对张梦蕙忠诚不渝，直到抗战结束，才回国与张梦蕙团聚。从此以后，张梦蕙一直跟随着唐振绪，时时处处地照顾他的饮食起居，不仅是他生活中的忠实伴侣，也是他事业上的"贤内助"。他们又连生二女三男：唐钱曾、唐唐曾、唐铁曾、唐道曾、唐研曾。唐钱曾是他当钱塘江京沪沪杭甬水利工程总工时所生，唐唐曾是他当唐山交大校长时所生。以后唐铁曾、唐道曾、唐研曾是他当铁道研究院院长所生。有位校友为此感慨道：人所谓"在兹念兹"，为一生工作鞠躬尽瘁，心身与共，尽在此命名之中也！

"文革"期间，唐振绪被打倒，受到非人待遇，五个孩子全都上山下乡。改革开放恢复高考后，几个孩子因年龄等原因，错失在国内上大学的机会。张梦蕙果断地将孩子们送往美国留学，自己亲自跟到美国督学。后来，除大女儿唐钱曾在北京铁道科学研究院工作外，其余四个孩子均在美国工作生活。

张梦蕙一辈子没上过班，当了一辈子唐家媳妇，性格温润、记忆力超群，与唐振绪相伴终生。1989年5月16日，唐振绪夫妇在美国与家人喜庆钻石婚时，唐振绪曾即兴吟诗一首："红烛高烧六十年，同

◎唐振绪与夫人张梦蕙钻石婚庆（60年）纪念。1989年摄于美国纽约

心比翼乐绵绵,曾经沧海身犹健,喜看中华永向前。"

老骥伏枥 为祖国统一大业奔波操劳

"文革"中,唐振绪同许多人一样,历尽坎坷。粉碎"四人帮"后,他老骥伏枥,壮心不已,仍旧积极为铁路科技事业,为建设祖国、统一祖国、振兴中华而努力工作。

晚年,他先后任铁道部科学研究院名誉院长、第七届全国政协常委、民革中央监察委员会常务委员、九三学社中央委员会顾问、交通大学校友总会名誉会长、高等院校校友会北京海外联谊会荣誉会长、美国康奈尔大学中国校友会会长、宋庆龄基金会理事、中国铁道学会副理事长、中国土木工程学会常务理事、中国水利学会理事、中国大百科全书总编辑委员会委员兼(交通)卷编辑委员会副主任、中国科学技术咨询服务中心委员会委员、美洲中国工程师学会终身会员、欧美同学会常务副会长、中国和平统一促进会常务理事等职。

唐振绪向全国政协提出书面提案,积极建议并推动创办"海外同学咨询服务中心",为海外同学服务,让海外同胞为祖国建设献计献策。他还以老会长"久别归队"的感情,参加了"交大美洲校友总会"的各种活动,并参与筹备交大美洲校友总会主办的第六届联谊会(又称海外大团圆)及其全部活动。1990年6月16日至18日,第六届"海外大团圆"联谊会在美国新泽西州霍巴肯镇史蒂芬斯理工学院举行,来自世界各地的500余名校友云集于此。会上,唐振绪作了《继往开来,发扬交大校友传统》的书面发言,他说:"我们的母校'交通大学'是举世闻名的。它之所以世界著名,是由于它的悠久光荣历史,治学严谨的优良传统和人才辈出的出色成绩,在今日普天之下,无论'海陆空'各种交通事业,以及各个科学技术领域中,都可以看到交大校友的辛勤劳动和卓越才华,普遍受到人们的关心和尊重,交通大学已由原来的上海、唐山

◎1980年7月12日,唐振绪与当年同学、时任美国康奈尔大学校长的Rhodes游峨眉,参观位于峨眉山下的西南交大

（现迁成都，并设峨眉分校，改称西南交大）、北京（改称北方交大）三校，发展成今日又有西安、新竹之五校。我们五校同心，是一家人，团结友爱，呈现一片欣欣向荣的兴旺发达景象。作为'交大人'，今日又逢盛会，心中充满了万分的激动和欣慰之情，感到无比的幸福和高兴！""我今天在这个校友聚会上，略叙往事，是以我亲身经历，来说明交大校友们饮水思源，对母校的热爱与帮助，是无止境的。而几所母校之间的共患难，同进步，亲密无间，互相支持的优良传统，更是无与伦比的。这是我们的'传家宝'，也正说明：'天下交大是一家，五校同心人人夸'。"他还即席赋诗一首："五校同窗集一堂，团结友爱世无双。每念饮水思源训，中华腾飞志不忘。"此后，每当说起这一盛会，唐振绪的喜悦之情总是溢于言表，他曾多次对校友丁国平说："形势的发展令人振奋，在祖国未正式统一前，交大校友先统一起来的夙愿，可能快实现了！"

唐振绪经常给校友会打电话，询问母校的消息以及有关联系团结年轻校友和推动校友工作等事宜。校友会的负责人除了有困难时求他支持指点外，更多的是向他汇报年轻人中爱校的炽烈之心以及所蕴藏着的巨大的"唐山精神"，比如已创办几期的《海外校友通讯》，年轻人安排部署得非常好，已呈现全世界各地年轻校友都抢着轮流办的形

◎左图为中国铁道出版社出版的《唐振绪》传记（丁国平著）
◎右图为中国铁道出版社出版的《志在振兴中华——唐振绪文存》

势,有声有色,每期都很有特点,而且无形中已成为联系全世界各地校友的网络,并越来越显示出巨大力量。这就是老唐院传统的再现,也是母校可以倚靠和使用的力量。这份通讯也已开始体现几年前唐振绪竭力提倡的设想,令他无限欣慰。

唐振绪多次利用赴美探亲、访美的机会,宣传中国社会主义建设的巨大成就,动员海外学人、校友回国观光访友,积极促进海峡两岸交大的交往交流,为振兴中华贡献力量,为祖国的统一大业贡献力量。直到最后退隐到美国治病,犹常以国家统一为念,爱国之心、忧国之情老而弥坚。

唐振绪因长期患病,神志时好时坏。据夫人张梦蕙讲,他因患脑血栓致使左侧上下肢不听使唤,日常不愿睁开眼睛,但听力很好。不分昼夜时睡时醒,有时口里好像想说什么,又很低沉像梦话那样,时常流露出对母校当年的怀念以及对今天母校的殷切期望,等等。张梦蕙说:"我和老唐结婚已73年,亲自看到他几十年来为事业耗尽赤子之心,刚正不阿,廉洁奉公,全身心投入工作,唯独忘掉他自己。"

北京时间2003年8月23日,唐振绪怀着对母校的怀念和振兴中华、祖国统一的企盼与梦想,在美国新泽西州的住所逝世,享年92岁。

唐振绪出身于书香门第,先祖数代多为官宦,"文革"中遭不明清算,家事巨变,一贫如洗,后虽经平反,官复原职,亦已垂垂老矣。迨退休到美依亲,两袖清风,临终遗言,以所余不多之"棺木本"捐赠母校海外校友会,足见他对母校的感情笃深。

唐振绪,以在唐山交大学习和工作过为光荣;唐山交大,也以有唐振绪这样的著名校友为自豪!

(施 疑)

劳远昌：劳而不辍桃李芳

◎ 风华正茂的劳远昌教授

又到满城飘絮时。百年交大旧址静静地承载着人们的怀念与思绪。1路公交车载着不太多的乘客悄声驶来，在交大站点徐徐停靠，又载着不太多的乘客默默驶向城市的深处，驶向都市的滚滚红尘中。

交大路，应该是唐山这座城市年龄最久、记忆最长的道路了，从她诞生命名之日起，就有幸与一所名校——唐山交通大学结缘，至今已过119年。多少莘莘学子沿着这条路走来，进入素有"东方康奈尔"之称的唐山交大；然后，又从这里启程，开枝散叶般分赴全国各地，修路、造桥、建港……即使地震的劫难重重摧毁了她的建筑，即使这座城市迅速成长得令人分辨不出昨日的模样，即使她借以冠名的学校早已搬离唐山四十多年，而在这座城市的版图上，依旧为这条路保留着应有的位置，这座城市的人们，依旧称呼着她历史悠久的名字。

老交大旧址，杨树萌发出嫩绿的新芽，抚摸着斑驳的树干，让人感受岁月留下的深深痕迹。春风拂面，耳畔仿佛响起传道授业的讲课声音，曾几何时，阳光洒落了父亲和他的同学、同事专注学习、工作的身影。

回想起父亲，在这片远离家乡的土地上，与这座英雄的城市一起，共同走过了60年的历程。他像众多交大人一样，将自己的岁月年华、自己的根、自己的一切留给了这所学校，留在了这座城市，顽强坚守了传统知识分子的淡泊、厚重、求知、尚学、善良和道义。我能够理解，为什么父亲退休后，义无反顾地返回唐山，卸掉桥梁专家、学者、顾问等诸多角色，仅仅为自己留下一个交大分校校长的头衔。父亲一直默默守望着这片心灵的故园，就像一位饱经沧桑的老水手，目送了自己的船队驶离之后，默默地守卫在大船曾经的故乡、曾经的领地。每每回想起这些，就仿佛翻开父亲厚重的人生史书，重温他从一位交大学子到交大教授以及交大唐山分校校长的平凡而精彩人生。

回国任教　情归交大

轰隆隆的火车从脚下穿过，老火车站的天桥屹立，迎送着往来的列车。当年19岁的父亲，负箧曳屣、意气风发地从湘江河畔，一路辗转来到北方，来到唐山，来到陡河河畔，来到交大求学。也许冥冥之中已经注定，就是当年走过了这座天桥，父亲的人生从此与各式各样的桥梁结下了缘分。

1939年，19岁的父亲考入交通大学唐山工学院土木工程系，经过4年的努力学习，父亲最终以优异成绩毕业，相继进入交通部桥梁设计处等单位任职。为了能够学习到国外先进的桥梁建设理论，1947年，父亲又考入英国伦敦大学帝国理工学院学习，历时4年获博士学位。

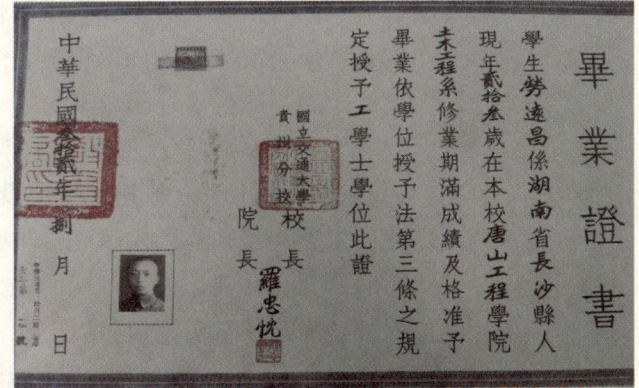

◎劳远昌教授的工学士学位证书。1943年8月由当时的唐山交大校长罗忠忱签发

父亲毕业后曾在英国从事设计工作，新中国诞生之后，父亲毅然放弃英国的工作和优厚待遇，一心回归祖国参加社会主义建设。他与物理学家黄昆在归国途中，曾遭到港英当局的百般刁难，兵卒持枪把他俩押送到了罗湖桥边界。父亲遥望祖国大好河山，决意回国，最终克服重重困难，于1951年辗转回到国内。

父亲回国后，放弃大都市的繁华舒适，离别湘江之畔的父母，做出了他人生中重要的抉择——到当时生活条件并不好的唐山，回母校任教，成为交大人。历经六十载春去秋来，父亲对唐山、对交大、对

◎劳远昌教授与夫人江泽芝女士

自己所从事的专业和教育事业，凝聚了无比深厚的感情。

父亲多年来一直从事混凝土桥方面的教学和研究工作，20世纪50年代，他就参与指导我国第一孔铁路预应力混凝土桥梁的研制工作，并执笔编写了我国第一本铁路混凝土桥教材《钢筋混凝土桥》。在此后的三四十年里，不论是唐山地震后的艰苦岁月，还是年逾古稀的时日，他始终不遗余力，一直在推进预应力混凝土的教学与科研工作。在担任中国土木工程学会混凝土与预应力混凝土学会副理事长期间，更是不断跟踪部分预应力混凝土的发展，与几位有识之士一道，做了大量艰苦细致的工作，使这一"新型建筑材料"在我国获得迅猛的普及发展。

1958年，我国首次派代表团前往当时的西柏林，参加国际预应力混凝土协会（简称FIP）第三届大会。父亲以其在该领域的研究成果和流利的英语在大会上代表中国代表团宣读了一篇展示我国短短几年内在预应力混凝土方面取得显著成就的报告，给与会人员留下非常深刻的印象，赢得了外国专家的喝彩。

改革开放以后，大跨度预应力混凝土桥在我国获得飞跃式发展，同时也对设计理论尤其是塑性设计理论提出更高的要求。上世纪80年代末期，父亲在国内率先提出开展大跨度预应力混凝土桥梁塑性行为的研究，并建议先从结构的内力重分布问题入手。为此，他与何广汉教授一起率领研究组，以广深铁路石龙大桥为应用背景，开始进行大跨度预应力混凝土连续梁桥由于塑性而产生的内力重分布问题的研究。

20世纪80年代中期，父亲提出开展桥梁结构风致振动的研究，并与学校的刘应清、尚久驷两位教授共同提出建设风洞试验室。从风洞的论证、建设到验收，从研究队伍的建立到师资和研究生的培养，父亲都倾注了大量心血，使得西南交通大学成为国内该领域最早、最具实力的研究单位之一；父亲也成为了西南交通大学风工程试验研究的奠基人。

我很少听父亲谈起自己的研究成果，他不知疲倦地看书学习，呕心沥血地教书育人，每天穿梭于教室、实验室，有时还要带学生去工地。儿时的我，并不清楚父亲整日忙碌的是什么，直到长大之后听人讲起父亲的工作，才使我知道，父亲一生的忙碌，都是为了培养我国桥梁建设的队伍和提升我国桥梁建设的水平，是在用他自己毕生的心血和所掌握的科技知识报效国家。

扎根唐山　广植桃李

父亲晚年时期，时常会怀念自己久别的故乡长沙。然而，我是在2014年才第一次踏上父亲成长的土地，那时父亲已经离我们而去，再也无法讲述家中的旧事。我对爷爷的记忆只是一些片段，对于劳氏家族，也是在我长大之后才略有知晓。我的祖父劳启祥，祖籍浙江绍兴，年轻时随家人由宜昌迁居长沙，早年以优异成绩毕业于雅礼大学（长沙），后又公费留学美国，先后在耶鲁大学和芝加哥大学攻读数学，回国后毕生致力于教育事业，是湖南省有名的教育家，也是知名的爱国民主人士。长沙解放前夕，他作为湖南省教育界知名人士之一，积极参与程潜、唐生智等人的起义通电义举，并亲自参加欢迎解放军进城。

父亲从小就受到了良好的教育，他们兄弟姐妹6人中有3人曾公费出国深造，相继回国后，又在各自的岗位上为祖国作出了应有的贡献。

当年轻的父亲来到唐山求学之时，就深深地爱上了这所学校以及这方热土，他将毕生的心血倾注于母校，培养出了一批批优秀学子。1985年，65岁的父亲开始担任西南交通大学唐山分校名誉校长，之后整整17年。他常开玩笑地说，岁月把我变成一个老头，但我始终是交大人，只要我还有一口气，就要为交大发一份光和热。那些年，新生入学、毕业生离校典礼以及研究生答辩，他都会出席，父亲那充满正能量和幽默的讲话，已成为当时深受学生喜爱的保留节目。在这期间，不论哪个单位部门、哪些人找到他，不论认识与否，不论本地

◎2002年，82岁的劳远昌教授应邀担任唐山学院专家组名誉组长、唐山学院专家组顾问，并被授予"唐山学院功臣"荣誉称号（右为其夫人江泽芝女士）

还是外地的，只要是和交大相关联的事情，他都热情接待，全力支持。2002年，交大分校华丽转身为唐山学院，82岁的他目送着自己心仪的学校正式加入到地方院校的序列之中；很快，他应邀又担任唐山学院专家组名誉组长、唐山学院专家组顾问，在规范本科教学、培养学生创新精神和创造能力等方面发挥着自己的重要作用，为母校、为这座城市不遗余力地贡献自己的余热。为此，唐山学院特授予他"唐山学院功臣"荣誉称号。

2002年，西南交大工会开展庆祝老教职工金婚纪念活动，父亲也抽时间写了一篇《金婚随笔》，倾诉了自己的心声："几十年来，在教学工作中呕心沥血，感到最大的回报，莫过于日后知道，自己的学生们正在祖国各地建功立业。每当想到有许许多多肩负重任，在基层扎实工作的建设者都是自己的学生时，就会感到'桃李满天下'是当教师的一种幸福。"

在父亲同事们的记忆中，父亲是一位风度翩翩的学者，经常西装革履上讲台；没有架子，平易近人，和蔼可亲。他讲课，富有魅力，讲的东西很新，信息量很大，深受学生欢迎。他专业知识渊博，人文知识丰富，教书育人兢兢业业，凭着真才实学，为共和国培养了一批又一批工程建设领域的人才。

父亲为人随和亲切，和很多学生都保持着亲密的联系，相互探讨交流，教学相长。"文革"结束复课期间，父亲一个人住在桥隧楼。老师、学生请他辅导外语，他有求必应，利用晚上休息时间辅导。他有一个学生叫邵厚坤，是一位著名设计大师，曾为发展我国的预应力混凝土桥作出了杰出的贡献，两人交往甚厚。可惜邵厚坤英年早逝，常令父亲扼腕痛惜。在父亲培养的一批批学生中，很多人在行业内脱颖而出，出类拔萃。如交通部原总工程师凤懋润，曾担任虎门大桥和润扬大桥设计总工程师的郑明珠，西南交通大学土木工程学院院长、博士生导师李乔等，都是他的得意门生。

父亲在教育战线奋斗数十年，他淡泊名利，从未计较过工资待遇、住房福利。他奋力推举新人，为他们搭建起上升的阶梯。记得父亲年满七十岁时，为了让出教授编制名额，自己主动提出申请退休。但是退休之后，他仍继续操劳着教学和科研工作，招收了抗风和抗震两方面学科前沿的博士研究生，培养桥梁学科前沿的高级技术人员。

每当父亲收到学生在相关领域取得突出成就的信息之后，他都会感到无比的欣慰，学生成就的简单汇报，都被他看作是自己从教生涯中收到的最好回报。

酷爱读书　严谨治学

当年父母为了学业和事业，只生了我一个孩子，在现代人的眼中，他们当年的生活非常单调，除了工作就是看书。在我儿时的记忆中，父亲的印象总是和很多书联系在一起。"文革"前家里有一间小小的书房，里面除了一张桌子和一把椅子，其余就是书架和地上码放着的高高书垛。当我钻进去想找爸爸玩时，父亲总对我说，爸爸要做事。在我看来，他做的事情除了看书，就是在纸上画图或写写算算，那些书不是外文就是桥梁专业，一点意思都没有，不知为什么他只要进了书房就不肯出来。

父亲在学校还有一间宿舍，里面也全是书。虽然离家不远，但父亲却时常住在学校不回家，伏案埋首潜心研究他的专业，徜徉在知识的海洋之中。父亲喜爱买书，因此与书店结下不解之缘。每当书店进了新的专业书籍，工作人员就会推荐给父亲，他就会买回更多的新

◎老当益壮的劳远昌教授

书。父亲70多岁时,每周都要步行到河北理工大学图书馆阅览室看书。他一生最大的喜好就是买书和读书看报。

我曾听母亲回忆说,你爸出国留学,我等了他5年,回国时他花尽积蓄买了几箱子的书运回国。我们结婚没有任何仪式,他什么也没给我买,被子是我自己带来的,当时家里住的房子是开滦的,家具是租用公家的,唯一的财产只是书。

回想起父亲老年捐书的情景,场面历历在目。父亲爱书一辈子,到了晚年,却毅然把自己珍藏多年的书尽数捐给了学校。他说这些书用不着了,希望能给别的老师和同学派点用场。捐书,在别人眼中可能不算什么。但对于嗜书爱书的父亲而言,却非同寻常。抚摸这厚重的藏书,见证了父亲孜孜不倦的学者生涯,铭刻多少春秋岁月;翻启那轻薄的纸页,承载着父亲爱书、爱校的深情厚谊,一往情深,绵远流长。

父亲一生严谨认真。记得我小学时有次数学考试,因为马虎将答案小数点写错了一位,老师让把卷子带回家,交家长签字。父亲看到后对我讲,写作业马虎,题答错了你还可以改,但是长大了干工作可不能马虎。像我们搞桥梁设计的,如果数学计算差了一位数,那就可能出大事故。他告诉我,设计桥梁就一定要确保安全,百年大计,质量第一,安全为天。他一生都是坚持这样做,也是这样教育学生和后人的。

父亲在学术问题上一丝不苟,敢于坚持正确的东西,不随声附和,随波逐流。除了他具有高深的学术造诣之外,还映射出他为人的正直和对科学实事求是的态度。在1986年华东某大桥的初步设计审查会上,父亲经过一再论证后,坚持应当采用单箱截面连续梁的意见,就是一个很好的例子。还有一次,他听有位老师讲课,发现其中有误,便当即予以指出。他认为,如果一旦给学生造成误导,那麻烦就大了,所以必须立即更正,绝不能够让谬误流传,误人子弟。父亲治学,对己、对人要求都很严格,批改作业时连一个错误的标点符号也不肯放过；学生的设计如有差错，他就会毫不留情地要求重做，决不允许打马虎眼，给他的学生们留下了难以忘怀的深刻印象。他认为，桥梁建设是造福于民的百年大计，稍有疏忽就会酿成不可挽回的损失，所以决不能出现任何失误。父亲的严谨形成了习惯，他看过的报纸，往往密密麻麻地写满了批注。不仅如此，当他走在街上看到店铺招牌或广告牌中的错误，就会热心地给人指出，其认真细致的态度令人肃然起敬。

前些年，时而有桥梁垮塌事件发生。每当父亲听到发生桥梁垮塌事件相关报道时，他就会追着让我上网去查，了解事故造成的原因和详细情况。如果得知事故原因是设计或施工质量出现问题，父亲就会非常痛心地怒斥：太不像话！这样不负责任的千古罪人，不可原谅。父亲还将有关桥梁垮塌事件详细报道的报纸收集起来，在我看来，那就是桥梁事故案例的"错题本"。

在我的记忆中，作为教师的父亲，经常利用假期去桥梁工地，深入施工现场，重在将理论与实际紧密结合。他常说：教师首先要有丰富的实践经验，讲课才会生动，才能更好地教育和培养学生理论与实践相结合的能力。他曾经讲过一个小故事，说某次参观一个建桥工地，有一位教施工课程的教师，看到跳板晃悠悠的不敢走，父亲指出："我们土木工程系的教师，不能光会纸上谈兵，要能深入实际，打铁先要自身硬！"父亲曾说过：教学，如果为"标准答案"而奋斗，就会扼杀一切探求真理的萌芽。父亲坚持认为，理论能不能在施工中实现非常重要，只有实践才是检验真理的唯一标准；搞工程理论，就是要以为社会实践服务为己任。

◎ 劳远昌教授在筑路工地上

劳而不辍　奉献无悔

1978年，中国土木工程学会理事长茅以升邀请了林同炎教授来华讲学访问，同时被请来讲学的还有国际著名的预应力混凝土专家 Gerwick 教授。期间，曾在茅老手下工作过的父亲也协助进行接待工作，这是我国土木工程界在

》星光闪烁 293

改革开放以后的首次大规模对外交流。

1992年,年逾七旬的父亲应铁道部的邀请,不畏艰辛地到南昆铁路西段考察,并参与几座技术难度大的桥梁设计评审工作,且接连参加了多次会议。同年,被交通部公路规划设计院聘为江阴长江公路大桥设计联合体技术顾问。1995年,75岁高龄的父亲仍然不辞劳苦,极其认真地负责主审了约40万字的《现代斜拉桥》著作。该书作者在前言中写道:"承蒙劳远昌教授为本书做了精细的审定工作,对全书的质量提高做出宝贵的贡献。"从1995年年底开始,父亲又伏案主审交通部公路规划设计院翻译的美国公路桥梁设计规范最新版本,这是一项既费心又耗时的艰巨任务。全书约150万字。

1998年,为了再一次推动我国预应力混凝土的发展,也为了纪念弗雷西内发明预应力混凝土70周年,父亲不顾自己78岁的高龄,只身奔赴贵阳参加第四届全国预应力学术交流会,宣读了题为《预应力混凝土结构设计方面半个世纪以来的若干认识进展》的论文,精辟地谈了"部分预应力的合理性与经济性""对疲劳与裂缝控制和耐久性的新认识""在强震区采用预应力结构的可行性的新认识"等10大问题,受到听众的热烈欢迎和会刊编委的高度评价。

父亲在耄耋之年还不辞艰辛,对60多万字的大部头《唐山大地震及建筑抗震》中的英译部分进行了认真细微地审校。

由交通部主编,并于2003年出版的《中国桥谱》,记载了中国从古至今具有代表性的各式桥梁,汉英双语说明并附有大量彩照,大12开本共660页,集数百人心血,堪称巨著,时任国家主席江泽民亲自为此书题写书名。2002年,父亲已至80多岁高龄,他还欣然接受了担任《中国桥谱》技术顾问并独任翻译顾问这个艰辛而又紧迫任务。经过父亲两个多月的日夜奋战,对该书原稿的专业内容进行认真审核并提出多项重要修改意见,且对书名《中国桥谱》的英语译名以及全书的英语说明贡献了很多建设性建议。

回国六十多年,尽管亲历"文革"、地震等种种坎坷和磨难,但父亲始终无怨无悔,乐观豁达地面对困难和挑战,他终生挚爱着自己的祖国,挚爱自己所从事的教育事业,挚爱自己的母校和学生。

父亲的外语、国文和音乐素养都很高。他90岁高龄时,还能全文背诵英文的美国独立宣言，背诵唐诗、宋词，高兴了有时会唱起英文歌曲，唱完后还问："中气还够吧？""吐字还清楚吧？"得到表扬时就会流露出孩童般的得意笑容。

晚年时，父亲常讲起自己"文革"时被发配到唐家庄矿下井劳动的事。因为是臭老九，支领矿灯时给了一盏最不好的灯。到了井下，矿灯坏了酸液渗出，父亲的皮肤被酸烧坏，疼痛难忍不知所措。工人师傅有经验，让父亲赶紧撒泡尿，把尿液拍到被酸烧的部位，缓解了疼痛。父亲上井之后，到学校医务室去治疗，医务人员没有作皮试就给他打了青霉素。父亲从医务室出来后在校园里看大字报，突然感到天旋地转，继而晕倒在地，原来是对青霉素过敏，差点一命呜呼。矿灯的硫酸渗出，在父亲皮肤上留下了核桃大的黑色伤疤。每当抚摸伤疤谈起这段往事时，父亲总是呵呵笑着说："还是老工人有经验，用土办法挺奏效；校医室的那个医务人员却太莫名其妙了。"

老人家当年斯文扫地的切肤之痛，如今却含笑回首历史风云，这也是中国老一代知识分子的情怀吧！

前些年，父亲的一名研究生因胰腺癌英年早逝，父亲极为痛心。老人家搜集了一些关于如何防治癌症的资料，编辑成册，复印很多份送给周围的朋友和我的同事。他年纪大了，有的朋友已经送过了，他忘记了又再送人家，还有的人是医生，他也要送人家这份资料。我们都笑他，但老人家热心不减。2010年，父亲单位的多位领导和学生来唐山给他祝贺90岁生日，父亲又拿出印好的资料送给来宾。老人家以这种方式表达他的关心与爱，希望每一个人都保持科学的生活方式，健康幸福地生活。

进入2012年，我清楚地感到，父亲明显的老了，有时会出现时空错乱。那年5月份，父亲问我是不是快要过大年了，我说还在春天，您为什么想起过年了。父亲说，过年时你要写一张贺卡寄到学校，向学校的领导和全体师生员工拜年祝福。我笑着答应说，好！不过那也太节省了，写一张贺卡给那么多人拜年啊？！父亲的话，令我心头升起无尽的惆怅与感慨：眼前这位高龄的孱弱老人，还是那个当年通晓英、俄、德、法、日5种外文并英姿勃发的父亲吗？还是那个指导了我国第一孔铁路预应力混凝土桥梁的研制工作、执笔编写了我国第一本铁路混凝土桥教材、西南交通大学风洞实验室建设的最早提出者——那个敏锐智慧的父亲吗？岁月是多么的无情令人无助，但没有磨灭父亲对母校和师生的深厚感情！

2012年6月27日，是个让时间凝固的时刻，92岁的父亲平静地离开了我们。父亲生前曾多次叮嘱，他的身后之事一切从简。遵从老人家生前遗愿，办理完父亲后事，我在清理父亲书桌时，发现抽屉中有父亲写的纸条，上面写着：

"人有生，就有死，从现代情况看，能活过100岁的是极少数。我已过90岁，当说随时可能走。

我恳求地希望，走后只惊动少数人，必要时可事后再补告某些方面，并致歉意。

少数人是指家中近亲，包括重庆、北京和上海的几家，还包括西南交大驻唐办事处的负责人以及李乔同志（并向他表示，我恳切地希望他们不要派人来唐）……"

这就是父亲留给我的遗嘱，老人家面对生死的坦然淡定和处处为别人着想的优良品行，是留给我们后人的至宝。

"劳而不辍，桃李天下，远渡重洋，昌我中华。"父亲的一位学生，在得知老师逝世的噩耗后，用一首藏头诗表达了哀思之情。父亲一生追求简朴，直到离世也不愿麻烦亲朋好友，他最终以这种简洁安静的形式，为自己的一生画上了句号。

（劳 卫）

原载2015年5月15日《唐山劳动日报》

岁月留痕

交大之星

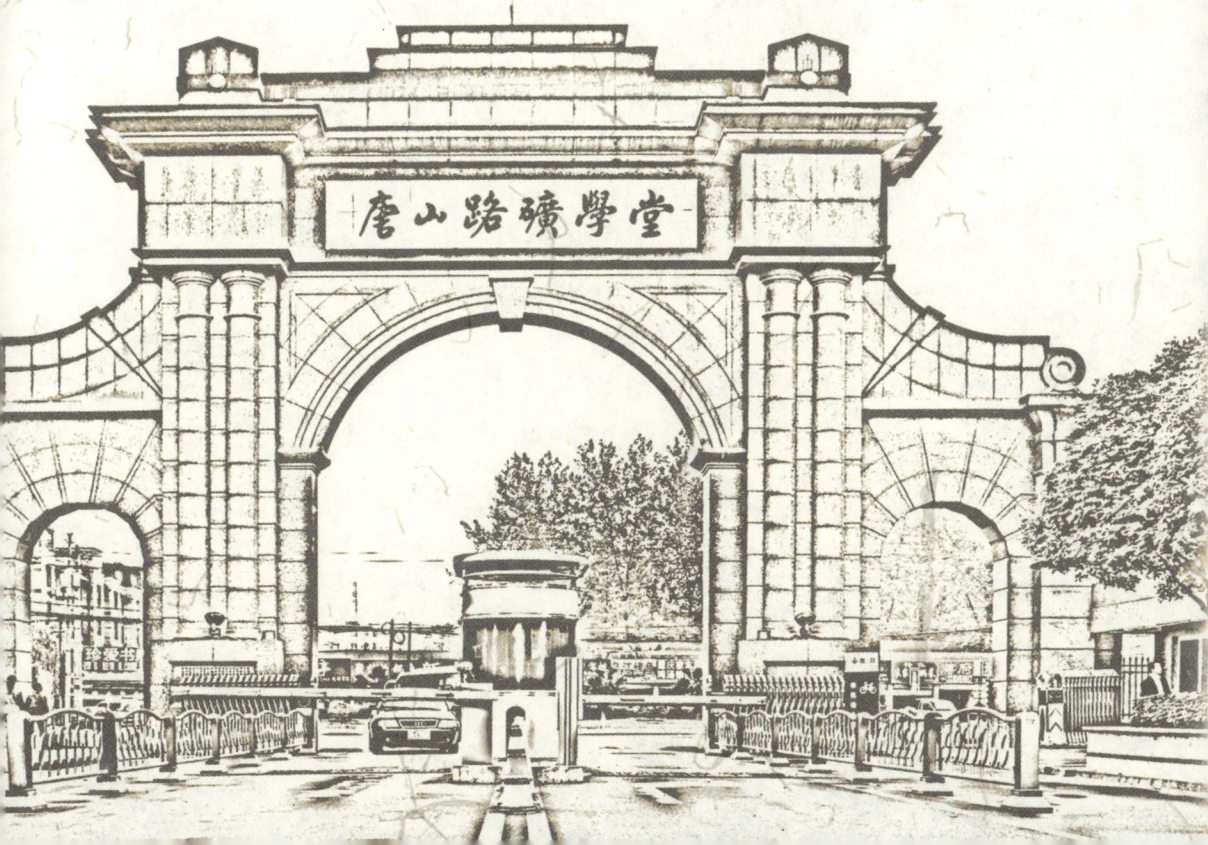

"一座唐山交大，半部中国交通史。"这座享有"东方康奈尔"美誉的著名学府，许多人，将一生的光阴给了它。

深灰色的欧式建筑，大气敦厚，镂空雕花的窗户，典雅精致，绿茵场上的矫健身姿，东、西讲堂里的朗朗书声……诗情画意的校园，可谓是冀东大地战火硝烟中的一片净土。遥想当年，先生们一丝不苟、严谨治学的教诲犹在耳畔，先生们笔耕不辍、挑灯夜读的身影仍旧清晰。弦歌不断，桃李芬芳，铿锵有力的校训拨动着每个交大学子的心弦。

望风怀想，遐思悠悠。交大在唐山度过它难以忘却的岁月，它那渐渐远去的背影，怎能让交大人萦绕梦里，泪湿衣襟。如今，在那残存的一砖一瓦中，这所百年名校的温度依然真实可触。

家父茅以升的故事

——茅以升的女儿茅玉麟口述

茅玉麟说，每一次到唐山来，她都觉得自己对父亲茅以升的理解更深了一层。

2014年春夏之交，西南（唐山）交大全国校友会长联席会议在唐山召开，茅以升的小女儿、茅以升科技教育基金会秘书长茅玉麟再度到来。

唐山交大旧址浓荫掩映，古木参天。她抚摸着沧桑的树身，沉吟良久。她说自己来唐山也是一种寻根，隔着时空追寻父亲当年旧影。交大旧址仿佛藏着理解茅老完整一生的钥匙。在这里，不仅包含了他的人生经历和生命体验，在这里，他也成为一所百年名校大历史的书写者与中心人物。少年时求学苦读，为母校赢得"竢实扬华"匾额；留美学成后执教掌校，使母校获誉"东方康奈尔"。至战火纷飞的流亡大学时代，虽离开唐山故土，长途奔波，茅以升始终殚精竭虑，把眼光放远，把文化和教育放在为国家保存学风和士气的角度，始终为唐山交大存续着一线命脉。数十年的时光，茅以升与唐山交大同生共长，命运紧紧联结在一起，他作为交大的精神象征，至今仍被人们深深怀想。

◎茅玉麟在唐山交大旧址

在交大西讲堂旧址，茅玉麟俯身观看残存的唐山生产的钢砖，上面的英文字母清晰可辨。在阶梯教室震后幸存的台阶上，她端端正正坐下来，好像面前仍有课桌椅摆放。在图书馆旧址，她喃喃自语：父亲当年得多少次在这儿看书念书啊！陪茅玉麟参观交大旧址的过程中，我们听她讲父亲的故事。

交大求学

交大1896年建校，我父亲也于同年出生。这不能不说是一种很深的缘分。

我父亲家住南京，15岁时他想北上考唐山路矿学堂。但是那时候唐山路矿学堂是全国高等学府里最好的学校，他生怕自己考不上，思考再三还是放弃了报考它。这个可能很多人不知道，以为他是慕名来考，其实他是想考清华学堂，因为清华学堂要好考一点儿。但是那时候交通不方便，他来晚了，失去了参考清华学堂的机会。正好唐山路矿学堂在天津招生，他转过来考的唐山，没想到一考就考中了，而且成绩非常优秀，可以说就此跟唐山，跟交大，一辈子结下了不解之缘。这五年对他一生来讲，奠定了非常好的基础，这是他大学的本科教育阶段。所以说，唐山真是养育了他。

因为年纪小，入学后他学习非常艰苦。那时候老师都是英文授课，自打这学校一成立就是国际化的教育，有很多外籍教授。他成绩更是年年全班第一。西南交大茅以升纪念馆里面有一张我父亲上学时的成绩单，他的平均分92.5分，而且第一名和第二名之间差距很大。

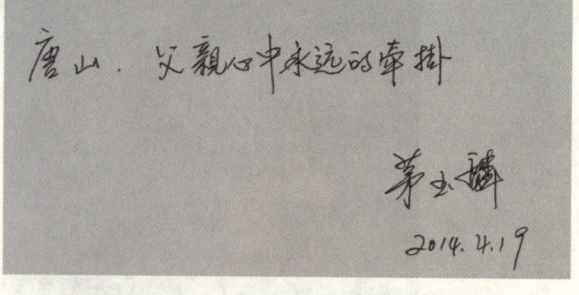

◎重回唐山参观唐山交大旧址，茅玉麟挥笔写下"唐山，父亲心中永远的牵挂"

其实他学习好不光是因为真的比较聪明，还因为他有很大的付出。别人在玩的时候，他是在读书。那时候上课，老师是没有教学课本的。老师在前面讲课，学生们就在底下记。有的人记了就顾不上听，听了就顾不上记。他呢，是既要听也要记，但是也有没记好的，所以他每科回来以后都要重新整理。每一科做作业也好，整理笔记也好，他都有时间安排的，整理的时间必须得做完，他这种科学家的严谨从小就养成了。

另外他这种做法很科学。他上学时有两个计划表，一个是每日的计划表，一个是每周的计划表。咱们现在很多学生订计划，天天在订计划，天天都完不成。我父亲那时候是每天严格按照计划执行的。比如说，没有按计划完成的，他从不拖着做，一拖下面全拖了。他不是。没做完的，先不管它，然后做下一个，什么时候补呢？每周周末的时候。他要对他一周的计划整个看一遍，一周计划里面哪门功课做得不够好的，这一周一定要补好，决不能过周。现在想来，我父亲上学时非常严谨，也没人去督促他，他学习好的经验，就是科学利用时间，一分钟都不浪费。他在学校的时候爱踢足球，爱京剧，其实也没太耽误玩儿。因为他安排得好，所以就效率高。他这个其实是很好的经验，我觉得我们现在的孩子们仍然可以借鉴。

茅氏家教

在一般人的眼里，我父亲是一个科学家，一个桥梁专家，但在我们子女眼里，他就是一个慈祥的父亲。他对子女，从没红过脸。哪个父母不生孩子的气啊，他没有。我们小时候写作文写父亲，我跟大家写的是一样的，他对我们的慈爱，从我这个角度来讲，和普遍意义上的父亲没有什么差别，有差别的是从来没骂过我。他这样，对我一生都有影响。

他生前对我们子女的教育非常民主，从我们家七个子女择业的选择就可以看出我们家的民主。他是搞桥梁工程的，但是我们七个子女里，没有一个是搞土木工程的，后来等我们懂事以后，觉得很是浪费资源。你看我们有学英国文学的，还有学音乐的，还有药学的，心理学的，我

◎在交大旧址，茅玉麟指着当年的大槐树，向记者讲述父亲的故事

◎茅玉麟(右)参观唐山交大旧址残存的唐山生产的缸砖

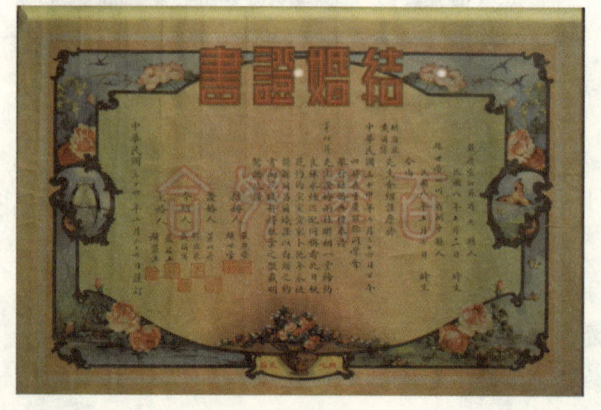

◎近年唐山发现的20世纪40年代茅以升作为证婚人的结婚证

黄志强/提供

是学文学的,唯独没有学土木工程的。当时有人问他,他这么说,孩子们的选择是自由的,他们喜欢什么就做什么,这件事情就一定能做好。如果我强加于他们身上,他们就做不好。有人问我,是不是因为觉得很苦才没有学父亲的专业,其实不是,我是"文革"的老三届,等我能选择的时候,就已经来不及了,已经错过比较好的机会。因此我没有选择父亲的专业觉得很遗憾,但是我也非常喜欢。现在看到桥就拉近距离,可以说是零距离。我虽然没有真正地学到建桥,但是我现在做的茅以升科技基金会,我也是在搭一座座桥,也是在架桥,是另外一种意义上的,我觉得对社会也有贡献。

父亲不常在言语上教育我们,他都是用他自己的一些行为来教育。他晚年的时候,姐姐们哥哥们都大了,只有我一直跟他住在一起。他没有教育过我,你应该怎么样,都是我看到的。包括我自主择业,包括"文革"的时候我到工厂,他都毫无怨言。

我等于初三就失去上学的机会了,后来我就被分配到工厂。父亲跟我讲,你是茅家第一个工人,我们以你为自豪,要先做人后做事,不要放弃学业。这是他给我的教诲。"文革"的时候我们那代人什么都不学了,闹革命,因为我听了父亲的话,我很好地在工厂做了十五年,也看了很多书,所以等到"文革"结束的时候,我就继续求学。虽然那时候年龄也不小了,但是也算是有所弥补,因为一直没有中断学习,所以我又有能力去读大学了。

奋斗之桥

父亲一生毫无怨言,不管是在任何时候。他总是在用自己的行动教育我们。他在"文革"的时候受到了一些冲击，我们家被赶到一个很小的房子里头。我母亲给他做了一个很小的书屋，也就三四平方米吧，他一起床就伏案，几乎不离他的小书屋。《桥话》就是那时候写的。我每天一睁眼看到他，他就是那种奋斗不息的状态。

《桥话》写完了，我背着那个书稿到处走，希望有出版社能出版，但是大家已经开始看经济效益。大家一看都说真了不起，五体投地，因为他都是用蝇头小楷写的，50多万字，从第一个字到最后一个字都写得那么漂亮，你看他写字这个精神就能够感动你。但是整个看完以后，他们觉得没有经济效益，所以一直就没有出。

这部书稿在我家书柜里躺了三十年，直到1996年西南交大成立一百周年，也是我父亲一百岁。我在西南交大见到胡正民校长，无意中提到这部书稿，胡校长说不早说，拿学校来出。就这样，由西南交大出版社在他百周年的时候出版了《桥话》这本书。这些文字都是他在"文革"中，没有工作期间，一笔一画写下来的。

父亲给我们子女看到的，就是不断在学习，不断在奋斗。他有一句话："人生一征途耳，其长百年，我已走过十之七八，回首前尘，历历在目，崎岖多于平坦，忽深谷，忽洪涛，幸赖桥梁以渡，桥何名欤？曰奋斗。"这句话虽然有点文言，正是他一生的写照，他一辈子就是在奋斗。

他那么老了，八九十岁了，家里也有比较好的条件了，完全可以颐养天年，但是他没有。为科普事业，为孩子们做报告，给孩子们回信。现在我也教育我周围的人，教育我自己的孩子，父亲的这种精神真的值得传承。

父亲年老的时候，眼睛很不好，1 500度的近视，黄斑病变种种没法治，但是他所有的回信，包括学生来的信、少年儿童来的信，都是他自己回。父亲秘书很多，做他的秘书很舒服，不用写发言稿什么的，他全部都自己写。但是他写，他会写坏，眼睛不好嘛，会写作一团，我就给他想了个办法，拿一张A4纸那么大的硬纸板，我就给他刻成一条一条的槽，后面搁一张白纸，再放一张化学板作垫板，拿夹子一夹。一行一行他就这么摸着写，有可能两个字写在一起，但不会上下串行，这样他都写了很多东西，包括对中国科技馆——我们国家第一座科技馆的建设有很多的提议，全都是他一个字一个字自己写出来的。

父亲工作了一辈子，除了吃饭睡觉，他就坐在他那张桌子旁，像个雕像一样，但是他的大脑不停地在思考，在创造。

科普之路

大家都知道父亲晚年的时候，全部精力都在做科普，却很少有人知道，其实他早在美国求学时代，心里就埋下了科普的种子，以致后来毕生都在做着对青少年的这种教育。

20世纪20年代，他在美国读书的时候，在美国看到科普书籍。有一本图书叫作《科学的故事》，讲的很多知识都是隔行的，不是他所学专业的知识，但是他看完以后，觉得自己也能感兴趣也能读懂。这个时候他第一次接触科普，他觉得特别好，就把这本书买回来。后来在我大哥读大学的时候，父亲就拿出《科学的故事》让大哥翻译，用深入浅出的语言，把科学道理给说出来，让那些外行的人也能看懂。这个故事后来发表在上海《科学画报》上，当时销量非常好。可以说他搞科普从那个时候就已经开始了，也贯穿了他的一生。

1937年，建钱塘江大桥的时候，父亲在《工程》杂志上一期一期地连续刊登建桥过程，也是科普性质的，钱塘江大桥的工程理论都变成了科普语言发表出来。随着建桥的进展，父亲还拍摄了大量的照片，这些资料我都捐献给了父亲的老家——江苏镇江的茅以升纪念馆。

这个阶段他在教书，在做工程，做科普绝对是业余的，但他有这种概念了。之后他就一发不可收，写的文章也越来越多了。在他晚年退休之后，科普成为他的主业。我们也出版了很多父亲的科普书籍，还有一些正在整理，现在天津科技出版社在策划出版他的全集。

圆周率的故事

父亲晚年的时候，经常到学校里去给学生作报告，他乐此不疲，对孩子更是鞠躬尽瘁。那时候我家可热闹了，小孩们都到我家来过队日，过团日，不管中学生还是小学生。

那是一九八几年的时候，北京有一个九岁的小男孩，有一天到我家过队日。他就说起来，茅爷爷我以前看到文章说您背圆周率可以到小数点后一百位，您现在还能背吗？我父亲说咱们试试看吧。两个人就开始写，这小男孩写得特别快，比我父亲写得快。但最后一数，父亲写得比小男孩多出一位来。小孩说，爷爷您怎么写多了，101位啊，我父亲就对小男孩说，我要跟你说明，科学是无止境的。这小孩叫韩晓辉，现在在美国的硅谷，是一个特别有名的科学家。

关于圆周率还有另外一个故事，我父亲给一个六岁的幼儿园的小朋友写过回信，为什么呢？这个六岁的小朋友听说了韩晓辉的故事，也来到我们家和我父亲比赛，小朋友背到几百位。我父亲就语重心长地对小朋友说，不要为背而背圆周率，他特别怕小朋友把精力都放在这上头，伤害他的才华。所以父亲就写信给他，告诉他，背圆周率可以锻炼记忆力很好，但不要为背而背，它是无限不循环小数，没有规律。对于一个六岁的小朋友来说，如果追求背到五百位，上千位，这就过了。

通过这一件事，我父亲能说出另一件事来，同时也起到教育的作用。背圆周率是对的，但是科学是无止境的，小孩子一定要继续往前努力，但为背而背就会陷入僵化，违背教育的初衷，这就是我父亲作为教育家的言传身教。

我父亲不大跟我们讲他自己的事情，像钱塘江大桥建桥、炸桥、复桥的故事，我第一次听到已经是父亲八十寿辰的时候，北京电影制片厂和新闻电影制片厂给他拍了一部叫《架桥人》的片子，拍纪录片的时候才比较详细地听他讲起了这样一段段的故事，真的是觉得很震撼，很有民族的气概。建桥是为了民族，炸桥也是为了我们的民族，复桥更是了。但父亲平时都不讲，他不愿意自己的家人再替他担心了。

不知道为什么，父亲经历的大事我们都不太清楚，倒是像他和小孩们在一起这样的一些点滴事，我经常会回忆起来。父亲做人和做学问的那种风范，让我永远都忘不了。他架的桥，不光是物质的桥，还有精神的桥。

（梁竞艳、角佩璇根据茅玉麟录音整理）

原载2014年7月16日《唐山劳动日报》

对唐山交大的回忆

◎ 1980年罗河（中间长者）在杭州西湖

我是唐山交大老教授罗河之子罗冀生，现年73岁。我外祖父曾在唐山交大任过教（罗河教授的岳父为胡壮猷教授，1903年毕业于南洋公学，1905年赴美国耶鲁大学留学，先后在唐山交大和北京大学任教。——编者注）。那时正是日本帝国主义全面侵略中国，唐山交大校舍被日寇占领的危急时刻，我父亲和大部分师生员工一起内迁贵州平越（现福泉）复校上课。我外祖父搬到北平（现北京）西单报子胡同（现北京民族文化宫对门）工程师联谊会大院居住，我母亲当时正怀着我，和外祖父住在一起。我在北平出生，小时得了先天性耳聋，成为聋哑人，这是我一生中最大的不幸。我的幼年是在外祖父家度过的。我记得在居住的院子里，大殿是工程师联谊会聚会的会议厅，东大门竖立着著名铁路工程师詹天佑的铜像。有一次，老保姆带我上街玩时，我亲眼看见日寇军官用拐杖凶狠地抽打人力车夫，又踢翻了车子。当时深深刻在我幼小的心中，至今这一场面仍难忘记。

我5岁时（1943年），母亲在唐山交大派的一位姓许的大学生陪同下，带着我经过近半个月的长途跋涉，辗转到达贵州平越与父亲相见。这是我第一次看到父亲。交大租借了民房安置我们居住。1944年，我二弟出生了，因为生于贵州，取名罗贵生。

我在平越民房大院玩耍时，经常看到很多老鼠，还有蛇出现。有一次，我看到一条长达两米、和胳膊一样粗的毒蛇钻进厨房里的老鼠洞。幸好父亲发现，招呼邻居的三个年轻人过来，抓住这条毒蛇的尾巴拉出来打死了。

1945年，日寇攻占贵州独山，平越因而告急，交大就地解散，迁到四川璧山丁家坳安顿下来。学校给教师家属盖了6幢简易土房，房顶是稻草的。父亲这时被公派去英国进修。1945年8月，日本宣布无条件投降，交大决定迁回唐山复校，让我们家属先到重庆交大联络站暂住数天，学校委托王兆祥老师陪同我和母亲、二弟三人坐轮船从长江出川。经过武汉，在南京下了船。然后我们坐火车到上海，王兆祥老师先坐开滦运煤船回到唐山。学校又派一部分回唐山上课的大学生陪同我们登上美国海军登陆舰回唐山，我们的船经过东海、黄海、渤海到达塘沽。下了船，我们乘火车到北平与外祖父团聚。住了一周后，离开北平回唐山。学校安排我们住在北新三舍。1947年，我父亲在英国进修结束回到交大。

1948年12月初，人民解放战争正在进行，东北已完全解放，唐山即将解放。交大当局再次决定南迁上海，我父亲坚决反对南迁，毅然留下等待解放。我们先搬到北平外祖父家暂住。唐山解放后，全家回到唐山交大北新三舍居住。父亲主持组成复校委员会，开始接触军代表顾稀同志，军委铁道部正式接管交大唐山工学院（简称"唐院"）后，任命我父亲罗河为学院教务主任。

我是聋哑人，不能进学校学习，只能在家里自学文化。范治纶教授的夫人刘师葵非常关心我，将我介绍到唐院印刷厂刻写组刻写蜡

◎唐山铁道学院第一届党代会代表合影

◎顾稀院长

纸，按家属工对待领取计件工资。

1958年9月2日，我正在刻写组上班时，忽然看到很多人放下了工作，都跑出去了。刻写组描图员许树屏师傅写了一个纸条递给我："刘少奇来了，快去看！"我赶紧跑出去，看到很多师生向学校大门跑去。我看到一个仪表堂堂、黑发浓眉模样的人站在人群中，仔细一看，竟然是敬爱的周总理！他陪同刘少奇副主席来校视察。师生们欢呼跳跃，沉浸在幸福的喜悦中。我真想不到中央领导人会来到我们学校视察，心情非常激动，至今那难忘的情景仍深深地印在脑海里，难以磨灭。

唐院建筑环境非常优美。我家原住在北新三舍，西侧是校友厅，建筑风格中西具备，极具匠心。周围陪衬小庭院，前院有荷花池藤架，池里有许多小鱼游来游去，小桥边上有喷泉，周边全是绿茵草地。后院有苗圃花房。北院墙里有几棵高大的核桃树，每年秋天有不少核桃成熟掉下地来。我经常在这时去捡那些落在地上的核桃，剥去核桃皮，砸开核桃壳，核桃仁非常新鲜好吃。

我记得，1950年11月下旬，全国开展抗美援朝运动，唐院掀起向朝鲜人民军和中国人民志愿军写慰问信、捐献慰问品运动。当时是隆冬季节，志愿军战士赤手握枪，冻伤严重，急需棉手套。教职工家属纷纷掏钱购买棉絮和棉布做棉手套，为志愿军解除燃眉之急。6月5日，全院师生员工积极响应抗美援朝总会的号召，开展购买飞机、大炮、坦克的捐献活动，我母亲不仅捐了钱，而且捐出了自己的金戒指。

1955年10月，苏联专家来唐院帮助教学工作，住在校友厅。听我父亲讲，苏联专家看到板栗，很好奇，吃了一粒，赞不绝口，感觉味道太美了，问板栗长在什么地方，他们从未见过，大

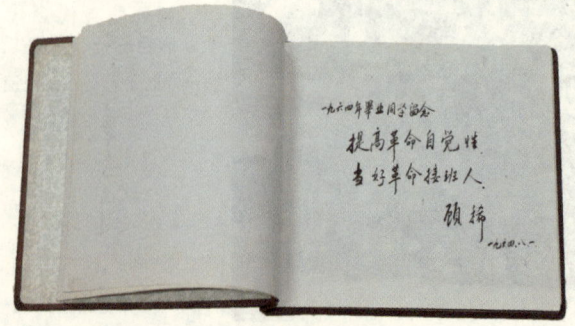

◎顾稀手迹
申恩/提供

家都哈哈大笑。

1952年我家从北新三舍搬家到西新一舍乙居住，1967年"文革"时期，我父亲被打成资产阶级反动学术权威，受到残酷迫害。1971年"九一三"事件发生后，工人宣传队宣布为我父亲平反。

我很喜欢足球，经常在南操场观看足球比赛，认识了唐院足球队队长王成。他于1957年毕业离校后，经常与我通信，对我自学文化有很大帮助，是我的良师益友。他曾担任中国铁道建筑总公司总工程师，已退休。还有一位同学傅振廉，是技术全面的优秀足球运动员，1961年毕业离校，任铁道部科学研究院工程师，也已退休。我们经常通过手机短信交流，谈论国家足球队、国际足球赛事。

◎来唐山铁道学院任教的苏联专家

我和唐院有不解之缘，从1943年开始，跟随交大去贵州平越、四川璧山丁家坳，辗转回到唐山，经历了抗日战争、解放战争、抗美援朝运动、"三反"运动、"反右派"运动、"文化大革命"和唐山大地震，在唐院生活了整整68年，如今仍住在唐山办事处三分部交大楼。

我父亲罗河于1988年10月14日因心梗去世，按父亲遗嘱，我们兄弟三人将父亲的骨灰送到北戴河撒在大海里安葬。我的这些点滴回忆，献给留在唐山的交大亲友们，献给我惦念的西南交大，我衷心地祝福交大人生活得越来越幸福。

（罗冀生）

原载2014年7月2日《唐山劳动日报》

他设计了我国第一台电力机车

——追思我的丈夫杜庆萱

◎杜庆萱教授

对于我来说，关于唐山这座城市的记忆是铭心刻骨的。然而，如今却不敢轻易触动，因为自那里相识、从此给了我大半生温暖陪伴的人已经离去。《唐山劳动日报》"我和老交大的故事"让我又一次打开尘封的记忆，让那些人、那些事，穿越时光向我走来。

1962年的冬天，我从同济大学工民建专业毕业后被分配在唐山铁道学院任教。第一个寒假，我回到上海探亲，同学的母亲替我做媒。对方叫杜庆萱，据说是一位留洋回来的年轻教授，事业有成，一表人才，巧的是还跟我在同一所学校工作。初次相亲，这位说话慢条斯理的年轻教授与我这个初出茅庐的小助教相谈甚欢……然而，相亲之后却没了下文，后来才知道，由于我的海外关系太复杂，而他经常要出访苏联及罗马尼亚等东欧"民主"国家，此事遭到组织的劝阻，而他虽不是中共党员，但"听党的话"是他作为一个海外归来的爱国者最基本的信条。

十年离乱，我们各自都经历了生活的磨难。我闻听了他家所遭到的惨祸，心中一直惦念他。于是我投石问路，大胆地给他写了一封信。他回信中的两句话，我至今还牢牢未忘："云云同志：接到你的来信，犹如空谷足音……我现在还是孑然一身……"

经过一年多"地下工作者"式的书信往来，我们到唐山永红桥的办事处登记结婚了。新婚之夜，他把结婚礼物送给我，那是一张宣纸上面用毛笔端端正正地写着的两首诗。一首是："春申一晤便钟情，几经蹉跎愧负卿。十年离愁意阑珊，终将小林作大林（darling）。"另一首是："沧桑历经百事哀，西新（他的住所）非复旧亭台。雨后斜阳林荫路，翩翩倩影又重来。"

婚后我才慢慢知道，老伴儿出身名门之家。祖父杜钟骏是光绪皇帝的御医，曾撰写《德宗请脉记》一文。它生动、详尽地记载了祖父替光绪皇帝看病的全过程，是有关光绪医案所留下的唯一的珍贵史料。而他的父亲、我的公公是一位实业家，曾任杭州市第一届人民代表大会代表。杜氏有三兄弟（老伴儿排行第三），分别毕业于上海交大土木、机械和电机系，且都留学美国。老伴儿的侄女曾是中央电视台最受欢迎的播音员杜宪，侄女婿陈道明是德艺双馨的著名表演艺术家。

老伴1948年毕业于美国斯坦福大学，获科学硕士学位。回国后，应当时浙江大学副校长王国松之邀任副教授，此时年方28岁。30岁那年，享誉海内外的高等学府——中国交通大学唐山工学院聘他为正教授。此后，唐山工学院改名唐山铁道学院，是我国培养铁道工程技术人员的重要基地。那时我国铁路运输主要是蒸汽机车和内燃机车。老伴首次为学校开设了"电力机车"这门课程，并撰写了教材，该书后获铁道部优秀教材奖。

1957年10月，毛泽东同志率领代表团赴莫斯科参加苏联建国40周年庆祝活动，并选派了50位科学技术人员随行，借此机会向苏联提出了向中国提供电气化铁路技术资料的要求。随后中国组织了一个由铁道部、第一机械工业部及有关高等院校专家学者组成的电力机车考察团，于1958年年初赴苏联考察，老伴担任考察团的副团长。

自苏联回国后，老伴主持设计了中国第一台电力机车，于1958年11月18日，由田心机车厂负责试制的车体、转向架等机械部分组装完成，随后被送往湘潭电机厂进行总体组装。1958年12月28日，中国第一辆6YI型电力机车在湘潭电机厂出厂，编号"001"号。由

◎ 唐山铁道学院参与研制的新中国第一台电力机车——韶山I型电力机车

于生产厂家位于湖南湘潭，离毛泽东同志的家乡韶山不远，老伴提议命名为"韶山号"，得到了首肯，此项目获得了国家科技一等奖。1975年7月10日，宝成线全线完成电气化改造，成为中国第一条电气化铁路，此项成绩被载入《宝成铁路修建记》一书。如今韶山型电力机车仍为我国电气化铁路的主型机车。因此老伴的学生称他为"中国电力机车之父"。

1971年岁末，唐山铁道学院向大西南迁徙，我随老伴由唐山内迁到四川峨眉。记得我们举家奔赴西南的时节，北方已是滴水成冰的严冬，四川盆地却是一片郁郁葱葱。我第一次乘坐老伴亲手主持设计的电气火车跨越秦岭，神话般地进入了"蜀道之难，难于上青天"的天府之国。列车蜿蜒于连绵起伏的秦岭山脉，穿过了一个又一个的涵洞，天堑变通途。此后，老伴在大山深处的学府内又默默奉献多年，诲人不倦，桃李满天下。20世纪80年代初，老伴作为引进人才调入了上海铁道学院（后并入同济大学）。

老交大并没有因为他的离开而忘却他。2009年11月，西南交大电气工程学院举行了60周年院庆，邀请他担任顾问委员会名誉主席。而那一年，老伴自同济大学退休已经整整十年了。

如今，老伴离开我们已将近三年，我写下这篇文章，追思故人，更缅怀我们在唐山交大共同度过的那段难忘岁月。

(林云云)

原载2014年12月17日《唐山劳动日报》

李汉忆交大

从最早的"山海关北洋铁路官学堂"开始，从山海关到唐山、湖南湘潭、贵州、四川；从"唐山路矿学堂""唐山工业专门学校""唐山交通大学""中国交通大学""唐山铁道学院"到"西南交通大学"。这所名校几经校址的迁移和校名的变更，但是因为在她近120年的历史中，有67年把校址设在唐山，所以老交大的校友们都亲切地称呼学校为"唐山交大"。

说起唐山交大，熟知她的人总有说不完的话。今年已经87岁高龄的唐山市政协原主席、唐山交大校友会名誉会长李汉，是唐山这片土地上最年长的校友，当地人尊称他是老交大的活化石。值得一提的是，老人一家都与唐山交大有着密不可分的联系。他在1945年考上了唐山交大，而他的父亲、哥哥、姐夫，还有姐姐的孩子都在交大毕业。

◎ 2014年4月，88岁高龄的李汉出席西南（唐山）交大2014年各地校友会会长、秘书长联席会议

李汉本是湖南人，他考上交大的那年，交大还在贵州。1946年抗战胜利，交大迁回唐山，他也就跟着来到了这里。那时学校共有土木和矿冶两个系，他所在的是土木系。

李汉回忆说，学校遵循的是"宽进严出"的规则，挑选的都是最优秀的学生。他们那一届学生刚开始到校的是60多人，等到毕业时，淘汰了四分之一，当时学校的学生也不算多，全校加起来也不到1 000人。"当时我们一个宿舍里面住两到三名学生，不分上下铺，每人还都有一个课桌，另外伙食也很好，学生南方人多，吃的都是米饭。"时隔60多年，李汉回忆起当年的情形仍是记忆犹新。他清楚地记得，除了政治和中文的科目以外，每位老师在第一堂课上都会说一句相同的话:"这是第一节课,我会用中文讲,从下次课开始,我就会全部使用英文授课。"

实际上,唐山交大这种学风从最早的山海关北洋铁路官学堂就已经形成,当时学校的课程设置为中文、算学、物理、力学、制图、测量、机械、铁路工程和体操,除中文外全部使用英语教学。同时,学校的考试制度十分严格,成绩优秀的学生张榜公布,成绩不好的学生则面临着留级或退学的危险,所以大家学习都非常认真。

李汉说,每天早上6点他和同学就会起床,先去操场上跑步锻炼,7点多去食堂吃早饭,8点准时上课。而且当时的课程排得很满,一天要上六七节课。除了学习,教授们对于学生的品质也有要求,他们经常告诉学生们做人应该诚信,特别是从事建筑这个行业。也因为这样,教授们最痛恨学生们考试抄袭,一经发现,立刻开除。李汉曾经看到过,学校因为考试作弊一下子开除了四五名学生。

虽然教授们对学生的要求极为严格,但是他们在教学上也非常严谨,当时学校缺乏实验设备,为了让学生们能够更好地学习,教授们总是想尽各种办法,为学生们找来世界各地的资料。而且在课下,教授们也没有一点架子,学生们经常去他们家里请教问题,偶尔教授也会邀请学生们去家里参加音乐会。

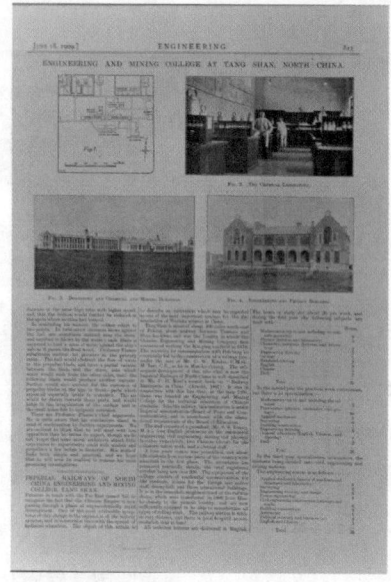

◎20世纪初国外杂志(ENGINEERING)对唐山交通大学的详细报道
申恩/提供

因为当时还处于动荡的时期,学校的教学资源也相对匮乏,所以学校所分的系和专业相对比较粗糙,基础课比较多。但是因为基础打得非常牢靠,在实际的工作中,都是一点就通。李汉毕业后曾在唐山城建局工作,主持修建了钢厂大桥。因为上学时所学专业课不多,为了设计修建,他又回交大旁听了桥梁专业教授的讲课,一听就能明白。现在,那座大桥依然为唐山交通贡献着力量。从唐山交大毕业的学生,在用人单位非常受欢迎。李汉的父亲作为工程师,曾给他举了个非常生动的例子:当时从清华毕业的学生给的工资是80元,而唐山交大的学生,工资则是100元。

"翳唐山,灵秀钟,我学院,声誉隆,灌输文化尚交通;习矿

◎ 1949年9月16日《人民日报》第六版上刊登的"中国交通大学唐山工学院三十八年度录取新生名单"

冶，土木工，窥学术，贯西中，相期同造最高峰。璀兮如金在熔，灿兮如玉相攻，桃秾李郁广座被春风。宜成果，宜勤朴，基础坚，事功崇，文轨车书郅大同。"唱着这首字字铿锵的在1947年修正并公布的唐山交大校歌，李汉仿佛依稀回到了那个时代。那些"天之骄子"们，带着学得的一身本领和建设祖国的远大抱负，奔赴各地参与建设的情形，只是想象，就足以让人热血沸腾。

唐胥铁路修建并逐渐延伸后，国家迫切需要铁路的建设人才。1896年，津榆铁路总局（北洋铁路总局）创办了中国第一所铁路学堂——山海关北洋铁路官学堂。1905年，这所学校在唐山复校；1928年，更名为唐山交通大学。北京科技大学、中国地质大学、中国矿业大学、北京交通大学、清华大学水利系、唐山学院、兰州交大、河北联大理工分校……许多蜚声中外的名校学府都与她有着密切关系。

"一座唐山交大，半部中国交通史。"这座曾在唐山设校有66年历史的著名学府，曾经孕育了多少像李汉这样的人才，铸就了"东方康奈尔"的声誉。走出好远，校歌的旋律回荡在耳边，仿佛引领我们追溯琅琅读书声中那些让人至今感怀的情愫；带着好奇与崇敬，去追寻唐山交大的百年历史传奇。

（角佩璇 作者系西南交大2012级交通运输与物流学院唐山籍学生）

原载2015年3月6日《唐山劳动日报》

我所知道的"五老"

◎20世纪50年代，罗忠忱与外孙女林霞合影

了解老唐院的人都知道，唐院的一些老教授都是由女儿照顾，我家就是其中一例。正因为自幼随父母与外公罗忠忱一起生活，所以对外公的事情略知一二。现就我的记忆做如下叙述。

我的外公罗忠忱，福建闽侯人，生于1880年，1912年至1952年在唐山交大任教四十年，是唐院五老之首，也是该校第一个中国教授。

家　庭

外公出生在一个清朝官宦的大家庭里，父辈兄弟九人，其父亲最小，其中一个伯父是李鸿章的幕僚，曾任过清政府驻外使节，到外公这辈叔伯兄弟三十人，姊妹十四人，外公排行第十六。

外公的父亲去世早，母亲守寡，含辛茹苦，拉扯两儿一女，并培养成人，因此外公对母亲十分孝顺，一直为她养老送终（1940年）。

生　活

外公一生简朴，常日里总是穿一身雪白的中式裤褂，外出时则套一长衫，脚着家做的黑布鞋（鞋都是我母亲亲手制作的）。吃饭以清淡为主，不喜欢大鱼大肉。在我的记忆里他每日的衣食住行，行为坐卧一直循规蹈矩，几十年如一日，准时的像一座钟，可能这是多年上课养成的习惯，也是他长寿的一个秘诀吧。

外公信奉基督教，不善言辞，退休时所有书籍都捐献给了唐院图书馆，每日翻看的只是一本《圣经》，他经常用《圣经》里的话要求自己和鞭策儿女。

◎20世纪20年代罗忠忱教授与夫人、子女

我的外婆叫李纹玉，福建福州人，是典型封建家庭中的大家闺秀。父亲从商，但死的早，所以16岁便嫁到罗家。外婆长得很漂亮，自幼读过几年私塾（据母亲说，罗家的家规中规定娶的老婆要知书达理，有文化，另外男的不可纳小），能写简单的家书，她缠足、梳纂，从我记事起总是穿着整洁的大袖口、宽裤角的服装。虽然跟随外公来唐山几十年，但始终乡音未改，一口标准的福州话。生活习惯几十年都不带变的。许多留过洋的人回国后都娶了洋太太，可外公外婆却不离不弃，相濡以沫70年，相伴一生。

◎20世纪30年代罗忠忱教授全家在唐山交大校长楼前合影。左三是本文作者林霞的母亲，右三为林霞的小舅舅罗孝师，中间坐者为罗忠忱教授的母亲

儿 女

外公、外婆生有三男五女，大姨罗榕辉嫁给郑州铁路局的工程师顾达仁；大舅罗孝祚1927年毕业于唐山交通大学，曾为洛阳铁路局工程师，五十一岁才成家，舅母宋蕰珩，唐山工人医院内科主任；二姨罗榕青、二舅罗孝纯、四姨罗榕荫英年早逝；四女儿是我的母亲罗榕威，因母亲在叔伯女孩子里排行第五，所以唐院的人们都亲切地称她为罗五姐；小舅舅罗孝师，唐山交大肄业，抗日战争时期参加空军与日军作战，后改行为建筑工程师，解放初期举家迁往香港；小女儿也即我的小姨罗榕英，原大连图书馆馆员，现随姨父郭日修（武汉理工学院教授，博士生导师，1947年毕业于唐山交大）住在武汉。我的父亲林一麟在唐山煤研分院工作，一生致力于水力采煤的研究，他也是1948年唐山交大的毕业生，他和小姨父都曾是外公的学生。除他们以外，外公的家族里还有12人毕业于唐山交大。

外公对孩子们管教很严格，他从不打孩子，但因为他以身作则，率先垂范，不苟言笑，所以孩子们都十分敬畏他。

听母亲说小的时候，家里孩子多，因此家中专门请了个姓崔的先生教孩子们读四书五经，那时小舅舅很是淘气，总是贪玩，不好好读书，经常被老师罚站。

◎ 罗忠忱教授曾住过的唐山交大校长楼

妈妈的姑父、姑妈（我叫姑公、姑婆）住在天津，一家人常来唐小住，姑公患有肺结核，一度家中结核病猖獗，二姨、四姨和二舅均死于结核病。孩子们的相继去世对外公的打击很大，为此外公开始放孩子们出去游泳、滑冰、打球，锻炼体魄，增强抵抗疾病的能力，才使孩子们身体逐渐好了起来。

随后，家里意识到读私塾会造成数学、英文等知识的贫乏，便相继让孩子们进了洋学堂。男孩子都上了唐山交大，女儿们也都读到了高中。

孩子们大了都有了自己的事业，外公的年事已高，因父亲在唐山工作，自然照顾外祖父母的重担就落在了母亲身上。母亲因照顾外祖父母，解放初辞去了在图书馆的工作，以后一直没有正式参加工作。我们兄弟姊妹四人都是随母亲生长在外公家中的。

儿时的我们

记得小的时候，我们家住在唐院北华三舍一号的一层（后为数理系办公楼），那是一栋典型的英式两层小楼，楼上住的是黄寿恒教授。高高的台阶，大门里是走廊，走廊里才是住室，外公、外婆住东边的一大间，西边的大间是大家吃饭的地方，里屋是我们一家的卧室，厨房在楼后的下房。卧室里都有壁炉，窗户也都是百叶窗。楼梯下还有一个小小的贮藏室，那是我认为最神秘的地方。

外公对自己的儿女管教很严，但对我们隔辈人却疼爱有加。听母亲说我小的时候父亲在赵各庄工作，有一次父亲托人来接我们母女去赵各庄玩，外公要来人写保证书，保证我不生病才让去。

儿时的我们还经常钻到外公桌子下的字纸篓里捡外公用过的烟纸画小人，用烟盒里的锡纸作各种器具。外公平时最痛恨撒谎的人，但对我们小孩为了达到自己的目的，那不能自圆其说的谎言，他却置若罔闻。

我们家的东边是个网球场，傍晚，那里是孩子们的天堂，捉迷藏的，玩官兵逮贼的，跳皮筋的……一到周末晚上还要演电影，大人们都是早早地把椅子搬了去占地方，我们小孩都是拿着小凳子到前边去看。我外婆是小脚走不了路，也看不大懂，但她总是把椅子搬到窗前，跪在椅子上向外张望。

楼上邻居

我们家的楼上住的是黄寿恒教授。在我的印象里他家都是大人，因黄教授和我外公一辈，我们叫他黄公公，黄公公在我印象中身体不太好，有哮喘病，所以是家中的重点保护对象，黄公公的爱人叫沈厚静（后为唐山十中的俄语教师），我们叫她黄婆婆。黄公公还有个未出阁的姐姐和他们住在一起，我们叫她老姑姑，那时黄公公的子女我只见过儿子黄棠，我们叫他小叔叔，和女儿黄桐（不知是否是这个字），我们叫她小姑姑，后来好像小姑姑嫁到兰州去了。小叔叔和小姑姑对黄公公、黄婆婆十分尊重，说话总是毕恭毕敬的。我们两家相处得十分融洽。每到晚上楼上的灯是我们沟通的信号，灯开着说明他家外边还有人没回来，灯关了我们就可以把大门锁上了。我有时也上他家去玩，看那些我们家所没有的美丽画报，每到家中有人过生日，外婆总是叫人把寿面送到楼上去，我过生日时还会收到黄婆婆送来的精美礼物。

家中来客

在北华住时外公家经常来的客人只有两人，一位是李斐英教授，一位是伍镜湖教授，我们家有两把藤椅，一个高靠背，一个低靠背，因为李斐英长得高，总是坐在那个高靠背的藤椅上，伍镜湖个矮又胖，总是坐在那个低靠背藤椅上，多少年来从没有坐错过。因为两位教授和外公同辈，我叫他们为李公公和伍公公。

顾宜孙，我们叫他顾公公，是五老中最年轻的一个，说起来我们家和他还沾点亲戚，我的大姨父姓顾，上海人，和顾公公是本家，听说这门亲事还是顾公公的老伴介绍的呢。

我们的新家

1958年，我们家搬到了西新五舍丙。那里的环境吸引着我们，西新的房子是专门为唐院教授们设计的小别墅，据说设计人是曹建猷教授。那套房子对于夫妇两人居住是十分舒适的。里面一间是卧室，墙上带两个大大的壁橱可以放好多东西，中间是玻璃橱门和几个大抽屉，有这些设施家中的衣物基本上就全能放下了，卧室的窗户对着前面的阳台，一个大客厅，一个储藏室，一个小饭厅，厕所和厨房都很大，住室的窗户是很大的推拉窗，使屋里的采光非常之好，用现在的理念审视也不落伍。在我们小孩看最喜欢的就是前阳台和后院，那是我们玩耍的好地方。房前是丁香花，两旁是桃树，周围是柳树，前面不远是一片柏树林，郁郁葱葱，花红柳绿，再配上红红的屋顶，真是美不胜收。

（唐山）解放前时局动荡，学校连年搬迁，家里几乎没有什么家具,全都是皮箱,许多皮箱上还有解放前火车行李托运时留下的痕迹:民国××年,唐山交大……其它家具都是公家配给的。我们新家的隔壁就是伍镜湖教授。

伍公公是广东台山人,自幼与其父亲在美国生活,受过苦,还刷过盘子,后来入美国纽约州伦塞勒工科大学。他也是和女儿同住,他的女儿也排行老五,为了和我母亲相区别,大家都叫她伍五姐,我们则叫她五姨。伍公公在"五老"中和我外公走得最近,每天早上八点他准时到我家看望外公,在我记忆里几十年几乎没有间断过。他们交流一般用英语或普通话。伍公公身体很好,六七十年代,还能在房前种地。

"文化大革命"期间,伍公公和外公都成为了反动学术权威,受到了冲击,还曾勒令伍公公去扫地接受改造,可那时他年事已高,一般都是由家人代替的。

外公的晚年

1964年外公摔了一跤,从此便卧床不起,到1972年去世,整整八个年头,都是由母亲及保姆照顾,从未长过褥疮。晚年虽然外公丧失了生活能力,但他刚直不阿的品质始终也没有变,记得"文革"期间,造反派问他解放前蒋介石是否委任外公为唐院三青团的名誉团长,外公坚决否认,无论怎么问也没有改口,致使那些造反派束手无策了。

外公是1972年1月8日早上五点多在家中去世的,去世时已92岁高龄。去世的前一天有回光返照,显得特别精神,死时十分安详。因在"文革"后期,所以葬礼十分简单,没有哀乐,没有花圈,只有伍公公和贝馥茹教授(我们叫她贝姑姑)两个相濡以沫的老朋友前来送行,伍公公还用树枝作了一个小小的花圈,记得他哽咽着说:你先去吧,我随后就会来的……无疑外公的死对他是一个沉重的打击。

1980年,西南交大为外公和伍镜湖教授举行了隆重的追悼会,茅以升为两位老教授撰写了挽联,这是对两位老人一生的总结,他们的一生将鼓舞后人以他们为榜样,为自己的信仰,为祖国的教育事业而努力奋斗。

(林 霞)

"唐院"学习生活回忆

1961年,李景岱从唐山一中考入唐山铁道学院桥梁隧道系。当时的"高考"还是全国统一招生,填报高考志愿时,分理工、农医、文史三大类,唐山铁道学院是全国64所重点高校之一,学制五年。李景岱本应1966年毕业,但由于"文化大革命"的原因,他在唐山铁道学院度过了7年的青春岁月。1968年,他被分配到铁道部沈阳桥梁厂,1977年他回到唐山,在煤炭科学研究总院唐山分院工作,2000年,作为高级工程师光荣退休。

忆当年,李景岱记忆犹新:唐山铁道学院(以下简称"唐院"),当地老百姓习惯地称其为"交大"。当年入学,学校由本部(主校区)、一分部和二分部三个校区组成:一分部与本部有老京山铁路(北京—山海关)相隔,由吉祥路道口相通;二分部与本部均在老京山铁路以西,其间有石庄居民区相隔;三分部则是入学后约在1963年期间在唐山西郊扩建的,与本部有铁路专用线相连接。李景岱说,当时他在一分部、本部、三分部都曾学习过。

◎ 1964年的唐山铁道学院二分部

当年,桥梁隧道系共招生四个班,每班约30至35人。入学后,李景岱和其他新同学先在开滦唐山矿下井,到井下大巷"认识"隧道,再到滦河大桥"认识"桥梁基本情况,最后在唐山车站(今南站)了解铁道线路、站场基本情况。对铁路、桥梁、隧道有一个大致了解后,他们就开始在一分部进行基础课程的学习。两年后，1963年，他们就去京张铁路南口至八达岭区间进行地质实习。

1964年，铁道部决定将唐山铁道学院迁往西南。校址选在了峨眉山脚下报国寺附近，于1965年开始筹划建校。

为了加强与地方政府的相互了解，1965年1月，期末考试结束后，学校决定桥61届在校学生赴四川省峨眉县参加地方的社会主义教育运动即"四清"运动（清政治、清组织、清思想、清经济，简称"四清"），于是他们背起行装，奔赴峨眉，李景岱也首次踏上了巴山蜀水。任务完成后他和同学返回峨眉修整时，还在报国寺受到正在西南视察工作的铁道部部长吕正操的接见。新学期开始后他和同学到铁道部山海关桥梁厂进行"现场教学"：边上课，边实习桥梁制造。在这里，李景岱加入了中国共产党，成为了一名光荣的中共预备党员。

◎唐山铁道学院领导考察峨眉校址

山桥厂的现场教学结束后，李景岱和同学又背起行装，奔赴成昆铁路工地现场教学，主要是学习桥梁与隧道设计、施工。当时，教学点选在四川汉源与甘洛之间金口河附近大渡河大桥工地和乌斯河隧道工地。李景岱等先是在乌斯河隧道学习。那里地质构造独特，在山体中间有一条与隧道垂直的断裂带，宽约五六十米，号称"一线天"，因两侧山坡上猴子等动物活动多，会不时有石块滚落，所以只要一出工棚就必须戴安全帽。

李景岱所在班的教学重点是在大渡河大桥工地。李景岱记得大渡河大桥是一座主跨为144米的钢桁梁桥。当时，几十个男同学住在一个双层通铺大工棚，隔壁是女同学宿舍，旁边就是桥梁教授钱冬生和辅导老师的一间宿舍，另有食堂和教室，都是简易工棚，大桥工地就在附近。因地形复杂，施工便道在河流左岸，而施工场地全部在右岸，为了在施工期间跨越大渡河的方便，施工单位在河上架设了一座悬索吊桥。白天上桥梁设计与建造的课程，现场实习。晚上躺在宿舍仍能听到大渡河哗哗的流水声。经过三个多月的现场教学后，同学们再次回唐，放最后一个寒假。

1966年3月，他们开始毕业设计，经过简短准备后，他们桥梁和隧道两个专业又回到在建中的成昆铁路搞现场毕业设计。李景岱所在的实习小分队共17名男同学从成都乘卡车向工地出发，第一天，从成都出发，在雅安住一晚；第二天从雅安到石棉，在石棉县城住一夜。在到达石棉县城之前，需跨越大渡河悬索桥，桥头有持枪解放军站岗，十几人全部下车步行过桥，过桥后不远就到达石棉县城；第三天从石棉县城出发，经过三天的跋涉到达喜德县泸沽两河口工地——毕业设计现场。在施工现场进行勘察设计工作的是铁道部第三设计院（天津）的部分工程技术人员，他们详细介绍了该段铁路的线路、桥梁大致情况和现场施工情况，又诚恳告诫了同学们，当地为彝族聚居区，如何尊重当地的生活习惯，要大家加倍注意。在实习现场进行毕业设计期间，他们还到西昌邛海湖畔的铁道兵西南铁路工程指挥部去拜访、学习、了解工程情况。

就在李景岱他们毕业实习、设计紧张进行并即将走向工作岗位之际，"文化大革命"开始了。"唐院"师生分成了两大派：一派回唐闹革命，一派在川闹革命。自此学校处于"两地闹革命"和全面停课的状态，建校也处于停工状态，至1972年全部迁至峨眉山，历时近八年之久。

一晃半个世纪就过去了，令李景岱感慨万千："现在，这些人有的斯人已去，健在的也年逾古稀，但回忆在唐山铁道学院的大学生活却历历在目，终生难忘，倍感珍贵，特别是'老交大'的优良校风和严谨的学风更值得永远铭记。"

（李景岱/口述　徐喆/整理）
原载2014年7月23日《唐山劳动日报》

◎"文革"中的唐院教学课堂

交大，我心中无法忘却的大学

  从小，我就渴盼能进入唐山交通大学的校园，在她庄重典雅的教室中读书。在我心中，那是一所美丽的知识殿堂。

  20世纪40年代末50年代初，我在唐山省中（现市一中），上初中、高中，每天上学、放学都要路过交大，目光总要忍不住向交大望去，把校园内外看上几遍才走。当时想，高中毕业后，要是能考上交通大学该是多么的幸福。

  1953年高考时，我报考了唐山交通大学。考完发榜，却没有看到自己的名字。我被录取到山西大学太原工程学院机械系，怀着对唐山交大的美好记忆和深深遗憾，远赴太原度过四年的大学时光。

  1957年，我毕业分配到唐山冶金矿山机械厂，做了一名技术人员。当时，唐山交大开始创办唐山市业余工学院，提升年轻人的科学知识水平，为厂矿培养技术、管理人才。得到这个消息，我非常高兴，立刻报了名。

  唐山市业余工学院设立在唐山交通大学校园内，完全是用交大的教室，课程也安排得丰富合理，专业课、非专业课都由交大的老师为我们讲授，其中不乏教授级的老师。他们为我打开一扇宽敞的知识之窗，让我过去所学的知识得到了更好的充实，使我对机械原理、机械性能，有了更进一步的认识和理解。还记得一位张教授，带我们几位学生去沈阳矿山机械厂实习，做机床主轴箱运转功能的毕业设计。他教学能力很强，多深奥的理论课都能深入浅出地讲解透彻，同时对学生们的要求也非常严格，设计时计算不对，图纸画不出来，他一点也不通融，哪怕影响了毕业也不讲情面。但同学们都很尊敬他、佩服他，而且在日后的工作岗位上，很多难题都能迎刃而解时，越来越能体会到张老师对我们的良苦用心。

在交大业余工学院的五年学习中，我收获的不但是专业知识的提高，更切身感受到了交大老师们的高尚师德。1962年，我顺利拿到了毕业证书，虽不是唐山交大的学生，但在我的毕业证书上签名的，正是时任交大校长兼业余工学院校长的顾稀先生。这盼了近十年的毕业证书，多多少少抚慰了我内心的遗憾。

我今年81岁了，退休已20多年，在唐山冶金矿山机械厂工作38年，曾任过厂副总工程师，高级工程师（副高），曾为厂里三次赢得机械工业部级质量优胜红旗奖。这一切，都与唐山交大的老师们的悉心栽培分不开。我感谢交大。

（柴福海/口述　王蓉辉/整理）
原载2014年5月21日《唐山劳动日报》

老交大，我亲切的家园……

60多年前的一次机遇，郭玉强的父亲有幸成为唐山交大（唐山铁道学院）教职员工的一员，当上了交大的一名财务工作者。从那时起，郭玉强全家便与唐山交大结下了不解之缘。

从现在的唐山地图看，老交大旧址位于建设南路与大学路（或唐胥路）交叉口东北侧，占地面积600多亩。提起唐山交大，郭玉强内心总是充满着特殊的怀念之情，因为那是他出生的地方。在那里他度过了幼年、童年和青少年时光。在他开始记事的时候，交大的校容、校貌就已进入他的眼帘并留下了深深的记忆。那里的每一幢建筑、花草树木、一砖一瓦对他都是那样的熟悉和亲切。那时，郭玉强几乎走遍了老交大校园的每一个地方。

交大搬迁四川以前，虽然生活比较困难，但由于居住在交大校园，郭玉强仍感到温馨、快乐与幸福。那时的交大为教职员工提供了优越的居住环境和良好的生活条件，这些对于那些非交大职工子女来说简直就是一种奢望。

为了丰富教职工和学生们工余、课余的生活，交大差不多每星期安排一场电影，有时也邀请文艺团体演出。20世纪60年代看场电影，对于孩子们来说别提多高兴了。每当周末来临之际，人们议论最多的是今晚演什么电影。每逢看电影的时候，郭玉强和其他小伙伴在大人们的带领下很早就前往放映场，怀着喜悦的心情等待着电影的开演。在郭玉强七八岁的时候，就看过70

◎上图唐山铁道学院学生在阶梯教室上课
下图为学生们在北戴河海滨游泳

◎唐山交大运动场
苏伟/提供

◎唐山铁道学院
教学楼

多部电影,有的看过不只一次。由于年龄小,很多电影内容印象不深,但像《洪湖赤卫队》《红色娘子军》《铁道游击队》《平原游击队》《小兵张嘎》《地道战》《地雷战》《南征北战》《英雄儿女》《雷锋》等红色经典却给他留下了较深的印象。

由于学校家属较多,每逢寒暑假,娱乐活动室专门为孩子们提供一些活动内容,准备了大量的小人书(也叫连环画),还有扑克、跳棋等。郭玉强最喜欢的是看小人书。老郭告诉记者,虽然当时不大识字,但看起小人书来仍津津有味,被书中的画面所吸引,印象最深的小人书是《三国演义》和《孙悟空三打白骨精》。

交大的体育设施先进且齐全,为开展群众性的体育活动创造了条件。夏天的游泳池、冬季的滑冰场为教职工、学生和孩子们提供了游泳、滑冰的好去处,也让郭玉强感受到了游泳和滑冰的乐趣。为了方便学生们的体育活动,交大设有两个运动场。一个是以田径、足球为主的南操场;一个以篮球、排球为主的西操场。由于学校注重体育,不仅提高了学生们身体素质,也提升了交大在竞技体育比赛中的运动成绩,同时也为郭玉强这个小体育爱好者提供了方便,运动场里的单杠、双杠、吊环曾是他常玩的体育器材。

交大虽然是一所理工科大学,但那里有文艺、体育、美术天赋的学生不计其数。在交大的运动场上,学生们展示了较高竞技水准;在礼堂的舞台上由学生们参加的文艺演出,博得了台下教职员工、学生及家属观众热烈的掌声及喝彩;而学生们亲手绘画的一幅幅美术作品敢和美院的学生画作媲美。

当时的交大既有一流的教室、图书馆、实验室、实习工厂、运动场,也有条件较好的卫生所、食堂、幼儿园,并利用校内的空地建立了农场。农场里的菜园、养猪场产出的蔬菜、肉食主要用于改善学生们的伙食标准,而养牛场则主要满足学校的牛奶供应。同时副食百货、粮食、邮政、银行等单位在交大校内设立百货蔬菜店、粮站、邮政所、储蓄所,极大地方便了教职员工及广大学生日常生活。为解决教职员工及学生的居住问题,交大投入巨资,于20世纪50年代修建了大量教职工住宅及学生宿舍,有的住宅中设有自来水和厕所。在那个年代交大职工的居住水平在我市可以说是不错的。

在北戴河疗养,是普通干部职工想也不敢想的事。而郭玉强的父亲曾在学校的安排下在北戴河铁路工人疗养院疗养过两次,至今还保留着当时的照片。据说作为一名普通干部职工有机会在北戴河疗养,在我市其他企事业单位是不多见的。

地震前的交大旧址,既有解放前留下的欧式建筑,也有解放后兴建的校舍及住宅,对郭玉强来说印象较深的有东讲堂、西讲堂、南讲堂、明诚堂、大礼堂,让郭玉强记忆犹新的是那个具有欧式风格的交大门楼,它曾是郭玉强上下学必经的地方。如果不是地震,那里的很多老建筑一定有着重要的文物保护价值。

关于交大搬迁时间有的说是1971年,也有的说是1972年,在郭玉强的记忆中是1971年年底至1972年年初,从动员准备到搬完经历了一个月左右的时间。在交大搬迁动员准备期间,当时年龄尚小的老

◎新中国成立后,由国立唐山工学院、国立北平铁道管理学院及从解放区迁来的华北交通学院合并成立中国交通大学,一年后改称"北方交通大学",毛主席为其题写校名。1952年北方交通大学撤销,分别成立唐山铁道学院和北京铁道学院。1969年4月,为了纪念毛主席题字18周年,唐山铁道学院制作了一套主席像章

李重霆/提供

郭，听见他的父亲对母亲说"交大要搬迁了，我准备第二批走"的消息时，流下了伤感的眼泪。因为搬迁意味着这里将不再是校园，而他的校园生活将从此结束。

1982年，郭玉强的父亲告别了工作10多年的四川峨嵋回到了唐山。如今他的父亲已经90多岁了，仍关心交大的发展，关注有关交大的报道。从1971年交大搬迁到现在已近43年，老郭从一个当时只十几岁的孩子变成年近六旬的中年人，在老交大生活的一些往事不时浮现在他的眼前。老交大旧址，不仅印记着交大的发展与变迁，也印记着老郭成长的足迹。

老郭说："它是我的第一故乡，我为自己曾经是个'交大人'感到幸福和自豪。"

（郭玉强/口述　徐喆/整理）
原载2014年4月2日《唐山劳动日报》

我敬佩交大教师

唐山交大之所以成为当时国内著名的理工类院校，与她拥有一支一流的、高素质的教师队伍分不开。教师们用自己的知识、智慧和辛勤的汗水培养了一批又一批优秀人才，为交大教育事业的发展做出了贡献。由于在交大院内居住，我对交大的教师有所了解。他们有知识、有修养，为人正直，厚道朴实，低调谦和，给我留下了深刻的印象。

那时的交大教师大多来自外省市，本乡本土的唐山籍教师较少。除少部分是解放前留任的教师外，大部分是20世纪50年代、60年代初任教的中青年教师。由于来自外地，教师们与他人说话交流时总是操着一口带有浓厚乡音的普通话。那时（1971年以前）只要听到说话口音是外地的、年龄在35岁以上的，那他多半是一名教师。从外表上看他们大多性情比较温和，给人一种文质彬彬的感觉。

我和教师们曾有过一段近距离接触，但不是在课堂上，而是在那个特殊的年代、特殊的场合、特殊的地方。当时正值"文革"时期最动荡的年份（1966—1969年），交大的一些知识分子受到了冲击，被迫参加劳动改造。过去拿粉笔的手拿起了铁锹、推起了小车成为"建筑工"，也有的拿起扫帚当上了"保洁员"。记得有一年，我居住的住宅区南华经常有"施工队"出现。施工内容：一是干一些小型的砌筑工程，二是对九栋砖瓦平房住宅窗户以下部分进行外墙勾缝。这支"施工队"除瓦工师傅外，其他人员均是"文革"中受冲击的知识分子，罪名是"反动学术权威""反动知识分子"。在小型砌筑工程施工时，瓦工师傅负责砌筑，其他人负责搬砖和泥。进行外墙勾缝施工时，由于技术含量不是很高，他们每个人都拿起了勾缝用的工具，勾起缝来还真像个样，受到了瓦工师傅的称赞。那些日子我经常找他们说话聊天，他们称我为小朋友，而我则喊他们叔叔。在我心目中他们就像和蔼可亲的长者，心想他们这么好的人怎么能"反动"呢。一次我问父亲："这些人过去是干什么的？"父亲告诉我说："他们以前都是给大学生讲课的教师，有的是教授、有的是讲师，你可要尊重他们啊。"听父亲这样说我对他们产生了一种崇拜和敬佩之情。

与交大教师们接触的日子里，我看到了他们高尚的情操和良好的品质。在逆境中他们没有消沉，没有因受到不公正对待而气馁，没有放弃对教育事业的忠诚与追求，始终保持着良好心态和知识分子的良知。后来组织上对他们给予了平反、恢复了名誉和工作，并落实工资、住房等待遇。在1971年学校大搬迁中，教师们积极响应号召第一批去了四川，后来重新走上了讲台，继续为交大的教育事业贡献着光和热直至退休。

（玉　强）

原载2015年1月9日《唐山劳动日报》

在交大的运动场上

由于从小在交大校园长大,我对那里有着很深的记忆。在我眼里,她是一所非常重视体育工作、体育氛围十分浓厚的高等院校。

那时的老交大,夏季可以去游泳池游泳,冬季可以去滑冰场滑冰。西操场以篮球、排球为主,南操场以田径、足球为主,体育基础设施完备且齐全,并具有一流的体育师资队伍。

交大不仅注重群众性体育工作的开展,也注重竞技体育水平的提高。为了提高运动成绩,学校经常以友谊比赛的形式与校外其他体育队进行交流。一次听说西操场有篮球比赛,我们几个小伙伴立即前往比赛现场,挤进了观看人群的前排,虽不懂比赛,但看到交大队进了

◎ 1918年时任唐山交大校长章宗元(右一)与学校足球队合影

李重霆/提供

球就特别高兴。由于实力上的差距,最后还是对方赢了,看到这个结果我真为交大队惋惜。赛后才知道对方是一个省级篮球队。

交大每年举办春、秋两季运动会。运动会期间来自各系的两三千学生汇聚在南操场,场面十分壮观。运动会不仅有传统的体育项目,也有一些适合中老年教职工的体育项目。除此之外,运动会上还曾进行过航模表演和摩托车表演。虽然只是一所大学里的运动会,但那时观看运动会对我来说就像一件大事,只要听到开运动会的消息,我和小伙伴们总是第一时间来到南操场,一会看看跳高、一会看看百米,哪个项目精彩、哪个项目激烈就去哪儿,成了运动场上忠实的小观众。

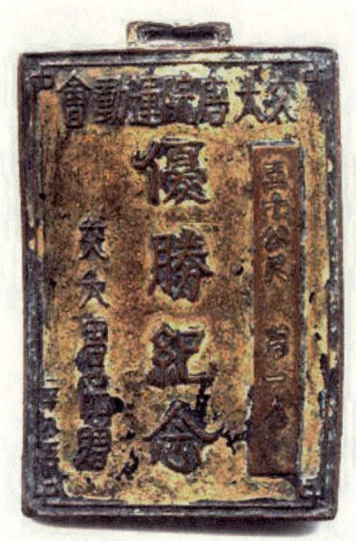
◎交大唐山工学院时期举办校运动会发给优胜者的奖牌

在交大的游泳池、滑冰场、西操场、南操场,都曾留下了我体育活动的身影,但去的最多的是南操场,因为那里有我喜欢的单、双杠。早晨去南操场玩玩单、双杠成了我儿时的一个爱好和习惯。那时我经常看到一位晨练的老人,后来得知他是交大著名体育教授徐家增老师,据说当时已61岁了。老教授在晨练的同时,常到我们活动的单杠旁,教我们一些单杠动作,边指导、边保护,有时还为我们做一下动作示范。在他的指导下,我学会了一些单杠动作,为后来进入唐山市业余体校练习体操、走上体操赛场打下了基础。

1971年交大搬离了唐山。在唐山期间,她在体育方面创出了令人瞩目的佳绩。曾有一篇回忆文章这样写道:"唐院(交大)的体育教育提高到全国高校一流水平,多次被誉为河北省高校'体育红旗'单位,体育运动水平多年保持河北省高校冠军,并可与清华、北大相竞争。"所以,说起交大时,我们不能忘记她在体育工作方面的成就与辉煌。

(郭玉强)

原载2014年10月22日《唐山劳动日报》

忆老交大农场

作为一名从小在唐山交大校园长大的职工子弟，我亲眼目睹了老交大在唐期间创新、发展、实践的一些经历，今天我借贵报"我和老交大的故事"专栏，向大家讲述一段关于唐山交大农场的故事，听起来好像与这个理工科高等学府不太相符，但它确实是交大发展史中的一段"插曲"。

提起农场，很多人会想起农业院校里的实习农场和"文革"时期的"五七"农场、知青农场。但很少有人知道唐山交大这所全国知名的理工科学府，早在20世纪60年代就曾有过创建农场的经历。

这个农场在我几岁的时候，就已经有了。在我的记忆中，农场有十多亩地的菜田、一个养猪场和一个养牛场（后来由于多种原因农场停办了），由学校的后勤部门负责管理。一个理工科大学为什么要建农场呢？一是20世纪60年代初由于多种原因供应相对匮乏，建立农场可以自产一些蔬菜、肉食，节约开支。二是校内有部分空闲荒地，建立农场可以变荒为宝。在那个特殊的历史时期可以说是一个可行之举。

当时我家住在交大南华。在我家南面30多米远的地方，有一个大院，父母告诉我那里是个养猪场。里面约有十来个圈舍，几十头猪的存栏量。在我家东侧300米左右的地方，还有一个养牛场，饲养着十多头奶牛。而在养牛场附近则是一片菜田，每逢夏秋季节，菜田里呈现一片绿油油的景象。长势良好的西红柿、辣椒、茄子等蔬菜让人看了格外喜欢。小时候在大人们的带领下我经常到农场"参观学习"。在交大农场我第一次看到了猪、牛的饲养过程，了解了西红柿、茄子、辣椒等蔬菜的栽培方法，使我从小懂得了一点农业知识。由于养猪场离我家较近，去里面看看、转转是常有的事。那时我经常看到一位50岁左右的师傅整天在猪场里忙碌。大人们亲切地称他为王师傅，而我们这些孩子则称他为王大爷（听说是从农村招来的临时人员）。

  由于学校农场的建立，缓解了当时供给不足给学校带来的困难。产出的蔬菜、肉食全部用于添补学生们的伙食，而养牛场产出的牛奶，则主要满足学校教职员工的牛奶供应。尽管学校的农场只存在了几年时间，但在20世纪60年代初确实起到了一定的补充作用。可以说农场的建立是交大创新、发展的一次宝贵实践和有益尝试，有着它特殊的意义。

（郭玉强）
原载2014年8月13日《唐山劳动日报》

我儿时的电影乐园

20世纪五六十年代,电影是为人们普遍喜爱的、最时尚的艺术形式,而看电影则是人们文化娱乐生活中的主要内容。那时电影院的电影票价一般为2角钱一张。虽不算贵,但在大多数家庭好几个孩子、人均月收入10元左右的情况下,每月拿出几元钱让孩子们看上几场电影,对家长们来说却是一件为难的事情。而我的父母却从来没有为我看电影发过愁。因为当时的老交大校园差不多每周放映一场电影,我们这些在校园内居住的孩子们看场电影并不难。我在七八岁的时候看过的故事片电影就达七八十部,比那些非交大职工子女看过的电影多得多。在我眼里老交大就像一个电影乐园,让我从小感受到电影的快乐。

为了改善观影条件和效果,20世纪60年代交大兴建了宽敞明亮的大礼堂。原有的小型电影放映机也被两台新的35毫米电影放映机所取代。同时,加强了电影放映时的服务管理工作,从基层抽调了几名同志为业余服务人员(有少许补助),我父亲就是其中的一个。遇有电影放映任务时,父亲便与其他几名同志一道担负起秩序维护与服务保障工作。父亲的这一"特殊身份",让我家每月可得到一份交大的"电影放映安排表",每周放映什么电影我比别人提前知晓。每当电影放映时,大礼堂或西操场(暑期放映地点)坐满了前来看电影的观众,不仅有教职工、学生和家属,而且还有闻讯而来蹭电影的校外居民。无论是大礼堂还是西操场,观众的三分之一左右是我们这些坐小板凳的孩子们。

记忆中我开始看电影的时候不到6岁,此时的我对看电影已有了浓厚的兴趣。除天气不好和身体不适等原因外，只要放映电影我能去则去。不管电影是故事片，还是戏曲片、艺术片、美术片，我都是要看的。由于年龄小易犯困，有时看着看着就睡着了，醒来后电影已接近尾声，不过多数电影我还是能瞪着眼睛看到完。像《英雄儿女》《董存瑞》《雷锋》《红色娘子军》等红色经典电影都是在那个年代看过的，并留下了深刻的印象。遗憾的是，由于"文革"和其他方面的原因，交大在1966年至1971年搬迁前很少放过电影。

我是一名近60岁的人了，一些老电影，特别是老电影中的那些红色经典台词成了我抹不去的记忆，对我后来的成长起到了重要的教育、鼓舞和鞭策的作用。

（郭玉强）

原载2015年3月20日《唐山劳动日报》

唐山交大——我的家

我的童年时光是在老交大度过的，虽然已是半个多世纪前的往事了，但我依然非常留恋那座美丽的校园，并让我对自己曾经是"唐院的人"感到非常骄傲。如今已退休的我，平日里最爱做的一件事，就是整理家中的老照片，因为在那里有我儿时的记忆，儿时的欢乐，儿时的梦想。

20世纪五六十年代，我家住在唐院东华五舍，那里最早曾经是唐院的老医务室。门前有一个不大的小院子，因为它有一间半圆形的房子而别具一格。它紧邻学校标志性建筑办公厅，小时候我们经常在那里捉迷藏。为了不让同伴找到，地下室，阁楼，哪里最黑就往哪里藏，虽然心里也很害怕，但我们依然乐此不疲。我家靠南的窗下有一个藤萝架，春天上面开满了紫色的花，我们在藤萝架下写作业，打秋千，嬉戏玩耍，可开心了。顺藤萝架有个南北走向的小土坡，大家叫它"小山"，春天"山上"开满了白色和紫色的丁香花，我会小心翼翼地摘下一枝，放在我的书本里做个书签，还会作为礼物送给同学。"山"那里也是植物的王国，有桃树、梨树、枣树、松树、柏树、枫树等，有了这记忆犹新的树的方位，让我在震后回到交大旧址时找到了回家的路，也找到了以前建筑的方位。比如我家门前那棵歪脖子柳树，比如办公厅门前的几棵枣树，比如从我家向西方向妈妈上班路上经过的几棵大槐树，又比如明诚堂旁边的一片柏树林，那里还有小石桌等，每当我见到它们，如同见到久别的亲人，心潮澎湃，眼泪不禁夺眶而出。

小时候和外人说起我是"唐院的"，那心里就有一种优越感、自豪感。的确，学校的环境很优越，有校友厅、办公厅等漂亮的建筑；有南讲堂、西讲堂、东讲堂等明亮的教室；到了夏天可以到游泳池去游泳，到了冬天可以到滑冰场去滑冰；周末还可以去大礼堂看电影，到明诚堂看演出；还有西讲堂门前看排球，校友厅旁球场看篮球。在那样的环境下培养了我广泛的兴趣和爱好，让我的童年生活与众不同，丰富多彩，直至今日我仍然热爱运动，身体健康。

那时，我爸爸是机械系的党总支书记，工作认真，对人热情，在我印象里，不论是去农村，进部队，还是下煤矿，拔麦子，他都走在前面，和学生同吃，同住，同劳动。星期天还要带回一些学生的破衣服、旧鞋子，爸爸给学生修鞋子，妈妈为学生补衣服。他和学生建立了非常深厚的感情，学生们都把我家当作身处异地他乡的第二个家。

我的妈妈是学校电话室领班，这小小的电话室负责全校所有电话的转接任务，是一个工作非常琐碎却十分重要的部门。作为党员的她保守机密，坚持原则，在做好自己本职工作的同时，对同事的困难热情相助。小时候我印象最深的是本来在家里休息的她只要接到同事有事不能值班的电话，二话不说就去替班，虽然我家也有很多家务事，但她从无怨言。因为她为人的热情周到，人们都尊敬地叫她陈大姐。

唐山交大这个大家庭给了我一个很好的成长环境，让我扩展了视野。爸爸妈妈的优秀品质教会了我怎样做人，使我养成了开朗的性格，善良的心，认真的工作态度。交大对我的影响使我受益终生。

（赵　英）

原载2014年6月18日《唐山劳动日报》

我的交大记忆

我最早知道唐山交通大学这个名字,是20世纪50年代初。那时我家的房子是私产,房屋占用的土地产权属于铁路,因此,每年都要陪着母亲到铁路部门去交一次"地皮捐"。交费地点在唐山南站货场南出口附近,和唐山交通大学(后来虽改名为唐山铁道学院,但在许多唐山人口中,仍被叫作唐山交大)仅一路之隔,唐山交通大学在路西。

交通大学的校门很高,旁边有一条铁路,轨道上有一辆火车头停在那里。母亲告诉我,那里就是唐山交通大学。于是,幼年的我便知道了唐山有这样一所大学。

◎中国交通大学学生在街头宣传(左一为王润霖)

后来，我又在家门口看到交大学生们的宣传演出，有唱歌、舞蹈，还有活报剧，内容和当时的"三反""五反"有关。看来，交大学生们的业余生活还是挺生动活泼的。

20世纪50年代末期，我上中学了。有一次物理课讲压变、拉变、切变等。当时学校没有这些演示手段，教物理的方老师通过亲戚关系，联系到交大物理实验室。我们这堂物理课是在交大实验室上的。走进交大宽敞的实验室，看见这里摆放着一台台做各种实验的仪器。课上，我们亲眼看到了实验仪器把石头轧碎，把钢筋拉长和切断，生动直观地看到压变、拉变和切变的物理变化。至今虽过去50多年，其情景仍时时清晰浮现在眼前。"上大学，上交通大学这样的好大学"的念头油然而生。

然而，20世纪70年代末，我大学毕业后回到唐山，唐山交通大学已迁出唐山，从此渐渐淡出我的视线和记忆。20世纪80年代初夏的一天，作为唐山劳动日报政教记者的我，去市委列席一次常委会议。会上，唐山交通大学的名字再次在耳边响起。原来，这次常委会中就有关于回迁唐山交通大学的议题。听到这一信息，心中一阵激动：这是我们唐山人民共同关注的话题。时任中共唐山市委书记的杨远同志听取了有关同志汇报，指出，作为老工业城市，非常需要高等院校的支持。但听到有关同志说回迁费用需要4 000万元时，会场上出现一阵沉寂。1976年的大地震刚刚过去，百废待兴的唐山太缺钱了，况且当时唐山每年可支配资金非常有限，一时很难拿出这么多钱来办这个事情。但会议还是决定采取各种办法来完成这一议题。后来，唐山有了西南交通大学唐山研究院，是否和这次常委会有关便不得而知了。但是我深深地感到：在唐山，无论是领导部门，还是广大市民，都满怀深情地希望唐山交通大学回归故里。

（李树滋）

原载2014年4月23日《唐山劳动日报》

追寻我心中的唐山交大记忆

光阴似箭，日月如梭。我的母校——西南（唐山）交通大学已经走过了118年的光辉历程。

唐山交大被世人称为"东方康奈尔大学"，是培养中国铁路工程师的摇篮。交大一直奉行严谨务实的教学风格，"竢实扬华、自强不息"的交大精神，不断继承发扬光大。我是唐山交大六六届毕业生，在唐山交大的岁月，我至今记忆犹新。1961年8月的一天，我接到了唐山交大（唐山铁道学院）的录取通知书，高兴得连蹦带跳。9月1日开学的时候，我和来自全国各地的同学齐聚唐山交大，走进交大一分部报到。从这天开始，我就和唐山交大结下了不解之缘。

唐山交大坚持以教育为本的理念，认真搞好教学工作。我们上基

◎唐山铁道学院的女大学生在野外勘测

础课都是在阶梯教室（本部是南讲堂），八个班二百多人上大课，由老教授和讲师授课；专业课则以小班由讲师授课。教授和讲师讲课重点突出、循循善诱、不辞辛劳。助教老师给我们上习题课，带我们去工厂实习。另外，在晚自习时间也可找助教答疑辅导。那时认真读书的风气很浓，莘莘学子都奋发图强、刻苦学习，师生共同努力，做到教学相长。我记得上画法几何和机械制图课时，老师要求同学一笔一画写好仿宋体，从写好每一个汉字开始，认真完成作业，努力学好各门功课，搞好专业和毕业设计。

唐山交大的教学特色还表现在生动活泼的社会实践上。交大有校办工厂，同学们定期到工厂实习车、钳、铆、电、焊等工种，大练基本功。学校还安排我们去铁路工厂、机务段等地实习锻炼，让我们放下架子，甘当小学生，虚心向工人学习，这为我们以后步入社会参加工作打下了良好的基础。

除了紧张的学习外，交大的课外活动也很丰富多彩。每天下午有文体活动，一般由班级组织或自由结伴锻炼，有时也组织篮、排球比赛。同学们在夏季可以到游泳池游泳，在冬季还可到滑冰场滑冰。

唐山交大同学之间团结友爱、互相帮助的精神，更给我留下了深刻的印象。1962年寒假后开学不久，我得了阑尾炎，严重感染，在工人医院做了手术，前后共有一个多月的时间不能上课。待我身体康复去上课时，好几门课程学起来已经很吃力，便想休学。那时系领导、老师和班上的同学都伸出热情之手帮我补课，使我增强了战胜困难的信心和决心。到期末考试时，我的各科都取得了好成绩。

我是农民的女儿，矿工的后代，是土生土长的唐山人，是我村第一代女大学生。在唐山交大求学的五年里，我度过了人生中最难忘最美好的青春年华。1966年7月大学毕业后，我来到开滦林西矿营运科工作，从事蒸汽机车、铁道车辆、机电设备的检修及运用技术管理，担当技术革新、技术改造的设计，并对工人进行技术培训。对改变车间生产的落后面貌，减轻工人的体力劳动，提高劳动生产率，都做出了应有的贡献。我曾被选为唐山市、古冶区（原为东矿区）两级人大代表，多次被评为矿先进生产工作者、先进科技工作者，被评聘为机械高级工程师（副高），是我矿第一代女高级知识分子。这些成绩和荣誉的取得，都得益于母校的教育培养，归功于唐山交大。

我衷心感谢母校——唐山交通大学！我衷心祈盼唐山交大旧址早日复建完成！我衷心祝福母校西南（唐山）交通大学的明天更加辉煌，更加美好！

借此机会，我也特别感谢唐山晚报开设"我和唐山交大的故事"专栏，让我们这些交大学子有机会抒发积淀在心中的那种对母校的眷恋和最真诚的热爱之情。

（袁凤荣）

原载2014年3月24日《唐山晚报》

梦回交大西新

"所谓大学者，非谓有大楼之谓也，有大师之谓也。"（梅贻琦）唐山交大历经一百一十多载风雕雨刻，沧桑砥砺，却仍能焕实扬华，弦歌不辍，一个很重要的原因是有一流的教师。其中堪称严谨治学、严格要求楷模的一代宗师"五老四少"就是杰出代表，是交大的精英。交大在唐山时期教授人数从不过50人，副教授也仅20人左右，特别是"文革"时期教授、副教授最少时总共32人。自20世纪50年代起，这些教授大都住在校园的西新和南新别墅区里。

60年前的大学教授别墅是个什么样子呢？你是很难想象的。其中可作为典范的当属西新的教授别墅了，它体现了当时学校领导的眼光和对教师的尊重。可贵的是入住者没有一个专职的大学行政领导，被一时传为佳话。当然，话也不能说绝了，因为据说"文革"时期西新一舍甲已故一级教授顾宜孙的旧宅就迎来了更大的领导，曾一度关押了所谓"内蒙古最大的走资派"乌兰夫（当时内蒙古学习班办于唐院）。

解放后，交大改名为唐山铁道学院，西新就坐落在唐院校园的西北一隅，是专门为教授们设计的别墅，也是唐院的一代宗师——"五老四少"的居所。这里是专家、教授、院士们的乐土，

◎本文作者幼时在交大西新别墅前

远离城市的浮华与喧嚣，体现着一份生命的自由和宁静。这里绿树掩映，红瓦白墙，浅蓝的屋檐，浅蓝的窗框，是由厚重的石灰石砌成、拥有十四座居舍的建筑群落，远近错落构成了一幅色彩明丽的图画。

这些别墅建筑设计有大大的通透的玻璃窗，使屋子的采光非常之好。客厅的窗子是由四块大的正方形玻璃构成的推拉窗，其上方是两个长方形的透气窗，再有架空的红色木制地板和天花板上尖尖的屋顶，使人感到冬暖夏凉，且室内还设有一面墙大的壁橱，给储物带来极大的方便。室内不仅有客厅、饭厅，还有起居室、储藏室，一应俱全，厨房和厕所也十分讲究，非常宽敞，而且厕所还采用坐式抽水马桶，在当时是不多见的，而整个建筑在现在看来也是时尚的，一点都不落伍。最别致的要数屋子的前阳台和后院了，这里是孩子们游玩的好去处，前阳台足有羽毛球场的四分之一大，后院有近两米的高墙。

西新一年四季鸟语花香，令人心醉。阳台边有丁香花的暗香，门前有松树的葱绿，两旁有桃树花开的芬芳，通往外面的行道两旁遍种着高大的柳树和槐树，槐树的落蕊和柳絮的飘飞，构成一种不似冬雪胜似冬雪的浪漫。屋子群落的南面是一片柏树林和枫树林，使人们在夏秋之交时感受到绿的苍翠和红的烂漫，而北面则是被人们称作"北大坑"的地方，在夏天骤雨过后蛙声阵阵，尽可"听取蛙声一片"了。白日树上的蝉鸣和夜晚蟋蟀的低唱，构成一首首美妙的交响，你尽可无限受用好了。晚霞的余晖将西天尽染成红色，伴随着西新的尽头高大的白杨树树叶在西风中瑟瑟作响，心头不免产生一丝怀旧或伤感，也许更有那美好的憧憬，真是"别有一番滋味在心头"。总之，魂牵梦萦的西新，是自然与人工编织的美丽神奇的童话世界。水的清秀灵动，花的明艳芬芳，草的纤柔细嫩，雨的轻盈缠绵，月的朦胧妩媚，巧夺天工的西新，不是天堂胜似天堂，是我梦开始的地方，生命所系，灵魂所依。

让人惋惜的是，美丽的西新与老交大一并毁于1976年唐山大地震。如今，欣闻要复建唐院校址，笔者故地重游，旧梦重温，心中那一片永远无法抹去的学府乐园恍然又现眼前。

（黄郁倩）

原载2014年12月19日《唐山劳动日报》

怀念"眷诚斋"

20世纪60年代,我负责维修唐山铁路总机至唐山交通大学的电话线路,每次巡检时都会被校内的一座三层楼房所吸引。该楼宽约10米,长约30米,尖脊瓦顶,窗户瘦长且两两紧靠,别具一格,整个建筑显得十分挺拔与俊秀,尤其是门楣之上高悬的"眷诚斋"三个大字,更让我久久难忘。

当时的唐山交通大学已更名为唐山铁道学院,成为专门培养铁道工务、机务及电务、电机等铁道建设人才的高校。每天我看着进出交大校园的师生们,或儒雅沉静,或朝气勃发,总有一种亲切的感觉。我的高中母校是唐山一中,毗邻老交大,那时这一带几乎可以说是唐山的文教中心。毕业后我应征入伍,与进入高等学府深造失之交臂。复员后我分到铁路工作,没想到又能和老交大近距离接触了。也许是那时还年轻,并未过多关注老交大的历史。

◎唐山交大眷诚斋毁于1976年唐山大地震,今只剩一段台阶

随着年龄和阅历的增长,我对中国铁路史研究产生了至今都无法割舍的深情,觉得这是作为一名唐山人、唐山的铁路人责无旁贷的工作。20世纪80年末90年初,天津铁路分局邀请我参与编写《天津铁路分局志》,我有机会查阅大量的史料,也由此深入了解了"眷诚斋"的来历和它背后的往事。

《西南交通大学(唐山交通大学)校史大事记》记载:"1931年暑假期

间，由詹天佑家属捐款新盖之学生宿舍大楼落成，为纪念中国第一位铁路工程师詹天佑，以他的号（眷诚）命名为'眷诚斋'。"从而，"眷诚斋"不仅成为唐山极为少有的以历史人物命名的校园楼舍，而且也是全国最早以詹天佑先生的名字冠名的一座建筑。

詹天佑先生并非就读于唐山交通大学，也未曾在该校担任过职务。"眷诚斋"为何坐落于唐山呢？人们也许从《詹天佑年表》内的几行文字里明白出其中的缘由。

"1888年，公由留美同学开平矿务局邝孙谋介绍，到天津中国铁路公司任帮工程司。

1889年至1890年，修建唐山至古冶铁路。

1891年至1892年，自古冶向山海关修建铁路。

1893年至1894年，修建滦河铁桥，用压气沉箱法修建滦河铁桥桥墩基础……解决了外国工程司未能解决之桥墩施工困难问题，引起中外注意。"

原来，詹公的铁路生涯是从1888年起步的，而早年的足迹几乎全都留在了唐山一带的大地上，并因修造滦河铁路大桥中所表现出的超凡智慧与卓越才干，被选入了英国土木工程师学会。这些工程实践无疑为他积累了丰富的经验，也为他1905年至1909年设计和修建举世闻名的京张铁路奠定了基础。

"眷诚斋"的历史人文内涵还远不只此。"眷诚斋"建成后，校方一直将它作为毕业班学生的宿舍，以此激励学子们为中华民族的进步事业而攻读和奋斗。《唐山交大学生运动》一书里记述着许多动人的往事。唐山解放前夕的1947年至1948年期间，"眷诚斋"是本校中共地下党支部的活动地点之一，也是一处秘密的中转站，曾多次接应来自北平、天津、南京、上海等地身份暴露的学生运动领袖，然后再护送他们通过吉祥桥、东缸窑等封锁线上的据点关卡，转至冀东解放区，为迎接唐山解放储备了很多干部人才。还有，1948年4月9日黄昏，国民党军警突然包围了学校，企图抓走进步学生。全校师生闻讯后，立即集合于"眷诚斋"内外，并在楼前广场举行了长时间的游行抗议，最终迫使军警撤退，从而取得了这次护卫校园行动的胜利。

可歌的历史背景，可颂的战斗故事，令"眷诚斋"早已成为唐山交通大学的一张名片。1972年，唐山交大迁址四川峨眉，更名西南交通大学。原校内的"眷诚斋"和其他风格独特的教学楼一起，在1976年的大地震中损毁消失了。

百年名校，桃李满天下。近些年来，凡老校友重返母校故地，无不想去看一看"眷诚斋"遗址，借以抒发怀念之情。

而我，一名当年维修过唐山交通大学电话线路的铁路退休职工，同样深深地怀念"眷诚斋"。

（李国明）

原载2014年3月26日《唐山劳动日报》

唐山交大和我的电影缘

我的童年、少年和青年的一部分都是在交大度过的，在我的一生中看电影最多的就是住在交大的那段时间，因为是大学，文化氛围浓，电影是不可缺少的一部分，住在交大看电影具有得天独厚的优势。

在我的记忆里，第一次和母亲看电影是在明诚堂。那时我刚五岁，明诚堂里人满为患，没有座位，母亲抱着我让我站在最后一排的窗台上，上演的电影是1954年摄制、由严凤英主演的《天仙配》。记得看到动情处，我号啕大哭，引得大家都回头看我，母亲问我怎么了，我还不好意思说，便说是眼睛痛。

早期交大演电影是在北华的篮球场上，篮球场西边有个小房子是放映室，每到周末的傍晚在篮球场的东面挂起幕布，便知道要演电影了。我家就在篮球场的西北角，如没有树木挡着从东面的窗户里都能看到电影。一到要放电影时，因为人小，我们都会搬着小凳子坐到银幕的最前边，认真观看。如大人们也要看时，就会早早从家中搬出高凳子放到中间占地方。正式电影开演前一般都要演中央、八一等新闻电影制片厂的新闻纪录片，我们叫"加演"。每当银幕上出现闪光的五星，或是有工农兵形象时都会让我们感到无比振奋。

记得有一次看苏联电影，名字我不记得了，那时我还没上学，有一个镜头是一个叫马季的挨地主的打，我看了很害怕，便搬着小凳子想到银幕后面看看演什么，没想到后面和前面演的是一样的，只好回家了。从那时我才知道电影银幕的作用，现在想起来真好笑。

还有一次上演《夜半歌声》，母亲不让我们去看，说是解放初期曾经吓死过小孩,让我们在家睡觉,我们只得躺在被窝里,听着电影里的音乐睡去。第二天母亲给我们讲了电影里的剧情,讲得绘声绘色,到现在我还记忆犹新。

因为是在外面演电影,有一次赶上下大雨,许多人都挤到我家走廊里来背雨。

1958年交大成立了唐院人民公社,并有了少年宫。记得少年宫成立的时候,小朋友们都聚集在唐院明诚堂,看了中法合拍的彩色电影《风筝》,感觉非常好。

以后我上学了,家也搬到了西新,演电影的场地也搬了,冬天在大礼堂,夏天在礼堂西边的操场。

每到周末演电影,是交大门禁最严的时候,外边的人是不准进来的。住在交大周边的孩子们为了能看到电影,不是翻墙就是爬寨子,想方设法地混进来,所以那时也是我们交大子女最得意的时候。有时我的同学们也会以上我家写作业为由,让我们给带进来,这也是我最头痛的事,每到进门口时,门卫就会问我:"你爸是谁?"因为我们是随我外公、外婆住,父亲不在交大工作,所以总要费些口舌。

记得每到月初在交大合作社对面的广告栏里都要写出每月的电影安排,还会贴有各种漂亮的电影广告。电影票是在电影放映当天下午,合作社北面的理发室的窗口卖的,好像是五分钱一张。但往往电影开演一段时间也就不要票了,基本上都能看到电影。

因为我是家中的老大,所以电影开演前我便带着我的弟弟妹妹们,拿着小凳子准时光顾,我家有个从福建老家带过来的竹子做的高凳,倒过来是放小孩的小椅子,很适用,坐前边就让弟妹们坐到小椅子里面,看不见时就当高凳坐。

那时演的电影我几乎场场不落,电影明星照长期收藏,电影情节记忆犹新,记得下乡后,我们几个知青给老乡们讲反特电影《秘密图纸》,一环扣一环,十分惊险刺激。

有一次暑假,我去了唐家庄的奶奶家小住,我的同学给我来了一封信,说最近交大要演古装彩色电影《画中人》,非常好看,因为回去晚了没有看到,让我好一阵子遗憾。直到前些时候要写这篇文章,这才在网上把这部电影看完,但早已没有了当时的感觉。

"文革"前的一个周末，那是夏天，在操场上放了部香港电影《垃圾千金》，因那时很少演香港电影，所以备受观注，电影演完后，许多人都和电影里的女主人公学会了扎马尾辫。

　　大约是在1965年"文革"前，大型音乐舞蹈史诗《东方红》被搬上银幕，当时对我们震撼非常大，整个舞蹈概述了我党从无到有，从小到大的成长历程，舞台效果气势宏伟、壮观，解说词庄重、激昂，舞蹈动作洒脱、新颖，使我们耳目一新。为了效仿《东方红》的演出风格，我们班还自编自演了一台大型歌舞，名字叫《五四精神代代传》，除全班同学全部上场外（我们班是女生班），还从外班借了三名男生来演帝国主义反动派。

　　"文革"期间大部分电影都受到了批判，各类电影一下少了很多，那时段我们看的最多的就是样板戏和《党的女儿》等红色电影。

　　随着时间的推移，工作了，为人妻，为人母，当上了姥姥，对于电影已失去了往日的热情，加之时代的进步，在人们的生活中电影已被电视所取代，已很少走进现在豪华的电影院领略新型电影带来的乐趣，但回想往事的一幕幕，与交大的情，与电影的缘，仍让我感到难以忘怀，因为它曾给我带来了无尽的快乐，和幸福的回忆。

（林　霞）

原载2015年8月14日《唐山劳动日报》

忆交大幼儿园

1958年，我出生在唐山铁道学院东华四舍甲二号，从20世纪50年代至80年代，一直生活在那里。每当我看到有关唐山交大的报道和文章，就会回忆起在那里度过的难忘时光。东、西讲堂，别具一格的图书馆，那些儿时的影像总会在我的脑海里浮现。

我的父母是学校教职工，都在校从教三十余年。父亲自1949年从北京来到唐山，一生从事外语教学工作，在交大工作了近25年，后又随校搬迁到四川峨眉，直到以72岁古稀之年退休。父母和老一辈交大人对工作的认真态度和为人的善良厚道，是我成长中最好的言传身教，让我受益匪浅，并至今影响着我和我的孩子。

从母亲把我带到这个世上开始，我就生活在交大的幼儿园（哺乳室）里，在阿姨和老师的精心呵护下，度过了自己快乐的幼年时光。

◎唐山铁道学院时期，幼儿园的小朋友在表演节目

我衷心地感谢她们。让我欣慰和高兴的是，2012年我去成都西南交大探亲，见到了当年幼儿园的林主任，她是老交大成立幼儿园后的第一任元老级老师，还有贾老师、戴老师等多位恩师，虽然她们许多人年事已高，但身体都还很硬朗，生活态度乐观而阳光。

在我的印象中，幼儿园在学校南操场的西南侧，门前小路两旁长着翠绿的松柏和丁香花。幼儿园里有一部手摇电话机，北面一排是哺乳室和小班，南面

◎1972年唐山铁道学院即将全部搬迁到四川峨眉，幼儿园的老师们合影留念

一排是幼儿园的中班和大班，两排房的连接处有一个坡道的玻璃走廊。为我们做饭的叫季大爷，他做的狮子头丸子最好吃。每年的"六一"儿童节和一些重大的节日，我们幼儿园的小朋友都要参加学院在明诚堂里举办的演出，唱歌、跳舞、说快板书，很热闹，学院的领导和师生就坐在下面，为我们稚嫩的演出鼓掌、叫好。

当年的小朋友们如今都已长大，有的生活在国外，有的成为国家的重要人才。我的老相册里还收藏着一些那时留下的照片，看着它们，叫出小朋友的名字，好似又回到了那个年月。有些朋友留在唐山，我们之间的友谊一直延续到现在，虽然都已从不同的岗位上退了下来，步入晚年，但我们之间的感情却更加深厚，经常在一起回忆小时候在幼儿园的快乐生活，很开心。

1982年后，我离开了生活了24年的交大。再转眼，时间已过去30年，但我还常和其他老同学一样，到那里转一转。震后的那里只能看到很少的老树，有些只能回忆那里大概的位置。虽然交大的建筑因地震没了，但我们对交大的感情依旧。

（张淑悦）

原载2014年8月6日《唐山劳动日报》

新闻战线上的交大学子

近来，从唐山地方传媒上，常接触到有关唐山老交大的一些历史故事。这些湮没在历史尘埃中的往事，却引起我这位马年将进入90岁的白头老翁，对老交大产生既温馨又缠绵的种种回忆。

我出生在重庆市綦江区内的一座具有千年历史的古镇上。如今，我这一辈子未改乡音的巴人蜀客，怎会与地处千里冰封、万里雪飘的唐山老交大结上了一丝情缘呢？

在国共内战硝烟四起时，我孤身一人离开家乡山城重庆，向北方逃亡避难，1948年深秋进入了冀东解放区这块新天地。党组织根据我在大学读书时，曾给《大公报》写过一年多的新闻稿和在学校与同学一起创办过铅印的《大学新闻周报》的经历，到解放区后，又经过短期培训，学习党的理论、城市政策，即分配到冀东日报任编辑。

唐山解放前夕，冀东日报接上级党委指示，抽调干部成立了赴唐山战地采访的前线记者组。党委明确指出，前线记者组不仅要完成在前线采访、报道的任务，还有要在唐山解放时，参与接收敌伪的唐山日报的任务。1948年12月12日午后，前线记者组获知唐山守敌已于当日午前开始弃城西逃。当天傍晚，在市委机关临时驻地集中，准备进城接管唐山市的市委、市政府各机关干部，闻讯马上集合跑步向唐山挺进。经过急行军，前线记者组随接收干部一起进入唐山市时，已是12月13日凌晨两三点钟。大家一夜未眠，新唐山日报的编采人员立即投入12月14日报纸的采访和编辑工作中。从这天起，新唐山日报的新闻队伍中，出现了些穿八路军装、新面孔的知识分子。他们都是京津唐解放前夕，从各个大学走出来投奔解放区的。在参加接收唐山日报时，随市委机关的队伍进入唐山的有应乾、高华、李汉、李庆恩、叶扬、冯河、艾古。他们中除应乾、高华是清华大学的外，其他几人都是从唐山交大出来的。

这些朝气蓬勃、生龙活虎的大学生加入到党的新闻队伍中来，使《新唐山日报》有如久旱逢甘霖之感，给在襁褓中的《新唐山日报》增添了青春的活力和一股新鲜的血液。

1949年5月1日，新唐山日报合并到冀东日报共出一张报，报纸名称仍叫《冀东日报》。此时，原交大参加新唐山日报的学生，叶扬和艾古又回到原校交大继续学习外，李汉、李庆恩、冯河任留报社。1949年8月1日，《冀东日报》停刊。停刊后再出版的报纸名称，则是毛泽东亲笔题写的报头"唐山劳动日报"。

这时的报社兵强马壮，组织壮大，记者中大学生多。我和李汉分在工业记者组。因唐山大厂矿多，产业工人多，跑工业的记者也多，共有十多人。李汉分工跑唐山铁路和南厂（机车车辆工厂），我分工跑启新洋灰厂和启新瓷厂。

第一个国民经济五年计划开始时，党号召干部队伍中曾在大学学过工程技术的知识分子归队，李汉在此时离开唐山劳动日报归队了。

飘飘洒洒了几十年的往事，恍如就在昨天。至今回忆，老交大这些学子，拿锤能修路，握笔能为文。往事仍披着金色的彩霞，至今仍在闪闪发光。

（肖　铃）

原载2014年6月11日《唐山劳动日报》

忆老交大的两位张教授

1949年盛夏,新中国尚未诞生,冀东日报由农村迁入城市,到老火车站货场对面一个无人居住的荒芜大院落脚定居、安营扎寨。这个无人居住的大院长满野草,遍地是各种垃圾。大院有三排共十幢二层小楼,每幢楼的门窗都不全,楼上、楼下各个空屋均是布满灰尘、蛛网和垃圾。十座楼的门牌号是和平南街7号,附近老百姓又称大院叫十座楼。

离报社南边只有二三十米远的道路旁就是石庄小学,从石庄小学再往前走二三十米,就是闻名中外、有"东方康奈尔"之称的唐山交通大学。交通大学的师生走出校门要去市里的西山口,或是要去小山看电影、听戏,或去其他娱乐场所,都必须经过报社居住的十座楼。

从农村进城后,报社编辑部的编采人员增多。我由编辑改任经常下厂采访的工业记者。但有特殊采访任务,如访问来唐的名人、专家、学者,或市委、市政府要召开重要的会议,我也奉命前去参加采访。从担任经常要外出采访的记者起,我这一生不知采访过多少唐山的大大小小工厂、矿山,工人和工程技术人员。所采访的对象,大都记不起来,忘记了。但对采访交通大学的两位张教授的经过、细节、内容,虽过了好几十年,我却记得清清楚楚。两位张教授的音容相貌,在我心中仍记忆犹新,让人感到平易近人,面慈心善。

建国不久,毛泽东访问苏联,并在苏联签订了《中苏友好同盟互助条约》后,世界各国均十分关注这件影响全世界政治变化的大事。我奉命去交大采访教俄语的教授张渤,请他谈谈对中苏签订互不侵犯条约的看法和感想。从此之后,我与张渤教授有过多次接触。往来较多，感情较深。

第一次采访张渤教授时，我尚未学俄语。新中国诞生不满一月，我随唐山一个代表团去大连参观，从大连买回一本《俄华求解、同义、成语、文法四用辞典》，回到唐山后，我开始上唐山中苏友协办的俄文学校，开始学俄语。在一次与张勃教授的交谈中，我说起手中这本俄语辞典，张渤教授兴致很高，很感兴趣，表示要来报社找我，看看这本新买的辞典。一天，张教授真来报社找我，我拿出辞典当即表示："这本辞典你先拿去看，不用着急还我，使用多长时间都不成问题，愿用多久用多久。"大约过了有两年之后的一天，张教授偕夫人来十座楼，送还这本俄语辞典。一本俄语辞典增进了我与张教授间的友谊。

时间又过了一两年，唐山市正在开各界人民代表大会，报社抽调好几个记者参加人代会的采访，我是参加人代会采访的记者之一。一天，报社社长孔祥均告诉我："你在唐山市人代会开会期间去访问交大的人大代表张文奇教授。"老孔当面给我详细介绍了被采访的对象张文奇教授的一些背景资料。张文奇是交大冶金系教授，是有名的冶金专家。他是一位很爱国、爱党的民主进步人士。他代表无党派民主人士，要在这次人代会上参选唐山市的副市长。唐山市人大闭幕时，张文奇当选上唐山市副市长。

我最后一次在交大的采访，是在1957年的夏天。随当时的唐山市委书记刘汉生去交大参加教授们帮助党整风的座谈会。

1958年，唐山劳动日报编辑部从十座楼迁至增盛里附近的新华道新址。十座楼的地址移交给了唐山交大，变成交大的职工家属大院。

时光荏苒，韶华易逝，我与老交大的这些往事，很难从我的心灵中消逝。

（肖　铃）

原载2014年3月19日《唐山劳动日报》

三代人的交大京剧情缘

唐山交大的京剧队和这所学校有着分不开的情缘。据老同志讲,从解放前学校里就有京剧活动了,可以说它由来已久。从唐山到四川峨眉,从峨眉再到成都,京剧在交大的校园里唱了一代又一代。

◎ 20世纪50年代唐山交大京剧队的演出剧照。中间老旦的扮演者为本文作者的父亲张庆余教授

说起交大京剧队,我便想起了我的老父亲,听母亲说,20世纪50年代时,父亲就是唐山交大京剧队的队员,并曾担任过队长,他热爱京剧,可以说我们都是听着他哼唱的京戏长大的。父亲是大学教授,一直在交大从事外语教学工作,他平时忙于教学,京剧队里的事全靠业余时间。当年,母亲为了支持父亲在京剧队的工作,她承担起了全部的家务,从无怨言。大家那种对京剧艺术的热爱与追求真是难以用话语来表达,有时为了唱好一个段子,安排好一个角色,还真要

费一番脑筋呢。

京剧队的活动地点就在交大"明诚堂"北侧的平房里。当时京剧队的活动也是学校工会的一项工作，队员们不仅学唱段子，而且还能演出整场的戏。记得当时演员里有唱青衣的王昭宇、有唱老生的康淑雅、有唱花旦的吴明珠等，我父亲是唱老旦的，乐队成员有倪志锵等，还有许多人员，因时间太久了，当时年龄又小，早已记不起名姓。他们曾排练过的剧目有：《望江亭》《四郎探母》《桑园会》《打龙袍》《拾玉镯》等，除了在学校为本校师生演出外，还曾到唐山市的其他单位交流演出。当时唐山的广播电台还曾经给他们录过音，在收音机里播放过。20世纪60年代初，为了配合当时的形势，他们还演过自编的现代戏，那年我5岁，因为经常和姐姐一起去看父亲排戏，还曾有幸成为戏中一个小孩角色的扮演者。"文革"时期，父亲也学唱了不少现代戏的唱段。

◎唐山交大京剧队演出后合影

我姐姐从小受父亲的影响，也非常爱听戏。那时，学唱段全靠听收音机，因为当年父亲忙于工作，没有太多的时间收听学习。还在上学的姐姐时间充足，在收音机的帮助下，总是先于我父亲学会了唱段，所以她就成了当年父亲学唱现代戏的老师。他们父女二人在闲暇时间共同学唱京剧的情景，给我留下了深刻的印象。

姐姐不光有一副天生的好嗓子，而且乐理也很好。长大后，她也在交大工作，成了我家又一代交大人。姐姐不仅唱得好，而且京剧中的各种乐器都能来上几下，如今她从西南交大退休后，是交大京剧队的积极分子，可以算是我们家的第二代京剧传人吧。

记得在唐山交大时，交大京剧队与唐山京剧演员就经常在校园进行京剧艺术上的交流和相互学习。迁入四川峨眉后，京剧队一直坚持活动，还曾与来校慰问的陕西省京剧院专业演员一起同台演出《钓金龟》。其中老旦的扮演者就是我的父亲，丑角是陕西京剧院的专业演员。为了这场戏的演出，陕西京剧团的演员还专门来家里与

◎ 唐院搬迁到四川峨眉后，京剧队仍然活跃在校园里。中间长者为作者父亲

父亲对戏排练。

现在，西南交大设有专门的京剧活动室。不仅有教职工参加，还有热爱京剧的大学生，学校还开设了京剧选修课，京剧队还与成都的京剧演员、票友们一起同台演出。两年前，我带小孙女去成都看望姐姐，随便带她去京剧活动室参观。看到有很多人在那里排练，我的小孙女一下子就迷上了京剧艺术，她边看边学，在我姐姐的指导下，很快练会了几个唱段，回到唐山后她参加了一些展演比赛，取得了不错的成绩，那年她才六岁。

我们家的第三代京剧爱好者应该是我姐姐的儿子。他现在西南交大读研究生，也是学校京剧队的一名业余积极分子，在一些联欢会上曾登台演唱，这可能是家庭和学校给予他的感染和熏陶吧！这就是三代人与交大京剧队的情缘。

（张淑悦）

来自交大的问候

几乎每年春节的前夕，我都会收到来自四川成都昔日学生们的新春祝福。这些当年唐山一中的学生，都是原唐山铁道学院教职员工的子弟，自1972年随父母陆续内迁入川后，如今大多也在西南交通大学工作。不过，40多年过去，这些曾经的翩翩少年现在也已步入花甲之年。每每接到他们这样的问候电话或短信，我内心便激动不已，夜不能寐。

哦，40多年了，想不到这忘年之交、师生之情竟绵绵延续至今！

1971年，我大学毕业后到唐山一中任教。当时，教育上实行"学校、家庭、社会"三结合模式，学生都是按居住区域编班，而我接手的初二（8）班学生都是原唐山铁道学院内的教职工子女。那时，正值"文革"后期，复课闹革命时间不久，"读书无用论"依然盛行，很多学生根本无心学习，我这个班主任只得经常扮演"警察"的角色，以维持起码的课堂秩序。同时，经常利用晚上家访，取得家长的支持和帮助，以配合学校的管理与教学。那段时间，我几乎每晚穿行于学院南华、新华斋、东华、西新等几个家属区，在那样一个混沌的年代，我发现那些教师的子女普遍家教很严，教师们言传身教，

◎本文作者当年教过的唐山一中学生黄涛既是唐山交大子弟，如今又是西南交大的教授

◎黄涛教授和他的学生们

丝毫不放松对子女的培养和教育。

我至今清楚地记得,毕业于东京帝国大学的陈英俊教授家住东华,仅有的一个大房间里四周全部是书架。每天晚上,他都用自己当年在东北上学时的"国高"课本对孩子进行辅导,两个孩子入睡后,自己再用仅有的书桌读书。后来,两个孩子一个在地震中遇难,另一个在高二时提前考入北京大学。而另一位教外语的张教授还格外重视女儿的综合素质培养,一次家访中,我意外发现其女儿的芭蕾舞技竟不逊专业水平,这孩子叫张栩,后来留学日本,现在南开大学任教。此后,我便有意识地把这些教师子女组织起来成立若干学习小组,一对一地帮助学习后进的同学。同时,根据每个人的特长,分配给他们出刊黑板报、文艺演出、绘画等项任务,这样,大大调动了所有孩子的学习热情和积极性。事后得知,当时那些老教授中不少人还身处逆境,接受各种审查,而在每一次家访中,家长们一句感谢的话语,递过一杯暖暖的香茶,都会使得我这个年仅二十多岁的青年教师感受到了知识在他们心目中的分量,在乱世中体会到了"师道"的尊严。

我的这些学生,很多人后来经过下乡、进厂的磨炼,奋发图强,不少人考入高校,出国留学,最终成长为国家的栋梁之才。

前不久,我市媒体专程赴西南交大采访,在该校任教授的我当年的学生黄涛,专门找到报社记者,谈及当年在唐山一中的学习生活,并一再嘱托记者将感激的话捎给我。我想,应该感谢的是在那样一个特殊年代他们生于斯、长于斯的老交大热土,感谢在当年那片有着丰厚文化历史底蕴的校园里辛勤耕耘的他们的父辈们。

其实,我和老交大的交集不仅始于1971年,早在1960年,我刚刚踏进唐山一中校园求学时,就对交大这所百年名校充满了景仰。由于一中和有着中国铁路工程师摇篮之称的唐院近在咫尺,每天清晨,学院广播台的声音便飘入一中校园,陪伴我们开始新一天的生活;每次散步,高耸伟岸的交大校门,充满异域风情的东西讲堂便映入眼帘,绿树掩映的宽敞校园,对我们这些一中学子充满了诱惑,令人总想踏入其中,一探究竟。经过一段时间的细细观察,我们发现,只要佩戴校徽即可随便进入,于是,我们几个学生便带着一中的校徽也佯装大学生企图蒙混过关,偶有得逞,多数情况下还是被人识破赶了出来。直至1962年,在一次演讲比赛中,我们结识了时任交大校长顾稀的儿子顾建,他比我们低一届,后经他通融,我们便可以堂而皇之地出入交大校门了。于是,交大的游泳池里、溜冰场上,也到处可见唐山一中学生的身影了。

　　时光荏苒,半个世纪前的记忆恍如昨日,唐山的交大校园早已不复存在。逝者如斯夫,但那份情缘,那份牵挂,注定会化作永恒。

(张树田)

原载2014年6月25日《唐山劳动日报》

在西南交通大学120年长河深澜中，其中的66年是在唐山这座城市厚重温暖的怀抱中度过的，人们也习惯地称之为"老交大"。就这样，一所学校与一座城市结下了难以割舍的情缘。自从1972年，这所名校在历经了16次历史性的迁徙之后，又一次从唐山踏上了第17次整体搬迁的里程，这次的目的地是四川峨眉。从唐山故园，到西南新梁，百年名校，屡经变迁，不变的依旧是"诚实扬华，自强不息"的交大精神。

2014年的春天，唐山劳动日报社西南交大采访组，带着家乡人民浓浓的思念和祝福，远赴四川成都，探访了九里、犀浦、峨眉校区，并专程采访了部分校领导和老教授，在一次次访谈中，采访组成员们体味着老教授对唐山的眷恋之情，感触着那些曾经怀念的历史记忆。

根在唐山

——访西南交通大学校长徐飞

◎2014年4月,西南交通大学徐飞校长在成都犀浦校区接受记者采访

四月的蓉城,草木葱茏,春深似海。漫步在西南交通大学的校园里,唐山元素扑面而来:一泓碧波轻漾的镜湖,一块镌着茅以升校长"奋斗"名言的石刻,明诚堂、天佑斋这些由最早的唐山路矿学堂延用百年的名字,让我们这些由唐来蓉采访的记者既兴奋异常又百感交集。一座城市,一所名校,血脉相承,心手相依。2014年4月15日下午,记者在西南交大犀浦校区专访西南交通大学校长徐飞,听他讲述这所百年名校的"唐山情怀"。

徐飞1996年获得西南交通大学博士学位,2008年9月任上海交通大学党委副书记,2012年11月任上海交通大学副校长,2013年9月掌舵母校,担任西南交通大学校长。

我们的专访在绘有唐山路矿学堂校门的大幅油画背景下进行。

记者:我们这两天在校园里采访,接触到很多人,老教授、老教工、校史研究人员,他们对唐山怀有很深厚的感情,西南交通大学辉煌于唐山，您对唐院的这段历史怎么看？

徐飞：西南交大1896年建校，1905年迁址唐山，应该说在学校118年的历史当中，有66年是在唐山度过的，这段历史对学校的发展非常重要。这段时间虽然是"峥嵘岁月"，却是西南交大最辉煌的一个时期，给学校的发展奠定了非常坚实的基础，也赢得了学校在办学史上巨大的声誉。在66年当中，从学校里走出了众多杰出的人才。据不完全统计，院士就有14名之多，包括茅以升、竺可桢、张维、严恺、刘恢先等这些非常杰出的学者，不仅为西南交大赢得了荣誉，而且也为华人赢得了荣誉，对世界科学的贡献也非常大。另外，还诞生了"两弹一星"的功勋人员，诞生了在工程勘测界的设计大师等，所以西南交大的根基、她的魂都在唐山。

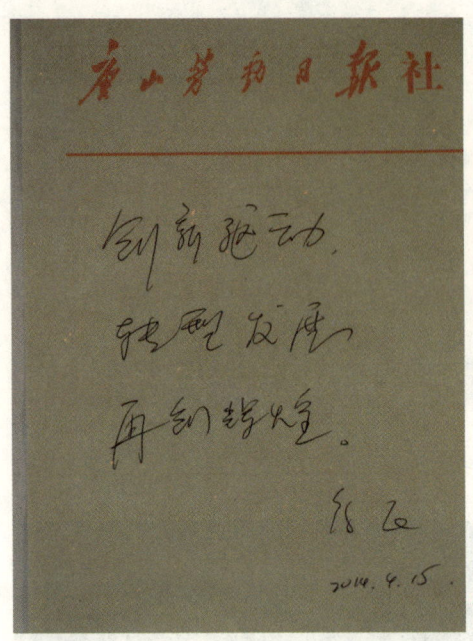
◎徐飞校长为唐山送上诚挚祝福

记者：在交大校园里，随处可见唐山元素，我们感受到学校很注意对唐山那段历史的传播和继承。

徐飞：的确如此。可能由于时间关系，你们看到的唐山元素还不是足够的充分，我想再补充几个你们尚未看到的唐山元素，比如说我们九里校区的南大门，上面非常明显的几个英文字母"TEC"，就是唐山交通大学的英文缩写，另外就是我们的眷诚斋，我们的明诚堂，我们镜湖宾馆里的多功能厅、院士墙等一些老照片，包括我们犀浦校区的南大门，唐山路矿学堂这些标识，唐山元素都用得非常充分，更重要的是包括我们工作手册中的校徽、校歌和校训，都是一直延用当年唐山铁道学院、唐山交通大学的，迄今为止还激励着我们的师生员工包括广大的校友。

记者：唐山交大虽然已经于1972年搬到了峨眉，但她至今仍是唐山人心目中无法忘记和抹去的一个文化符号。西南交大近年在唐山创办了唐山研究院，现在唐山正在启动老交大遗址保护和复建工程，这让我们感觉到交大依然在我们身边，没有离我们远去。未来西南交大和唐山将会有怎样的合作？

徐飞：我觉得是唐山哺育了西南交大，唐山养育了西南交大，现在交大理应来反哺、来回馈唐山，这是天经地义的。我们全校师生员工对唐山那段岁月非常留恋，我本人自去年9月12日成为西南交大的校长，来校第二个月，我就找时间去了唐山。说来非常惭愧，自己那么多年一直没有去唐山，担任西南交大校长以后，我是怀着非常崇敬的心情甚至是一种朝圣的心情去了唐山，这是个寻根的概念，去激活当年我们在唐山办学的那种艰苦岁月治校的理念，去学习当年培养人才的精华的东西。党的十八大报告里，非常明确地提出企业是技术创新的主体，现在唐山发展的态势也非常好，我觉得高校在发展过程中，在产学研过程中，应该发挥更重要的作用。唐山的轨道客车有限公司以前在产学研方面做得非常好，前期的技术工作做得非常扎实，我想未来这方面的合作还要更加全方位。学校会充分发挥我们在科技、信息、能源、学科、平台乃至人脉方面的优势，希望跟唐车能够深度合作，在推进产学研，特别是在推进轨道交通发展中可以发挥更重要的作用。

记者：唐山媒体在前段时间也做了很多关于唐山交大包括西南交大的报道，向社会征集了很多的线索，很多唐山人对过去的唐山交大有很深厚的情感，如重建当年校址的呼声非常高，未来交大与唐山的合作，在教育方面有哪些具体的举措？

徐飞：唐山市委、市政府对学校非常支持，明确在旧址复建唐山的研究院，把唐山的研究院和旧址复建工程作为一体化的工程来推进，学校一直想在这片土地上能够更多地发挥学校的优势，所以想和市里合作，可能做一个国际教育园，把一些优质的国际教育资源和学校在学科方面、师资方面、教育手段、教学方面的一些优质的资源能够嫁接到唐山，把国际教育产业园办好。形式也非常多，一是利用唐山研究院方式来做，一是可能像西交利物浦、宁波诺丁汉这种模式办，把西南交通大学的优势、唐山市的优势，加上国外一些资源的优势，三位一体地有机嫁接在一起，推动唐山经济社会发展，在科技教育方面发挥我们自己的力量。

记者：我们在交大九里校区看到一个雕塑，三个人举着大拇指，中间是一个老人，两边是两个年轻人，现在每个大学都有这样的问题,有老中青这些教职工队伍,同时还要培育一代又一代的学生。我们知道交大最宝贵的就是交大精神,请谈谈如何把交大精神传承下去?

徐飞:交大精神非常重要的就是"双严",严谨治学和严格要求,这是当年在唐山的时候奠定的基础,今天还拿这两句话来要求我们的学生,要求我们的员工。当下的学生的确非常优秀,他们有很多的优点,但我们觉得跟我们的上一辈,我们的前辈相比的话,研究方面改进和提升的空间非常巨大。今年是学校的"学风建设年",我们要传承和光大在唐院所创造的这种双严的传统,能够把它秉持好,发扬好,在新的历史时期,在21世纪高等教育蓬勃发展的情况下,把"双严精神"真正变成我们骨子里面、血脉里面不断生长的一种精神的元素,成为我们未来发展中坚强的一种力量。

记者:您能给我们讲一讲交大精神的内涵吗?

徐飞:"竢实扬华、自强不息"对我们来讲是最贴切不过的两句话,西南交大从唐山到贵阳、再到四川,包括从峨眉到成都,从九里到犀浦,这一路走得筚路蓝缕、波澜壮阔,非常坎坷,但是一直坚持锲而不舍、坚韧不拔、自强不息的精神才有今天这样的辉煌和地位。我们一直强调责任就是一种担当,"竢实扬华"要求我们:一旦有能力有实力的时候,千万不要忘了自己要去扛一份责任,对这个国家、这个社会、这个民族要有一份担当,这是我们最最重要的一种精神元素。

© 2014年4月,徐飞校长赴唐山出席西南(唐山)交大全国校友会会长第三届联席会议

记者:本月19日,您要去唐山参加西南(唐山)交大全国校友会会长第三届联席会议,这次把会址选在唐山有什么初衷?

徐飞：为了整合广大的校友资源，加强校友和母校之间的联系，从2012年开始我们就做了一个决定，实行联席会制度，就是召开全国各地乃至世界各地西南交大的校友会长的联席会议。2012年我们在成都家门口开了首次联席会，2013年在上海，由西南交大上海校友会承办的。今年第三届联席会放在唐山来开，我们认为唐山是我们的根，所有的校友说到唐山，都有浓浓的一种情怀在里面。另外也是利用京津冀协同发展宝贵的机遇，共襄盛举、共谋发展。校友、母校、唐山人民，可以把各自的优势来整合来齐聚来放大来创造，所以第三次年度校友会会长联席会我们放到了唐山。这次我们的议题包括与唐山市委、市政府就唐山交大旧址复建的问题、交大唐山研究院一体化的问题、如何利用产学研合作推动区域经济发展问题，等等。总之不管是从产业的角度，从教育资源的角度，还有从高端人才培养的角度来讲，把各自的优势充分发挥出来。

记者：如您刚才所说，西南交大贯穿了这种寻根情结，这是否也加深了交大的教职员工包括学生对唐山的了解，更加深化了唐山与交大之间的联动？

徐飞：我觉得唐山和西南交大、和成都的这种联络、这种联动是必然的。大家知道，整个世界经济都一体化了，京津冀、长三角、西三角的联合和联动是未来大势所趋。交大、唐山两个地方的优势都非常明显，怎么能做到优势互补、各展其长，在开放、合作、共享、多元的过程中创造新的辉煌，是唐山和西南交大要共同回答的一个问题。我相信在双方的共同努力下，一定会结出丰硕的成果。

采访结束后，徐飞校长欣然提笔，为西南交大的故乡唐山送上诚挚的祝福：创新驱动，转型发展，再创辉煌！

（唐山劳动日报社赴西南交大采访组）
原载2014年4月18日《唐山劳动日报》

◎西南交大犀浦新校区全景图

传承交大精神 建言唐山发展
——访中国科学院院士、西南交通大学首席教授翟婉明

◎ 2014年4月，翟婉明院士在西南交通大学九里校区接受记者采访

翟婉明教授，西南交通大学博士生导师，中国科学院院士。1963年8月出生，江苏靖江人。1985年毕业于西南交通大学机械系，1992年获博士学位。1994年被授予国家有突出贡献的中青年专家称号，1995年获国家杰出青年科学基金，1998年受邀到丹麦技术大学（DTU）讲学，1999年受聘为教育部长江学者特聘教授。现任西南交通大学首席教授，兼任国务院学位委员会学科评议组成员，国际车辆系统动力学协会（IAVSD）学术委员，国际期刊International Journal of Rail Transportation（英国）主编。

多年来，翟婉明一直从事铁路大系统动力学理论与应用研究。针对中国铁路大发展中轮轨系统动态安全设计的重大需求，在经典的车辆动力学和轨道动力学基础上，创建了机车车辆-轨道耦合动力学理论体系，建立了车辆-轨道统一模型，在国际上被称为"翟-孙模型"或"翟模型"；构造了适合于大系统动力分析的快速显式数值积分方法，在国际上被称为"翟方法"；提出了

机车车辆与线路动力性能最佳匹配设计原理及方法，主持开发了与之配套的仿真设计平台与现场测试系统；主持研究建立了列车—轨道—桥梁动力相互作用理论，开发了高速列车过桥动态模拟与安全评估系统。以上理论、方法与技术被广泛应用于我国铁路提速、重载运输及高速铁路工程领域，解决了一系列工程技术难题，取得了显著的社会经济效益，曾获得国家科技进步一等奖、国家科技进步二等奖（均为第一完成人），其中一项成果入选2005年度"中国高校十大科技进展"。个人曾获得中国青年科学家奖、何梁何利科学技术创新奖、长江学者成就奖一等奖（全国工程科学首位）、全国五一劳动奖章。

在西南交大九里校区草木葱茏的一隅，坐落着一座端庄、大气的科研楼，这就是中国科学院院士、西南交通大学首席教授翟婉明的办公所在地。4月18日下午，记者在这里见到了翟院士，听他讲述对交大精神的切身体会和感想，以及他对唐山未来转型发展的真知灼见。

记者：交大的精神，影响了一代又一代学子。作为交大的首席教授，也是中科院院士，您觉得这种精神对自己产生了哪些影响？

翟婉明：我的本科、硕士、博士全部就读于西南交大，可以说是一个土生土长的交大人，也可以说是老唐山铁道学院的人。我觉得不管是叫老唐院还是现在的西南交大，这只是一个学校在不同时期的名称，但交大的精神是不变的，而且这种精神是一脉相承的。唐山铁道学院在教学、科研这方面学风严谨、治学严谨，且有着非常好的学术氛围，对我自己来说也有切身体会。我记得自己在读大学的时候，每个专业都有一些最核心的课程，包括像材料力学和理论力学都是工科重要的理论基础课，学校对这些科目的要求非常高，考试都是最难的。当时学生们都感到很有压力，要想通过这些课程必须要付出艰苦的努力，所以在学习的过程中非常刻苦。我认为这就是交大学风严谨的一个表现，这样的结果就使每位学生都打下了良好的基础，在未来受益匪浅。我研究的是铁路震动动力学及震动控

◎由翟婉明院士担任首席科学家的973计划"高速铁路基础结构动态性能演变及服役安全基础研究"项目启动会在成都隆重举行

◎轮轨模拟试验机

制,在研究的过程中就发现,之所以能够取得一些成绩,非常得益于当时扎实的基本功。我现在带博士和硕士研究生,也非常注意这一点,整个学校其他教授也仍然保持着这种良好的传统,目的就是争取把这种精神一代一代传承下去。

记者:唐山交大虽然已经于1972年搬到了峨眉,但至今仍是唐山人心目中无法忘记和抹去的一个符号。西南交大近年在唐山创办了唐山研究院,现在唐山正在启动老交大遗址保护和复建工程,西南交大和唐山未来的合作将会更为紧密,而唐山现在也正处于转型时期,您对唐山未来发展有哪些建议和希望?

翟婉明:当下进入了快速发展的时期,同时也带来了一系列的社会问题,包括环境问题,像华北地区出现的雾霾天气,我就比较关注。每一个城市、每一个地域产业选择的方向或是产业结构的调整,不仅是人们关注的话题,也是政府的重大关切,这是改变和解决一系列社会问题的重要手段。

对于唐山来说,从我个人的角度看,现在有一个非常好的机会。据我了解,唐山的轨道客车有限公司在中国高铁发展的进程中,已经成为了高速动车组龙头的制造商之一,这对唐山来讲无疑是个机遇。一个是从唐山层面上看,如果能将这个产业做大做强,就会成为城市转型的一个重要支点;再一个是从国家的层面上看,时下一致的观点认为,要结合中国实际,打造中国标准的高速动车组,发展高速轨道交通产业,而这个市场是很大的,前景也很乐观。举地铁电车这个例子来说,我们国家这一领域近些年发展飞速,从原来的几个城市迅速发展到现在有30多个城市被批准建设,还有更多的城市正在打算加入到这一行列中来,预计未来一二十年其规模还将成倍的增长。唐山在前面已经取得了很好的成绩,眼下国家正准备进一步加大力度进行升级,唐山如果能抓住这一机遇,无疑将会是非常靓丽的一笔。

另外,唐山与西南交大有着不解的历史渊源,应该把这种亲情作为一条纽带，推动市校合作更加全方位。学校可以充分发挥在科技、信息、能源、学科、平台乃至人脉方面的优势，希望能够深度合作，在推进产学研，特别是在推进轨道交通发展中可以发挥更重要的作用。

◎中国北车集团制造的和谐号

　　采访结束后，翟婉明欣然提笔，为西南交大的故乡唐山送上诚挚的祝福：西南交大源于唐山，希望市校密切交流合作，共同发展，祝愿唐山前程似锦！

（唐山劳动日报社赴西南交大采访组）
原载2014年4月22日《唐山劳动日报》

桑榆犹起故园情

——西南交通大学原校长、党委书记王润霖访谈录

◎ 2014年4月，西南交通大学原校长、党委书记王润霖在九里校区的镜湖湖畔接受记者采访

◎ 王润霖面对家乡的记者，即兴赋诗一首，抒发故乡情

故乡情

阔别唐山四十载
冀滦情愫难忘怀
喜见故乡呈戏在
辉煌成就还未来

甲午年 文大人
王润霖 书

王润霖，1930年1月24日生，祖籍河北乐亭，西南交通大学原校长、党委书记。1948年进入唐山铁道学院水利工程专业学习，其间曾赴苏联苏共中央团校学习。1952年4月和1953年7月，先后参加唐院第二、三批抗美援朝工程队赴朝参战。返校后，转入铁道系，并从铁道工程专业毕业，后留校工作。1983年10月起任西南交通大学校长兼党委书记，1985年10月至1993年5月任西南交通大学党委书记。

一位耄耋老人，怀揣着对一所学校60年不变的深情，从青年学生到中年校长，再到晚年校史编委，他把一生全部奉献给了自己所挚爱的母校——西南交通大学。4月14日，在西南交大九里校区风景如画的镜湖湖畔，记者有幸采访到了已经84岁高龄的王润霖，听他讲述了自己悠悠六十载的交大情怀。

唐山交大的才子

1948年10月，18岁的王润霖考入了当时叫作"国立唐山工学院"的交大土木系学习。他刚到唐山入学，就看到学校有很多西式的建筑，校园看上去很气派。"但那个时候条件是比较艰苦的，学习资料都很难找到，当时有个学长看到有乐亭县老乡入学了，就来到宿舍看我，并拿着一些原文版的教科书送给我。"王润霖说。

交大当时学风严谨，学校对学生作业的要求、考试要求都非常高，几乎到了苛刻的境地。"考试的时候，答案要精准到小数点后几位数，比如一个题目答案是35.65，你答成35.64就肯定错了。在交大的概念中，这里绝对没有什么'差不多就行了'之类的说法。在实验和动手操作过程中，老师对学生的要求也很严格，做动作规格卡得很死，做错了有的时候要挨打。这种严谨的学风直接影响到了很多学生，交大学生毕业后直接上手快、后劲足，用人单位抢着要，学校声誉很好。"

王润霖年轻时，性格开朗、乐观积极，对学习有热情，不仅在本专业中出类拔萃，还主动参加学生工作，成为老师的得力助手。优秀的成绩加上出色的工作能力，当时的他已经受到校领导的重视。

1950年6月，朝鲜战争爆发，王润霖积极响应祖国号召奔赴前线。从朝鲜回到学校后，他又面临着毕业，此时的唐山工学院已更名为"唐山铁道学院"，学校的专业也随之进行了一次大调整，其中水利工程专业被划分到清华大学，这就意味着如果要继续在本专业就读就必须转学到清华。但是已经在唐院学习和工作了三年多的他，早已对这所虽历经沧桑却依然坚强的母校产生了深厚的感情，他不愿离开。学校也十分重视他的学习和工作能力，这也就促成了他后来转入铁道工程专业，继续留在唐山铁道学院。

"我的学习成绩一直不错,尤其是数学和物理,加上之前对于铁道专业有一定的了解,所以补修这方面的课程并不是很困难。"回想当年,他自豪地对自己作出评价。1952年下半年,22岁的王润霖顺利地从唐山铁道学院毕业,并且留校担任助教,同时参加学校团委等工作。

重振交大声威

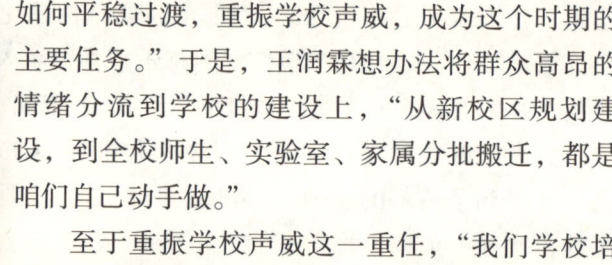
◎峨眉交大早期老院办办公楼

"交大历史上搬迁了很多次,每搬迁一次对于这所学校来说都遭受了不小的损失,特别是从唐山搬迁到成都,当时有的人情绪高涨。如何平稳过渡,重振学校声威,成为这个时期的主要任务。"于是,王润霖想办法将群众高昂的情绪分流到学校的建设上,"从新校区规划建设,到全校师生、实验室、家属分批搬迁,都是咱们自己动手做。"

至于重振学校声威这一重任,"我们学校培养出来的学生,在技术上没得说,很多单位都表示首先从我们学校挑选人才"。他很自豪地说:"可是,各地校友也反映,咱们学校出去的学生做总工的多,做'长'字的少。这就意味着咱们的学生在组织管理能力这方面缺乏锻炼。"于是在王润霖和其他校领导的主持下,学校一方面大力加强学生中的党建工作培养学生干部,组织学生社团增强学生的管理能力,为培养全面发展的学生而努力。另一方面,不断完善现有学科建

◎交大师生在峨眉校区名山电影场庆祝第一个教师节

设,不仅在原有学科基础上扩大延伸学科种类,发展理科、文科、管理学科的教育,而且投建了多个应用学科实验室,如风动实验室、摩擦实验室等。

在学校建设如火如荼展开的同时,为了更好地与政府合作,更好地服务社会、服务群众,王润霖和其他校领导又利用寒暑假带领相关工作人员到处访问,寻求更广阔的合作之路。在那个轰轰烈烈充满激情的年代,每个交大人都在自己的岗位上奋力工作,把交大作为母亲

一样热爱。

当时交大在峨眉是很艰苦的，有时候打电话都要到很远的燕岗火车站，买教科书或者专业书甚至要到成都。那段时间，交大的办学似乎有下降趋势。时任党委书记兼校长的王润霖首要任务就是要稳定学校的各项工作，并想办法帮助交大迁出峨眉。"交大能迁到成都，还真是多亏了校友们，全国各地的校友都很关心交大的搬迁问题，也出了不少力。终于，国家、铁道部、四川省同意交大迁到成都。"王润霖说，交大能有今天这些归功于校友，归功于所有交大人。

不变的交大情怀

1996年，王润霖正式退休，每天看看书、养养花、读读报。但是，他依然关心学校的发展，时常听取学校的一些报告会，也常为学校的建设提出自己的意见和建议。

从1948年成为一名唐院学生到1996年在交大退休，王润霖见证了交大这么多年的磨难和成长，并一直为交大贡献着自己的力量。即使退休了他也没有停止对交大历史与未来的思考。"交大是一个历经磨难的学校，但也正是因为这些磨难，交大有了别的高校不曾有过的精神。""现在教学条件好了，但是我担心交大艰苦奋斗的精神会不会流失。时代不同了，人才的培养应该做哪些调整，这确实是一个问题。"

2013年，《西南（唐山）交通大学校史》编写工作正式启动。王润霖不顾自己年迈体衰，主动承担了其中的工作，成为了其中一名顾问委员。他说，校史编写是学校上下和广大校友多年的愿望，自己很高兴，也很激动。"我虽然年事已高，但仍然愿意为交大发挥余热、甘当人梯，积极参与校史编写，为交大校史工作的发展贡献力量。"

回忆一辈子走过的路，王润霖说自己有一半是在唐山度过的，另一半是在四川度过的，这正如交大的历程一样，而他对交大这60多年的情怀始终不渝。如今，他最大的愿望就是希望把他的这些经历、故事讲出来与大家分享，"因为交大的精神，交大的这些故事，需要让所有交大人知道、了解和铭记，这样才能更好地传承下去"。

（唐山劳动日报社赴西南交大采访组）

原载2014年4月28日《唐山劳动日报》

王梦恕院士：
唐山交大 我的骄傲

2014年4月23日，唐山春雨淅沥，原唐山交大校友、中国工程院院士王梦恕，原西南（唐山）交通大学校长胡正民，著名桥梁工程专家茅以升的女儿、茅以升科教基金会秘书长茅玉麟一行来到唐山参观访问。在王梦恕老先生参观原唐山交大原址的活动间隙，记者有幸采访了他。

王梦恕院士是一位待人谦和的长者，长年野外的工作经历、艰苦的工作环境成就了他强健的身体和豁达的性格。这位有着诸多光环照耀的著名隧道及地下工程专家，思维敏捷，看上去全然不像年近古稀的老人。

◎2009年4月，原唐山交大校友、中国工程院院士王梦恕参观唐山交大原址并接受记者采访

王梦恕为中国工程院院士，现任北京交通大学土木建筑工程学院教授、博士生导师，北京交通大学隧道及岩土研究所所长、隧道及地下工程试验研究中心主任，兼任北京市、南京市、厦门市地下工程专业顾问，西南交大等12所大学的名誉教授和客座教授，河南省政府参事等。头衔虽多，但王院士心中时刻牵挂着唐山交大，因为唐山交大是他一生的骄傲。

在唐山交大图书馆原址，老先生抚摸着一块块残垣断壁，向记者诉说他在唐山交大曾经的点点滴滴。

唐山交大 我第二个故乡

王梦恕院士1938年出生于河南温县，1956年考入唐山铁道学院桥隧系。他告诉记者，当初他报考这个学校就是慕名茅以升校长而来。1961年，王梦恕在唐山铁道学院桥隧系隧道及地下工程专业本科毕业，之后继续在母校攻读隧道工程专业研究生，受业于我国著名的隧道专家高渠清教授。高渠清教授不但是我国隧道科学的创始人，也是一位桃李满园的工程教育家，为我国培育了大批隧道科技人才。在他的学生中，王梦恕堪称翘楚。

王梦恕告诉记者，唐山交大的教学方法和现在教学有所不同，唐山交大在培养学生的动手能力方面极为突出。读本科期间，课后的实验课、假期间的参观实习、毕业前的专业实习都给他留下了深刻的印象。唐山交大学风严谨，严进严出，考进来很难，毕业也很难。"我们入学时180多人，最后毕业不到100人，考试不合格就被淘汰，不能补考，非常严格。"当时，学院全部是英语授课，教授都是全国甚至是世界上有名的桥梁专家。"在我上研究生时，苏联著名的桥梁专家来唐山交大讲课，当时引起了轰动，全国各地的桥梁专家都来到唐山交大和我们一起听课，这是我最自豪的事情。唐山交大培养了30多名两院院士，一所学校能培养出这么多人才还是比较罕见的。"

◎王梦恕院士

◎ 2010年9月11日，中国工程院院士、隧道及地下工程专家王梦恕在太古高速建设、设计、监理等单位领导的陪同下到目前中国在建的最长公路隧道——太古高速公路西山特长隧道进行了实地考察

王梦恕院士在唐山一待就是八年，他学习刻苦，成绩优异。交大的图书馆、东讲堂、西讲堂都留下了他努力求学的足迹。在唐山交大，他学会了如何做人、如何学习、如何做事，是唐山交大的培养，才使他日后取得了辉煌的成绩。在他心目中，唐山已经成为他终生难忘的第二故乡。

交大精神　激励我一生

王梦恕告诉记者，唐山交大的精神一直感染、激励着他，促使他在工作上兢兢业业，日后他所参与或主持的工程项目都是全国第一。

当年读桥隧系时，王梦恕在实习中曾遭遇一次惨重的塌方，这使他深感我国隧道及地下工程理论、工程设计和施工技术水平亟待提高，于是他选择了当时在国内刚刚起步、非常艰辛危险的隧道与地下铁道专业作为研究方向。

1964年，他从唐山铁道学院硕士研究生毕业，马上参加了我国第一条地下铁道——北京地铁的建设。这是我国自主设计、自行施工的首条地铁。王梦恕至今还记得当时国家领导人对这项重大工程的批示："精心设计、精心施工，在建设过程中一定会有错误、失败，随

◎我国第一列万吨级重载列车在大秦线开行成功

时注意修正。"

初出茅庐，他就纠正了施工设计中存在的隧道内净空确定未考虑施工误差、贯通误差的重大设计失误，受到领导的高度赞扬。之后，他又承担了具有国外先进水平的我国第一次盾构大型工艺模拟受力试验；主持设计制造了我国第一台直径7.3米的大型机械化压缩混凝土盾构的制造等。

从事铁路工程科技40年来，在隧道及地下工程的理论研究、科学试验、新方法、新工艺等方面，王梦恕都作出了突出贡献。由于他的巨大贡献，1995年他当选为中国工程院院士。

有生之年　为唐山作出贡献

提起唐山交大桥隧系，王梦恕满脸的喜悦。"当年，唐山交大桥隧系是全国最出名的院系，在世界上也有一定的影响力。只要是唐山交大桥隧系毕业的学生，就会在国外被认可，会得到很高的待遇。这在当时是没有任何一个学校可以比拟的。"唐山交大当年的辉煌，深深刻在很多唐山交大老校友的心中。唐山交大的精神，唐山交大的办学模式，对当今教育仍具有很重要的参考意义。王梦恕满怀深情地说："如果条件允许，我会尽自己所能为唐山教育作出贡献！"

（回佳佳）

原载2009年4月24日环渤海新闻网

百年交大的光荣与梦想

——听西南交大档案馆馆长张雪永谈校史

○坐落在西南交大犀浦校区的图书馆新馆，交大档案馆就在这座充满现代气息的宏伟建筑中。这里妥善保存有自山海关北洋铁路官学堂至唐山交大各个历史时期的珍贵史料和文物

百年交大的历史，不仅记录了变迁更迭，也彰显了薪火传承。日前，在西南交大犀浦校区档案馆，记者采访了现任馆长张雪永，听他娓娓讲述西南交通大学的校史与发展。

"交大历史穿越了一个多世纪的时间，总的来说与唐山密不可分。"张馆长说，校史资料是几代人经历战乱、迁徙，克服种种困难，最终辗转保存下来的，十分珍贵，学校建立了高级的档案室专门保存这些珍贵资料。随着对交大历史研究的逐渐深入，对交大的了解也越来越深入。以他个人的看法和见解，他觉得交大的发展史可以分为四部分。1896—1905年：自助者人助之，交大精神的原点；19世纪30年代：灌输文化尚交通，交大精神的形成；19世纪40年代至70年代：动荡与困境中的坚守；21世纪：变化的世界，不变的交大梦。

西南交通大学创办于1896年。当时，随着铁路事业的发展，国家迫切需要铁路建设人才。1896年10月29日，直隶总督兼北洋大臣王文韶上奏朝廷请设山海关铁路学堂。当年，津榆铁路总局创办了中国第一所铁路学堂——山海关北洋铁路官学堂，并于11月开始招生。

后来，由于1900年义和团运动和八国联军侵华战争，山海关北洋铁路官学堂被迫停办。1905年5月，在唐山复建铁路学堂。经历了两年建设的过程，1907年初，校舍终于落成。当时学校建设还是花了不少钱的。据资料统计，校园占地100亩，建筑计有体操房1所，书房3所，学生卧房2所，计40间；温浴房1间，风扇房暖气房1间，饭房3间，厨房1间，计7间；洋教习平房2所，计14间；监督文案平房7间，汉教习抄写房8间，听差房21间，计36间；沐浴房1所，厕所2间，小花园1所。总计大小房110余间，造价7万银元。加仪器、家具、电灯、暖气机，总价10.3万银元。春节后，119名学生齐集唐山，分甲、乙两班于1907年3月4日正式开学授课。

"虽然当时校园是不错的，但是唐山大约是1928年设市的。在1905年的当时，这里仍显得有些荒僻，据资料记载，师生走出校园，即是旷野。在这个环境中，学生们远离都市的尘嚣，默默苦读。"张馆长说，而且当时学校对学生管理得非常严格，学生日常作息：早晨7:00起床出操，然后开始上课，12:00集体午餐；下午2:00继续上课，晚上8:00上晚自习，10:30集体就寝，每天都是有规律的。而且学生座位固定，不得调换；上课、自习期间，宿舍关闭。

交大精神就是在这个时期形成的。"在平静的生活中，师生们和这个国家一起，正经历一场巨大的社会转型。他们身处传统和现代的路口。

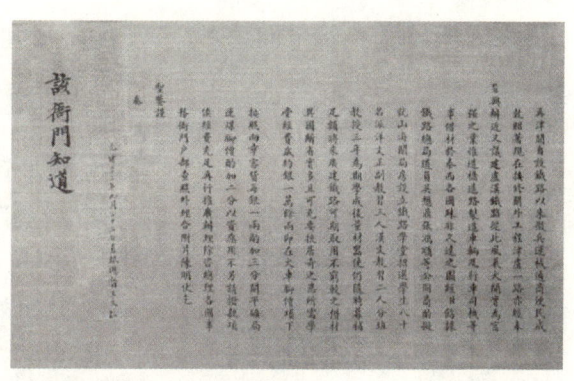

◎ 西南交大档案馆馆藏的清政府批准同意创办山海关铁路学堂的折片（复制品）

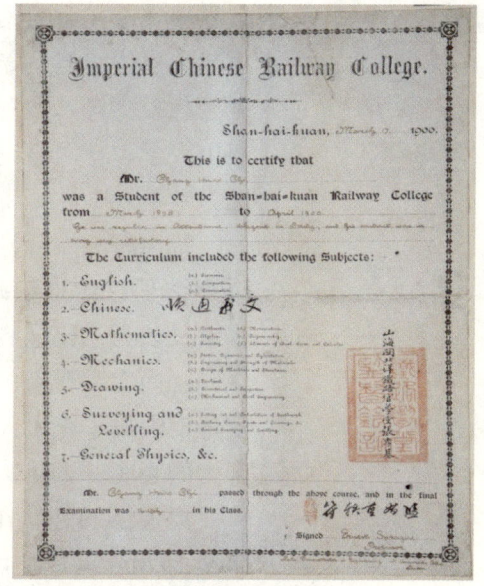

◎ 馆藏的交大历史上颁发最早的毕业文凭——1900年张孝基毕业证（原件）

》岁月留痕 389

从他们身上，我们可以感知一个落后贫弱国家追赶先进的脚步，在他们身上，担负着自强不息、改变国家命运的重任。"

随后经过10年的发展，交大逐渐步入辉煌时期。"1916年，教育部组织全国71所高校课业评比。学校以94分位居第一名，并因此得到教育总长范源濂亲书匾额：竢实扬华。这表明在当时，学校办学已达全国一流水准。"张馆长说，不过更令当时师生欣喜的是，经过严格的考核，康奈尔大学又做出决定：今后凡是唐山工业专门学校的毕业生一律免试进入康奈尔大学研究生院。这就意味着，交大以当时的名声和势力已经跨出国门，办学水准可与国际名校比肩。

"确实，当时学校培养出来的学生个个都是国家的栋梁之才。"说到这里，张馆长如数家珍地列出了1929级乙班33名同学中走出的4名院士：张维，力学，中国科学院、中国工程院院士；刘恢先，结构工程、地震工程，中国科学院院士；林同骅，航空工程，美国土木工程院、美国国家工程院院士；严恺，水利、海洋工程，中国科学院院士、中国工程院院士。

当时交大也得到了社会的广泛认同，教育家吴稚晖先生对学校的评价：科学的工程，在欧洲崛起，只是百年内外。然而彼人仗着区区的科学工程，已将三千年的近古文明，大大地改变了一个面目。弄得世界墨守古文明的民族，好似成了未开化的状态。我国屡遭挫败，才想起来模仿。但是守旧的天性，把持太厉害。开了许多学校，十有八九是教授"洋八股"。真正能注重科学工程的学校，寥寥可数。唯有唐山大学，才可算得纯粹的一个科学化的工校，较南洋北洋两大学，尤为专精。

蜚声海内外后，学校也逐渐意识到，该为几十年的办学历程做一个小结了：1930年确立校训，1934年创作校歌，1935年制作校徽。张馆长认为，比这些精神图腾更重要的是全校上下对"唐院精神"的认同：尚实、严谨、求真，这三个词汇看上去虽然朴实无华，但却真实地反映出了交大人的本色。没有什么明文的规定，但它植根于每位师生的心底。

但遗憾的是，作为中国近代建校最早的三大学府之一，在1940年至1970年间，交大却走过了最为动荡、曲折的路。抗战中的交大四次搬迁：1937年12月迁到湘潭，1938年5月又迁湘乡杨家滩，1938年11月再次迁贵州平越（今福泉），1944年11月最终又迁往重庆璧山，每一次迁移对学校都造成了或多或少的损失。建国初期教育制度的改革，学校的矿冶、水利等强势学科被分到其他高校，同时又带走学校五分之一的骨干教职工。后来，唐山发生了大地震学校损失巨大，在峨眉恶劣的环境下又有一部分老师不适应潮湿的生活离开了交大，这些都使得学校的元气大伤。

学校在如此沉重的打击下屹立不倒，根本在于百年底蕴和交大精神。正是学校精神的洗礼和传统的积淀，把老师、学生、校友紧紧地凝聚在一起，使母校获得了坚守的勇气和前行的力量，让交大人百折不挠。忘不了，在抗战岁月，茅以升、侯家源、杜镇远、汪菊潜、裴益祥等大批校友寻找校舍、提供仪器，甚至亲上讲台，支持母校弦歌不辍；忘不了，未能随大部队南迁的罗忠忱、徐家增等教授，徒步行程数千里，矢志追随母校，共渡难关；忘不了，在峨眉，师生自己动手兴建校园，与母校共克时艰。"越是在艰苦的时刻，反而让交大人产生了更大凝聚力，让交大精神有个更深层次的诠释。"

如今，西南交通大学依然重视对其历史底蕴的传承。张馆长也阐释了将唐山时期的校门再现于交大新校区的意义："唐山时期是我们学校一个重要的组成部分，那段历史是非常辉煌的，而唐山的校园已经因为地震变成了一片废墟，如今的新校园则要彰显交大悠久的历史，这是最好的物证。"

进入21世纪，百年交大承载着她曾经的光荣，又谱写着新的辉煌。从数十名学生到今天的数万学子，在学科上由自然技术科学拓展至人文社会科学，由理工延伸到医农，文理交融，中西汇通，已成综合性、研究型、国际化办学格局。但有些东西是不会随时间而改变的，这就是交大竢实扬华、自强不息的精神；这就是交大精勤、敦笃、果毅、忠恕的训条；这就是校友同心、水乳交融的情怀；这就是"文轨车书郅大同""相期同造最高峰"的交大梦想。

（唐山劳动日报社赴西南交大采访组）
原载2014年5月14日《唐山劳动日报》

依依唐院翰墨情

——访西南交大艺术与传播学院美术学系主任、教授洪毅

◎ 2014年4月，西南交大艺术与传播学院美术学系主任、硕士生导师洪毅教授接受记者采访

在西南交通大学采访时，不论是在徐飞校长的办公室里，还是在接待中外来宾和校友们的镜湖宾馆餐厅里，数幅展现老交大校园景致的油画作品，让记者们感到亲切而温暖。画面上，那些著名建筑在宁静的阳光下安详地挺立着，诉说着那段永远载入史册、再也无法从唐山人记忆中抹去的交大历史。很快，记者见到了油画作者——西南交大艺术与传播学院美术学系主任、硕士生导师洪毅教授，听他讲述创作这批画作的心路历程，而且惊喜地得知，他本人就是一位生于交大校园，在那里度过童年、青少年时期的"唐院子弟"。

洪毅教授1955年10月出生在唐山铁路医院，1962年就学于唐山铁路二小，1969年就学于唐山一中，1970年下乡到玉田县林南仓镇板桥公社后班家房大队，1978年考入河北师范大学，1983年到西南交大峨眉校区任教。现为中国美术家协会四川分会理事、中国建筑协会会员、西南交大美术馆学术委员会主任，主要从事绘画教学工作，出版专著两本，在中国美术馆举办油画三人展，作品被核心刊物及专业期刊收录。

谈起创作初衷,洪毅教授说:"这首先是与我对唐山的感情、对唐山交大的感情分不开的。我的父母就是唐山交大的教职工,从小就在学校里长大,我21岁前的时光,基本上都是在这个校园里度过的。虽然我不是交大毕业的,但成长环境和所见所闻,给我留下了最最深刻的印象。唐山交大内迁四川之后,虽然校名改为西南交大,但与唐山的联系一直非常紧密,从领导到教职工心中都有一个观点:西南交大离不开唐山市,离不开唐山交大。写西南交大的历史,在唐山的66年光辉历程是抹不掉的。出于这种对唐山、对老交大的敬仰之情,也促成了我对唐山美好回忆的描绘。我画画还有一个重要的原因,是大地震毁了它,大家只能从黑白照片上去窥探它,至于砖什么颜色,屋顶什么颜色,斗拱什么颜色,无从得知。我年轻时在那儿住过,不说一草一木,对校园里的布局结构、色彩搭配,还有其他方方面面都有比较清晰的记忆,所以我就利用我的专长,为记录唐山交大的历史做点儿小小的事,目的是让以后见到这些画的人们能够想到唐山交大,那种温情的、带有古典风格的、很庄重的学院气氛和学府精神的校园。"

◎洪毅教授所绘的老交大校门。2008年汶川地震时油画受损,留下了永久的伤痕

用画笔表达对老交大的思念之情,在洪毅教授心中,既是一个美术教师、美术工作者的本职工作,更是一份义不容辞的责任。所以1996年建校100周年,当镜湖宾馆负责同志找到他时,他欣然允诺,从此为老交大画像的笔再也停不下来。

◎洪毅教授画笔下的老交大建筑凝聚了他无尽的情思

当最早的一批油画作品展现在大家面前时,在西南交大校园里引起了很热烈的反响,很多人在画作前流连忘返。这其中最激动的,是那些在唐山学习和工作过的校友和教职工们,熟悉的画面、亲切的校园,无不记录着他们人生中那段美好时光,怎不令他们怦然心动?而让洪教授欣慰的是,更多没见过老交大的年轻师生和没去过唐山的人,看到他的画作,先是纷纷赞叹:"想当年唐山有这么古朴的学

府,这么美好的校园!"然后会来询问,当时老交大的校舍有多高,学生有多少,有怎样的不凡历史。这样的反响,更让洪教授坚定了自己的信念:只要有机会,就要把交大在唐山的这段66年的历史,在新校区里用画笔艺术地表现出来。

"我是用画笔在记录历史、再现历史,其实在西南交大,现在有许多人也在做,他们是用文字,比如梁锦唐老师,许多历史资料都是他自费从唐山、从全国各地收集来的。"说起对老交大的感情,洪教授不禁动容,"从20世纪80年代开始,每次回唐山,我都要去遗址院里,看看大槐树还在不在,捡几块砖,这种情结一直没变。"

悬挂着油画作品的几间餐厅,均被用心地命名为"山海关厅""唐山厅""峨眉厅"和"成都厅"。采访中,洪毅教授带着记者在每一幅画作前流连。画布上那些承载了交大风雨历史的老建筑群,或色彩明快,或素朴庄严,似乎在向参观者述说着迥然不同的思念之情。

"艺术作品可以画得很安静,也可以画得很喧闹。取决于你自己的情感因素,哪个更能体现出你的感觉来。现在能看到的老交大照片都是黑白的,我创作时凭着自己的记忆,重新构图、设色,把自己的情感放在里面。这幅是校长办公楼,古色古香的、带英伦特色的美式现代建筑风格,色彩看着比较安静、愉快;这几张小画,画的是交大十景中的东讲堂、西讲堂、图书馆、明诚堂、校友厅,还有教师住的东西楼,我用的黑白颜色,要的是一种纪实的风格。"

在洪教授的记忆中,唐山交大当年的建筑属于美国新表现主义流派,虽然有古典建筑符号,但是比较简约,颜色比较古朴。建筑用的是马家沟矿的褐色的砖,铁制瓦顶是英国式的,灰蓝色的,质地很好,很多年不生锈。可以看出建校当年对建筑质量有着严格的要求。他清楚地记得,从唐山老火车站出来,坐1路公交车,两站,就到了老交大,对面就是京山线,再对面就是南厂。学校大门是一个带有古典风格的建筑,走进校门,感觉校园里很安静,槐树参天,建筑物是收敛的,文化气息比较浓厚。在"文革"前,交大的教师们还被称作"先生",对待教学十分严谨。而留下他童年欢乐时光的是学校里的溜冰场、游泳池,还有看校射击队和摩托队训练,都让他难以忘怀。当时的交大,除了有工科院校的严谨,对文化、体育也非常重视,明诚堂里经常有教师票友们组织的京剧社演出。

　　油画里有一幅画着唐山交大的校门，油彩有几处剥落了。洪教授抚摸着剥落处，告诉记者，这是在2008年"5·12"汶川大地震时受的损。而在1976年"7·28"唐山大地震中，交大的校门被拦腰震断，校园内的建筑无一幸免。当时正在玉田下乡的他，徒步赶回来，只看见一片断壁残垣，没有倒下的，只剩下那些大槐树。

　　洪毅教授每年都要回唐山来看看。2010年，他与西南交大几位领导和专家一同受邀，来唐山参加了关于南湖区规划及交大校园旧址复建工作的调研会。唐山市委、市政府重视挖掘和恢复作为中国近代工业发祥地和近代大学工科教育先驱的历史文化内涵，这些举措让他十分感动，提出了很多建设性的意见与建议，得到了与会专家，包括市委、市政府和各界群众的热烈欢迎与关注。

　　采访中，记者时时刻刻体会到，洪毅教授对唐山、对唐山交大的那种深深的情感与牵挂。他关注着西南交大和唐山的经济建设与文化发展及其他各方面的交流与合作，"我认为，其间这种比血脉还亲近的联系，会一直继续下去"。

（唐山劳动日报社赴西南交大采访组）
原载2014年5月27日《唐山劳动日报》

艾莉：生动口述拼出百年交大土木史

◎在西南交大九里校区土木工程学院教学楼前，矗立着一座别致的不锈钢雕塑，它是桥、隧、工61级学生赠送给母校100周年生日的贺礼

这是一份让人感动得落泪的礼物——红蓝两册书脊线装叠放在一起拼出王柢教授的名字，俯拾皆是的"百"字喻示着教授的年龄，细微之处体现着编辑的用心用情。

2010年5月，西南交通大学土木学院王柢教授百岁寿诞前夕，学院把这两册装帧精美的线装书《王柢百岁华诞纪念诗选》《纪念文集》作为珍贵的寿礼送到他手上。这两册书，展现的是王老一生的学术成就和心灵历程。

书的主编，就是本文的主人公——西南交大土木学院资料室的艾莉老师。

交大土木学院资料室纤尘不染，严谨的学术书籍与丰富的人文书籍科学地分门别类，窗台上的绿植生机勃勃，不时有学生前来查阅资料。在这里，我们采访了艾莉老师。

艾莉告诉我们，这两册书只是她为土木学院整理百年土木人物谱系的发端。

翻开王老的诗选和文集，犹如重温他用毕生谱写的精彩华章，从风华正茂到耄耋之年的人生影像依次呈现。诗选收录的是古体诗，文集辑录的是发表在国内外的论文影印件，几篇发表在国外杂志上的英文、俄文论文赫然在目。文集中可以看到王老不同时期的作品：钢板刻的，手写在备课纸上的，既有历史感，又显活泼。百岁教授的人生轨迹对应着西南交大的发展史，全景式地展现了王老与交大的相濡以沫、荣辱与共和生死相依。书出版3年后，王老辞世。

"现在回头想想，那真是抢救性的整理。"艾莉回忆起出书过程，感慨万千。她跑图书馆、档案馆，从故纸堆里翻资料，走访王老的家人、学生，每晚加班到深夜，一个多月里每天都在跟时间赛跑。

书出来了，艾莉意犹未尽。最初的想法只是把教授的作品编辑在一起，在搜集的过程中，接触到很多人，包括教授的家人、学生、朋友，发现每个人了解的细节都不一样。艾莉认识到大家口述的历史更为原生态，更能还原历史的真面目。从此转向，选定了"口述历史"的方向。

"各个学院都没有我们土木历史长，交大多少年，土木就多少岁，她至今已有118年的历史。老教授多数在我们土木，学院的历史可以说是浓缩的交大史。"

"我做的这些工作，主要得益于土木学院领导的支持，在文化传承方面，高波院长和钱永久书记都是77级、78级的学生，从唐院老教授身上受益良多。他们想把老唐院的精神和峨眉建校的精神以及今天交大的精神融合一体，教育现在的年轻一代，起码让土木的学生知道土木的前辈们怎么爱这个国家、爱这个学校。"

© 1981年中科院公布的院士中的交大校友

"高波院长说,一定要把老教授们身上闪光的精神挖掘出来。他们每个人都是在学校一呆几十年,默默无闻地奉献、兢兢业业地工作,爱国、爱校、爱学生,而且他们越来越老了,要抢救性地去挖掘。"

"钱永久书记也说过,老唐院人在唐院那个时期经历的国难多、变革多、风风雨雨也多,但他们都挺过来了,那种坚韧不拔、弦歌不辍的精神,应该大书特书。"院史的挖掘和整理工作首先关注的是人。学院把这份工作交给艾莉。艾莉说自己刚开始的时候,带着一种接受任务的态度去做的,但是和老教授接触多了,就变成特别想为他们做点什么事,特别愿意和他们聊,把他们聊的整理出来。

"跟老教授们接触,他们人格的魅力很让人感动,正能量的东西很多。和他们在一起,觉得自己都被净化了,变得高尚起来了。"

按照年龄排列,土木学院80岁以上的教授有30多个,艾莉搬出了一大本精心整理的土木人物。这是她自己历时3年,投身口述历史、遍访当事者亲历亲见亲闻,梳理出的百年交大往事。目录中是那些闪耀着光辉的名字:王柢、钱冬生、劳远昌、郝瀛……

"虽然他们好多人都开玩笑说,土木又土又木,但是我们土木的老一辈教授他们特别全面,能歌善舞,能诗能赋,都是风度翩翩。"

口述历史目前一共整理了12个教授,他们有的健在,有的已经作古。其中年龄最大的103岁,最小的88岁。

"我做整理的时候有三个人突然去世了,采访了他们的家人、学生,写的追忆文章。但是后来又陆陆续续去世了几个。我自己很悲伤,担心没有更多的机会与健在的教授面对面地聊。"

她的采访进行得非常艰难。拟定采访提纲,和家人约好时间,但是每次都不能时间太长,去一个多小时,回来整理,把整理好的带去,再接着讲。每位教授都要采访二三十次。记录整理好以后,拿回去让教授们自己修改。

"他们不愿意录音,紧张。他们说话有的听不清,很多都是要猜着听的,本来就是哪儿的人都有,各种口音,南腔北调,耳朵也不好使,特别是人名地名都要问很多遍,有时候让他们写下来。"有时候跑题跑到海阔天空,但艾莉有的是耐心。她不去打扰老人家,让他们敞开了说。还要随时观察他们的脸色，照顾他们的病痛。

艾莉追求口述历史中那些丰富的个人生命细节对于宏大历史叙述的补充与匡正。她随口就能说出印象中鲜活的细节：

"从爱国的角度说，王柢教授是最好的例子了，他1933年毕业于清华大学，和钱钟书、乔冠华是同届的校友。国民党当初给他那么好的待遇，让他去了两次台湾考察实验室的基地，他就一直在拖延，他说台湾不行，不适合。等上海解放的时候他把他的材料实验室交给了共产党，后来就交给了交大。他带着这些材料到了唐山，成立了一个材料研究室，后来在他实验室的基础上成立了铁道部科学研究院。就这一点，全国人民都要感谢他。王老亲口和我说过不想把自己一手经营起来的实验室交给国民党，他们太腐败了。"

"傅晓村教授说过他是在战火纷飞中、在当亡国奴的日子里成长起来的，让对着日本国旗唱歌他不唱，从小内心就萌发了长大了一定要做点儿什么事的想法，让人民不要做亡国奴。抗日战争结束了，他特别高兴，发自内心地兴奋，对新中国的建设投入了极大的热情。傅晓村教授最大的贡献是他建的测量实验室，从唐山转峨眉、搬成都，他一直兢兢业业地守着，连一个纸片都没丢。他的实验室很有规模，百年土木历年用的教材都有。"

"劳远昌教授领着学生实习时已60多岁了，桥是索道的，又飘又晃，20多岁的学生走上去都怕，劳教授每次都走在前面，让学生特别感动。土木工作环境很艰苦，不在大山中，就在峡谷里，当时他们去实习，一边是隧道，一边是深沟，劳教授上午在这个山头，下午在那个山头，一天好几次过摇摇晃晃的桥。"

"老交大精神我们有四句话：精勤求学，敦笃励志，果毅力行，忠恕任事，我总结起来就是老教授们有三爱：爱国、爱校、爱生。爱国，他们很多都是经历过旧社会，经历过那种苦难长大的人，他们特别爱这个国家。当1951年交大学子去参加抗美援朝的时候，教授们亲自到火车站去送，回来迎接，和学生拍照。他们特别鼓励学生参加爱国活动。吴炳焜教授，他亲自参加抗美援朝唐山修军用机场，也不拿钱，是奉献型的，无怨无悔。劳远昌教授注重教书育人，他精通五国语言，邻居家小孩请教他英语他都教。教授们自己编教材，自己刻蜡版，自己油印，很多学生还保存着老师油印的教材。张万久教授，是我们土木专业的几个开创者之一，当时学校房子很紧张，学生来了，他都要腾出自己家的房子给学生住。"

教授们的故事说不尽。

现在艾莉老师分管科研工作，口述历史暂时停了下来，但她说，这个工作不会结束。

采访最后，作为85级的峨眉校区的学生，艾莉老师也向我们口述了自己的一段历史：

"我上学的时候峨眉校区比现在要破烂得多，在20世纪80年代的乡村，学校和周围有天壤之别，那时候农民背背篓，打赤脚，或者穿草鞋，四川人多，很多女人背着孩子在干农活，她们身上的衣服东一块补丁，西一块补丁。我们那时候老师穿路服，的确良蓝的，叫学生蓝，大铜扣，好像是中山装那样的，女式的是小翻领，我们老师不管男女常年都穿路服上课。你知道老铁路人那种服装吗？一身肥肥大大的，很多年老师都在穿。我们峨眉的教授，戴着眼镜，穿着路服，背个竹篓去买菜。走在乡间的小路上，到处都是灰，真是不协调，说起来挺感慨的。王柢教授还穿着路服去巴黎参加学术会议。"

艾莉翻到王柢教授的路服照，指给我们看。

"但就是这样黑白灰蓝的时代，教授们用他们的人格、他们的学养赋予了那段历史瑰丽的色彩，成了交大后继者们取之不尽、用之不竭的'精神维生素'。"

（唐山劳动日报社赴西南交大采访组）
原载2014年5月16日《唐山劳动日报》

杨元：老交大，我永远的精神家园

◎ 2014 年 4 月，杨元教授在西南交大九里校区接受记者采访

学生问杨元：老师，你是什么时候到交大的？杨元说，1948 年。学生很诧异，但有聪明的学生马上就反应过来说：老师是本校子弟。的确，杨元生在交大，长在交大，在交大工作，在交大退休，至今她仍生活在交大校园里，交大就是她的家。

在西南交通大学美丽的镜湖湖畔，我们采访了数学系教授、前图书馆馆长杨元。听说家乡的媒体来了，66 岁的杨元教授盛装前来，化淡妆，穿一条考究的连衣裙，华丽而不失知性，微笑如和煦的风，感染着在场的每一个人。

在杨元教授的讲述中，交大的历史不是冷硬的，而是充满真诚和温度的。

"时间有限，我想就说四件事情，我妈妈的事情，我爸爸的事情，抗日战争时候咱们校长的事情和解放以后三年自然灾害时咱们学校校长的事情。"

杨元教授沉吟了一下，仿佛回到了讲述中的情境。

"我小的时候，一块玩的好朋友对我说，我感觉你们家的地面比我们家的桌面都要干净。我那时候就想，那是我母亲爱干净，她是校医院的医生，是职业习惯。但是后来随着经历，随着岁月，越来越悟到，其实这个干净是我父母潜移默化地给我们的影响，就是要让我们做干净的事，做干净的人。"

杨元的母亲杨德清毕业于美国教会开办的上海广仁护士学校，有几十年医护、特护和护士长的工作经历，积累了丰富的护理、医疗经验。

杨元回忆说："我记得非常清楚，在唐院的时候经常有人半夜敲我家门，叫我妈妈出诊。因为有值班医生，其实我妈妈完全可以不去，但是只要听到敲门，我妈妈背着药箱就去出诊，有时候甚至要冒着雨雪。那时出诊肯定是没有钱的，她觉得就是应该的，我们也都习以为常，觉得这是我妈妈的一种习惯。现在我妈妈已去世多年，但她半夜背着药箱离家的镜头，总是出现在我脑海。在现在这个大环境下，想起来就格外的感动。"

"1961年我妈妈已经快50岁了，她报考了首届唐山市第二业余医学院，成为班上最年长的学生。因上课地点离唐院较远，她学会了骑自行车。在以后3个年头里，每当下班后和星期天她都挎上书包骑车赶去上课。半夜架着眼镜背书、写作业，还有放下书本又做家务的匆忙身影，给我留下了深刻印象。"

母亲对杨元和她的三个弟弟管教十分严厉，从作息、作业到人际交往，从仪容、卫生到礼节规范，长年累月造就了他们良好的行为举止、品德秉性和学习成绩。

杨元的父亲杨荣宝，1937年毕业于武汉大学，1940年2月考取浙江大学数学研究所研究生；1943年12月到国立交通大学贵州分校任数学教师，1945年8月任副教授，1948年8月任教授；1957年加入中国共产党，先后担任唐山铁道学院桥隧系副主任，数理力学系主任，西南交通大学基础课部主任。

"父亲的讲课在唐院是出了名的：声音洪亮、条理清晰、板书工整、表述生动。我们总是看到父亲大汗淋漓地从课堂回到家中，衣服上的粉笔末跟汗水和在一起，成了灰白的泥污；我们也会在放学回家路过西讲堂时，听到从里面传出熟悉的顿挫抑扬的讲课声，那一定是父亲在上课。"

不管是冬天还是夏天，杨元记忆中的父亲都是一身汗水和着粉笔灰。父亲上课时全身心地投入，可谓呕心沥血。爱干净的母亲却对父亲的这种精神特别崇敬，从不抱怨，从不嫌父亲脏，都是早早地给父亲烧好洗澡水。

"后来我们才知道，我父亲那时候是数学系的系主任，又是唐院数理力学系创办后的第一任系主任。担任系主任工作，创办新系，行政工作特别多，他还要坚持上课，写教材，搞科研，事情非常多，但是他对学生永远是那么鞠躬尽瘁。"

讲到这里，杨元教授的眼中已是泪光点点。

"文革"中，杨元教授的父亲受到不公正待遇，他多次向子女吟诵陆游的《示儿》诗，语重心长地解读这首诗的背景和寓意。

"我们也曾埋怨父亲，过早地向我们叮嘱身后事。没想到的是，不久父亲与母亲一起在唐山大地震中遇难。地震的时候我小弟才18岁，我28岁，父母都不在了，但是后来我们成长得都很好。我的三个弟弟都读了博士，我们一直记着父母的教诲：要做干净的事，干净的人。"

"我特别敬畏有一位总统在就职演说中的一句话：唯一可靠的奖赏就是问心无愧。对于我来说，这个问心无愧就是干净。100周年交大校庆活动的时候，有个校友说，杨元老师他们家是高智商家庭。其实我认为不是一个高智商家庭，真的就是一个干净的家庭，它对后代有一个潜移默化的影响，这就是家风。我觉得如果咱们这个社会都干净的话，现在就是讲正能量的话，那咱们这个社会就一定会是美好的，社会就一定会是进步的。"

作为交大人，杨元的父母用自己的人格魅力，用自己的家风，构成了交大人文风景的一部分。

讲到这儿，杨元深情地回忆起父亲当年朗诵《示儿》诗时讲道，抗战时唐山沦陷，全城到处都挂着日本的"膏药旗"，只有在唐山交大校园里，校长孙鸿哲冒着被杀的危险，坚持在旗杆上挂我们自己的国旗。那是一个校长的骨气，也是一个民族的骨气。

另一个校长的故事是杨元所亲历的。

"三年自然灾害，我们那时候虽然还很小，但是我们非常有印象的就是当时的书记兼校长顾稀。在那么困难的情况下，他排着队在食堂，和学生、和老师一起打饭。当时我还问过我父亲，他不是校长、书记吗？但我父亲觉得很平常，觉得书记、校长就应该和学生同甘共苦，这种精神才能够使一个学校健康发展。"

杨元教授的4个小故事，以其私人化的讲述，从不同的侧面，串成了闪光的珠串，展现了一所名校的风范。她从自己家的家风讲到西南交大的校风，亲切、平凡、朴素、高贵，校长、教授、教工们的平凡，平凡中的伟大，交相辉映，而温情流溢其中。唐山交大，生活于其中的生动的个人，书写了这所百年名校一部鲜活的历史。

（唐山劳动日报社赴西南交大采访组）

原载2014年6月12日《唐山劳动日报》

弦歌不辍薪火传

——百年名校、"东方康奈尔"西南交通大学放眼

到了！到了！

车子驶入成都市金牛区交大路99号，一座恢宏大气、雍容典雅的大学校园迎面矗立：西南交通大学九里校区南门，左右两侧书页般对称舒展的水泥墙体如同张开的双臂，热情地将我们这些来自唐山的媒体人轻揽入怀。水泥墙体上，左侧是一代伟人毛泽东亲笔题写的墨迹酣畅的校名，右侧为英文拼写的校园名称。令我们怦然心动的是，在中、英文校名的下方，分别郑重地标注着"唐山·1896"的字样。倏然，我们心头升腾起一种割舍不断的感觉：曾经的唐山交大、如今的西南交通大学，自1971年从渤海之滨的唐山整体迁移到巴蜀大地，挥别凤凰城整整42个春秋了。42载弹指一挥，42年沧桑变幻，

◎ 西南交通大学九里校区南门

◎ 九里校区的这条小路是以茅以升的字"唐臣"命名的

这座百年名校跨越世纪,仍不忘本,对缘起之地情深依旧,将"唐山"二字篆刻门楣,常驻心间……

很快,沿着一条绿树掩映的水泥道路,我们来到一代大师茅以升先生的铜像前。随行的学校宣传部朱炜科长介绍,这条小路是以大师的字"唐臣"命名的,先生15岁负笈北上唐山求学,一生德艺双馨,于颠沛流离间曾四度出任校长,先生百年寿诞之日,母校特意造像纪念。

我们驻足、流连在大师的近旁。大师神态依旧,一脸谦和,满目慈祥。周围芳草如茵,无数学子穿行近旁。这位和母校同龄的交大学子,默默注视着他一生钟爱的校园,迎送着数不清的过往后学,也似乎在讲述着自己辉煌而坎坷、令人回肠荡气的往昔岁月。

同样,和大师同龄的百年名校所走过的路程,也一样坎坷而辉煌,一样令人荡气回肠……

根在唐山　文脉如流

站在西南交通大学古朴的浮雕墙前,仿佛经历了一次时空穿越,百年交大史被凝练成校训、校歌、校徽、"竢实扬华"匾、第一张毕业证、几个校区的校门等,这些典型的符号,如一部浓缩的校史,集中呈现着交大历史人文的厚重承载。

"这是中国近代史上最早创建的三所高等学校之一,这是中国土

◎ "竢实扬华"的浮雕墙上,字里行间都镌刻着西南交通大学曲折而辉煌的印记

木、交通、矿冶工程教育的发祥之地，这是一所在中国大学中搬迁最多、更名最多而矢志办学、弦歌不辍的大学，这是一所备尝八国联军战争、抗战颠沛流离、唐山大地震之苦而百折不挠、奋斗不止的大学，这是一所为中国民族工业振兴、交通发展而奋勇拼搏的大学，这是一所为新中国高等教育的发展而无私奉献的大学。"石碑上镌刻的《西南交通大学颂》，概括着这所巍巍学府栉风沐雨而薪火相传的不平凡历程。

浮雕墙的背面，12方各时期的校徽记载着百年交大的历史沿革，隐刻的路线图仿佛无言的诉说，讲述着她历经五万里路云和月，用艰难而坚毅的脚步走过播迁时代的南渡北归。

仔细辨认，唐山路矿学堂、唐山铁路学校、唐山工业专门学校、交通大学唐山工程学院、中国交通大学唐山工学院、唐山铁道学院，甚至她现在的校徽也是西南（唐山）交通大学。一枚枚徽章中，无论如何变迁，醒目的"唐山"两个字，始终镌刻其上，血浓于水的亲缘，让多少交大学子一看到它眼里就溢满深沉的泪水。

在西南交大采访现任校长徐飞时，他深情地回忆起了学校的唐院时代：西南交大1896年建校，1905年迁址唐山，应该说在120年学校的历史当中，有66年是在唐山度过的，这段历史对学校的发展非常重要。这段时间虽然是"峥嵘岁月"，却也是西南交大最辉煌的一段时间，给学校的发展奠定了非常坚实的基础，也赢得了学校在办学史上盛大的声誉。在66年当中从学校里走出了众多的杰出人才。据不完全统计，在这66年里走出的院士就有14名之多，包括钱塘江大桥的建造者、著名的桥梁专家茅以升，中国卓越的气象学家、地理学家和教育家、中国近代物候学的奠基人竺可桢等大师，他们不仅为西南交大赢得了荣誉，而且也为华人赢得了荣誉，对世界科学的贡献也是非常之大。另外，还诞生了三位"两弹一星"的元勋姚桐斌、陈能宽、吴自良。西南交大的根基，它的魂魄都在唐山。特别值得一提的是，在土木工程系1933届一个普通的班级里，就走出了张维、严恺、刘恢先、林同骅四位院士，这是交大在中国乃至世界高等教育史上创造的奇迹。

作为交大人的徐飞，于1996年在西南交大取得管理学博士学位。他说自己掌校后的第一件事就是带着朝圣的心情来唐山寻根，探寻是什么样的伟力让这所百年名校始终保持着她的一枝一脉，并开枝散叶，结出丰硕的果实。

脱胎于山海关铁路官学堂的唐山路矿学堂作为教育维新的一部分，是一所配套近代工业革命滋生出的新式学堂，她在唐山——中国近代工业的摇篮城市，成长为一所享誉海内外的现代化大学，创造出一个唐山奇迹。建校之初，就立下了"严谨治学、严格要求"的治学理念。随着学校由中国人担任教授的人数逐年增多，最终形成了中国人自己管理学校的格局。其时，"交大五老"成为双严典范，被后人景仰，构成交大人文风景的一部分。从事校史研究的西南交大梁锦唐老师随口就能说出他们的轶事佳话：他们是罗忠忱、伍镜湖、李斐英、顾宜孙、黄寿恒。五位老先生在交大执教，少则三十余年，多则五十余载，未离开过交大的讲台。他们"严谨治学、严格要求"的态度，时至今日，仍然是西南交大良好校风学风的有机组成，是一种潜移默化地对交大学子进行人格培育的精神财富。

沿着"竢实扬华"匾额向前追溯，她的背后是一个激动人心的励志故事：1911年，15岁的茅以升负笈北上，考入了他理想中的最高学府——唐山路矿学堂。五年以后，他以惊人的优异成绩在教育部主办的全国高校作业展览评比中，为学校赢得了第一名的声誉和教育总长范源濂题写的"竢实扬华"匾额。也是他，凭着自己的努力，为学校后来的学子赢得了康奈尔大学研究院的免试入学资格。学成归来后，他回母校任教，几度掌校，按照美国康奈尔大学"西学为用"的模式办学，把交大打造成"东方康奈尔"。这位母校的骄子，曾在献给唐山母校的诗中写道：车书文轨，化郅大同。山高水远，垂誉无穷。

开枝散叶 巨树撑天

今天的西南交通大学，坐落在素有"天府之国""熊猫故里""成功之都"美誉的成都。目前，学校已经形成了"镜湖如鉴、竹影横斜"的九里校区，"虹桥飞渡、杨柳依依"的犀浦校区，以及坐落在"世界文化和自然双遗产"峨眉山风景区的峨眉校区。学校以工科为主，工、理、管、经、文、法等多学科协调发展，成为国家首批"211工程""特色985工程"建设高校。

1972年，学校整体搬迁至四川峨眉，正式更名为西南交通大学。1989年，总校迁往成都，2002年建设新校区，西南交大形成了今日"一校、两地、三校区"的办学格局，学校发展步入了快车道。

学校为铁路而诞生，因铁路而发展。从一代大师詹天佑主持修建的我国第一条自主设计、自主施工的京张铁路，到我国第一条电气化铁路——宝成铁路的建设；从举世公认的地质条件最复杂、工程难度最大的成昆铁路建设，到2006年7月投入运营的青藏铁路建设；从新中国成立后我国第一台内燃机车和电力机车的成功研制，到世界首辆载人高温超导磁悬浮试验车的诞生；从我国第一条万吨重载列车大秦线运行试验成功，到我国第一条载人磁悬浮列车工程示范线的联调成功；从我国所有城市地铁的设计与建设，到著名的杭州湾大桥、东海大桥的建设；从京津城际铁路、武广客运专线，到正在运营的京沪高速铁路，这些成就无不饱含着一代代西南交大人的智慧与心血。作为中国轨道交通事业发展进程中最为重要、影响最大的一所高等学府，西南交通大学有力支撑了中国轨道交通事业从无到有、从弱到强的历史性跨越，中国轨道交通发展史上的多个"中国第一""世界第一"诞生自西南交大。

◎ 始建于1965年的西南交通大学峨眉校区正门

经过一百多年来的发展，学校学科建设有了长足的进步。西南交大校长徐飞告诉记者："学校拥有完备的学士—硕士—博士培养体系，设有17个学院，15个一级学科博士学位授权点，43个一级学科硕士学位授权点和10个博士后科研流动站；交通运输工程一级学科排名一直稳居全国第一，测绘工程与技术、电气工程、机械工程、土木工程、管理科学与工程等学科也名列全国前茅。"

据介绍，进入新世纪，学校针对轨道交通行业专门技术人才培训，依托"西南交通大学铁路机务培训中心""铁路机车司

◎ 我国第一条载人磁悬浮列车工程示范线上的磁悬浮列车

机培训考试中心"和"高速铁路技术培训中心",组建了覆盖全路18个路局(公司)及其下属站段的培训网络,搭建了"纵向衔接、横向互通"的轨道交通专业技术和高级技能型人才成长立交桥。

中国科学院院士、西南交通大学首席教授翟婉明自豪地说:"全国所有的高铁司机都在西南交大接受过培训。西南交大将进一步发挥学科优势,以一流的师资条件为铁路培养技术人才。"

值得一提的是,依托优势和传统学科,学校建设了以轨道交通国家实验室(筹)、牵引动力国家重点实验室、国家轨道交通电气化与自动化工程技术研究中心、陆地交通地质灾害防治技术国家工程实验室、综合交通运输智能化国家地方联合工程实验室、高速铁路运营安全空间信息技术国家地方联合工程实验室"六大国家级平台"为代表的近30个省部级及以上科技创新基地,实现了土木、机械、电气、交通运输、测绘等学校传统优势学科国家级平台的全覆盖。其中,轨道交通国家实验室(筹)自2004年起由西南交大开始申建,于2011年正式启用,是我国西部地区高校唯一的国家实验室。这些实验室和研究中心,堪称全世界轨道交通领域最完整的学科体系和科研基地。

西南交通大学原校长、党委书记王润霖告诉记者:"学校近些年有了比较大的变化,在全国各大高校中更具竞争力,这得益于交大人的不懈努力和竢实扬华的报国情怀,我们感到非常欣慰。"

据学校相关部门统计,2011年至2012年,学校在研项目近2 700项,其中50%以上项目瞄准了轨道交通领域。2006年至今,学校共获得科技成果奖励100多项,其中包括国家科学技术进步奖特等奖1项、一等奖5项、二等奖11项,国家自然科学二等奖1项等18项国家科学技术奖;2009年、2010年国家科技进步奖获奖数量分列全国高校第七位和第九位。

开枝散叶,巨树撑天。如今的西南交大扎根在天府大地厚重的沃土中,正日益展现着她的芳华:作为轨道交通领域综合实力最优、影响力最强的大学,大力推进"人才强校"主战略,深入实施国际化战略,弘文励教、筑巢引凤、广纳英才、砥砺科学,建设国际化人才高地和国际性的学术重地,彰显高等学府的科技创造力、学术竞争力和思想影响力,为实现"大师云集、英才辈出、贡献卓著、事业常青"

的交大梦而矢志奋斗。

唐山符号 遍及校园

在西南交大犀浦校区，有一座设计独特、颇具欧式风格的穹形门，这就是犀浦校区南门。门楣的正面是伟人毛泽东题写的校名，门楣的后面题有"唐山路矿学堂"字样。

◎2004年由中共唐山市委、唐山市人民政府捐建的西南交大犀浦校区南门

校门左侧的一段铭文清楚地告诉我们，这是2004年4月15日，唐山市委、市政府特意为学校108年校庆捐建的。

一所名校，两座城市；一座校门，两个校名。这在全国千余所高校中应该是绝无仅有的。

从这座校门走进校区，我们的脚步仿佛踏上又一段沧桑岁月。这里，无疑是百年名校历史与凤凰城唐山记忆对接的地方。

首先映入眼帘的是镌刻着交大百年校史的浮雕墙，米色的花岗岩，镶嵌着黑色的刻有"竢实扬华"大字的匾额，朴实无华。在它的上方，是同样朴实无华的校徽，在校友们珍藏的老照片中，记者曾一次次邂逅这枚校徽，当年，它就悬挂在唐山交大校友厅的大门上方。时隔半世纪，盾牌形的校徽上，由老校友、土木系著名教授李汶设计的地质锤、铁轨、水准仪和大树的形象依旧，显示了这所名校学术与学魂的传承所在。

随行的校报编辑孙洪林老师说，不论是谁，不论行进在哪里，你都会感受到各种各样的唐山符号。

◎犀浦校区南门背面门楣上题刻着"唐山路矿学堂"字样

他说，以前的九里校区，是一个深红色大理石铸成的人字形大门，门口右手是一代伟人毛泽东题写的校名，就在校名下边，标有"唐山·1896"的字样，这无时无刻不在提醒着人们：唐山，就是这所学校的源头。二十多年来，这座校门看起来司空见惯，可前几年听说因城市规划道路拓宽拆除时，好多交大人依依不舍到这里

拍照留念。谁能想到，当时一座即将消失的校门，竟然沉甸甸地勾起了这么多交大人的眷恋与不舍。

在采访中，我们不经意地发现，无论是在九里，在犀浦，还是在峨眉，每个校区都各自有一段承唐路，当然是承接唐山的意思。我们深切地感到，学校虽然搬离了唐山，但西南交通大学依旧和凤凰城唐山枝叶相交，不可分离。

在九里校区，还有一泓碧水，这里绿枝拂堤，景色宜人。好客的交大人告诉我们，这就是著名的镜湖，以学校著名人士伍镜湖先生的名字特意命名的，我们下榻在镜湖岸边的一座五层楼宾馆，当然叫镜湖宾馆了。

◎九里校区的这一泓碧水，以"五老"之一的伍镜湖先生名字命名

镜湖的柔美为这所工科气息浓郁的大学平添了几多诗情画意，岸边的宾馆早已成为每个交大人心目中名副其实的校友厅。几乎每年每月，都要一批批迎来不同地方、不同届别的校友，这里是他们怀旧寻根、抚慰心灵、畅叙友情的地方。

走进宾馆的回廊，一幅幅学校不同历史时期的特色老照片映入我们眼帘，这些略显陈旧的照片大多是唐院时期拍摄的，历史的光影在这里流转，往日的岁月在这里重现。

宾馆内四个著名的宴会厅山海关厅、唐山厅、平越厅、成都厅则将学校曲折漫长的迁移地址巧妙地串接起来，让人们对那段历经迁徙、焚膏继晷、弦歌不辍的艰苦岁月难以忘怀。

在唐山厅内，我们的目光在墙壁悬挂的一幅唐山交大校门的油画上停驻，画面淡雅宁静，隽永端庄。西南交大艺术与传播学院美术学系主任、硕士生导师洪毅教授，用真实、酣畅的色彩和笔调，再一次展现了唐山交大一百多年前的端庄容颜。这位出生于唐山的画家，多年来始终专注于母校的故园，始终用手中多彩的画笔多角度展示母校的风华与姿容，百年名校成了他用之不竭、取之不尽的创作母体。

在紧张忙碌的采访中，我们对这所学校越来越敬重起来：敬重她厚重的历史，敬重她的品格。如同翻阅一部悄然展现在面前的大书，开始时有些陌生、敬畏，随着时间的推移，又产生了联想、感动、共鸣，就在春风润物般的潜移默化之中，这些情愫在我们心头一页一页翻转开来……

唐山情结 梦萦魂牵

短短几天的采访，我们的脚步在西南交大的九里、犀浦和峨眉三个校区之间穿梭往返，心中时时被一种时空交错的感觉所占据。曾经的唐山交大，那些留存在黑白老照片中的渐行渐远的影像，在记者所见所闻的轶事掌故中，百年名校的轮廓前所未有地在我们脑海里清晰起来。这不仅因为校园里精心设置的众多唐山符号、唐山元素，更重要的还有接触采访的诸多人士言谈话语中流淌出来的浓浓唐山情结。

"看到你们就是看到了久违的亲人，我们要像亲戚一样常来常往。"初来乍到，学校党委宣传部副部长朱正安热情的开场白拂去了我们近乎一天的舟车劳顿，瞬间拉近了唐山媒体人与交大人的感情距离。接下来的几天里，我们在茅以升纪念馆流连忘返，在校史馆、档案馆寻古探幽，在犀浦图书馆前放眼浦水，在峨眉校区拾阶踏访，陆陆续续采访、接触到了许多领导、教授、学者，其中不乏唐山籍贯的交大老乡，每每提及唐山的人和事，提及那段难以忘怀的流金岁月，每个人都有说不完的话语，诉不完的情谊。

◎ 犀浦校区俯瞰

学校桥梁隧道系教授、博士生导师李乔听说我们采访他，当即放下翌日赴沪参会的准备工作，唯恐我们道路不熟，专程来到我们的下榻处。"我是峨眉时期培养出来的第一代大学生，我的老师几乎全是从唐山搬过来的，三十多年来，唐院精神一直感染着我、教育着我，我感激唐山，对唐山、对唐山的老师终生难忘"。

李乔特别提到，只要有机会到京津一带出差，一定到唐山看望他的博士生导师、著名路桥专家劳远昌教授。作为劳教授的第一位博士生，他也深受恩师器重赏识。记者拿出一张校档案馆提供的劳教授当年毕业证复制品请李乔鉴赏时，泪水一下子溢满了这位六旬教授的双眼……

历史不单单需要单纯的口耳记忆，更需要一代代后继者的传承。在学校档案馆、校史馆，一大批专门从事校史研究整理工作的老师们焚膏继晷，以图片、文字、图书等多种形式传承着那段辉煌的历史。交大在唐山走过的66年芳华岁月，无疑像遗传因子般地进入了一代代交大人的血液里。

在每一届新生入学、新教师执教的时候，学唱校歌、熟稔校训和学习校史，是他们的必修课。

"翳唐山，灵秀钟；我学院，声誉隆。"庄重典雅的歌词，让来自唐山的学子们倍感亲切与自豪，更让来自全国各地的学子们感受着历史的骄傲与重托。采访中，记者曾请几位学生清唱校歌，进行曲般的校歌在激情的声音中昂扬着青春的活力。

长年从事交大校史研究的梁锦唐老师，每到新学年开学的日子总要忙碌上一段时间，他的肩头担负着给新生和新教师宣讲校史的责任，而学校在唐山的那段流金岁月，无疑是他多次讲述的精彩华章。

梁锦唐的父亲曾是唐山交大的职工，他本人就出生在唐山交大校园内。对他来说，那所校园里的一草一木，一砖一瓦，都是青少年时期最美好的记忆；那些走在校园里的老先生们（把教师称作先生，是唐山交大一直保持的传统），罗忠忱、罗河、黄寿恒、邵福昕……他们既是学贯中西、成就等身的学术宗师，也是德高望重、厚朴素心的谦谦君子；那些在课堂上、操场内生龙活虎、朝气蓬勃的青年学子，他们中的许多人，日后成为著名专家、学术带头人乃至中国科学院、中国工程院院士。这样的出身与经历，让梁老师把为交大树史、为交大人立传作为自己不能推卸的使命。"唐山岁月是交大历史的黄金期，唐山令每个交大人难以忘怀。"

在西南交大的校园里，记者陆续接触到几位老师，如校档案馆的张雪永馆长、蒋洪林主任，校友办公室的钱淼主任，土木工程学院图书资料中心负责人艾莉老师，以及校史办的韩琴英老师……他们都为留存住交大百年历史，默默地做着繁琐而实在的工作，并把这些看作是自己义不容辞的责任。正是有了他们和前辈们几代交大校史研究人员的努力，才使今天的我们，得以方便地查阅各种档案资料，知晓那些彪炳交大史册的名字背后的感人事迹。

不忘传统，尊重先贤，这是几天来记者在与西南交大师生的言谈中得到的强烈感受。在对现任校长徐飞和老校长王润霖，对翟婉明院士、张雪永馆长、艾莉老师等人专访中，在对傅晓村、杨元、洪毅等教授和已故邵福昕教授的女儿邵曾辉女士的拜访中，记者听到他们每每提起前辈先贤时均报以"老先生""学长"的敬称，尊重之情溢于言表，对唐山这座城市难以忘怀，化不开的唐山情结溢于言表。

九里校区的镜湖湖畔，竹林疏影，曲径通幽，郁郁葱葱的大榕树下，一帧镶嵌在大鹅卵石上的茅以升头像和几行朱漆描摹的隶书刻文，吸引着往来行人的目光。"人生征途，崎岖多于平坦，忽深谷，忽洪涛，幸赖桥梁以渡。桥何名欤？曰奋斗。"逐行默念，顿生含英咀华之感。这位将毕生奉献给祖国桥梁工程建设与母校教育事业的老院士、老校长，从唐山交大走向世界，在西南交大师生们的心中，有着无可替代的神圣地位。他当年念念不忘的交大旧址复建事宜，亦是今天诸多老校友们梦萦魂牵的宏愿。

几天的采访行程，记者的脚步匆匆，记者的心情充盈。我们欣慰地看到，百年交大，虽历经风雨坎坷、多次迁徙，但他们后先相继，焚膏继晷，执著的脚步、探索的身影始终不曾间断。新一代交大人正高擎"竢实扬华，自强不息"的交大精神大纛，薪火仍传，弦歌再续，一路向前……

◎ 九里校区镜湖湖畔，一块镌刻着茅以升头像和他名言的鹅卵石静卧在竹林下、曲径边

（唐山劳动日报社赴西南交大采访组）
原载2014年6月17日《唐山劳动日报》

走马看花新交大

一所学校，两座城市。

自1896年山海关铁路官学堂，到如今的西南交通大学，"西南交大"走过了110多年的风雨历程。作为我国近代史上最早创建的三所现代高等学府之一，期间这所大学经历了战争、地震，饱受天灾人祸之苦。辗转两万多公里，累计更名、搬迁18次，以这样的形式创造了我国大学更名、搬迁次数之最。然而，就是在这样的辗转迁徙中，却有八个字始终萦绕在学校师生的心头——"竢实扬华，自强不息"。这八个字中，"竢实扬华"为核心，来自1916年奖励给唐山工业专门学校（西南交通大学前身）的一块匾额，在不断的跋涉中生根发芽，成为了"西南交大"的精神支柱。

从山海关建校到落户于成都，118年的历史中，在唐山的那段时光始终是"西南交大"和交大人心中不可磨灭的印记。在她如今"一校两地三校区"的办学格局中，处处可见独具匠心的景物，这些景物构筑了她的盛景，也成为了联系唐山和成都的纽带，让一代又一代的交大师生，依然能够感受到两座城市间一脉相承的精神脊梁。4月中旬，记者赶赴成都，在为期五天的"西南交大"旅程中，切身感受到了唐山与成都这两座城市因交大的血脉相连而带来的情义相通。

九里校区：
镜湖如鉴照今古　竹影横斜脉相承

在三个校区中，最初的印象来自"镜湖如鉴，竹影横斜"的九里校区，因为这里是我们此行的落脚地。

九里的全名是九里堤，相传是诸葛亮为治水修建的；虽然今天已无缘得见九里堤的模样，但是人们却世代沿用下了九里堤的名称。当年校址选在这里，也颇费了一番周折。

1979年，交大向铁道部提出"关于西南交通大学校址问题的报告"，请求迁校；1984年选定校址，最终定于成都"九里堤"；1986年基础设施基本完工，第一批本科生正式进入就读；1988年，"西南交大"正式在该校区挂牌办公。因为九里校区的建设速度非常快，令很多成都市民叹为观止，惊呼这是"飞来的大学城"。

记者对九里校区最深刻的印象，是一泓静谧的湖水，名字叫"镜湖"。

到达九里校区的当天，进入校园，来到驻地"镜湖宾馆"，首先映入眼帘的是一泓湖水，幽深平静，湖边的树木已是郁郁葱葱，还有碎石小径蜿蜒着伸向远方。湖面上浮着树叶和莲叶，偶有风来，吹起一池涟漪。还有雪白的水鸟在湖面徘徊，留下几声清脆的鸣叫，又很快地展翅飞逝，不知所踪。

◎西南交大九里校区南门内的大型雕塑

在这里有一种说法：交大盛景在于镜湖一湖。镜湖的水取自都江堰，而它名字的由来，则是为了纪念在校史上德高望重的一代宗师——"五老"之一的伍镜湖先生。伍镜湖本是广东人，受邀于1915年的暑假后到唐山工业专门学校（唐山交通大学前身，今西南交通大学）任教，从此再未离开。他长期担任唐院土木铁道工程专业的教学工作，是讲授铁路工程专业课的第一任中国教授。此外，他还曾担任土木系主任、总务主任、教务主任等职，并曾短暂代理过院长。在唐山交大执教40余年间，老先生治学严谨、爱国爱校、鞠躬尽瘁，培养出了大批中国早期的土木、铁道建设人才。最终，老先生于1974年8月9日在唐山病逝，享年91岁。他是我国著名的铁道工程专家、教育家，铁道工程教育的先驱，开拓并充实了铁道工程学科的教学内容，奠定了中国自己培养铁道工程建设人才的基础。如今，这位老先生虽然已经不在了，但是他的精神却像镜湖的湖水一般，深邃绵长、生生不息，继续在校园中守望，陪伴着一届又一届的学子。

每天清晨，唤醒镜湖的不仅仅是清脆的鸟鸣声，还有晨练的人们和晨读的学子。沿着湖边的碎石小径，穿过一丛丛的翠竹，在湖边的长椅上，记者见到了电气工程学院的研三学生刘月贤，他正在专心致志地读书，记者看到，两本书的书名分别是《太阳能与风能发电并网技术》和《储能技术》。尽管打扰了他的读书时间，尽管是初次相见，但是听说记者是从唐山而来，刘月贤如同老友相见，打开了话匣子。"我知道唐山，我们大一新生入学的时候，校史讲座是必不可少的科目。学校在那里的那段时光特别辉煌，我也希望有机会可以回去看看。"四年大学、三年研究生，七年的学校生活让他把学校当成了第二个"家"，关于这个"家"的前生今世，他不仅如数家珍，而且更是对曾经辉煌一时的唐山交大心向往之。"听说因为地震的原因，唐山交大的老建筑已经基本都不存在了，只剩下一些遗址。我觉得就应该保持着这些遗址的模样，让我们能够见到最真实的唐山交大。"

在"西南交大"九里校区，不必说矗立其中的高楼，不必说行走其间的师生，就单单是镜湖边上的建筑：一块巨石、一座雕塑……就足以看出交大师生们的匠心。也是在这些看似"零星"的建筑中，有心人可以品读出一段段历史，一个个故事。

在镜湖边上有交大人最熟悉的一座建筑——百年校庆纪念徽的雕塑。绿草映衬着白色的石碑，周围四季常青的棕榈树使纪念徽更加引人瞩目。这个纪念徽原来由学校的教授李汶设计，曾镶嵌在1935年唐山落成的校友厅正门上；现在这个纪念徽基本保持着当年的原样，只在个别的地方增添了一些新设计。纪念徽的形状是一颗饱满的银杏果，两边各有五片绿色的银杏叶，银杏果中间就是西南交通大学的校徽。校徽以蓝、白两色为主色调，形似盾牌，正中央是一个"T"形图案；这个"T"既是工科必备工具"丁"字尺的形状，也是唐山工程学院英文的首个字母。"T"字把校徽分成了四大部分：右上方是篆体"唐山"两个字，字下的两条平行横线代表铁路的两条钢轨；右下方是一个经纬

◎静立在西南交大九里校区镜湖边的百年校庆纪念徽雕塑，设计原型曾悬挂在唐山交大校友厅正门上方

仪，左上方是一把矿工斧，分别代表当年交大的土木和矿冶两个大系；左下方是两棵青松，意喻百年树人。"T"字的竖道上本有篆体的"交大"两个字，后来在1986年建校九十周年的时候，又在横道上加了"西南交通大学"六个毛体字，体现了西南交大和唐山交大的一脉相承。

犀浦校区：
一门出入百年梦　雕琢时光映唐山

如果说九里校区呈现的是朴实宁静的气质，那么2004年启用的犀浦新校区作为西南交大的主体校区，则在百余年的深厚积淀中呈现出了锐意创新、张扬前卫的特点。

◎别具匠心的犀浦校区教学楼

进入犀浦校区的时候，记者走的是南大门。与校园中宽敞的道路、新种植的草木，以及远处的建筑形成鲜明的对比，犀浦校区南大门透出的却是岁月沉淀下的沧桑厚重。"这个南大门是按照唐山时代老校门的样式原样复制的，而且出资修这座门的就是唐山市委、市政府。"向记者介绍校门来历的是西南交大的老师孙红林，他也是犀浦校区之行的"导游"。孙老师介绍，南大门在原来校门的尺寸上放大了1.6倍，比例完全吻合原唐山交大的老校门。大门呈欧式建筑风格，以色泽古朴、稳重的金钻花岗石饰面，正上方是毛体的"交通大学"四个金光闪闪的大字。缓缓走进校门，在背面还可以看到苍劲有力"唐山路矿学堂"的字样；走进校门这短短的几步，仿佛穿越了西南交大经历的百余年时光，经过迁徙跋涉，经过代代传承，有了如今厚积薄发的模样。

◎ 长虹卧波。犀浦校区的设计处处显现着这所百年学府锐意创新、张扬前卫的特点

由南大门走进校园，首先映入眼帘的是一条笔直宽阔的道路，两边树木成排，再向远处就是葱茏的草木，深浅不一地交织成一片绿色

◎犀浦校区和峨眉校区都有一条"承唐路","承"是继承、传承之意;"唐"代表的则是唐山,以及西南交通大学在唐山度过的那66年的时光

的海洋。校门口的这条路叫做承唐路,"承"是继承、传承之意;"唐"代表的则是唐山,以及西南交通大学在唐山度过的那66年的时光。"我们把交大在搬迁到四川峨眉前的校名简称'唐院',承唐路这个名字在峨眉校区也有。我们希望学校的师生们能够继承老唐院的精神,继续创造辉煌。"孙红林说。

虽然没有在西南交大读书,但是作为交大的一员,孙红林也有着所有交大人一样的交大情结。对他来说,有机会到唐山去交大旧址看看,始终是萦绕在他心头的一个梦想。"无论是学校的实物还是学校的精神,都和唐山有着太多的联系,我希望有一天我能够站在唐山交大的土地上。据说唐院旧址上还保留着原来图书馆的地基,如果有机会站在上面,那种感觉肯定特别好。"

夜间下过一场雨,湿漉漉的空气中夹杂着草木的清香,几朵白云点缀在蓝天间,更为犀浦校区的校园增添了几分活力。正对着南大门,视线的尽头是犀浦校区的标志性建筑之一:校史浮雕墙。这面墙呈屏风状,以石板和玻璃制作,是在西南交通大学建校110周年的时候为校庆而建。浮雕墙正面用浅浮雕的形式展现了交大四个重要时期的校门,正中是铸铜牌匾,写着"竢实扬华"四个大字。在浮雕墙的背面,则雕刻有西南交大各个时期的学校印章,还有学校百余年间的搬迁地点图。屏风的左右两侧为铝板雕刻,正面左侧是搬迁地点图解,右侧是"五四"运动期间曾任西南交通大学国文及历史教员的中央研究院院士吴稚晖创作的校歌:"翳唐山,灵秀钟,我学院,声誉隆,灌输文化尚交通;习矿冶,土木工,窥学术,贯西中,相期同造最高峰……"铝板雕刻的背面左右两边是各个时期校名的中英文对照。在这面浮雕墙上,到处可以看到"唐山"的字样。

作为唐山人,秦岭行走在校园中感到颇为自豪。今年24岁的秦岭来自唐山丰润,2010年以601分考入西南交通大学机械工程学院车辆工程专业,现在已经是大四的学生了。在学校见到老乡,让秦岭觉得格外亲切。"西南交大最辉煌的历史在唐山,这让我觉得很自豪,而且现在依然延续着唐院的传统,车辆工程依然是王牌专业。"秦岭说,教授们对学生的要求非常严格,学习要打好基础,做事也要认真踏实。这不仅仅是对于一个学生、一个未来机械方向工作者的要求,也是一个人所应该具备的品质。

峨眉校区:
报国钟鼓声声近　峨眉一隅大学村

不同于九里的幽静,不同于犀浦的新颖,位于峨眉山脚下、报国寺旁边的西南交大峨眉校区,因为其独特的地理位置和时间的沉淀,呈现出的是自然和人文水乳交融的独特魅力。

在西南交通大学的三个校区中,峨眉校区与唐山的关系最为密切。因为1966年,当时叫做"唐山铁道学院"的交大按照国家三线建设的统一部署自唐山迁到了峨眉;然后在1989年成立了峨眉分校。算起来,西南交大的主体在峨眉山脚下度过了23年的时间,纵观学校一个多世纪的历史,有近四分之一的年华沉淀在了这里,并在此后的20多年间,让交大的血液依然在这里流淌……

◎淙淙山泉汇成峨眉校区腹地的一泓明湖

"蜀国多仙山,峨眉邈难匹。"峨眉的盛名享誉天下,景致之美自不用多说。走在校园中,参天大树、竹林流水、花草虫鸟,满眼的自然风光让人容易误以为置身在了仙境里,而就在这自然的美景中,又点缀有亭台楼阁、铁轨桥梁,不仅没有破坏自然的美感,反而又为其增添了人文气质。不过在当年刚刚迁徙而来的时候,交大师生们所面对的不是美景,而是无数的困难。路是峨眉连绵阴雨浸泡出的泥泞路,雨伞和雨靴成了师生们的必备品;用水需要自己修建水源井;住的房子是简陋的,名震海内外的老教授也得一家人挤在一间小房子里;购买日用品得步行到几公里外的县城……就是在这样的条件下,土木系、电气系、机械系、运输系、基础课部,师生们齐心协力建设校园,每个教学部门各自占据了一个山头,形成了"占山为系"的有趣格局,并继续教课、学习。在一批又一批的学生和教师们的不断建

◎ 峨眉校区的名山电影场，最让20世纪六七十年代在峨眉工作、学习、生活过的老交大人难以忘却

设和完善下，峨眉校区才有了如今的风貌，才有了"花园学府"的美誉。

提到峨眉校区，不得不提的一处建筑就是名山电影场，这个建筑对于20世纪六七十年代在峨眉工作、学习、生活过的人来说，绝对有着一段不能忘却的记忆。这个电影场建于1968年，属于峨眉校区的名山区域，因而得名。其形状像一个大坑，更类似于现在的体育场；坑底一片平地，前面是主席台，其余三面是坡，人工砌上了台阶，也成为了理想的看台。在当年条件艰苦、物资匮乏的时代，电影场固定一周放一次电影，给人们带来了精神食粮。前来观影的不仅有学校的师生，还有周边的居民。峨眉气候多雨，在看电影或看演出时，老师和学生们经常携带小马扎或板凳，下雨天就戴着草帽或打着伞，风雨无阻；而附近的农家百姓来时也都带着稻草，盘成一个圈垫在台阶上坐着看，等回家的时候，就把稻草拧成一束，做成火把，照亮回家的路。人多时，可以看到校园中光亮星星点点，还不停移动着，非常壮观。这样的景象，相信时隔多年，也依然会清晰地印刻在经历者的心中。

在峨眉校区漫步的时间不长，就赶上了中午放学吃饭的时间，大量的学生从各个方向都涌向了一个地方——食堂。而就在这些学生的

◎ 莘莘学子匆匆走过峨眉校区内竹木掩映的小路

身边，一座铜像悄然而立，那个文质彬彬、书生意气的青年，正用他睿智的双目望向莘莘学子。

　　这是一座罕见的茅以升铜像，说其罕见，是因为这是一座"青年茅以升"的铜像。在西南交大的九里校区、北京交通大学、南京大学、长沙铁道学院等地均有茅以升的塑像，但是无论是立像还是坐像，均以茅以升老年的形象为原型。而这座高2.8米的"青年茅以升"铜像，是以他青年时期为蓝本进行的雕塑创作，站立着的茅以升微微侧身，眉眼间含着浅笑，右手握着书卷自然下垂，左手随意地抄起外衣的一角，插入裤袋中。他的双眸炯炯有神，这位毕业于唐山工业专门学校（唐山交通大学）的校友，唐山交通大学的教授、唐山交通大学的校长，似在目送着一代又一代的学子们在这里学成毕业，走入社会，像他一样成为国之栋梁。

（李　思）

原载2014年6月4日《唐山劳动日报》

唐山符号遍校园

2012年9月1日,我在父母的陪护下,千里迢迢来到四川蓉城,来到历经十年寒窗苦读之后考取的大学——西南交通大学。入学的第一天晚上,整个宿舍楼满是教唱校歌的声音,每个新生宿舍都有一两位学姐,一字一句地教我们:"翳唐山,灵秀钟,我学院,声誉隆。"看着她们认认真真的样子,开始我觉得怪怪的,心里有些好笑:文绉绉的,八股文一样。

◎明诚堂曾是老唐山交大的重要建筑,作为举行重大活动的场所,在1976年唐山大地震中被毁,后西南交大在峨眉、九里校区均有重建。这是位于西南交大九里校区的明诚堂

这是17年来第一次远离父母独自生活,也是我初到大学经历的第一个夜晚。窗外潇潇秋雨无止无歇,我躺在妈妈下午新给我铺好的床上,翻来覆去难以入睡,不知道此时的爸妈在犀浦校园外的宾馆内是不是也睡不着觉。我拿起手机,用短信向爸爸问了一个问题:

◎峨眉校区的大学生会堂,也叫明诚

——翳是何意?

——眼疾。是不是初来成都水土不服得眼病了?

——非也。翳唐山,灵秀钟。这是校歌歌词。

——吓我一跳。引申为隐藏的意思。不是早和你说过,这所大学不是从咱们唐山搬过来的吗?多翻翻校史吧。

我恍然。

第二天，我们新生进行入学教育，我发现校徽上依旧有篆文"唐山1896"的字样，和挺拔的松树、测量仪相映成趣，浑然一体。我想在这所属于自己的校园里，唐山的符号真是无处不在啊。由此，离家的生疏、寂寞无形中淡了许多。

◎西南交大九里校区西门

很快，爸妈回家了，把我一人留在了成都，留在了犀浦，留在了这座宽敞气派的大学校园。开学典礼上，一曲校歌拉开了我大学生活的序幕。开幕式上我和大家一起唱着"翳唐山，灵秀钟……"的校歌，虽不是很熟，但歌曲的旋律、歌词的内容感染了我，我想到了八千里之外的故乡唐山，想起了爷爷、奶奶、爸爸、妈妈，鼻子陡然一酸，禁不住一下子流下了眼泪，是想家了，还是感受到了这所学校的魅力？我，一时说不清楚。

渐渐地，我真实地感到，校园里的唐山符号太多了：我所在的犀浦校区南门，是一座设计独特、颇具欧式风格的穹形门，门楣的正面是伟人毛泽东题写的校名，门楣的后面写有"唐山路矿学堂"字样，这是2004年4月15日，唐山市委、市政府为学校110年校庆捐建的。一座校门，两个校名，这应该是全国千余所高校中所绝无仅有的。看得出，我们唐山人对这所学校的情谊是多么的厚重深长啊。

一个周日，我们几个新入学的老乡在一位学姐的引领之下，乘坐校车去九里校区观光。那时的九里校区，还是一个三角形的大门口，门口的右手依旧是一代伟人题写的校名，特别显眼的是，就在校名下边，有"唐山1896"的字样，这无时无刻不在提醒着人们，唐山，就是这所学校的源头。我当时又一次激动起来！绕过校门，我们行进在以茅以升院长的字号"唐臣"命名的水泥路上，很快来到茅院长的铜像前，老院长智慧、慈爱的眼神无声注视着我们这些来自唐山的后学们。经过学姐一番绘声绘色地讲解，此时的我，真想没大没小地说一声：唐臣，你好！你的第二故乡唐山来人看你来了！

颇具意味的是，在九里、犀浦两个校区，都各自有一段承唐路，当然是承接唐山的意思。我想，学校虽然搬离了唐山，但西南交通大学依旧和凤凰城唐山枝叶相交，不可分离，的的确确是一家啊。

在九里校区，还有一泓碧水，这里绿枝拂堤，景色宜人。学姐告诉我们，这就是著名的镜湖，以学校著名人士伍镜湖先生的名字特意命名的，镜湖岸边是一座五层楼的宾馆，当然叫镜湖宾馆了，在交大人的心目中，是名副其实的校史厅。这里几乎每年每月，都要迎来不同届别、不同地方的校友，这里是他们怀旧寻根、畅叙友情的地方。走进宾馆的回廊，会看到一幅幅学校不同历史时期的特色老照片，大多拍摄于唐院时期。宾馆内四个著名的宴会厅——山海关厅、唐山厅、平越厅、成都厅将学校曲折漫长的迁徙地址巧妙地串接起来。在唐山厅的墙壁上，悬挂着一幅唐山交大校门的油画，欧式建筑恢宏凝重，隽永端庄。我又一次想起了家乡，想起了唐山……

◎九里校区，交大学子从茅以升塑像边走过。塑像整体设计别出心裁，行人的目光透过一座铁路涵洞模型，正好可以看到茅老坚毅的面庞

渐渐地，我对这所学校开始敬重起来，敬重她厚重的历史，开始敬重她的品格，就像一部悄然展现在我面前的大书，随着时间的推移一页一页翻转开来：詹天佑、茅以升、竺可桢、杨杏佛、黄万里等一个个闻名海内外的名字渐渐为我和同学们所熟知、敬仰、感动。啊，我的家乡唐山曾经出过这么多的名人啊！而我每天和众多同学们在这么多先贤铜像的身旁走过，穿行在承唐路上，在学校厚重博大的怀抱里汲取知识，内心的自豪时时油然而生。

顺便说一句，今年5月底，一个崭新的地标将出现在西南交大的校园版图上。从我们犀浦校园温婉穿行而过的那条沱江的支流，将被交大赋予崭新的名字：罗河。同九里校区的镜湖一样，罗河，这位曾经的唐山交大著名教授，曾经的唐山市副市长，将随着微波荡漾的碧水走进更多交大学子的视野。

这就是我们校园的唐山符号，无所不在，无时不在，在我看来，这是记忆，是传承，是期待，更是叮嘱……

（角佩璇）

原载2014年5月7日《唐山劳动日报》

在今天唐山人的心中，唐山交大从来不曾远去，只要是与老唐山交大和西南交大的报道，都能引起众多读者的共鸣。

自2013年底正式启动"寻访交大之星"等大型采访活动以来，唐山媒体的记者重新走进唐山交大，在遗留的痕迹中重拾记忆；走进西南交大峨眉、九里、犀浦校区，向唐山父老传回交大人不变的精神和绵绵的情思。在记者的笔下，读者看到了，老交大的影像在新技术手段中重新立体丰满起来，苍苍白发的校友们归来探望校园的砖石、老树，久栖陋室的交大区域居民们迁至了新楼。

如今的老交大还有许多新故事在延续……

把母校的精气神发扬光大

——西南（唐山）交大各地校友会会长、秘书长联席会议侧记

"西南交大不仅根在唐山，魂也在唐山，要把交大的精气神发扬光大。"2014年4月19日，西南（唐山）交大2014年各地校友会会长、秘书长联席会议在唐山召开。从成都专程赶来的西南交大校长徐飞，面对70余位校友代表，发出了这样感人肺腑的心声。

短短一天会期，校友代表们倾听了唐山交大旧址复建工作进展，观看了由唐山学院数字艺术研究中心制作的老交大数字短片，为西南交大建设发展献计献策，并重返老交大遗址参观。紧凑的会议流程中，充溢着浓浓的老交大情怀和对旧址复建工作的殷殷希冀。

重温校歌与校训

联席会议一开始，当校友工作办公室主任战凤女士介绍完来宾、宣布奏校歌后，全体校友代表肃然起立，不论是白发学长，还是年轻后辈，都整理装容，聆听那熟悉的动人旋律。

"翳唐山，灵秀钟，我学院，声誉隆，灌输文化尚交通。习矿冶，土木工，窥学术，贯西中，相期同造最高峰。璨兮如金在熔，璀兮如玉相攻。桃浓李郁，广座被春风。

宜诚笃，宜勤朴，基础坚，事功崇。文轨车书郅大同。璨兮如金在熔，璀兮如玉相攻。桃浓李郁，广座被春风。宜诚笃，宜勤朴，基础坚，事功崇。文轨车书郅大同。"

这首校歌由"五四"运动期间曾任唐山交大国文及历史教员的国

◎交通大学唐山工程学院院歌

民革命元老吴稚晖作词,含义深奥,内容丰富,具有鲜明的交大特色,一经谱成,深得不同时代的交大师生和广大校友的热爱,唱遍唐山以及抗战时期交大流亡的湘潭、平越校园。现在它的旋律又唱响在西南交大的峨眉、九里、犀浦三个校区。

重温校训,是与会校友们的又一庄严时刻。徐飞校长在发言中,回顾了老唐山交大为国为民、勇于担当的精神,号召广大校友,牢记"精勤求学,敦笃励志,果毅力行,忠恕任事"的校训,刻苦努力,促进学校发展。

6分钟,还原42年的夙愿

当会场两侧的大型投影幕布上播映老交大数字短片时,所有的校友们都凝神注目。悠扬的配乐声中,利用数字虚拟技术还原的老交大校门向学子们敞开,一幢幢庄重、典雅的建筑出现在眼前,由远及近,仿佛此时此刻正沿着浓阴掩映的校园小径,在这所百年名校中漫步,灿烂的阳光从一扇扇窗户滑过,似乎当年师生们热烈讨论的声音还在校园里回响。

这部6分钟长度的数字短片,由唐山学院数字艺术研究中心制作。为让老交大校园和建筑从黑白照片上站立起来,恢复它原有的素雅、大气的色彩与风貌,并且达到身临其境的观看效果,唐山学院数字艺术研究中心负责人谷高潮教授和他的团队,花费了两年多的时间。而在此之前,众多的校友们把家中珍藏的老照片和资料无偿地提供给制作人员,为这部短片的诞生乃至今后更大规模的制作,和交大旧址复建,打下了良好的基础。

42年前,唐山铁道学院内迁四川,在峨眉山下扎根,许多校友就再没回过唐山。1976年"7·28"唐山大地震,彻底毁坏了老交大校园内的建筑,这成为了交大校友们和唐山百姓无法释怀的遗憾。短片让老校友们魂牵梦萦的夙愿终于实现,让年青一代校友们得以一睹母校昔日的风采。

片短情长，在场的校友们在看片时有的已是热泪盈眶。战凤女士说："我感觉到穿越了时空，我希望自己早生50年，回到我们如此美丽的校园。"她的话语，代表了广大校友的心声。

大槐树下的情思

中午时分，与会的校友代表不顾疲劳，兴致勃勃地乘车前往交大老校址参观。对他们来说，这是一次真正的回家之旅。

从踏上大学路的那一刻起，所有的校友仿佛都一下子回到了生龙活虎的学生时代，他们不放过遇到的每一个细节。老学长们努力回忆着母校的容颜，不时在寻觅中发现尚存的建筑遗迹，而校园里那些高大、葱郁的古槐、杨树，更成为他们心目中母校的坐标。

在一户仍住在原址的交大老校友家中，地面上还铺着当年的地砖。这让回家的校友们激动不已，他们纷纷在上面走一走，说："接接母校的地气。"

遗址中唯一较完整保存下来的，是当年阶梯教室的水泥台阶。尽管那上面安放的桌椅已不见踪影，校友们仍然走上去，一排排坐好，像当年上课时一样。

◎重返唐山交大旧址，校友们在唯一较完整保存下来的阶梯教室水泥台阶上，一排排坐好，像当年上课时一样。前排右三为茅以升院士的小女儿茅玉麟女士

曾经在老交大校园里生活过的茅以升院士的小女儿茅玉麟女士和钱清泉院士的女儿钱森女士，动情地说："太亲切了！"钱女士还清楚地记得她小时候在树下玩耍的情景。

如今的交大老校址上，在一些建筑遗迹旁立下了刻有名称的大石，让参观者睹物思情，对老交大产生更直观的感受。

交大峨眉时期的校友徐林荣说："我一直对交大辉煌的历史很向往，今天亲自来到这里，真是十分感动。我的母校历史上就早已和国际接轨了，我们更要努力奋斗，把母校发扬光大。"

20世纪60年代在唐山铁道学院桥隧专业学习的徐绍文校友，曾师从劳远昌等著名专家、教授，他本人也是知名的地铁建设专家。白发苍苍的徐老面对母校的遗迹，徘徊良久，不肯离开。他向记者讲述起当年听恩师授课时的情景，情之深，意之切，令人动容。

把老交大的精气神发扬光大

在联席会议上，西南交大徐飞校长作了意味深长的发言。在提到唐山交大旧址复建的相关情况时，他说："几乎无一例外，不管是从广大校友的角度来讲，还是从学校的角度来讲，从唐山市政府来讲，是人同此心，心同此理，都强烈地呼吁，加快在原址复建我们辉煌的唐山交大，态度非常明确，意志非常坚定。"

徐飞校长认为，复建绝不等于简单的修旧如旧，把它当作旅游品，用简单的、怀旧的方法去做。"我以为，对历史最好的纪念，最好的缅怀，最好的光大，就是创造未来。我希望复建以后的唐山交大，外面，视觉上是1896，要有那种沧桑感，要笃厚，古朴，大气；内在，要是2096，要数字化、现代化、信息化。在追求形似的同时，更要追求神似。我们说，历史上的唐山交大，秉持着为国家，为人民，勇于担当的精神。交大的根在唐山，魂也要在唐山，要把精气神的东西、内涵的东西，光大下去。"

唐山老校友的心愿

此次联席会议还邀请了在唐山的老校友莅临。1948届老校友、原唐山市政协主席李汉已是88岁高龄，他在会上仔细听取了唐山交大旧址复建工作的报告,又观看了旧址复建数字短片,感慨地说:"希望在有生之年,能看到复建后的唐山交大。"殷殷情意,让在场的各位校友代表们肃然起敬。

李文辉、张保生两位老校友都是河北联合大学的退休教授,他们同是1960届毕业生,分别学建筑和机械专业,都曾留母校当老师,之间的友谊保持了近60年。会场上,1965届机械专业的杜心言校友时隔40多年后,见到了他当年的老师张保生,师生都感慨万端。

李文辉教授在听了西南交通大学徐飞校长的讲话和各地校友会会长、秘书长谈交大建设发展的发言后,用八个字来评价:"胸中有数,登高望远。"他告诉记者,对于交大旧址复建,他非常赞同徐飞校长的观点:不是光恢复建筑,建筑是可以怀旧的,但更重要的是把唐山市的这个平台搭起来,要搞国际化的学院,请国际化的学术人才进来讲学,增强学校的国际影响力和对京津冀唐发展的辐射力。

(王蓉辉)

原载2014年4月23日《唐山劳动日报》

眷诚思　唐院情

——记为唐山交大旧址保护和复建奉献的校友和志愿者们

◎ 唐山铁道学院本部图书馆

"徜徉在曾名动中外的唐山交通大学校园旧址，面对唐山大地震后剩下的东、西讲堂和图书馆的断垣残壁，我心痛。"

"交大1971年迁离唐山，在其后的岁月中，虽与唐山有着千丝万缕的联系，却几次又与唐山失之交臂，我遗憾。"

"毗邻南湖的唐山交大旧址，其土地所蕴含的商业价值在不断提升。万一老交大旧址被用作商业开发，就会给这个世界留下永远的遗憾，我焦急。"

"神圣的家园，这是交大校友和我们唐山志愿者们对交大唐院的称呼，无论用怎样的辞藻和言语也表达不了我们对家园的依恋！"六年前，交大校友及志愿者们就开始发起了对唐山交大旧址进行保护和复建的民间活动和倡议。因着对唐山交大那份难以割舍的情怀，他们无所谓名利，无所谓毁誉，无所谓得失，他们执著而坚定地编织着保护和复建唐山交大旧址的梦想。也正是因为这份执著和坚定，感染带动了唐山许多人加入到这个行列中。"这个梦我们会一直做下去，相信我们的理想、我们的追求、我们的目标会传递给交大年轻的校友、唐山年轻的一代，会一代一代地传下去。"

崇拜之情

在这些人当中,有的从小就生长在唐山交大院内或附近,他们回忆着唐院本部校园和一分部校园,回忆着铁道部南厂技校,还有唐山一中、十五中和铁路小学等重点中小学。"那时候觉得住在交大校园里是件值得自豪的事,每当周末或节假日还能带着外面的小朋友悄悄地溜进去蹭场电影看。可以说我们是听着唐山交大的故事长大的。随着年龄的增长,逐步了解到从茅以升老学长等著名校友为所有唐山交大学子开创的免试进入美国康奈尔大学读研的先河,到几十名国内外著名院士和"两弹一星"元勋从唐山交大走出,从这座曾经在唐山扎根、辉煌66年,被誉为'东方康奈尔'的顶尖大学,到备战备荒的1971年内迁峨眉,从1985年回唐山办分校到2010年再回唐山办研究院",他们向记者如数家珍又充满自信地介绍起唐山交大辉煌的过去、当前的现状和美好的将来,眼神时而流露出一种自豪,时而流露出一种无奈,又时而流露出一种难以割舍的情怀。

◎ 20世纪20年代唐山校址全景

如今这群已过不惑之年和已近到知天命之年的人依然清晰地记得童年时交大的学生来自全国各地,南方人居多,"说话声音都很好听"。几乎每个学生衣服上都带着补丁,但是很干净整洁,"他们带着天之骄子的气质,拥有一身本领和建设祖国的雄心,随时准备奔赴各地参与祖国的建设,现在想来都会让人热血沸腾。可惜到我们考大学时,交大已经搬走了。幸运的是我们中的好几位现在读上了交大的在职研究生,实现了到交大上学的愿望"。

◎ 1977年恢复高考后首届新生入学

他们当中有职业银行家,有党政部门的公务员和企业精英,他们都在所在单位或部门功成名就,对本专业驾轻就熟,平时工作非常紧张。多年来,这些校友和志愿者们花费了许多业余时间和精力来搜集有关唐山交大的历史资料,多方联系唐山交大校友和亲友,向政府部门提出旧址保护利用和办学建议,向社会各界广为宣传,利用一切可利用的时机和场合奔走呼吁,甚至达到"神经"的地步。

这些校友和志愿者们曾搜寻了包括开滦档案馆在内的唐山四所档案馆,最后在城市建设档案馆的旧档案堆中翻检了整整两天,才寻到唐山交大原址建筑平面图,然后邀请专家计算每栋建筑的占地面积和外立面尺寸,对照老照片,再逐一还原,为下一步制作立体模型打下基础。交大唐山校友会会长苏伟说:"这张图经过1976年唐山大地震,能保存到现在实属不易。我们搜寻着有关唐山交大的文字、影像和实物的任何资料,包括老校友、老校工、老居民的经历讲述等,通过这一点点、一滴滴和一串串的积累和梳理,也在加深着我们对唐山交大历史脉络的记忆和认知。"

相思之情

目前,唐山市对于南湖生态公园的整体开发和2016年世园会的落户,让内心对唐山交大充满了景仰之情的这些人感到了保护和复建唐山交大旧址在时间上的紧迫性。"南湖生态城开发后带来的商机显而易见,已入大南湖范围的唐山交大旧址,其土地所蕴含的商业价值也在不断提升。一旦交大旧址被用作商业开发,我们就将功亏一篑,我们这代人就可能'前对不住祖宗、后对不起子孙',就会给世人和后代留下永远的遗憾和抱怨。"

在记者面前,苏伟打开一本厚厚的诗词集,"很多次我都梦游回到了小时候的唐山交大校园,那里的东西讲堂、东西楼、明诚堂、眷诚斋等都是红红的缸砖、黑灰色的铁皮房顶和巍峨的英伦式风格建筑,图书馆前廊高大的罗马柱、明诚堂那直插云霄的钟楼、荷花池内的鸳鸯戏水、遮天蔽日的老槐树上的喜鹊报春……还有大哥哥大姐姐们的琅琅

◎唐山铁道学院本部东楼

读书声，声声入耳，铭记于心久矣。那时唐山交大所有的教学和文体活动设施放到现在都是一流的，学校里有游泳池、溜冰场、荷花池、灯光球场、校友厅……可蓦然回首，当你再次踏进这片美丽的校园时，却发现一切都变成了震后一排排的红砖平房"。有时这样的渴慕思念之情无处排解、无处诉说时，苏伟就把它写成了一首首的诗词，时间长了便成了厚厚的一本集子。在一首《百年情》中他写道：

"亲情，友情，乡情，情情难忘；
师谊，学谊，校谊，谊谊深长！
唐山，峨眉，成都，阡陌相隔；
过去，现在，将来，岁月如歌。
五老，四少，顾徐，弦歌不断；
榆关，唐山，四川，薪火相传！"

（注：指顾稀和徐飞校长。）

◎中国交通大学唐山工学院校徽

在另一首《十六字令·家》中写道：

"家，断垣残壁还是家。学子回，触景泪双颊。
家，曾载青春嘉年华。几多梦，各自走天涯。
家，安度灵魂需要它。保护好，游子待还家。
家，沿海内地姊妹花。弦歌响，辉煌创新佳！"

不计名利，不图回报，不怕误解，是交大校友和志愿者们共同信守的原则。在百名老教授回访唐山时，在茅以升之女茅玉麟和1964届毕业的研究生王梦恕院士做客唐山时，在电机系五九级毕业五十周年聚会在母校故地时，在葛昌纯院士和王梦恕院士来唐山市访问并到其母校原址瞻仰时，由于不是官方代表，他们没法进入接待客人们的宴会厅，可作为这些回访的策划者和推动者，他们的内心却充满了欣慰，因为他们奔波辛苦终于有了成效。

激励之情

2009年3月，他们将几年来整理的资料发到网上，也唤起了更多人对唐山交大的关注。"我没想到这么多市民都表示支持。该帖在短短两个月点击率超过了两万，其回帖量也几近千条。其中，不少网友还将找到的唐山交大老照片或珍藏的唐山交大老校徽贡献了出来。这些网友的支持，给了我们继续做这件事的信心和鼓励。"

苏伟说，前些年西南（唐山）交大90年、100年和110年校庆时，许多海外归来的老校友心里始终牵挂着他们的母校唐山交大，执意要来唐山看一看。"可现在唐山仅能看到大地震后的断垣残壁和依然倔强矗立的老槐树，这些人感到特别惆怅和郁悒。"唐山交大海内外学子们对母校故园的眷恋和怀念，也让唐山交大旧址保护和复建的民间发起者们感到更加必要、更加紧迫和更加焦急！特别是随着大南湖的开发让复建刻不容缓。从2008年5月份开始，苏伟和另外两个同样关注唐山交大旧址复建的志愿者一起，完成了相关建议报告并上报给了唐山市主要领导。随后，该建议不仅得到了唐山市时任主要领导的支持，而且得到了关心此事的其他领导的批示和支持。

2009年3月，在走访了部分唐山交大知名老校友及有关人士后，他和另外两位发起人再次完成了《关于利用唐山交大原址的建议》，该建议同样得到了唐山市时任主要领导的重视和批示。

《建议》得到中共唐山市委、市政府及其主要领导的支持和批示，市委全会对此做出决议，政府工作报告做出相应安排，他们感到很欣慰。在《关于利用唐山交大原址的建议》中，苏伟和另外两名发起人对复建唐山交大原址所面临的问题和应尽快着手的几项工作，又提出了中肯的建议。2013年交大徐飞校长一行与唐山市委和市政府主要领导们就唐山交大原址的保护和重新建校办学达成了实质性协议。此外，唐山交大1948届老校友、交大唐山校友会名誉会长、唐山市原政协主席李汉和其他几位老校友，也在通过他们的号召力和影响力，以口头或书面的形式向唐山市时任主要领导提出过复建交大旧址的建议和意见。

交大校友和志愿者的努力已经初见成效。2009年11月，西南（唐山）交大与唐山市签订了《校市双方关于开展全面战略合作的框架协议》。2010年3月18日，西南（唐山）交通大学唐山研究院正式注册成立。2010年4月，百名交大老教授回访唐山。2012年5月，西南（唐山）交通大学唐山校友会恢复成立，2013年底徐飞校长与唐山市党政主要领导进一步确定了在交大原址恢复建设老校园并重新办学的实质性协议。因为他们多年来的出色工作，苏伟等人一起被全体校友一致推举为恢复活动后的唐山校友会首任会长和理事，也完成了作为交大原址保护和利用的民间志愿者到交大知名校友的华丽转身。

"在我和好多校友、志愿者的心目中,复建唐山交大旧址仅仅是恢复这座名校辉煌的第一步。如何利用唐山交大复建后的校园、利用好唐山交大这块'金字招牌',加快西南(唐山)交大唐山研究院乃至西南(唐山)交大唐山校区的建设步伐,为社会培养出更多的人才,则是我们最终的梦想和目标。"

◎2010年4月西南交通大学唐山研究院成立揭牌仪式在唐山举行,中共唐山市委常委、唐山市政府常务副市长周仲明,市政府副市长高瑞华和西南交大党委书记顾利亚、校长陈春阳(左一)揭牌

大家的心愿是一致的。"交大在唐山的大部分时期也正是我国积弱积贫、战争频仍、运动不断的时期,尚能办成为国内一流、国际知名的高等学府。今天,我们的各种物质条件远优于过去,肯定能在复建后的交大旧址上重新办出世界一流的大学!这不仅是茅以升、竺可桢、杨杏佛、林同炎、黄万里等著名校友们的生前夙愿,也是陈能宽、葛昌纯、沈志云、彭一刚、钱清泉和王梦恕等一大批"两弹一星"元勋和院士,以及我们海内外三十多万交大校友们的共同心声和诉求。到那时,西南(唐山)交大可以按照一校三地四校区的办学模式,实现内地与沿海互补、西部与东部共荣,再铸交大百年辉煌!"

"百年大计,教育为本。目前我市正面临着节能减排、结构调整、产业转型和升级换代,而发祥于斯、辉煌于斯的西南(唐山)交大在轨道交通、装备制造、土木工程和经济管理等学科方面依然占据着中国的头把交椅或位居前列,正好可与我市进行产学研对接、优势互补。相信有市委、市政府的英明领导和决策,有交大与唐山的百年血肉深情,又有京津冀一体化协调发展的有利契机,我们认为交大重回唐山办学的天时地利人和齐备,机不可失,时不再来。对此我们不敢有丝毫的懈怠,我们在和时间赛跑,唐山交大的精神会伴随着我们一同前行。"苏伟如是说。

(闫　妍)

原载2014年3月12日《唐山劳动日报》

百年名校出榆关

1881年，我国自建第一条标准轨距铁道——唐胥铁路通车；1887年，唐胥铁路延展至芦台，后至天津，并开始修筑唐山至山海关铁路；1894年，唐山至山海关铁路延伸至中后所（今辽宁省绥中县）。随着铁路建设的发展，当时的中国迫切需要自己的铁路专业人才，由此，1896年，山海关北洋铁路官学堂应运而生。它就是后来享誉海内外的唐山交通大学的前身。

前不久，记者陪同西南交通大学校史办老师梁锦唐，来到山海关，拜访当年的铁路学堂旧址。

据《山海关区志》载："北洋官铁路学堂旧址位于山海关火车站西侧。其前身系清代后期的道台署衙门，后为锦州铁路分局山海关办事处办公室。始建于清光绪二十年（1894）。为四合院布局，青砖墙，布瓦坡屋顶，单层，门房7间，正房7间，东厢房、西厢房各3间，建筑面积912平方米。"如今的学堂旧址已入选为河北省第五批重点文物保护单位。

◎位于山海关火车站西侧的北洋铁路官学堂旧址

从山海关火车站往西，穿过一条小街，只需几分钟，就来到一座四合院式的老宅子前。早已等候在这里的沈阳铁路局山海关工务段张辉主任和工作人员郝瑞枫，领我们走进院内。这是一处典型的明清风格建筑，只见灰砖灰瓦，朱漆大门，绿色窗棂，脚下是青砖墁地，庭院前五棵挺拔的柏树似在守候着这所昔日的学堂。离庭院不足百米的前方，不时有高速火车飞驰而过。

记者曾在梁锦唐老师提供的校史资料中看到一张由当年学生描绘的学堂平面图，可谓麻雀虽小，五脏俱全：从堂门进入学堂，有传达室、监督室、账房办公室、教室、饭厅、宿舍、洋总教习办公室、备书资料室、运动场，西侧是教师宿舍、工厂及实验室和中国教师家属住宅区。张主任告诉记者，旧址现存的所有建筑在2009年曾翻修一新，但建筑格局整体没变，只是原来的四进院落仅剩最前面的二进，其他的校舍和教职工宿舍及学生试验实习的工厂已不见踪迹。

在一篇题为《历史与寻访：山海关铁路学堂旧址》的文章中，作者杨永琪写道：山海关铁路学堂校舍最早乃北洋官铁路局局屋，官商两路合并后为工程分局局屋。该屋原为住宅式，不是学校式样，略经修缮而成。

◎百年前的铁路学堂如今仅存二进院落

关于学堂的模样迄今没有找到原始图例，曾经在山海关就读二年多的邱鼎汾，凭着记忆对学堂有如下的描述：

"这是一所砖墙瓦顶大屋，坐北朝南，位于山海关火车站后面大约五百米的距离，门口还有一对大石狮子，另有两个圆石插旗杆用。砖墙瓦顶，正式屋脊，共有四进（包括大门口进在内），各进备有东西厢房，另有一个大空坪后院。第二、第三两进，建造整齐。第一进大门口及第四进接近大后院。学堂大门口有一块横匾，题'北洋山海关'五个小字，'铁路学堂'四个大字。

……

"空坪后院有一小平台，藉以上下。两面各有三、四阶级，靠近北墙为公共厕所，空坪中有一练身旋具及木天桥一架。空坪之北有铁路医院与学堂比邻。

"西院由第二院西南一门相通。西院正屋面南，西头课室，东头为小工厂试验室，内有电信发报机、车床、发动机、抽水机及木工工具等。中间一甬道。为出进方便，面东一所厢房，约二间，为教员单

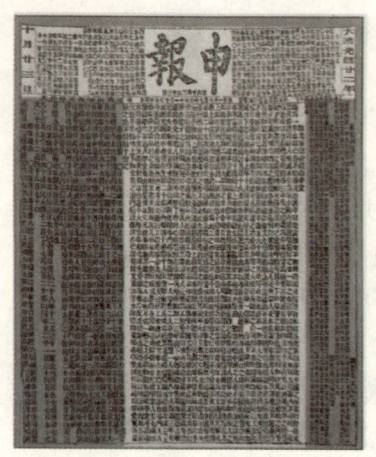

◎上海《申报》刊载北洋创设铁路学堂

身宿舍。西院后面为铁路饭店。"

参观中，记者发现，每间房屋侧墙上，写有"锦房183""锦房188"等字样，中间是红色的铁路徽标。经询问得知，旧址一直隶属于铁路系统，"锦房"即锦州房产段的简称。

漫步院中，想象着一百多年前这所新式学堂落成时的模样。《山海关区志》载："北洋官铁路学堂，西南交通大学前身，光绪二十二年农历五月由设在山海关的北洋官铁路局创办，专授铁路工程学，开设自然科学与工程技术课程等20余门，是中国最早的铁路高等学校，也是中国最早的工程大学之一。共招收两届，学生42人，其中毕业17人。"当时的中国，科举取士还是读书人的唯一出路，在私塾和各类官学中诵读的还是四书五经，而在山海关的这座院落里，传出的是洋教习用英语讲授西方科技知识的声音。从授课到教材，学生们需要在短期内迅速适应和掌握英语教学，这一传统延续到后来的唐山交通大学。

梁锦唐老师长年从事校史研究，对这段历史十分熟悉。他告诉记者，1900年，首届学生毕业，不久八国联军入侵，从天津向北京进犯，山海关一带人心惶惶，学生和中外教师纷纷离去，总教习葛尔飞和部分学生去开平煤矿谋职，9月，校舍被俄国军队侵占，学校被迫停办。尽管只培养了一届毕业生，但这些学生和部分肄业生在詹天佑的力荐下，参加了中国自行设计、修建的京张铁路建设。1905年5月7日，时任直隶总督、京张铁路总办袁世凯下发饬令，在唐山复建铁路学堂。至1907年初，占地百余亩的唐山路矿学堂全部建成，正式启用。

在梁锦唐老师提供的另一张《晚清铁路学堂兴废表》中，记者看到，清政府曾先后创办了13所铁路学堂，大多都在辛亥革命前夕停办了。只有唐山路矿学堂一路走来，成就了后来有"东方康奈尔"之称的唐山交通大学，再到新中国成立后的唐山铁道学院和今日的西南交通大学，为我国的铁路建设，尤其是动车、高铁事业的发展做出了卓越的贡献。

（王蓉辉　梁竞艳）

原载2014年5月21日《唐山劳动日报》

唐山学院：根在交大

在唐山学院南校区东北角，"天音园"是一处幽静的绿地，这里安置着一座造型古朴的青铜梵钟。钟身上镌刻着"竢实扬华"四个大字。熟悉历史的老唐山人会知道，这四个字是唐山交通大学当年曾获得的赞誉。那么，唐山学院与已迁到成都的唐山老交大、现在的西南交通大学，有着怎样的渊源？

◎ 2003年，由唐山市委、市政府赠送的刻有"竢实扬华"的青铜梵钟，分别落户西南交通大学和唐山学院的校园。左图为西南交大犀浦校区内的钟亭；右图为唐山学院"天音园"内的钟亭

4月4日下午，记者专程前往唐山学院，采访了现任学院党委书记的华玉女士，听她讲述唐山学院与昔日的老交大和现在的西南交大之间长达半个多世纪的故事。

细读梵钟上的铭文，可以看到这样的记载："1956年，西南交通大学的前身唐山铁道学院创办了唐山市业余工学院（后更名为唐山职工大学）。1985年，西南交通大学又在唐山创办分校，并与唐山高等专科学校和唐山市职工大学实行联合办学。2002年，经教育部批准，唐山高专等三校合并组建本科层次的唐山学院。"

五十多年前，老交大的校门上，悬挂着"唐山市业余工学院"的牌子，教室就设在唐山铁道学院（新中国成立后院校调整，原唐山交大改名为唐山铁道学院）校园内。每天晚上和周末，通往铁道学院的马路上，赶来上课的职工学员们汇聚成自行车长龙，这曾是当年唐山动人的一景，一直延续到1966年"文化大革命"开始后。

在短短的十年间，唐山市业余工学院从最初的机械制造工艺及设备、工业与民用建筑、铁道运输机械、铁道建筑四个专业，先后扩建为建筑系、机械系、电工系三个系十个专业，为唐山的重点厂矿——启新水泥厂、唐山钢铁厂等培养了大量的技术和管理骨干，有数千名工人、干部在这里学习。1960年，唐山市业余工学院被评为全国先进单位，后来担任校党委书记的优秀教师周瑞出席了6月5日在北京举行的全国文教群英会。

唐山市业余工学院的大部分教师都由唐山铁道学院教师兼任，他

◎ 1958年的唐山铁道学院校门，左侧的牌子为唐山市业余工学院（即唐山学院前身）

们针对工人的文化水平,专门编写讲义、教材。学校的教学是十分严谨的,1956年招生,到1962年才有首届本科学生毕业。1969年业余工学院停办,直到1980年7月重新恢复招生。可以说,唐山学院的前身,唐山市业余工学院是由唐山铁道学院孕育出来的,不仅教师,而且学校的书记、校长均由铁道学院的书记、院长兼任,足见当年对这所职工大学的重视。

重建的唐山市业余工学院曾举步维艰,正值大地震后恢复建设时期,一切办学均因陋就简。在当时的河北矿冶学院(现河北联合大学新华道校区)院内,业余工学院在震后搭建的简易房里开课了。当年留在唐山没去四川的铁道学院教师回到工学院,担任起重要的教学工作。在唐山学院校史室内珍藏的一张黑白照片里,我们还能看到当年学员们就读的简易房模样,6间教室,3间办公室,占地面积仅220平方米。1984年,唐山市业余工学院与唐山市职业大学(后更名为唐山大学)合并,开展联合办学。

1985年9月,西南交通大学唐山分校成立后,这所远离她最初创办地的著名高校,始终不能割舍与故土的血脉关系。这也为曾诞生于老交大校园内的唐山市业余工学院的未来发展提供了一次腾飞的契机。几经春秋辗转,2002年,唐山学院最终得以创立。如今的唐山学院,已经是一所以工为主,工、经、管、文、法、艺等多学科协调发展的公办全日制普通本科院校,分为南、北、东三个校区,占地618亩,校舍建筑总面积达25.21万平方米,不但有完善的教学科研机构,还设有城市文化研究中心、科技有限公司、培训中心、唐山市社科联信息中心、软科学信息中心和大唐画院等研发服务机构。特聘中国科学院院士闻邦椿,中国工程院院士、西南交大教授、唐山交大老校友钱清泉院士和王梦恕院士等著名学者为学院的兼职教授。

正如青铜梵钟的铭文上所写:"西南交大与唐山学院薪火相传,源远流长,西南交大与唐山百年情深,两相难忘。"几十年,西南交大的教授们来往于成都与唐山之间,由他们组成的"专家组"一直在指导唐山学院的办学。

西南交大杜正国教授曾是专家组的组长,现已年近八旬高龄,仍十分关心唐山学院的教学和科研发展。当听说唐山学院要筹建校友会，杜老动情地说，校友会规定，除了本校毕业的学生，在这个学校任过教的老师也算校友，我当初给业余工学院的学生上过课，那我就是你们的校友了。2013年12月1日，唐山学院校友会成立，10月份刚来过唐山辅导学生的杜老又欣然接受邀请，不远千里，再次从成都赶来参加成立大会。

  2003年11月，由唐山市委、市政府赠送的刻有"竢实扬华"的青铜梵钟落户唐山学院"天音园"。当时铸造了两座一模一样的铜钟，分别安置在西南交大和唐山学院的校园内，作为铭记这段历史的永久见证。2010年，西南交大唐山研究院成立，校址就设在唐山学院南校区。2013年，唐山学院与西南交大签订了联合培养硕士研究生的协议。阔别故地四十多年的老交大，依托她培育起来的唐山学院，终于实现了某种意义上的回归。

  如今，唐山学院的领导班子十分珍视与西南交大的这段历史渊源，他们不仅出版了翔实的校史，还编写文章，发表在西南交大的学报上。华玉女士告诉记者，这是一份不能推卸的历史责任。半个世纪过去了，又经历了唐山大地震的破坏，很多历史已是物是人非，资料收集很困难，但这又是必须要做的一件事，为唐山老交大，为西南交大，为唐山学院，更为唐山，保存下一笔丰厚的教育、文化遗产，并告之后人，勉力奋进。

（王蓉辉　施　疑）
原载2014年4月9日《唐山劳动日报》

"数字唐山交大"呼之欲出

日前,记者获悉,我国教育历史上的著名学府,至今让无数人魂牵梦萦的唐山老交大,在历经1976年大地震,整体建筑震毁了近38年后,即将在"唐山交大虚拟复原工程"中,借助先进数字技术恢复"原貌"。

预计5月完成全景,未来有望"身临其境"

据负责此项工程的唐山学院数字艺术研究中心主任谷高潮教授介绍,"唐山交大虚拟复原工程"是我市2013年设立的重点文化建设项目,自当年3月正式启动。

该工程项目分三期进行,由两大团队合作完成。第一期,负责素材资料整理的团队,通过对老交大历史信息的深入搜集和挖掘,在没有建筑图纸的困难条件下,根据震前老校园的照片等资料,结合人们对老交大的回忆,由北京的一家数字技术团队通过数字技术,利用透视法将照片透视成方正的角度,同时按当年的建筑标准做比对,估算出建筑数据,制作成数字模型。在第二期工程中,数字团队利用可虚拟现实的VR技术等手段实现虚拟互动,让老交大原貌不仅可以在三维仿真场景中虚拟呈现,而且通过电子设备的操纵,人们可以随心所欲、身临其境地"参观"校园的每

◎借助先进数字技术复原的"唐山交通大学"老校门

◎右下角为20世纪30年代的唐山交大校门

处角落。第三期,团队将把这一技术成果制作成专题片向公众展示,通过虚拟呈现出的视觉效果配以解说词,让人们对唐山交大的历史文化有更加生动、直观的了解。

据谷教授介绍,目前该工程正在进行第二期的项目制作,预计今年5月将完成全景复原。

比复原圆明园更难,两大团队合作攻艰

由于当年的建筑图纸没有被保存,这就使得复原工程变得非常艰难,现存的也仅有一张在我市档案馆找到的老交大平面图,上面的一些字迹和图形也已变得模糊不清了。到底老交大原貌是什么样子的?能回忆起来的人有当年交大的教授、学子、家属子女,以及社会各界与交大有过不同交集的人群,这些人如今至少50岁以上了,但仅凭他们的回忆和老照片,仍很难完全真实再现当时的建筑面貌。据了解,负责技术复原的北京数字团队曾参与过圆明园的复原工程,他们就表示,复原唐山老交大的过程比圆明园更难。

该团队运用3DMAX、玛雅技术、VR技术等多种数字技术,过程复杂,难度更大。而负责素材资料整理的团队在对制作出的样本进行校正时,每提出一点意见,数字团队都需要花费好几天时间来理解和调整。数字复原老交大是一项庞大的技术工程,需要大量的经费投入,尽管我市及唐山学院在资金上给予了大力支持,但团队经费仍然非常有限。谷教授说,在素材资料的搜集整理中,许多人都是无偿参

◎复原后的"交大图书馆"虽是虚拟影像,却让人有身临其境之感

与，而北京数字团队也一直在不计成本地奉献。

抢救性挖掘历史文化，深感责无旁贷

负责此次"唐山交大虚拟复原工程"的谷高潮教授今年55岁，是第三届唐山市社会科学优秀青年专家，唐山市"哲学社会科学百名人才库"入库专家。曾获教育部首届曾宪梓教师奖，河北省百名教育科学研究和教学研究先进工作者，曾两次获得唐山市政府颁发的先进专业技术工作者称号，其所作的"科学发展在唐山"专题动画片曾在全国数字艺术设计大赛上获二维动画片银奖。2007年，作为我市发展文化产业的报告性文件的报告人之一，谷教授对唐山文化做了大量的调查，也因此对唐山历史有了更深刻的认识。他表示，诞生于清末的唐山交大，仅用二三十年就培养出诸多享誉海内外的顶尖人才，拥有辉煌的成就，在我国教育历史上写下了宝贵的一页。对于我们来说，历史文化必须进行抢救性地挖掘，否则那些历史文化迟早有一天会消失不见。谷教授表示，此次的虚拟复原工程正是对唐山地方历史文化的一次"抢救性地挖掘"，强烈的使命感和责任感在支持推动着自己和整个团队，为完成好这个项目不惜一切、尽己所能。

谷教授说，自己在五六岁时常去老交大玩耍，也曾住在校园中，长大后他在唐山一中读书，每天上学都要经过老交大门前，老交大给他及许多人留下了非常深刻美好的感受。也因此，很多人至今心存惋惜，难以释怀。如今，通过"唐山交大虚拟复原工程"，借助数字技术等先进技术的支持，唐山老交大不仅可通过电子设备虚拟呈现，而且也可以作为现实复建的重要建筑蓝图。不久的将来，无论是在虚拟世界还是在现实中，"唐山交大虚拟复原工程"让无数人重回老交大校园的梦想不再是梦。

（王蓉辉　赵雅静）
原载2014年3月26日《唐山劳动日报》

唐山交大——无法忘却的美丽

在一百多年的历史上,唐山交大铸就了无数的辉煌。从茅以升开始所有唐山交大学子免试进入美国康奈尔大学读研,这座校园也被誉为"东方康奈尔";50多名国内外著名院士从唐山交大校门走出。唐山交大学生庄俊参与设计建造了清华学堂;周厚坤研制了世界上第一台中文打字机;林同炎不仅是世界上第一位入选美国国家科学院的亚裔院士,更是唯一获得全美顾问工程师最高奖状的华裔,设计修建了世界上最大的莫斯科地下展览厅和世界上第一座倒挂式悬索桥;陈清如设计了世界上第一座空气重介质干法选煤厂;张馥葵是世界上最大跨度悬索桥的总设计师;竺可桢创立了中国第一个大学地理系……如今,伴随着时间的流逝,这些显赫的成绩鲜有人提起,曾经的辉煌似乎落上了一层历史的尘埃,但交大学子对唐山交大的情感却没有在历史的洪流中褪色,而是积淀深厚,令人动容。

日前,笔者在西南交大唐山办事处见到了原唐山交大副校长吉佩祉的女儿吉北民(继峰),她正在接待来访的两位老校友。

"无法忘却的美丽",吉北民用这样一句开场白概括她对唐山交大的感情。1958年,因父亲调任唐山交大副校长,原籍北京的吉北民来到了唐山,在交大校园中度过了童年、青年时光。带着幸福的微笑,吉北民回忆起生活了十几年的家,"整个校园都是深灰色的欧式风格建筑,显得大气敦厚"。东、西讲堂中学生们的读书声犹在耳边,而中间的一片松树林,就是小孩子们最好的游乐场。"摘紫藤花吃花蜜,爬到枣树上吃枣,小时候很调皮,什么都能玩。"吉北民和小伙伴们就在这朗朗的读书声和游戏里一天天长大。她告诉记者,那时唐山交大所有的设施放到现在也是一流的。"学校里有游泳池、灯光球场、电影院、校友厅……我印象最深的是每到周末灯光球场里都有舞会，这也是大家最高兴的时候。随着乐音，踏着轻快地舞步，自由挥散青春的热情……"吉北民形容校友厅门前有几个装饰石墩，两头宽中间窄，上面呈伞状，种着花，旁边用修剪整齐的小松树装点，中间还有一股清澈的小喷泉，像个大花篮。映衬着校友厅上的镂空雕花窗户，精致典雅，唐山交大当时的美景由此可见一斑。"直到现在，我还经常梦到自己在舞会上笑着、跑着，穿过南讲堂，耳边是轻快的舞曲。醒来时，泪已浸湿枕头。"

"比景更难忘的是人。"采访中，年近耄耋的老校友屈老先生向记者诉说了对唐山交大的情思。"从校长到教授不仅教学严谨认真，还都非常平易近人，关心学生。学生生活困难，校长主动资助钱物的事数不胜数。有一次，我们宿舍的下水道堵了，老校长亲自疏通，现在想想还十分感动。"和屈老先生一样，虽然已毕业数十载，但师长的言传身教把交大精神深深刻入许多校友心中。他们

◎唐山交大校友厅

◎唐山交大西讲堂

又把这份精神和态度带入到工作生活中，让交大精神得以传承。"我以自己是交大人为荣。"此时，老校友的眼神是自豪，是骄傲，更是难以割舍的情怀。

交大的精神和老校友对交大的情缘让吉北民感动，也让她觉得应该做点什么。于是，2009年吉北民开始寻找唐山交大的校友及他们的子女。"目前，校友找到100多位，子女找到100多位，遍布全国各地，甚至海外。"吉北民告诉记者，在寻找过程中她碰过钉子，遭到过质疑，也曾犹豫过要不要继续，但2010年4月22日西南交大百名教授回唐省亲，2011年4月14日唐山交大亲友会成立，2014年4月16日交大全国校友会长秘书长联席会议在唐山召开……一系列活动中，吉北民看到老校友见面时关切的话语、含泪的双眼和紧紧握住不愿放开的双手，她从中感受到了力量，更加坚定了脚下的路：更好地推进唐山交大的保护和复兴工作。

"精勤求学，敦笃励志，果毅力行，忠恕任事"，阔别几十年，唐山交大的校训依然铿锵有力，拨动着交大学子的心弦。如今，我们期望它在唐山大地上再次响起，重塑历史的辉煌。

（角佩璇）

原载2014年10月31日《唐山劳动日报》

初秋寻根老交大

2014年9月5日,风和日丽的午后,秋天的气息在风中淡淡弥漫。在美丽的南湖风景区东边,昔日占地600亩的唐山交通大学,如今只有一些地震后的遗址在无声地诉说着曾经的历史与辉煌。

唐山南站交大道口斜对着的马路一角,是任士奇和他坚守了二十多年的修鞋摊,这里就是昔日唐山交大的大门口。任士奇告诉笔者,经常会有人来向他打听唐山交大的事,他都会告诉他们,从他的修鞋摊向里走,就已经进入了唐山交大的校园中。在他的身后,是一排略显陈旧的平房,紧南边门额上一幅白底红字的"交大商店"大字招牌格外引人注目。

我们随着老任的引领,来到他居住几十年的家。这里的房屋保持着大地震后第一批建起房屋的原貌,低矮的砖墙围起的院子,在时光的流逝中变得斑驳,也遮盖住了唐山交大昔日的辉煌。但是幸好,时间没有磨灭唐山人对交大的记忆,对于在校园里度过自己韶华的校友来说,无论多久,对于唐大交大的记忆始终萦绕在心头。

在一片绿意葱茏中,那棵高大挺拔的松树显得格外引人注目,她迎风伸展起枝叶,为这秋光抹上一点幽雅的绿色。这是昔日栽种在唐山交大里的虎皮松,国内没有的品种,即使1976年那场旷世灾难也没有让它折腰。在它的树荫所笼罩的边缘,一处安静的小院中,住

◎漫步在老交大遗址,当年的宏伟建筑已消失在1976年的大地震中,只有这几棵老树还年年枝繁叶茂,似在期待着学子的归来

着对交大有着浓浓眷恋的崔介申。1958年,他来到唐山交大,以学徒工的身份在交大半工半读;1962年,他走上了交大的讲台,开始给大学工厂里的学生们讲课。在交大,他度过了17年的时光。"我对交大有着浓浓的感情,所以最后还是辗转回了唐山,并且就住在了曾经交大校园所在的地方。"

在崔介申家一进门的地方,整齐地铺着一片特别的砖,以红色和紫色为主,还带有花纹。崔介申告诉笔者,这是唐山大地震后他在学校西讲堂的废墟上捡回来的墙砖,铺在这里,是希望每次进出门的时候都能够想起曾经的交大校园。同时,他还经常把印有唐山交大校门的纪念瓷盘拿出来把玩,让瓷盘和墙砖,带他回到唐山交大的校园中。

尽管住在附近的很多人已经不再了解这片土地上曾经矗立着的著名学府,但是在崔介申的眼中,这里依然处处都是唐山交大的痕迹。他带领笔者来到一处废墟前,依稀可见拱形的建筑设计。"这是原来交大的图书馆,我曾经坐在这里学习过。"在老人略显颤抖的声音里,分明有着浓浓的怀念之情。除了图书馆,他还带笔者去了原来的西讲堂等地,在两边院墙的一处夹缝中,铁栅栏门里锁着两块角砖,崔介申说,这是他特

◎ 老交大图书馆旧址

意保护起来的,就是为了留住对交大的一份记忆。在交谈中,崔介申还告诉笔者,他将会乘坐当天晚上的火车去西南交大。一想起能够见到校友们,他就觉得格外激动,也对这次旅行充满期待。

告别唐山交大遗址时已经夕阳西下,虎皮松和院墙遗址们在火红色的光线里投下剪影,巷陌寂寂,显出时光沉淀的沧桑与静默。唐山1路公交车在写有"交大"的站牌处放下乘客,沿着不是很长的交大路,向远方开去。

(角佩璇)

原载2014年9月24日《唐山劳动日报》

唐山交大全景老照片首现唐山

4月11日下午,由我市收藏家申恩珍藏的一张近两米长的20世纪30年代唐山交大全景老照片,在开滦国家矿山公园中国音乐城首次对外展出,与唐山观众见面。这也是迄今为止发现的唯一的一张唐山交大全景大幅老照片。

◎首次公开亮相的20世纪30年代唐山交大全景老照片。右二为照片收藏者、唐山市知名收藏家申恩

这张老照片长1.96米,宽0.21米,基本保存完好。据专业摄影人员鉴定分析,照片是在唐山交大校园操场用转机拍摄的,由右至左,依次呈现出围墙(东)、校门、东新宿舍、东讲堂、东楼宿舍、办公室、图书馆、西楼宿舍、西讲堂、化学室、围墙(西)等建筑,及足球场、篮球场等校景。从画面上可以清晰地看到,20世纪30年代的

◎唐山交大全景
老照片（局部）
申恩/提供

唐山交大校园里，绿树成荫，各栋建筑大多掩映其间。在照片的下部，用毛笔工整地标注着每一栋建筑的名称，字体为隶书。

据了解，这样大幅的老照片十分罕见，我国现存20世纪三四十年代的大幅老照片长度几乎很少超过1.5米。这张照片的拍摄质量很高，图像基本保持了原貌，没有变形。专业人士分析，拍摄这样的照片不仅需要先进的设备，而且对摄影者的技术要求也很高。这张老照片为研究唐山交大的发展历史和复建交大校园提供了重要的影像资料，非常珍贵。

申恩是我市知名的收藏家，经过他多年的不懈努力，许多与开滦煤矿、启新洋灰公司（启新水泥厂前身）及唐山交大有关的珍贵史料和文物得以保存下来。他向记者介绍说，这张照片十几年前曾被北京的一位收藏家收藏，他知道后屡次登门拜访、求购，前不久，终于花重金将其购下。"我是唐山人，必须让这张交大老照片回归唐山。"申恩表示，他不会让这张老照片流出唐山。据他透露，一些收藏家们认为这张全景老照片可能是曾任唐山交通大学校长、我国著名桥梁专家茅以升生前收藏的。

这张全景老照片的亮相也吸引了唐山交大的老校友。74岁的汤瑞智老人专程赶来参观，他于1958至1962年就读于唐山铁道学院（唐山交大新中国成立后因高校院系调整，更名为唐山铁道学院）。汤瑞智老人告诉记者，虽然母校的建筑在1976年的大地震中全部毁坏，三十多年来，他仍然经常回遗址看看。这次又能看到熟悉的校园全景，老人十分激动，连连说："太亲切了！"

（王蓉辉）

原载2014年4月12日《唐山劳动日报》

"交大全景老照片"出处有实证

2014年4月12日《唐山劳动日报》头版报道了"上世纪30年代唐山交大全景老照片首次亮相唐山"的消息,引起社会各界读者的强烈反响,探究照片的出处一时成为热门话题。前不久,本报记者赴四川西南交大采访时,意外查到了与这张老照片有关的实证资料。

由我市收藏家申恩珍藏的这张唐山交大全景老照片,甫一亮相,不仅在唐山引起反响,还通过互联网迅速传遍全国,更让西南交通大学从事校史整理和研究的老师们激动不已。当本报采访组在西南交大采访时,任校史办编辑的韩琴英老师主动与记者联系,她表示,自己在网上看到相关报道后,觉得照片很熟悉,肯定在哪里见到过。于是,她按照记忆找到校史办收藏的一本《交通大学唐山学院念五周年纪念刊》,果然在纪念册的夹页上看到了这张全景老照片。

1930年5月15日,唐山交通大学举行隆重仪式,纪念校庆25周年,16日举办学术报告会,17日举办体育运动会和文艺晚会。校庆结束后,出版了《交通大学唐山学院念五周年纪念刊》,以作永久纪念。从这本印刷精美的册子中可以看到,5月15日当天,来校参加庆祝大会的嘉宾有政府要员、社会名流和知名校友,会后全体嘉宾与时任校长李书田及在校部分教职员工,共计200余名,合影

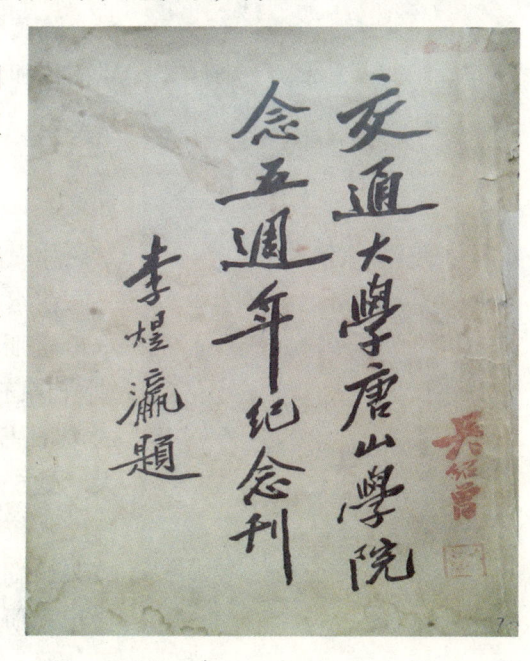

◎西南交通大学校史办保存的《交通大学唐山学院念五周年纪念刊》

留念。

在西南交大校史办,韩琴英老师向记者展示了这本珍贵的《交通大学唐山学院念五周年纪念刊》。纪念册大64开,封面上是李煜瀛(李书田)题写的"交通大学唐山学院念五周年纪念刊","念五"即"廿五""二十五"。尽管封面已有些陈旧、破损,但翻开内页,依然保存完好。册中有时任国民政府教育部长蒋梦麟的祝词:"宏观大启",并附有一些知名校友和政要名流的贺电。记者看到了茅以升(时任江苏省水利局局长)的贺词"唐山母校廿五周年纪念",为四言旧体,其中写道:"繄维母校,学尚交通。轮扶大雅,牖凿鸿蒙。形兼道艺,书补考工。垂廿五载,实大声洪。工程学府,中外推崇。追怀曩昔,坐咏春风。名师启迪,益友磋攻。衔华佩实,李郁桃秾。载瞻周道,我心忧忡。崎岖险巇,荆棘蒙茸。荡平正直,孰奏厥功。愿吾师友,泄泄融融。开来继往,造极登峰。车书文轨,化郅大同。山高水远,垂誉无穷。"

纪念册中还收录有时任国民政府交通部长兼任交通大学总校校长孙科的训词和序言,并将孙科、前任院长孙鸿哲、现任副校长黎曜生和著名教授罗忠忱、伍镜湖、顾宜孙、徐世大、林炳贤、陈茂康、黄寿恒等人的照片一一刊陈。唐山交大全景照片和嘉宾合影被印在同一张夹页的反、正两面,折叠装订,共6折,全部展开近一米长。在嘉宾合影上,写有"交通大学唐山土木工程学院廿五周年纪念摄影十九年五月十五日"字样,这就为同时刊印的唐山交大全景照片提供了具体的拍摄时间。

在纪念册中,记者还看到了两张信纸,记录了这本珍贵册子得以保存下来的历史。一张信纸上写道:"本刊系五十年代在铁道部第一设计院资料室清理资料的废旧书籍中觅得,值母校百年大庆之日赠西南交大。铁55届5467 1996.4.8"。另一张信纸上写道:"西南交大校史办公室:这本校史纪念刊是我校校友铁55班张启蜀同学赠送给母校的,请保存。刘成宇96.4"。自纪念册被从废纸堆中抢救出来,到捐赠给母校,并

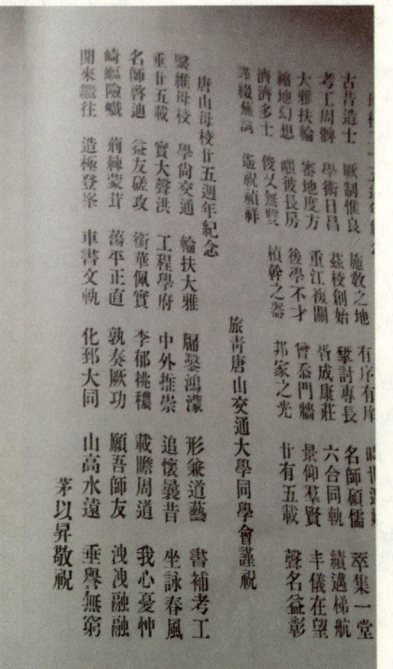

◎ 1930年5月15日校庆,茅以升给母校发来的贺词

被完好地保存至今，时间已过半个多世纪，这其中饱含了交大校友对母校的浓浓深情，和校史办工作人员认真、严谨的治史态度。

记者向韩琴英老师询问，是否发现照片拍摄者的记录，韩老师说一直未能查到。没想到，这个疑问在记者回到唐山后，很快有了答案。唐山交大全景照片的收藏者申恩向记者展示了他的另一件藏品，《北洋画报》"唐山交大念五周年纪念专刊"，其中就刊登了嘉宾合影照片的局部。在各类纪念文章中夹有一小段说明文字："本刊照片统由天津同生照相馆摄。"由此推测，唐山交大全景照片极有可能也是由天津同生照相馆拍摄的，因为那张200余位嘉宾合影的大幅照片，也需要有经验丰富的摄影师用转机拍摄，所需设备和冲洗均要耗费大量的财力，所以校庆当时，唐山交大很有可能同时请摄影师再拍摄了一张校园全景照片。

（唐山劳动日报社赴西南交大采访组）
原载2014年5月7日《唐山劳动日报》

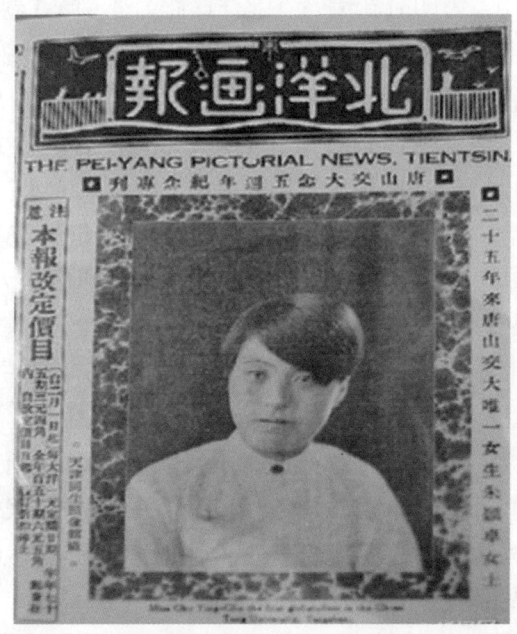

◎1930年5月24日出版的《北洋画报》刊登的"唐山交大念五周年纪念专刊"

申恩/提供

北洋画报见证交大辉煌

"1930年,《北洋画报》整版刊登了唐山交大建校25周年纪念专刊,见证了唐山交大辉煌的历史。"昨天,市民林先生向记者展示了他珍藏近30年的《北洋画报》影印版。

林先生收藏的《北洋画报》是由书目文献出版社受托将北京图书馆所藏《北洋画报》影印,于1985年出版的,发行印数1 000册。全套画报共32卷,影印时新编《〈北洋画报〉索引》1卷。

该版《北洋画报》第10卷包含1930年3月27日第451期至1930年7月19日第500期,其中1930年5月24日第476期为唐山交大25周年纪念专刊。专刊共4版,1版和4版大多为广告,在1版版面上方中间位置是"二十五年来唐山交大唯一女士朱颖卓女士"的照片。2、3版的内容包括"25周年之回顾""唐大25周年纪念纪实""唐大参观记"等多幅图片。这些文章和图片资料再现了唐山交大的建立、更名和发展等历史,也展现了当时的高等学府风采。

据林先生介绍,这套《北洋画报》是1986年他在北京图书馆看到的,当时爱不释手,花2 000多元购得。林先生说,20世纪50年代末,他在开滦三中就读时曾到过唐山交大,"那时我们学校没有物理实验室,同学们被安排到唐山交大上一堂关于材料力学的实验课,交大的实验室宽敞、明亮、设备先进,让同学们赞叹不已。"对于当时的情形,林先生至今记忆犹新。

唐山交通大学系西南交通大学的前身,曾先后定名为"山海关北洋铁路官学堂""唐山交通大学""唐山铁道学院"等,是中国近代建立的第二所高等学府,素有"中国铁路工程师的摇篮"和"东方康奈尔"之称。早在民国初年，孙中山先生曾莅校视察，发表了"革命需要武装、建设两路大军"的著名演说；新中国成立后，毛泽东亲笔题写校名。1972年，该校整体搬离唐山迁至四川。

新闻链接：

《北洋画报》创刊于1926年7月7日，当时在中国传媒界被称为"北方巨擘"。《北洋画报》内容包括时事、社会活动、人物、戏剧、电影、风景名胜及书画等，以照片为主，兼有文字。《北洋画报》最具代表性的标志是在《北洋画报》的报头之下，每一期都刊登1幅人物肖像。《北洋画报》问世后，立即成为天津乃至整个华北地区的热销画报。刊期初为周刊，继改为三日刊，最后为隔日刊。抗日战争爆发后，1937年7月29日，《北洋画报》因财力不支停刊。从创刊至停刊，先后出版共计1 587期，总信息条目47 000余条，并于1927年7月至9月间另出版副刊20期。为北方画报中刊行最长、出版期数最多的画报。

（梁赞英）

原载2014年2月26日《唐山晚报》

老交大学子木匾现身唐山

一块历经大半个世纪风雨侵蚀的旧木匾,记录了一位老交大学子的人生履历,并让今天的人们得以了解到,当年能入读唐山交通大学,对一个普通中国家庭乃至家族是怎样的荣耀。近日,我市收藏爱好者申先生首次公开展示他收藏的这块老交大学子木匾。

记者在申先生处看到,这块木质匾额长240厘米,宽70厘米,正面刻书"大学士"三个大字,右侧刻书5行小字"书田家先生,印经畲,由国立唐山大学本科毕业授工学士,历任胶济铁路京沪市府技正,国立劳动大学教授,浙赣铁路工程师,有光宗族以志纪念"(原文无标点,为记者试加)。由于年代久远,木匾左侧边缘部分缺失。

通读全文,大致可以知道,有个名叫"书田(经畲)"的学生在国立唐山大学本科毕业,被授予工学士,成为铁路工程师和大学教授,其家族认为这是能够光宗耀祖的大事,于是刻匾纪念。"大学士"是旧时人们对饱学之士的尊称,用"大学士"称呼这个学生,大概是因为在族人眼中,能够考上这所著名高等学府,并学业有成、被

◎老交大学子木匾全貌
闫军/摄

授予"工学士",当然就是学问很高的人。

据申先生考证,匾额中所提"国立唐山大学",即人们一般习惯称的"唐山交通大学"。唐山交通大学自1896年创建始,校名经历过多次更易,由清末的山海关北洋铁路官学堂、唐山路矿学堂,到后来的交通部唐山工业专门学校、交通大学唐山学校、交通部唐山大学、唐山交通大学、国立唐山工学院等名称,再到唐山铁道学院,乃至今天的西南交通大学。在它120年的办学历史中,培养了许多中外知名的学界泰斗、学界大师,更是中国各类工程技术人才的摇篮,大批青年学子从这里走出,成为建筑、铁路、桥梁、采矿、冶金等领域的杰出骨干。

申先生多年来一直致力于搜集唐山地方历史资料,他介绍,这块匾额是无意中购得的,当仔细读了上面的文字后,他便多方查询匾额中提到的这个学子。在查阅了大量资料之后,终于在《石家庄铁道学院志》一书中找到了关于"书田(经畲)"的线索。据《石家庄铁道学院志》中记载:"李经畲,号书田,国家三级工程师。1900年出生,江西省遂川县人,唐山交通大学铁路系毕业,获学士学位。1949年6月随军,1956年4月入伍。1953年任铁道兵学校铁道工程教研室主任,桥梁教研室教员。1964年退休。"

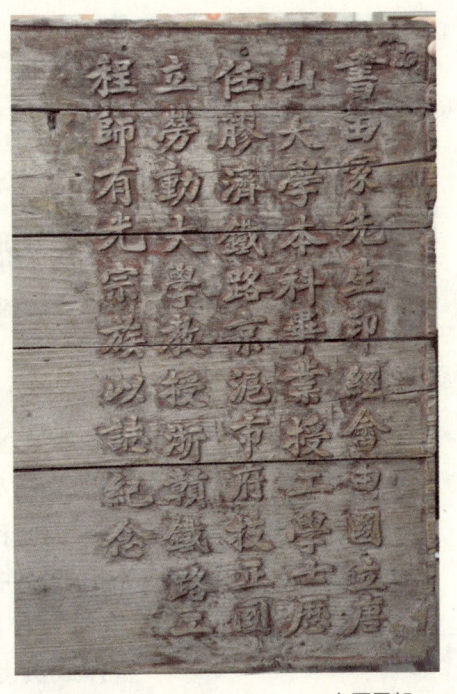
◎木匾局部
闫军/摄

申先生希望通过他的努力,把这座百年学校在唐山的辉煌历史更多地挖掘出来,让老交大的历史细节更加丰富起来,让更多人了解唐山交大背后一段段鲜为人知的故事。

(角志伟 王昊)
原载2016年3月24日《唐山劳动日报》

西南交大学子来唐寻根
新老校区完成影像合璧

2015年8月20日至24日，西南交通大学校园大使团一行7人来到唐山，走访老校友，探寻老交大遗址，并首次将老交大眷诚斋、西讲堂、校门等遗址和公交交大站点，与远在成都九里、犀浦的新校区相应地点，通过网络实现了影像合璧。

西南交大校园大使团此行的目的是"重走搬迁路，共话交大梦"。全体成员专程拜访了李汉、李文辉、屠国屏、孙志信等老校友，在老交大校址拍摄了视频资料，回成都后将制作成一部纪录短片，作为母校120年校庆的献礼。他们还走访了老交大附近的居民，看望了仍在那里居住的几位原唐山铁道学院校友和教职工子女。

  23日这天，大使团成员在老交大校址选取了眷诚斋、西讲堂、校门等六处遗址及公交交大站点，分别拍摄下来，同时，留在成都九里、犀浦校区的大使团同学则在相应的地点拍下图片，通过网络传递过来，再由学生们连夜奋战，终于实现了图片影像合璧。新老交大校区的重要景观完成了一次远隔时空的对话。大使团学生们表示，希望通过他们的这些努力，把老唐院的记忆更好地带回成都，展现给同学们。

  24日临行前，大使团的学生们来到新华西道邮政支局，寄出了特意准备的明信片，用这一简单而富有纪念意义的活动结束西南交大校园大使团的唐山之旅。在寄信地址栏里，他们盖上了刻有"唐山交通大学旧址"和"唐山市大学路18号"字样的印章。这些明信片将和他们一起，回到西南交通大学校园。

（王蓉辉　韩　鹏）
原载2015年9月2日《唐山劳动日报》

跨越五十年的聚会

——唐山交大64届部分校友返唐侧记

"天涯海角有时尽,惟有思念无穷期。"

2014年5月10日,带着对母校唐山交大的感恩与思念,带着历久弥深的同窗情谊,带着从事铁路事业50年的累累硕果,唐山铁道学院工64—1班的20名同窗入学50年后,从大江南北回到唐山,再聚母校唐山交大原址,共叙母校情、同窗情。

50年前,30名风华正茂的交大学子,从天南地北怀揣着梦想考入了唐山铁道学院工64—1班,开始了他们的全新人生。50年后,他们都已年逾或接近古稀之年,但仍然怀着深深的眷恋,从黑龙江、广州、四川、锦州、武汉、北京、洛阳、南京等地,从祖国的四面八方再聚母校唐山交大原址,一起重温当年的青葱岁月。

50年后再见,昔日的同窗百感交集。69岁的颉锁成,现在生活在广州,这是他离开学校后第一次回唐山。"在我能走得动的时候,就是想回母校看一看,和校友聚一聚,愿意和同学多联系。"

站在唐山交通大学旧址上,颉锁成和同窗们的记忆又回到了当年。"交大"的优良校风和严谨的学风让这些从唐山交大走出的学子永远铭记。当年《理论力学》这门功课让颉锁成记忆深刻:这门功课是唐院著名教授黄安基讲授,非常严谨,所以大家都学得很努力。颉锁成告诉记者,他感恩当年母校严谨的教授和那种优良校风,培养了他们那代严谨的学生。

如今,离开母校近50年,69岁的徐长江回忆起当年的情景依然感慨万千,"那时的条件很艰苦,1964年入学,1966年'文革'爆发。虽然入学两年就赶上'文革'了,但仍然怀念'交大'的氛围。在这里,学校不仅传授给我们知识,还教会我们做人。"徐长江说,当时没有书本,老师就帮着编写教材,他们自己拿钢针笔在蜡纸上刻字,然后油印印成书本。"老交大"优良的学风教会了他们那代人艰苦朴素和刻苦认真的学习生活态度。当时唐山有矿冶学院、煤医和唐山交大三所大学。这三所大学里,唐山交大学子是穿着补丁衣裤最多的一所大学。当年的他们刻苦学习,不比吃穿。"精勤求学,敦笃励志,果毅力行,忠恕任事"的校训和"老交大"教师言传身教的严谨态度让他们受益终身。唐山铁道学院工64—1班的30位学子,在为祖国贡献一己之力的同时,也全都成为了各自领域的干部和卓有成就的工程师。

69岁的陈克己也是离开后第一次回唐山,他现在生活在石家庄。50年后再次和昔日同窗聚首唐山,他感慨万千:"忘不了老唐山这座城市,当年从外地来唐山求学,一踏进这座城市感觉到处黑乎乎的,到处都在烧煤——脏。今日,再踏上这片热土,看见日新月异的城市变化,干净整洁的街道,心里特别敞亮。尤其是唐山交大复建项目被市政府列入了计划,这个消息令所有曾在'交大'学习和生活的人振奋。城市中多留点遗址,是一种精神文化的传承。因为它承载的是老百姓的记忆,城市的记忆。诚然,唐山很努力!"

分别50年,在图书馆旧址处,老同学一见如故,热情相拥,欣喜之情,溢于言表。"再来一张,再来一张!"相机、手机轮番"咔嚓"作响……

在半个世纪的人生道路上,他们用自己的努力书写着自己的故事。他们畅谈人生、感受,回忆艰苦岁月,感恩老师谆谆教诲,你一言我一语地聊起难忘的大学时光。

很快,大学时的点点滴滴,在同学们的发言中开始清晰起来:当时学校也是男生多女生少,工64—1班共30人,仅有的4名女生——刘荣臻、周炳花、王艳池、杨兆莹,被26名男生称为"四朵金花"。第一届团支部书记王景树,模仿的广东口音、云南口音、东北口音、四川口音等各种"南腔北调"的唐普话——"过道门",此刻再回忆起来,依然让大家哈哈大笑……

来自锦州的徐绍忠十分感慨时间的流逝:"真没想到,还能再聚唐山交大原址,我以为一辈子再也见不到了呢。""徐绍忠原在锦州铁路局工作,铁道部合并后,他的消息也难寻了。"这次聚会的组织者徐长江介绍到,徐绍忠是最难寻找的一位同学,但通过大家的努力,几经辗转,终于联系到了!整整30位同学,都找到了!

2012年,徐长江就有了召集工64—1班入学50年后再聚唐山的想法。今年4月,聚会的各项流程与何广城等人基本敲定之后,后续的工作也紧锣密鼓地开展起来。大家分头联系各位同学并告知聚会详情。电话那头不同的声音,在电话这头转化为一样的惊喜和期待。

五一前夕,徐绍忠接到电话时十分惊讶,他几乎语无伦次。记下了聚会的时间地点,徐绍忠思绪一下子回到了50年前。他努力地逐一回忆了昔日同窗的名字,真是熟悉又亲切,一下子将他的记忆闸门打开了。老徐下意识地用舌尖舔了一下门牙,嘴角微笑:这是一颗折了的门牙,当年从一分部向三分部搬桌椅时,弯腰的一瞬间,一下子把一颗门牙磕折了。如今,其他牙齿都将面临"下岗"的命运,而这颗因在"唐山铁道学院"磕折而神经坏死的牙齿,永远不会下岗了。

同窗之情难能可贵。一晃半个世纪过去了,唐山交大工64—1班的同学感慨万千:"现在,班上的牛富去世了。今年,杨兆莹带着大家的嘱托看望了牛富的夫人。30位同学已走了一位,健在的大都古稀之年,但回忆起在'唐山铁道学院'的大学生活却终生难忘,倍感珍贵。"谈起母校"老交大"的优良校风和严谨的学风,大家用得最多的词就是自豪和骄傲。

校友何广诚深情地说:"毕业后,我不断寻找着自己的人生方向,无论在任何岗位上,我都不曾忘记'精勤求学,敦笃励志,果毅力行,忠恕任事'的校训,母校是我的精神家园。"

此次唐山交大工64—1班的同学聚会共两天行程,5月10日他们参观了唐山抗震纪念馆、唐山地震博物馆、开滦博物馆,5月11日游览了唐山南湖⋯⋯这些六七十岁的老人,在近半个世纪之后,在这个温暖的春天里,共同感受着建设中的沿海强市、美丽唐山的发展与变迁。

(徐 喆)

原载2014年5月13日《唐山劳动日报》

六十年风雨不忘初心
双甲子校庆聚首凤城

——唐山交大铁56级老校友返唐侧记

2016年4月,来自全国各地的五十多位西南(唐山)交通大学铁道建筑专业56级老校友相聚唐山,在这片他们曾经挥洒青春的大地上,共同庆祝母校120周年校庆暨入学60周年。

60年前,这群青春年少的交大学子,怀揣着对交大的憧憬和对铁路的梦想,从祖国各地踏入了唐山铁道学院这座神圣的校园。60年后,他们都已步入耄耋之年,但他们仍然不忘对母校的那份眷恋,从祖国的四面八方再聚母校唐山交大原址,一起重温当年的青葱岁月。

60年沧桑风雨,当年风华正茂的帅小伙、大姑娘,如今都已白发苍苍,步履蹒跚;当年辉煌雄伟的校园,如今已是断壁残垣,旧迹难寻。本次访唐老校友中最"年轻"的一位,也已经77岁高龄了,他就是铁56级校友、后因成绩优异留校任职的铁道建筑系原系主任蔡英。他毕业后留校在唐山工作生活多年,后随学校一起搬迁到峨眉和成都。他受众位老校友之托负责组织本次行程。蔡英回忆说,他在百年校庆的时候曾经来过唐山,回到过交大原址参观。于是,他向大家征求意见时提到:学校

◎铁56级校友重返唐山交大原址,重温学生岁月

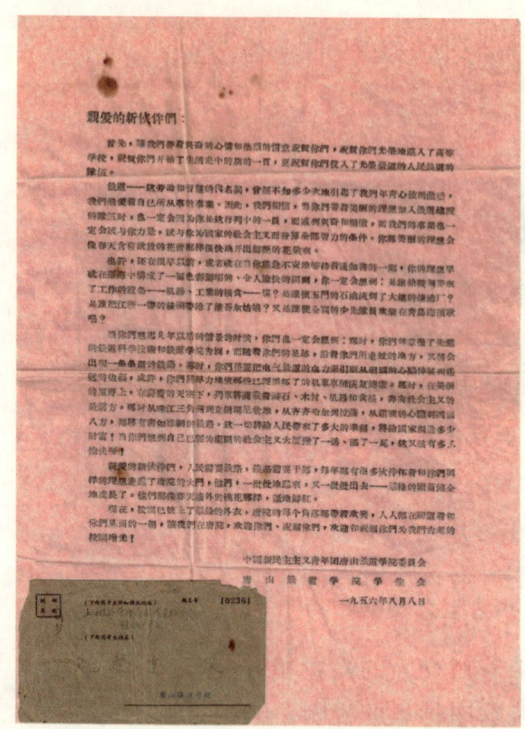

◎ 孔繁达同学珍藏60年的入学欢迎信

建筑在地震中全都震塌了，那片地方现在都已经盖上平房了，没剩下多少校园的痕迹。但是，大家还是表示，不管怎样也要回来看看，"就算那个地方什么都没有了，我们也要回去看看当年的那棵大槐树！"蔡英激动哽咽地说："对于很多人来说，也许这就是最后一次，这辈子再也没有机会回来了！"

4月22日，老校友们陆续抵达唐山，唐山校友会进行了周密的前期准备工作和全程的接待和陪同工作。在预定下榻酒店时，蔡英提出请求：希望能够住在唐山饭店，因为当年他们入学的时候，正赶上国家大兴铁路事业，唐山铁道学院扩招，56级入学新生人数多，校园一时安排不下，就安排他们暂时在当年的学校分部，也就是现唐山饭店所在地区的建筑楼里报到入学，大家在这里度过了第一年的大学时光。后来，这里被规划改造成了现在的唐山饭店。老校友们都表示，如果回唐山住在这里，就好像又住在了当年的母校中一样。唐山校友会经过多方联系协调，在唐山饭店正待重装开业的情况下，安排老校友们入住了毗邻唐山饭店的锦江贵宾楼酒店。

4月23日上午，"庆祝西南（唐山）交通大学建校120周年暨2016年西南（唐山）交通大学唐山校友会年会"顺利召开，铁56级老校友和交大在唐校友一起参加了此次盛会。大会上，他们全体起立，向校徽和唐山人民深深鞠躬。56级老校友代表蔡英在会上发言，讲述了当年交大师生严谨的学习作风和艰苦岁月中的生活趣事，并数次哽咽，他激动地说道："当初我们怀着报效祖国、建设铁路的梦想离开学校，离开唐山。我们一直在等待、在准备、在努力。今天我们向学校报告，向唐山人民报告，我们的梦想实现了！"充满深情的话语表达了他们对母校浓浓的眷恋之情和对母校120岁生日的祝福，引起了全场交大人的强烈共鸣，在场嘉宾都被这真挚的交大情感动得热泪盈眶。

在大会上，蔡英还向大家展示了一份56级同学入学时学校发出的欢迎信。这封信由铁56级1班的孔繁达精心留存了60年，信封和信纸都保存完好，十分珍贵。

来自北京的81岁的李凤岭和79岁的孟秀湘伉俪，当年是在校园中相识相知并相恋。李凤岭是当年的学生会主席，孟秀湘是副主席，虽然现在李学长已是白发苍苍，孟学长已坐上了轮椅不能行走，但眉眼之间还能看出当年意气风发的飒爽英姿，见到分别半个多世纪的老同学之后激动得像小孩子一样，大家见到孟秀湘都逗趣地叫她："看看！咱们的大姑娘来啦！大姑娘你好啊！"孟学长一脸幸福又害羞地说："哪还是什么大姑娘啦！都是老太婆啦！"今年刚满80岁的李书源学长说，孟秀湘年轻的时候梳着一根大长辫子直达脚后跟，是当年公认的"校花"，被李凤岭这个"校草"成功"拿下"。看着他们相濡以沫的样子，陪同的年轻工作人员都深受感染，十分羡慕他们的爱情。

23日下午，铁56级老校友在唐山校友会工作人员的陪同下参观了交大原址和唐山南站，回到曾经求学、工作、生活过的地方，睹物思旧，大家心中都感慨万千，流下了激动的泪水。交大原址区域正在进行拆迁工作，残垣断壁，道路崎岖，几十位耄耋之年的老人有的坐着轮椅、有的拄着拐杖、有的互相搀扶，克服各种困难，也要回母校来看上一眼那当年的大槐树和老缸砖。老校友们参观至南讲堂遗址，大家都坐在阶梯教室残留的台阶上，仿佛又回到了当年的课堂。负责合影的工作人员看到这一画面，灵机一动地对大家喊道："大家坐好，上课啦！"这一声仿佛将时光穿越回到了过去，往事一幕幕又浮现眼前……虽然阶梯附近路况堪忧，轮椅不能推过去，但行动不便的孟秀湘学长，在老伴李凤岭小心翼翼地搀扶下，坚持要坐在台阶上与大家合影。

4月24日，在唐山校友会工作人

◎老校友参观世园会会址

员的陪同下,老校友们游览了2016唐山世界园艺博览会会址,参观了开滦国家矿山公园。在唐山大地震40周年即将到来的日子里,他们领略了这座浴火重生凤凰城的新风貌、新气象,在唐山度过了愉快而难忘的时光。大家感慨唐山城市建设的变化,感慨唐山人民的热情,感慨对母校、对第二家乡的眷恋之情,依依不舍。

(董思萌)

◎唐山南站出站口。老校友们当年就是从这里踏上唐山的土地

唐山劳动日报社
致唐山交大校友的公开信

尊敬的唐山交大校友：

您好！

一年之计在于春！

在这万木复苏、莺飞草长的阳春三月，我们共同迎来了又一届唐山交大校友的盛会。欢迎你们再次来到凤凰城唐山，来到当年发奋读书、激扬文字的母校身边，来到交大旧址巨伞擎天的大槐树阴凉之处，再次团聚在母校的旗帜旁！

回首往昔，您的母校、我们740万唐山人民共同的唐山交通大学，已经走进了第118个春天。从1896年的山海关北洋铁路官学堂，到昨日的唐山交通大学，再到今日的西南交通大学，百年名校，一路前行、弦歌不辍，历经多少风雨沧桑，抚育万千学子，终成国家之俊彦、社稷之栋梁。

虽然由于历史的原因，唐山交通大学已内迁四川，并以西南交通大学这一崭新的名字继续行进在属于自己的路上，但在唐山人民心中，在各位校友心中，老交大未曾远去，她就在我们的身旁。唐、川两地，因一所名校而从此无法分开。山高水长，阻不断根叶相通；身首相依，诉不尽思念之情。唐山人民一直视交大校友们为远游的赤子，42年来为你们、为普天下的交大校友，时刻敞开着故乡的胸怀，一如交大旧址那棵无言的古槐，静静地候迎着四面八方的游子归来。

唐山劳动日报是一代伟人毛泽东同志亲笔题写报头的中共唐山市委机关报，报社下属《唐山劳动日报》《唐山晚报》及"环渤海新闻网",作为唐山市最重要的主流媒体,一直关注着交大这所几乎是与唐山城市同步成长起来的百年名校。近期以来,随着社会各界人士对老交大原址保护、复建的呼声日益增强,唐山劳动日报社更以此作为报道的新闻热点,敏锐察觉、积极跟进,力争更多更好地展示百年名校的风采。2013年年底以来,报社党组高度重视"寻访交大之星"大型采访活动,及时成立领导小组,全面统筹协调,组织精兵强将全力以赴开展工作。目前,"两报一网"分别发挥各自优势,有条不紊地展开了报道:

一、"寻访交大之星"人物通讯。2月8日,日报、晚报、环渤海新闻网同时刊登、发布《"寻访交大之星"大型采访活动正式启动》的消息;2月8日、第一篇《詹天佑:从唐山筑起中国铁路的脊梁》,3月3日、第二篇《茅以升:青山着意化为桥》,3月27日、第三篇《竺可桢:传感大自然的语言……》分别以一个整版和最多三个整版的篇幅、图文并茂地如期推出,社会各界一片"点赞"声,达到预期效果。

二、"交大历史回眸"历史资料。"追溯唐山交大历史"(日报)和"追忆唐山交大往事"(晚报)专栏已分别刊出6期和10期,回顾唐山交大创造的一系列辉煌历史。环渤海新闻网征集交大文物、图片活动的启事通过报社各个媒体滚动播出之后,读者纷纷响应。环渤海新闻网已陆续收到图片一百多幅,涉及人物、校园外景、交大文物等内容。

三、"我和老交大的故事"互动栏目。为进一步引导广大市民和读者参与,扩大报道声势,经专门策划研究,日报、晚报新开辟了"我和老交大的故事"互动栏目,以征集线索、文章、图片等形式,再现唐山各界人士与唐山交大、校友等发生人生交集的故事,提高了读者的参与热情和阅读兴趣。栏目分别于3月5日、3月7日在日报和晚报与读者见面后,得到了唐山市民的积极反应,不少市民来信、来电、登门拜访,亲自提供线索和稿件,表达他们密切关注的心情和难以割舍的交大情怀。

各位校友,当时光的脚步走进2016年之时,百年名校唐山交大即将迎来120华诞,经历了地震劫难的唐山,这座城市将迎来抗震40

周年纪念，2016年世界园艺博览会也将在唐山南湖正式开园。届时，我们将把此次报道成果结集成册，作为唐山媒体人献给唐山这座城市、献给唐山交大这所百年名校最好的生日礼物。

值此校友盛会，唐山劳动日报社诚邀全国、全球各地亲爱的交大校友们，包括你们的家人、同事、好友，惠赐能反映学校各历史阶段发展变化的珍贵资料（文稿、回忆录、照片、图片、实物等）和采访线索、相关稿件，和我们一起更好地完成这项历史、时代、先贤共同交付的神圣使命。

让我们携起手来，共同努力！

顺祝身体健康，工作顺利！

唐山劳动日报社
2014年4月19日

后记

《寻访交大之星》一书即将付梓，我们，每一个《唐山劳动日报》社"寻访交大之星"大型系列报道组成员及本书编委会成员，对在采访和写作过程中鼎力相助的社会各界深深致谢！

感谢唐山市政协原主席、唐山交大校友会名誉会长李汉先生，茅以升院士的女儿，茅以升科技教育基金会秘书长茅玉麟女士，西南交大档案馆馆长张雪永先生，校友办钱淼女士，校史办韩琴英女士，土木工程学院艾莉女士及梁锦唐先生等唐山交大老师和子弟为我们提供了珍贵的历史文献资料。

感谢解放后曾任唐山市副市长罗河教授的儿子罗冀生先生、唐山交大"五老"之一罗忠忱教授的外孙女林霞女士、劳远昌先生的女儿劳卫等交大子弟提供的亲笔回忆文章及个人家藏的照片。

感谢唐山学院全程支持我们的报道活动。

感谢唐山收藏家申恩先生、李重霆先生、黄志强先生、陈颖先生等将自己多年珍藏慷慨献出，极大地丰富了我们这本书的信息含量。

同时，在我们的采访过程中，还得到了来自多位"交大之星"家乡有关部门或相关纪念馆的支持，广州詹天佑故居纪念馆、湖北省秭归县文史委员会、江苏镇江茅以升纪念馆、浙江省绍兴市气象局和竺可桢纪念馆、绍兴市上虞区文管所、安徽省霍邱县党史研究室、山东省孟州市委史志办、保定军校纪念馆等提供大量有价值的资料。

特别要感谢西南交通大学校友会、西南交通大学出版社、西南交通大学唐山研究院、西南（唐山）交通大学唐山校友会、唐山市人民政府督察室刘连清处长，在寻访及出版工作中的大力支持与真诚合作。

感谢唐山市委党校王艳萍教授，她为本书的采写、编辑做了大量工作。

感谢著名书法家、中国张裕钊书法研究会会长陈起壮先生题写书名。

感谢百年名校唐山交大，感谢以茅以升、竺可桢、杨杏佛、羊枣、李特、黄万里、杜镇远等为代表的唐山交大的万千学子，是他们的经历、足迹为我们提供了采写母题，是他们的品格、精神，感染、陶冶着我们的心灵，丰富、引导着我们的思路和笔触。

所有这些帮助，都是我们完成这次大型报道活动和本书编纂成集的信心和动力。

尽管我们竭尽全力，但是限于水平和能力，不当之处在所难免，诚望广大读者予以指正。

唐山劳动日报社

2016年4月